CALORE PROIBITO

(Calore d'amore, libro 2)

LETA BLAKE

Una pubblicazione originale Leta Blake Books

Calore Proibito
Scritto e pubblicato da Leta Blake
Traduzione italiana a cura di VE – Self to Self Translations
Cover di Dar Albert
Impaginato da BB eBooks

Titolo: *Calore Proibito* – Copyright © 2022 di Leta Blake Books
Print Edizione

Titolo originale: *Alpha Heat* – Copyright 2018 © di Leta Blake Books

Prima edizione 2022

Un giovane Alpha disperato. Un Alpha più vecchio e con il complesso dell'eroe. Un amore proibito che non può essere controllato.

Il giovane Xan Heelies sa che non potrà mai avere ciò che desidera davvero: una storia d'amore appassionata e a lieto fine con un altro Alpha. Non solo è vietato dalla religione dominante, è persino illegale. Rassegnato a un triste futuro, Xan stipula un legame a contratto con Caleb, un Omega asessuale e aromantico, che ha a sua volta esigenze speciali. La loro amicizia è un conforto, ma Xan nutre il desiderio bruciante di ricevere l'amore di un altro Alpha ed esserne dominato.

Urho Chase è un Alpha di mezza età con un passato tragico. Prudente, controllato e risoluto, viene considerato dagli amici un uomo all'antica e serioso. Quando scopre un lato inatteso e pericoloso della vita di Xan, il suo mondo viene sconvolto e lui si ritrova consumato dal desiderio. Le cuciture meticolose che lo hanno tenuto in piedi dopo la perdita del suo Omega e del loro bambino cedono… e cede anche lui.

Ma per amarsi e costruire una vita insieme, Xan e Urho rischiano la rovina totale. Con l'accettazione e il supporto di Caleb, dovranno trovare la forza di affrontare il pericolo e costruire la famiglia che meritano.

Questo romanzo d'amore gay di Leta Blake è il secondo nell'universo di *Calore inatteso*. È una storia di 130.000 parole, con **un lieto fine travolgente** e un'accurata ambientazione **Omegaverse in cui non ci sono mutaforma**, ma Alpha, Beta, Omega, gravidanze maschili, **calori** e **nodi**. **Nessun tradimento.** Attenzione: sono presenti brevi scene di violenza sessuale.

Ringraziamenti

Un grazie a queste persone:

mamma e papà, senza i quali non avrei potuto seguire questo sogno. B e C, il faro che mi guida a casa dopo aver visitato mondi immaginari. Il mio sostenitore John McDonald e tutti i meravigliosi membri del mio Patreon, che mi danno ispirazione, supporto e consigli. Keira Andrews per il fantastico lavoro di revisione. Anna per l'aiuto e l'approfondimento sulla rappresentazione aromantica/asessuale. Mia, Jessica e Sadie per avermi fatto da beta reader. Leigh Bardugo, che ha scritto *Sei di corvi* e mi ha ispirato in modi che non avrebbe mai immaginato. A.M. Arthur per aver amato *Calore inatteso* così tanto da iniziare a sua volta a scrivere libri ambientati in un Omegaverse (cercate *Breaking Free*)!

E grazie ai miei lettori, che danno un senso a tutto il sangue, il sudore e le lacrime.

A Keira Andrews, perché è una vera amica

AVVISO SUI CONTENUTI: brevi descrizioni di violenza sessuale.

PARTE PRIMA

CAPITOLO UNO

LO STOMACO ANNODATO in un gigantesco groviglio, Xan scese dalla macchina davanti alla casa in legno blu di Oak Avenue in cui abitavano Jason e Vale. Osservando l'edificio, notò lo strato di pittura fresca, il prato e le aiuole impeccabili e le piccole sedie a dondolo, complete di cuscini dai colori vivaci, sul portico d'ingresso. Jason e Vale si erano lanciati a capofitto nella creazione del loro nido sin dal momento in cui si erano imbattuti l'uno nell'altro e si erano riconosciuti come *Érosgápe* nella biblioteca dell'università di Mont Nessadare quattro anni prima.

Xan scacciò il dolore sordo, dovuto sia alla gelosia che al desiderio di avere un amore come quello, che gli era divenuto familiare. Era stato sul punto di lasciare l'ufficio d'angolo, che occupava a titolo di rappresentanza presso la sede principale della ditta di suo padre in High Street, per tornarsene a casa e chiudere la giornata ma, dopo aver sentito la voce tremante di Jason e la sua supplica angosciata, aveva guidato dritto fino alla casa del suo migliore amico.

Le vite di tutti e tre erano ormai completamente diverse, rispetto ai giorni felici prima dell'imprinting. A volte, quando si guardava allo specchio, Xan si riconosceva a malapena. Una cosa, tuttavia, non era cambiata: era ancora l'amico più intimo di Jason e sarebbe rimasto al suo fianco, nel bene e nel male.

Con suo grande orrore, temeva che le cose fossero andate di nuovo a rotoli, dato che, quando aveva risposto al telefono un'ora prima, Jason gli era parso in preda al panico. Gli aveva chiesto di raggiungerlo il prima possibile, però si era rifiutato di fornirgli altre informazioni.

Avvicinandosi alla porta di ingresso, Xan fece un salto indietro per la sorpresa quando quella si spalancò prima che avesse la possibilità di bussare. Jason lo invitò a entrare, i capelli biondi arruffati e il viso di un pallore estremo. La cosa peggiore era il modo in cui la sua figura, alta e dinoccolata, tremava sotto l'abito sgualcito. Era evidente che non si fosse cambiato una volta tornato dal nuovo impiego presso la compagnia del padre. Jason, infatti, aveva messo da parte la passione per la scienza per adempiere ai doveri verso la famiglia, come aveva fatto anche lui quando era giunto il momento di assumersi le proprie responsabilità.

Xan si raddrizzò il farfallino in un gesto nervoso e seguì l'amico lungo il corridoio, verso lo studio di Vale, con il ventre stretto nella morsa di un brutto presentimento. Erano anni che non vedeva Jason così sconvolto, sin da quando aveva sistemato le cose con Vale Aman, l'Omega di diversi anni più vecchio che era il suo *Érosgápe*, ed era sprofondato nella beatitudine domestica. Il nodo allo stomaco di Xan si fece più serrato.

Il sole splendeva attraverso le ampie finestre sul retro dello studio di Vale, una stanza polverosa con il pavimento in mattonelle, ma la profusione di foglie dai colori autunnali nel giardino ben curato non alleggeriva per nulla l'atmosfera tesa.

«Sono felice che tu sia riuscito a passare,» lo salutò Vale in tono gentile. I suoi occhi verdi erano bordati di rosso e le sue labbra, sottolineate dalla barba scura tagliata alla perfezione, sembravano screpolate.

Xan sentì la gola chiudersi quando si accorse degli altri ospiti convocati da Jason e Vale: Rosen, Yosef e... *merda*... Urho. Rivestivano tutti un ruolo di primo piano nella vita della coppia, e sembravano scossi quanto lui.

«Scusate se vi ho fatto aspettare,» li salutò, deglutendo a fatica.

4

«Sono venuto appena ho ricevuto la chiamata di Jason.»

«Come sta Caleb?» chiese Vale, come se la stanza intorno a loro non stesse per esplodere a causa della preoccupazione.

«Bene.» Nervoso, Xan si trovò a blaterare: «Beh, stamattina non si sentiva in forma, perciò ho dovuto fare una corsa in farmacia a prendergli un tonico e sono arrivato tardi al lavoro, quindi è stato più difficile filarmela, oggi pomeriggio.»

«Non preoccuparti,» rispose Vale con calma inquietante, mentre se ne stava appollaiato sulla sua poltrona in pelle preferita. «Di' a Caleb che ci auguriamo si riprenda presto.» Il suo viso era ancora più pallido del solito e le sue labbra erano piegate in un sorriso forzato e falso.

Jason prese posto con fare teso dietro a Vale, i capelli biondi che gli ricadevano sulla fronte e gli occhi blu accesi da un'emozione incontrollata.

Vale fece un cenno verso il divano. «Anche Rosen è appena arrivato.»

Xan lanciò un'occhiata a Rosen, l'uomo che costituiva la metà mora, e bella al limite del ridicolo, della coppia di amici più stretti di Vale, due Beta che se ne stavano seduti vicini sul divano di cuoio. Yosef, l'amante di Rosen, gli stava accanto, le mani intrecciate alle sue e un'espressione atterrita sul viso. Anche se la barba e i capelli bianchi dal taglio impeccabile rivelavano che aveva diversi anni più di Rosen, rimanevano senza dubbio una coppia molto attraente. Erano amici intimi di Vale da anni.

Xan si passò una mano sudata tra i capelli già spettinati. Se tutti i presenti apparivano così preoccupati, l'annuncio per cui erano stati convocati doveva riguardare una grave malattia di Vale o Jason.

«Allora, che cosa c'è?» chiese Xan, incapace di tacere un attimo di più. «Che diavolo succede?»

Urho emerse dalle ombre, togliendogli il fiato. Alto e muscoloso, era pieno di quell'energia decisa, tipica degli Alpha, che Xan bramava come se fosse stata aria e a lui fosse stato negato il diritto di respirare. La luce delle fiamme nel caminetto giocava sulla sua pelle scura, illuminandogli i capelli sale e pepe, e Xan sentì le viscere, già strette per la tensione, torcersi a causa di un desiderio davvero inappropriato.

«Sono stato incaricato di comunicarvi la novità,» iniziò Urho in tono solenne. «Si tratta di un onore e anche di un fardello, ma Jason e Vale mi hanno chiesto di portare questo...»

«Diccelo e basta,» lo interruppe Xan, colto poi da un lampo di sorpresa. Di solito si ritrovava a saltellare attorno a Urho, impacciato e ansioso, e a dire tutte le cose sbagliate, ma quella sera non ci avrebbe nemmeno provato a tenere la bocca chiusa. Doveva sapere per quale motivo il suo migliore amico sembrava aver appena ricevuto una sentenza di morte.

Urho sollevò il mento e fissò Xan in silenzio per un lungo momento, prima di annuire. «Va bene. Abbiamo scoperto che, contro ogni probabilità e a dispetto di tutti gli sforzi di Jason, Vale è in attesa di un figlio.»

Il silenzio nella stanza riecheggiò sulle finestre e ronzò nelle orecchie di Xan come una mosca. Jason si incurvò di colpo su se stesso e chinò la testa per nascondere il viso, pur allungandosi per stringere le spalle di Vale e dargli supporto come suo Alpha.

«Scusa?» chiese Xan, spostando lo sguardo da Vale a Jason. «Hai detto che Vale aspetta un figlio?»

«Esatto.» Urho strinse la bocca decisa in una linea sottile e gli rivolse uno sguardo serio. «È un problema, certo. Un problema che è di natura privata, ma che riguarda anche tutti noi che vogliamo bene a Jason e Vale e li ammiriamo, e che faremmo...»

«Per l'inferno del Lupo! Cos'hai combinato, Jason?» sbottò Xan, interrompendo Urho senza pensarci un attimo. «Lo sai che non può avere figli. Perché l'hai ingravidato?»

Jason non sollevò il viso, e Xan quasi non comprese la sua risposta strozzata. «È stato un incidente.»

«Un incidente?» lo schernì lui.

Vale alzò una mano. «Ciò che è fatto è fatto. Ora non resta che affrontare quanto accaduto.»

«Abortirai, ovviamente,» ribatté Xan con un cenno secco del capo e uno sguardo di approvazione rivolto a Urho, certo del suo appoggio.

Era stato presente quando, quattro anni prima, Urho aveva eseguito sul Pater di Jason l'operazione che gli aveva salvato la vita. Sapeva inoltre che era lui il medico che aveva praticato un aborto a Vale, al tempo in cui era ancora un giovane Omega senza compagno.

Non c'erano dubbi su ciò che sarebbe accaduto. Considerate le cicatrici che Vale aveva riportato dopo il primo aborto, non avrebbe potuto affrontare una gravidanza, non sarebbe sopravvissuto. Lo sapevano tutti. Era uno dei motivi che avevano quasi impedito a Jason e a Vale di concludere il contratto nonostante il loro legame di *Érosgápe*. I genitori di Jason avrebbero preferito che lui scegliesse un Omega surrogato per poter avere un figlio, visto che Vale non aveva speranze di dargliene uno.

«No,» sussurrò Vale. «Questa volta non lo farò.»

«Come, scusa?» chiese Yosef, inarcando le sopracciglia bianche quasi fino all'attaccatura dei capelli. «Che cosa stai dicendo?»

Seduto sul divano, Rosen si raddrizzò e strinse la mano di Yosef finché le sue nocche sbiancarono. Xan desiderò di essersi messo a sedere, al suo arrivo. Sentiva una leggera vertigine mentre se ne stava lì, in piedi, con il rifiuto di Vale che gli riecheggiava nelle orecchie.

«Ti prego,» mormorò Jason. «Ti prego, ripensaci.»

Vale scosse la testa. «Urho mi ha visitato e ritiene che...»

«Non mi interessa quello che pensa!» esclamò Jason, poi girò attorno alla poltrona per inginocchiarsi ai suoi piedi. «Io voglio solo te. Non ho bisogno che tu faccia questo per me. Non lo voglio nemmeno un fi...»

Vale gli piazzò una mano sulla bocca. «Sss, taci, prima di dire qualcosa che potresti rimpiangere.»

Gli occhi blu di Jason si inumidirono e lui inclinò il capo e appoggiò la fronte sul ginocchio di Vale, poi fu scosso da un brivido, quando il compagno fece scorrere le dita tra i suoi capelli biondi in un gesto di conforto, e Xan sentì l'eco di quel tremito nelle sue stesse ginocchia.

«Non capisco,» ripeté Yosef. «Vale non è in grado di sopravvivere a una gravidanza. Lo sappiamo tutti.»

«In passato era così,» rispose Urho. «Prima di Jason.»

«Quindi stai dicendo che le cose sono cambiate?» mormorò Rosen, sollevando il mento ombreggiato dalla barba del tardo pomeriggio e da tracce di blu da cui non era riuscito del tutto a ripulirsi. Probabilmente era stato strappato dalla sua pittura a olio da una telefonata simile a quella che aveva ricevuto Xan.

«Per ragioni che è meglio mantenere private, sembra che il tessuto cicatriziale e il canale di Vale possiedano una nuova elasticità che non avevano prima. Ho diverse teorie su come ciò possa essere accaduto, ma rimane il fatto che la situazione, per quanto inaspettata, è questa,» ribatté Urho.

«È molto probabile che non potrò arrivare al termine della gestazione,» dichiarò Vale in un tono così calmo che Xan desiderò dargli un pugno. Jason si avvicinò al compagno e seppellì il viso più a fondo nel suo grembo, il corpo che sussultava mentre l'altro proseguiva. «Per questo motivo, Urho mi indurrà il parto in anticipo, nella speranza che il bambino sopravviva.»

«È una follia,» sbraitò Xan. «Non puoi fare una cosa simile. Non a Jason.» Fece un cenno in direzione dell'amico, rannicchiato ai piedi del suo Omega. «Guardalo. Pensa a cosa gli accadrebbe se ti perdesse.»

L'espressione negli occhi verdi di Vale si intenerì. «Non penso quasi ad altro.»

«Non l'avrei mai detto.»

Vale sembrò trattenere a malapena un moto di rabbia, ma si contenne. «Non è stata una decisione facile, ma mi fido di Urho. Non scommetterebbe sulla mia sopravvivenza, se non ci credesse con tutto il cuore.»

A quel punto Jason sollevò la testa, il viso gonfio per le lacrime e la bocca che tremava. «Non scommette sul fatto che tu sopravviva, scommette sul fatto che *probabilmente* non morirai. Non è per niente la stessa cosa.»

«Tesoro, non puoi chiedermi di rinunciare. Anche se siamo entrambi terrorizzati, questa, per quanto inattesa, è la nostra unica speranza. Quest'unico, meraviglioso errore che non ripeteremmo mai e poi mai.»

«Non fare il poeta con me,» sibilò Jason con rabbia. «Hai intenzione di rischiare di distruggere te stesso... noi, *me*... per qualcosa che, secondo Urho, è solo un pugno di cellule dotato di un minuscolo battito cardiaco.»

«Ma è nostro,» ribatté Vale in tono sognante. «I nostri corpi si sono uniti per creare una nuova vita. Come possiamo decidere di porvi fine?»

«Mi sembra di sentire Pater.»

«No, Miner era consapevole di non avere alcuna speranza di sopravvivere al parto. Io ho intenzione di seguire alla lettera tutte le prescrizioni di Urho. Voglio vivere per veder nascere nostro figlio, per tenerlo tra le braccia e farlo crescere fino a che diventerà un bravo giovane uomo. Per vedere in lui il tuo riflesso, e anche il mio. Non rinuncerò con tanta facilità.»

«Allora perché siamo qui?» chiese Yosef con voce gentile ed espressione seria, mentre teneva ancora le mani intrecciate a quelle di Rosen.

«Perché avremo bisogno del vostro appoggio,» rispose Vale.

«Soprattutto Jason.»

«No, soprattutto tu,» sussurrò Jason. «Dovremo prenderci cura di te in ogni momento di ogni giorno.»

«Non essere ridicolo. Non sono un invalido.» Vale scrollò le spalle. «Più in là, con il passare dei mesi, sì, dovrò fare attenzione, ma al momento sono sano come un pesce. Posso continuare a lavorare...»

«No!» sbottò Jason. «Non permetterò che quegli stupidi Alpha della Mont Nessadare ti annusino e sappiano che aspetti un figlio. Che sei vulnerabile.» Scosse la testa. «Dovrai prendere un altro periodo di aspettativa.»

Xan fece un respiro profondo e sì, sotto il solito aroma di Vale ce n'era uno nuovo, qualcosa che assomigliava un pochino alla terra umida, alle alghe e all'odore ferroso del sangue. Il profumo del bimbo di Jason che cresceva dentro di lui, nascosto, le cellule che si moltiplicavano a ogni secondo, nutrendosi della forza vitale di Vale per accrescere la propria.

Xan fu travolto dall'impulso improvviso di strozzare Vale, dal desiderio irrazionale di immobilizzarlo e costringerlo a convenire che quella gravidanza, che lui stesso aveva definito un errore, *doveva* essere interrotta. Ma un'altra parte di lui riconobbe l'odore dei geni di Jason nel bambino, e un tenero istinto di protezione si risvegliò nel suo animo, l'impulso di prendersi cura dell'Omega del suo migliore amico e del minuscolo bimbo che avevano appena creato.

«Avremo bisogno del vostro aiuto,» affermò Vale, fissandoli negli occhi, uno alla volta, mentre si riportava il capo di Jason in grembo e gli accarezzava con affetto l'orecchio per tranquillizzarlo. «Non posso dire con precisione quando e nemmeno in che modo, ma voi siete gli amici su cui sappiamo di poter contare per ogni cosa.»

«Saremo sempre qui per te,» concordò Rosen.

«Per te e per Jason,» ribadì Yosef in tono cupo.

«Potete contare su di me,» aggiunse Xan, sollevando il mento, poiché odiava l'idea di essere escluso. «Per qualunque cosa, davvero. Se posso darvi sostegno o conforto, sono felice di farlo. E anche Caleb vorrà aiutare.»

«Grazie,» rispose Vale, massaggiando le spalle di Jason. «È un momento difficile, ma andrà tutto bene.»

Allora Jason si alzò e si passò una mano sul viso per asciugarsi le lacrime. «Volevamo che lo sapeste da noi, di persona.»

«E i tuoi genitori?» chiese Yosef.

«Lo sanno già,» replicò Jason, ma il tono secco e il modo in cui strinse le labbra resero chiaro che, per il momento, non avrebbe aggiunto altro sull'argomento.

Rosen e Yosef furono i primi ad andarsene. Yosef abbracciò Jason e sussurrò qualcosa a Vale sul preparare i documenti legali relativi alle possibili procedure mediche, nell'eventualità che il suo compagno si ritrovasse incapace di prendere le decisioni necessarie. Vale annuì, poi accettò un abbraccio anche da parte di Rosen.

Urho non prese parte ai saluti, chiaramente intenzionato a fermarsi ancora un poco. Il torace e le spalle ampie gli tendevano con eleganza la giacca dell'abito. Xan si leccò le labbra e lasciò indugiare lo sguardo. Ammirava Urho, sia dal punto di vista fisico che come persona, sin da quando era stato testimone di come aveva gestito l'aborto del Pater di Jason e le sue conseguenze, quattro anni prima.

Urho aveva un corpo forte e una mente brillante e, anche se forse aveva idee un po' antiquate, qualcosa nel modo in cui affrontava il mondo, con sicurezza e decisione, faceva seccare la gola di Xan per la lussuria.

Lussuria intrisa di vergogna, illegale e sacrilega.

Le relazioni tra Alpha erano considerate un abominio e Urho era abbastanza conservatore perché il pensiero non lo sfiorasse nemmeno, e abbastanza gentile da non provare alcun desiderio di esercitare il controllo su un altro uomo, in un impeto di affermazione sessuale della propria supremazia. Quel gioco di potere sadico che Xan bramava di intavolare con un altro Alpha, quel brivido sessuale di cui non riusciva a saziarsi, a dispetto di quanto fosse pericoloso, era il genere di cosa che Urho non avrebbe mai offerto.

Rosen e Yosef si strinsero intorno a Jason e Vale per offrire conforto e rassicurazione e promettere il loro sostegno. Xan non intendeva fermarsi ancora a lungo, ma non voleva andarsene senza prima aver parlato con Urho da solo. Incrociando il suo sguardo, gli indicò con un cenno la serie di ampie finestre sul lato opposto della stanza.

Xan le raggiunse per primo e ne aprì una per far entrare un po' di aria fresca. Si accigliò quando Urho arrivò alle sue spalle e la chiuse.

«Fuori c'è umidità. Non farebbe bene a Vale prendere un raffreddore proprio adesso.»

«Quindi è agli arresti domiciliari?»

«No, certo che no,» rispose Urho con un sospiro frustrato. «Voglio solo tenerlo al sicuro.»

«Quello è compito di Jason,» ribatté Xan, guardandolo di traverso.

La devozione di Urho nei confronti di Vale era irritante. Era quantomeno inappropriata e, nel caso peggiore, poteva rivelare l'esistenza di fantasie sull'Omega di un altro Alpha. Ma la ragione per cui quell'atteggiamento infastidiva davvero Xan aveva a che fare con il desiderio contorto che un altro Alpha mostrasse nei *suoi* confronti almeno la metà di un simile riguardo e istinto di protezione. E se quell'Alpha fosse stato un uomo come Urho? Sarebbe stato un sogno divenuto realtà.

Ciò che lo faceva infuriare tanto era che non avrebbe mai posseduto gli attributi per ispirare una simile devozione in un Alpha. Non sarebbe mai andato in calore. Non avrebbe mai assaporato le molteplici possibilità di raggiungere l'orgasmo che aveva un Omega.

Non avrebbe mai portato in grembo un bambino. No, perché lui era un Alpha, e non importava che non volesse esserlo o che tollerasse a malapena il ruolo che doveva ricoprire in quanto tale.

«Cosa ne pensi davvero di questa faccenda?» chiese, mettendo da parte le emozioni e le fantasie illecite e imbarazzanti che lo travolgevano ogni volta che si trovava in presenza di Urho. «Ce la farà?»

«Non posso promettere nulla, ma ha una discreta possibilità di cavarsela.»

«Discreta non è sufficiente.»

«Una buona possibilità,» si corresse Urho, aggrottando le sopracciglia, un'ombra di turbamento che si faceva strada nei suoi calmi occhi scuri. «Credimi, se potessi giurare che non correrà rischi e alleviare così le preoccupazioni di tutti quanti, lo farei senza pensarci due volte. Ma sono un medico che nutre un cauto ottimismo, non un indovino.»

«Forse dovremmo consultare uno dei veggenti del quartiere Calitan,» sibilò Xan. «Probabilmente la loro parola vale quanto la tua.»

Urho raddrizzò di scatto la schiena. «Un giorno o l'altro, quella bocca ti metterà nei guai, cucciolo. Stai parlando a un Alpha che ha quasi vent'anni più di te, esperienza nell'esercito e una licenza per praticare la professione medica. Direi che ho molta più autorità di qualche chiaroveggente cialtrone che sopravvive con i soldi sporchi guadagnati raffazzonando bugie e false speranze.»

Xan alzò gli occhi al cielo.

«Se fossi un Omega, ti metterei sulle mie ginocchia,» sussurrò Urho, lanciando uno sguardo in direzione di Jason e Vale. «Lo farei anche adesso, Alpha o meno, se non fossi preoccupato di mettere in agitazione Vale.»

Xan sentì l'uccello irrigidirsi, il battito del cuore accelerare, e fu colto dal bisogno di sfidare il medico. Forse, dopotutto, l'uomo non era immune al violento impulso alla dominazione tipico degli

Alpha. Ma non era il momento di indulgere nelle sue fantasie o di provocare un Alpha più vecchio e più forte. Almeno su quello, Urho aveva ragione.

«Mi hai preso da parte per insultarmi?» Urho inarcò un sopracciglio e l'espressione nei suoi occhi scuri si fece più intensa.

Xan scosse la testa. «Volevo la tua opinione spassionata.»

«L'hai già sentita.» La bocca del medico si tese in una linea piatta e l'atmosfera tra loro divenne tesa e pesante. Xan sostenne il suo sguardo, finché l'altro non lo distolse. Le guance di Urho si imporporarono e il suo pomo d'Adamo ebbe un sussulto quando deglutì, prima di allontanarsi per raggiungere gli altri.

Xan incurvò le spalle. Non sapeva perché sabotasse ogni conversazione che aveva con Urho, eppure lo faceva. Gli tornarono alla mente i ricordi indesiderati di altri scambi simili avvenuti negli ultimi quattro anni, in cui Urho condivideva un'opinione e Xan, come uno sciocco, la sfidava. Quelle memorie risalivano sino alla vacanza al mare che il loro piccolo gruppo di amici si era concesso l'estate successiva all'imprinting tra Vale e Jason, molto prima che Xan scegliesse di firmare il contratto con Caleb.

Infelice e frustrato da un desiderio che non sarebbe mai stato soddisfatto, Xan osservò con espressione torva Urho che si offriva di accompagnare Rosen e Yosef al taxi. Rivolse un cenno di saluto ai due Beta e colse un ultimo sguardo corrucciato del medico, prima che il piccolo gruppo lasciasse lo studio per uscire nell'aria frizzante del pomeriggio autunnale.

Rimasto solo con Jason e Vale, Xan si avvicinò alla coppia. Jason se ne stava in piedi accanto alla poltrona in pelle di Vale, una giovane sentinella tormentata che faceva la guardia al suo amato. Xan cercò di sorridere, comprensivo, ma riconobbe l'attimo in cui quel sorriso svanì dal suo viso, rivelando confusione e smarrimento.

Vale gli prese la mano. «Non fare così. Jason avrà bisogno della tua forza.»

Xan sbuffò. «Nemmeno la metà di quanto ha bisogno di te, non c'è alcun dubbio. Ma farò quello che posso.»

A dispetto del sorriso ironico con cui gli rispose, Vale si voltò verso Jason e suggerì con voce tenera: «Perché non accompagni fuori Xan? Se non vi dispiace, io me ne resto qui comodo davanti al fuoco.»

«Hai freddo?» chiese Jason, quindi afferrò un plaid dal divano di pelle e lo sistemò con attenzione addosso al compagno. A lui non sembrava che Vale avesse freddo, ma Jason si prese il suo tempo per avvolgerlo e rimboccare la coperta con cura.

Xan sapeva che anche il suo Omega, Caleb, amava ricevere quelle piccole attenzioni e, a dire il vero, ogni essere umano le avrebbe apprezzate, a prescindere dal genere di appartenenza. Tra *Érosgápe*, tuttavia, la danza dell'accudimento era istintiva, travolgente, una testimonianza del vincolo che li univa. Era emozionante vedere Jason e Vale cedere a quel gioco. Xan desiderò, non per la prima volta, di essere un Omega e di avere un Alpha amorevole che si prendesse cura di lui.

Zephyr, la gatta grigia che Vale possedeva da ben prima di incontrare Jason, si infilò nella stanza, il pelo argentato lucido e soffice, e miagolò in tono amichevole mentre trotterellava verso di loro. Saltò in grembo a Vale, che affondò le dita nella sua pelliccia, e Xan si chiese quanto potesse essere morbida. Non aveva mai avuto l'onore di accarezzarla. Ogni volta che si avvicinava, Zephyr tendeva a soffiare e a lanciarsi verso di lui con l'intenzione di morderlo, proprio come faceva con Urho. Adorava invece Jason.

Jason si chinò a sussurrare qualcosa a Vale, poi riportò l'attenzione su Xan, un patetico sorriso spezzato sulle labbra. «Grazie per essere venuto. Ti accompagno alla porta.»

«Ho parcheggiato proprio qui di fronte,» rispose Xan, imboccando il corridoio.

Urho, che rientrava dopo aver salutato Rosen e Yosef, passò

accanto a loro e Xan sentì una stretta allo stomaco, ma quello si limitò a fargli un cenno, senza offrirgli un vero saluto o una parola di commiato.

«Di cosa stavi parlando con Urho?» lo interrogò Jason, quando furono usciti nel crepuscolo freddo e umido. Gli alberi avevano iniziato a perdere il colore verde e stavano assumendo deliziose sfumature che variavano dal giallo all'arancione, dal rosso al ruggine.

«Ho solo appurato la sua onestà. Volevo verificare se, quando fossimo stati solo noi due, avrebbe cambiato versione circa le possibilità di Vale.»

«E?» Il corpo teso, Jason scrutò il suo volto in cerca della verità.

Per una volta, Xan non era sicuro di quale risposta l'amico sperasse di ricevere. «Urho non metterebbe mai Vale in pericolo. È ancora mezzo innamorato di lui.»

Il solo pronunciare quelle parole gli procurò una fitta. Che cosa aveva fatto Vale per guadagnarsi sia l'affetto di Jason che quello di Urho? A parte l'essere nato Omega, con tutti gli odori e i richiami giusti, tutta l'attrattiva e la sensualità dei suoi feromoni e la promessa di accoppiamenti appassionati indotti dal calore? La sua personalità non era niente di che, il suo viso era bellissimo, sì, ma dimostrava la sua età. Perché aveva ottenuto tutto ciò che Xan avesse mai desiderato?

Represse la propria gelosia e si costrinse ad ammettere la verità: *Vale è un brav'uomo. Affascinante, divertente, ricco di talento, devoto e pieno di qualità. Qualunque Alpha lo desidererebbe.*

Perché quell'ammissione non gli procurava alcun sollievo?

Mentre si avvicinavano alla sua nuova macchina color verde lime, Xan cambiò argomento. «Che cosa hanno detto i tuoi genitori di questa faccenda, quando gliene hai parlato?»

«I miei genitori sono d'accordo con Vale,» sussurrò Jason in tono amaro, mentre un lampo gli accendeva lo sguardo a quelle parole. Scosse la testa. «Quando Father ha detto che pensava che

Vale stesse facendo la scelta giusta, non riuscivo a crederci. Dopo tutto quello che ha sofferto in passato con Pater! Ma per qualche ragione, concorda sul fatto che la situazione di Vale sia diversa. Credo ritenga che questa volta il rischio meriti di essere corso perché non si tratta del suo Omega. E perché questa è la loro unica speranza di avere un nipote.» Gli occhi di Jason tornarono a inumidirsi. «Questo orribile, tremendo errore.»

Xan sapeva che i genitori di Jason, e il Father soprattutto, desideravano un nipote, ma non riusciva a credere che Miner Hoff incoraggiasse Vale a rischiare la vita pur di averne uno. Tuttavia, non disse nulla in proposito, ma chiese ciò che aveva desiderato scoprire da quando aveva saputo della gravidanza di Vale: «Come è successo?»

«È una storia lunga.»

Xan diede un pugno leggero alla spalla di Jason. «Fammi un riassunto.»

Jason si lasciò sfuggire un lungo sospiro e le sue spalle si incurvarono ancora di più. Chiuse gli occhi, come per proteggersi da qualunque cosa stesse per rivelare, allo stesso modo in cui avrebbe potuto proteggersi dalla luce del sole. «Eravamo in montagna, alla vecchia baita dei suoi genitori, quella che mi sono deciso a ristrutturare, così da poterla vendere.»

«Me lo ricordo. È stato all'inizio di questo mese.»

«Esatto. E c'è stata quella tormenta di neve fuori stagione.»

«Le strade che portano alla baita sono rimaste bloccate,» commentò Xan, ricordando quanto Jason fosse stato giù di morale da quando era ritornato da quel viaggio. I pezzi del rompicapo iniziarono a combaciare. «Siete rimasti intrappolati.»

«Per cinque giorni, mentre gli operai lavoravano per liberare le strade. Le linee telefoniche erano interrotte. Eravamo solo noi. Completamente soli. All'inizio è stato meraviglioso. Romantico e divertente. Ma poi...» Jason scosse la testa, l'angoscia che tornava a fare capolino. «Succede sempre più di frequente, man mano che avanza con l'età.»

«Un calore inatteso?»

«Del tutto imprevisto. Nessun segnale. Io...» Il pomo d'Adamo di Jason sussultò in modo convulso e lo sguardo del suo amico si fece cupo e distante. «Ho cercato di trattenermi. Non c'erano preservativi. Non ne avevo portato nessuno. Non mi aspettavo...» Gli si spezzò la voce. «Le strade erano impraticabili. Lui urlava dal dolore. Non ho avuto scelta.»

«Certo che no.» Xan gli toccò il braccio con gentilezza, ma Jason si allontanò. Xan cercò di non sentirsi ferito.

«Ho trascorso le ultime settimane pregando per un miracolo. Non tutti gli Omega concepiscono a ogni calore. Mi sono detto che, con ogni probabilità, sarebbe stato al sicuro.»

Di certo Jason aveva avuto buoni motivi per sperare, visto che non tutti i calori producevano una gravidanza in grado di proseguire fino al termine. Lui stesso era ormai fin troppo consapevole dell'esistenza di calori che non portavano alcun frutto. Rabbrividì al ricordo dell'unico calore che, per il momento, aveva affrontato con Caleb. Un senso di orrore lo afferrò ancora una volta insieme ai ricordi traumatici del suo Omega, così gentile e amorevole, steso sulla schiena a urlare in agonia, mentre Xan faceva del proprio meglio per soddisfarlo. E falliva.

Per fortuna, avevano ancora qualche mese prima del successivo calore, ma Xan ancora non sapeva come avrebbe potuto gestirlo da solo. L'ultimo era stato un fiasco completo.

E se anche Caleb avesse iniziato a soffrire di calori improvvisi, solo il Sacro Lupo avrebbe potuto aiutarli. Tuttavia, Caleb aveva solo cinque anni più di Xan, per cui potevano sperare che quel periodo imprevedibile della sua vita appartenesse a un futuro ancora lontano. Con un po' di fortuna, per allora Xan avrebbe risolto i suoi problemi. Perché quello era un *suo* problema, non di Caleb, e per il bene di entrambi avrebbe dovuto escogitare un buon piano.

«Non sono stato all'altezza della situazione,» sussurrò Jason.

«Mi dispiace tanto.»

Lui e Caleb non condividevano un legame tra *Érosgápe*, e lui non era nemmeno innamorato del suo Omega a contratto come invece capitava a molti Alpha, ma *teneva* a Caleb come se fosse un membro della famiglia o un caro amico. Non riusciva a immaginare il senso di colpa che doveva provare Jason, né tantomeno quanto dovesse essere terrorizzato dalla possibilità di perdere Vale. Gravidanze e parti erano pericolosi persino per Omega in buona salute e nel fiore degli anni.

Quanto era idiota Vale! Avrebbe dovuto permettere a Urho di praticargli un aborto! Ma Xan non poteva dirsi sorpreso dal suo egoismo. Aveva sempre saputo che Vale non era all'altezza di Jason. L'aveva detto il giorno stesso in cui Jason aveva subito l'imprinting, no?

Da poco aveva cominciato a pensare che forse quel primo giudizio era stato sbagliato, considerata la beata felicità di Jason e il comportamento tanto amorevole di Vale nei suoi confronti. Ma forse la situazione attuale provava che aveva avuto ragione sin dall'inizio.

«Ho fatto del mio meglio,» continuò Jason, la voce spezzata dall'emozione. «Ma ho fallito. Dovrebbe odiarmi, ma lui dice che non è così. Insiste che mi ama più della sua stessa vita, eppure vuole avere comunque il nostro bambino.»

«Certo che ti ama.» Xan sentì una nuova punta di irritazione. Chi non avrebbe amato Jason? Forte e dolce, devoto e fedele, era un Alpha da sogno, uno dei migliori che Xan avesse mai conosciuto.

Lui stesso ne era stato innamorato, prima che Vale comparisse nelle loro vite, ed era riuscito a superare quel sentimento solo grazie a una dipendenza malata che lo consumava al punto da travolgere tutto il resto…

Xan sentì le guance avvampare e le ginocchia farsi deboli per il desiderio. La tentazione si fece strada in lui, acuta e bollente, e intorpidì i suoi sensi con l'urgenza di soddisfare un bisogno troppo a lungo negato.

Poteva fare una deviazione mentre tornava a casa, farsi una dose di quell'oscurità che tanto bramava. Una dose di cui sembrava non poter fare a meno, a prescindere dal sangue con cui di certo gli avrebbe riempito la bocca e dai lividi che gli avrebbe lasciato sul corpo.

Scuotendo la testa per schiarirsi le idee, tornò a concentrarsi su Jason. Sentì una fitta al cuore quando colse il terrore nei suoi occhi. Si avvicinò e posò una mano sulla guancia del suo migliore amico. «Vale ti ama quanto tu ami lui. Siete *Érosgápe*. E se la situazione si farà pericolosa, sono sicuro che farà la scelta giusta.»

«Se si farà pericolosa? La situazione è *già* pericolosa, Xan.» Jason sbuffò, frustrato. «L'interno del corpo di Vale è segnato dal tessuto cicatriziale. Un sacco di tessuto cicatriziale. Lo sento ogni volta che lo scopo. Urho dice che è diventato più elastico, da quando sono entrato nella sua vita. Ha qualcosa a che vedere con la durata del mio nodo quando Vale è in calore e con il *fisting* che pratichiamo regolarmente tra un calore e l'altro…» Le sue guance si imporporarono e Jason chinò la testa. «Urho dice che il tessuto cicatriziale è più cedevole, che non è più contratto come una volta. Sostiene che hanno contribuito anche le proprietà antinfiammatorie possedute dallo sperma degli Alpha. Ma non so se posso fidarmi di lui.»

Gli occhi scuri di Urho, seri e austeri, balenarono nella mente di Xan. «Certo che puoi fidarti di lui. Non farebbe mai del male a Vale.»

«Hai detto che è ancora mezzo innamorato di lui,» rispose Jason, annuendo assorto. «Te l'ho detto, vero? Che erano amanti, prima della mia entrata in scena?»

«Sì.» *Perché Vale può avere tutto.*

«Non penso che Vale abbia mai davvero ricambiato i suoi sentimenti,» continuò Jason, le parole intrise di sollievo. «Se così non fosse stato, non so se sarei riuscito a vedere Urho come un amico, soprattutto visto quanto ancora tiene al mio Omega.»

Xan sentì la solita gelosia invadergli lo stomaco, acida e divorante, nonostante avesse tentato di reprimerla. Se Jason aveva ragione, Vale era anche più stupido di quanto avesse pensato. E più fortunato di quanto meritasse un Omega vecchio e logoro come lui.

Ricacciò indietro l'amarezza che gli avvelenava le viscere. Non *voleva* più provare quei sentimenti, quei pensieri meschini. Voleva lasciar andare l'invidia e il rimpianto, perché Vale gli piaceva ed era il compagno giusto per Jason. Lo era davvero.

Ma Vale possedeva tutto quello che Xan avesse mai desiderato, e non lo meritava più di lui. Forse anche meno, per quel che ne sapeva. E ora...

Si morse l'interno della guancia come punizione per i pensieri che infestavano il suo cuore nero. Sapeva che Vale in passato aveva sopportato la sua parte di sofferenze, ma Xan permetteva troppo spesso all'invidia di eclissare la sua empatia. Non amava quel lato di se stesso e si ripromise di migliorarlo. «Se hai bisogno di me, basta che mi chiami. Sarò qui per te.»

Jason si aggrappò alle sue spalle e crollò contro di lui in un lungo abbraccio. Xan respirò il profumo della pelle e dei capelli di Jason, un tempo familiare. Desiderava ancora ciò che avevano condiviso, ma aveva imparato a farne a meno. Bene o male. Eppure, indugiò tra le braccia dell'amico, nella speranza di restituire il conforto che riceveva dalla stretta reciproca.

Quando Jason lo lasciò andare, Xan promise di nuovo di aiutarlo in ogni modo possibile. Gli diede una sistemata ai capelli e lo rispedì dentro casa. «Vai da lui. In questo momento avete bisogno l'uno dell'altro.»

Mentre Jason saliva i gradini del portico d'ingresso, Xan montò in macchina e, dopo un dibattito molto breve con se stesso, si diresse verso l'oscurità da cui era ormai dipendente. Quell'oscurità avrebbe annullato ogni brama e invidia, ogni senso di solitudine e desiderio. Avrebbe rimpiazzato tutti i suoi tormenti con le sensazioni fisiche e la paura, con l'umiliazione e il dolore.

Un'altra dose non lo avrebbe ucciso. O forse sì.

E neppure quell'idea lo spaventava come avrebbe dovuto.

CAPITOLO DUE

U RHO OSSERVÒ JASON ravvivare il fuoco con l'attizzatoio: teneva ancora le spalle incurvate e la disperazione che emanava sin da quando lui e Vale erano rientrati, dopo essere rimasti bloccati dalla neve nella vecchia baita degli Aman, continuava a irradiarsi da lui come veleno.

Avrebbe dovuto prenderlo da parte e ricordargli quanto fosse importante trovare il modo di essere contento, di dare sostegno a Vale e mantenere alti la fiducia e l'umore, a dispetto della paura che provava.

«Per ora, l'importante è che in questa fase iniziale Vale rimanga sereno,» dichiarò. «Più avanti, diciamo tra qualche settimana, sarà l'ondata d'influenza stagionale a destare la mia preoccupazione. È già iniziata, il che è un pessimo segnale, e nei distretti più poveri ci sono già stati diversi decessi legati a essa. Sembra che questa variante non risponda alle solite medicine e ai tonici. A quel punto, potreste valutare la possibilità di trasferirvi fuori città.»

«Come ho detto prima, Vale prenderà un nuovo congedo dal lavoro,» affermò Jason in tono deciso. «Non ammetto discussioni in proposito, ci siamo capiti?»

Vale rispose con una scrollata di spalle. «Quest'anno insegnare non è stato poi così piacevole, dato che non c'eri più tu al campus. Non sarà un grosso problema starmene a casa a farmi viziare dal mio Alpha.» A dispetto di quelle parole, Urho lo conosceva abbastanza bene da sapere che Vale stava cercando di rabbonire il compagno e non era davvero entusiasta alla prospettiva dei mesi di ozio che lo attendevano.

«Bene. Dovrei assumere alcuni Beta come collaboratori domestici, perché si prendano cura di lui mentre io sono in ufficio?» chiese Jason.

«Aspetto un figlio, non sono un invalido. Per amor del Lupo, non esagerare.»

«Ha ragione, per il momento non c'è bisogno di preparargli un giaciglio per farlo dormire al piano terra,» scherzò Urho. «Può salire e scendere le scale da solo, fintanto che quella bestia demoniaca non proverà a farlo inciampare.»

Jason puntò subito lo sguardo su Zephyr, che se ne stava seduta sulla scrivania di Vale a pulirsi il sedere con la lingua ruvida, ignara dell'attenzione che si era concentrata su di lei. «Forse dovremmo *davvero* spostare il letto di sotto, in questa stanza. Se tengo vivo il fuoco, sarà abbastanza calda.»

«Stai diventando ridicolo,» borbottò Vale, poi sbadigliò.

«Hai bisogno di fare un sonnellino,» affermò Jason, per poi smettere di attizzare il fuoco e andare ad aiutare il compagno ad alzarsi, come se fosse già appesantito dalla gravidanza. Lo condusse al divano di pelle e lo esortò a stendersi.

Vale guardò Urho e sollevò gli occhi al cielo, ma fece quello che gli aveva chiesto Jason.

«Non mi dispiacerebbe un po' di camomilla,» annunciò Vale, dopo essersi sistemato. «Me ne porteresti una tazza?»

Jason gli posò una mezza dozzina di baci sul viso e incaricò Urho di assicurarsi che riposasse fino al suo ritorno.

«Vorrei appuntarmi ancora qualche dato,» lo rassicurò Urho, invitandolo ad avviarsi con un cenno. «E vorrei prendere altre misure.»

Jason esitò. Insisteva sempre per rimanere nella stanza quando Urho esaminava l'ano, il canale e l'utero di Vale: come la maggior parte degli Alpha, anche lui trovava difficile lasciare che il suo

Érosgápe venisse toccato in quelle zone intime da un altro Alpha ma, a differenza di molti, preferiva essere presente, piuttosto che andarsene in un bar a ubriacarsi e fingere che non stesse succedendo.

Da quel punto di vista, era come suo padre. Urho ricordava bene come Yule Sabel si era preso cura di Miner in prima persona, persino per le necessità più delicate, dopo il terribile aborto che aveva subito e la conseguente asportazione dell'utero.

«Mi limiterò ad auscultare il cuore, prendere il battito, misurare la circonferenza del ventre e annotare il suo pallore. Forse potrei tastargli l'addome all'esterno, ma nulla che gli richiederà di mettersi nudo.»

Jason gli rivolse un cenno d'assenso, teso, poi se ne andò per recuperare la camomilla che Vale aveva chiesto.

«È un cucciolo di Alpha tanto dolce, vero?» sospirò Vale, mentre si sbottonava la camicia per permettere a Urho di accedere al suo petto e al suo ventre.

«Immagino di sì.» Urho pensò a Riki, il suo *Érosgápe*, che aveva spesso fatto commenti simili all'inizio della loro vita insieme. Il dolore per il suo amore perduto era ancora vivo.

«Mi ha stupito che Xan se ne sia andato dopo Rosen e Yosef,» commentò Vale, inclinando la testa per cogliere il suo sguardo, quando Urho si chinò a premergli lo stetoscopio freddo sulla pelle.

Urho sorrise nell'udire il cuore dell'amico pompare con regolarità, poi spostò lo strumento più in basso e ascoltò con attenzione per cogliere il battito leggero del feto. Quando lo sentì, sospirò emozionato e si sedette sui talloni.

«Di solito è il primo ad andarsene,» continuò Vale.

«Suppongo che di solito non veda l'ora di tornare dal suo nuovo Omega.» Urho annotò la frequenza del battito cardiaco di Vale e del feto nel registro rilegato in pelle che teneva nella borsa. «L'annuncio di oggi è stato un vero shock per lui. Probabilmente è rimasto un po' più a lungo solo per assicurarsi che Jason stesse bene.»

L'amico rimase in silenzio mentre Urho gli premeva il metro a nastro sul ventre. Al momento la crescita si notava a malapena, ma nel giro di qualche settimana il bambino avrebbe iniziato a svilupparsi, allargando il suo punto vita e costringendo l'addome tonico e snello a protendersi verso l'esterno.

«Pensi ancora che Xan sia bellissimo?» chiese Vale.

Urho desiderò di non avergli mai rivelato, mentre era ubriaco, quanto trovasse affascinanti gli occhi di Xan e, ancor più, di non aver mai accennato a quanto sodo fosse il suo fondoschiena. Beveva sempre troppo durante le loro piccole *soirée* e quello era un problema che un tempo aveva irritato Vale, quando Jason era appena comparso sulla scena e lui, sotto l'effetto dell'alcol, non era riuscito a fare a meno di punzecchiare il giovane Alpha. Ormai, tuttavia, con quel comportamento arrecava danno solo a se stesso, dato che si ritrovava a confessare all'amico cose che avrebbe dovuto tacere.

Ignorando la domanda, annunciò: «Il tuo cuore e quello del bambino sono a posto.»

«Jason sarà soddisfatto.» Vale gli diede un colpetto con il piede e inarcò un sopracciglio. «Non hai risposto alla mia domanda su Xan.»

L'immagine delle labbra piene del ragazzo, piegate in un sorriso beffardo mentre lo paragonava a un indovino, si affacciò alla sua mente e gli fece digrignare i denti. Non avrebbe mai riconosciuto la scintilla di eccitazione che gli procurava, perlomeno non da sobrio. Vale avrebbe dovuto saperlo. «Come fai a tollerare l'insolenza di quel moccioso?» Gli afferrò con delicatezza il polso per controllare il battito un'ultima volta.

«Non è insolente,» ribatté Vale, inarcando però il sopracciglio sinistro a sottolineare che sapeva benissimo che lo era. «E non è un moccioso.»

Urho scosse la testa, infastidito.

«Sarà anche giovane, come Jason, ma hanno entrambi venti-quattro anni, ormai. Xan ha firmato il contratto con un Omega. Si tratta di una grossa responsabilità, ed è anche stato messo a capo di una sezione molto redditizia dell'azienda di suo padre.»

«Ha un ruolo di mera rappresentanza. Lo sanno tutti che è il fratello Beta a dirigere davvero la ditta.»

«Forse. Ma è comunque sulla buona strada per diventare un uomo. Ha la stessa età che avevo io quando ti ho incontrato per la prima volta.»

«Una vita fa.»

Le labbra di Vale si piegarono in un sorriso. «Perché sei tanto duro con lui? Non ti dà fastidio quando altri Alpha si comportano secondo la propria natura.»

Urho si appoggiò sui talloni. «E come sarebbe, di preciso, questa natura?»

«Piena di pretese, prevaricatrice e poco rispettosa del fatto che qualche altro Alpha potrebbe meritare la scena o saperne più di loro.» Vale si riabbottonò la camicia e tornò a sedersi sul divano, negli occhi il luccichio di chi la sapeva lunga.

Urho mise via il metro a nastro, lo stetoscopio e il blocco per gli appunti, poi si alzò in piedi, le ginocchia un po' doloranti per il contatto con il pavimento di mattonelle lucide, che gli ricordavano che non era più giovane come una volta. La tenerezza che provava per Vale, però, era sempre la stessa. «Hai davvero una pessima opinione degli Alpha, eh?»

«Penso che gli Alpha siano abituati a fare di testa propria e a essere ascoltati quando esprimono un'opinione.»

«Jason le tue opinioni le ascolta.»

«Perché è giovane e mi rispetta come persona.»

Urho sbuffò. «Non ne dubito, però ammetti anche tu che la sua età fa la differenza.»

«Ti sarai accorto che non è proprio remissivo.»

«Certo che non lo è.» Attraverso le ampie finestre dello studio, guardò il giardino che Jason aveva piantato per corteggiare Vale e riconobbe la prova della tenacia del giovane Alpha nel modo in cui la sua creazione prosperava anche con l'arrivo del freddo autunnale.

Sì, era stato testimone di come Jason perseguiva i suoi obiettivi. Sembrava un cane con un osso, anche se era più gentile di quanto la maggioranza degli Alpha tendesse a essere. Sapeva anche che Vale non si lamentava delle sue abilità in camera da letto. Aveva sentito l'amico gemere di piacere a sufficienza durante la vacanza che avevano trascorso insieme al mare. Era uno dei motivi per cui l'estate appena trascorsa aveva affittato una casa per sé, per evitare che gli fosse continuamente ricordato quello che aveva perduto.

Vale gli lanciò uno sguardo malizioso. «E se devo proprio essere onesto, mio caro, ti piace quando Xan mostra quanto poco rispetto incondizionato ti concede. Ti scuote.»

Urho fece una smorfia. «Non è certo una cosa ammirevole.»

«Ed è per questo che è tanto intrigante.» Vale si sporse in avanti. «Xan, il piccolo Alpha, che eccita il compassato e irreprensibile Urho. È davvero una situazione degna di nota.»

«Non mi "eccita".» L'irritazione gli bruciò sotto la pelle.

Vale schioccò la lingua e si lasciò andare all'indietro sul divano in segno di disappunto.

Urho ricordava bene la prima volta che aveva incontrato Xan, i suoi occhi sgranati e le guance arrossate. Già allora c'era stato qualcosa dentro di lui che lo aveva fatto sentire elettrizzato in presenza del giovane, e non si era trattato di una reazione appropriata. Era stata primitiva, brutale, un impulso all'affermazione della propria natura di Alpha come non ne aveva mai provati prima. Il desiderio di dimostrare al ragazzo chi fosse davvero al comando, di imporgli la propria volontà, di obbligarlo a mettersi giù in…

Fece un respiro profondo e si diede da fare per rimettere in ordine i suoi strumenti.

Era inquietante.

L'istinto di affermazione dell'Alpha era qualcosa che aveva provato di rado. Sì, aveva dovuto farci i conti quando Jason era apparso sulla scena, ma l'aveva subito represso, per timore che gli ormoni fuori controllo del ragazzo li portassero su un sentiero distruttivo dal quale non avrebbero più fatto ritorno. Ma, in genere, cogliere l'impulso alla dominazione negli altri Alpha lo turbava e, ogni volta che era lui a provarlo senza ragione, si sentiva sopraffatto dalla vergogna.

In presenza di Xan, accadeva di continuo.

Non era mai riuscito a spiegarsene la ragione. Anche quel giorno, quando Xan aveva iniziato a sproloquiare come al solito, Urho aveva provato il desiderio di spingerlo in ginocchio, afferrare con una mano i suoi riccioli scuri, aprirgli a forza quella bocca maledetta dal Lupo con l'altra e farlo tacere con il suo uccello.

Scosse la testa con decisione, nella speranza di scacciare quei pensieri stuzzicanti una volta per tutte. «Il moccioso è fastidioso.»

Vale sollevò il mento e sostenne il suo sguardo. «Il "moccioso" ha più coraggio di quel che ne sai tu.»

«Ha i nervi d'acciaio, glielo concedo.» Ripensò a come Xan non avesse fatto una piega quando era entrato nella stanza dove Miner si stava dissanguando a causa del terribile aborto, a come si fosse arrotolato la manica della camicia e avesse offerto il suo sangue di gruppo Lupo 3 per aiutare, come se non gli costasse nulla. Aveva persino osservato la trasfusione dal suo corpo a quello di Miner senza impallidire.

«Ho detto che è più coraggioso di quel che *sai*.»

«Sembra quasi che tu voglia che ti creda sulla parola riguardo al suo supposto eroismo, senza rivelarmi nessun dettaglio.»

«È quello che dovresti fare. Ti ho mai mentito?»

Urho alzò gli occhi al cielo. Vale non era un bugiardo, ma era il tipo che teneva per sé certe informazioni, se pensava che la cosa tornasse a suo vantaggio. «Sei mai stato del tutto onesto con qualcuno?»

«Lo sono con Jason, adesso.»

«Con qualcuno che non sia Jason?»

«Con te. Quasi sempre.»

«Mi sento onorato.»

«Come è giusto che sia.» Vale gli rivolse un sorriso stanco. «E dovresti essere più indulgente con Xan. Io lo sono.»

Urho si sedette accanto a lui sul divano e gli si avvicinò per sussurrare: «A proposito di essere più indulgente, temo che tu esageri. Non ti tratta con il rispetto che meriti.»

Vale rispose con un gesto noncurante, come a negare la veridicità delle sue parole. «Ha parecchie preoccupazioni.»

«Mi stupisce che Jason glielo permetta.»

«Non c'è niente che Xan possa dire o fare per darmi noia. Jason sa come la penso, e comunque non gli permette di spingersi troppo oltre.»

«Secondo quali parametri?»

«Ti assicuro che non c'è tono né commento arrogante di Xan che possa turbarmi. La vita è stata già troppo ingiusta con lui.»

«Sì, certo. Essere il figlio e l'erede di un Alpha incredibilmente ricco, dalla reputazione impeccabile e di antico lignaggio, sembra proprio una dura prova.»

«Se sapessi quello che so io...» Lo sguardo di Vale fu attraversato da un lampo. «Mettiamola così: Riki si vergognerebbe di te per aver detto parole tanto crudeli.»

Vale tirava in ballo di rado il compianto Omega che era stato il suo *Érosgápe*, sapendo quanto fosse ancora vivo il dolore per la sua perdita. Se era disposto a usare il venerato ricordo di Riki per farlo sentire in colpa, forse Urho doveva a Xan le proprie scuse.

Sospirò. «Non dovrei parlare di cose che non capisco.»

«Non dovresti, ma lo fai fin troppo spesso.»

«Mi dispiace.»

Il sorriso che Vale gli rivolse fu una splendida ricompensa. Provava nostalgia per i giorni in cui quell'espressione compariva solo per lui, di solito prima che trascorressero una serata bollente e selvaggia con addosso *niente* di più dei loro sorrisi. L'imprinting che Jason aveva ricevuto da Vale nella biblioteca dell'università, quattro anni prima, aveva posto fine a quel lato della loro relazione, e Urho ne sentiva ancora la mancanza.

Non che da allora fosse rimasto casto, tutt'altro.

Gli capitava spesso di essere reclutato per aiutare un Omega senza contratto durante il calore o, più di rado, per assistere un Omega sessuomane, che soffriva di lussuria insaziabile. L'espressione corrente per indicare il disturbo era "calore interminabile", ma Urho preferiva il termine tradizionale, perché consentiva un'interpretazione più ampia. In passato lui e Vale si erano scontrati con fervore sulla distinzione tra i due vocaboli e probabilmente l'avrebbero fatto ancora in futuro.

In ogni caso, Urho aveva modo di soddisfare i propri bisogni fisici, ma ciò non significava che non sentisse la mancanza della complicità e dell'intesa sessuale che avevano un tempo. Si passò una mano tra i capelli e dichiarò: «Sei in buona salute. La cucina di Jason ti fa bene.»

«Mi vizia.»

Urho doveva concordare. Non era uso comune che un Alpha cucinasse o si occupasse delle pulizie, dato che la cura della casa era stata di competenza degli Omega sin dai tempi della Grande Morte. Ma il Father di Jason aveva un rapporto più paritario con il suo Omega rispetto alla maggior parte degli Alpha. Jason aveva fatto propri gli atteggiamenti del padre e li aveva portati all'estremo, arrivando a farsi carico quasi da solo del cibo e dei lavori domestici e lasciando Vale a oziare in un decadente splendore.

I passi del giovane Alpha riecheggiarono nella stanza e l'aria fu pervasa dall'aroma legnoso e rassicurante della camomilla. Jason teneva una teiera e tre tazze in equilibrio su un vassoio e sembrava l'incarnazione dell'Alpha premuroso che si prendeva cura del suo Omega malato.

Urho provò un pizzico di invidia, che lasciò subito il posto a una voragine di desiderio agrodolce. Ricordava i giorni in cui si era preso cura di Riki mentre soffriva per un raffreddore stagionale o l'occasionale virus gastrointestinale. Tenere tra le braccia il corpo del suo dolce, giovane innamorato, incurante del possibile contagio e della paura, con l'unico desiderio di trasmettere conforto, era stato un dono che all'epoca non aveva saputo apprezzare.

La perdita di Riki era un dolore che lo tormentava nel profondo e che non era sempre in grado di ignorare. Le sue terminazioni nervose cercavano senza sosta l'uomo che era stato la sua metà, l'uomo che era morto nel tentativo di dare alla luce il suo unico figlio, quel figlio che era morto insieme al Pater nel corso di un terribile aborto nell'ultima fase della gravidanza. Persino l'affettuosa presenza di Vale era riuscita a mitigare quello strazio solo fino a un certo punto.

La gola stretta dall'emozione, Urho osservò Jason sfiorare con le dita la guancia del compagno prima di voltarsi verso di lui per offrirgli una tazza di camomilla.

«Grazie, ma devo proprio andare,» rispose in tono burbero.

«E Vale?»

«Vorresti che lo controllassi e osservassi giorno e notte, alla ricerca del minimo segno di un problema?» ridacchiò Urho.

Un lampo minaccioso attraversò lo sguardo di Jason. «No, ma pensavo che saresti stato qui se avessimo avuto bisogno di te.»

«Ci separa solo un breve tragitto in auto. Non c'è ragione di aspettarsi problemi in questa fase.»

«E quando ce li *dovremmo* aspettare?» chiese Jason, sedendosi al fianco di Vale, in mano una tazza di camomilla fumante che non aveva toccato.

«Direi che le cose potrebbero farsi complicate per Vale nei mesi centrali della gravidanza, quando il suo corpo avrà difficoltà a adattarsi alla crescita del bambino. È un processo che mette alla prova ogni Omega, a prescindere dalle condizioni di salute. A dispetto dei migliori sforzi dei nostri antenati nel progettare i corpi degli Omega per accogliere figli, c'è un limite ai cambiamenti che sono riusciti ad attuare. I fianchi degli Omega sono più stretti e i loro uteri meno robusti di quelli delle femmine umane dei tempi precedenti alla Grande Morte.»

Jason impallidì di nuovo e Urho evitò di ribadire i rischi a cui erano soggetti anche gli Omega in buona salute, optando invece per discutere i potenziali disagi che potevano presentarsi. «Il tessuto cicatriziale di Vale potrebbe procurargli dolore durante i mesi di maggiore crescita del feto e tu, Jason, dovrai continuare a massaggiarlo internamente. Ripetuti massaggi quotidiani con le dita e anche con l'intera mano, se riuscirà a sopportarlo, saranno la chiave per rendere questa gravidanza e il parto i più semplici possibile.»

«E quando indurrai il parto?»

«Al momento giusto.» Su quel fronte, Urho avrebbe dovuto improvvisare. Voleva concedere al bambino il massimo del tempo per svilupparsi e diventare forte, nella speranza di risparmiare a Jason e a Vale il dolore della perdita di un figlio, ma non lo avrebbe lasciato crescere tanto da compromettere la sopravvivenza di Vale. Il tessuto cicatriziale si era fatto più elastico, ma poteva estendersi solo fino a un certo punto, e se si fosse lacerato…

«Prometto che non aspetterò troppo a lungo.»

Jason serrò la mascella e lanciò uno sguardo al compagno, prima di sussurrare: «Potremmo ancora abortire.»

Vale sbuffò.

«Sì, ma penso che il tuo Omega abbia messo in chiaro la sua

volontà,» rispose Urho.

«E la mia, di volontà? In quanto suo Alpha? In quanto suo *Éro-sgápe*?»

«Anche tu l'hai resa nota. Vale è la tua priorità, e anche la mia. Siamo sulla stessa lunghezza d'onda.» Infuse nel suo tono una nota d'avvertimento.

Jason mise da parte la tazza e si alzò. «Ti accompagno alla porta.»

Urho represse l'istinto di posare un bacio sulla tempia di Vale, come avrebbe fatto se fossero stati da soli, consapevole che Jason non avrebbe preso bene quel gesto amichevole. Il "cucciolo di Alpha" aveva accettato da tempo che lui e il suo Omega erano stati amanti, ma continuava a non apprezzare che mostrassero apertamente l'affetto che li legava con il contatto fisico.

Urho si limitò quindi a rivolgere un sorriso caloroso all'amico, che se ne stava sul divano comodo come un pascià, e si congedò: «Tornerò la prossima settimana. Se, nel frattempo, dovessi avere bisogno di me, basta che mi faccia un colpo di telefono.»

Quando lui e Jason furono usciti, con le foglie arancioni della grande quercia di fronte alla casa che si posavano attorno a loro, Urho dichiarò in tono severo: «Se permetti ai tuoi dubbi di contagiarlo, potresti compromettere le sue possibilità.»

«Forse, se capirà i miei timori, cambierà idea.»

«Li capisce, ma non cambierà idea,» rispose Urho, afferrando il braccio di Jason per costringere il giovane a guardarlo in faccia. «E anche se lo facesse, vorresti davvero che rinunciasse al bambino perché lo vuoi tu? Non pensi che te ne farebbe una colpa?»

Jason serrò la mascella, poi si rilassò e annuì di scatto, una sola volta. «Lo conosci troppo bene.»

«Così come lo conosci tu.»

«Già.» Era evidente che Jason si fosse rassegnato. «Come mi tolgo il pensiero dalla testa, però? Come faccio ad andare avanti come se non credessi che ogni secondo che quel bambino cresce dentro di lui, è un secondo che mi avvicina al momento in cui lo perderò?»

«Per prima cosa, devi smettere di chiamarlo "quel bambino" e devi pensare a lui come a tuo figlio. Come al figlio che avete creato insieme, con il vostro amore.»

Jason si passò una mano sul viso.

«Secondo, ti fidi così poco di me? Se non fossi convinto che può farcela, gli consiglierei subito di abortire, per quanto sia illegale e nonostante il grosso rischio che comporterebbe per tutti noi. E sai che se gli dessi questo consiglio, Vale lo seguirebbe.»

Il volto di Jason avvampò. «E *questo* come dovrebbe farmi sentire? Io sono il suo Alpha, e lui ha più fiducia nel tuo parere che nel mio.»

«Sì, nel mio parere di medico. Non confida nel mio amore più che nel tuo. Non si apre con nessuno come fa con te. Di certo, questo lo sai.»

Jason incrociò le braccia sul petto, lo sguardo acceso da un lampo di ostinazione, ma non disse nulla.

«Considera quello che ti sto dicendo, Jason. *Devi* trovare un modo per affrontare la situazione, per gioire con lui di questo miracolo. Convincerlo che anche *tu* credi nelle sue possibilità.» Urho sospirò, alla ricerca delle parole giuste. «Se non avessi fede in lui e accadesse qualcosa di brutto, Vale potrebbe non credere abbastanza in se stesso per farcela.»

Jason si morse il labbro inferiore, la fronte aggrottata in un'espressione pensierosa.

«Gli Omega confidano sempre nei loro Alpha più che in chiunque altro, soprattutto durante la prova del parto. Sai quante volte ho visto un Omega rivolgersi al proprio Alpha per un incoraggiamento durante il travaglio e trarre forza dalla sua fede? Dai a Vale ogni ragione di credere che *sopravvivrà*, che lo ami e che desideri questo figlio quanto lo vuole lui.»

Jason inspirò a fondo e annuì. «Hai ragione.»

Urho si lasciò quasi sfuggire una risata. Sapeva quanto costasse a Jason quell'ammissione, ma si limitò a posargli una mano sulla spalla e a stringerla, cercando di comunicargli l'affetto paterno che, in modo piuttosto sorprendente, provava per il giovane Alpha che gli aveva rubato l'amante.

«Che il Sacro Lupo vi protegga,» lo salutò Urho in tono solenne, prima di voltarsi e procedere lungo il marciapiede fino a dove aveva lasciato l'auto, lontano dalle foglie cadenti della vecchia quercia di Vale.

Il tragitto fino a casa sua non era lungo, ma non vedeva l'ora di essere lì. Aveva in programma di ascoltare un po' di musica alla radio e gustarsi un buon bicchiere di vino. Forse avrebbe letto un libro, una delle vecchie fiabe preferite da Riki. Un racconto fantastico che lo avrebbe distratto dalla preoccupazione per Jason e Vale.

E, soprattutto, avrebbe scacciato ogni pensiero relativo a Xan Heelies, quel fastidioso cucciolo di Alpha, e alla sua bellissima bocca impertinente.

CAPITOLO TRE

«**S**EI VENUTO?»

La voce di Wilbet Monhundy risuonò brusca all'orecchio di Xan, e le sue mani attorno alla gola erano anche più rudi. Xan serrò il culo attorno all'uccello pulsante dell'altro Alpha, nella speranza di distrarlo dalla prova del proprio orgasmo che si stava asciugando sul pavimento, tra le sue ginocchia abrase dal tappeto.

«Ti ho chiesto se sei *venuto*!» ringhiò Monhundy, e gli strinse la gola con tanta forza che gli si annebbiò la vista. La ruvidezza dei pantaloni di Wilbet contro le natiche e lo sfregare della camicia ancora abbottonata sulla sua schiena nuda erano un crudo promemoria di quanto Xan fosse vulnerabile ed esposto, impalato sul cazzo di Monhundy e alla sua mercé.

«Sì,» confessò con parole strozzate. Iniziò a sudare freddo, il corpo scosso dall'assalto violento delle spinte crudeli dell'altro. «Sono venuto.»

Monhundy ruggì, lo scopò con forza ancora maggiore e gli spinse il viso contro il tappeto colorato, per poi svuotarsi nel suo culo fremente. «Sai cosa significa,» sibilò subito dopo aver ripreso fiato.

Liberò di scatto l'uccello e Xan rimase lì, spalancato, usato, inutile e insoddisfatto.

E, cosa più grave, *insoddisfacente*.

Si asciugò le lacrime dal viso con il dorso della mano, le gambe tremanti, mentre dietro di lui Monhundy si alzava e lo tirava in piedi.

Incerto, si guardò attorno nel salotto riccamente decorato, senza alcun dubbio opera dell'Omega a cui Monhundy si era unito per contratto.

Il pavimento in legno era coperto da tappeti magnifici, il divano di velluto goffrato era un pezzo di design d'avanguardia. Sullo splendido tavolo accanto alla poltrona di pelle era esposto un raffinato servizio da tè impreziosito da un motivo floreale. Xan fece un respiro tremante.

Quella era la stanza in cui sarebbe morto.

Monhundy lo fece voltare con uno strattone, il viso dalla mandibola squadrata contorto dalla crudeltà e dal disgusto. Torreggiava su Xan, incarnando in tutto e per tutto l'Alpha ideale: la muscolatura massiccia, le spalle ampie e le cosce possenti erano evidenti anche sotto gli abiti, e il suo cazzo enorme faceva vergognare Xan del proprio. Sotto quello sguardo, il suo cuore correva all'impazzata e il battito gli rimbombava selvaggio nelle orecchie.

Lo schianto del pugno sullo zigomo gli tolse il fiato, facendogli vedere le stelle. Lottò per mantenere l'equilibrio, come se stesse affrontando le onde dell'oceano, ma il respiro gli sfuggì ancora una volta quando Monhundy gli afferrò il collo tra le mani e strinse.

Forte.

Gli si rovesciarono gli occhi all'indietro. Afferrò impotente le mani forti che gli serravano la gola, mentre l'altro Alpha lo sollevava e lo scuoteva come una bambola di stracci. L'uccello ancora mezzo duro gli sbatté sullo stomaco e Monhundy gli allargò le gambe a forza.

«Sporca troia invertita,» lo insultò.

Xan cercò di urlare, poi Monhundy lo colpì con una ginocchiata alle palle che gli fece rivoltare lo stomaco. Il vomito gli risalì lungo la gola fino alla bocca affamata d'aria e quasi lo soffocò, ma lo ricacciò indietro. Tenendolo sospeso per la gola, Monhundy gli diede un altro colpo ai testicoli che lo fece contorcere, poi lo lasciò cadere sul tappeto.

Xan rimase lì, ansimante, a incamerare aria respirando come un disperato, solo per ritrovarsi a rimettere, soffocato dal dolore che gli squarciava il ventre.

«Pezzo di merda di un invertito, malato e deviato,» inveì Monhundy, poi gli sputò in faccia e lo prese a calci con forza su una coscia. «Lo *sai* cosa succede quando vieni, non è vero?»

«Sì,» rantolò Xan.

«Esatto. Devo darti un'altra lezione.» Si chinò, gli afferrò i capelli e lo tirò su dal tappeto. Vomito e saliva si mischiarono nella gola di Xan mentre lottava per ogni doloroso respiro e scrutava il viso del suo aguzzino, assurdamente bello anche stravolto dalla rabbia com'era.

«In ginocchio,» sbraitò Monhundy, raddrizzandosi in tutta la sua altezza.

Xan si affrettò a ubbidire. «Scusami. Ti prego…»

«Ti prego, cosa? Mettimelo ancora nel culo? Che disgustoso mucchio di spazzatura che sei, venire qui a implorarmi di riempirti con il mio uccello, per poi rovinare tutto con il tuo orgasmo.» Le sue narici fremettero. «Schifoso pezzo di merda malato!» Sputò di nuovo sul viso di Xan e la saliva colò lungo la sua guancia, fino al petto nudo e ansante. «Chi è che viene?»

«L'Alpha.»

«E cosa sei tu?»

«Spazzatura.»

«Non sei nemmeno spazzatura, e di certo non sei un Omega. Questo è sicuro.» Allargò di nuovo le gambe di Xan e spinse lo stivale contro i suoi testicoli pulsanti. Xan rimase immobile, a parte i singhiozzi strazianti. Il sudore gli colava lungo la schiena esposta. «Le troie invertite non possono venire. Ripetilo.»

«Le troie invertite non possono venire.»

«Lo sai perché ti scopo?»

Per il potere. Per il piacere di vederlo in ginocchio a supplicare. Per la gioia perversa di fare del male a un altro Alpha.

Xan serrò le labbra.

«Ti scopo perché mi diverte sedermi di fronte a tuo padre durante gli incontri d'affari e sapere che ho avuto il suo unico figlio Alpha ed erede a piagnucolare sul mio cazzo.»

«Ti supplico, non dirgli…»

Monhundy lo colpì forte in faccia e la testa di Xan scattò all'indietro. «La regola è che io ti scopo fino a quando vengo e tu invece, puttana invertita, non vieni.»

«Mi dispiace.» Xan non aveva avuto intenzione di venire. La scopata non gli aveva nemmeno procurato piacere. Monhundy lo aveva aperto in due senza nessuna preparazione e nemmeno un po' di saliva come lubrificante, facendolo urlare per il dolore, ma in qualche modo la sua mente malata e contorta aveva reagito. Quando era venuto con violenza e senza controllo, spargendo seme sul tappeto del salotto dell'altro Alpha, ne era rimasto sconvolto e spaventato.

Monhundy lo afferrò per i capelli e gli spinse la faccia sul tappeto. «Il mio Omega non sarà costretto a pulire il tuo lurido sperma. Leccalo.»

Xan tirò su col naso, le lacrime e il muco che gli ostruivano la gola, ma fece come gli era stato ordinato e leccò la pozza appiccicosa del suo seme. Ebbe un conato di vomito e si strozzò nel tentativo di ricacciarlo indietro.

«Guardati. Adori tutto questo.»

Xan gemette, l'apertura ancora dolorante e le palle che pulsavano. Monhundy gli infilò dentro le dita tozze e ruvide, colpendo la sua prostata sensibile, e lui si contorse e gemette mentre leccava ciò che restava del liquido.

«Scommetto che prenderesti un'altra dose del mio sperma e ne saresti felice,» lo schernì Monhundy, la voce carica di disgusto. «Scommetto che ti faresti scopare da qualsiasi Alpha, e anche da più di uno alla volta. Sei il peggiore dei pervertiti.»

Xan evitò di fargli notare che era stato lui a iniziare quel gioco sessuale tra di loro. Ai tempi della scuola, lo aveva perseguitato senza sosta e, anche allora, lui aveva riconosciuto una scintilla di attrazione carica di violenza da parte di Monhundy, il divampare dell'istinto di affermazione dell'Alpha. Poi, dopo che Xan aveva lasciato la scuola e Monhundy si era laureato, l'attrazione tenebrosa che esisteva tra loro non aveva fatto che crescere.

Ogni volta che si erano incontrati, alle feste, nei bar, nei locali, entrambi avevano mostrato i pugni ed erano persino volate minacce; finché un giorno, Monhundy, ubriaco e furioso per uno scontro che avevano avuto a tarda notte in un pub dei bassifondi, era rimasto ad aspettare finché Xan se ne era andato da solo. Quando infine era uscito, aveva usato la sua altezza imponente e la sua enorme forza per trascinarlo in un vicolo buio e puzzolente dietro al locale.

«Vuoi che ti scopi?» aveva chiesto a denti stretti.

«Sì,» aveva risposto Xan.

Allora Monhundy lo aveva preso a pugni più volte, fino a stordirlo.

«Vuoi ancora che ti scopi?» aveva ringhiato al suo orecchio.

Le lacrime che gli scorrevano sul viso, Xan aveva annuito. «Sì.»

Senza un'altra parola, Monhundy gli aveva strappato i pantaloni e lo aveva scopato a secco contro il muro di mattoni del vicolo.

Xan ricordava ancora con chiarezza lo sfregamento dei mattoni ruvidi sulla guancia e il dolore sconvolgente della penetrazione del grosso cazzo da Alpha di Monhundy. Aveva urlato a squarciagola, ma anche quella notte Monhundy lo aveva fatto tacere, prendendolo alla gola. Xan aveva lottato, ma l'altro era grosso il doppio di lui e forte come un cavallo. Alla fine, si era arreso, certo che sarebbe stato scopato fino a morire lì, in quella stradina lurida.

Con suo grande sgomento, anche in quella notte terribile aveva raggiunto l'orgasmo e aveva dipinto con il suo seme i mattoni del vicolo. C'era stato troppo buio perché Monhundy potesse vedere la prova della sua perversa follia, ma Xan aveva fissato le strisce bianche, rannicchiato sull'asfalto dove l'altro lo aveva lasciato cadere, credendolo morto.

In quel momento aveva compreso la profondità della propria depravazione. Sarebbe sopravvissuto, certo, ma era stato rovinato più di quanto chiunque potesse immaginare. Non aveva mai dimenticato come si fosse sentito, steso lì in quel vicolo, i pantaloni abbassati attorno alle caviglie e il corpo grondante dello sperma di Monhundy e del suo stesso sangue. La vergogna si era impressa per sempre nel suo cuore.

Quello era stato per Xan il primo assaggio di oscurità. E dopo aver scoperto quel mondo... il dolore... il piacere... il terrore... non riusciva a starne alla larga. Cercare Monhundy era diventata la sua droga. Riuscire a trovarlo da solo e sfidarlo per farlo cedere e spingerlo a scoparlo con brutalità, ancora e ancora, era diventato un gioco. Aveva provocato quello che era stato il suo tormentatore ed era divenuto il suo carnefice, spingendolo ogni volta più vicino al limite, finché i loro scontri si erano fatti così violenti e pericolosi che Caleb temeva per la sua vita e, Sacro Lupo, non poteva biasimarlo.

In quell'occasione, si era spinto più in là di quanto avesse mai fatto. Aveva osato presentarsi alla residenza di Monhundy per implorare una scopata. Se Kerry, l'Omega di Monhundy, fosse stato a casa, non sarebbe accaduto niente. Xan avrebbe trovato un'altra ragione per spiegare perché fosse passato, una qualche discussione d'affari che Monhundy avrebbe riconosciuto come una scusa, ma che il suo Omega si sarebbe bevuto. Ma Kerry non c'era, era in visita al padre malato, quindi Xan era caduto in ginocchio non appena il domestico Beta che lo aveva accompagnato nel salotto era stato congedato.

Il suo aguzzino non aveva mancato di somministrargli una dose della sua droga preferita.

Monhundy si passò una mano tra i capelli scuri e lo fissò, lo sguardo acceso dal disprezzo. Xan inghiottì ciò che restava del seme che aveva leccato e aprì la bocca per offrire la gola al cazzo dell'altro, che aveva recuperato una violenta erezione.

Quasi si aspettava che Monhundy affondasse dentro di lui e lo soffocasse a morte per dimostrare il suo predominio nell'affermazione più estrema del proprio essere Alpha. Xan chiuse gli occhi e rabbrividì, accettando l'inevitabile, terrorizzato e intrigato al tempo stesso da quel pensiero.

In un attimo, tutto il suo dolore e i suoi sensi di colpa sarebbero potuti scomparire. Tutti quanti.

«Vattene a casa,» gli intimò Monhundy mentre si rialzava, poi gli diede un calcio nel sedere con la punta dello stivale. Si chiuse i pantaloni e rimise a posto la camicia, poi guardò Xan, con la sua mandibola dal profilo perfetto e l'elegante ciuffo di capelli scuri, la derisione negli occhi. Raddrizzò con orgoglio le spalle possenti. «Mi fai schifo.»

Xan si alzò piano, le ginocchia che protestavano e lo stomaco che si ribellava di nuovo. Si rivestì il più in fretta possibile; abbottonò la camicia, annodò malamente il farfallino e tirò i pantaloni sui fianchi ammaccati. Riuscì a malapena a chiuderli, prima che Monhundy lo afferrasse per la nuca e lo guidasse alla porta d'ingresso, per poi scagliarlo fuori, sul vialetto, insieme alle sue scarpe. Ancora debole e ben più che sconvolto, Xan atterrò sul sedere, il cemento che gli graffiava i palmi.

«Non tornare,» gli intimò Monhundy, spuntandogli di nuovo addosso per ribadire il concetto. «Ti chiamerò io, se mai vorrò usare di nuovo il tuo culo lurido. Ma non sperarci troppo.» Buttò fuori il cappotto di Xan, poi sbatté la porta e la chiuse a chiave.

Lì, disteso sul cemento gelido, Xan tremava. Il cielo sopra di lui scintillava di stelle e la luna dominava le nuvole, bianca e immacolata, l'occhio del Lupo che vedeva ogni cosa. I palmi feriti bruciavano e aveva un ginocchio piegato malamente sotto di sé. Le lacrime gli rigavano il viso senza che potesse fermarle.

Si alzò con calma, gemette nell'infilarsi il cappotto e le scarpe e poi si incamminò lungo il marciapiede principale, costeggiato da case illuminate da luci accoglienti che non erano per lui. Si sentiva un reietto, solo e al freddo.

Il suo corpo era tutto un livido e le sue palle martoriate gridavano di dolore a ogni passo che faceva. Il culo gli bruciava da morire e si chiese se l'umidità che percepiva là sotto fosse sangue che filtrava attraverso i pantaloni o se piuttosto non si fosse pisciato addosso mentre veniva strangolato. Gli era già successo una volta, una sera in cui avevano scopato nell'ufficio di Monhundy.

Monhundy lo aveva strangolato fino a farlo svenire, ma non era stato felice quando la sua urina aveva inzuppato il divano dell'ufficio. Anche quella notte Xan aveva pensato che avrebbe davvero potuto incontrare la sua fine. Portava ancora sul sopracciglio sinistro la cicatrice della lacerazione che il pugno di Monhundy gli aveva procurato dopo quello che era successo. Fece scorrere la lingua su un'altra cicatrice, all'interno del labbro inferiore.

Si allontanò zoppicando dal palazzo, il cappotto stretto a sé in un gesto difensivo. Cercando di restare saldo sulle gambe, proseguì nonostante la sofferenza. Aveva parcheggiato a distanza di due isolati, dietro l'angolo, per evitare che la sua auto verde, troppo vistosa, venisse riconosciuta da qualcuno che sapeva dell'inimicizia tra lui e Monhundy e potesse quindi fare domande.

Al momento quei due isolati sembravano una distanza impossibile da superare, malmenato e ferito com'era. Mise con cautela un piede davanti all'altro, grato per il marciapiede vuoto e le strade silenziose. Perlomeno, la sua camminata della vergogna non aveva testimoni. Sperò di non svenire, visti i puntini colorati che gli danzavano davanti agli occhi e il respiro che gli giungeva in brevi ansiti, dolorosi come coltellate.

Una grossa auto dal colore dorato lo superò, per poi rallentare e fermarsi non lontano da lui. Xan sollevò il colletto per nascondere il viso e accelerò il passo, pregando che, chiunque fosse, si limitasse a proseguire e a lasciarlo in pace.

«Xan?»

Quella voce salda e profonda era familiare e gli infuse sicurezza, ma allo stesso tempo fece scattare un allarme dentro di lui. Tentò di accelerare, ma l'uomo che stava cercando di evitare non rinunciò. Sentì lo sportello della macchina che sbatteva, seguito dal tonfo di passi, l'incedere inconfondibile di un forte Alpha che si dirigeva verso di lui. Gli occhi di Xan si riempirono di lacrime senza che lui potesse impedirlo. Cosa avrebbe potuto dire? Come avrebbe potuto spiegarsi? Fu preso dal panico. Di tutte le persone al mondo, proprio lui doveva vederlo in quelle condizioni!

Urho gli afferrò il braccio e lo fece voltare verso di sé. La sua espressione allibita era quasi comica e Xan per poco non scoppiò a ridere, ma quando aprì la bocca gli sfuggì solo uno strano singhiozzo, prima che si portasse il palmo alle labbra per trattenere il resto.

Il volto bellissimo di Urho si oscurò. «Sacro Lupo, cosa è successo?»

Xan allontanò il braccio con uno strattone. «Sto bene. Lasciami in pace.»

Riprese a zoppicare, il sedere che pulsava in modo straziante e i testicoli doloranti. Cercò di inghiottire un gemito rivelatore, senza successo. Il lamento gli scappò mentre inciampava in un punto dove il marciapiede era sconnesso.

«Per amor del Lupo, amico, lascia che ti aiuti,» esclamò Urho, passandogli un braccio attorno alla parte bassa della schiena per sostenerlo. «Sei stato assalito da un ladro? Ce n'era più di uno?» Si guardò attorno alla ricerca degli aggressori che avevano ridotto Xan in quello stato. Poi fiutò l'aria, prima di avvicinarsi e annusare Xan dal petto al collo. Un verso strozzato gli uscì dalla gola. «Sei stato...» Boccheggiò, come se avesse dovuto combattere solo per pronunciare quelle parole. «Uno di loro si è approfittato di te?»

«No,» negò Xan con voce roca. «Lasciami. Devo andare a casa.»

Urho si accigliò: era ovvio che il suo olfatto da Alpha avesse colto l'odore di seme. «Permettimi di aiutarti. Stai sanguinando e...»

«Non sono affari tuoi,» rispose Xan, sforzandosi di assumere la postura più altezzosa che gli riuscì, considerato quanto stava soffrendo. «Grazie per l'aiuto, dottor Chase, ma il mio Omega mi aspetta a casa. Si starà preoccupando.»

Urho si bloccò, la frustrazione evidente negli occhi scuri. «Lascia che ti dia un passaggio.»

«La mia auto non è lontana.» Xan indicò con un cenno la direzione. «Dietro l'angolo.»

Urho lo afferrò per il gomito per dargli stabilità e ribatté: «Allora ti accompagno.»

Xan fece per protestare di nuovo, ma il ginocchio che aveva subito la distorsione pulsava e tutto il suo corpo tremava mentre cercava di camminare. Ignorò lo sguardo di Urho che lo esaminava da cima a fondo, senza dubbio per catalogare le sue ferite. Il suo sospetto venne confermato dalle parole successive del medico.

«Di chi sono le impronte di mani attorno al tuo collo? Del tuo assalitore? Dovremmo chiamare la polizia. Subito. E dovremmo portarti all'ospedale.»

«No! Niente ospedale.»

«Almeno permettimi di visitarti a casa mia. È solo una strada più avanti. Vieni con me.»

«No. Il mio Omega mi sta aspettando, devo andare a casa da lui.»

«Xan...»

«Senti, non sono stato rapinato, né aggredito.»

«Certo, sei in imbarazzo ad ammettere quello che è successo,» lo tranquillizzò Urho con voce calma, come se Xan fosse un animale selvaggio che stava per morderlo. E se avesse tentato di portarlo in ospedale con la forza, avrebbe anche potuto dimostrargli che aveva ragione. «Quale Alpha non lo sarebbe? Ma è un crimine, Xan, devi capire che non puoi non denunciarlo.»

Xan non replicò, concentrato sul mettere un piede davanti all'altro. Persino con la mano di Urho che gli dava equilibrio, era difficile stare dritto. Alla fine, dichiarò: «È un crimine, sì. Ma non è stato uno stupro.»

«Quindi conosci il tuo aggressore,» affermò Urho in tono cupo. «Ma non vuoi rivelare il suo nome.»

«Voglio solo andare a casa.»

«Pretendo di sapere chi ti ha fatto questo.» Urho parlò con tale autorità da scuotere Xan nel profondo e fargli desiderare di obbedire. Ma non poteva. La posta era troppo alta. Per Xan soprattutto, e anche per Caleb. Il concetto di aiuto di Urho non avrebbe fatto che rendere la situazione infinitamente peggiore per tutti.

Xan continuò a camminare.

Urho gli rimase alle calcagna. «Pretendo di sapere chi è l'Alpha che ti ha messo le mani addosso in modo così abominevole. Chi ti ha imposto questo ignobile atto di sottomissione?»

«Sono un invertito,» sibilò Xan, furioso, voltandosi per affrontare Urho in mezzo alla strada. Doveva mettere fine a tutto ciò prima che Urho provasse a usare la sua stazza e la superiore forza fisica per obbligare Xan a ubbidirgli.

«Lo vedo, e lo sento dall'odore, che sei stato obbligato a sottometterti,» replicò Urho a bassa voce, il tono dolce e calmo, inteso a tranquillizzarlo. «Ma questo non ti rende un invertito. Questa è una violenza, non è una condanna definitiva sulla tua persona.»

«Tu non capisci!» gridò Xan. «È così che sono fatto. Chiedilo a Jason. O a Caleb.» Gli faceva male la gola per essere stato strangolato e riusciva a malapena a tirare fuori le parole. «Come Alpha invertito, ricevo quello che mi spetta. Hai capito?»

Urho scosse la testa, gli occhi socchiusi in un'espressione confusa. L'argento nei suoi capelli scuri brillava sotto i raggi della luna crescente. «Ma questo non ha senso. Tu hai un Omega…»

Xan gemette e tornò a voltargli la schiena. Doveva arrivare alla macchina e tornare a casa prima di svenire per il dolore e prima che lo sgomento, che di certo lo avrebbe travolto al mattino, lo sopraffacesse già in quel momento.

«Ricevo quello che mi spetta,» ripeté, l'oscurità che iniziava a sorgere dentro di lui. Il nero assoluto della sua anima, nutrito in profondità dagli incontri con Monhundy, passati e attuali, era la conferma di quanto fosse rovinato e deviato. Invertito, indegno d'amore e del tutto privo di valore. «Ho quello che mi merito.»

Urho allentò la presa, lo shock che si faceva strada sul suo viso, gli occhi che si spalancavano mentre sembrava infine comprendere che Xan non era una vittima.

«Quella è la mia macchina,» annunciò Xan, con un cenno in direzione del gioiello verde lime che aveva comprato in un giorno in cui si era sentito ottimista, un giorno in cui si era sentito più come il vero se stesso, quello che non cedeva alla tentazione e non andava a casa di Wilbet Monhundy a implorare di essere massacrato.

La voce di Urho sembrò quella di un fantasma, quando gli chiese: «Sei in grado di guidare fino a casa?»

«Sì,» mentì Xan. A dire il vero non ne era molto sicuro. «Caleb si prenderà cura di me, non preoccuparti.»

Urho lo fissò, le labbra serrate in una linea tesa.

«E, ti prego, non dire niente a Jason. Ha già troppi pensieri.» Xan si allontanò dalla presa forte del medico e salì in macchina, armeggiando con le chiavi prima di riuscire ad avviare il motore e immettersi in strada.

Dallo specchietto retrovisore, Urho, in piedi sul marciapiede, le mani nelle tasche, lo fissava con espressione cupa. Il vomito gli risalì la gola e lui lo ricacciò indietro con un gemito miserabile. Non aveva mai avuto la stima di Urho e, sicuro come l'inferno del Lupo, dopo quel giorno non l'avrebbe *mai* ottenuta. Sarebbe stato fortunato se non fosse andato a denunciarlo alla polizia.

Considerato quanto era andato vicino alla morte, quella notte, l'opinione che il medico aveva di lui avrebbe dovuto essere l'ultima delle sue preoccupazioni. Eppure, durante tutto quel viaggio surreale verso casa, gli occhi scuri e sbalorditi di Urho e le sue labbra serrate, prova del suo disgusto e della sua disapprovazione, furono l'unica cosa a cui Xan riuscì a pensare.

Facevano male quasi quanto le ferite fisiche.

«OH, TESORO, PERCHÉ ti fai questo?» chiese Caleb. Le sue lunghe dita fredde tracciarono con dolcezza i segni sulla gola di Xan, i gentili occhi azzurri che brillavano per la tristezza. La luce della luna e la fredda aria notturna si riversavano nella sontuosa camera da letto di Caleb attraverso le finestre a saliscendi lasciate aperte, inondando la pelle febbricitante, arrossata e piena di lividi e tagli di Xan. Indossava solo i pantaloni del pigiama, la vestaglia abbandonata sul pavimento accanto al letto. I suoni della città filtravano dall'esterno.

«Non lo so. Quando il bisogno mi prende, non riesco a fermarmi.»

Caleb sospirò. «Un giorno potrebbe ucciderti.» Aiutò Xan a mettersi sul letto a pancia in giù, così da potersi prendere cura delle ferite peggiori che Monhundy gli aveva inferto con i calci alla schiena.

«Lo so,» ammise lui. «E poi che ne sarebbe di te?» Gli si stavano chiudendo gli occhi per lo sfinimento e le lenzuola e le coltri fresche gli davano una sensazione piacevole sulla pelle accaldata.

Caleb si infilò dietro le orecchie i capelli biondi lunghi fino al mento per scrutare le ferite di Xan. Se ne occupava con la delicatezza e l'affetto che ogni Pater avrebbe riservato al proprio figlio adorato e ciò lo faceva sentire amato e al sicuro in un modo di cui sapeva, in fondo, di non essere davvero degno.

I cataplasmi caldi che gli applicò sulla schiena e sui fianchi contusi gli procurarono un po' di sollievo, il letto comodo in cui Caleb si rifugiava ogni notte tra soffici cuscini e coperte morbide lo invitava al sonno. Ma presto sarebbe dovuto tornare nella sua stanza, dove avrebbe patito la solitudine che si meritava e avrebbe sognato un Alpha capace di amarlo come se fosse stato un vero Omega.

«Come se fosse quella la cosa che mi preoccupa di più,» sussurrò Caleb. Eppure, Xan non l'avrebbe biasimato affatto se quello fosse stato il suo timore più grande. Anche lui aveva i propri segreti da nascondere e i suoi bisogni da soddisfare. Dopotutto, c'era un motivo se quello che era noto come "l'Omega irraggiungibile" aveva firmato il contratto di unione con un Alpha invertito. Ovviamente, quel motivo era il loro segreto, non era certo un'informazione di pubblico dominio. E non lo sarebbe mai diventata, a patto che Xan non avesse rovinato tutto con la sua sconsideratezza.

«Non saremo amanti nel vero senso della parola, ma io ci tengo a te,» dichiarò Caleb mentre gli spalmava la pomata all'arnica sulle contusioni più lievi. Lui nascose il viso nella piega del braccio con un sibilo. «Ti considero più che una mera copertura per le mie anomalie. Siamo amici, non è vero?»

«Siamo una famiglia,» ribatté Xan con fermezza, il bisogno di possesso che gli derivava dalla propria natura di Alpha che insorgeva con forza. Caleb non era il suo vero amore, ma era il suo Omega. In fondo, si erano scambiati delle promesse e avevano firmato il contratto. Non c'erano dubbi che Caleb fosse *suo*: potevano anche non condividere ciò che condividevano altre coppie unite dal contratto ma, a prescindere da tutto, erano diventati una famiglia.

«E allora come tua famiglia, ma prima di tutto, per quel che mi riguarda, come tuo amico sincero, ti imploro di smettere di vedere quel mostro.»

Xan trattenne i commenti taglienti e accusatori che gli balzarono alle labbra, sapendo che rispecchiavano i suoi timori sul proprio valore come Alpha e non l'opinione reale di Caleb. L'odioso senso di colpa riecheggiò comunque nella sua mente.

Se non la smetti ora, qualcuno lo scoprirà, Xan. Quanto a lungo questa faccenda potrà restare un segreto? E allora cosa accadrà? Se sarai scoperto, non sarai il solo a pagarne il prezzo. Anche Caleb ne soffrirà. E tuo fratello Ray. Tutta la famiglia ne sarà umiliata. I tuoi genitori. E i tuoi amici. Il legame con te sarà una condanna per tutti coloro che ti vogliono bene. Perché sei tanto vigliacco ed egoista? Perché sei così ripugnante?

«Xan, smettila di colpevolizzarti,» lo rimproverò Caleb, che lo conosceva fin troppo bene. «Ti sei già fatto abbastanza male per questa sera, permettendo a quell'Alpha di abusare di nuovo di te. Deve per forza ridurti sempre in questo stato?»

«Gli piace.»

«E a *te* piace?»

Xan chiuse gli occhi con forza, la gola così stretta che faceva fatica a parlare. «Non lo so più che cosa mi piace.»

Caleb sospirò, sconsolato. «E io non sono di alcun aiuto.»

«Sei di grande aiuto, invece. Non mi stai forse rappezzando?» Xan cercò di apparire noncurante, ma il dolore nella sua voce rovinò l'effetto. «Tu sei un Omega meraviglioso.»

«Ma cosa ci facevi in quella zona della città?» chiese Caleb in tono gentile. Cercava sempre di non sembrare critico, anche se Xan sapeva che aveva tutto il diritto di esserlo.

«Sono andato a trovare Jason e Vale. Avevo intenzione di tornare dritto a casa, ma...» Ebbe un sussulto quando Caleb gli spalmò l'arnica sulla schiena. Il dolore intenso causato dalla pressione sul livido a forma di stivale gli fece venire la nausea. Avrebbe dovuto raccontargli le novità a proposito di Vale e Jason, ma non ne aveva proprio la forza.

«Quell'uomo è la tua cocaina,» mormorò Caleb, riferendosi alla droga che aveva destabilizzato e poi distrutto la sua infanzia quando il suo Father ne era diventato dipendente e aveva perso il patrimonio della famiglia.

I genitori di Xan si erano opposti alla loro unione per molti motivi, tra cui il fatto che, a ventinove anni, Caleb era più vecchio e godeva di una reputazione dubbia, e la faccenda della dipendenza e il relativo scandalo erano stati un ulteriore punto a suo sfavore. Avevano ceduto solo quando si erano resi conto che Xan era determinato oltre ogni ragione a firmare il contratto con il bellissimo Caleb e che non avrebbe neppure preso in considerazione l'idea di un altro Omega. Ormai i suoi genitori lo apprezzavano più di quanto apprezzassero lui, ma quella era un'altra storia.

Xan si morse l'interno della guancia al ricordo di come una volta avesse pensato che Caleb fosse il salvatore che cercava. Che terribile errore! E ora aveva trascinato il poveretto sul fondo insieme a lui, assoggettando di nuovo quell'uomo fantastico e paziente alla dipendenza mal gestita dell'Alpha a cui era legata la sua vita. Avvampò per la vergogna.

«Mi libererò di lui,» promise. Non sapeva più quante volte Caleb lo avesse supplicato di non sottoporsi più agli abusi di Monhundy e quante volte lui avesse acconsentito, solo per decidere dopo qualche settimana di sottomettersi a essi "solo un'ultima volta".

«Devi farlo, prima che ti uccida.»

«O prima che la verità venga a galla.»

Caleb si sedette sui talloni, la fronte aggrottata, e lo fissò con uno sguardo imperioso. Era un'espressione che gli riusciva in modo eccellente. «Le tue priorità sono distorte. La tua vita conta più della tua reputazione.»

«Father non sarebbe d'accordo. E nemmeno Ray.»

«Non dai abbastanza credito a tuo fratello. Per quanto riguarda tuo padre... Beh...» Caleb tacque. Senza dubbio stavano pensando entrambi alla cena di famiglia durante la quale il Father di Xan, dopo che gli era giunta all'orecchio una voce sulle sue inclinazioni, aveva dichiarato che avrebbe preferito un figlio morto a uno invertito. «Mi stupisco che tu sia riuscito a tornare a casa in queste condizioni.»

«Mi hanno aiutato,» ammise Xan.

«Qualcuno ti ha dato un passaggio?» chiese Caleb con tatto.

«No, Urho Chase mi ha visto mentre cercavo di raggiungere l'auto e mi ha prestato assistenza.»

A dire il vero, *non* avrebbe dovuto guidare. Era quasi svenuto per due volte, mentre cercava di orientarsi tra le strade e sbatteva le palpebre per riprendersi se scivolava verso l'incoscienza, il mondo che svaniva attorno a lui. Per fortuna aveva trovato le strade quasi deserte, tuttavia il viaggio era stato un tormento.

Quando era arrivato alla loro abitazione esclusiva in Center Square, a meno di un chilometro dalla sontuosa residenza dei suoi genitori, era stato davvero grato di vedere Lenser, uno dei suoi domestici Beta più discreti, alla porta d'ingresso. Gli aveva consegnato le chiavi dell'auto, gli aveva chiesto di metterla nel garage ed era entrato, felice di essere arrivato a casa tutto intero e consapevole che, anche se Lenser non gli avrebbe fatto domande e non avrebbe diffuso pettegolezzi, aveva comunque visto il suo datore di lavoro in condizioni ben poco dignitose.

Grazie al Sacro Lupo, i Beta non avevano l'abilità olfattiva di

Omega e Alpha, altrimenti Lenser avrebbe scoperto la verità all'istante. Come aveva fatto Urho.

«Il dottor Chase è un Alpha,» commentò Caleb, che se ne stava seduto con gli occhi sgranati. «Quando sei arrivato puzzavi dello sperma di quel mostro. È impossibile che lui non abbia percepito l'odore che avevi addosso.»

Xan sentì le viscere aggrovigliarsi e fu sommerso da un'umiliazione rovente e da un terrore glaciale allo stesso tempo. «Lo ha fatto.»

«E tu cosa gli hai detto? Che sei stato aggredito? Che sei stato assalito da un Alpha che…?» La confusione di Caleb suscitò in lui un bisogno feroce di proteggerlo, di promettergli che sarebbe andato tutto bene. Era un Alpha, dopotutto, e a prescindere dalle perversioni sessuali che metteva in atto, sentiva comunque il desiderio di difendere il proprio Omega da ogni pericolo.

«Gli ho detto la verità.»

Caleb restò senza fiato. «Tu… Perché?»

«Come hai detto tu, ha sentito l'odore che avevo addosso e ha insistito che chiamassimo la polizia. Sai com'è fatto Urho, così onesto e tutto d'un pezzo. E io non avevo la mente abbastanza lucida per escogitare un altro piano. La verità mi è sembrata l'unica via d'uscita.»

«Quale verità?» Caleb inarcò le sopracciglia bionde. «Quella che racconti a me o la verità pura e semplice?»

«Gli ho raccontato il meno che ho potuto, quanto è bastato per impedirgli di fare ciò che si dice la "cosa giusta" e chiamare la polizia.»

«Gli hai parlato di Jason?»

Xan trasalì. «No. Jason non vorrebbe che lo scoprisse.» E tuttavia, non aveva forse lasciato intendere a Urho che Jason sapesse *qualcosa*? Alzò piano lo sguardo a incontrare quello di Caleb. «Non mi ero reso conto che tu ne fossi a conoscenza.»

«Di certo non l'ho saputo da te. E no, neppure da Jason. Ma non sono uno sciocco. Ormai ti conosco abbastanza a fondo e ho visto come lo guardi, a volte, e il modo in cui lo desideri ancora. E ho visto che lui ti guarda con affetto e, beh, per mancanza di un termine più adatto, con senso di colpa. Ti conosce di gran lunga troppo bene e ti tratta con troppa generosità per essere solo un vecchio amico.»

«Sì, eravamo amanti.»

«Perché è finita?»

Xan sospirò. «Ha trovato Vale.»

«Capisco.» Caleb conosceva la storia dell'imprinting tra Vale e Jason. Ormai la raccontavano come una dolce fiaba, parlavano con entusiasmo di quel momento come se non fosse stato un atto violento e terrificante, in sostanza un'aggressione. Gli occhiali rosa dell'amore tra *Érosgápe* ne avevano edulcorato il ricordo, almeno per loro. Non si poteva dire lo stesso per Xan.

«E ora il dottor Chase conosce il tuo segreto.»

Xan seppellì il viso tra le mani. «Stavo male e vaneggiavo. Non so quanto abbia capito e se mi abbia creduto. Non è troppo tardi per gestire la situazione e tenere la storia sotto controllo.»

«Mmm,» mormorò Caleb. «Cosa ha detto?»

«Era confuso. Sono sorpreso che mi abbia consentito di guidare per tornare a casa. Credo che sia stato il suo turbamento a permettergli di lasciarmi andare.»

«Lo dici come se fosse una cosa positiva! Saresti stato meglio con le cure di un medico. Chi lo sa cosa ti ha fatto quel mostro?» Caleb sistemò un impacco che era scivolato a causa dell'agitazione di Xan. «Vorrei che mi lasciassi guardare.»

«No.» Xan apprezzava le attenzioni di Caleb per le ferite esterne, ma c'era un limite a ciò che avrebbe permesso al suo Omega di vedere riguardo alle conseguenze della sua dipendenza.

«Il dottor Chase...» Caleb fece un altro sospiro. «Si porrà delle domande.»

«Di sicuro.»

«Chiamerà Jason.»

«Non credo. Non in questo momento.»

Caleb parve dubbioso e, in una situazione diversa, avrebbe avuto ragione a esserlo. Ma Urho non avrebbe voluto disturbare Jason, non con il rischio di procurare a Vale un ulteriore stress. La gravidanza, per terrificante che fosse, avrebbe almeno risparmiato a Jason e Xan quella conversazione imbarazzante.

«Il dottor Chase è un uomo all'antica,» ribatté Caleb in tono sommesso. «So che lo ammiri, e ho visto come lo guardi.»

«Cosa vorresti dire?»

«Lo sai che cosa voglio dire, Xan.» Caleb non sembrava arrabbiato, solo triste ed esausto. Per tutti e due. «So che lo ammiri,» ripeté. «Ma ti puoi fidare di lui?»

«Penso di sì. Sì.» Soprattutto in un momento in cui Vale era vulnerabile. Urho non lo avrebbe mai messo in pericolo: la sua lealtà e la sua devozione erano troppo forti, e ciò significava che avrebbe mantenuto il segreto di Xan. Almeno fino a quando fosse nato il bambino di Jason e Vale… oppure Vale l'avesse perso, a seconda del caso. Gli si contrasse lo stomaco.

«Suppongo di dovermi fidare del tuo giudizio.»

«So di aver commesso un errore, questa sera.»

«Tesoro, commetti questo errore troppo spesso. Mi si spezza il cuore.» Caleb strofinò il viso sulla sua nuca. Non c'era nulla di sensuale in quel gesto, solo il bisogno di essere rassicurato. Era il modo di agire di un Omega e Xan rispose come era suo dovere, fornendo il conforto di un Alpha.

«Va tutto bene. Prometto che mi prenderò sempre cura di te.»

Caleb sbuffò piano e poi si allontanò. «Preferirei che ti prendessi cura di te stesso.»

«Sono stanco,» annunciò Xan. Si girò con prudenza sulla schiena, facendo cadere gli impacchi, e si sedette. Si ritrovò coperto di sudore per lo sforzo e quando, con una certa cautela, si alzò, Caleb dovette aiutarlo.

«Hai bisogno di riposo. Che scusa userai, domani?»

«Andrò a lavorare,» rispose.

«Ma il tuo viso…»

Xan si toccò lo zigomo gonfio e fece una smorfia. «Suppongo non ci sia modo di nasconderlo?»

«Nemmeno con il trucco di scena che ci è avanzato da quella festa in maschera a cui siamo andati.»

«Allora mi toccherà dire che ho l'influenza.»

«Sì,» concordò Caleb. «Telefonerò io domani mattina.»

«Grazie.» Il nodo allo stomaco di Xan si allentò.

Se fosse stato Caleb a chiamare, suo padre non avrebbe urlato e strepitato e, probabilmente, lo avrebbe lasciato in pace almeno per qualche giorno. Come molti Omega, Caleb sapeva per istinto come parlare a un Alpha per minimizzare il rischio di aggressione e Xan ne era grato.

Quante cene di famiglia erano state salvate dal suo abile intervento, quando Father aveva iniziato la solita feroce umiliazione di Xan? Era difficile essere l'unico figlio Alpha in famiglia, con tutte le speranze per il futuro riposte in lui, soprattutto dato che era così intrinsecamente difettoso e tutti sospettavano la verità, anche se non ne erano proprio sicuri.

«Posso farcela da solo,» disse Xan, piegandosi a raccogliere la vestaglia con un sibilo di sofferenza.

«Lascia che ti aiuti.» Caleb gli fece scivolare l'indumento morbido sulle spalle.

La brezza fresca proveniente dalle finestre gli pizzicò la pelle e fu scosso da un brivido doloroso. Nella sua stanza, i domestici Beta avevano di certo attizzato il fuoco per la notte e lui avrebbe potuto rannicchiarsi nel letto comodo e al caldo. Caleb era il solo che preferiva dormire in una stanza gelida.

La pelle candida del suo Omega brillava alla luce della luna, immacolata e perfetta. Lo scollo della vestaglia di seta bianca rivelava il torace glabro e l'addome, e Xan desiderò, come sempre, di provare un po' di emozione a quella vista, che era davvero stupenda. Caleb era la quintessenza dell'Omega: dolce e delicato, bellissimo, con un fisico armonioso e alcuni tratti sensuali come gli occhi sognanti e la bocca imbronciata.

La maggior parte degli Alpha bramava di proteggerlo e possederlo. Per molti anni era stato l'oggetto del desiderio alle serate del Comitato Philia per gli Omega senza contratto, ma lui aveva rifiutato di considerare qualunque proposta, finché non era arrivato Xan. E aveva respinto anche lui, finché non aveva compreso che i loro bisogni erano perfettamente compatibili...

Almeno per la maggior parte del tempo.

Xan prese il barattolo dell'unguento che Caleb gli aveva applicato e lo baciò con tenerezza sulla guancia. L'Omega lo accompagnò alla porta della sua camera e, appena prima che se ne andasse, lo strinse in un abbraccio delicato. «Dormi bene, mio Alpha,» sussurrò.

La gola stretta, Xan ribatté: «Anche tu, mio Omega.»

Il corridoio era lungo e la sua camera si trovava all'estremità opposta. Tranne alcune stanze che Caleb aveva reclamato per sé, la casa era stata arredata secondo il gusto sfarzoso di Xan, e il corridoio non faceva eccezione. Le pareti erano coperte di specchi che di solito appagavano la sua vanità con la ripetizione continua della sua immagine. Quella sera, però, tenne lo sguardo sul morbido tappeto rosso steso sul pavimento di legno: non aveva bisogno di vedere il suo volto tutto nero, blu e rosso. Le conseguenze della sua oscura dipendenza non gli procuravano alcun piacere.

Superò l'ampia scala che conduceva al piano terra e continuò oltre le porte chiuse di altre camere da letto, inutilizzate e, al momento, per lo più spoglie, a esclusione di due stanze destinate agli ospiti.

La casa era più grande del necessario, ma Xan nutriva ancora qualche vaga speranza di riempire di bambini le numerose camere tra la sua e quella di Caleb, in un modo o nell'altro. Se fosse riuscito a risolvere i suoi problemi di prestazione durante il calore... e se il suo sperma si fosse comportato bene e avesse ingravidato Caleb alla prima occasione, gli sarebbe piaciuto dare subito inizio a quel sogno.

Dopotutto, era suo dovere portare avanti il nome degli Heelies e garantire a Caleb una famiglia da amare. Il suo Omega desiderava disperatamente diventare un Pater e Xan gli aveva promesso che lo sarebbe stato.

Sacro Lupo, gli aveva promesso tante di quelle cose.

Sospirò, aprì la porta della sua stanza calda e la chiuse con cura dietro di sé. L'ampio letto era circondato da quattro colonne di legno ed era sormontato da un baldacchino rosso. Il fuoco ardeva nel camino, proprio come aveva previsto, e le lenzuola erano state ripiegate indietro in modo invitante.

Si sfilò la vestaglia e i pantaloni del pigiama e li gettò sulla poltrona di velluto nell'angolo. Affondò le dita dei piedi nel folto manto grigio perla del tappeto che aveva acquistato a Rapersten durante un viaggio d'affari, l'anno precedente. Il suo ruolo era stato di mera rappresentanza, ovviamente; aveva dovuto sorridere, stringere mani e firmare i contratti negoziati da suo fratello Ray con i commercianti di tappeti del luogo. Ma aveva scelto quel tappeto per sé tra le innumerevoli pile del magazzino che avevano visitato.

Si sdraiò sul letto con cautela e guardò la piatta distesa di tessuto rosso sopra di sé. I suoi pensieri combattevano una difficile gara contro il dolore persistente, come cavalli selvaggi scatenati nella sua mente. Era stato lui a cacciarsi in quella situazione, lo sapeva, e non meritava il perdono per ciò che era accaduto. Ma cosa aveva fatto per meritare quelle pulsioni? Era nato malvagio? Aveva fatto qualcosa di così terribile in una vita precedente, che il Sacro Lupo aveva ritenuto opportuno punirlo anche in quella attuale?

Poco più di un anno prima aveva sperato che i suoi desideri deviati fossero qualcosa che avrebbe potuto lasciarsi alle spalle. Aveva firmato il contratto con Caleb e avevano concordato di condurre una vita di astinenza, tranne quando fossero sopraggiunti i calori. Era una soluzione che rispondeva ai bisogni di Caleb alla perfezione e che incontrava le sue esigenze più di quanto avrebbe potuto fare l'unione con qualunque altro Omega.

Aveva pensato che il loro sodalizio sarebbe stato la sua salvezza. Avrebbero formato la famiglia pretesa da Father e Pater e lui avrebbe continuato a essere una figura di rappresentanza, mentre il suo geniale fratello Beta avrebbe diretto l'azienda di famiglia. Avrebbe trovato la serenità in ciò che gli era concesso.

Xan era stato del tutto sicuro che il suo piano avrebbe funzionato. Aveva imparato a scuola che, durante il calore, i feromoni di un Omega scatenavano in un Alpha un'eccitazione e un desiderio istintivi. Era stato certo che non ci sarebbero stati problemi da parte sua, una volta esposto al profumo emanato da Caleb durante il calore. Dopotutto, era un Alpha. Ne era stato così convinto da promettere a Caleb che non avrebbe sofferto neppure per un attimo, quando fosse arrivato il momento.

Ah, quanto sembrava assurda e presuntuosa, ormai, quella promessa!

Meritava che il suo corpo fosse così malridotto e la risata, disperata e carica di odio, scatenata da quei pensieri lo ridusse a rantolare per il dolore, mentre lacrime calde gli bruciavano gli occhi. L'unico risvolto positivo di quel piano pietoso era stata la scelta di Caleb, che si era rivelato molto più comprensivo di quanto lui avesse il diritto di aspettarsi.

Non aveva intenzione di concedersi alcun perdono per come il suo piano era andato in pezzi. Caleb, tuttavia, era sempre pronto a perdonare e dimenticare, a passare oltre e a elaborare insieme a lui una nuova strategia, trascinandolo con sé nel suo rifiuto di cedere alla vergogna. Aveva puntato tutto su Xan, pronto a superare le tempeste della loro vita fino all'amara conclusione. Era un uomo di una bontà assurda e lui non lo meritava. Nemmeno un po'.

Caleb, ovviamente, non era d'accordo con lui. Al contrario, sosteneva di essere altrettanto difettoso e affermava sempre che erano una coppia perfetta. Persino dopo una notte come quella.

Un gufo bubolò fuori dalla finestra, squarciando il velo della sua squallida autocommiserazione. Xan afferrò il barattolo di unguento e si tolse la biancheria intima. Sdraiato sul letto, allargò le gambe doloranti e allungò la mano a esaminare il suo ingresso gonfio e sanguinante.

Si vergognava sempre troppo per permettere a Caleb di prendersi cura di quelle ferite.

Con gli occhi ancora pieni di lacrime, raccolse l'unguento con due dita e le infilò a fondo dentro di sé, mugolando per l'ondata di dolore. Poi, con le dita ancora all'interno, si girò su un fianco, il corpo squassato dai singhiozzi. L'arnica gli diede sollievo anche mentre le sue dita riaprivano le lacerazioni.

Odiava il fatto di non riuscire a voltare le spalle all'oscurità a lungo. Perché non poteva starne alla larga e rimanere casto, come Caleb? Quando avevano siglato il contratto solenne che li univa, non aveva creduto che sarebbe stato così difficile, né di essere depravato fino a quel punto.

Nel caldo secco della sua stanza, rannicchiato nel letto soffice, l'apertura che pulsava a tempo con il battito del suo cuore, Xan pianse finché non si addormentò.

CAPITOLO QUATTRO

URHO SI OSTINAVA a restare seduto nel comodo salotto alla destra dell'ingresso elegante. Non si trattava di una delle stanze in cui era già stato durante uno dei pochi ricevimenti che Xan e Caleb avevano dato nell'ultimo anno, da quando avevano siglato il contratto di unione. Il mobilio non sembrava rispecchiare il gusto di Xan. Era classico e sobrio, mancava della consapevolezza di sé, raffinata eppure estrosa, che gli abiti e l'arredamento di Xan mostravano sempre. Forse quella stanza era opera di Caleb? Se era così, l'Omega possedeva una sensibilità che trascendeva le mode.

La luce del sole di metà mattina, che filtrava attraverso leggere tende bianche, conferiva all'ambiente un ulteriore senso di tranquillità. In un giorno diverso, Urho si sarebbe goduto un tè e un po' di relax in quel salotto, ma il nervosismo gli rendeva quasi insopportabile la mancanza di dettagli bizzarri su cui concentrare l'attenzione. Incrociava e accavallava le gambe senza sosta.

Quando la porta che dava sul corridoio si aprì dietro di lui, si alzò, sempre rivolto verso la finestra, incrociò le braccia davanti a sé e sollevò il mento, pronto a incontrare Xan, qualunque fosse lo stato in cui l'avrebbe trovato quella mattina. Sebbene non avesse pensato ad altro per tutta la notte, all'improvviso si ritrovò a corto di parole, senza sapere da dove iniziare, quindi chiuse gli occhi e attese di scoprire come sarebbe stato accolto.

«Dottor Chase,» mormorò una voce soave e armoniosa, un tenore gradevole e pacato con un sottotono d'acciaio che Urho riconobbe. Aveva sentito gli Omega sfoderare quell'atteggiamento con gli Alpha per tutta la vita.

«Signor Riggs,» replicò Urho con cortesia, aprendo gli occhi e girandosi per guardare Caleb. Indossava abiti comodi e informali: pantaloni bianchi e una camicia bianca a maniche corte dall'aspetto morbido, che si apriva in una piccola scollatura a mostrare le clavicole delicate. Teneva le braccia pallide lungo i fianchi nel tentativo di mostrarsi calmo e controllato, ma a Urho non sfuggì il suo respiro affrettato, né il modo in cui il suo battito pulsava alla base del lungo collo. «Sono venuto qui questa mattina per parlare con il suo Alpha,» affermò.

«Xan sta riposando.» Caleb chiese da sopra la spalla che fosse servito il tè, poi avanzò nella stanza. I capelli, un poco più lunghi di quanto prescrivesse la moda, gli arrivavano fino al mento, ma vicino alla fronte erano pettinati all'indietro, lontani dal viso e trattenuti da una molletta scintillante di gemme blu. I suoi occhi avevano un colore simile e lo trafissero come lame. «Non si sente bene.»

Urho sentì lo stomaco chiudersi. «L'ho visto ieri sera. Ha bisogno di cure mediche? Sarei lieto di aiutarlo.»

Caleb inarcò il sopracciglio destro, ma rimase in silenzio per qualche istante mentre un domestico Beta, un ragazzetto minuto, portava il servizio da tè e lo posava sul tavolino davanti a Urho. Nemmeno le stoviglie erano come se le sarebbe aspettate in casa di Xan. Anziché avere un design estroso, ricercato e all'avanguardia, la teiera era bianca e liscia. Le tazze non avevano manici ed erano fatte della stessa ceramica bianca, delicata ma sobria.

Dopo che il giovane se ne fu andato, Caleb si sedette di fronte a Urho su una semplice sedia color crema, con lo schienale alto e priva di braccioli. Incrociò le gambe con eleganza e Urho notò, per la prima volta, che aveva i piedi nudi e ogni unghia era dipinta con una sostanza lucida e scintillante che catturava la luce del mattino.

«Che ne diresti di mettere da parte le formalità?» Caleb lo guardò da sotto le ciglia con quella che poteva essere definita solo finta ritrosia. La mossa tipica di un Omega che si sentiva messo all'angolo. «Ci siamo incontrati abbastanza spesso da poterci dare del tu.»

«Ma certo.» Sorrise e provò ad aggrapparsi al consueto botta e risposta richiesto dalle buone maniere per scacciare il senso di disagio in cui si dibatteva dalla sera precedente. Si accomodò di nuovo sulla sua poltrona. «Chiamami Urho.»

«E tu puoi chiamarmi Caleb.» L'Omega si appoggiò allo schienale della sedia, mettendosi comodo. Tuttavia, la sua espressione sembrava quella della gatta di Vale quando osservava gli uccellini dalle finestre dello studio: rilassata ma concentrata, pronta all'attacco. «Allora, Urho, cosa posso fare per te?»

Urho cercò di assumere una postura più rassicurante. Non voleva che Caleb pensasse a lui come al cattivo della situazione. «Come ti ho detto, ho visto Xan ieri sera. Era ferito.»

Caleb arrossì, ma non distolse lo sguardo da quello di Urho. «Sì.»

«Se ha bisogno di cure mediche, io sono discreto e sono pronto a rendermi utile.»

Caleb versò il tè per entrambi con grazia, le lunghe dita agili e forti, sebbene un poco tremanti. «Ne sarei felice, però dubito che Xan sarebbe della stessa opinione.»

«È un idiota testardo.»

Il sorriso di Caleb fu immediato e sorprendente. Quel sorriso non gli era stato concesso molte volte nei loro incontri precedenti. L'Omega di Xan era sempre sembrato, se non timido, quantomeno guardingo; ora la sua espressione indicava una possibile apertura nei suoi confronti. «Sì, lo è,» concordò Caleb. «Molte persone non se ne rendono conto, ma non mi sorprende che tu l'abbia capito.»

Urho non sapeva chi mai al mondo avrebbe potuto stupirsi di un Alpha ostinato, ma di solito Xan metteva in scena un'interpretazione convincente del damerino superficiale, privo della sostanza necessaria a sostenere le sue opinioni insolenti. Tra quella recita, i farfallini e i pantaloni aderenti che gli fasciavano il sedere tanto da far indugiare lo sguardo di Urho troppo a lungo, per non parlare degli occhi blu, così luminosi e quasi innocenti, doveva essere difficile per certi bacchettoni cogliere la sua vera natura.

Alla luce del mattino che filtrava dalle finestre, Urho notò, non per la prima volta, che Caleb era un poco più vecchio di Xan. Linee sottili si diramavano dagli angoli dei suoi bellissimi occhi: se avesse dovuto fare un'ipotesi, avrebbe detto che aveva almeno cinque anni in più.

Era insolito per un Omega siglare il contratto con un Alpha tanto più giovane, se non c'era un legame di *Érosgápe* a unirli. Non era un evento senza precedenti, tuttavia era un fatto curioso. Perché avrebbe dovuto preferire Xan rispetto ad altri Alpha della sua stessa età, uomini che forse erano un po' più maturi e più affermati? Di certo dovevano esserci state altre proposte, soprattutto per un Omega di tale bellezza e ovvio acume.

«Sai, Xan ti ammira,» disse Caleb in tono esitante, come se stesse immergendo il dito di un piede nell'oceano per vedere quanto fosse fredda l'acqua.

Il cuore di Urho accelerò e lui aggrottò la fronte, confuso dal calore improvviso che lo aveva avvolto, facendolo sudare. «Non è strano che un giovane Alpha cerchi un riferimento in un Alpha più vecchio,» rispose, ma la sua voce suonò tesa, e non sapeva perché.

Caleb mormorò qualcosa, l'espressione scaltra mentre lo scrutava. Urho si agitò sulla poltrona morbida e si allentò la cravatta. D'un tratto, la stanza era diventata soffocante e avrebbe voluto che Caleb aprisse una finestra.

Un silenzio teso scese tra loro per alcuni secondi, ma alla fine Caleb chiese: «Cosa pensi di fare con le informazioni di cui sei venuto a conoscenza ieri sera?»

Il battito di Urho parve diventare lentissimo e assordante allo stesso tempo, prima di lanciarsi in un galoppo sfrenato. Osservò l'espressione calma di Caleb, alla ricerca di indizi per capire se avrebbe tradito la fiducia di Xan nel discutere la faccenda con il suo Omega. Nulla faceva pensare che Caleb ne fosse ignaro.

Il suo sguardo di sfida gli diceva che, qualunque cosa fosse accaduta a Xan la sera precedente, qualunque fosse la verità, che si fosse trattato di stupro o dell'affermazione di dominio di un Alpha finita male, l'Omega era al corrente di tutto. Urho tirò un sospiro di sollievo. «Non ho intenzione di fare niente, a parte offrire la mia assistenza come medico.»

Caleb annuì e sorseggiò il suo tè, quindi Urho fece lo stesso. Il gusto delle scorze d'arancia lo rendeva piacevolmente aromatico, così prese un altro sorso, più lungo. Il rumore di una porta che si apriva e si chiudeva da qualche parte sopra di loro fece scattare lo sguardo di Caleb verso il soffitto, l'espressione interrogativa, poi però l'Omega tornò a guardarlo negli occhi, in silenzio.

«Allora, cosa è successo ieri sera?» chiese Urho, dopo un lungo momento in cui entrambi si limitarono a bere il tè e a studiarsi a vicenda, con qualche pausa per osservare i motivi creati dal sole sul pavimento. «Quello che mi ha raccontato non ha senso.»

«Era fuori di sé,» sussurrò Caleb. «Non sono sicuro di cosa lo abbia spinto a cercare…» Storse le labbra e si mangiò il resto della frase. «Le sue ragioni gli appartengono.»

«Sosteneva di non essere stato aggredito.»

Caleb fece una risata amara. «Suppongo dipenda da cosa si intende con aggressione. Non sei d'accordo, dottore?»

«Sembrava essere stato assalito nel più terribile dei modi.»

E Urho lo aveva lasciato andare via in auto da solo. Non aveva scuse per il suo comportamento. Era stato del tutto sopraffatto dall'odore di un altro Alpha sul corpo di Xan, una combinazione di feromoni sessuali e risposta al dolore che gli aveva causato un'eccitazione fortissima e sconvolgente. E la traccia ferrosa di sangue nell'aria lo aveva atterrito come non avrebbe mai dovuto accadere a un medico.

Ripensò agli occhi di Xan, di solito di un blu così luminoso, scuriti dalla paura, offuscati dalla disperazione e folli per la sofferenza. Rabbrividì al ricordo delle sue parole. "Sono un invertito."

E il tono con cui le aveva pronunciate!

Definitivo. Irrevocabile. Non si trattava della ferita all'orgoglio momentanea di un uomo che era stato forzato nella posizione passiva durante un disgraziato e rivoltante episodio di affermazione di dominio da parte di un Alpha. No, era qualcosa di più. Un'ammissione di colpa. Una consapevolezza già presente.

Ma non poteva essere così.

Urho non voleva crederci. Si rifiutava. Nessun Alpha avrebbe accettato il ruolo da invertito in modo continuativo, come stile di vita. Soprattutto non un Alpha che aveva così tanto da perdere. E Xan, in quanto erede di una fortuna immensa, aveva tutto da perdere.

«Ha detto che è...» Urho odiava usare quell'insulto.

Essere etichettato come "invertito" non era solo un'aberrazione, era anche pericoloso. Il carcere non era la cosa peggiore che poteva capitare a un uomo che voltava le spalle ai comandamenti del Sacro Libro del Lupo in maniera così deprecabile.

Si agitò sulla sedia. «Ha detto che è...»

«Già.»

«Ma non può esserlo.»

La voce di Caleb divenne fredda. «E se lo fosse?»

Urho si strofinò il viso con una mano. «E come? È un Alpha. Nessun Alpha permetterebbe a se stesso una simile debolezza.» Si mosse, inquieto, sulla poltrona e sollevò il mento, in cerca delle parole che dovevano essere vere. Le parole che si era detto dal momento in cui, la sera prima, aveva guardato i fari posteriori dell'auto di Xan scomparire. «Ha lottato. Si sbaglia su quello che è accaduto ieri.»

Caleb batté rapidamente le ciglia bionde.

«È stato assalito,» proseguì Urho, «da qualcuno travolto da un incontrollabile impulso di affermazione dell'Alpha. Forse c'entrano droga o alcol, o un'offesa all'Omega dell'uomo. Non lo so. È stato un gioco di potere del genere più violento, e lui si è difeso. Ovvio che l'ha fatto.»

Xan era un Alpha minuto: non avrebbe mai potuto vincere contro un avversario più grosso, e quasi tutti gli Alpha erano più massicci di lui.

«Non c'è stata nessuna lotta,» mormorò Caleb.

«Ma certo che c'è stata. Era ferito.» Urho sentì lo stomaco contrarsi con un senso di disagio.

«È stato picchiato,» lo corresse Caleb, le dita che tremavano con più forza mentre appoggiava la tazza da tè sul tavolino in mezzo a loro. «È diverso.»

Urho lo fissò, il ventre in subbuglio. Cercò di afferrare il motivo preciso per cui gli importava così tanto di quello che era accaduto. Era stato un medico dell'esercito e aveva visto cose terribili e, di recente, si era lasciato alle spalle il lavoro di ricerca in università, che aveva intrapreso dopo aver lasciato le forze armate, per condurre una vita al servizio del prossimo, aiutando i poveri del quartiere Calitan e del quartiere Delta.

Nel corso della sua vita aveva incontrato ogni sorta di persone, aveva assistito a perversioni di ogni tipo, eppure, stranamente, ciò che Caleb stava insinuando riguardo a Xan sembrava più inaccettabile di qualsiasi altra cosa di cui fosse stato testimone là fuori. L'idea che l'irritante, linguacciuto, bellissimo Xan Heelies potesse davvero andarsi a cercare un simile trattamento era inconcepibile.

«È lui che lo vuole?» sussurrò, la lingua impastata.

«Beh, non *così*,» rispose Caleb, scuotendo la testa. «Chi mai vorrebbe essere malmenato in quel modo? Però...» si interruppe, lo sguardo che scattava verso la porta, e quando l'espressione dei suoi occhi si addolcì, Urho comprese chi si trovasse lì. «Tesoro, dovresti essere a letto.»

«Sembra che io abbia un ospite,» rispose Xan in tono freddo. Era fermo con una mano sulla maniglia e l'altra in tasca. Indossava pantaloni alla moda, ma larghi, e un morbido maglione grigio con il collo alto, che metteva in risalto le pagliuzze bianche nelle sue iridi blu. La guancia sinistra era livida e gonfia e gli occhi erano ombre senza vita, niente a che vedere con i laghi ridenti e vivaci che avevano subito colpito Urho quando si erano conosciuti.

«Un ospite ostinato, secondo Ren,» continuò Xan, riferendosi al suo governante, il domestico Beta che aveva accolto Urho all'ingresso. «Qualcuno che non vuole andarsene senza avermi visto, così gli è stato detto di riferirmi. E adesso questo qualcuno sta turbando il mio Omega.» Sollevò il mento e il piccolo graffio nel mezzo apparve più profondo alla luce che proveniva dalla finestra.

«Non sono turbato,» ribatté Caleb, sorridendogli con affetto. «Però apprezzo il tuo istinto protettivo, tesoro.»

«*Hai* l'aria turbata,» insisté Xan con lo sguardo tagliente fisso su Urho.

«Mi scuso se ho oltrepassato i limiti con il tuo Omega,» si affrettò a dire lui. Mentre guardava Xan, il calore gli provocò un formicolio in tutto il corpo. Il battito del suo cuore accelerò, come se fosse in torto a trovarsi lì per cercare di aiutare un uomo che si supponeva essere un suo amico. «Lui voleva solo mostrarsi cortese in tua assenza.»

Xan inarcò un sopracciglio e non rispose.

Caleb interruppe il silenzio teso. «Se non vuoi tornare a letto, allora immagino che dovresti entrare e sederti. Sii educato.»

Xan attraversò piano la stanza. Continuò a fissare Urho con un'espressione di sfida e smise solo per rivolgere una rapida occhiata a Caleb, mentre si sedeva con una smorfia su una poltrona morbida accanto a lui.

Era chiaro che il danno subito dal suo ano era abbastanza grave da procurargli dolore anche il giorno successivo. Urho aprì la bocca per rimproverarlo perché non lo aveva chiamato per occuparsi del problema, come medico e amico, ma la richiuse.

La sera prima, Xan aveva ammesso di meritarsi quel che era accaduto e, secondo il Sacro Libro del Lupo, se andava a cercare quel tipo di attività, allora forse era vero. Urho rabbrividì per il disgusto, ma non sapeva se fosse diretto a se stesso, al Sacro Libro o a Xan. Era impreparato a quella situazione e non sapeva da che parte iniziare.

Caleb pareva non avere simili scrupoli. «Dovresti farti visitare da Urho.»

Xan sbuffò, ma distolse di scatto lo sguardo da Urho e lo rivolse al pavimento. Allungò la mano verso quella di Caleb e, una volta che gli fu concessa, la tenne stretta. Urho li osservò, cercando di capire. Perché si sentiva come se fosse entrato in un mondo alla rovescia, un mondo che voleva comprendere e da cui, allo stesso tempo, voleva fuggire il più lontano possibile?

«Tu sei ferito e io sono spaventato,» disse Caleb. «Come tuo Omega, esigo che glielo lasci fare.»

Xan serrò gli occhi con forza, le guance in fiamme, ma annuì. «Dottor Chase...»

«Siamo amici da troppo tempo per queste formalità.» L'emozione repressa sotto quella facciata di cortesia rendeva Urho insofferente.

«Va bene, Urho,» si corresse Xan, lo sguardo, acceso da una rabbia profonda, che tornava a posarsi su di lui. «Il mio Omega gradirebbe che tu mi visitassi. È preoccupato per la mia salute.»

«E fa bene a esserlo. Hai un aspetto terribile.» Urho fece un respiro profondo per cogliere il profumo della pelle di Xan e gli altri odori che si sovrapponevano al suo e lo circondavano. Si acigliò.

«Potrebbe esserci già un principio di infezione.»

Caleb sgranò gli occhi e strinse la mano di Xan fino a farsi sbiancare le nocche.

«Adesso stai *davvero* turbando il mio Omega,» rispose Xan in tono cupo. «Ma vediamo di farla finita alla svelta.»

Urho ebbe un capogiro. Si sentiva come se il tè fosse stato drogato. Si alzò quando lo fece Xan. Osservò il giovane Alpha posare un bacio sulla testa bionda di Caleb e poi girarsi verso di lui e fargli cenno di seguirlo in un "luogo più privato", ma la scena gli parve confusa, come se la guardasse attraverso il vetro di un acquario. Da quando un Alpha aveva bisogno di mantenere la riservatezza nei confronti del proprio Omega?

Xan lo guidò verso le scale, ma non appena se le trovò davanti curvò le spalle, sconfitto. «Preferirei rimanere al piano terra.»

«Potremmo tornare in salotto. Di sicuro, Caleb vorrebbe essere presente per…»

«Devi stargli alla larga,» borbottò Xan.

Urho si accigliò. «Non ho mire su di lui. Per chi mi hai preso?»

Xan rise, ma era una risata priva di allegria. «Non è quello che mi preoccupa. Caleb è speciale.»

«Ogni Alpha pensa che il suo Omega sia speciale.»

«Forse, ma voglio proteggerlo.»

«Da me?»

«Da ciò che lo può turbare.»

Urho sbuffò. «Penso che, al momento, i lividi che hai sul viso lo turbino più di qualsiasi cosa che potrei dire o fare io.»

«Sappiamo entrambi che non è vero,» ribatté Xan in tono minaccioso, invitandolo a imboccare uno stretto corridoio. «La minima insinuazione che riferirai quello che sai di me alle autorità lo distruggerebbe.»

Urho sospirò, ferito. Era quello ciò che Xan pensava di lui?

Alla fine, Xan aprì la porta di una piccola stanza che non era stata ristrutturata, ma era molto luminosa. Un'antiquata *chaise longue* era addossata alla parete anteriore, accanto a un tavolo con le sedie. Sembrava una vecchia nursery, forse preparata dai proprietari precedenti. Sapeva che Xan aveva acquistato la casa a un'asta immobiliare dopo la morte di un Omega vedovo.

«Qui va bene?»

Urho appoggiò la borsa sul tavolo e impose alla sua voce un tono fermo. «Spogliati. Devo controllare le tue ferite dalla testa ai piedi. Usa la coperta che c'è sulla *chaise longue* per salvaguardare la tua modestia, se ne hai bisogno, ma dovrò controllare il tuo ano.»

Xan rimase immobile a fissarlo. Le sue pupille si dilatarono al punto che il blu divenne quasi invisibile. «Perché stai facendo questo?» sibilò, alla fine. «Anzi, perché sei qui?»

«Sei ferito.» Urho vacillò. «Che medico sarei, se ora non ti visitassi?»

«Che medico eri ieri sera, quando mi hai lasciato tornare a casa da solo in quelle condizioni?»

«Uno sotto shock. Umano.» Si passò una mano sul viso e sentì la ricrescita della barba che, quella mattina, si era fatto troppo in fretta. «Ho gestito male la situazione.»

E non ne capiva il motivo. Se ci fosse stato chiunque altro in quella strada, un altro Alpha che avesse confessato di essere un invertito, avrebbe saputo come comportarsi. Soprattutto se fosse stato qualunque altro suo *amico*, avrebbe insistito per portarlo a casa e prendersi subito cura di lui. Cosa c'era in Xan che lo mandava sempre fuori dai binari? E perché lo terrorizzava tanto la rivelazione che le percosse, che avevano provocato quelle ferite, non erano state del tutto indesiderate?

No, erano tutte sciocchezze. Non importava se Xan aveva dichiarato di essere un invertito. La sera precedente era stato fuori di sé, non poteva avere inteso ciò che aveva detto. E neppure Caleb poteva aver inteso quello che aveva insinuato quella mattina. Urho

72

si rifiutava di crederci.

Gli sembrava di avere lo stomaco pieno di serpenti che strisciavano e si arrotolavano, formando nodi viventi, e si passò di nuovo la mano tremante sul viso. «Perdonami.»

«Sono quasi svenuto al volante.»

Urho si schiarì la gola e cercò di recuperare il timone della conversazione. Era lui ad avere ragione. Doveva tenerlo a mente e prendere il comando. «Mi dispiace. Possiamo iniziare la visita?»

«Va bene.»

«Togli i vestiti.»

«No.»

«Il tuo Omega mi ha chiesto di esaminarti.»

Xan incrociò le braccia sul petto e sollevò il mento. «Lascialo fuori da questa faccenda. Che cosa ci fai qui, Urho? Cosa vuoi davvero da me?»

Urho indicò il letto e si sedette su una seggiolina accanto al piccolo tavolo. Aveva le ginocchia troppo vicine al viso e si sentiva ridicolo e stupido. «Non sono riuscito a dormire la scorsa notte. Mi sono pentito di come ti ho lasciato andare via. Come medico, mi sono comportato in modo scorretto. Come amico sono stato imperdonabile.»

Xan rimase in piedi. «Ma chiedi lo stesso il mio perdono?»

«Non te ne farei una colpa se non me lo concedessi.»

«Sei uno stronzo,» sbottò Xan.

«Anche tu.»

«Vero.» Le sue labbra si contrassero in una specie di sorriso. «Ma siamo onesti, siamo a malapena amici. Non mi devi niente. Se vuoi aiutarmi, vattene a casa, dimentica quello che hai visto e lasciami in pace.»

Urho si accigliò e raddrizzò la schiena. Voleva contestare quella descrizione del loro rapporto, ma la verità era che non frequentava Xan da solo. Mai.

E per una buona ragione. Xan lo faceva sempre sentire prigioniero nella sua stessa pelle, gli faceva apparire il suo mondo troppo grigio e il suo cuore troppo avvizzito. Xan lo faceva fremere ovunque per l'irritazione e gli suscitava il desiderio di prenderlo per il collo, spingerlo sul pavimento e…

E cosa?

Fargli tutto ciò che l'altro Alpha gli aveva fatto la notte precedente?

No, lui voleva scoparlo e farlo in modo che a Xan *piacesse*, non ridurlo in poltiglia a forza di botte e farlo soffrire. Quello non lo voleva affatto.

Avvampò. Sperò che la sua carnagione scura impedisse a Xan di accorgersene, ma anche se lui l'avesse notato, supponeva di non poter fare molto per nascondere il proprio smarrimento. I meandri della sua mente erano un caos di desideri e paure che non capiva, e pensava di non essere granché a nasconderlo.

Xan lo fissava.

«Mi confondi,» ammise infine Urho. «Sono qui per aiutarti e tu mi tratti come se fossi il nemico.»

Xan si curvò su se stesso. Accigliato, rivolse uno sguardo severo al muro appena oltre la spalla di Urho. Sembrava che gli tremassero le ginocchia e alla fine si sedette sul letto, lontano da lui, e prese a pizzicare nervosamente la coperta blu sotto di sé.

«Parlami,» gli intimò Urho. «Smettila di comportarti in modo strano e raccontami cosa è successo ieri sera. Dillo con parole tue, lo so che non ti mancano. Ascolto di continuo i tuoi sproloqui impertinenti.»

Le labbra piene di Xan si contrassero come se stesse per sorridere e Urho si raddrizzò sulla sedia, a suo agio in quel ruolo familiare. Era un Alpha più vecchio ed esperto e poteva offrire buoni consigli. Forse poteva rappresentare la figura di uno zio, come con Jason. Xan non era diverso.

Non importava se la guancia livida di Xan stimolava qualcosa dentro di lui, come un amo da pesca infilzato da qualche parte nella sua anima che tirava, tirava e tirava finché lui non desiderava strapparlo via o... fare altro. Desiderava agire, se con tenerezza o violenza non ne era sicuro, ma di certo voleva fare qualcosa di illecito.

Deglutì e riprese il ruolo dello zio, affidandosi a esso per recuperare forza e fermezza. «Parlami,» ordinò.

Xan gli lanciò un'occhiataccia, come se volesse controbattere o rifiutarsi di ubbidire, ma poi si limitò ad affermare con calma: «Sono un invertito. Te l'ho già spiegato la notte scorsa.»

«Sei stato assalito. Ti sei difeso,» replicò Urho, tornando a quella che si era quasi convinto fosse la verità. Però sapeva che non lo era, perché la sera precedente aveva sentito anche l'odore del seme di Xan, e solo ora si decideva ad ammetterlo.

Tuttavia, gli risultò più semplice continuare con le bugie, nella speranza che anche Xan le accettasse e le facesse proprie. «Non hai niente di cui vergognarti. Sei stato sopraffatto e...»

«Sono andato da lui, Urho. Ci vado regolarmente.» I suoi occhi ardevano. «Per farmi scopare.»

Urho serrò la mascella e strinse forte i pugni. Fu travolto dal disgusto. L'immagine di Xan sotto un altro uomo, che prendeva il suo cazzo e veniva posseduto gli fece risalire la bile in gola. «No.»

«Capisci, adesso? Non abbiamo una relazione. Non è niente del genere.» Xan rabbrividì, come se persino lui fosse disgustato dal pensiero che l'uomo che gli aveva fatto violenza potesse essere il suo amante. «Ho avuto un amante, una volta, e conosco la differenza. Ma quella storia è finita, quindi mi arrangio con quello che trovo. Quello che mi merito.»

«Avevi un amante?» Urho sentì rizzarsi i peli e digrignò i denti. Il suo battito accelerò e un'ondata ruggente di sentimenti inaccettabili lo travolse, lasciando una scia fredda che lo gelò dalla testa ai piedi.

Xan, però, non approfondì la questione e il suo sguardo si fece distante, come se lui non si trovasse più lì, ma in un altro luogo. Urho deglutì con tale forza che il suono riecheggiò nella stanzetta.

Infine, gli occhi di Xan incontrarono di nuovo i suoi e lui, con voce resa roca dalla sconfitta, chiese: «Cos'altro vuoi sapere?»

«Chi è quell'uomo?»

«Ha importanza?»

«Quello che fa è contro la legge. Dovrebbe essere arrestato.»

Xan sbuffò. «Secondo la legge, sono *io* che dovrei essere arrestato.»

«Tu non… tu non puoi desiderare…» Urho ebbe una vertigine. La stanza era troppo calda; si slacciò la cravatta e sbottonò il colletto della camicia.

«E invece lo desidero!» ribatté Xan, avvampando. Il rossore risalì lungo la sua gola pallida. «Lui non mi cerca mai, sono io che vado da lui. Sempre. Lo trovo e lo imploro. Lo schernisco e lo *provoco* finché non mi scopa. Per lui è un gioco, niente di più.»

«E per te? Anche per te è un gioco?»

«Magari lo fosse.»

«Che vuol dire?»

«Vuol dire che c'è un'oscurità malata dentro di me che non riesco a contenere o controllare.»

Urho scosse la testa, ancora incredulo. «Di certo non lo preghi di massacrarti in questo modo.»

«No,» concordò Xan. «Ma conosco il rischio che corro quando sono insieme a lui. Sono consapevole della sua avversione nei miei confronti da molto tempo. So come provocarlo e lo faccio.»

Urho si asciugò una goccia di sudore dalla fronte. Sentì le viscere rivoltarsi con forza. «Aiutami a capire.»

Xan sbuffò di nuovo. «E come?»

«Spiegamelo.»

«L'ho appena fatto.»

«Fallo ancora.»

«Sono un invertito. Te l'ho già detto due volte. Cosa c'è da aggiungere? Ficcatelo in testa.»

Urho chiuse gli occhi. Forse in passato Xan era stato stuprato? Era per quello che si era convinto di desiderare quel trattamento? «Quando è cominciata questa storia?»

«Il mio rapporto con l'uomo che mi ha ridotto così? O il fatto che sono un invertito?»

«La seconda.»

Xan afferrò il copriletto e gli rivolse uno sguardo diffidente prima di decidersi a rispondere: «È iniziata a scuola.»

«Con chi?»

«Con il mio amante.»

«E questo cosiddetto "amante" ti costringeva a stare con lui?»

«No! Non l'ha mai fatto. Era mio amico e ci dedicavamo insieme a giochi sessuali. Era diverso da quello che faccio adesso.» La sua voce divenne un sussurro, non riusciva a guardarlo negli occhi. «Era bello.»

Le tempie di Urho pulsarono. «Chi era?»

Xan rise, continuando a stringere il copriletto. «Non te lo direi mai. Non sono affari tuoi, e comunque è finita.»

Urho lo fissò e all'improvviso i piccoli cenni e gli sguardi tra Xan e Jason assunsero un nuovo significato. Gli tornarono alla mente le parole di Vale della sera prima e una furia che non capiva gli afferrò il petto. «Era *Jason* il tuo amante?»

La bocca di Xan si contorse in una smorfia e i suoi occhi si riempirono di lacrime. «No.»

«Stai mentendo.»

Xan deglutì rumorosamente e strinse con forza le labbra trementi. «Jason è… Lui è il mio migliore amico. Mi capisce. Non ti serve sapere altro.»

«Lo sa di questa tua relazione violenta?» Urho indicò con un cenno il viso ammaccato di Xan, sapendo benissimo che Jason non poteva esserne a conoscenza. Non avrebbe mai lasciato correre e, inoltre, giusto la sera prima Xan aveva supplicato Urho di non dirgli nulla.

«No. E se glielo dirai, non farai altro che sconvolgerlo, il che non sarà un bene per Vale.»

Urho contrasse di nuovo la mascella. Il tono insolente che Xan aveva assunto nel menzionare Vale gli tolse ogni dubbio sul fatto che sapesse della loro passata relazione e dei suoi sentimenti per lui. In un gruppo di amici così piccolo, sembrava impossibile nascondere simili fatti.

Fino alla notte precedente, tuttavia, Xan aveva fatto davvero un ottimo lavoro nel nascondere i suoi segreti. Suoi e di Jason. La rabbia a lungo covata divampò nel profondo del suo essere. Jason gli aveva portato via Vale *e in più* aveva rovinato Xan.

«Per questo, e per molte altre ragioni, spero ti sia chiaro che ciò che faccio sono affari miei e non c'è bisogno di coinvolgere le autorità,» aggiunse Xan in tono imperioso. «La persona che soffrirebbe di più, se fossi arrestato, sarebbe Caleb, e lui non ha alcuna colpa per questa situazione.»

«Non voglio che ti accada niente di brutto,» affermò Urho, chinandosi in avanti per appoggiare i gomiti sulle ginocchia. Il pensiero che venisse fatto altro male a Xan lo dilaniava, ma cercò di restare calmo. «Ecco perché non posso permettere che tu ripeta certe cose, a te stesso o a chiunque altro. Devi promettermi che non andrai mai più in cerca di questa... di qualunque cosa sia questa efferatezza.»

La mandibola contratta, Xan gli rivolse uno sguardo torvo, ma fece un secco cenno d'assenso.

«Ho la tua parola?»

«Ho già detto a Caleb che non lo farò più,» sbottò Xan. «In ogni caso, lui è il solo ad avere il diritto di pretendere qualcosa da me.»

Urho sospirò, colpito da un senso di sollievo e di fastidio in ugual misura.

«A proposito di Caleb, si starà chiedendo perché ci stiamo mettendo così tanto,» proseguì Xan. «Suppongo che tu non sia disposto a dirgli che mi hai visitato e che sto bene.»

«No.»

Xan sbuffò e si tirò il maglione sopra la testa. «Allora cominciamo. Prima la facciamo finita e meglio è.»

I lividi rossi e viola sotto l'indumento erano terrificanti. Mentre auscultava cuore e polmoni, Urho lo sovrastava e fu colpito ancora una volta da quanto Xan fosse minuto. Il battito accelerato del suo stesso cuore gli rendeva difficile sentire attraverso lo stetoscopio. Chiuse gli occhi per non vedere il danno arrecato a quel corpo e si fece forza per controllare la furia e lo strazio impotente che lo assalirono.

Una volta che si fu calmato, aprì di nuovo gli occhi e tastò le costole di Xan con dita tremanti in cerca di fratture. Piani e avvallamenti dello stomaco e del torace muscoloso erano pressoché glabri, e la pelle chiara creava un forte contrasto con le dita di Urho. Se aumentava la pressione per valutare i danni che incontrava, il giovane sibilava per il dolore. Esaminò con cura la cassa toracica, sollevato dal fatto che, a dispetto delle terribili ecchimosi che stavano comparendo su tutto il torso, le costole non sembrassero rotte.

Urho procedette quindi a toccare con delicatezza le impronte livide attorno al collo di Xan e provò una stretta al cuore quando gli chiese di voltare la testa da un lato e dall'altro per cercare con attenzione possibili lesioni. Non voleva pensare a cosa sarebbe potuto succedere se fosse stata applicata solo un poco di forza in più.

Si voltò verso la sua borsa e ne estrasse un unguento che avrebbe favorito la guarigione. Aprì il coperchio del barattolino di vetro e il profumo di arnica e liquirizia saturò l'aria. Raccolse un po' di pomata con le dita e la spalmò sulle ecchimosi peggiori. La pelle delicata scottava sotto le sue mani.

Xan lo fissò, il respiro affannato, i capezzoli inturgiditi. Il cuore di Urho ebbe un sussulto, ma lui si schiarì la gola, si pulì le dita con un fazzoletto preso dalla borsa e mormorò: «Devo visitarti anche sotto. Riesco a sentire l'odore di un principio di infezione in quella zona.»

Xan arrossì ancora di più, la vena del collo che pulsava con violenza, tuttavia si sbottonò i pantaloni e li abbassò fino alle caviglie, scoprendo così un bell'uccello da Alpha mezzo duro e un folto ciuffo di peli pubici neri.

Le palle di Urho formicolarono, il suo cazzo si gonfiò. Si girò di nuovo verso la borsa e finse di cercare qualcosa, mentre tentava con tutte le forze di reprimere l'eccitazione crescente che stava per travolgerlo. «Ho bisogno che ti metta a quattro zampe,» disse con una voce che suonò strozzata ed estranea alle sue stesse orecchie.

Quando si voltò, Xan aveva ubbidito. Teneva il sedere sollevato, le ginocchia e gli avambracci affondati nella sottile imbottitura della *chaise longue*. Urho restò senza fiato. Sbatté le palpebre. Anche la sua schiena era contusa: diversi lividi, che sembravano essere stati lasciati da uno stivale, erano pericolosamente vicini alla spina dorsale, e persino un gluteo sfoggiava un'ecchimosi rossa e tonda.

La sua pelle chiara, però, brillava alla luce del sole mattutino, i capelli scuri erano lucenti e meravigliosi e il suo culo era stupendo, pieno e sodo, un culo di cui ogni Omega sarebbe stato orgoglioso.

Ma lui non è un Omega. È un Alpha. È assolutamente proibito.

Urho deglutì con forza e si sistemò l'uccello nei pantaloni, poi si inginocchiò per vedere meglio e allargò i globi candidi dei glutei di Xan per esaminare l'ano. Sembrava una conchiglia nascosta da un ricciolo di soffici peli scuri. Quando li scostò, un'ondata di calore lo colpì come un fulmine. Ansimò e la saliva gli invase la bocca.

Xan si torse per guardarlo da sopra la spalla. Quando Urho incontrò lo sguardo preoccupato di quegli occhi blu, il suo cazzo raggiunse la piena erezione. «È tutto a posto?» La voce di Xan ebbe un piccolo tremito e Urho provò il desiderio di afferrarlo per i fianchi, tirarlo a sé e baciare la carne rossa e gonfia che aveva davanti. Avrebbe voluto tenere al sicuro quella tenera fessura per sempre.

Scosse la testa con decisione nel tentativo di recuperare la propria sanità mentale.

Xan sgranò gli occhi per la paura. «Quanto è grave?»

Urho si schiarì la gola. Il sangue gli ruggiva nelle orecchie, vedeva davanti agli occhi un turbinio di puntini, il suo uccello colava liquido nei pantaloni. Rabbrividì, colto da un bisogno folle di sporgersi in avanti e non solo baciare, ma leccare la carne ferita e tumefatta. Si riscosse con molta fatica e si obbligò a concentrarsi su ciò che stava facendo. «Ci sono un po' di gonfiore e alcune piccole lacerazioni.»

«Ma non è compromesso?»

«Compromesso?» ripeté Urho con il cervello invaso dai fuochi d'artificio e l'erezione che pulsava. «Guarirà.» Respirò a fondo e percepì ancora il sentore di infezione in sottofondo. Doveva verificare la presenza di ferite interne. Prese il lubrificante che aveva messo da parte e si infilò un sottile guanto chirurgico dello stesso materiale di cui erano fatti i preservativi per Alpha. «Allarga un pochino le gambe per me. Devo fare una visita interna.»

Xan emise un gemito pietoso e il suo uccello si contrasse e si gonfiò fino a sollevarsi contro lo stomaco. I suoi testicoli si tesero alla base del membro e gli tremarono le ginocchia.

Il cazzo di Urho pulsò con una forza tale che ne sentì l'eco fin dietro gli occhi. «Sacro Lupo,» mormorò.

«Scusa,» sussurrò Xan, il rossore che gli risaliva la schiena e gli inondava il viso. «Non posso farne a meno. Ma giuro che non verrò.»

Con un ringhio, Urho provò a scacciare l'immagine che gli era apparsa nella mente: Xan, la schiena inarcata, il culo che gli stringeva l'uccello mentre decorava la *chaise longue* sotto di sé con abbondanti getti del suo sperma di Alpha.

«Lui odia quando vengo,» sussurrò, e Urho rischiò di perdere la ragione per la rabbia che lo travolse. Si sedette sui talloni, ansimante, l'erezione che pulsava nei pantaloni, e trasse un respiro strozzato.

Xan allargò di più le gambe e nascose il viso tra le braccia. Il suo cazzo era lì, davanti agli occhi di Urho, lungo e spesso, più grosso di quello di qualunque Omega, e diventava più duro a ogni secondo che passava. Urho si versò il lubrificante su un dito avvolto dal guanto, chiuse gli occhi e cercò di riprendere il controllo.

Forse si stava ammalando, aveva la febbre o magari era impazzito, perché quando massaggiò quell'apertura maltrattata, non desiderò altro che alzarsi e affondarvi l'uccello. Si morse il labbro inferiore e rabbrividì.

Xan inarcò la schiena nella posizione lordotica e si presentò proprio come avrebbe fatto un Omega. Le palle di Urho si contrassero con violenza e il respiro che gli attraversava i polmoni divenne bramoso, un sussurro roco di cui poteva sentire l'eco nella stanza. Spinse il dito all'interno e provò a schiarirsi la mente dalla lussuria ruggente e possessiva che lo sommerse, senza alcun risultato.

Non importava che fosse sbagliato, né che il Sacro Libro del Lupo condannasse quei sentimenti o che, come dottore, non avrebbe dovuto toccare un paziente mentre era eccitato in quel modo... quel modo proibito che lo confondeva. Niente poteva cambiare le cose.

Chiuse gli occhi, fece alcuni respiri lenti e si concentrò sul proprio dovere di medico. Esaminò i tessuti interni di Xan, fingendo che si trattasse di un paziente del quartiere Calitan, magari un Beta di una certa età che aveva avuto un rapporto anale con un Alpha. Non aveva importanza, purché la persona che stava toccando non fosse Xan Heelies. Non avrebbe mai potuto esserlo.

Ma il profumo intenso dell'eccitazione del giovane si insinuò nei suoi polmoni, paradisiaco e inconfondibile, al punto che Urho non riuscì più a fingere. Voleva premere forte il viso nella pelle di Xan, respirarne a fondo l'aroma, crogiolarcisi e infine scoparlo.

Cosa diavolo hai che non va?

Quando fu sicuro di poter mantenere il controllo, estrasse il dito, si tolse il guanto e si appoggiò sui talloni. «Ti riprenderai.» Gli mancò la voce, quindi si schiarì la gola e riprovò. «Non ci sono lacerazioni profonde e i tagli superficiali guariranno. L'infezione che ho percepito è a malapena al principio. Ti lascerò un farmaco.»

Si alzò piano, l'uccello che non accennava a calmarsi, e si voltò per nasconderne la vista a Xan meglio che poteva. Contò alcune pastiglie per la terapia, le mise in un piccolo portapillole e cercò di analizzare il panico selvaggio che gli devastava la mente. Non aveva mai provato il desiderio di scopare un altro Alpha, per quanto bello, attraente, snello e minuto fosse. Non prima di Xan.

«Posso vestirmi, adesso?» chiese lui in tono esitante.

«Sì, grazie.»

Urho rimase girato mentre il fruscio alle sue spalle rivelava quanto Xan avesse fretta di coprirsi. Cercò di pensare a qualcosa, qualunque cosa che facesse sparire la sua eccitazione prima che fosse tempo di voltarsi per affrontare il giovane.

Nonostante i suoi sforzi, l'immagine dello Xan dei primi tempi della loro frequentazione, più giovane di quattro anni e bello da impazzire, gli si affacciò alla mente. Urho lo ricordava durante la loro prima vacanza: si era trovato in piedi sotto il sole estivo, con indosso nient'altro che il costume da bagno, il corpo sottile lucido per il sudore e l'acqua che si stava asciugando dopo un tuffo tra le onde. Urho era rimasto senza fiato e si era fermato di colpo, inchiodato sul posto da quella vista.

Una cosa simile gli era accaduta una volta sola nella vita, il giorno meraviglioso in cui aveva incontrato Riki per la prima volta. Subito dopo aver visto il compagno ed essersi bloccato a metà di una frase, messo a tacere dalla sua bellezza, aveva colto la perfezione del suo profumo ed era stato travolto da un imprinting violento e feroce. Da quel momento in poi erano divenuti *Érosgápe* e lo erano ancora.

Ovviamente, l'attimo di stordimento che lo aveva colto alla vista di Xan sulla spiaggia non era stato seguito dall'imprinting: sarebbe stato impossibile dal punto di vista fisiologico. Ma, in quell'istante, con il profumo intenso della sua eccitazione che gli invadeva ancora le narici, il cervello e il corpo di Urho fremevano per la lussuria e per un folle senso di possesso che gridava *mio* e che non capiva e non sapeva spiegare.

Xan era un Alpha. Urho era un Alpha. Il Sacro Libro del Lupo e le leggi dello Stato erano chiari: due Alpha non avrebbero mai potuto condividere quel tipo di legame, non senza pagare un prezzo terribile. Fino ad allora, Urho aveva sempre creduto che quelle regole fossero giuste.

In quel momento, però...

«Sento il tuo odore,» mormorò Xan. L'atmosfera tra loro era carica di elettricità. «La tua eccitazione per me è il paradiso.»

Urho si trattenne a fatica dal prenderlo tra le braccia e costringerlo a sottomettersi al pressante bisogno di proteggerlo che stava nascendo dentro di lui. Non riconosceva quelle emozioni e non sapeva cosa farne.

«Smettila,» ribatté invece. «È disgustoso.»

Gli sembrò che tutta l'aria fosse stata risucchiata dalla stanza e faticò a respirare per la vergogna.

«Porterò a Caleb i tuoi saluti,» rispose Xan, alle sue spalle, il tono freddo e intriso di dolore. «E gli riferirò la tua opinione sulla mia guarigione. Puoi lasciare le pastiglie con le istruzioni al domestico. Confido che poi troverai l'uscita da solo e risparmierai a entrambi ulteriori umiliazioni e disagi.»

Urho aprì la bocca, si voltò per impartire i suoi ordini in merito alla terapia, per pretendere ancora la promessa che Xan non avrebbe mai più cercato il mostro che lo aveva ridotto così, chiunque fosse, o forse per trascinarlo in un bacio violento... ma lui se n'era andato, la porta a malapena socchiusa e il suono dei passi che svaniva nel corridoio.

A Urho cedettero le ginocchia e si accasciò sulla sedia troppo piccola, il cuore in gola. Lottò per trattenersi dall'inseguire Xan, annichilito dallo sconcerto e dalla mortificazione. Rimase seduto abbastanza a lungo da udire l'eco delle voci di Xan e Caleb spostarsi nella casa verso i piani superiori, e poi ancora, finché un domestico Beta lo raggiunse e gli suggerì che sarebbe stato felice di accompagnarlo alla porta.

Confuso, il suo mondo trasformato in un luogo turbinante e folle, spumeggiante e scoppiettante, Urho consegnò le pillole e le istruzioni che Xan avrebbe dovuto seguire nel prenderle, poi permise al domestico di accompagnarlo fuori, nell'ignoto di quel nuovo incubo.

IL SOLE STAVA tramontando quando Urho parcheggiò l'auto accanto al marciapiede fuori da casa sua. Aveva ancora mal di stomaco e gli tremavano le mani per la prova che aveva affrontato quella mattina nell'abitazione di Xan. Perché, si disse con fermezza, di quello si era trattato, di una prova e niente di più.

Gli sembrava insensibile e scorretto sentirsi più sconvolto dagli eventi della mattina che dalla perdita di un bambino durante un parto nel quartiere Calitan quel pomeriggio. Eppure, non riusciva a scrollarsi di dosso la sensazione che le sue ossa vibrassero ancora a causa degli attimi trascorsi con Xan nella vecchia nursery.

Aveva cercato di lasciarsi tutto alle spalle mentre guidava verso la clinica, deciso a non pensare ad altro che al lavoro. Aveva trovato lo staff in fermento, che si affannava attorno a un Omega che si era presentato lì con molto anticipo rispetto alla data prevista per il parto. La situazione non aveva fatto che peggiorare, sia per l'Omega che per il bambino.

Urho era stato fortunato a salvare l'uomo e aveva avuto il triste compito di tenergli la mano mentre piangeva per il figlio che aveva perso. Dove fosse l'Alpha che l'aveva ingravidato, nessuno lo sapeva. Non tutti gli Omega avevano la fortuna di trovare il proprio *Érosgápe* e neppure di stringere un contratto di unione, e non tutti lo siglavano con qualcuno che si preoccupava del loro benessere.

Dopo quella tragedia, Urho aveva provato a rilassarsi, mettendo ordine tra le cartelle nel suo ufficio. Non aveva funzionato. Poi si era occupato di alcune visite ambulatoriali che avevano distolto i suoi pensieri da Xan, ma solo temporaneamente. Quando, alla fine, si era reso conto che stava ripercorrendo la conversazione con Xan ancora e ancora, anziché ascoltare con attenzione un giovane Omega che soffriva di perdite continue di sangue dopo aver affrontato un parto difficile la settimana precedente, aveva rinunciato. Era riuscito a concentrarsi il tempo di tranquillizzare l'uomo, prescrivergli alcune compresse coagulanti a base di erbe per favorire la guarigione e fissargli un altro controllo a distanza di qualche giorno. Dopodiché, era passato di nuovo dall'abitazione di Xan, aveva scrutato le finestre e si era spremuto le meningi in cerca di un motivo per suonare il campanello. Infine, si era costretto a tornare a casa, disorientato dalla pressante sensazione di inquietudine che lo tormentava.

Non riusciva a stare fermo. Non riusciva a ragionare con lucidità. Continuava a ripensare a Xan, a come l'aveva visto l'ultima volta, con il culo in mostra sulla *chaise longue*, il ricciolo di peli attorno alla fessura gonfia, abusata eppure bellissima. La carne arrossata era sembrata un invito.

Se ne stava lì, seduto in macchina, ancora frastornato, ad agitarsi e a fissare la casa di tre piani, fatta di mattoni rossi scoloriti. La casa che aveva condiviso con Riki prima che morisse.

Un bisogno impellente lo colpì come un fulmine e lui scese dalla macchina, la mascella serrata e una nuova determinazione nel passo. Ricky lo aveva sempre aiutato a chiarirsi le idee, da morto come da vivo. Trovarsi in sua presenza sarebbe bastato a tranquillizzarlo e a ricondurlo alla ragione.

Attraversò di corsa il giardino anteriore e quello laterale, superò i cespugli di rose che un tempo il suo *Érosgápe* aveva tanto amato ed entrò dalla porta della biblioteca. Salì le scale sul retro fino al corridoio che conduceva alle sue stanze private. Fece un lungo sospiro per essere riuscito a evitare tutti i domestici Beta, soprattutto il cuoco Mako che, per quanto dotato di un talento incredibile, era un ficcanaso e avrebbe iniziato senza dubbio a preoccuparsi che si rovinasse la cena, se Urho non avesse fatto presto la sua comparsa.

Entrò nella sua camera. La stanza era buia e fresca e conteneva solo un grande letto con un baldacchino azzurro intonato alle tende e una cassetta di medicine che teneva per le emergenze.

Riki aveva scelto l'arredamento l'anno prima della sua morte e lui ricordava ancora il sorriso dolce sul viso dell'amato quando era rimasto lì, in piedi, a osservare il risultato. Aveva proclamato che era perfetto e Urho aveva concordato.

Una parete era dominata da un grande dipinto dell'oceano, le onde che si infrangevano, i cieli azzurri e la sabbia bianca dall'aspetto soffice. Anche quello l'aveva scelto Riki. L'altra parete era coperta da specchi che facevano sembrare ancora più grande la stanza buia e avevano offerto alla coppia una vista bellissima ogni volta che avevano fatto l'amore. Riki era stato un uomo tranquillo e perlopiù di poche pretese, ma amava guardarsi mentre Urho lo scopava fino a fargli perdere la testa. Diceva che lo aiutava a credere che la sua vita fosse reale, che la meravigliosa felicità che condividevano fosse genuina e che Urho gli appartenesse davvero sotto ogni aspetto.

Si sedette sul letto, si slacciò la cravatta e si sfilò la giacca. Fissò le tende azzurre che ondeggiavano davanti alle ampie finestre, poi si voltò per guardarsi allo specchio. Stremato era l'unico termine che poteva descrivere il suo viso al momento. Si era fatto la barba quella mattina, ma già la ricrescita si faceva strada, rendendo ancora più profondi i cerchi scuri sotto gli occhi. Scalciò via le scarpe e si passò le dita tra i capelli.

«Riki,» sussurrò e si alzò, diretto verso la stanza interna che era stata lo studio del suo Omega. L'arredamento era ancora costituito dalla piccola scrivania di legno d'acero chiaro e dalla carta da parati con i delicati boccioli di rosa che aveva scelto lui, ma ora le pareti erano coperte dalle vecchie fotografie che Urho non era riuscito a lasciare in giro per casa.

C'era tutto: dall'immagine di loro due sui gradini del municipio, il giorno in cui avevano firmato il contratto, al loro primo viaggio al mare insieme, i capelli biondi di Riki scompigliati dalla brezza dell'oceano, una pipa stretta tra i denti candidi e gli occhi verdi che brillavano di felicità. Accanto a lui, una versione più giovane di Urho guardava verso la macchina fotografica con gioia pura, ancora nessun barlume di sofferenza negli occhi scuri o nelle pieghe del sorriso.

Quelli erano stati in giorni in cui aveva creduto che lui e Riki sarebbero invecchiati insieme e avrebbero allevato una nidiata di bambini dai capelli scuri, che avrebbero preso da lui il tono della pelle ma che sarebbero stati simili al Pater nel carattere, buoni, gentili, premurosi e affabili. Anche Urho adesso aspirava a essere tutte quelle cose, mentre all'epoca si era limitato a permettere che fosse Riki a esserlo per lui.

Sulla mensola di un caminetto in cui non era più stato acceso nessun fuoco dalla sua morte, c'era un grande quadro che ritraeva il suo Omega in piedi, con un'espressione orgogliosa e un sorriso timido, le mani appoggiate sul ventre gonfio dove stava crescendo il loro bambino.

Urho aveva insistito per quel ritratto, una delle poche cose che aveva imposto a Riki contro la sua volontà, perché aveva desiderato ricordare per sempre il modo in cui il viso del compagno risplendeva e come il cuore gli sussultasse alla pura bellezza del suo *Érosgápe* che portava in grembo suo figlio.

Fissò il quadro, tormentato dal ruggito di vecchie emozioni che lottavano l'una con l'altra. Si inginocchiò sul pavimento davanti alla scrivania, dove una ciocca dei capelli di Riki era posta sotto una campana di vetro. Ormai era l'unica parte di lui rimasta nella casa. Il suo giovane corpo era stato riposto nel lotto dei Chase presso il cimitero di Zimmermon, alla periferia della città. Ora riposava due metri sottoterra, insieme al loro bambino.

Già, Urho li aveva seppelliti insieme. Il piccolo, minuscolo neonato giaceva avvolto per sempre tra le braccia amorevoli di Riki, proprio come lui avrebbe desiderato, se fosse vissuto abbastanza da udire il primo e unico, penoso vagito del figlio.

Urho inghiottì le lacrime salate che avevano iniziato a scorrere. Erano anni che non andava a piangere in quella stanza, eppure, per qualche motivo, quel giorno aveva bisogno di Riki più di quanto ne avesse avuto da molto tempo. Sentiva il *bisogno* di lui fin nelle ossa. Voleva il tocco rassicurante delle sue dita tra i capelli, la sua voce dolce che gli diceva che sarebbe andato tutto bene. Bramava la sua serena accettazione di ciò che riservava la vita.

E desiderava disperatamente sentirgli dire: "Ti amo così come sei, anche se vuoi scoparti Xan Heelies, anche se vuoi amarlo e vuoi farlo tuo. Perché sei perfetto, Urho. Sei il dono che mi ha fatto il

Sacro Lupo e non c'è nulla che potresti desiderare e che non vorrei che tu avessi."

Si asciugò gli occhi con il palmo della mano e scosse la testa. «Davvero, Riki?» chiese alla camera vuota. «Mi perdoneresti questa strana lussuria? Questi desideri condannati dal Lupo?»

Guardò il ritratto del suo Omega, il suo bellissimo uomo dal sorriso timido, e chinò il capo. La stanchezza lo travolse e si sedette, il viso sepolto tra le braccia, e si abbandonò alle ondate di disgusto e disprezzo per se stesso, al desiderio incomprensibile che non gli dava tregua e all'ansia che non riusciva a scrollarsi di dosso per l'incolumità di Xan. E per quella di Caleb, che vedeva come un'estensione di Xan.

Alla fine, si alzò su gambe malferme e accese diversi bastoncini d'incenso, recitando con voce tremante la preghiera per l'*Érosgápe* perduto, poi tornò in camera da letto. Chiamò al piano di sotto per avvisare Mako che non avrebbe cenato, si concesse un tranquillante e iniziò a girarsi e rigirarsi sotto le coperte azzurre.

Al sorgere del sole non aveva chiuso occhio.

CAPITOLO CINQUE

«QUINDI SEI SICURO che manterrà il nostro segreto?» chiese Caleb di punto in bianco, come se stessero ancora parlando di Urho, quando, in realtà, Xan aveva cercato di porre fine a quell'argomento una volta per tutte dopo l'umiliante visita di due giorni prima.

«Come ho detto, manterrà il mio segreto. Del tuo non sa ancora niente.» Xan si guardò allo specchio al di sopra dell'elaborato lavabo del bagno, ritoccando di nuovo il trucco di scena applicato sulla guancia. «Dimentichiamoci che questo episodio sia accaduto.»

Caleb emise un mormorio evasivo e aprì la finestra sul mattino freddo e nebbioso. L'aria odorava di asfalto bagnato ed era permeata dai rumori del viavai mattutino. «Devi proprio andare?»

«Sai che devo.»

Xan avrebbe preferito restare a casa, ma suo padre lo aveva convocato in ufficio. "Influenza o no," aveva tuonato Doxan Heelies al telefono. Disgraziatamente, c'era poco che potesse fare.

E le cose avrebbero *decisamente* preso la piega di una disgrazia, quando Xan si sarebbe presentato con evidenti segni di percosse e nessuna traccia di malattia. Sperava che i lividi, al di sotto del trucco, gli avrebbero conferito un pallore che potesse essere scambiato per indisposizione, e che magari sarebbe riuscito a fingere una tosse convincente, sebbene il semplice respirare gli provocasse dolore alle costole ammaccate.

Riflesso nello specchio, Caleb lo osservava con attenzione, negli occhi una sagacia che Xan di solito trovava rilassante. Ma quella settimana, dopo il succedersi di così tanti incidenti umilianti uno dopo l'altro, quello sguardo gli dava ai nervi.

«Che c'è?» scattò, aggiungendo altro trucco sul gonfiore livido dello zigomo. Se anche fosse riuscito a coprire i colori della contusione, non c'erano speranze di nascondere la tumefazione del volto.

«Il dottor Chase ha aiutato Omega vedovi e senza contratto a superare i calori, non è vero?»

«Sì. E aiutava Vale con i suoi, prima che arrivasse Jason.»

«Giusto, ricordo che me ne avevi parlato.» Caleb si sistemò dietro l'orecchio i capelli soffici, lunghi fino al mento. «Ma aiuta anche altri, non è così? Anche uomini che non conosce bene? Mi sembra di aver sentito Vale e Jason parlare con lui degli intensi calori del fratello del suo giardiniere, il ragazzo che aiuta con regolarità, o sbaglio?»

Xan posò il trucco, la guancia coperta a metà che mostrava ancora parte dell'ematoma viola e rosso, reso ancora più evidente dal contrasto. Si voltò verso Caleb, fissandolo con intensità. Si sentiva bruciare dall'invidia per il fratello del giardiniere, che godeva del privilegio di avere Urho a soddisfare i suoi bisogni.

Caleb sollevò un sopracciglio. «Ebbene?»

«Sì, è così.»

Il suo Omega ebbe un sussulto. «È un uomo discreto. Conosce la tua situazione. Magari potremmo dirgli che soffro di calore interminabile...»

«No.» C'erano innumerevoli ragioni per cui Xan non voleva avventurarsi su quella strada, ma il motivo principale era la preoccupazione per il prestigio e la reputazione di Caleb. Una diagnosi di calore interminabile corrispondeva a una sentenza di morte in società. A prescindere dal termine usato, che fosse sessuomania o calore interminabile, tutti ne conoscevano il significato: il tuo Omega era una puttana che non ne aveva mai abbastanza. Quella diagnosi equivaleva a scherno e rovina per tutte le persone coinvolte.

Inoltre, cosa avrebbe detto suo padre se l'avesse scoperto? Senza contare che non era neppure *vero*!

Caleb si picchiettò il labbro inferiore con aria assorta. «Abbiamo qualche mese per farci venire in mente un'altra soluzione ma, per la cronaca, non sarei contrario a questa.»

Xan si accigliò, avvertendo una scintilla di frustrazione che minacciava di trasformarsi in un incendio. «Ho un contatto, una persona che ha accesso ai farmaci e che potrebbe procurarmi gli stimolanti necessari per farcela, stavolta.» Tenne per sé il fastidioso dettaglio che quel contatto fosse, ancora una volta, Urho.

L'espressione di Caleb si addolcì mentre si accostava a Xan; gli prese il trucco dalle mani e glielo applicò sulla guancia con il più tenero dei tocchi. «Non puoi essere qualcosa che non sei, tesoro. E a dire la verità, neppure lo vorrei.»

«Io *sono* un Alpha,» ribatté Xan, chiudendo gli occhi mentre Caleb gli rifiniva il viso, terminando con la crema pastosa a cui aggiunse un velo di cipria che gli solleticò il naso.

«Magari lo sei fisicamente, ma nel tuo cuore sei un Omega, ed è parte del motivo per cui siamo una così splendida accoppiata.» Xan aprì gli occhi e vide Caleb rivolgergli un sorriso affilato e uno sguardo gentile. «Siamo una bella famiglia, tesoro, non c'è dubbio. Ma i calori sono un problema, e nessuno dei due vuole ripetere ciò che è successo l'ultima volta.»

Xan rabbrividì. «No.» Si alzò e attirò Caleb più vicino, nascondendo il viso contro il suo collo affusolato e stringendolo forte a sé. «Mi dispiace.»

Caleb gli accarezzò la schiena. «Era la nostra prima volta insieme. Non sapevamo come sarebbe andata. Entrambi ci aspettavamo che i miei feromoni del calore innescassero in te una risposta più forte, proprio come gli ormoni innescano in me un bisogno tanto intenso. Adesso sappiamo come funziona e possiamo prepararci. Ma è tempo che iniziamo a pensare a un piano, mio Alpha. Non possiamo ridurci all'ultimo minuto.»

Xan gli posò un bacio sulla guancia. «Certo, hai ragione. Oggi mi informerò meglio sugli stimolanti.»

Caleb si accigliò, ma non aggiunse altro mentre Xan finiva di vestirsi. Lo aiutò a sistemarsi il farfallino a quadri verdi e dorati, poi gli schioccò un sonoro bacio sulla bocca. «Puoi farcela. Qualsiasi problema tuo padre ti scarichi addosso, qualsiasi cosa ti dica, sappi che qui a casa ci sono io che credo in te.»

«Sei troppo buono.»

«Non più di quanto tu lo sia con me.»

Xan fece un piccolo sbuffo. Era una bugia, ma era comunque grato che Caleb ne sembrasse davvero convinto.

Gli uffici della società della sua famiglia, situati nella parte più elevata di Blue Vein, occupavano i quattro piani superiori del grattacielo più nuovo del quartiere. I servizi erano magnifici: una cucina attrezzata, bagni per i dirigenti e un ascensore per evitare le scale. Tuttavia, Xan detestava quel luogo. Era stato più e più volte teatro di alcuni dei suoi momenti più umilianti, al di fuori di quelli passati nelle grinfie di Wilbet Monhundy.

Mentre Xan marciava in direzione della sala conferenze di suo padre, l'intero piano principale cadde in un totale silenzio, prova evidente che il trucco non aveva svolto un lavoro sufficiente nel nascondere le tracce più recenti della sua oscura dipendenza. L'ansia gli fece bruciare lo stomaco mentre veniva raggiunto dai sussurri degli impiegati, troppo indistinti per essere decifrati tra il fruscio di documenti e il battere delle macchine da scrivere; il tono, tuttavia, era inequivocabile: Xan era di nuovo nei guai.

Proprio quando stava per svoltare l'angolo verso la porta della sala conferenze, venne afferrato e trascinato nell'ufficio di Ray, il fratello maggiore Beta.

«Eccoti qui,» fece Ray, i capelli color sabbia che gli ricadevano sulla fronte ampia e i grandi occhi nocciola che scrutavano con ansia quelli di Xan. «Ti stavo aspettando.»

«Father ha detto…»

«Father ti ha lasciato a me, stavolta,» lo interruppe Ray con gentilezza; aggrottò le folte sopracciglia dorate, preoccupato. Era vestito in modo impeccabile, ma non portava la cravatta e aveva lasciato il collo aperto in uno stile più informale. «E ringraziamo il Sacro Lupo che l'abbia fatto. Era pronto a…» Chiuse gli occhi e fece un respiro lento.

«Pronto a cosa?»

L'espressione di Ray si ammorbidì nel guardare il volto del fratello. «Non importa. L'ho convinto a lasciare che me ne occupassi io. Lui è dentro con i Monhundy, a discutere le loro ultime richieste. Che, a quanto ho capito, a causa tua non lasciano molto spazio ai nostri interessi.»

Xan deglutì con la gola secca. «I Monhundy sono qui?»

«Sì, il rubicondo Father e il suscettibile Pater.» Ray alzò gli occhi al cielo. «Se non altro, il loro incivile marmocchio è rimasto a casa a occuparsi del suo Omega. A quanto pare, il poverino è tornato ammalato dopo aver fatto visita al Pater con l'influenza, che quest'anno è tosta.» Il suo sguardo si fece assorto. «Il mio amico medico, Lils, dice che durante questa stagione ci sarà un'epidemia, e una di quelle mortali.»

«Oh.» Xan sentì lo stomaco torcersi.

«A ogni modo, l'Omega di Wilbet Monhundy l'ha presa.»

«È… terribile.» Eppure, un dolce sollievo lo riempì. Non sarebbe riuscito a sostenere l'umiliazione di vedere il viso bellissimo e sornione di Monhundy in ufficio, mentre aveva ancora addosso i lividi procurati dal loro ultimo incontro. Augurava a Kerry una pronta guarigione, era ovvio, ma non poteva evitare di essere contento che il giovane stesse troppo male perché Monhundy lo lasciasse solo. Probabilmente era solo un'ulteriore prova di quanto Xan fosse un essere umano depravato.

Ray lo trascinò in fondo all'ufficio, vicino alle finestre ampie da cui filtravano i raggi del sole riflessi dai vetri degli altri imponenti edifici del circondario. Gli toccò il mento. «Sacro Lupo, il tuo viso,» mormorò, scuotendo la testa. «Fratellino, cosa dobbiamo fare con te?»

«Non è niente. Una rissa da bar.»

Dall'espressione di Ray era chiaro quanto poco gli credesse, ma si limitò a ribattere: «Tu e le tue risse da bar. Questa storia deve finire.» Somigliava tanto a Pater in quel momento, così affettuoso e amorevole, che a Xan fece male il cuore.

Ma Pater era stato assente dalla vita di Xan negli ultimi mesi, da quando Father aveva sentenziato che era stato lui a viziarlo e renderlo debole. In teoria, negargli il supporto di Pater aveva lo scopo di temprarlo, ma Xan era piuttosto sicuro che si trattasse solo di una punizione per entrambi.

Anche se Ray non era Pater, con lui Xan *era* al sicuro, e si rilassò quando il fratello gli toccò di nuovo il mento. La sua affettuosa preoccupazione smorzò la durezza dei suoi ordini. «Finisce qui. Hai capito? Deve finire. Subito.»

«Ho già promesso a Caleb…»

«Come hai già fatto una mezza dozzina di volte. E come l'hai promesso anche a me, in passato. Non ricordi? L'anno scorso, prima che firmassi il contratto con Caleb, quando girava voce che tu e un altro Alpha foste…»

«Quelle voci erano del tutto false!»

E lo erano davvero.

Xan riceveva le sue dosi di oscurità da Monhundy da diversi mesi, quando si era diffuso un pettegolezzo su di lui e un Alpha molto attraente di nome Gil Regelly, che faceva l'attore. Regelly era stato protagonista di diversi spettacoli al teatro cittadino, ed era risaputo che avesse scelto di non avere un Omega. Giravano abitualmente insinuazioni volgari sul fatto che preferisse i Beta come partner sessuali, e chi bramava lo scandalo sussurrava che, a volte, gli piacesse persino andare con altri Alpha.

Quelle voci avevano intrigato Xan, che non aveva esitato, non appena gli si era presentata l'occasione di conoscerlo. Di sicuro, se Regelly avesse voluto qualcosa di più, oltre alle poche parole che si erano scambiati sotto la supervisione di Miner Hoff, il Pater di Jason, Xan gliel'avrebbe concesso in un batter d'occhio. Ma lui non era sembrato interessato.

«Ho incontrato il signor Regelly una sola e unica volta, a casa Sabel-Hoff. Non siamo rimasti da soli nemmeno per un minuto. Il Pater di Jason è stato con noi per tutta la serata,» ribadì Xan.

Questo perché Regelly era un amico di Miner, ed era stato quest'ultimo a organizzare l'incontro. Xan aveva intuito che si fosse trattato di un incontro combinato. Il Pater di Jason sapeva più del dovuto riguardo a parecchie cose, ma era molto bravo a mantenere i segreti, perciò Xan non se ne preoccupava più di tanto.

«Lo so. Me l'hai spiegato all'epoca.» Ray aggrottò di nuovo la fronte. «Ma sta succedendo qualcosa, e non si tratta di risse da bar. Ieri i Monhundy hanno persino accennato alle chiacchiere su di te, nel prendere questo appuntamento, e la cosa ha mandato Father su tutte le furie, come era ovvio.»

Il battito di Xan aumentò furiosamente. «Lui pensa che tutto quello che va storto in azienda sia colpa mia.»

«No, non tutto. Solo quello che va storto a causa dei mormorii sulle tue inclinazioni sessuali e sul fatto che tu sia davvero un invertito oppure no.»

Xan tossì, cercando di sfoderare qualcosa di simile a un'espressione offesa, ma il suo cuore ebbe un sussulto e si sentì svenire. Ray non aveva mai davvero pronunciato quella parola, in passato. Vi aveva fatto riferimento, come chiunque altro in famiglia, ma nessuno l'aveva mai detta così, senza peli sulla lingua. Xan non sapeva dove guardare.

«Non che me ne importi un accidente del tipo di cazzo che ti piace, fratellino. Che tu ci creda o no, davvero non mi interessa.» La sua voce si ammorbidì, ma Xan non riusciva a guardarlo. Fissò gli edifici adiacenti attraverso la finestra, il modo in cui il cielo azzurro si rifletteva sui vetri.

Ray proseguì: «Come Beta, mi risulta fin troppo evidente che tutti questi protocolli e restrizioni del Sacro Libro del Lupo riguardo al sesso e alla procreazione servano a mantenere il controllo sulla mandria da riproduzione, per così dire. Onestamente, se si trattasse di chiunque altro, gli direi di amare chi gli pare e godersi ciò che gli piace, e chiuderemmo il discorso.» Posò le mani calde e ferme sulle spalle di Xan. «Ma tu sei Xan Heelies, e questo significa che sei il figlio Alpha di tuo padre, l'erede della sua azienda e l'uomo che la gente deve considerare più di una semplice figura di rappresentanza, qui dentro.»

Xan aprì la bocca, ma ne uscì solo un suono strozzato, e la richiuse.

«I nostri clienti e i dipendenti della compagnia devono vederti maturo abbastanza da prendere il comando, quando Father un giorno lascerà il timone. Andartene in giro conciato come se ti avessero pestato con un batticarne non è il modo per riuscirci, e nemmeno permettere alla gente di insinuare che ti pieghi a novanta per prendere l'uccello di un Alpha. O qualsiasi altro uccello, per quel che vale.»

Xan riportò di scatto lo sguardo su Ray e gracchiò: «Io non volevo venire! Volevo restare a casa. Ma Father…»

«No, Xan. Qui non si tratta di Father.» Ray gli strinse le spalle. «Qui parliamo di cosa è necessario fare adesso. Le chiacchiere stanno andando a ruota libera e dobbiamo tenere la situazione sotto controllo. È ovvio che farti venire qui oggi è stata una cattiva idea, ma ormai è troppo tardi. Ti hanno visto tutti, e dobbiamo limitare i danni anche su questo versante.»

Si voltò e si diresse alla scrivania ingombra di carte. Xan sentì freddo nel punto in cui le mani calde del fratello gli avevano toccato le spalle; rabbrividì e si obbligò ad allontanarsi dalla finestra.

Ray indicò la sedia dall'altra parte del tavolo, e si accomodarono entrambi. Il cuore di Xan correva come una locomotiva a vapore, facendolo sudare e dandogli allo stesso tempo un senso di nausea. Avrebbe voluto togliersi il farfallino e concedersi più spazio per respirare, ma non voleva apparire troppo sconvolto di fronte a Ray. Non aveva negato nulla, ma neppure aveva ammesso nulla. Forse c'era ancora un modo per salvare la situazione.

«Allora, qual è il piano?» riuscì infine a domandare. «Come rigiriamo la frittata?»

«Ti manderemo a Virona,» sospirò Ray. Si allungò sulla scrivania e, tamburellando con le dita, sfiorò una foto incorniciata del loro defunto fratello, Jordan, che era morto da piccolo. Nonostante la gentilezza nello sguardo, la voce di Ray non ammetteva repliche. «Stanno preparando la tua casa, quella che Pater ti ha lasciato in un fondo fiduciario. Era la sua casa di famiglia, ricordi? La tenuta Lofton. È grande. Fin troppo, per te e Caleb. Ti suggerisco di riempirla di bambini il più in fretta possibile e, nel frattempo, di ospiti influenti.»

«Virona,» ripeté Xan, il battito che gli rimbombava nelle orecchie al punto di non essere sicuro di aver sentito bene.

«Sul mare, sì. A tre ore di treno da qui. Non è un esilio, ma di certo un allontanamento. Magari ti darà il tempo di riflettere sul rapporto con colui che ti ha ridotto così la faccia, chiunque sia.» Ray fece una smorfia. «E anche di riconsiderare la tua relazione con l'uomo che ti stai scopando. Posso solo pregare che non si tratti della stessa persona.» Si passò una mano sulla bocca, la tristezza e il dolore evidenti nei lineamenti tirati.

Xan cercò le parole giuste per sistemare le cose, ma non le trovò. «Cosa farò a Virona?»

«Dirigerai l'apertura di una succursale,» rispose Ray. Picchiettò su una cartella di documenti posata sulla scrivania. «Ti manderò direttive settimanali e tu le seguirai. Gestirai da solo i problemi che ti si presenteranno, al meglio delle tue abilità. Più di ogni altra cosa, Xan, darai prova del tuo valore.» Ray si appoggiò alla spalliera della sedia. «Questa è una buona opportunità per un nuovo inizio. Le voci non saranno ancora arrivate a Virona e, ammesso che non trovi laggiù un nuovo compare con cui sollevare polveroni, potrai cambiare aria, guadagnare prestigio negli affari e redimerti agli occhi di Father.»

«E che mi dici dei tuoi, di occhi?»

Ray si sporse in avanti, inarcando le sopracciglia in un'espressione seria. «Io ti amerò sempre, fratellino. Non lo sai questo? Ti ho viziato quanto Pater, forse anche di più. E mi fa male mandarti via, soprattutto ora che quei lividi mi fanno capire quanto potresti avere bisogno di me. Tuttavia, Father ritiene che questo sia il compromesso migliore. Era propenso a un passo ben più drastico, ma Pater e io l'abbiamo fatto ragionare.»

Un passo più drastico del mandarlo via? La mente di Xan si mise a viaggiare all'impazzata tra le diverse possibilità, alla ricerca di quella giusta, finendo per tornare sempre sulla stessa opzione. «Ma io sono l'unico Alpha. L'unico di noi che può ereditare, secondo la legge.»

Ray annuì. «Esatto. In questo ramo della famiglia. Tuttavia, se dovessi dimostrarti inadatto al ruolo di erede, Father potrebbe nominare legalmente un altro parente Alpha.»

Xan strinse i pugni. Nella sua mente si materializzò l'immagine di un sorriso viscido e di occhi grigi sovrastati da flosci capelli castani.

«Nostro cugino Janus? Sul serio?» ringhiò. «Father affiderebbe l'azienda a quello spocchioso, servile leccapiedi?»

«Meglio un leccapiedi che una bomba a orologeria, fratello.»

Xan deglutì con forza. «Dimmi cos'ha detto Father. Cosa stai cercando di risparmiarmi?»

Ray sospirò. «Va bene, suppongo sia giusto che tu lo sappia. Forse ti farà ragionare, se nient'altro è riuscito a farlo. Father ha detto che preferirebbe lasciare l'azienda e il patrimonio a Janus, con me a capo delle operazioni, come prevederebbero le leggi sulla successione se dichiarasse pubblicamente che suo figlio è un invertito, piuttosto che lasciare che il suo retaggio venga disonorato.»

«Da me?»

«Dalle tue azioni.»

Xan sentì il mento tremare e le lacrime pungergli occhi. Odiava la delusione nella voce di Ray, e tutto perché lui era nato sbagliato. Perché le loro posizioni non potevano essere invertite? Xan sarebbe stato felice di essere un Beta, o almeno più felice rispetto all'essere un Alpha, e Ray, come Alpha, avrebbe reso Father orgoglioso.

«Non essere così triste,» mormorò Ray, gli occhi castani che si addolcivano. «La casa di Virona è bellissima. Probabilmente non te la ricordi, dato che non ci andiamo da quando eri molto piccolo, ma tu e il tuo Omega non resterete delusi. Potete anche arredarla come preferite. Mi assicurerò che abbiate un cospicuo conto spese destinato a questo. Sono certo che l'adorerete.»

«Caleb adesso ha le sue opinioni sull'arredamento.»

«Non ne dubito,» rispose Ray con affetto. Era risaputo che lui e Caleb andavano molto d'accordo durante le cene di famiglia. «Allora dividetevi le stanze. Rendetelo un gioco.» Sorrise e si sporse di nuovo in avanti. «Ci mancherete ai festeggiamenti delle Notti d'Autunno, ma…»

«Ma Father non mi avrebbe comunque permesso di venire. Sta tenendo Pater lontano da me.»

«*Ma* questo può essere un nuovo inizio per voi. Festeggiate per conto vostro, invitate i vostri amici e intrattenete i clienti. Mostra a Father che sei padrone di te stesso in modi che non lo umilino.»

Xan sentì un nodo in gola, ma annuì. «A Caleb piace dare feste.»

«Sì, una volta che la casa sarà arieggiata, potrete accogliere ospiti. A Father farà piacere. Soprattutto se riuscirai a includere il ragazzo dei Sabel. Father spera ancora che Yule Sabel gli faccia un buon prezzo sui nuovi camion. Progettiamo di garantire consegne in tre giorni ai clienti dall'altra parte del Paese entro la fine dell'anno.»

La mente di Xan vorticava per tutti i cambiamenti che gli si erano abbattuti addosso, ma riuscì a mormorare: «È una buona notizia.»

«Su col morale. Non ti stiamo mandando in una landa desolata. Virona è una cittadina incantevole, con molti negozi e ristoranti alla moda. Ti piacerà, e anche a Caleb. Lui si diletta in qualche tipo di arte, giusto? Nell'ala indipendente della casa ci sono un paio di stanze che sarebbero perfette per essere adibite a studio. Se ricordo bene, a Pater piaceva godersi la luce del mattino lì, leggendo e bevendo il suo tè. E la spiaggia è bellissima, persino in inverno. Sono certo che troverai l'atmosfera rinvigorente. E terapeutica, mi auguro.»

«Non credo che il mio problema sia qualcosa che potrà mai guarire.»

La compassione di Ray fece male quasi quanto la sua delusione. «Lo so, fratellino. Credimi, io ti capisco molto bene ed è sempre stato così, fin da quando eri molto piccolo. Se potessi cambiare il mondo intorno a noi per non farti più soffrire, lo farei. Ma tutto ciò che posso fare è proteggerti. Anche da te stesso.»

Ray si alzò e girò attorno alla scrivania, fece sollevare Xan e lo strinse in un forte abbraccio. «Ora vai a casa e racconta al tuo Omega cosa succede. Avrete molti preparativi da fare nei prossimi giorni. Sei atteso a Virona per il fine settimana.»

CAPITOLO SEI

URHO ATTENDEVA NELLA sua piccola tre porte, parcheggiata accanto al marciapiede, osservando la casa di Oak Avenue finché non ne vide uscire Jason. Il ragazzo si sistemò il giaccone mentre si dirigeva verso il punto in cui aveva posteggiato la sua berlina, subito fuori dal giardino.

Urho conosceva abbastanza bene i suoi orari. Aveva solo cinque secondi per beccarlo, prima che partisse verso i laboratori di ricerca in Phinea Street, dove passava le mattinate a lavorare a un progetto personale, prima di essere costretto a recarsi negli uffici dell'azienda di produzione automobilistica del padre per il suo vero impiego.

Aspettò che Jason si avvicinasse alla portiera per aprirla, poi accostò accanto a lui e tirò di colpo il freno a mano. Saltò fuori dalla macchina e lo afferrò per il bavero, notando a malapena la sua espressione scioccata prima di sbatterlo contro la fiancata dell'auto.

Con un urlo, Jason sollevò i pugni, pronto a difendersi. I loro occhi si incontrarono e lo sguardo di Jason si riempì di domande. Urho lo teneva saldamente contro il fianco dell'auto ma, alla fine, Jason riuscì a liberarsi, si risistemò il giaccone e sbraitò: «Per il Sacro Lupo, Urho! Che diavolo ti prende?»

Urho gli afferrò di nuovo il bavero e lo fronteggiò a muso duro. Dopo due notti insonni si sentiva fuori controllo e, a giudicare dal suo riflesso sul finestrino, il suo aspetto era quello di un folle. «Te lo sei scopato!»

Jason passò da un'espressione incazzata a una confusa, per poi tornare alla rabbia. «Chi? Vale? Di chi stai parlando?»

«Ti sei scopato Xan.»

Jason impallidì, allontanò Urho con forza e scrutò il marciapiede vuoto in ogni direzione. Si trovavano di fronte alla casa di un vicino e Jason sbirciò verso l'abitazione, sollevò la mano e offrì all'uomo un sorriso e una rassicurazione: «Buongiorno, signor Ragnak. Va tutto bene. Una discussione tra amici, ma è tutto a posto.»

Urho non si voltò per scoprire cosa pensasse il vicino delle smancerie di Jason e delle parole esplosive che lui gli aveva rivolto, tornò invece a fronteggiare il ragazzo. «Te lo sei scopato.» Lo scuoteva con violenza a ogni parola che pronunciava. «E l'hai *fottuto*.»

«Ti dispiace abbassare la voce?» Jason lo spinse via, dimostrandosi sorprendentemente forte per la sua costituzione snella. Si lisciò il soprabito alla moda, di sicuro scelto da Vale, e fece un respiro lento. «Se me ne dai l'opportunità, possiamo parlare della questione. In modo ragionevole. Ma ti devi calmare, Urho. Sembri uno psicopatico.»

«L'hai rovinato.»

Lo sguardo di Jason mandò scintille. «Xan non è rovinato. Ma se non chiudi il becco, finirà per esserlo.» Allungò una mano in un gesto rassicurante, ma Urho evitò il suo tocco. Il medico aveva lo stomaco sottosopra e sentiva gli occhi aridi per la mancanza di sonno.

«Non dovresti guidare,» sentenziò Jason. «Sei in uno stato pietoso. Non so cosa ti stia succedendo ma, se ti calmi, possiamo tornare dentro casa insieme e parlare di...» Si interruppe, lo sguardo che andava verso l'abitazione accogliente che condivideva con Vale. «No, non è il caso che Vale ti veda così. Si agiterebbe e non sarebbe un bene per lui e per il bambino.»

Urho serrò la mascella, trattenendosi dal tirargli un cazzotto per la rabbia di vederlo così calmo e tranquillo. Niente a che vedere con l'allampanato cucciolo di Alpha che era stato quattro anni prima, nel periodo in cui, a quanto pareva, era stato l'*amante* di *Xan* e se l'era scopato, per poi andare a rovinare anche la vita di Vale con il suo imprinting. Che diavolo importava quanto fossero felici insieme? Era evidente che Jason fosse una maledizione.

«Urho,» mormorò Jason. «Sei esausto. Lascia che ti accompagni a casa.»

«No.»

«Bene. Possiamo cercare un luogo tranquillo per parlare. Questo comportamento non è da te. Mi preoccupi.»

Urho deglutì con forza.

Si stava comportando davvero in modo strano. Gli era successo qualcosa, quando aveva toccato il corpo di Xan, quando aveva infilato le dita nella sua apertura gonfia e tumefatta e gli aveva tenuto fermi i fianchi perché non sussultasse. Qualcosa in lui era stato scardinato. Non lo capiva, e non pensava che parlarne a Jason avrebbe risolto alcunché ma, mentre si strofinava gli occhi stanchi, dovette ammettere che forse nemmeno prenderlo a pugni avrebbe aiutato. Cosa aveva pensato di fare, recandosi lì?

«Andiamo,» disse Jason con gentilezza, spingendolo sul sedile del passeggero della sua stessa macchina. «Dove sono le chiavi? Guido io.»

Urho indicò con un cenno che si trovavano ancora nel quadro e lasciò che Jason prendesse in mano la situazione. Poi si abbandonò contro lo schienale, le mani sul viso, cercando di recuperare un po' di sanità mentale mentre il giovane si sistemava dietro al volante e si metteva in strada.

Dopo qualche minuto di silenzio teso, Jason annunciò: «Eccoci. A Vale piace questo parco. Mi porta qui a guardare le anatre con gli anatroccoli, in primavera.»

«L'Entreo Park,» fece Urho, abbassando le mani per ricevere conferma alla supposizione. «Portava qui anche me.»

Jason emise uno sbuffo leggero, ma non fece commenti sul fatto che Urho avesse osato menzionare il passato legame con il suo *Érosgápe*, nonostante la palese provocazione. «Le anatre saranno migrate a sud per l'inverno, ma possiamo comunque fare una passeggiata attorno allo stagno.»

I passi di Urho erano incerti e traballanti, come se si fosse scolato una bottiglia e mezza di liquore. Aveva la bocca secca e gli tremavano le mani. Era posseduto da qualche demone arrivato dritto dall'inferno del Lupo? O era Riki che lo stava punendo per i suoi pensieri peccaminosi e i sentimenti indesiderati? Quel momento nello studio era stato solo frutto di un'illusione che lo aveva spinto a mettere le parole in bocca al suo Omega? E adesso il fantasma del suo amato lo perseguitava dalla tomba?

«Parlami,» disse infine Jason, guidando Urho fino a una bassa panca in legno sulla sponda dello stagno limaccioso, reso torbido dalla stagione invernale. Gli alberi attorno a loro lasciavano cadere foglie colorate, i rami simili a linee scure che si stagliavano contro il vasto cielo grigio. Lo stridio degli uccelli diretti a sud era continuo. «Che ti succede?»

«Non lo so.» La voce di Urho era roca, come se avesse del vetro in gola. «Non mi riconosco.»

«Nemmeno io ti riconosco granché, quindi capisco la sensazione.» Jason si schiarì la gola. «Odio chiedertelo, dato il tipo di domande che mi hai fatto, ma Xan sta bene?»

«È fuori di testa.» Urho pronunciò quelle parole a mezza bocca. «È un folle.»

«Davvero?» chiese Jason con un tono comprensivo in cui Urho avrebbe voluto avvolgersi e nascondersi, come in una coperta morbida. «Io non credo che lo sia. Io lo ritengo meraviglioso.»

Urho deglutì a fatica, ma non disse niente.

«Ha... provato a fare qualcosa con te?»

«No!» Le viscere di Urho presero vita con un ruggito, rabbia gelida e lussuria incandescente che si scontravano. Xan non aveva provato a fare assolutamente nulla con lui! E cosa aveva lui di sbagliato, per desiderare che invece l'avesse fatto? Se quella mattina Xan avesse fatto una mossa nei suoi confronti al termine della visita, se avesse agito anziché rimarcare l'eccitazione di Urho, cosa sarebbe accaduto tra loro?

Niente. Assolutamente niente!

«Va bene,» mormorò Jason. «Allora che succede?»

A Urho si strozzò la risposta in gola. Xan non era forse un suo paziente? Lo aveva visitato e gli aveva prescritto dei farmaci, lo aveva toccato in veste di medico, sebbene la conseguente eccitazione non fosse stata *affatto* professionale, e anche se Xan non fosse stato un suo paziente, cosa che gli avrebbe garantito il diritto alla privacy, aveva espressamente chiesto a Urho di non dire niente a Jason. «Non posso dirtelo.»

«Capisco,» disse Jason, trasudando una quieta preoccupazione che non appariva più confortante a Urho: al contrario, gli faceva venire voglia di dargli un pugno. «Ma Xan è al sicuro?»

Urho digrignò i denti. «Che cazzo vuoi che ne sappia? Non sono il suo guardiano. Anche se gliene servirebbe uno.»

Jason alzò le mani in segno di resa. «Ho capito. Beh, sembra che tu non abbia in programma di dirmi granché, anche se sei stato tu a venire a casa mia per aggredirmi.»

Urho sbuffò. Scosse la testa senza sapere da dove cominciare. «Te lo sei scopato.»

«Esatto. Quindi, suppongo tu abbia qualche domanda da farmi al riguardo, giusto?» chiese Jason, appoggiandosi con gli avambracci alle ginocchia e lasciando ricadere i capelli biondi sulla fronte, fin quasi a coprire gli occhi. Pronunciò le parole successive usando di nuovo quella gentilezza affettuosa; a Urho fece male il cuore. Doveva essere quello il motivo per cui Vale amava tanto quel cucciolo di Alpha. «Lasciati aiutare, d'accordo? Confidati con me.»

«Xan sta andando incontro a un mare di guai.» L'aggiunta successiva era un tasto delicato, ma Urho la fece ugualmente. «E trascinerà Caleb a fondo con lui.»

Jason si accigliò. «Perciò ha intrapreso un rapporto con un altro Alpha? E suppongo che non mi dirai come fai a saperlo, giusto?»

Urho si alzò e si passò le mani tra i capelli. Prese a camminare sul bordo dello stagno, le gambe che fremevano per il bisogno di muoversi. «Ammetti di sapere cosa ha fatto e continua a fare?» Si voltò di scatto verso Jason e gli puntò un dito in faccia. «Ammetti che te lo sei scopato e che eravate amanti?»

Jason annuì. «Sì.»

«E hai abusato di lui?»

«Per l'inferno del Lupo, Urho, cosa ti viene in mente? Abusato di lui? Quello che facevamo era… ascolta, io amo Xan.»

«Lo ami?» sputò fuori Urho, disgustato.

«Non in quel senso. Lo amo nel modo in cui Vale ama te.»

Urho si passò le mani sul viso e riprese a camminare avanti e indietro. Gli tremavano le gambe. «Perché l'hai fatto?» Tornato di fronte a Jason, fece un gesto osceno con la mano.

«Perché ho fatto sesso con lui, vuoi dire?»

«Sì! È stato l'impulso di affermazione dell'Alpha? Lui ti ha provocato e non sei riuscito a controllarti?»

«No.» Jason si mosse a disagio, le guance che assumevano una sfumatura rosa scuro. «Lo trovavo attraente. È stupendo e ha un bel corpo. Lo facevamo per divertimento. Per diversi anni abbiamo fatto giochi sessuali insieme, fingendo che fosse per fare pratica in vista di quando avremmo trovato i nostri Omega.» Accennò un sorriso. «Eravamo amici, e da lì la cosa è nata in modo spontaneo. Non sono mai stato violento con lui e non l'ho mai forzato. Non ho mai voluto farlo.»

Urho sbuffò, il cuore a mille. Era possibile? Il sesso tra Alpha era condannato, ma Jason ne parlava come se non fosse diverso dal cercare piacere con un Beta, o dalle tenerezze scambiate tra due Omega della Mont Juror che non avevano ancora scoperto la gioia autentica di stare con l'Alpha a cui il destino li avrebbe uniti. Lo faceva sembrare naturale.

«Per me era solo questo,» mormorò Jason. La fredda brezza invernale gli accendeva lo sguardo e gli arruffava i capelli. «Ma, alla fine, per Xan è diventato qualcosa di più. Me ne sono reso conto troppo tardi per impedirgli di soffrire.» Sospirò. «Lo amo come un amico, il mio più caro amico, e mi sono sentito morire nel ferirlo. Per fortuna, anche Vale ha imparato a volergli bene. E sì, Vale sa tutto, perciò non devi temere di sorprenderlo o fargli del male con questa informazione. L'ha presa bene, molto meglio di quanto avrei mai creduto possibile. Ma, del resto, Vale è perfetto, quindi non dovrei stupirmi.»

«Perfetto? Quell'uomo a malapena alza un dito per spolverare più di una volta l'anno e vive nell'ozio scrivendo poesie, mentre tu ti spezzi la schiena.»

Jason sorrise con tenerezza. «È perfetto per me.»

Urho alzò gli occhi al cielo. Aveva le ascelle sudate e riusciva a sentire l'odore rancido che emanava. Si era almeno fatto la doccia, quel mattino? O il mattino precedente? «Ti amava? Era innamorato di te? Xan, voglio dire.»

«Sì.» Jason fece una smorfia. «Speravo che una volta trovato un Omega…» Scosse la testa. «Ma non credo sia andata così. Anche se so che tiene molto a Caleb.»

«È un invertito,» sussurrò Urho.

«Sì, lo è,» confermò Jason. «Credo che lo sarà sempre.»

«Distruggerà se stesso e anche il suo Omega, se non smette di fare così.»

«E, di preciso, cosa sta facendo? E con chi?» Jason si raddrizzò e si allontanò i capelli dalla fronte, per poi inchiodare Urho con uno sguardo intenso. «L'hai visto con qualcuno? Si tratta di questo?»

Urho si passò una mano sulla bocca, le parole premevano per essere buttate fuori. Ma poteva dire a Jason la verità, o una qualsiasi parte di essa, senza violare i suoi giuramenti di medico? «L'ho visto dopo che era stato con qualcuno. Ne ho sentito l'odore su di lui.»

«Oh.»

Poi, incapace di trattenersi, esclamò: «Non è al sicuro.»

Jason si alzò in piedi, le guance di solito rosee che impallidivano. «È ferito? Devo andare da lui?»

Urho scosse la testa. «Mi ha chiesto di non dirtelo. A causa di Vale e del bambino.»

«No. Certo che no. Non vorrebbe far agitare Vale.» Jason si morse il labbro inferiore, fissando l'acqua grigio-marrone dello stagno. «Devo comunque andare da lui, fare in modo che mi confessi cosa sta facendo e con chi si vede. Hai detto che è pericolosa? Questa relazione?»

«Certo che è pericolosa!» Urho lo guardò storto. «Potrebbe andare in prigione!»

Jason deglutì a fatica. «Non è così stupido da farsi beccare.»

«Ah no?» Urho si indicò il petto. «Sbaglio o è già stato beccato da me?»

Jason trattenne il respiro, un lampo negli occhi azzurri. «Hai intenzione di denunciarlo?»

«Non dire stronzate.»

Jason sbuffò. «Non sono io quello che ha afferrato l'altro per strada, lo ha sbattuto contro una macchina e poi si è messo a fare una scenata degna dello stronzo più melodrammatico nella storia universale degli stronzi, chiaro?»

Urho annuì una sola volta. A quello non poteva ribattere, anche se avrebbe voluto, così si limitò ad abbandonarsi di nuovo sulla panchina. «Adesso sta bene. Non c'è bisogno che tu corra al suo fianco.» O almeno così sperava.

Jason tornò a sedersi e si girò verso di lui con un cipiglio assorto.

«Mi rendo conto che assecondare il suo desiderio per altri Alpha è un potenziale problema per Xan, e di conseguenza per Caleb. Ma tu sei stravolto. Xan non ti è mai piaciuto molto, per quanto ne so, quindi perché ti importa così tanto? Insomma, oltre al comune senso di decenza umana e via dicendo.»

Urho non sapeva come rispondere. Perché gli importava? Si era torturato con quella stessa domanda negli ultimi due giorni. Conosceva Xan a malapena, non erano niente più che due persone che frequentavano la stessa comitiva. Non avevano mai condiviso un minuto di confidenza in vita loro; non fino a quel momento sul marciapiede, quando Xan, distrutto nel corpo e nello spirito, si era lasciato sfuggire la sua confessione, e non fino a quando Urho aveva infilato il dito dentro di lui e aveva avvertito il suo desiderio fremere tutt'intorno, nell'aria stessa che respirava.

«Non lo so,» ripeté.

Jason lo fissò con aria solenne. «Capisco.»

Urho si piegò in avanti, i gomiti sulle ginocchia, e si coprì il volto. Il cappotto gli si tese sulla schiena, comprimendogli il corpo. Con l'immensità di ciò che non voleva ammettere che aumentava, ebbe l'impressione che avrebbe potuto far esplodere le cuciture.

«Lascia che ti porti a casa. Hai bisogno di una buona colazione,» disse Jason, alzandosi e offrendogli la mano per aiutarlo a sollevarsi sulle gambe ancora tremanti. «E un lungo sonno ristoratore.»

Urho lo seguì fuori dal parco come un anatroccolo che segue la madre per tornare al nido. Non riusciva ricordare l'ultima volta che aveva permesso a qualcuno di guidarlo e, soprattutto, l'ultima volta che aveva concesso a un altro Alpha di trattarlo con tanta gentilezza, ma non aveva l'energia per opporsi.

Jason guidò fino a casa del medico, lo accompagnò dentro e chiese a Mako, il cuoco, di portargli qualcosa da mangiare, poi si assicurò che raggiungesse il divano della biblioteca. Attese finché non fu servito il cibo, parlando di argomenti leggeri e piacevoli, come i libri che gli sarebbe piaciuto prendere in prestito. Mentre Urho mangiava, sorseggiò una tazza di tè ed evitò ogni ulteriore riferimento agli eventi di quella mattina o all'uomo per cui lui stava impazzendo.

Poi chiamò un taxi, riprese il giaccone e si avvicinò al divano su cui Urho si era abbandonato. Lo stomaco pieno di zuppa e la spossatezza avevano lasciato il medico in preda alla sonnolenza.

«Ora dovresti riposare,» lo esortò Jason. «E, se ci riesci, smetti di preoccuparti per Xan. Domani parlerò con lui e Caleb. Insieme, Caleb e io ci assicureremo che non corra pericoli.»

Urho ne dubitava, ma non ribatté.

«Per quanto riguarda i tuoi sentimenti...» aggiunse Jason con un sospiro pieno di consapevolezza. «Se non riuscirai ad accettarli, ti divoreranno.»

Si voltò e uscì, lasciando Urho a esaminare il soffitto della biblioteca finché, alla fine, scivolò in un sonno agitato.

CAPITOLO SETTE

Xan se ne stava fuori dalla porta dell'imponente casa di Urho, le ginocchia tremanti, e sentiva crescere la tentazione perversa di andarsene senza bussare e dirigersi a diverse strade di distanza, fino all'abitazione di Monhundy, per scoprire una volta di più quanto il suo aguzzino sapesse essere mostruoso.

Deglutendo per il nervosismo, rafforzò il suo proposito e sollevò due volte il battente di ottone. Mentre il colpo riecheggiava nell'ampia residenza, si chiese come mai un uomo benestante come Urho non avesse un campanello. Forse li riteneva troppo moderni, considerando la sua mentalità rigida e vecchio stampo.

Un domestico Beta alto e di mezza età, chiese il suo nome e lo guidò fino a una stanza in fondo all'atrio, adiacente a una scalinata che portava al secondo piano. «Si accomodi. Avviso il dottor Chase che è qui,» disse il Beta con un piccolo sorriso sulle labbra.

Xan annuì e si guardò attorno, sorpreso nell'accorgersi che era stato portato in biblioteca. Era più grande del salone di casa sua e tutte e quattro le pareti erano rivestite di libri con i dorsi di tutti i colori, dal rosso rubino al verde prato, che formavano crinali alti fino al soffitto.

Al centro della stanza, di fronte a un camino spento, si trovavano un divano e due poltrone di pelle, con un tavolino lungo e basso nel mezzo. Xan rimase in piedi dietro a una delle poltrone, le mani appoggiate allo schienale per mantenersi saldo, e restò in attesa di udire i passi di Urho.

Tuttavia, Urho aprì la porta senza alcun preavviso ed entrò con solo i calzini ai piedi. Aveva i pantaloni sgualciti, così come la camicia. Alcuni ciuffi di capelli spettinati davano l'idea che vi avesse dormito sopra e non si fosse ancora sistemato gli spessi ricci sale e pepe. Xan non aveva mai visto il medico, che era sempre elegante e azzimato, tanto trasandato.

«Sei qui,» mormorò Urho; dalla sua voce sembrava quasi che dall'ultima volta che si erano visti avesse iniziato a fumare. «Stai bene? Le tue ferite sono peggiorate?»

Xan deglutì di nuovo, con un nodo in gola. «In realtà, mi sento meglio. Grazie per il farmaco e per l'aiuto dell'altro giorno. So di aver dato l'impressione di non gradirlo.»

Urho lo fissò come se non riuscisse a credere che si trovasse nella sua biblioteca. Alla fine, si riscosse e fece un cenno verso la mobilia. «Siediti pure. Dove preferisci.»

Xan girò attorno alla poltrona e vi si accomodò, appoggiandosi allo schienale e cercando di calmare il movimento nervoso di gambe e mani.

Urho si sedette sul divano di fronte a lui e si passò le dita fra i capelli, per poi guardarsi intorno con gli occhi arrossati. «Jennor ci porterà il tè.»

Xan annuì e, subito dopo, lo stesso domestico Beta aprì la porta con un largo vassoio, su cui si trovavano un servizio da tè in ceramica e un piatto di biscotti. Posò il vassoio di fronte a loro e, a un cenno del padrone di casa, lasciò la stanza senza una parola.

«Prego, serviti,» disse Urho indicando i biscotti, poi versò il tè nelle piccole tazze rosse. «Prendine quanti ne vuoi. Ho l'impressione che tu sia dimagrito da quando ti ho visitato.»

Xan si meravigliò del commento. In effetti non aveva mangiato molto: tra il dolore fisico e la vergogna, negli ultimi giorni si era limitato a spiluccare qualcosa. Tuttavia, non poteva essere dimagrito abbastanza perché qualcuno lo notasse. Suo fratello Ray non gli aveva detto nulla, e nemmeno Caleb. Davvero Urho lo osservava così a fondo?

«Sto bene,» rispose, mettendo diversi biscotti al burro su un piatto e accettando il tè che Urho gli porgeva. «Tu sembri...» Fece un cenno verso di lui, senza finire la frase.

Urho diede un'occhiata al proprio abbigliamento e sbuffò una sorta di risata. «Perdona il mio aspetto sciatto. Stavo facendo un pisolino e... beh, diciamo solo che ho avuto un paio di giorni particolari.»

«Tempi duri in clinica?» chiese Xan.

«Sì, un bambino è nato morto.»

«Mi dispiace. Dev'essere difficile.»

«Lo è stato molto di più per l'Omega che per me, ma sì, riporta sempre a galla ricordi dolorosi.» Urho rivolse lo sguardo verso l'unico dipinto nella stanza, un ritratto di un bellissimo uomo biondo e sorridente, che indossava una camicia rossa e un paio di pantaloni neri. Teneva in mano una pergamena che riportava due stemmi di famiglia combinati, probabilmente lo stemma dei Chase e quello della famiglia di origine dell'Omega di Urho.

«Era splendido,» commentò Xan con gentilezza. Avvertì una sensazione bruciante nelle viscere, ma non volle esaminarla troppo da vicino. Essere geloso non sarebbe stato un bene per nessuno. Senza contare che quell'uomo era *morto*, e se n'era andato quando era ancora piuttosto giovane, da quanto aveva capito. Non era vissuto abbastanza perché la sua fosse una vita da invidiare, anche se era stato nel letto di Urho.

«Era perfetto,» sussurrò Urho, come se anche solo il ricordo del suo amato fosse troppo sacro per parlarne a voce alta.

«Questa biblioteca è enorme,» disse Xan per cambiare argomento, senza però azzardarsi a toccare la questione che davvero gli premeva. «Soprattutto testi scientifici, suppongo.»

«Parecchi lo sono. Ma ho anche libri di letteratura, nella mia collezione.»

«Io sono più un tipo da fumetti e romanzi.»

Urho sollevò le labbra nella prima traccia di un sorriso da quando era arrivato. «Ne ho qualcuno anche di quelli.» Si alzò e si avvicinò a uno scaffale accanto alla porta, scorse i dorsi con il dito e, alla fine, si allontanò con in mano un libro blu spesso più di cinque centimetri. «Ecco, credo che questo risalga a prima della tua nascita. Ma potrebbe piacerti.»

Xan prese il volume, mentre Urho tornava a sedersi sul divano. Quando aprì il libro, gli saltarono agli occhi immagini colorate, insieme alle consuete vignette e alle nuvolette di testo. Tornò a guardare la copertina: *Cervantes e Snail, la collezione completa.* «Ne ho sentito parlare, ma hai ragione, non l'ho mai letto.»

«Prendilo pure. Era il preferito di Riki, ma qui non farà che ammuffire. Dovrebbe piacerti.»

Xan si leccò le labbra, colto da una strana sensazione che gli tolse il respiro. Non aveva mai sentito Urho pronunciare il nome del suo Omega, ma non c'erano dubbi che Riki fosse l'uomo biondo del ritratto. Si schiarì la gola. «Non vorrei portare via qualcosa che per lui era speciale.»

«Non dovrebbe andare sprecato. Prendilo.»

Xan annuì e si infilò il libro nella tasca del giaccone, che aveva la dimensione perfetta. «Allora,» cominciò, mentre un'insolita timidezza si insinuava in lui. Guardò Urho da sotto le ciglia, sorpreso di notare che la carnagione scura dell'amico si era vagamente tinta di rosa.

Anche Urho stava ricordando come Xan si era eccitato quando gli aveva infilato il dito dentro e lo aveva ispezionato? Avvampò a sua volta, il cazzo che gli si induriva di nuovo contro la coscia. «Immagino ti stia chiedendo perché sono qui.»

Urho cercò di rivolgergli un sorriso autentico, i denti bianchi che spiccavano contro la pelle scura, poi sospirò. «Sono solo felice che tu sia venuto. Volevo rivederti. Ne avevo bisogno, in realtà.»

A Xan si seccò la gola. «Perché?»

«Ho pensato alla tua situazione. A essere onesto, non ho pensato quasi ad altro.»

Xan si mosse a disagio sulla poltrona, lo stomaco che si torceva.

Urho sollevò una mano. «Non intendo farti un'altra predica. Voglio capire il tuo problema.»

«Nessuno può capirlo.»

«Voglio provarci. È qualcosa di cui senti il bisogno?»

«Gran parte degli esseri umani sente il bisogno di appagamento sessuale,» rispose Xan sulla difensiva. «Non *tutti*, ma la maggior parte.»

«E il tuo Omega...»

«Non mi attrae.»

Urho piegò la testa. «Ma che mi dici delle sue necessità?»

Xan distolse lo sguardo. «Abbiamo un accordo.» Non aveva intenzione di spiegare la verità su Caleb. Rivelare quel segreto spettava a Caleb stesso, se e quando avesse voluto.

«Capisco.»

Ma a Xan era evidente che Urho non capiva davvero.

«Ha un amante?» gli domandò. «Un Beta, forse? Qualcuno che tu non consideri una minaccia per la vostra relazione?»

Xan espirò con forza. «Non sono venuto qui per parlare di lui.» E tuttavia, in un certo senso, non era forse così? Le pillole che voleva chiedere a Urho erano necessarie solo a causa dei suoi doveri verso Caleb. «Mi chiedevo se potessi prescrivermi qualcosa. Qualche tipo di stimolante.»

Urho si accigliò, sporgendosi in avanti e appoggiando i gomiti sulle ginocchia. «Stimolante? Intendi stimolante sessuale?»

«Sì. Ho difficoltà a stare dietro a Caleb durante i suoi calori. Non ne avrà un altro ancora per qualche mese, ma voglio essere preparato. Ho sentito che esistono nuove pillole che permettono agli Alpha di durare a lungo e recuperare più in fretta.»

«Soffre di sessuo... voglio dire, di calore interminabile?»

«No. Il problema sono io.»

Urho assottigliò gli occhi scuri. «Perché quello che desideri non è quello che Caleb può offrire,» terminò in tono sommesso. «I suoi feromoni non ti eccitano?»

«Lo fanno.» Ma l'odore del calore di Caleb gli provocava solo una smania ancora più forte di essere penetrato. Xan era stato un disastro durante il loro primo calore insieme: eccitato e voglioso, incapace di prendersi cura della sofferenza di Caleb e anche di soddisfare i propri bisogni. Aveva il terrore che accadesse di nuovo: era quasi impazzito per le grida di dolore del suo Omega. «Ma non nel... modo giusto.»

Si scrollò di dosso il velo di nauseante senso di colpa che l'aveva avvolto e tornò a concentrarsi su Urho: «Mi serve aiuto. È difficile ammetterlo e ancora più difficile chiederlo, ma tu conosci la nostra situazione meglio di molti altri; per questo, mi sto rivolgendo a te. Per favore, aiutami.»

Urho si irrigidì e chiuse gli occhi con un sospiro strozzato. Quando sollevò di nuovo le palpebre, Xan non riconobbe il medico serioso e compassato nella passione che vide nelle profondità del suo sguardo. «Posso darti le pillole.»

«Grazie!»

«Ma ti posso offrire di più.»

Xan deglutì, nervoso. Urho intendeva forse offrirsi come Alpha surrogato per il calore di Caleb? Rilasciò un respiro tremante, senza sapere in cosa sperare, ma fece comunque cenno a Urho di proseguire.

«Non puoi continuare a frequentare l'uomo che ti ha fatto del male.»

Xan gemette. «Ne abbiamo già...»

«Ascoltami!» ordinò Urho, e Xan serrò di colpo le labbra. «Se il bisogno che senti è davvero così forte, vieni da me.»

Xan lo fissò a bocca aperta e notò la pulsazione martellante nell'incavo scuro alla base del collo. Fece scorrere lo sguardo sui capelli scarmigliati e sugli occhi sinceri. Prese fiato a fatica. «Cosa stai dicendo?»

«Se ti serve…» Urho si passò una mano tremante sulla bocca, poi riprovò. «Se ti serve aiuto per i tuoi bisogni sessuali, vieni da me, anziché andare dall'uomo che ti fa del male.»

«Venire da te per cosa?» chiese Xan, sbattendo velocemente le palpebre. «Per una predica? Un tè? Qualche tipo di farmaco? Di preciso, cosa intendi offrirmi?»

«Sesso. Ti offro sesso.»

Xan continuò a fissarlo, la mente invasa da un ronzio e il cuore che prendeva a palpitare follemente. «Che *cosa*?»

A Urho tremò la voce. «Mi sto offrendo di aiutarti. Aiuto gli Omega in calore… i vedovi, quelli senza compagno, quelli che soffrono di sessuomania. Con te sarebbe la stessa cosa, e in questo modo ti terrò al sicuro.»

Xan gli rivolse una risata beffarda. «La stessa cosa? Mi stai prendendo in giro? È completamente diverso.»

«Perché?» chiese Urho con voce soffocata.

«Tanto per cominciare, perché lo dice il Sacro Libro del Lupo. Inoltre, lo dicono anche le nostre leggi. Se portassi davvero avanti questa proposta, ti accorgeresti che l'atto sessuale sarebbe molto diverso. L'interno del mio corpo non è come quello di un Omega, somiglia più a quello di un Beta nella consistenza e per le sensazioni che può dare.»

Urho si leccò le labbra, i suoi occhi si fecero lucidi. «Può anche essere vero, ma questo non mi farà cambiare idea. Non sarebbe la prima volta che infrango la legge o disobbedisco al Sacro Libro per proteggere qualcuno.»

Ma certo: l'aborto illegale di Vale. E forse quelli di altri Omega. Chissà di cosa era stato complice Urho, a dispetto dei suoi modi da bacchettone.

Xan sollevò il mento. «Non mi serve la carità.»

«No, tu...» Urho lasciò cadere la frase, fu attraversato da un brivido e rimase in silenzio.

«Io cosa?» A Xan martellava il cuore.

«Hai bisogno di aiuto per il tuo problema.»

«Ti senti male?» Xan fece un cenno verso la sua pelle sudata. «Sembri febbricitante, e quest'offerta è chiaramente frutto di una mente annebbiata.»

«Non sto male,» ringhiò Urho.

Xan si alzò. «Senti, volevo solo le pillole per gestire il calore di Caleb. Non mi serve che tu, o chiunque altro, mi scopi per pietà.»

«Allora vuoi scopate violente che rasentano lo stupro? Preferiresti farti quasi ammazzare da lui che accettare me?» Urho balzò in piedi, i pugni serrati e la voce che tremava.

Xan si leccò le labbra. Che stava facendo? A cosa stava dicendo di no? Quella era la sua occasione, avrebbe dovuto coglierla. Avrebbe dovuto cadere in ginocchio e implorare Urho di tenere fede alla sua generosa offerta subito, subito, *subito*.

Ma non poteva. Avrebbe dato qualsiasi cosa perché Urho lo desiderasse davvero, ma non si trattava di attrazione: si trattava di aiutarlo, di fare in qualche modo l'eroe. Di fare qualcosa di disgustoso per salvaguardare la sua incolumità, e non perché provasse a sua volta desiderio per Xan o avesse bisogno di lui.

E se fosse stato un altro Alpha, qualsiasi altro Alpha, forse quella motivazione sarebbe stata sufficiente.

Ma era *Urho*. Era l'uomo che Xan ammirava ormai da quattro lunghi anni: carità e compassione non erano ciò che voleva da lui.

«Sono venuto per chiederti aiuto con Caleb. Nient'altro.»

Urho deglutì con forza e si avvicinò.

Xan sentì le ginocchia tremare. «Che cosa fai?» sussurrò.

«Mettiti in ginocchio,» ordinò Urho, un bagliore pericoloso

negli occhi.

Xan inghiottì sonoramente il nodo che aveva in gola e prese a fare respiri corti che gli facevano girare la testa.

«Ho *detto*: mettiti in ginocchio.» Urho strinse i pugni e la sua voce si abbassò fino a un registro più profondo e terrificante.

Xan fremette dalla testa ai piedi, la gola secca. Il corpo obbedì a quelle parole senza che il suo cervello in subbuglio glielo comandasse. Il tappeto sotto le sue ginocchia era morbido e, quando Urho si fermò di fronte a lui, l'eccitazione che lo invase fu così sconvolgente che le sue cellule sembrarono ruggire.

«Cos'hai intenzione di fare?» chiese, il cuore che gli martellava nel petto.

«Ho intenzione di scopare quella tua bocca maleducata e ingrata,» mormorò Urho indicando il davanti dei propri pantaloni, gli occhi scintillanti e lo sguardo ardente di lussuria.

Xan si leccò ancora le labbra.

«Datti da fare.»

Xan gli aprì i pantaloni con dita tremanti e glieli fece scivolare lungo le cosce. Il respiro gli si bloccò quando l'uccello di Urho balzò fuori e quasi lo colpì sul mento. Xan fissò l'erezione scura e massiccia e gli venne l'acquolina. Gocce di seme brillavano sulla punta semi nascosta dal prepuzio, una piccola e scintillante promessa del delizioso banchetto che lo attendeva.

Xan sentì la propria apertura fremere e si morse il labbro inferiore: avrebbe voluto non essere ancora così dolorante. Se Urho avesse voluto scoparlo, gli avrebbe fatto male. Mise da parte il timore che l'altro non lo desiderasse davvero: con il suo grosso cazzo gocciolante che gli ondeggiava davanti al viso e l'odore della sua eccitazione che impregnava l'aria circostante, era difficile negare la realtà.

«Apri la bocca,» ordinò Urho; la sua voce vibrava per il bisogno estremo e una punta di ferocia che fecero drizzare i peli sulla nuca di Xan. Si affrettò a obbedire.

Urho reclinò il capo all'indietro, mentre Xan tracciava la punta umida del suo sesso con la lingua, raccogliendo e assaporando il suo pungente seme di Alpha. Quel sapore intenso fece inturgidire i capezzoli di Xan e gli indurì l'uccello, che prese a gocciolare a sua volta e gli bagnò la coscia.

L'odore del desiderio di entrambi si mescolò nella stanza e Urho gemette, le dita affondate tra i capelli di Xan. Lo tirò bruscamente in avanti, togliendogli il fiato, ma Xan era pronto. Spalancò le labbra e la mascella, mantenne lo sguardo verso l'alto, sul volto di Urho, e prese in bocca gran parte del suo cazzo; poi rilassò la gola per lasciare che l'uomo si spingesse ancora più a fondo.

Le lacrime gli pizzicarono gli occhi e il suo uccello pulsò contro la stoffa dei pantaloni attillati. Xan boccheggiò appena, quando Urho si infilò nella sua bocca fino alle palle, per poi scivolare fuori con un gemito, lasciandolo ad ansimare in cerca di aria. Subito dopo, le mani strette ai suoi capelli, Urho si spinse di nuovo dentro.

Xan gemette e boccheggiò ancora, poi Urho diede il via a un dondolio ritmico. Muoveva i fianchi avanti e indietro, gli permetteva di prendere un filo di fiato tra le spinte e poi lo privava dell'ossigeno, ancora e ancora. Xan si lasciò trasportare dal ritmo e ogni cosa scomparve, tranne il bisogno di respirare a tempo e il modo in cui la stoffa dei pantaloni strusciava contro la punta del suo cazzo se muoveva i fianchi insieme a quelli di Urho.

Si aggrappò ai suoi avambracci e li strinse, mentre Urho manteneva la presa sui suoi capelli. Le lacrime gli rigarono il volto e dense gocce di saliva gli scivolarono sul mento, bagnando il suo collo e i testicoli di Urho, ma il ritmo con cui la sua bocca veniva scopata non rallentò.

Urho teneva gli occhi fissi sul suo viso e ogni tratto dei suoi lineamenti esprimeva il piacere e la beatitudine che gli trasmettevano le spinte nella gola di Xan. «Toccati,» sussurrò infine a denti stretti, liberando un braccio dalla sua mano. «Fai in modo di venire.

Voglio sentirne l'odore.»

Xan roteò gli occhi verso l'alto, il cuore gonfio di gratitudine nel vedersi concedere ciò che Monhundy gli negava sempre. Si afferrò l'uccello attraverso i pantaloni e lo strinse in sincronia con le spinte di Urho. Le sue palle vibravano, piene, le cosce e l'addome sussultavano e si contraevano man mano che il bisogno di venire cresceva. Si aggrappò più forte al braccio di Urho con l'altra mano e si arrese, allargando la gola e rilassando la bocca.

Urho urlò nel percepire la sua sottomissione; premette il viso di Xan contro i suoi peli scuri e affondò il cazzo nella sua gola. Con un grido soffocato, Xan fu trascinato dall'orgasmo in una beatitudine esplosiva. Il seme schizzò con forza dal suo uccello e gli colò lungo la gamba, caldo come urina.

Xan boccheggiò e annaspò attorno al grosso cazzo di Urho, il piacere e la furia dell'orgasmo che lo afferravano in un turbine di sensazioni. Urho uscì con uno strattone secco dalla sua bocca, mirò e urlò mentre gli marchiava guance, labbra, lingua e gola con lo schizzo del suo sperma bollente. Il suo grido riecheggiò nella stanza.

Ansimando pesantemente, Xan prese dolci, calde boccate di ossigeno e assaporò il piacere di Urho nell'aria, un profumo intenso che lo avvolgeva dalla testa ai piedi. Si leccò le labbra e usò le dita per raccogliere il liquido dalle guance e dal mento e portarselo alla bocca affamata.

Urho lo fissò dall'alto, gli occhi lucidi e l'espressione appagata. Un sorrisetto soddisfatto gli piegò le labbra e una punta di orgoglio e senso di possesso trasparì dal suo sguardo. Si sedette sulla poltrona e attirò Xan perché si mettesse in ginocchio tra le sue cosce. Studiò con attenzione il suo viso e poi fece scivolare le dita sulle tracce di sperma ancora presenti sul suo collo. Ne raccolse un poco con l'indice e gli infilò il polpastrello in bocca.

Xan succhiò quel dito saporito e ne leccò con gentilezza la punta. Urho ringhiò, poi si piegò in avanti e raggiunse la bocca di Xan per un bacio appassionato. Fece scivolare la lingua su quella di Xan, che ricambiò e si fece più vicino, quasi arrampicandosi in braccio a Urho, appena consapevole che i piccoli gemiti incalzanti che udiva provenissero dalla sua stessa gola.

Quando Urho si staccò per prendere fiato, Xan sussultò, il cuore a mille e l'uccello che pulsava di un rinnovato bisogno che gli tendeva le palle in modo doloroso, come una contusione.

«Ecco,» sussurrò Urho, abbandonandosi contro lo schienale, i pantaloni ancora attorno alle cosce e il sedere nudo sulla poltrona di pelle. Aveva il cazzo ancora abbastanza duro, ma stava iniziando ad ammorbidirsi.

Xan si chinò a leccarlo, adorante, invaso da una gioia fanciullesca mentre si crogiolava nei postumi di ciò che avevano appena fatto. Prese la base del membro, alimentandone il vigore, e si premette in bocca la punta sensibile, facendola posare dolcemente contro la lingua. Ne uscì un altro spruzzo di seme, e lui lo ingoiò avidamente.

Chiuse gli occhi e respirò a fondo l'odore osceno che si era diffuso attorno a loro. Quella era la lussuria che il Sacro Libro del Lupo condannava, quel tenero momento con l'uccello di Urho nella sua bocca. Un caloroso senso di riverenza sgorgò dentro di lui, insieme a una nuova, vibrante paura.

Urho gli accarezzò i capelli, le dita tremanti contro il cuoio capelluto, ma la sensazione che Xan ne riceveva era rasserenante. Rassicurante. Poteva rilassarsi: non sarebbe stato malmenato per essere venuto o per aver goduto, e ancor meno per averlo desiderato.

Passarono i minuti e il sesso di Urho tornò del tutto duro. Xan fu costretto ad allargare le labbra mentre ne succhiava con dolcezza la punta. Urho però non fece nulla, tranne continuare a passargli le mani tra i capelli, sospirando appagato. Alla fine, disse: «So che ti piace essere scopato, ma il tuo ano non può sopportare una penetrazione finché non sarà guarito.»

Xan serrò le palpebre. Avrebbe voluto implorare. Invece, prese a succhiare il cazzo di Urho con più entusiasmo, portandolo di nuovo a uno stato di eccitazione impossibile da negare. Si infilò la mano nei pantaloni ridotti a un disastro e si strinse l'uccello mentre continuava a succhiare e leccare; piegò la testa e gemette quando riuscì a portare Urho al culmine ancora una volta. In quell'occasione, ingoiò tutto il copioso fiotto di seme.

Con un gemito, Urho sfilò il cazzo dalla sua bocca e premette il viso di Xan contro la propria coscia fremente. Le palle scure e tese si contraevano a pochi centimetri dalle sue labbra, così Xan si mosse in avanti per leccarle e baciarle con avidità, nella speranza di ottenere un altro round prima che quella pazzia, di qualunque natura fosse, giungesse al termine. Un altro orgasmo, prima che Urho tornasse alla realtà e si rendesse conto dell'oltraggio al Sacro Lupo, e lui dovesse affrontare l'esilio a Virona.

Urho gli permise di leccargli i testicoli per qualche minuto, poi lo spinse indietro per le spalle e si tirò su i pantaloni, che erano finiti attorno alle caviglie, coprendo così il suo magnifico cazzo alla vista di Xan.

«Senti il bisogno di altro?» gli chiese.

Xan si premette il palmo contro l'uccello duro, bloccato tra la coscia e la stoffa dei pantaloni. Sollevò su Urho uno sguardo silenzioso.

«Fammi vedere,» disse Urho, sorprendentemente calmo. «Alzati, tiralo fuori e fammi vedere.»

Xan deglutì con forza ma si mise in piedi, le mani che armeggiavano per aprire i pantaloni. Gli schizzi di sperma all'interno erano carichi di feromoni e, quando Xan lasciò cadere i pantaloni, l'odore riempì le narici di entrambi. Urho si leccò le labbra, si sporse in avanti e si strusciò per qualche attimo sul fianco del ragazzo, prima di aprire la bocca per accogliere il cazzo ricoperto di seme fino alla base.

A Xan quasi cedettero le ginocchia quando sentì l'uccello premere contro il palato caldo e morbido di Urho, per poi oltrepassarlo. Con il cuore che martellava selvaggio, si azzardò a infilare le dita tra i suoi capelli folti, aggrappandosi alle ciocche per non cadere. Urho gemette.

Xan sussultò all'istante, scaricando il suo seme nella gola in attesa. Urlò di sorpresa all'orgasmo improvviso, gettò il capo all'indietro e guardò il soffitto mentre il piacere lo accecava fino a togliergli il respiro; tremando e spingendo, venne con tale impeto che i muscoli contusi gli fecero male.

E poi Urho lo lasciò andare. A malincuore, Xan lasciò scivolare il cazzo ricoperto di saliva fuori dalle sue labbra calde.

«Voltati e piegati. Posa le mani sul tavolino.»

I pantaloni aggrovigliati attorno alle caviglie, Xan riuscì a malapena a obbedire senza cadere, ma spostò il servizio da tè e si posizionò sulle braccia malferme, il culo all'aria. Andò quasi in iperventilazione quando le mani calde di Urho gli si posarono sulle natiche e le allargarono per la seconda volta nel giro di una settimana.

E poi, ciò che aveva desiderato, ciò che aveva sognato dalla prima volta che Urho gli aveva allargato i glutei, accadde *davvero*. Il suo respiro bollente gli sfiorò la pelle e, subito dopo, la sua lingua calda e bagnata scivolò lungo la fessura tra le natiche e solleticò l'apertura ancora dolorante.

Urho mormorò qualcosa di incomprensibile. Xan strinse il bordo del tavolino e gridò quando Urho gli leccò il culo come se avesse sognato di farlo tanto a lungo quanto lui. Il servizio da tè vibrò mentre Xan prendeva a contorcersi e a sobbalzare in risposta a quella dolce invasione.

Il suo uccello sussultò e si contrasse, il piacere raggiunse le sue terminazioni nervose già troppo stimolate e lo spinse in uno stato di follia. Agitò i fianchi, gemendo in modo febbrile, preso dal bisogno di ricevere di più della lingua di Urho... e poi Urho si staccò.

Premette un morbido bacio sull'apertura increspata di Xan, dolorante, bisognosa, affamata. «Ora è mio. Hai capito? Questo culo appartiene a me.»

Xan urlò e venne di nuovo, il corpo inarcato, il seme che schizzava sul tavolino, sul tappeto e sul suo stesso viso, mentre si piegava e si dimenava, scioccato dal modo selvaggio ed erotico in cui andava in frantumi la sua precedente comprensione del sesso e della gratificazione. Quello che aveva appena ricevuto, quella dichiarazione di possesso da parte di Urho, era tutto ciò che aveva sempre voluto. Tutto ciò che, ne era stato sicuro, non avrebbe mai avuto.

Crollò sul tavolino e il legno freddo contro il ventre bollente lo fece sussultare. Aveva di nuovo il tappeto soffice sotto le ginocchia. Urho gli passò una mano lungo la schiena, fece scivolare le dita sulla fessura bagnata di saliva e l'accarezzò con il pollice. «Dillo. Voglio sentirti dire quelle parole.»

Xan emise un lamento, la vergogna e il desiderio che si scontravano dentro di lui. «Il mio culo è tuo.»

«A chi appartiene?»

«A te.»

«Fino a quando?»

Xan deglutì, tremando da capo a piedi, incerto su come rispondere. «Per sempre?»

«Mio. Per sempre.» Urho lo baciò sul fianco e poi sulla fessura.

Lo tirò via dal tavolino, lo prese tra le braccia e lo tenne stretto, baciandolo sui capelli e sulla gola, al di sopra del colletto. Si spostarono verso il divano, dove crollarono assieme. Avevano gli indumenti ancora in disordine e l'odore di sudore e quello di sperma riempivano la stanza.

Scioccato, Xan se ne stava con la testa appoggiata sulla spalla di Urho. I suoi pantaloni non erano neppure del tutto abbottonati, ma erano di nuovo entrambi vestiti. Xan osservò con avidità il petto muscoloso di Urho salire e scendere, mentre lui scivolava nel sonno.

Il tempo passò e piano piano Xan tornò in sé. Fuori, la luce stava svanendo in bagliori dorati che filtravano attraverso le finestre. L'orologio sulla mensola del caminetto ticchettava. Xan scivolò via dall'abbraccio di Urho con cautela e si risistemò i vestiti per recuperare una parvenza di decoro, obiettivo che raggiunse a malapena.

Cercò di ripulire come poté il disastro che avevano fatto sul pavimento e sul tavolino, usando i tovagliolini del servizio da tè. Urho continuò a dormire per tutto il tempo, bellissimo e noncurante nel sonno, la bocca morbida e gli occhi rilassati.

Dopo aver cercato di nascondere le prove di ciò che avevano fatto, Xan rimase a fissarlo. Non aveva idea di cosa significasse quello che era successo, o cosa comportasse la promessa che aveva fatto. Ma sapeva di doversene andare prima che Urho si svegliasse, costringendoli a un'imbarazzante conversazione che avrebbe rovinato tutto ciò che c'era stato prima.

Scivolato fuori dalla biblioteca, uscì dalla porta principale senza avvisare nessun domestico e si affrettò lungo la strada fino alla macchina. Il suo corpo cantava ancora di piacere per le sensazioni provate, ma il suo cuore e la sua mente erano in ansia.

Non sapeva cosa fosse preso a Urho, da quanto stesse progettando la sua offerta, non sapeva neppure perché l'avesse fatta. Ma di certo la promessa che gli aveva strappato alla fine non aveva alcun significato reale. Una promessa ricevuta durante l'ebbrezza del sesso non era affatto una vera promessa; il perché Urho avesse voluto rivendicare la proprietà del suo culo, inoltre, restava un mistero.

Ma Xan non riusciva a smettere di ripensare a come Urho aveva preteso che ripetesse quelle parole. Era sembrato sincero e determinato, come se il culo di Xan fosse qualcosa che aveva bramato fin troppo a lungo e fosse deciso a tenerlo per sé.

Scrollandosi di dosso quegli interrogativi, Xan si concentrò sulla strada del ritorno.

Per una volta, non ebbe nessuna difficoltà a superare l'abitazione di Monhundy. Giunto a casa, affidò l'auto a Lenser con un sospiro di sollievo.

Salì le scale fino alla sua camera. Aveva bisogno di una doccia prima di vedere Caleb e rassicurarlo di avere in pugno la soluzione al problema del calore, oltre a comunicargli le altre importanti novità. Sperava che il suo Omega l'avrebbe presa bene, perché non avevano altra scelta se non partire di lì a pochi giorni per cominciare una nuova vita a Virona.

Togliendosi il giaccone, tirò fuori il libro che Urho gli aveva dato. Lo aprì e fissò la scritta sulla prima pagina:

A Riki, con tutto il mio amore. Urho

Xan fremette, gelosia e meraviglia che si davano battaglia nel suo cuore. Scorse le pagine, poi posò il libro sul comodino. Spogliatosi del resto degli indumenti, entrò in bagno e controllò allo specchio la presenza di tracce di quanto era accaduto.

Venne accolto dalla visione delle strisce di sperma che gli si erano seccate sul collo e sulla guancia, accompagnate dai capelli arruffati e dallo shock che ancora gli brillava nello sguardo. Chiuse gli occhi e respirò l'odore del seme, lasciandolo penetrare nei polmoni, immaginandolo mentre passava di particella in particella fino a toccare tutto il suo essere con i residui di ciò che era successo.

Poi aprì la doccia.

Mentre l'acqua bollente gli cadeva addosso, lavando via l'aroma intossicante di lui e Urho insieme, arrivò anche la lucidità e si rese conto di un'altra cosa. Crollò sul pavimento della doccia con una violenta stretta al cuore. «Sono spregevole,» sussurrò.

A causa della sua natura perversa e della sua incapacità di resiste-re alla tentazione, aveva di nuovo deluso Caleb: se n'era andato da casa di Urho senza le pillole necessarie per il successivo calore del suo Omega. Era davvero il peggiore Alpha del mondo intero. Caleb non meritava di trovarsi incastrato con lui.

E aveva indotto in tentazione anche l'onesto e virtuoso Urho. Prese a strofinarsi la pelle con forza brutale: non meritava di avere il suo odore addosso.

CAPITOLO OTTO

URHO SI SVEGLIÒ da solo e al freddo nella sua biblioteca, con l'odore del seme di Xan che ancora turbinava nell'aria. Non aveva avuto intenzione di crollare in quel modo, ma tre notti di insonnia ed emozioni incontrollate, seguite da un sesso turpe e meraviglioso con l'uomo che non riusciva a togliersi dalla testa, lo avevano lasciato distrutto.

Si girò su un fianco e si mise seduto, per poi passarsi le mani tra i capelli e scrutare l'ambiente nella speranza di trovare Xan in un angolo, o in piedi davanti alla finestra. Ma non fu così. Non c'era alcuna traccia di lui, tranne lo sperma secco rimasto sul tappeto e sul tavolino e il vivido aroma di sesso nell'aria.

Urho rilasciò un respiro tremante e intriso di inquietudine. Dov'era andato Xan, e perché? Un senso di malessere gli si insinuò nelle vene. Xan si era forse sentito costretto a fare sesso con lui? Forse in realtà *non* avrebbe voluto, a dispetto della sua fremente lussuria e degli orgasmi continui? Urho si era approfittato di lui?

Non era abituato a concordare incontri sessuali, al di fuori del suo ruolo di surrogato durante i calori. E, per il Sacro Lupo, di certo non aveva pianificato di fare sesso con Xan quel giorno. Non in quel modo, almeno. Quando gli aveva fatto la sua offerta, l'aveva intesa come una cosa che sarebbe accaduta in futuro, in una situazione in cui Xan, incapace di resistere alla tentazione, fosse venuto da lui e si fosse messo in ginocchio, guardandolo con quei grandi occhi azzurri e chiedendogli di…

Sacro Lupo, si stava eccitando di nuovo.

131

A quanto pareva, era davvero un depravato, c'era poco da fare. Aveva fatto sesso con un altro Alpha e bramava di rifarlo. Era ovvio che aveva perso la testa da qualche parte, negli ultimi giorni. Quello era un altro aspetto da considerare.

Reclinò il capo e sollevò lo sguardo sul ritratto di Riki, fermo nel suo eterno sorriso. Non vi era traccia di cambiamento nel dipinto. E lui aveva consumato quel peccato proprio sotto gli occhi vigili del suo amato. Perché non si sentiva pieno di vergogna? Si passò la mano sul viso e si decise a ripulire quanto era rimasto del disastro che quell'incontro imprevisto si era lasciato dietro. Sembrava che Xan avesse già provato a fare del suo meglio con i tovagliolini.

Mentre strofinava il tappeto, Urho tenne le orecchie ben aperte per captare eventuali passi dei domestici Beta, i quali sembravano per fortuna avere tutti trovato qualcosa di importante con cui tenersi occupati dopo l'arrivo di Xan. Nel frattempo, cercò di elaborare gli eventi di quel giorno.

Era stato stressato nell'ultimo periodo, di quello era sicuro. Ma riguardo a ciò che lo aveva spinto a ordinare a Xan di mettersi in ginocchio… Era stata lussuria e anche qualcos'altro, il rifiuto di guardarlo andare via per tornare tra le braccia di un uomo che non dava valore alla bellezza delle sue forme, alla sua mente brillante o al suo bisogno appassionato di essere trattato con la stessa autorità e lo stesso rispetto riservati a un Omega.

Urho trasalì, si sedette sui talloni e tornò a guardare il ritratto di Riki.

Com'era arrivato a quella conclusione? Forse l'aveva percepito fin dall'inizio. Perciò, semplicemente, quando Xan aveva cercato di rifiutare la sua offerta, una parte di lui aveva saputo cosa fare: trattarlo come un Omega, ordinargli di inginocchiarsi e farlo suo.

E così aveva fatto.

I testicoli gli si riempirono e il suo cazzo si rizzò. Urho chiuse gli occhi e vide la schiena inarcata di Xan, la sua piccola fessura che gli si presentava arrossata dal bisogno, con tanto di fondoschiena fremente. L'aveva leccata, baciata, ne aveva reclamato il possesso, e Xan gli aveva concesso tutto senza esitazione. Gli aveva donato il suo seme e il suo piacere, e Urho ne voleva ancora. Ne aveva bisogno.

E aveva bisogno di sapere che Xan era al sicuro.

Rialzandosi dal punto in cui si era messo a pulire, si passò una mano sulla fronte sudata e rivolse un'altra occhiata al ritratto di Riki. «Perdonami, mio amato.»

Ma sapeva, da qualche parte dentro di lui, che a Riki non dispiaceva. Aveva voluto sempre e solo la felicità di Urho, e se lui l'avesse trovata di nuovo in quella pazzia con Xan, allora Riki l'avrebbe sostenuto, dalle serene profondità della tana della morte del Lupo in cui si trovava. Anche se il mondo l'avrebbe definito un peccato e lui sarebbe potuto andare in prigione? Anche se la sua anima sarebbe potuta bruciare per quella colpa e venire separata per sempre da Riki e dal loro bambino?

Urho scosse la testa.

Non credeva in un Sacro Lupo che infliggeva punizioni, sebbene sapesse che in molti lo facevano. Forse perché era un militare e un medico, e aveva assistito a così tanta sofferenza da arrivare davvero a credere che la sola cosa che il Sacro Lupo potesse offrire fosse la pace a tutta l'umanità, tranne alla parte peggiore di essa. La vita era troppo piena di dolore per credere in qualsiasi altra cosa.

Imboccò le scale per salire nelle sue stanze, evitando i domestici e sentendosi grato che i Beta fossero relativamente privi di capacità olfattive. Chiuse a chiave la porta del bagno, aprì l'acqua della doccia e poi, una volta nudo, esitò. Si fissò allo specchio, osservando la pelle scura e i peli ispidi che dal petto scendevano fino al grosso uccello da Alpha.

Aveva i peli pubici neri come la pece, al contrario dei capelli sale e pepe. Era ancora muscoloso e forte, e immaginò di sollevare Xan tra le braccia, tenendolo come fosse un tesoro, e di penetrarlo a fondo.

Chiuse gli occhi con un brivido, si prese il cazzo con una mano e rimase così, fermo. Il calore del palmo e la stretta del pugno bastavano a mantenere la sua erezione. Fece scivolare la mano su e giù lungo il membro e lo guardò farsi più duro con un misto di divertimento e stupore.

Non si era eccitato con tanta facilità dall'ultimo calore in cui aveva fatto da surrogato. I feromoni degli Omega, tuttavia, erano una garanzia di eccitazione. Era bizzarro che il solo pensare a Xan avesse un effetto simile.

Sacro Lupo, cosa aveva fatto?

Mentre lavava via a malincuore il suo seme e quello di Xan, che gli si erano mescolati addosso, rivide con la mente l'arrivo del ragazzo e la breve conversazione che aveva portato, così all'improvviso, a ciò che la gente del Vecchio Mondo usava chiamare *fellatio*. Ripensò alla richiesta di stimolanti sessuali che Xan gli aveva fatto. Non aveva avuto bisogno di aiuto su quel versante, con lui.

Ma se davvero era un invertito, era ovvio che non ne avesse avuto.

Urho rilasciò un lungo respiro. Quel termine denigratorio che risuonava ai margini della sua coscienza lo innervosiva. L'aveva accettato e ormai se ne era preso la responsabilità. Se Xan era davvero un invertito, allora Urho l'avrebbe tenuto al sicuro. E se Caleb aveva bisogno di aiuto con i calori, se a Xan servivano delle pillole per farcela, gli avrebbe procurato anche quelle.

Mentre si asciugava e si vestiva, prese una decisione. Dopo aver raggiunto la cassetta di farmaci in camera da letto, ne tirò fuori una confezione di pillole, ne mise una manciata in un contenitore e chiamò Mako per dirgli di tenere in caldo la cena. Poi lasciò la casa con il cuore che martellava, una vaga preoccupazione nella mente e un allarmante accenno di erezione nei pantaloni.

Doveva vedere Xan.

Faccia a faccia, da uomo a uomo. E il fatto che si sentisse sulle spine, ubriaco di emozioni che non provava da anni, era solo un motivo in più per andare da lui.

Subito. Prima che venisse a mancargli il coraggio.

«PENSI CHE SI senta mai solo?» chiese Caleb, ciondolando sul letto con addosso un paio di pantaloni larghi e una maglietta bianca con lo scollo a V.

Aveva i capelli biondi spettinati e la punta delle dita macchiata di rosso per aver provato un nuovo inchiostro nel suo studio di pittura. In una piccola stanza sul retro della casa, realizzava i suoi pezzi d'arte su spessi fogli di cartone, ma nessuno di essi lo soddisfaceva mai del tutto, e non mostrava i risultati a nessuno, nemmeno a Xan.

Neppure gettava mai via i suoi cosiddetti fallimenti, però. Accumulava le sue creazioni di carta e inchiostro in mucchi che Xan era convinto fossero a rischio di incendio, anche se si teneva quell'opinione per sé.

«Chi?» La mente di Xan era andata subito a Urho, sebbene avesse sperato che la discussione su di lui fosse chiusa. Aveva detto a Caleb che si era fermato a casa di Urho e che il medico aveva accettato di prescrivergli i farmaci.

Dando per scontato che Urho non avesse avuto le pillole sottomano, Caleb aveva abbracciato forte Xan. «Grazie,» gli aveva detto. «Credi davvero che questo farmaco aiuterà?»

«Lo spero.»

Ma la speranza non doveva essere sembrata sufficiente a Caleb, che aveva insistito: «E se non lo fa?»

«Penseremo a un piano di riserva ma, purtroppo, qualsiasi esso sia, dovremo elaborarlo a Virona,» aveva risposto Xan, per poi spiegargli tutto riguardo al suo incontro con Ray.

Era stato un sollievo parlare a Caleb del malcontento di suo padre, del fatto che preferisse suo cugino Janus a lui, dell'intervento di Ray e del loro trasferimento imminente, ma era stato strano essere così aperto su quelle questioni e tenere segreto ciò che era accaduto davvero durante la sua visita a casa di Urho.

Anche mentre avevano parlato dei motivi del trasferimento e dei preparativi necessari, Xan aveva continuato a ripensare al roco grido di piacere di Urho e allo schizzo bollente del suo seme che gli colpiva la pelle.

Rimpiangeva di essersi dovuto lavare con tanta meticolosità: bramava ancora quell'odore. Voleva assaporare di nuovo quel gusto. Più di tutto, voleva tornare a sentirsi come si era sentito tra le braccia di Urho: sotto il suo comando, quasi amato.

Era quasi arrivato a credere che Urho *tenesse* a lui.

Ma era un'idea ridicola, il semplice frutto di un'immaginazione iperattiva. Xan si sarebbe trasferito molto presto in una nuova città e l'offerta di Urho, per quanto generosa e accompagnata da un assaggio più che gradevole, non gli sarebbe stata di alcun aiuto quando si sarebbe trovato sulla costa, a tre ore di distanza.

Inoltre, forse era ancora sotto shock. Non sapeva cosa pensare, cosa credere, e una grossa parte di lui voleva scappare lontano da Urho il più in fretta possibile, prima di concedersi qualcosa di stupido come la speranza. Anche se il trasferimento a Virona gli sembrava un castigo per qualcosa che non poteva del tutto controllare, tra Monhundy e i nuovi sviluppi, non sarebbe potuto arrivare in un momento migliore.

«Parlo di Ray, ovvio,» rispose Caleb, in riferimento alla sua domanda sulla solitudine. «Lavora tanto duramente per tuo padre, giorno e notte. Ce l'ha almeno un amante, che tu sappia?»

Xan si strinse nelle spalle. Le loro interazioni erano sempre state piuttosto unilaterali: il fratello maggiore, Ray, che cercava di tenere il minore, Xan, fuori dai guai peggiori. A Xan non era mai venuto in mente di chiedergli come si sentisse, né riguardo alle questioni romantiche né a proposito di altro.

«Io penso che debba sentirsi solo,» mormorò Caleb, voltandosi a pancia in giù e appoggiandosi sui gomiti per sorridergli.

Xan guardò fuori dalla finestra i domestici Beta che lavoravano all'assetto delle fioriture primaverili; i frutti della loro opera erano qualcosa che a lui e a Caleb sarebbe mancato.

«Forse sì,» concesse Xan. «Ma è un problema suo. Il nostro è prepararci al trasferimento entro il fine settimana. Non è molto tempo per assicurarci che sia tutto pronto.»

Caleb annuì, sollevandosi con grazia dal letto, le lunghe gambe e le braccia sinuose che si muovevano come quelle di un ballerino. «Ne sono felice. È esattamente ciò per cui ho pregato.» Gli brillavano gli occhi. «Ho chiesto ogni sera al Sacro Lupo che accadesse, accendendo incensi e inginocchiandomi accanto al letto come dovrebbe fare un bravo Omega.»

Xan lo fissò. «Cosa vuoi dire?»

Caleb lo raggiunse e si rannicchiò tra le sue braccia. «Ti voglio un bene profondo, amico mio. Per allontanarti da quel mostro, andrei ovunque, farei qualsiasi cosa.»

Xan lo strinse e lottò contro il nodo che gli si era formato in gola. «E se trovassi un altro mostro a Virona?»

«Non succederà,» ribatté Caleb con veemenza. «Ci costruiremo una nuova vita lì, senza nessun mostro. Vedrai.»

Xan lo baciò sulla tempia e sospirò. Il mostro era dentro di lui, e non pensava che esistesse davvero un modo di sfuggire a quella realtà.

«E che mi dici della tua famiglia?»

Caleb si strinse nelle spalle, scivolando fuori dalle braccia di Xan e attraversando la stanza fino alla toletta, dove si sedette e prese a spazzolarsi i capelli biondi. «Sai cosa penso di loro. Lasciarmeli alle spalle è un bonus.»

Xan annuì, ricordando le persone alte e smilze da cui Caleb era nato e che poi l'avevano trattato come nulla più che un burattino da dare in sposo al miglior offerente.

Il fatto che Xan lo avesse scelto e che Caleb avesse infine accettato di stipulare un contratto era stato accolto con grande gioia nella famiglia Riggs-Holo. Ma quella gioia si era spenta quando Caleb aveva insistito perché il contratto contenesse una clausola che proibiva ai suoi genitori di accedere ai fondi degli Heelies, salvo che per un dono annuale, che consisteva in una somma su cui nessuno avrebbe sputato. Ma quel dono annuale non era neppure una goccia dell'immenso pozzo di denaro a cui gli Heelies, e ora anche Caleb, avevano accesso.

«E riguardo alla mia, di famiglia?» chiese Xan in tono sommesso.

Caleb catturò il suo sguardo riflesso nello specchio. «Tesoro, hai più probabilità che ti venga di nuovo concesso di vedere il tuo Pater, se fai ciò che ti chiede il tuo Father. Per quanto suoni ingiusto e a dispetto di quanto ti faccia male. Di certo, Virona è abbastanza distante da smorzare i tuoi impulsi, ma non così tanto da impedire al tuo Pater di venire a trovarci, se il tuo Father revocherà questo ridicolo divieto, non pensi?»

«Pater deve pensarla come lui,» mormorò Xan, dando voce al timore che non aveva mai avuto il coraggio di esprimere. «Sappiamo tutti come funziona con gli Omega, soprattutto con gli *Érosgápe*. Se non fosse stato d'accordo con Father, avrebbe potuto farlo cedere. Gli sarebbe bastato mostrarsi deluso da lui, e Father si sarebbe messo in ginocchio per sistemare le cose.»

Caleb posò la spazzola e si voltò, cercando gli occhi di Xan. «Il tuo Pater ama il tuo Father e sta dalla sua parte in ogni circostanza. Da quello che ho visto nel poco tempo che ho trascorso con la tua famiglia, ha sempre fatto così e sospetto che lo farà sempre. Nonostante le sue opinioni e i suoi sentimenti su alcune questioni, ovvero su di te, si schiererà con il tuo Father. La loro relazione funziona in questo modo. Grazie al Sacro Lupo, non è così per la nostra.»

In quel momento, qualcuno bussò alla porta e Caleb si mosse per rispondere. Sull'uscio c'era Ren, il loro governante. «Sì?»

«Il dottor Chase è qui per vedere il signor Heelies, signore,» mormorò Ren, guardando oltre la spalla di Caleb, verso Xan. I suoi occhi azzurro ghiaccio brillavano nella fioca luce che arrivava dal corridoio, i capelli sale e pepe erano ordinatamente pettinati all'indietro. «*Insiste* per vederlo. Si è accomodato nella sua biblioteca, stavolta, signor Heelies.»

«Capisco.» Caleb si voltò verso Xan, inarcando un sopracciglio. «Di cosa si tratta?»

Xan si inumidì le labbra improvvisamente secche. La sua biblioteca era ridicola in confronto alla splendida sala di Urho, conteneva pochi libri e mobilia scelta di fretta. Xan aveva progettato di espanderla nel corso dell'anno successivo, ma ormai avrebbe dovuto concentrarsi sulla biblioteca della casa di Virona. «Non saprei. Sarà meglio che vada a vedere.»

«Vengo con te.»

«No,» ribatté Xan, senza fiato, sollevando la mano per intimare a Caleb di non seguirlo.

Nello sguardo dell'Omega si accese un bagliore sospettoso, ma fece spallucce e desistette. «Come vuoi tu, tesoro.»

Xan riusciva a sentire il profumo di Urho dal piano di sopra. Non aveva mai percepito in modo così distinto un altro essere umano in vita sua. Si chiese per un attimo se quella fosse la sensazione che si provava verso un *Érosgápe*, per poi liquidare in fretta la domanda. Aveva sentito molti Alpha dichiarare di poter sentire l'odore dei loro Omega a diverse camere di distanza, ma non ci aveva mai creduto.

Il profumo di Caleb gli piaceva e gli dava conforto, ma non l'aveva mai cercato nel modo in cui il suo naso sembrava cercare automaticamente quello di Urho. Percepiva l'aroma di sudore e pelle, sotto cui aleggiava un effluvio di eccitazione e lussuria. Le sue ginocchia si fecero deboli mentre scendeva le scale, e dovette aggrapparsi forte alla balaustra per evitare un capitombolo.

Urho era in piedi accanto al camino, dove il fuoco crepitava allegro grazie alle cure di un giovane Beta assunto da poco. Notando Xan con la coda dell'occhio, il ragazzo si raddrizzò e annuì, quindi lasciò velocemente la stanza come se sapesse di essere di troppo. Xan sentiva il cuore palpitare contro lo sterno e la gola stringersi per l'ansia. Entrò nella biblioteca a testa alta, strofinandosi i palmi sudati sui pantaloni puliti.

Urho si girò verso di lui, raddrizzando con orgoglio le spalle ampie, e gli lanciò uno sguardo penetrante e quasi arrabbiato dall'altro lato della stanza.

«Perché sei qui?» chiese Xan come uno sciocco, con la voce che tremava. Non era un comportamento educato, e Caleb si sarebbe lamentato della sua mancanza di buone maniere, ma la risposta di Urho era la sola cosa che aveva davvero importanza.

«Hai dimenticato queste,» disse Urho, tirando fuori una mano dalla tasca della giacca per mostrargli un portapillole. «Per il prossimo calore.»

Xan deglutì con forza. «Giusto. Grazie.» Avanzò per prendere il flaconcino marrone, ma Urho gli afferrò il braccio e lo attirò più vicino.

«E hai dimenticato di salutarmi. Gli Omega salutano sempre i loro Alpha.»

La fessura di Xan ebbe uno spasmo, l'uccello gli si ingrossò contro la coscia. Deglutì di nuovo sonoramente, mentre un muto sbigottimento si impadroniva di lui.

«È questo che sei, non è così?» sussurrò Urho. «Un Omega.»

Xan emise un gemito, il corpo che tremava. Urho lo attirò a sé e ne sostenne il peso con la sua forza. «È quello che vorrei poter essere,» mormorò Xan, il cuore in gola e gli occhi che pizzicavano.

Urho annuì. «Ho letto studi su casi simili alla scuola di medicina,» iniziò, ma poi si interruppe, come se si fosse pentito delle parole usate. «Sei bellissimo,» disse invece, e Xan chiuse gli occhi, chinò il capo e cercò di non cadere in ginocchio in una dimostrazione di totale sottomissione quando Urho aggiunse: «Ti desidero.»

Gemette. «Tutto questo è...» Lottò per far uscire le parole, mentre già gli si piegavano le ginocchia e il suo peso iniziava a scivolare verso il basso. Urho lo tenne saldamente per il braccio. «È molto irregolare, lo sai.» Che modo puritano di definirlo! Avrebbe voluto rimangiarsi quella frase.

«È un peccato,» dichiarò Urho, brutale. «Contro la legge. Contro il Sacro Lupo. Ho già sentito tutto questo e l'ho anche creduto. Un tempo.»

«Risalente a quando? A qualche giorno fa?» sbottò Xan, ma la rabbia di quella frecciata andò persa nel tono soffocato della sua voce.

«Può darsi. Ma quando oggi ti ho posseduto, l'ho riconosciuta per la menzogna che è sempre stata.»

La stanza iniziò a girare attorno a lui, e Xan faticò a restare in piedi persino con l'aiuto di Urho. «Non sai quello che dici.»

«Ti sono mai sembrato il tipo di uomo che non comprende se stesso?»

«Sì.»

Urho ridacchiò e toccò il livido sulla sua guancia. «Ecco il mio ragazzo irriverente.»

Xan si appoggiò a lui, abbandonando la testa sul suo petto.

Sentiva il battito veloce del cuore di Urho contro la fronte. «Che significa tutto ciò?»

«Oggi mi hai promesso qualcosa. Ricordi?»

Xan rabbrividì nonostante il fuoco che ardeva alle sue spalle. «Sì.»

«Cosa mi hai promesso?»

«Che il mio culo appartiene a te.» La vergogna e un desiderio disperato gli incendiarono la gola e le guance, come se stesse andando in fiamme mentre se ne stava lì, in piedi, il viso affondato nella camicia di Urho.

«Guardami,» disse Urho con voce roca.

Xan si obbligò ad alzare la testa e a incontrare i suoi occhi.

«Intendi rompere quella promessa?»

Scosse la testa.

«Bene. Perché ora io farò una promessa a te: non permetterò che ti accada nulla di male. Ti proteggerò. Non soffrirai mai più per mano di quell'uomo, chiunque sia. E, se dovessi mai scoprire il suo nome, porrò fine ai suoi crimini.»

Xan aveva la testa dolorante e l'uccello che pulsava. Stava sognando. Quello era un sogno. Nessun Alpha avrebbe mai potuto volerlo, non così, non in un modo che implicava promesse e offriva una sorta di futuro, seppur vago. Soprattutto, non un Alpha come Urho, che aveva tutte le caratteristiche per trovare con facilità un Omega con cui siglare un contratto: ricchezza, avvenenza, gentilezza e buona reputazione. Il pacchetto completo. Cosa avrebbe potuto volere da Xan?

«Prometto di soddisfare i tuoi bisogni, Xan, così che tu non debba andare in cerca di dolore e umiliazione. Non più,» continuò Urho.

Xan non riusciva a respirare, davanti ai suoi occhi danzavano puntini luminosi. Urho abbassò la testa verso di lui, socchiuse le labbra umide e catturò le sue in un bacio affamato. Gemette sulla sua bocca, poi lasciò andare il braccio del ragazzo per afferrargli i fianchi e spingersi con il bacino contro il suo.

Il bacio si trasformò in uno scontro di corpi quando Urho iniziò a togliergli i vestiti. Xan, frastornato e desideroso di prendere ciò che gli veniva offerto, cercò di aiutarlo, ma riuscì solo a essergli d'intralcio. Atterrarono sul tappeto davanti al camino e, una volta nudi, si aggrovigliarono all'istante l'uno all'altro. Il piacere crebbe e crebbe ancora, finché Xan arrivò a singhiozzare per il bisogno e Urho lo toccò con un'intensità che fece tremare la stanza silenziosa. Il pugno di Urho attorno al cazzo, le sue dita che accarezzavano la sua apertura ancora gonfia, tutto era come un fuoco d'artificio di sensazioni; le labbra di Urho sulla bocca di Xan erano una carezza costante, la sua lingua un'invasione e il suo impeto prometteva più di quanto lui si fosse mai aspettato.

Il culmine di quel contorcersi umido e sudato e del loro ansimare giunse con un grido fremente di Xan e un sonoro gemito di Urho, mentre il seme schizzava in mezzo a loro, riempiendo l'aria del suo odore. Urho lo strinse a sé, gli baciò i capelli, le guance, il collo, e gli mormorò strani vezzeggiativi che Xan non aveva mai sentito usare da nessuno.

«Il mio dolce uomo, la mia dolce gioia,» sussurrò e lo strinse per i fianchi, facendo strofinare di nuovo i loro cazzi ricoperti di seme. «Bravo il mio Omega.»

Xan tremava, scioccato, il cuore ancora a mille, mentre il calore del fuoco scaldava la loro pelle nuda. Erano finiti l'uno sull'altro due volte in un solo giorno e non capiva perché, non credeva che fosse reale, non sapeva cosa sarebbe accaduto da lì in poi.

«Entro pochi giorni mi trasferirò a Virona,» disse alla fine, quando la lussuria iniziò a raffreddarsi e il silenzio si fece insostenibile.

La mano di Urho, che lo stava accarezzando alla base della schiena, si immobilizzò. «Ti trasferirai a Virona? Perché?»

«Sono stato bandito da mio padre, per... Beh, per questo.» Gli sfuggì una risata impotente, una perla di tristezza che nasceva all'interno della conchiglia del suo stupore. «Perché non sono all'altezza come Alpha. Perché faccio cose che spingono la gente a spettegolare. Per i lividi inspiegabili, passati e attuali.»

Al sentir parlare di lividi, Urho si sollevò ed esaminò il corpo di Xan alla luce del fuoco, in cerca di nuovi danni. «Ti ho fatto male?»

Xan scosse la testa. «No.» Poi fece un respiro profondo e confessò timidamente: «È stata pura e totale estasi.»

Urho si strusciò su di lui, lo baciò sul petto e poi tornò a stendersi sul tappeto, attirando Xan tra le sue braccia. «Non puoi andartene a Virona. Non potrò proteggerti, laggiù.»

Xan sorrise con amarezza. Non era una dichiarazione, ma era meglio di niente. Inoltre, aveva la prova inconfutabile che Urho lo desiderava sessualmente, ma immaginava che sarebbe stato bello essere desiderato anche da un punto di vista romantico. Come un vero amante, non solo come qualcuno da salvare.

Ma si sarebbe accontentato di ciò che poteva avere. «Lì non avrai bisogno di proteggermi.» *Si augurava.* «L'uomo che mi fa del male vive qui e io sarò a tre lunghe ore di distanza da lui.»

Urho emise un ringhio sordo. «Lo ucciderò, se ti tocca di nuovo.»

«Non lo farà. Come ti ho detto, sono sempre stato io ad andare da lui. Lui non mi vuole davvero. Non in quel senso.»

Urho sembrò faticare a trovare una risposta e, alla fine, si limitò a stringerlo più forte, posando la punta delle dita sul bordo della sua apertura e accarezzandolo con dolcezza. Xan si leccò le labbra, il suo uccello che si risvegliava contro la coscia di Urho. Non disse nient'altro per diversi minuti, mentre Urho giocava con la sua fessura sensibile e lo portava a uno stato di disperato bisogno, finché Xan si strofinò con forza contro la sua gamba e raggiunse l'orgasmo con un grido.

«Sei lussurioso come ogni Omega,» mormorò Urho, poi raccolse il suo seme sulle dita e se lo portò alla in bocca. Lo assaporò con un basso mugolio, e a quella vista il cazzo di Xan sussultò di nuovo. «Sai anche di buono come un Omega.»

Xan gemette. «Basta. Non posso sopportare altro. Finirò per morire qui, e Caleb mi troverà domattina, annegato in una pozza del mio sperma e con l'erezione ancora in bella vista.»

«Quella boccaccia,» ringhiò Urho. «Sempre quella boccaccia.»

Tornò a premere le dita contro la sua apertura, e Xan si lasciò sfuggire un altro gemito.

«Voglio così tanto scopare questa delizia,» sospirò Urho. Incredibilmente, anche il suo uccello aveva ripreso vigore.

«Puoi farti tre ore di treno quando vuoi per averla,» propose Xan. Lui l'avrebbe fatto anche subito, ma sapeva che Urho non l'avrebbe mai penetrato finché non fossero scomparse le ferite provocate dal cazzo di un altro Alpha. Per molte ragioni.

«Andrai davvero a Virona?» chiese Urho.

«Sì.»

«E Caleb?»

«Viene con me, ovviamente. È il mio Omega. La mia famiglia.»

Urho annuì e si sollevò a sedere, imitato da Xan. «Cosa penserà Caleb di questo?» domandò Urho, accennando a loro due con una nota di preoccupazione nella voce.

«Caleb sarebbe lieto di rispondere alla tua domanda,» intervenne una voce dolce, da un punto in prossimità della porta.

Urho gemette e strinse Xan a sé, poi avvolse entrambi in una coperta presa dal divano di pelle lì accanto.

«Chiedo scusa,» disse Caleb, oltrepassando la soglia e chiudendosi la porta alle spalle. I larghi pantaloni bianchi e la maglietta che si apriva sull'incarnato pallido lo facevano apparire come un angelo sceso dal paradiso del Lupo. «Sono venuto a cercare il mio Alpha e ho trovato più di quanto mi sarei aspettato. Ero convinto che vi foste saltati alla gola, e forse l'avete fatto, ma in un modo molto diverso da quello che avevo immaginato.»

Xan avvampò, il cuore che gli martellava nel petto. «Stavamo parlando e poi…»

«La natura ha seguito il suo corso,» terminò Caleb con un sorriso. «Ne sono felice. Ci avete girato intorno per molto tempo.»

«Felice?» ripeté Urho, accigliandosi. «Girato intorno?»

Caleb gli rivolse un sorriso caloroso. «Xan e io non siamo amanti, tranne durante i calori, quando è assolutamente necessario; perciò, sono entusiasta di vederlo con qualcuno molto meno mostruoso di quel, beh, mostro. In effetti, qualcuno di meraviglioso.» Si sedette sul divano e accavallò le gambe, rivelando le unghie dipinte. «Adesso potete rivestirvi. Penso che dovremmo parlare, non credete? Anche se, Sacro Lupo, questa stanza puzza di liquido seminale.»

«Potremmo andare nel tuo salottino per le visite, che ne dici?» propose Xan, muovendosi sotto la coperta per rimettersi i vestiti.

Caleb si rialzò. «Idea eccellente. Vi lascio ricomporre. Vestitevi e magari usate il bagno in fondo all'atrio. Raggiungetemi in non più di cinque minuti, per favore. Questo significa che nel frattempo devi tenere le mani a posto, mio Alpha.»

«Sì, mio Omega,» mormorò Xan, le guance così accaldate che si sentiva come se da un momento all'altro avesse potuto produrre una fiammata più alta del fuoco che crepitava nel camino.

URHO NON SAPEVA bene cosa aspettarsi, ma Caleb appariva a dir poco imperturbato dalla scena che si era trovato davanti, tanto da sorridere con gentilezza mentre versava del bourbon in un bicchiere e glielo passava. Ne passò un altro a Xan, per poi mescolare un cocktail al whisky per sé.

«Rilassati,» disse l'Omega, sedendosi accanto a Xan sul divano color crema e lasciando a Urho una delle sedie con lo schienale alto su cui si era accomodato durante la sua ultima visita. «Non sono arrabbiato. Sono sollevato.»

Urho si passò una mano sul viso. Sentiva ancora l'odore di sperma e lussuria che emanava dal suo corpo e da quello di Xan, nonostante si fossero lavati come meglio avevano potuto nel lavandino. Sorseggiò il bourbon, avvertendone il bruciore in fondo alla gola, e attese il ritorno della sua sanità mentale.

Gli eventi di quella giornata erano stati folli, incontrollati, fuori dai binari in ogni senso. Di sicuro si sarebbe svegliato di lì a breve. Quanto accaduto gli ricordava fin troppo da vicino il suo primo incontro con Riki: quell'impulso incontrollabile, l'avventatezza... Era possibile avere un secondo imprinting? E con un Alpha, per giunta?

Sacro Lupo, cosa l'aveva spinto ad andare lì, quella sera? Le pillole, certo, ma avrebbe potuto mandarle a casa loro con un corriere, o accordarsi con Xan perché venisse a ritirarle nel suo ambulatorio il giorno seguente. La verità era che aveva desiderato di avere di nuovo Xan vicino. Ne aveva sentito il bisogno. Quasi come aveva sentito il bisogno di Riki, in passato.

Cosa significava?

«Presumo che Xan ti abbia parlato del nostro esilio, giusto?» chiese Caleb.

Urho si riscosse bruscamente dai suoi pensieri. Avvertì un lieve sentore acido in fondo allo stomaco, ma la consapevolezza che Xan si sarebbe trovato molto lontano dall'uomo che gli aveva fatto del male gli permise di annuire. «Sì. È la cosa migliore. Finché il mostro, come lo chiami tu, non avrà perso interesse.»

Xan sbuffò. «Non l'ha mai avuto!» esclamò, infastidito. «Non so perché pensi che sia interessato a me. Solo perché mi scopa quando io...»

«Non voglio sentir parlare di quello che ti ha fatto,» lo interruppe Urho, digrignando i denti e serrando la stretta sul bicchiere. Bevve un altro rapido sorso, nel tentativo di placare il lampo di furia possessiva che lo aveva colto.

Caleb inarcò le sopracciglia e passò lo sguardo da Xan a Urho con espressione interessata. «Non parliamone, dato che è un argomento spiacevole per tutti e che, in ogni caso, Xan ha giurato di aver chiuso con quell'uomo. La faccenda che ho pensato dovessimo affrontare è tutt'altra.»

«Ti dobbiamo una spiegazione e delle scuse,» iniziò Urho, imbarazzato. «Ma non so come formularle. Tutto questo è piuttosto inaspettato e senza dubbio viola il vostro contratto e offende la tua sensibilità in quanto...»

«No,» lo interruppe Caleb. «Non dovete spiegare nulla, né io desidero darvi alcuna autorizzazione.» Sollevò una mano, bloccando qualsiasi commento da parte dell'uno o dell'altro. «Non perché non vi sia concessa, ma perché Xan non ne ha bisogno. È scritto chiaro nel nostro contratto che la fedeltà non è richiesta, e nemmeno desiderata. Ciò che voglio discutere, invece, è la questione del mio prossimo calore. Mancano ancora diversi mesi, ma non possiamo permettere che si ripeta ciò che è avvenuto l'ultima volta.»

Xan si morse il labbro inferiore e serrò le palpebre in un chiaro moto di vergogna, prima di sussurrare: «Prometto che saprò gestirlo. Stasera Urho mi ha portato le pillole.»

A Urho girava la testa. Cercò di passare oltre il commento di Caleb sul fatto che la fedeltà non facesse parte del suo contratto con Xan e di concentrarsi sul nuovo argomento. Mandò giù in un solo colpo ciò che restava del bourbon, e Caleb si alzò per riempirgli di nuovo il bicchiere.

Xan tirò fuori dalla tasca il flaconcino di pillole e lo mostrò all'Omega. «Queste risolveranno di certo il problema.»

Caleb si accigliò, posò con calma la bottiglia di bourbon sul tavolino basso in mezzo a loro e tornò a sedersi. «Non sei il primo Alpha con cui ho affrontato un calore,» disse, mostrando un'evidente premura verso i sentimenti di Xan. «Mi vuoi bene, lo so, ma non sei fatto per questo, tesoro. Per favore, lasciati aiutare.»

Xan lo fissò a occhi sgranati, il livido sullo zigomo che spiccava nella luce tenue. «Si sono presi cura di te meglio di come ho fatto io? Gli uomini assunti dalla tua famiglia?»

Aveva l'aria di aver ricevuto un pugno nello stomaco, come sarebbe accaduto a ogni Alpha. Le contraddizioni di quel ragazzo, che un minuto si comportava da Omega e il minuto dopo sembrava il classico Alpha, scuotevano la visione che Urho aveva della realtà. La sua mente scientifica chiedeva a gran voce più informazioni, altri pezzi del puzzle caotico rappresentato da Xan. Voleva disperatamente capire.

«Certo che no,» rispose Caleb. «Ma mi hanno scopato forte e a lungo, e non ho sofferto neppure un minuto.» Posò la mano sotto il mento di Xan per impedirgli di scomparire nel colletto. «Guardami. In ogni altro giorno della mia vita, preferisco essere il tuo Omega piuttosto che il loro ma, quando sono in calore, ho bisogno di un Alpha che possa durare il più a lungo possibile. Finché non è passata anche l'ondata più intensa.»

«Posso prendere le pillole! Posso…»

«Puoi. E le *prenderai*. Ma voglio chiedere a Urho di aiutarci. Voi due ora siete amanti.»

Erano *davvero* amanti?

La mente di Urho vorticò ancora più in fretta e il drink nella sua mano tremò. Xan non lo stava negando e Urho non era sicuro se avrebbe dovuto, o potuto, farlo; ma, quando aveva presentato a Xan la sua offerta di aiuto iniziale, diventare il suo "amante" non era ciò che aveva avuto in mente. La sua intenzione era stata solo di assisterlo, come quando faceva da surrogato per un Omega.

E tuttavia, non era stato forse lui stesso a esigere qualcosa di diverso? Sacro Lupo, aveva preteso una promessa di fedeltà dopo il primo orgasmo! Chi voleva prendere in giro? Dovevano per forza essere amanti, era stato lui a fare in modo che lo diventassero.

Cazzo. Si dimenò sulla sedia e si schiarì la gola.

«Non ci sono segreti che tu debba tenergli nascosti,» proseguì Caleb, ignaro del turbinio dei suoi pensieri. «È una scelta priva di rischi. Una scelta valida. E mi farebbe piacere essere parte, anche solo per un po', di ciò che condividi con lui. Solo durante i calori, naturalmente,» aggiunse con un brivido e una smorfia che conteneva una punta di disgusto. «Solo quando lo desidero.»

«Oh,» mormorò Xan. «Certo.»

«Desideri il contatto sessuale solo durante i calori?» chiese Urho, per assicurarsi di aver capito bene. Magari Caleb non desiderava *Xan*, ma allora perché si sarebbe legato a lui con un contratto? «Non senti alcun desiderio, in nessun'altra circostanza? Sei frigido?»

«"Frigido" è una parola scortese,» intervenne Xan.

«A volte mi sento eccitato, ma preferisco soddisfare quel bisogno da solo. In generale, non mi sento sessualmente attratto dalle altre persone.» Caleb si erse sulla sedia, dritto e vulnerabile, quasi come per sfidare Urho a contestare le sue parole o a insultarlo. «Inoltre, per quel che vale, preferisco il termine "asessuale" a "frigido", più gergale e offensivo.»

Urho annuì, solenne, senza dire nulla. Sapeva che esistevano uomini con una natura simile, di solito Beta, sebbene avesse letto anche di casi riguardanti Omega e Alpha. Tuttavia, non aveva mai incontrato una persona asessuale, per quanto ne sapesse. Si chiese come dovesse essere avere l'olfatto di un Omega, percepire gli odori deliziosi di un Alpha e non esserne attratti.

Forse Caleb ne era addirittura disgustato? Poco prima era sembrato nauseato dal suo odore e da quello di Xan. Forse, un giorno, la sua amicizia con Caleb sarebbe diventata abbastanza confidenziale da poterglielo domandare. Per il momento, Urho si limitò a inclinare di nuovo la testa e dichiarare: «Se il tuo Alpha è d'accordo, sarei onorato di aiutarlo ad assisterti durante il calore.»

Xan rilasciò un flebile lamento ferito. Si abbandonò sul divano, gli occhi rivolti al tappeto, e ricominciò a tormentarsi il labbro inferiore con i denti.

«Tesoro, non è un insulto verso di te. È un dono. Adesso puoi condividere tutto con il tuo amante: sia il piacere che il fardello.» Caleb allungò la mano verso di lui, ma Xan sfuggì al suo tocco. «Cosa ti turba? Avevo sperato che ne saresti stato felice.»

«Posso gestire il calore da solo. Sono forte abbastanza.»

«Sei molto forte. E sei un Alpha meraviglioso,» mormorò Caleb, usando la voce a cui gli Omega ricorrevano ogni volta che volevano calmare un Alpha che riteneva di aver subito un affronto: affettuosa, sommessa, dolce. «Sono fiero che tu sia mio.»

«Ma…» Xan si strofinò le dita sugli occhi.

«Non è un "ma". Piuttosto si tratta di un "e", tesoro. *E* il tuo amante è degno di fiducia, forte, bellissimo e abituato a fungere da surrogato. È una scelta perfetta. Metti da parte l'orgoglio e accetta questo aiuto.»

Xan scosse la testa. «Ma che mi dici della tua reputazione? Penseranno tutti che soffri di calore interminabile.»

«Oh, no!» Caleb trasalì e si afferrò il petto. «La gente parlerà!» Alzò gli occhi al cielo, per poi sorridere con indulgenza. «Mio Alpha, la gente parla di me da anni. Facevano ipotesi su quale difetto mentale o fisico mi spingesse a rifiutare tante proposte di contratto, su quali attività sessuali perverse praticassi per avere tanta difficoltà a trovare un compagno. E poi ci sei tu! E tutti i pettegolezzi che girano sulle tue risse da bar e sulle tue inclinazioni. Lasciali parlare! Lo fanno già, in ogni caso! Ho smesso di preoccuparmene. E i tuoi soldi ci rendono pressoché inattaccabili.»

Xan si alzò in piedi e Urho osservò il suo ragazzo – *il suo ragazzo?* Stava perdendo la testa! – percorrere la stanza avanti e indietro.

«Mio padre ne sarà inorridito. L'ultima volta, si è assicurato che capissi che occuparmi di te e ingravidarti sono i miei unici doveri, e che devo assumermi le mie responsabilità e comportarmi da uomo.»

«Ti sei assunto le tue responsabilità procurandoti le pillole stimolanti e fornendomi l'opzione di un meraviglioso surrogato nella persona del tuo amante. Non credo che Urho si metterà a diffondere chiacchiere sui servizi che mi offre agli eventi mondani!»

«Certo che no,» confermò Urho, punto sul vivo. A volte aveva parlato dell'attività di surrogato con Vale, Jason, Yosef e Rosen, ma se Caleb e Xan volevano che la cosa restasse fra loro tre, ovviamente potevano fidarsi della sua discrezione.

«Bene,» fece Caleb, tornando a voltarsi verso Xan. «Per quanto riguarda tuo padre, la cosa gli starà bene. Lascia che mi occupi io di lui.»

Le labbra di Xan si sollevarono in un sorrisetto. «Gli piaci.»

«Perché lo lusingo.»

«Vero. Ma non sono sicuro che prendere accordi con un surrogato gli farà una buona impressione, o che gli farà decidere di lasciarmi vedere Pater.»

«Il tuo Father ti impedisce di vedere il tuo Pater?» chiese Urho.

«Non importa,» rispose Xan agitando una mano, ma si stava ancora tormentando il labbro, perciò era ovvio che gli importasse molto.

«Io penso che aver trovato un modo discreto per impedirmi di soffrire gli farà un'impressione migliore che permettere al prossimo calore di essere un altro fallimento.»

«Voglio essere in grado di farlo da solo,» sospirò Xan. «Voglio essere l'Alpha che meriti.»

Caleb si alzò e attirò Xan tra le sue braccia. «Tu mi accetti per quello che sono. Ora sono io che accetto te per quello che sei, tesoro. E ti sto spronando ad accettare te stesso.»

«Con tutti i miei limiti?»

«No, Xan. *No*. Io e te non abbiamo limiti. Questa ne è una prova ulteriore. Amore e amicizia senza barriere, accettazione senza confini: è questo che diamo l'uno all'altro.»

Xan annuì contro il suo collo. Urho si alzò lentamente in piedi.

Era un rischio e non sapeva se stesse oltrepassando un limite, ma i due avevano appena avuto una discussione molto intima di fronte a lui, persino *riguardo* a lui. A dispetto di ogni logica e di ogni razionalità, sentiva che in qualche modo quegli uomini ormai gli appartenevano. Così, li avvolse entrambi, unendosi al loro abbraccio.

Caleb si irrigidì per un istante e poi si rilassò. Quando l'abbraccio si sciolse, l'Omega disse: «Adesso che tutto è sistemato, vi lascio soli.» Baciò Xan sulla guancia. «Sarò nella mia camera. Vieni da me prima di andare a letto?»

Xan annuì e seguì Caleb con lo sguardo finché non fu uscito dalla porta, per poi crollare di nuovo sul divano e coprirsi il viso. Urho rimase lì in piedi, inerme, confuso su cosa avrebbe dovuto fare: tornare sulla sua sedia, sedersi accanto a Xan o forse andarsene? Era stata una giornata sconcertante per entrambi, di sicuro. Magari lui avrebbe preferito restare solo?

«Adesso che succede?» mormorò Xan, la voce ovattata dalle mani che gli nascondevano il volto.

Urho scelse di sedersi accanto a lui sul divano, vicino ma senza toccarlo davvero. «Ammetto che non lo so. Non ho mai fatto una cosa del genere, prima.»

Quella sincerità sembrò incoraggiare Xan, che abbassò le mani dietro cui si stava nascondendo, con un sorrisetto autoironico sulle labbra. «Che tu ci creda o no, io sì. Non esattamente la stessa cosa, suppongo, ma ho già avuto un amante.»

«Jason.»

Xan deglutì con forza e annuì, rivolgendo lo sguardo verso il fuoco. La guancia contusa rifletté la luce danzante. «Noi non ne parliamo. Jason e io. Non accenniamo mai alla cosa. Esiste solo nel passato, un ricordo che entrambi percepiamo, ma che ignoriamo.»

Urho sapeva esattamente come ci si sentisse. Tra lui e Vale succedeva lo stesso. «Deve essere difficile vederlo così felice.»

«Lo è stato, sì. In certi momenti. Ma lo amo, come amico voglio dire, perciò sono anche contento per lui.»

Un altro sentimento che avevano in comune. «E triste per te stesso.»

Xan si strinse nelle spalle. «Sono stato a lungo molto triste, ma non lo ero oggi con te nella tua biblioteca. O stasera nella mia. Scioccato, forse, di sicuro sorpreso. Ma non triste.»

Il bagliore negli occhi di Xan probabilmente era speranza. Urho avrebbe voluto alimentare quella piccola fiamma, ma doveva trattarla con accortezza. Non importava ciò che provava o cosa avessero fatto, non avrebbero potuto sbandierarlo in pubblico senza pagarne il prezzo. «Anch'io sono stato triste per molto tempo.»

«Per la perdita di Riki?»

Urho annuì. Il nome del suo amato sulle labbra di Xan avrebbe dovuto irritarlo, o almeno portare con sé un pizzico di senso di colpa, dato quello che aveva fatto con Xan quello stesso giorno, proprio sotto il ritratto di Riki, ma non lo fece. Urho si sentì invece riempire da un caldo piacere al pensiero che magari Xan avrebbe potuto ascoltare i suoi racconti su Riki e aiutarlo così a tenerlo vivo. Con sua grande sorpresa, anche *lui* si sentiva speranzoso. «Lo piango ancora.»

«È naturale. E poi hai perso Vale,» aggiunse Xan, circospetto, come se Vale fosse l'argomento più spinoso quando si parlava degli amori passati di Urho.

L'uomo sorrise. «Quello è stato un brutto colpo, ma nulla in confronto alla perdita di Riki. La mia relazione con Vale era comunque destinata a finire, anche se quella sera non fosse arrivato Jason nella biblioteca dell'università.»

Xan inspirò a fondo. «Non riesco a credere di non averti notato, in quel momento. Ero troppo impegnato a trattenere Jason per evitare che *prendesse* Vale proprio lì, di fronte al Sacro Lupo e al mondo intero, per accorgermi di chiunque altro. A bloccare Jason e a rendermi conto che i miei patetici progetti di un futuro con lui erano appena andati in fumo.» Sbuffò, per poi proseguire stupito. «Fino a questo momento, avevo quasi dimenticato che eri lì, quel giorno.»

«Eravamo entrambi personaggi di contorno nella storia d'amore di altri uomini.»

«Già.»

Urho sorrise. Il fuoco crepitò. «Questa stanza ha uno stile molto moderno.»

«A Caleb piace che le cose abbiano un aspetto pulito. Veste di bianco, a eccezione dei suoi ninnoli colorati e dello smalto, e la sua stanza è un nido in cui tutto è bianco e morbido. Dice che lo rilassa, perciò mantiene i suoi spazi il più spartani possibile. Tutti, tranne lo studio di pittura. *Quello* sembra davvero il nido di un uccello ed è anche a rischio di incendio, se vuoi sapere la mia. Ma lo rende felice, perciò non glielo vieto.»

Urho fu invaso da un piacevole sollievo per essersi lasciato alle spalle i discorsi sull'amore e sui passati amanti. Si appigliò a quella nuova informazione su Caleb. «È un artista?»

«In teoria,» rise dolcemente Xan. «Non ho mai visto nessuno dei suoi lavori, ma passa molto tempo lì dentro e ne esce coperto di pittura. È una cosa carina.» I suoi occhi si illuminarono di affetto. «Lui è carino.»

Urho sentì crescere una strana, fragile gelosia, indesiderata e imperfetta. «E non lo desideri per niente tra un calore e l'altro?» Un chiarimento su quell'aspetto gli sembrò molto importante. «Davvero non hai alcun problema con la sua frigidità?»

Xan si acigliò. «Davvero. Non lo trovo fisicamente o sessualmente eccitante. Ha l'odore di un Omega, e l'Alpha dentro di me reagisce a quel profumo in qualche modo. Per esempio, voglio proteggerlo e prendermi cura di lui. Ma non desidero scoparlo. Ed è una fortuna, perché Caleb odierebbe il contrario. Inoltre, ti abbiamo già detto che la parola "frigido" è molto scortese e fa arrabbiare Caleb. Preferisce "asessuale".»

Urho piegò la testa. «Ho la tendenza a ricorrere a termini antiquati. Con Vale discuto sempre per questo motivo. Per rispetto a Caleb, cercherò di ricordarmi di usare questo nuovo termine.»

«Non è nuovo. Esisteva anche nel Vecchio Mondo. Indica qualcuno che non prova attrazione sessuale.»

«E lui non la prova?»

«No.»

«Nemmeno durante i calori?»

«Non del tutto. Dice che essere in calore è come avere un prurito incredibilmente intenso, in un punto che non riesce a raggiungere. Quando alla fine qualcuno lo gratta, è una sensazione fantastica, ma non significa che sia attratto dalla persona che lo fa. Dice che preferisce che sia qualcuno a cui tiene. L'ideale è che sia qualcuno che considera un amico.» Xan riprese a tormentarsi il labbro inferiore.

«Ma i suoi calori sono come quelli di ogni altro Omega?»

«Suppongo di sì. Non lo so con certezza. Non ho altre esperienze oltre all'unico calore che abbiamo affrontato insieme, quindi non saprei dirlo.» Chiuse gli occhi e scosse la testa. «È stato un disastro. Una catastrofe completa. Non riuscivo a mantenere l'erezione molto a lungo, e Caleb sentiva così tanto dolore… Ho provato a usare la mano, a usare un alpha-dildo, ma non era abbastanza. Aveva bisogno di un nodo, ed era…» Gli tremarono le labbra. «Mi odio per tutta quella faccenda. L'ho lasciato soffrire.»

«Non hai cercato aiuto?»

«Una volta che mi sono reso conto che non sarei stato davvero in grado di soddisfarlo, ho chiesto a Father di procurarmi qualche tipo di assistenza, ma nel tempo che ha impiegato a far arrivare un surrogato abbastanza discreto, il calore era finito. Sono riuscito a dargli il mio nodo una volta al giorno per tutta la durata...»

Urho trattenne un sussulto. Una volta al giorno non era abbastanza, nemmeno lontanamente. Povero Caleb! Doveva essere stato in agonia.

«Credo che con le pillole...?» Xan si strofinò gli occhi, si pizzicò tra le sopracciglia e sospirò frustrato.

«Aiuteranno,» confermò Urho. «Ma aiuterò anch'io. Caleb non soffrirà di nuovo.»

«Ma per allora saremo a Virona.» Xan sollevò lo sguardo, preoccupato. «Non dovrai restare qui con Vale, per la sua gravidanza?»

Urho si accigliò. «Quando è previsto il calore di Caleb?»

Xan fece i conti sulle dita. «Due mesi e due settimane, a occhio e croce.»

«La data prevista per il parto di Vale è fra tre mesi. Se a quel punto le cose staranno procedendo bene, forse potrei allontanarmi per una settimana.» Ma era improbabile. La finestra di tempo era ridotta, e Vale si sarebbe trovato nello stadio più pericoloso della gravidanza. Urho avrebbe dovuto essere lì per lui.

Xan doveva avergli letto in viso la verità, perché scosse la testa. «Non voglio mettere a rischio la vita di Vale o del bambino. Devi essere nei paraggi, in caso qualcosa vada storto.»

«Ci sono altre opzioni. Tu e Caleb potreste tornare qui, per la durata del suo calore. Potresti dire che lui voleva sentirsi a suo agio, nella casa che conosce meglio. Di sicuro, tuo padre non si opporrebbe, giusto?»

«No,» concordò Xan. «Probabilmente no. Father è magnanimo con Caleb. Credo gli faccia pena, per il fatto che si è legato a me.» Annuì, gli occhi azzurri distanti e assorti.

«In questo modo sareste vicini e io potrei assentarmi per andare da Vale, se fosse necessario.»

«È un grosso peso da metterti sulle spalle,» mormorò Xan, preoccupato.

«Sono forte. Posso farcela.»

«I calori sono impegnativi e stancanti. Sarai esausto proprio quando Vale avrà più bisogno di te.»

«Andrà bene. Saremo in due, non sarà affatto un problema gestire il calore. Soprattutto se Caleb non è un sessuo... non soffre di calore interminabile.»

Xan rise sommessamente. «Il gergo da stronzo retrogrado è duro da abbandonare, eh?»

«Sto imparando.»

Tornando a concentrarsi sulla sua preoccupazione principale, Xan chiese: «Ma le pillole aiuteranno?»

«Le pillole ti forniranno una gran quantità di energia, ma se non provi attrazione...» Urho sollevò le mani, impotente. «Quello non si può forzare. Però credo che, se ci sarò io con te, troverai la situazione più eccitante.» Fece scorrere un'occhiata bollente lungo il corpo di Xan, e lo vide nudo ancora una volta.

Le guance di Xan avvamparono al di sotto del livido, e i suoi occhi si illuminarono.

«Decisamente. Ho anche altre idee. Stavo pensando che, durante i calori di Caleb, potrei usare un dildo su di me e fingere che sia...» Si interruppe, si leccò le labbra e sorrise, provocante. «Potrei fingere che sia tu. Mi aiuterebbe a mantenere l'erezione. Certo, se tu fossi lì di persona...»

A Urho sembrò di andare a fuoco. «Finirai per farmi eccitare di nuovo. L'immagine di te che giochi con un dildo e pensi a me... Oscena.»

Il viso di Xan prese una sfumatura rosa nella luce del fuoco. «Quanti giorni ci vorranno, prima che sia guarito abbastanza perché tu possa scoparmi?» chiese, e riprese a leccarsi le labbra. Aveva gli occhi di nuovo accesi da un bagliore affamato.

Urho sentì l'uccello ingrossarsi contro la coscia fino a fargli male. «Mi ricordi quando partirete?»

«Domenica.»

Urho gemette. «Temo che ci vorrà molto più tempo, prima che tu sia guarito a sufficienza per essere penetrato.»

Xan si dimenò sul divano e gli si fece più vicino. «Posso farcela. Sopporto bene le punizioni.»

Urho gli toccò la guancia, dove il livido deturpava ancora il suo splendido viso. «L'ultima cosa che voglio fare è punirti.»

«E se ne avessi bisogno? Per aver fatto qualcosa di male?» Xan lo fissò a lungo, poi sbatté piano le palpebre.

«Come… come una sculacciata?»

«Sì,» sibilò, agitandosi sul divano, l'eccitazione che gli distorceva visibilmente i pantaloni.

«Facciamo così,» disse Urho, chinandosi verso di lui. «Se verrò a sapere che hai fatto qualcosa che merita una punizione, te la impartirò. Ma solo se ne avrai davvero bisogno.»

Xan si leccò le labbra. «Ne avrò bisogno di sicuro. Molto presto.»

A Urho mancò un battito. «Allora dovrò venire a trovarti e darti una sculacciata o due. Non potrò fermarmi più di una notte, nel caso qualcosa andasse storto con Vale, ma potrò sgattaiolare via dopo averlo visitato. Se tutto sarà a posto.»

«Lo faresti?» chiese Xan, gli occhi sgranati e la voce carica di felice sgomento. «Verresti a trovarmi anche prima del calore di Caleb?»

Urho gli prese il mento tra le mani e ne accarezzò la fossetta con il pollice. Gli tremavano le viscere, confusione e certezza si davano battaglia dentro di lui. Quando rispose, gli si spezzò la voce: «Come altro potrei occuparmi di quel dolce, bellissimo culo che mi hai promesso?»

Xan gemette, le ciglia che fremevano. «Finirò per venire nei pantaloni, se mi dici cose del genere.»

«Hai un odore così buono,» sussurrò Urho, avvicinando a strofinare il viso sul punto sudato dietro l'orecchio di Xan, sopraffatto dal bisogno di custodirlo e proteggerlo, di sentire su di lui il proprio odore, quello del seme e della saliva e della pelle. Di marchiarlo come suo, perché tutti potessero percepirlo e sapere a chi apparteneva. «Voglio succhiarti e assaporare ancora il tuo nettare.»

Xan voltò subito il viso verso di lui per baciarlo.

La sera si dissolse ancora una volta nella passione e nella follia. Qualsiasi tentativo di portare avanti una conversazione sensata si perdeva in un caos ebbro di profumi, carne e desiderio. Urho succhiò il cazzo di Xan e gli permise di fare lo stesso. Le palle gli facevano male come quando era un giovanotto che aveva appena ricevuto l'imprinting e aveva scopato Riki per giorni e giorni. Accarezzò i capelli di Xan mentre lui ingoiava il suo seme e guardava in alto verso di lui con occhi grandi e pieni di speranza, implorando la sua approvazione.

«Bravo ragazzo,» sussurrò Urho, biascicando in un tono intriso di lussuria soddisfatta e spossatezza. «Sei davvero un bravo ragazzo.»

Xan affondò la testa nel suo grembo e baciò l'uccello che si andava ammorbidendo. «Siamo amanti, Urho?» chiese con voce tremante.

«Siamo amanti,» confermò lui, scosso fin nel profondo dal peso di quelle parole. «Mio bellissimo Xan. Mio Omega dal corpo di Alpha. Mio amante.»

Xan fu scosso dai brividi e gli sfuggì un singhiozzo.

«Sss,» sussurrò Urho, per poi dargli di nuovo l'uccello da succhiare. Gli accarezzò i capelli mentre Xan lo assaporava con dolcezza e piangeva.

Gli sembrò di assistere a qualcosa di sacro.

CAPITOLO NOVE

L'ALBA TROVÒ URHO avvolto attorno a Xan in un morbido letto a baldacchino, in una stanza arredata nei toni caldi del legno. Strizzò gli occhi alla luce del sole, mentre la sua soddisfazione letargica mutava prima in confusione e poi in sgomento quando si rese conto che, chissà come, aveva finito per passare la notte a casa di Xan, perso nel piacere della carne, a nutrirsi dei piccoli gemiti e delle lacrime salate del suo amante. L'odore persistente della loro passione lo assalì e Urho scostò le coperte, gli occhi e la gola secchi, per andare in cerca del bagno.

Xan sospirò e continuò a dormire, le ciglia scure che toccavano le guance ancora pallide di sonno, le labbra rosse dischiuse e bagnate di saliva. I segni sul viso, sulla schiena e sulle costole, prima violacei, avevano preso sfumature verdi e gialle. Urho si ricordò di quanto poco avesse badato a quelle contusioni la notte prima, e a come Xan non si fosse mai lamentato. O gli piaceva il dolore o era disposto a sopportarlo in cambio del piacere. Si schiarì la gola, ma Xan si limitò a gemere senza svegliarsi.

Dopo aver urinato nel bagno attiguo, Urho si infilò gli indumenti del giorno precedente e si abbottonò con calma la camicia, fissando il giovane steso nel letto e cercando di ridare alla sua vita dei contorni comprensibili. Incapace di riuscirci, si avvicinò infine al letto, scostò i capelli di Xan dalla sua fronte e vi posò un bacio.

Un calore che aveva quasi dimenticato, un miscuglio di gioia e serenità, si insinuò in lui. Forse non sapeva come sarebbe stato il futuro, ma quel momento passato a guardare quel bellissimo uomo era suo per sempre. Non se ne pentiva.

Dopo aver lasciato la camera ed essersi chiuso la porta alle spalle con delicatezza, si avventurò verso la parte anteriore della casa, senza sapere se fosse diretto all'uscita o stesse soltanto cercando qualcosa con cui fare colazione. Sapeva solo di sentirsi troppo irrequieto, trepidante e sotto l'effetto di una generosa dose di shock per starsene fermo.

Le scale portavano all'atrio anteriore, dove due domestici Beta se ne stavano in piedi accanto all'ingresso a bisbigliare. Quando lo videro, i loro volti si fecero impassibili, e quello di nome Ren si fece avanti.

«Signore, desidera il suo cappotto e il suo cappello? Oppure intende unirsi al signor Riggs per colazione?» domandò con garbo.

Urho aprì la bocca per chiedere le sue cose, ma poi il suo stomaco brontolò. L'ultima cosa che aveva mangiato era stata la zuppa che Jason gli aveva imposto, e da quel momento aveva svolto parecchia attività fisica. Inoltre, immaginava che affrontare con coraggio Caleb a tu per tu, anziché correre via come se si vergognasse, fosse il minimo che poteva fare, dopo la generosità dimostrata la sera precedente dall'Omega quando lo aveva sorpreso nudo con Xan.

Il suo collo avvampò quando rispose: «Magari farò colazione.»

«Da questa parte, signore.» Ren lo indirizzò verso una stanza accanto alla cucina che Urho ricordava di aver visto in occasione di qualche festa. Non era l'ampia sala da pranzo, né il salone che usavano per ballare, ma un piccolo tinello con un tavolo che, durante i ricevimenti, veniva imbandito di aperitivi e dolci.

A quel tavolo era seduto Caleb da solo, con addosso una vestaglia bianca, i capelli biondi spettinati e un accenno di quella che sembrava porporina argentata sulle ciglia. Urho non l'aveva notata la sera prima, ma la vide scintillare nel sole del mattino quando Caleb sollevò lo sguardo e fece un sorriso gentile, sebbene timido. Posò il giornale che stava leggendo e indicò il tavolo con un cenno.

«Mi scuso se...»

«Certo che no,» lo interruppe Caleb, com'era sua abitudine. «Per favore, uniscitti a me. Siediti. Xan in genere dorme fino a tardi, un'abitudine che dovrà cambiare a Virona.» Prese una fetta di pane tostato e la cosparse di marmellata, prima di chiudere gli occhi e morderne un pezzo con un mugolio. «Il sapore perfetto. Ti piace la marmellata?» Indicò il barattolo mezzo vuoto sulla tovaglia bianca.

«A volte.»

«È la mia preferita,» commentò Caleb, sorridendo nel masticare. Fece un cenno con il capo ai domestici Beta, che posarono davanti a Urho un piatto fumante di bacon, uova e patate.

«Se la sera prima ha bevuto, di solito Xan prende solo qualcosa per i postumi della sbronza oppure una ciotola di fiocchi d'avena, ma ho pensato che tu potessi gradire qualcosa di adatto al tuo fisico robusto.» L'Omega si scostò dalla bocca una lunga ciocca di capelli biondi e prese un altro morso di pane tostato con la marmellata.

Urho sorrise al domestico Beta, che scomparve poco dopo essersi accertato che lui avesse tutto il necessario. «Avete un sacco di domestici, qui,» commentò Urho, abituato ai tre di casa sua e a non vederne nessuno a casa di Vale e Jason. Nemmeno Yosef e Rosen, entrambi Beta, ne assumevano.

Caleb annuì. «Ammetto che mi piace venire viziato. Quando ero molto giovane, la mia famiglia aveva una fortuna piuttosto consistente ma avrai sentito i vecchi pettegolezzi sul fatto che mio padre ha perso tutto.»

«Cocaina. E le scelte infelici che ne conseguono.»

Caleb sollevò un sopracciglio per la sfrontatezza con cui Urho gli aveva detto in faccia quelle parole, ma disse solo: «Esattamente.» Poi si mise in bocca un altro pezzo di pane.

«Io ho qualche domestico, ma il mio Riki era un tipo riservato e gli piaceva prendersi cura di me personalmente.»

Caleb ingoiò il boccone e sorrise con gentilezza. «Lo amavi

molto, è evidente. Eravate *Érosgápe*, presumo.»

«Sì.»

«Sei un uomo forte, se sei riuscito ad andare avanti senza di lui. Molti non ce la fanno.»

«Me l'ha fatto promettere.» Ovviamente, la promessa era giunta quasi alla fine, quando Riki ormai sapeva che non sarebbe sopravvissuto. Urho aveva ritenuto che il compagno l'avesse pretesa per il bene del bambino, che poi era morto a sua volta, ma non voleva incontrare Riki nell'aldilà e scoprire di essersi sbagliato. Perciò aveva resistito, nonostante il desiderio, soprattutto all'inizio, di porre fine alla propria vita.

«Ah.» La voce di Caleb assunse un tono pieno di compassione.

Urho mangiò in silenzio per un po'. «Devi domandarti quali siano le mie intenzioni nei confronti di Xan,» disse poi.

«Sapresti dirlo?» chiese Caleb, gli occhi azzurri che incontravano quelli di Urho e ne catturavano lo sguardo. «Sospetto che tu non abbia idea di cosa stai facendo e del perché. Stai agendo d'istinto, per poi razionalizzare a cose fatte.»

Urho bevve un sorso d'acqua e si schiarì la gola. Caleb vedeva troppe cose e con troppa lucidità. «Avevo pianificato solo di offrirmi per soddisfare i suoi bisogni, così non avrebbe avuto la tentazione di tornare di nuovo da *lui*. Non mi aspettavo...»

«Che ti piacesse? Che desiderassi Xan per ragioni tue personali?»

«Mi sarei dovuto aspettare entrambe le cose, non è vero?» Un sorrisetto autoironico gli arricciò l'angolo della bocca. «Ma hai ragione. Non l'ho previsto. Finché poi è successo e tutto è diventato chiaro di colpo, come quando ho avuto l'imprinting con Riki, tanti anni fa. E di nuovo, una volta che è finito e nei momenti successivi, ho capito...»

«Cosa?»

Urho si guardò intorno, per vedere se qualche domestico fosse nei paraggi.

«Siamo soli. Non ci disturberanno senza fare un gran rumore prima di entrare. Sono abituati a noi.»

«Ah.» Urho si pulì la bocca e prese un altro boccone per guadagnare tempo, ma Caleb non ci cascò.

«Continua. Mi interessa sapere come si sente l'assennato e imperturbabile Urho, dopo aver gettato al vento tutto il suo buon senso.» Gli rivolse un sorriso sghembo.

Urho sospirò, tentato di contestare la sua descrizione, ma sapeva di aver perfezionato quella reputazione nel corso degli anni, in parte per nascondere le azioni non poi tanto assennate che compiva come medico. «Quando non sono accanto a lui, diventa tutto più confuso. In questo momento, mi chiedo se non sia stato un errore fare quell'offerta, aver scoperto questo lato di me, desiderare Xan, desiderare tutto questo. Cosa potrebbe venirne di buono? Potremmo essere arrestati, messi in prigione.» Gesticolò con la forchetta, frustrato. «Non potremo mai essere una coppia legittima. Sacro Lupo, lui è legato a te da un contratto, è il tuo Alpha. Fingere che sia il mio Omega è insensato.» Alzò leggermente la voce, le paure di cui si era del tutto dimenticato in presenza di Xan che tornavano a galla.

«Allora intendi scappare?»

Urho farfugliò, ma Caleb proseguì prima che potesse rispondere.

«Scapperai dal primo assaggio di gioia che hai avuto dopo anni? Dal futuro che tutti e tre potremmo costruirci?» Il suo tono si indurì. «Dalle *promesse* che hai fatto a lui e a me ieri sera?»

«No,» ribatté brusco Urho. «Nemmeno questo è ciò che voglio.»

«Come pensavo.» Caleb si appoggiò di nuovo allo schienale della sedia, e il suo corpo perse la postura rigida e aggressiva che aveva mentre lo interrogava. «Riguardo alla questione se Xan sia un Omega oppure no, quando è tra le tue braccia diventa qualsiasi cosa voi due vogliate che sia. Andrà mai in calore o porterà in grembo i vostri figli? No. Ma farà qualunque cosa in suo potere per compiacerti, se solo gliene darai la possibilità.»

«Non sto fuggendo,» dichiarò Urho, secco. «Anche se sarebbe la cosa intelligente da fare. Senza contare che sarebbe quella più sicura. Ma... no.» Si strofinò il punto in mezzo agli occhi e sospirò. «Non devi convincermi. Manterrò le mie promesse e, in cambio, mi aspetto che lui faccia lo stesso.»

Caleb rispose con un sorrisetto, un bagliore malizioso negli occhi. «Quindi ha già preteso delle promesse anche da lui? Come agisce in fretta, dottor Chase.»

«Pensavo che ora ci dessimo del tu.»

«È così, ma a volte è giusto punzecchiare un uomo i cui sentimenti sono ovvi a tutti tranne che a lui stesso.» Caleb rise e si riempì la bocca di altro pane tostato alla marmellata, gli angoli degli occhi che si increspavano mentre sogghignava e masticava.

«Mi dispiace disturbare la colazione, signor Riggs,» disse Ren dopo aver bussato con forza ed essere stato autorizzato a entrare. «Ma Jason Sabel è qui per vedere il signor Heelies. Come vuole che proceda?»

«Fallo venire qui,» rispose Caleb, pulendosi la bocca con un tovagliolino. Dopo che il domestico fu uscito, si rivolse a Urho. «Potrebbe essere una situazione imbarazzante. Ma sono certo che sopravvivremo.»

Jason fece il suo ingresso con addosso il solito completo elegante, una cravatta che doveva essere stata scelta da Vale e il cappello in mano. Sgranò gli occhi nel vedere Urho al tavolo, ma dopo un attimo si aprì in un sorriso cordiale e disse: «Caleb, Vale ti saluta con affetto.»

«Ricambio, naturalmente.»

«Avrebbe mandato i suoi saluti anche a te, Urho, se avesse saputo che ti avrei visto.»

«Passerò da voi questo pomeriggio e potrà darmeli di persona.»

«Bene. Grazie.» Tornò a rivolgere la sua attenzione a Caleb. «Comunque, sono passato per vedere Xan, se è possibile.» Lanciò un'altra occhiata a Urho. «Ho motivo di credere che abbia bisogno del mio aiuto per una particolare questione. E volevo parlarne con lui a quattr'occhi, ma Ren dice che non si è ancora alzato, a quanto ho capito.»

«Ha avuto una serata molto stancante, che si è protratta fino a tarda ora,» spiegò Caleb, il tono carico di sottintesi e gli occhi che luccicavano allegramente. «Stamattina è esausto, povero piccolo.»

«Oh, io...» Jason lasciò cadere la frase, posando uno sguardo indagatore su Urho. «Come mai tu sei qui, di preciso?»

«Urho è passato ieri sera a portarci un farmaco per un mio problema medico. E poi si è fermato fino a colazione,» disse Caleb, come se la cosa fosse del tutto normale. «Perché non ti unisci a noi?»

«Oh, beh...» Jason si leccò le labbra. Stava praticamente divorando con gli occhi il piatto di Urho. «Va bene.» Mentre i domestici Beta provvedevano a portare un piatto colmo di uova, bacon e pane tostato per lui, Jason aggiunse: «Vale non è granché come cuoco...»

«Puoi dirlo forte,» borbottò Urho.

«E di solito non è un problema, me la cavo da solo. Ma, adesso che è in attesa, odia quando faccio colazione a casa. Dice che l'odore di cibo la mattina presto gli fa rivoltare lo stomaco.» Si girò verso Urho con una mano sollevata. «Ma non preoccuparti! Gli lascio sempre una barretta d'avena fatta in casa sul bancone e un bicchiere pieno di latte in frigo, insieme a quelle vitamine e quelle polveri che gli hai prescritto. Mi giura in tutte le lingue del mondo che mangia e beve *tutto* quando si alza.»

«Sono certo che lo faccia,» lo rassicurò Urho.

«Lo sono anch'io. Credo. Insomma, in questo momento è così schizzinoso,» mormorò Jason. La preoccupazione gli crepitava addosso come elettricità.

«Vengo a sapere solo adesso che Vale aspetta un figlio,» disse

Caleb, con la voce che assumeva un tono sommesso e carico di rispetto. Era il tono che gli Omega spesso usavano nel parlare della tensione continua causata dal malessere e dal rischio di morte associati alla gravidanza. «Non ho avuto il tempo di mandargli un biglietto di congratulazioni o dei fiori. Ma cercherò di farlo una volta che ci saremo sistemati a Virona.»

«Virona?» chiese Jason, distolto dalle sue preoccupazioni da quel commento. «Andate al mare adesso? Il freddo arriverà presto. Che razza di vacanza è?»

«Non è una vacanza. Siamo stati mandati lì dal Father di Xan per aprire una nuova succursale.»

«In pianta stabile?» Jason inarcò di scatto le sopracciglia.

«Per molto tempo, se non per sempre.» Caleb si tirò i capelli dietro le orecchie. «Tu e Vale siete i benvenuti in qualsiasi momento. Potete venire per una visita breve o decidere di fermarvi più a lungo. La casa è enorme, a quanto ho sentito, molto più grande di questa, e si trova proprio sull'oceano. L'aria di mare è salutare in ogni periodo dell'anno. Non è così, Urho?»

Urho annuì, mentre lo stomaco gli si chiudeva al pensiero che Xan fosse così lontano da lui.

Caleb proseguì: «So che Xan sarebbe felicissimo se tu e Vale poteste fare questo viaggio.»

«Non finché non sarà arrivato il bambino,» rispose Jason, masticando piano la sua colazione. I sentimenti contrastanti che provava riguardo al trasferimento di Xan gli si leggevano chiari in faccia. «Ma verremo subito dopo, se andrà tutto bene.»

«Andrà tutto alla perfezione,» ribadì Caleb, con un ardore superstizioso che Urho riconobbe, dopo aver avuto a che fare con la salute degli Omega per anni. Comportarsi come se una gravidanza potesse non giungere a termine o come se il Pater potesse non superare il travaglio in perfetta salute era da loro considerato di cattivo auspicio. «Vale sarà forte e il bambino sarà sano. E viceversa.»

Jason annuì. «Grazie. Che il Sacro Lupo ti ascolti. Ma torniamo alla questione di questo trasferimento. Andrete così lontano... Virona è a tre ore di treno.»

«È piuttosto lontano,» concordò Caleb, annuendo con gentilezza.

«Non può occuparsi qualcun altro della succursale? Ray o quel fastidioso Janus?»

«A quanto pare, no.»

«È a causa di...» Jason lasciò cadere la frase, palesemente incerto su come continuarla, e guardò Urho in cerca di aiuto.

«A causa di?» lo sollecitò Caleb.

«Urho?» implorò Jason; era evidente che voleva che prendesse le redini della faccenda o che almeno gli suggerisse una risposta tramite qualche tipo di telepatia.

«A causa di Urho?» rise Caleb, prima che lui potesse parlare. «Sacro Lupo, no. *Quella* è una notizia che non ha ancora raggiunto il padre di Xan. È a causa di altri pettegolezzi, perlopiù. Immagino siano gli stessi che hai sentito anche tu, riguardo ai guai che Xan sta avendo ultimamente. È così? E suppongo che abbiano davvero bisogno di qualcuno che vada lassù ad aprire la succursale.»

«Un attimo. La notizia di Urho e...» Jason lanciò un altro sguardo verso di lui, poi inarcò le sopracciglia. «Oh. Capisco. Ah, beh, ehm. Bene. È... una buona cosa. Ottima, addirittura.» Bevve un grosso sorso d'acqua, per poi buttarsi sul cibo. Non disse altro per diversi minuti, e tutti e tre mangiarono in silenzio. O meglio, Caleb, che sembrava aver ingoiato tutto il pane con la marmellata che era in grado di contenere, rimase a guardare loro due che mangiavano.

«Pensavo che volessimo tenere per noi quell'informazione,» disse infine Urho, una volta che gli si fu sbloccata la gola e gli si furono raffreddate le guance bollenti. «Meno persone lo sanno, meglio è.»

«Ho dato per scontato che Jason lo sapesse già.» La fronte candida e liscia di Caleb si accigliò. «Dal modo in cui ti guardava, dal commento sul fatto che Xan fosse nei guai. Non lo sapevi, Jason?»

Jason scosse la testa e si pulì la bocca con il tovagliolino. «Sospettavo che ci fosse in ballo qualcosa, ma non mi ero reso conto che avesse già avuto inizio. Né che potesse davvero iniziare. Non lo so. Ovviamente, terrò la bocca chiusa.»

Caleb impallidì. «Mi dispiace,» sussurrò a Urho.

«Capita di sbagliare,» rispose lui. Ma non era proprio quello il problema? Non potevano permettersi errori, neppure fortuiti.

Caleb aveva perso un po' della sua solita compostezza. «Quando si tratta di Xan, anche Jason ha i suoi segreti da mantenere. Giusto, Jason?»

Jason si schiarì la gola. «Sì. E non metterei in pericolo Xan per nessuna ragione al mondo. Né te, Caleb. E neanche Urho, per quel che vale.»

«Sebbene sia lieto che il nostro gruppetto sia di vedute tanto aperte,» fece Urho con lo stomaco in subbuglio, «preferirei che la notizia non uscisse da questa stanza. Non voglio che arrivi nemmeno a Rosen e Yosef. Per la nostra sicurezza e quella di tutti voi.»

«A Vale devo dirlo,» obiettò Jason. «Non abbiamo segreti l'uno per l'altro.»

«Non è un tuo segreto,» puntualizzò Caleb. «È di Xan e Urho. E mio. E se Urho vorrà dirlo a Vale sono affari suoi, ma penso che tu debba tenerlo per te.»

Jason fece un verso di scherno.

Caleb arrossì, un luccichio pericoloso negli occhi. «Lo so, sono un ipocrita e questa situazione è colpa mia. Ma ciò non significa che dirlo a Vale sia la cosa giusta da fare.»

«Glielo dirò io,» intervenne Urho. «Prima o poi lo capirebbe da solo. È molto intelligente e un attento osservatore, è probabile che in qualche modo lo sappia già.»

Jason rise con gli occhi che gli brillavano, come sempre quando pensava al suo Omega. «Questo è vero.» Assunse un'aria sognante. «Ci avrà già scritto una poesia.»

«Sacro Lupo, spero di no. Questo ci farebbe arrestare di sicuro, plausibilmente per violazione delle leggi del Nuovo Partito Riformista del Lupo sulla decenza morale nelle opere creative.»

«Le sue poesie sono bellissime,» ribatté Jason in difesa del compagno. «Soprattutto quelle su di me.»

Urho gemette. «Siete *Érosgápe*, l'amore vi rende ciechi. Vale potrebbe scoreggiare su un foglio di carta e tu lo adoreresti.»

Jason rise di nuovo e non contestò l'accusa.

«Beh, guardate chi si è alzato dal letto prima delle dieci,» disse Caleb, lo sguardo rivolto alla porta.

Urho sentì la gola seccarsi quando incontrò lo sguardo di Xan dall'altra parte della piccola stanza. Il cuore gli balzò nel petto e le sue mani presero a tremare. «Buongiorno,» disse, e persino la sua voce suonò strascicata alla vista di Xan, in pigiama e a piedi nudi.

«'Giorno,» rispose lui, lo sguardo che si spostava su Jason. Il livido ancora presente sulla sua guancia spiccava nella luce del mattino. «Vale sta bene?»

«Stavamo giusto parlando di quanto sia perfetto,» disse Caleb, ridacchiando mentre prendeva il suo calice di succo d'arancia e ne sorseggiava un po'.

Xan alzò gli occhi al cielo. «Ho già sentito tutta la tiritera. Venti volte. Minimo. In certi casi, anche fino a cento.»

Jason rise, ma i suoi occhi fissarono preoccupati le ecchimosi di Xan. «Mi prendi in giro, ma anche tu non fai che tessere le lodi di Caleb.»

«Vero. Perché Caleb è perfetto,» disse Xan con un sorrisetto, per poi prendere posto accanto al suo Omega.

«Incredibile come ogni Alpha dica la stessa cosa del proprio Omega,» commentò Caleb. «Tu pensavi che il tuo Riki fosse perfetto?»

Urho staccò lo sguardo dalla clavicola scoperta di Xan, dove era comparso un succhiotto rosso. «Riki? Sì, era assolutamente perfetto.» Tornò a guardare Xan e vide i suoi occhi addolcirsi di comprensione, quando commentò: «Era anche bellissimo. Ho visto il suo ritratto ieri, nella biblioteca di Urho.»

Jason annuì. «È un bel ritratto. Riki ha una bella espressione sorridente.»

Caleb appoggiò il gomito sul tavolo e il mento sulla mano. «Ed è così che funziona, giusto? Gli Alpha adorano i loro Omega, e gli Omega adorano i loro Alpha. L'inizio e la fine. L'ordine naturale delle cose.»

Urho catturò lo sguardo di Xan mentre i domestici Beta gli portavano la sua ciotola di fiocchi d'avena e un piccolo piatto decorato con un singolo uovo fritto. Evitò di esprimere i propri dubbi sul fatto che l'ordine naturale delle cose potesse mai essere rovesciato. Poteva un Alpha adorare un altro Alpha? E lui voleva davvero scoprirlo? Nonostante il pericolo e contro ogni avversità?

Urho sapeva di rischiare molto, ma Caleb aveva ragione: non si sentiva così vivo da anni.

«Cosa ti è successo al viso?» chiese Jason a Xan con aria disinvolta, ma lanciando un'occhiata in tralice a Urho.

«Rissa da bar. Il solito,» rispose Xan, e liquidò la questione con un gesto della mano.

Caleb emise un mormorio sommesso e bevve un altro sorso di succo d'arancia, rivolgendo a Jason uno sguardo provocatorio.

«Finisci in un sacco di risse da bar, per essere uno che non frequenta i bar così spesso.»

«Vero.» Xan mise in bocca una manciata di fiocchi d'avena e chiuse gli occhi con aria stanca.

Jason lanciò un'occhiata a Urho, che cercò di apparire rassicurante. Caleb sorrise e finì di bere il succo d'arancia.

L'argomento venne lasciato cadere.

A quel punto, la colazione procedette normalmente tra battute e discorsi sul trasferimento a Virona, senza che la conversazione tornasse su questioni spinose. Al momento del congedo, i domestici Beta entrarono per scortare Jason e Urho all'uscita. Come unico riconoscimento di quanto accaduto tra loro, Xan rivolse a Urho un laconico promemoria sul fatto che quella domenica sarebbe partito per Virona, accompagnato da uno sguardo carico di significato. Urho rispose con un cenno del capo.

Fu solo quando raggiunsero il marciapiede davanti alla casa di Xan che Jason tornò sulla ragione iniziale della sua visita.

«Urho, ho la tua parola che, qualsiasi fosse la follia di cui mi hai parlato ieri, adesso è finita? Che Xan è al sicuro e non devo preoccuparmi che gli venga fatto del male?»

«Questo non posso promettertelo,» rispose Urho. Aprì il cancello principale, lanciando uno sguardo verso l'abitazione alle proprie spalle. «Mi sono offerto di fargli da surrogato...» *amante*, sibilò il suo cuore, «e lui ha accettato. Io manterrò la mia parte dell'accordo, è ovvio, ma tutto quello che posso dirti è che lui ha promesso di mantenere la sua. Il tempo ci dirà se lo farà davvero.»

«Perciò, chiunque fosse l'uomo con cui si vedeva, l'uomo che tu ritenevi pericoloso... se l'è lasciato alle spalle, ora? È finita?»

«Ha dato la sua parola.»

Jason si lasciò sfuggire un gemito. «Immagino che ci dovrà bastare. Il trasferimento a Virona aiuterà. Mi sembra di capire che quell'uomo viva qui, giusto?»

«Sì.»

«E suo padre sa di lui?»

«Non ne sono sicuro, ma sembra che siano nati pettegolezzi che suo padre non può smentire né ignorare. Insinuazioni sul fatto che stia succedendo qualcosa del tutto conforme al protocollo.»

«E continui a non volermi dire chi è quest'uomo?»

Urho sbuffò. «Se lo sapessi, quell'animale avrebbe smesso di respirare.»

Jason annuì, lasciando scorrere piano lo sguardo sull'amico, su e giù. «Ricordati solo quello che ti ho detto sui tuoi sentimenti, Urho. Puoi usare parole come "surrogato" quanto vuoi, ma a me sembri più simile a un Alpha che protegge il suo Omega.»

Urho ingoiò il nodo che sentiva stretto in gola.

«Ehi, non c'è problema. In effetti, è quello di cui Xan ha *bisogno*.» Jason gli posò una mano sulla spalla e la strinse. «Non lasciare che i tuoi tabù e le tue paure ti impediscano di darglielo.»

«Sei un cucciolo insolente.»

«Neanche la metà di quanto può esserlo Xan,» ribatté Jason. «Ma a te piace questo suo aspetto, quindi probabilmente lo apprezzi anche in me.»

Urho gli diede un colpetto sulla spalla, poi si separarono, affrettandosi verso le rispettive macchine. «Più tardi passerò a controllare Vale,» disse Urho. «Ti telefonerò se dovessero esserci problemi, ma non ce ne saranno.»

«Grazie,» rispose a gran voce Jason dall'altra parte della strada. «Perché ti prendi cura di Vale, perché aiuti Xan e per tutto.»

Urho sperava che la gratitudine di Jason non fosse infondata. Dopotutto, Xan avrebbe lasciato la città quella domenica, non avevano fatto progetti per vedersi nel frattempo, e le promesse fatte nel calore del momento sembravano sempre un po' meno affidabili alla luce del giorno.

Supponeva che anche in quel caso, come in ogni altro aspetto della vita, non ci fossero garanzie. Urho l'aveva imparato presto, per via di Riki.

Si voltò verso la sua auto e aprì la portiera, entrò in macchina e si allontanò dalla casa di Xan e Caleb.

Solo il tempo avrebbe risposto.

CAPITOLO DIECI

XAN CAMMINAVA FRENETICO accanto al treno, il cuore in gola. Non aveva visto Urho di persona dalla mattina successiva alla notte trascorsa insieme. Avevano parlato brevemente al telefono un paio di volte, ma entrambi avevano avuto agende fitte che non avevano permesso loro di incontrarsi.

Urho era stato chiamato nel Sullen District per occuparsi di un Omega che, a quanto pareva, aspettava due gemelli, una pericolosa anomalia che doveva essere gestita con attenzione. E lui era stato occupato a mettere sottosopra la casa e le vite dei domestici Beta che avevano scelto di seguirlo, per poter essere a Virona entro il termine stabilito dal padre.

Urho aveva comunque promesso di venire a salutarlo alla stazione. Anche se non avrebbero potuto fare nulla di più che stringersi la mano in un gesto virile, per Xan era importante vedere il viso del suo amante un'ultima volta prima di separarsi da lui per chissà quanto tempo. Doveva essere certo che le loro promesse e l'impegno di Urho a mantenerle non fossero stati un'allucinazione.

«Arriverà,» disse Caleb, sistemandosi la spilla rotonda sul colletto, un ornamento che lo identificava come un Omega impegnato. Anche se il loro era un legame basato sull'amicizia, in pubblico Caleb indossava comunque un spilla per scoraggiare attenzioni indesiderate. La sua bellezza tendeva ad attrarne più di quante ne desiderasse, e poiché Xan era un Alpha minuto, non bastava sempre la sua presenza ad allontanare gli altri uomini.

«E se avesse cambiato idea?»

«Non l'ha fatto.»

«Come lo sai? Sta rischiando molto! E per cosa?»

«Per te.»

Xan alzò gli occhi al cielo. «Oh, che bel premio!»

Caleb si sollevò la sciarpa ad anello sui capelli nel pungente vento autunnale. «Sì, infatti,» dichiarò convinto, come se Xan non avesse parlato con tagliente sarcasmo.

Poi, Xan lo vide. Spalle larghe in un impermeabile aderente, un Borsalino grigio in testa e un'espressione seria sul volto. Le sue viscere si ridussero in poltiglia e il suo cuore accelerò. Inspirò a fondo, pieno di speranza.

«Ciao,» mormorò, nervoso, quando Urho fu abbastanza vicino da poterlo sentire. «Non sapevo se ce l'avresti fatta.»

Il sorriso di Urho spiccò candido contro la sua pelle scura. «Vederti partire senza problemi è la mia priorità numero uno, oggi.»

Xan deglutì con forza, scrutando gli occhi di Urho per avere un'idea di cosa stesse provando. «Pensi che riuscirai a farmi visita? Come avevamo detto?»

Urho allungò la mano fino alla sua spalla e la strinse con calore, fissandolo in viso. «Niente mi farebbe più piacere, ma temo di non poterti promettere una data specifica. Tra i gemelli a Sullen e la condizione delicata di Vale, potrei non riuscire a liberarmi per una giornata intera.»

«Tre ore di treno fino a Virona e tre al ritorno sono tante,» concordò Xan, il cuore che sprofondava. «Se ci fosse un problema con Vale o con l'Omega che aspetta i gemelli, non riusciresti a tornare in tempo.» Lo disse ad alta voce, così che non dovesse farlo Urho, e così da non sentirsi come se fosse solo una scusa.

«C'è la possibilità di incontrarci a metà strada?» chiese Urho.

Lo stomaco contratto di Xan si rilassò. «Devo vedere come mio padre ha organizzato il mio lavoro per l'apertura della succursale, ma di sicuro avrò i fine settimana liberi, o almeno credo.»

«Caleb non sentirà la tua mancanza, se ti assenterai per incontrarmi?»

Caleb sorrise e rispose: «Sarò fin troppo impegnato a preparare il mio nuovo studio di pittura e a organizzare i festeggiamenti per le Notti d'Autunno, per sentire la mancanza di Xan per mezza giornata... o di più. In effetti, sarei felice di fare a meno di lui per darvi la possibilità di rinnovare le vostre *promesse*.»

Urho si leccò le labbra, un lampo di imbarazzo negli occhi. «C'è un appartamentino meraviglioso che a volte prendo in affitto a Montrew, lungo il canale. Nessuno se ne accorgerà, se passeremo lì qualche ora piacevole insieme.»

Xan fece un largo sorriso, lo stomaco che si contraeva per l'eccitazione e la gola stretta dal desiderio. Avrebbe voluto stare insieme a Urho in quello stesso momento, gettargli le braccia al collo e baciarlo per salutarlo, come stavano facendo tante coppie legate da contratto e coppie di Beta lungo tutta la banchina attorno a lui.

Si levò un fischio e il conducente gridò: «Tutti in carrozza per Virona!» Xan rivolse a Urho un sorriso triste e gli strinse la mano con fermezza. Urho lo attirò a sé e lo avvolse in un forte abbraccio. Gli diede pacche fraterne sulla schiena, come per eliminare ogni sospetto dalle menti dei curiosi. «Ricordati la promessa che mi hai fatto,» gli sussurrò all'orecchio con passione.

«Non l'ho dimenticata.»

«Promettilo ancora,» disse Urho, staccandosi abbastanza da non attirare l'attenzione ma mantenendosi abbastanza vicino da poter bisbigliare.

«Sei serio?»

«Sì. Voglio sentirlo. Cos'è mio?»

«Io?»

«E nello specifico?»

Xan deglutì con forza. «Il mio culo.»

«Promettilo.»

«In nome del Sacro Lupo, prometto che il mio culo appartiene a te,» mormorò Xan con il collo che avvampava.

«E anche la tua bocca,» aggiunse Urho, brusco.

Caleb rise sottovoce accanto a loro, ma Xan lo ignorò e lo stesso fece Urho. Si fissarono intensamente negli occhi, il resto della banchina che svaniva.

«Anche la mia bocca è tua,» sussurrò Xan, senza fiato.

Urho annuì e chinò la testa come se stesse per catturare la bocca tremante di Xan con la sua. Ma Caleb si infilò tra loro, abbracciando forte Urho e ridendo. «Sacro Lupo, ci farai arrestare tutti, se non ti controlli.»

Urho ricambiò l'abbraccio, per poi infilarsi le mani nelle tasche. Si schiarì la gola e annuì, mentre Caleb e Xan raccoglievano i piccoli bagagli da portare nello scompartimento privato. Xan restò con lo sguardo nel suo il più a lungo possibile, prima di voltarsi per salire sul treno. Quando, finito di sistemare le sue cose e accomodatosi sul sedile, si girò a guardare fuori dal finestrino, Urho aveva lasciato la banchina.

«Non è rimasto a guardarci partire,» disse a Caleb, che stava frugando dentro una grande borsa, a quanto pareva in cerca del suo burro di cacao, che alla fine trovò.

«Probabilmente è dovuto andare in bagno per occuparsi dell'impellente problema del suo uccello duro,» commentò Caleb con noncuranza, passandosi la pomata sulle labbra. La porse a Xan. «Mettine un po', tesoro. Gli scompartimenti dei treni fanno sempre seccare la pelle.»

Xan eseguì. Anche il suo cazzo non era del tutto calmo dopo quello scambio di promesse. «Non ci siamo accordati per sentirci mentre siamo lontani.»

«La casa avrà di certo un telefono. Sai come si usa.»

«Ma se lui non si aspettasse di sentirmi? Se non volesse essere molestato da me?»

Caleb buttò il balsamo per le labbra nella borsa e fissò Xan con un sopracciglio inarcato e l'impazienza che gli alterava i lineamenti.

«Che c'è?»

«Ti ha fatto promettere cose oscene solo un attimo fa, e pensi che non voglia sentirti? Xan, amore mio, sei ridicolo.»

Xan rise, nervoso, lo stomaco in subbuglio e la pelle che formicolava ovunque. «Vorrei solo non dover partire. Le cose tra noi sono appena iniziate. E se si dimenticasse di me?»

«Non permetterglielo.» Caleb tirò fuori dalla borsa un libricino.

«Magari dovrei mandargli dei fiori.»

Caleb ridacchiò piano. «Oh sì, ti prego, fallo.»

«Che c'è di divertente?»

«Tu. Che cerchi di corteggiarlo come fanno gli Alpha con gli Omega.» Caleb aprì il libro e fece scorrere le prime pagine con il pollice, come per cercare il segno.

«Non dovrei? Gli Omega come corteggiano gli Alpha?» Cercò di pensare a cosa avesse visto fare a Vale o a Caleb, quando volevano dimostrare il loro affetto. Non gli venne in mente nulla. «Dovrei corteggiarlo come un Omega?»

«Corteggialo come ti viene naturale, Xan.» Caleb sospirò con tenerezza. «L'hai portato dove lo volevi essendo te stesso. Non smettere ora.»

Xan si abbandonò sul sedile mentre il treno balzava in avanti. «Dove lo voglio è accanto a me.»

Caleb sospirò. «Invece, per tua sfortuna, hai me.»

«Non intendevo questo.»

«Lo so. Ti sto prendendo in giro.» Gli appoggiò la testa sulla spalla e lo baciò sulla mascella. «Tesoro, sei esausto ed esasperante. Riposiamo durante questo viaggio in treno, va bene? Perché avremo molto da fare per sistemare la casa, appena arrivati a Virona. Cerca di rilassarti.»

«Mi dispiace.»

«È una situazione nuova. È ovvio che tu sia preoccupato, ma niente paura. Il tuo Alpha manterrà il suo impegno con te.» Caleb si raddrizzò e aprì di nuovo il libro. «Ora è il momento di lasciare che la distanza lo renda smanioso di vederti.»

«Allora non dovrei corteggiarlo?»

«Oh, certo che devi. Sarebbe un peccato, se mi perdessi il divertimento.»

Xan alzò gli occhi al cielo, ma in un angolo della sua mente prese nota di chiamare un fioraio appena possibile. Avrebbe fatto arrivare una bellissima composizione a casa di Urho. Voleva assicurarsi che lui non lo dimenticasse e, soprattutto, doveva accertarsi che capisse che Xan non provava solo desiderio sessuale nei suoi confronti.

Gli si tesero le viscere.

E se il sesso fosse stato tutto ciò che Urho voleva da lui? Si dimenò sul sedile. Era *tutto* così incerto. L'offerta che Urho gli aveva fatto riguardava una cosa, ma il suo comportamento ne lasciava intendere un'altra. Di sicuro sarebbe stato folle a crederci.

«Tieni,» disse Caleb, passandogli un altro libro preso dalla sua borsa. «Leggi. Distrarrà la tua mente.»

Xan sospirò quando lesse il titolo. Era un libro di poesie di Vale. «Cos'altro hai in quella borsa? Un cagnolino?»

Caleb rise e voltò pagina. Da sopra la sua spalla, Xan vide che anche quello era una raccolta di poesie.

Con un gemito, fissò per qualche minuto il verso iniziale della prima poesia, senza leggerlo davvero. Poi chiuse il libro con un colpo secco, si accasciò sul sedile e fissò fuori dal finestrino. Avrebbe voluto avere il libro che gli aveva dato Urho, ma l'aveva impacchettato in uno scatolone che aveva mandato via insieme a Ren e ai domestici.

All'esterno, i campi scorrevano in lampi di grigio, marrone e verde, con sprazzi occasionali di rosso o porpora dovuti a foglie che avevano cambiato colore in anticipo o a fiori selvatici che erano sbocciati in ritardo.

Caleb gli diede una pacca gentile sul ginocchio, ma continuò a leggere le sue poesie.

«Come sai certe cose sulle relazioni e il corteggiamento?» chiese Xan, tornando a sedersi dritto. «Non è che io sia mai stato molto bravo con te, su quel versante.» Né viceversa, per quel che valeva, ma non aveva intenzione di dirlo.

«Dimentichi che per diversi anni sono stato molto richiesto.» Caleb sorrise con dolcezza. «Finché ho rifiutato così tante offerte di contratto che sono iniziati i pettegolezzi. *E inoltre*, dimentichi che ho amici Omega. Come immaginerai, parliamo. Ci raccontiamo aneddoti. Io non ne ho molti da offrire, naturalmente, quindi perlopiù ascolto. Quando ero più giovane, non si parlava d'altro che di corteggiamento.»

Xan gli prese la mano e gli accarezzò il palmo in un gesto amorevole, tracciandone le linee. «Non è che tu sia vecchio.»

«Certo che no, ma *adesso* l'unica cosa di cui i miei amici Omega vogliono parlare sono i bambini.» La sua voce si fece malinconica. «Il mio caro amico Tad, con cui andavo a scuola, potrebbe partorire in qualunque momento, ormai. Te l'ho detto?»

Xan scosse la testa. Caleb parlava di rado dei suoi giorni alla Mont Juror, e ancora meno dei suoi compagni di scuola.

«Già, è molto eccitato. È il suo terzo figlio.» Caleb si accigliò, tolse la mano da quella di Xan e tornò al suo libro.

«Avremo un figlio,» mormorò Xan. «Te lo prometto.»

«Certamente.»

Osservò il profilo di Caleb, ammirando i suoi zigomi alti e definiti, le folte ciglia bionde e le labbra morbide. «Dovremmo invitare qualcuno dei tuoi amici a fermarsi da noi a Virona. Probabilmente non Tad, finché non avrà partorito, ma qualunque amico di cui sentirai la mancanza. È una casa grande e il mare è bellissimo in ogni periodo dell'anno.»

Caleb posò di nuovo la testa sulla sua spalla. «Ti amo davvero, tesoro. Ti sforzi così tanto di rendermi felice, non potrei chiedere di più.»

Xan gli posò un bacio sui capelli, poi chiuse gli occhi e lasciò che il dondolio del treno lo facesse sprofondare in un sogno. In quel sogno, Urho teneva in braccio un neonato paffutello in riva al mare, le onde che gli spruzzavano le gambe, e Caleb era in piedi accanto a lui e faceva moine al piccolo; entrambi erano illuminati da un pallido sole invernale.

Si svegliò diverse ore dopo, con una speranza trepidante che gli fioriva nel cuore.

LA CASA SORGEVA in un punto da cui dominava la cittadina di Virona. Le sue dimensioni e la sua antica magnificenza promettevano più spazio di quello che Caleb o Xan avrebbero potuto sperare di riempire di bambini nel corso della loro intera vita.

In piedi accanto alla macchina modesta che avevano noleggiato alla stazione ferroviaria, lui e il suo Omega fissarono la facciata di marmo chiaro dell'edificio che, sotto il cielo nuvoloso, aveva assunto una sfumatura azzurrognola.

Colonne alte e imponenti sostenevano il tetto di coppi rossi, sbiaditi verso l'arancione. Immense finestre ad arco riflettevano l'immagine del cielo grigio, disturbata solo dal luccichio del riflesso della colorata cittadina più in basso. L'entrata principale era costituita da una scalinata di marmo ampia e monumentale, che conduceva a due ampi portoni di bronzo brunito. Erano entrambi chiusi e non si vedevano domestici preposti ad aprirli.

La casa era bellissima ma, nel suo stato di abbandono, trasmetteva una sensazione di freddezza. Non c'era nulla di accogliente. Era come un ventre sterile e cupo.

«Sembra infestata,» commentò Caleb, piegando la testa e scrutando la loro nuova residenza con sguardo solenne.

«È solo a causa della giornata grigia,» mormorò Xan per rassicurarlo, mentre gli circondava la schiena con un braccio. «Le nuvole opprimenti e la burrasca che soffia sul mare giocano con la nostra immaginazione.»

«Mmm. In ogni caso, la vista è incantevole. Sono sicuro che in una giornata di sole lo sarà ancora di più.»

Xan studiò l'intero scenario. La casa era costruita in cima a una collina che digradava verso le dune di sabbia dietro l'edificio, per terminare nel tratto di spiaggia privata ampio e liscio che lasciava il posto al grigio-verde ovattato dell'oceano.

Era un'abitazione progettata per una persona potente, qualcuno come il primo Lofton che l'aveva posseduta, il nonno di George, ovvero il Pater di Xan. Flagler Lofton era stato a capo della cittadina e l'aveva controllata con il pugno di ferro, lasciando il suo Omega a occuparsi della tenuta, che avevano riempito di figli. Flagler Lofton era stato il tipo di Alpha che il Father di Xan aveva desiderato come figlio.

Peccato che Xan non riuscisse a immaginarsi come quel genere di persona.

«È così... bianca,» bisbigliò Caleb, come se fosse ancora preoccupato dei fantasmi.

«È la prima volta in assoluto che ti sento insinuare che qualcosa sia troppo bianco.»

Caleb sorrise e armeggiò di nuovo con la sciarpa argentata. «È intimidatoria.»

Xan sapeva cosa intendesse. Persino nella loro casa in città c'erano segni di vita. Era accogliente, con fuochi caldi e crepitanti e stanze che Caleb aveva decorato a suo gusto. Quella di fronte a loro era una gigantesca eco architettonica del passato orgoglio della famiglia Lofton c, al momento, nessuno dei due la percepiva come propria.

«Pianteremo fiori invernali davanti all'ingresso,» propose Xan con entusiasmo, nella speranza di ridurre nella sua mente la casa e tutto ciò che essa rappresentava a qualcosa di gestibile. «O meglio, assumeremo dei Beta che lo facciano. Fiori dai bei colori brillanti, che vivacizzino il posto.»

Caleb si guardò intorno, osservando il terreno come se stesse cercando di immaginarlo coperto di fiori invernali. «Pensi che qui nevichi mai?»

«Ne dubito. Le correnti oceaniche arrivano dalle zone tropicali, se ricordo bene le mie lezioni di scienze. Comunque, da quel che ho capito, sono piuttosto calde anche in inverno. Questo comporta un certo clima temperato, anche se ci troviamo molto a nord.»

«Sì, ricordo di aver letto anch'io qualcosa di simile a scuola.» Caleb si fece forza, si sistemò i lunghi capelli dietro le orecchie e gli rivolse un sorriso. «Mi piace. La renderemo bellissima, inviteremo un sacco di ospiti e faremo in modo di sentirci davvero a casa. È stata vuota troppo a lungo, tutto qui. La riempiremo di suoni e rumori e luce.»

«E di bambini,» promise Xan.

Caleb annuì. «Almeno uno o due, sì. Bambini sani e forti che un giorno correranno lungo quell'incantevole collina fino all'oceano, per nuotare come pesciolini.»

«Romantico,» lo stuzzicò Xan, facendogli scivolare il braccio attorno alle spalle.

«Eccomi qui, mister romanticismo.»

Xan osservò lo splendido viso del suo Omega, incuriosito. Sapeva che si erano promessi di essere per sempre una famiglia, ma non comprendeva la mancanza di interesse di Caleb per i sentimenti romantici. «Non hai mai voglia di innamorarti, Caleb?»

Caleb gli strinse le braccia al collo e strofinò il naso contro la sua guancia. «Tesoro, è *questo* ciò che voglio. Non faccio che dirtelo! Ti amo più di quanto riesca a esprimere. Il sogno della mia vita è stare con te come il più intimo degli amici e dare alla luce i tuoi figli.» Sorrise. «Ti preoccupi troppo. Entriamo e vediamo le condizioni della casa. Sarà un pomeriggio lungo e non sappiamo neppure se c'è del cibo in cucina.»

«I domestici Beta sono venuti prima di noi proprio per questo. La dispensa dovrebbe essere piena. Sono sorpreso che Ren e il resto del personale non siano qui fuori ad accoglierci.»

«Ren in genere è affidabile e previdente, ma il trasloco è stato organizzato troppo in fretta. Probabilmente sta cercando, in preda al panico, di farci trovare tutto in ordine al nostro arrivo.»

Xan e Caleb salirono insieme i gradini verso l'ingresso della loro nuova casa. Xan trattenne il compagno appena prima di raggiungere la soglia e gli disse: «Prendimi per mano.»

Caleb lo fece. Le sue lunghe dita erano fredde nella stretta calda di Xan.

«L'Alpha e l'Omega,» sussurrò Xan, incapace di resistere alla spinta della tradizione.

«L'inizio e la fine,» rispose Caleb con un caldo sorriso. «Adesso chi è il romantico?»

«Ehi! È tradizione recitare il voto prima di entrare insieme in una nuova casa per la prima volta.»

«Tradizione!» esclamò Caleb, ridendo e tirando Xan per la mano oltre la soglia. «Noi siamo tutto tranne che tradizionali, tesoro mio.»

Seguendolo nell'illuminazione fioca dell'ampio ingresso, che era più che altro un immenso atrio, Xan sbatté le palpebre per vedere meglio e si aggrappò alla mano di Caleb come a un'ancora di salvezza.

Un enorme lampadario di cristallo cablato per le luci elettriche pendeva dal soffitto a cupola dipinto, la pavimentazione di marmo scintillava sotto il ticchettio dei loro tacchi e una larga scalinata, anch'essa in marmo e coperta da quello che sembrava un tappeto rosso mangiato dalle tarme, portava verso l'alto e si divideva nel mezzo, prendendo due direzioni opposte per accedere al secondo piano.

«Quindi è qui che siamo stati esiliati,» mormorò Xan.

«Ha bisogno di una rinfrescata, ma ha una buona struttura.» Gli occhi di Caleb brillavano nella penombra.

«Ren ha detto che ti sarebbe piaciuta.»

«Ha un che di rococò,» commentò l'Omega, accennando con la mano alle sculture in legno dorato che ornavano i bordi del soffitto e delle porte e culminavano in filigrane decorative attorno alla cupola. Tutto quel lusso faceva gongolare il suo cuore, ma Xan sapeva che elementi simili erano l'antitesi dei gusti di Caleb in fatto di design.

«È luminosa,» esclamò Xan entusiasta. «O almeno, potrebbe esserlo.»

«Sì.» Caleb gli diede un colpetto affettuoso e gli sorrise. «È un ambiente bellissimo.»

Attraverso la penombra, videro il salottino per le visite e la biblioteca, situati alle estremità opposte dell'enorme atrio. Entrambe le stanze sembravano consumate dal tempo, erano decorate in uno splendido stile eccentrico ed erano complete di mobilia all'apparenza utilizzabile, se non addirittura elegante.

In fondo all'immenso atrio, alcuni corridoi conducevano ad altre stanze e, a giudicare dai rumori che giungevano da quella direzione, anche alla cucina e forse alla sala da pranzo. Visibile attraverso larghe vetrate ad arco sulla parete posteriore della sala, c'era un cortile interno a cielo aperto, invaso dalla vegetazione.

«È un bene che Ren sia tanto bravo a scegliere il personale,» considerò Caleb, con un cenno del capo verso il fogliame che premeva contro il vetro. «Servirà qualcuno che lo sistemi.»

«Infatti. Dovremmo andare in esplorazione?»

«Dove sono i domestici?» chiese Caleb, accigliato. «Dovrebbero essere qui a preparare tutto.»

«Ho mandato la maggior parte di loro in paese,» disse una voce proveniente dal pianerottolo in cima alla diramazione destra della scalinata.

«Con quale autorità?» domandò Xan, scrutando attraverso il buio.

«Salve, cugino,» disse la voce. Ci fu un lampo sopra le loro teste e il lampadario si accese all'improvviso.

Xan strinse gli occhi all'inatteso bagliore e, subito dopo, con un nodo allo stomaco, vide l'origine del saluto. Suo cugino si era spostato in mezzo alla scalinata, una mano sulla balaustra e l'altra sollevata in segno di benvenuto.

«Gli interruttori delle luci si trovano nei posti più assurdi, in questa casa,» commentò Janus con un sorrisetto. «Quello per il lampadario è in cima alle scale.»

I capelli scuri circondavano con morbide onde il suo volto spocchioso e sorridente, gli occhi nocciola brillavano nella luce vivida. Atletico e abbronzato, era come sempre vestito con abiti di sartoria ma provocanti, che gli conferivano un'aria di eleganza e noncurante sensualità che Xan gli aveva sempre invidiato.

Accanto a lui, Caleb si irrigidì e soffocò un sussulto sbigottito.

«Come stavo dicendo, benvenuto a Virona, cugino,» disse Janus con un certo sarcasmo, indicando con la mano l'ambiente circostante. «Penso che troverai tutto perlopiù pronto per il tuo arrivo. Non c'è di che, a proposito. I tuoi domestici sono bravi, ma qualcuno doveva prendere le decisioni difficili in questi ultimi giorni. L'ho fatto io.»

Xan lo fissò a bocca aperta, mentre Caleb si stringeva al suo fianco.

«E io ringrazio *te*, dato che mi permetti di essere tuo ospite per i prossimi mesi,» proseguì Janus. «Anche se dubito che tu abbia avuto molto a che fare con la cosa. Per essere onesto, non vedo l'ora.»

«Ospite?» ripeté Caleb, lanciando un'occhiata a Xan, gli occhi azzurri sgranati e ansiosi. «Tu lo sapevi?»

Xan scosse la testa. No, ovviamente no. Il suo sorriso fu più simile a una smorfia, ma riuscì lo stesso a cimentarsi nelle consuete formalità. «Grazie per averci accolto dopo il nostro viaggio, ma credo sia compito mio dare il benvenuto a te, cugino, dato che questa dovrebbe essere casa mia.»

Janus si limitò a ridacchiare e Xan serrò la mascella. Avvolse la parte bassa della schiena di Caleb con un braccio. «Caleb, permettimi di presentarti Janus Heelies. La spia preferita di mio padre. Janus, questo è il mio Omega, Caleb Riggs.» Il respiro di Caleb si era ridotto a brevi sussulti irregolari.

Janus fece un sorrisetto. «Sì, avevo sentito che avevi stipulato un contratto con l'inafferrabile splendore della classe del Sentiero del Lupo.» Riprese a scendere le scale, la mano tesa verso Caleb, che sembrò ritrarsi. «In realtà ho già avuto il piacere. Non è così, Caleb?»

Xan rinsaldò la stretta sulla vita di Caleb, mentre il suo Omega rispondeva con una strana tensione nella voce. «Infatti.»

«Allora frequentavate gli stessi eventi?» chiese Xan.

«Esatto,» confermò Janus. «Quante serate del Philia ho passato a guardare il nostro caro Caleb che si nascondeva in un angolo, nel tentativo di offuscare il suo splendore per non attirare ammiratori. Ma per quanto ci provasse, non gli sono mai mancati.»

«Quindi eri una spia persino all'epoca?» fece Xan, malizioso.

«Con l'età sono diventato più bravo. Come tuo padre sa bene.»

Caleb lo fissò, assottigliando lo sguardo. «Mi sembra di ricordare che neppure a te mancassero gli ammiratori a quelle feste, eppure sei qui da solo.»

«Sfortunatamente, non ho mai trovato l'uomo adatto.»

Caleb rilasciò un respiro lento e sottile.

«Caleb?» tentò Xan, ma la sua domanda, lasciata inconclusa, venne ignorata.

Caleb sollevò il mento, si staccò dal suo braccio e, con un brivido evidente, tese la mano a Janus. Sembrò trattenere un sussulto quando Janus la prese e gli posò un bacio sulle nocche. «Dici di essere una spia? Beh, mi impegnerò per fare qualcosa che valga la pena di riferire al grande Doxan Heelies.»

Janus rise e gli baciò di nuovo le nocche. «Fallo, bellezza. Lo sai, sono sempre stato ben felice di stare a guardarti.»

Caleb ritirò la mano di scatto e girò sui tacchi. «Quando torneranno Ren e gli altri? Ci serve aiuto con i bagagli.»

In quel preciso momento, Ren apparve dal corridoio che portava alla cucina, con un gruppo di domestici al seguito, incluso il nuovo garzone. Caleb si mostrò deciso a ignorare del tutto Janus, dando loro indicazioni su cosa fare con i bagagli. Quando i domestici si allontanarono, passò accanto a lui e a Janus e si avviò su per le scale, lasciandosi dietro un gelo che Xan aveva avvertito di rado, persino nelle nevose giornate d'inverno, e che non aveva mai associato a Caleb.

«Cosa ho detto di male?» chiese Janus, sembrando piuttosto perplesso, mentre guardava Caleb svoltare a sinistra e raggiungere il pianerottolo. «Volevo solo farlo sentire lusingato.»

«Caleb preferisce il rispetto alla lusinga. E anch'io.» La voce di Xan si indurì fino a diventare un ringhio. «Stagli lontano. So che Father deve averti mandato qui per tenermi d'occhio, e mi sta bene. Come è ovvio, non posso cacciarti subito.» Fece un passo avanti, fino a invadendo lo spazio personale del cugino, e si sollevò sulle punte per avvicinarsi alla sua altezza. «Ma se lo turberai ancora, o se dovessi pensare anche solo per un minuto che l'hai fatto, puoi scommettere fino all'ultimo centesimo che ti butterò *davvero* fuori a calci in culo, spia di Father o no. Ammesso che non ti faccia a pezzi prima.»

Janus alzò le mani in segno di resa. «Niente paura, cugino caro. Non sono attratto da lui. Per dirne una, mi piacciono i tipi un po' più in carne e con qualche pelo sul petto.»

«I *tipi* sono esseri umani e meritano che si parli di loro come più di semplici pezzi di carne.» Xan digrignò i denti. Suo padre non poteva pensare seriamente di rimpiazzarlo con Janus, giusto? Quell'uomo era un playboy incallito ed era stato beccato ad avere tresche con diversi Omega impegnati. Non aveva rispetto per nessuno, tantomeno per gli Omega, e di sicuro non per Caleb. «Perché Father ti ha mandato qui?»

«Perché, come hai detto tu, devo svolgere il ruolo di spia.» Janus ammiccò con le sopracciglia. «E magari, se sono fortunato, troverò il mio *Érosgápe* qui, tra i graziosi paesani di Virona.»

Xan lo superò con uno spintone, poi seguì il compagno su per l'ampia scalinata. «Te lo dirò di nuovo: infastidisci ancora Caleb e Father non potrà proteggerti.»

Lo sguardo di Janus non lo lasciò, ma il cugino non si disturbò a rispondere e quell'atteggiamento gli provocò smarrimento e sollievo in egual misura.

Guidato dalla voce di Caleb che dava istruzioni ai domestici, Xan percorse il corridoio al piano di sopra, ignorando la vista del cortile al di là delle finestre aperte. Superò sia stanze chiuse che camere lasciate ad arieggiare.

Mentre raggiungeva quella che doveva essere la suite che Caleb si era scelto, borbottò tra sé: «Benvenuto a Virona un cazzo.»

CAPITOLO UNDICI

SEDUTO DAVANTI AL fuoco nella sua biblioteca, Urho si rigirava in mano un bicchiere di bourbon e osservava le fiamme lambire la grata del camino. Sul tavolo alle sue spalle c'era un vaso di rose, consegnato quella sera con un biglietto da parte di Xan.

Lo prometto, era l'unica scritta sul biglietto, ma era stata sufficiente a farglielo venire duro.

Il profumo delle rose fluiva verso di lui, un promemoria costante dell'uomo che già gli mancava: avevano avuto a malapena il tempo di salutarsi prima della sua partenza. Chiudendo gli occhi, Urho assaporò il liquore e lasciò che la sua mente si perdesse in un piacevole vuoto. Anche quella era stata una giornata lunga.

Dopo aver salutato Xan e Caleb al binario, se n'era andato in preda alla confusione per i sentimenti che provava. Quando aveva colto il proprio riflesso nello specchietto retrovisore, aveva visto più o meno il volto di sempre, ma le sue priorità sembravano completamente cambiate nel giro di una settimana. L'ultimo giorno normale che riusciva a ricordare, in cui si era sentito come lo stesso Urho che Riki si era lasciato dietro, era stato quello in cui era stato convocato a casa di Jason e Vale per confermare ciò che entrambi già sapevano: era in arrivo un bambino.

Da quel momento, aveva perso la rotta, e riconosceva a malapena i pensieri che gli occupavano la mente, le promesse in cui si era impegnato o i sentimenti che lo guidavano.

«Signore,» chiamò una voce sommessa dalla porta. «Mi dispiace disturbarla, ma potrei parlarle un minuto?»

Urho fece segno a Mako di venire avanti. Il suo domestico di lunga data e cuoco, che era ormai quasi un amico, rimase in piedi accanto al camino, nervoso, finché Urho non gli fece cenno di sedersi. Era un uomo di mezza età ancora di bell'aspetto, con solo un po' di grigio sulle tempie scure e poche rughe sottili attorno agli occhi. Indossava la sua consueta uniforme da chef che gli copriva l'addome grassoccio e aveva un sorriso gentile sul viso.

«Non voglio offenderla, signore, ma volevo chiederle se va tutto bene. L'altro giorno, quando il suo piccolo amico Alpha è venuto qui, c'era...» Su quelle parole si bloccò, imbarazzato e titubante. «Credo che gli altri domestici abbiano frainteso ciò che è successo. Perché, sebbene girino da molto tempo pettegolezzi sulle inclinazioni del suo amico, lei è sempre stato fin troppo ligio alle regole e meticoloso per aver fatto qualcosa di sconveniente. Giusto, signore?»

Urho fece roteare di nuovo il bourbon e restò in attesa dell'ondata di paura e disgusto che avrebbe dovuto riempirlo nel vedere scoperta la sua perversione e nel sapere di essere al centro delle chiacchiere dei suoi domestici. Non arrivò. Al contrario, il petto gli si colmò di uno strano cinguettio di eccitazione e dovette trattenere un sorriso inatteso, per timore di spaventare Mako.

«Chiedo scusa,» disse Mako, deglutendo con forza e strofinandosi le mani sui pantaloni. «Non avrei dovuto dire niente. Non vorrei pensasse che io abbia qualcosa a che fare con questi sgradevoli pettegolezzi, signore. O che aiuterei a diffonderli.»

«Tra le garanzie che vi offre l'impiego in casa mia,» iniziò Urho, cauto, «c'è sempre stata quella di lavorare per un uomo rispettabile. Vi pago con puntualità, vi do dei bonus per le festività delle Notti d'Autunno, vi concedo giorni extra di riposo quando ne avete bisogno.»

«Tutte cose che le fanno molto onore,» confermò Mako, sporgendosi in avanti, ossequioso. «Non intendevo offenderla, signore. Volevo solo...»

«Ma non sono un uomo perfetto. Ci sono volte in cui trovo le scritture prive di senso. Ci sono azioni che ho compiuto, sia come medico che come uomo, che non rientrano sempre nelle… chiamiamole *aspettative* del mondo in generale e della Sacra Chiesa del Lupo in particolare.»

Mako piegò la testa.

«Se tu o uno degli altri domestici avete un problema a lavorare per me, ora che conoscete le mie imperfezioni, suppongo di non avere altra scelta che offrirvi una giusta somma come dono d'addio, considerato che la colpa è mia, e cercare domestici a cui non interessino così tanto i difetti personali del loro datore di lavoro.»

«E che potrebbero non essere così leali,» suggerì prontamente Mako. «Signore, se questo è il suo modo per dire che ci saranno altre visite del piccolo Alpha e che dovremmo prepararci a ignorare o a rispondere in modo vago, ma credibile, a qualsiasi domanda sul suo conto, lasci che le assicuri che io, da parte mia, e tutti gli altri che lavorano qui saremo disposti a proteggerla.»

«Capisco,» rispose Urho in un sussurro colmo di gratitudine.

«Siamo Beta, signore. Per noi certe regole non hanno poi molto senso. Sono venuto da lei soprattutto spinto dalla preoccupazione che si sarebbe offeso o infuriato, se avesse scoperto cosa pensano gli altri dello staff. Se si sta divertendo con il, ehm, beh, il giovane Alpha, allora noi continueremo il nostro lavoro come al solito, senza vedere, sentire né sapere nulla.»

Urho sospirò e bevve un altro sorso di brandy. «Immagino che dovrei rimproverarti perché non ti importa se il tuo datore di lavoro non si attiene alla legge e al Sacro Libro del Lupo ma, considerata la mia posizione, sembrerebbe assurdo.»

«Quando rivedremo il ragazzo, signore? Posso preparare qualcosa di speciale per lui. Potrete concedervi una tranquilla notte insieme.»

«Ora stai un po' esagerando, Mako.» Urho fece una smorfia.

«Non sono arrabbiato con te per aver chiesto. È un buon promemoria del fatto che non troverò sempre una serena accettazione, se questa relazione dovesse continuare, e che dovrei fare più attenzione.» Anche se aveva visto Xan a malapena. Stare più attenti di così sembrava impossibile.

«Oppure dovrebbe pensare a una buona ragione per frequentarlo con regolarità e in privato, signore,» propose Mako, sollecito. «Qualcosa oltre a una semplice amicizia. Magari una collaborazione che abbia a che fare con il suo lavoro in clinica.»

«Non dovremo preoccuparcene per un po',» rispose Urho con una punta di malinconia. «Si è trasferito a Virona a tempo indefinito.»

Mako si accigliò. «Mi dispiace sentirlo, signore.»

«Anche a me.»

«Ma date le difficoltà di un simile rapporto, forse è la cosa migliore.»

«Forse.»

«Anche se avevo sperato…»

«Cosa?»

«Che magari avrebbe potuto essere di nuovo felice, signore. Se si fosse affezionato a lui.»

Urho si lasciò sfuggire un borbottio all'enorme senso di gratitudine che provò per la premura del suo domestico.

Mako si alzò e fece un cenno deferente con il capo. «Ora la lascio, signore, se per lei va bene. Mi faccia sapere se c'è qualcosa che posso fare per facilitarle le cose.»

Urho annuì per congedarlo e valutò se fare una telefonata a Yosef per chiedergli un consiglio legale su come proteggere al meglio Xan e Caleb. Soprattutto dato che non avrebbe smesso di assecondare il desiderio di conoscere meglio Xan, nel corpo e nella mente, in ogni possibile occasione.

Tuttavia, non fece quella telefonata.

Con Xan a ore di distanza e i loro progetti per vedersi ancora poco definiti, non era necessario agitare le acque, per il momento. Urho spostò lo sguardo dal fuoco al ritratto male illuminato che lo sovrastava, ma era appena in grado di distinguere i capelli dorati di Riki nella penombra. Xan non era affatto paragonabile a lui.

Eppure, a Urho toglieva il fiato: era bellissimo, anche se in un modo del tutto diverso da Riki. Per la prima volta da quelli che sembravano secoli, Urho era pronto a rischiare molto per qualcosa che si sarebbe potuto rivelare di poco valore. O, magari, Xan sarebbe diventato il suo intero mondo.

Finì il brandy e si diresse al piano di sopra. Entrò nella stanza dove conservava i ricordi di Riki e accese un bastoncino di incenso, recitando qualche preghiera al Sacro Lupo per il suo amato.

Poi, aggiunse una preghiera per Xan.

CAPITOLO DODICI

IL MATTINO ARRIVÒ, freddo e colmo di incertezza, e trovò Xan che fissava l'oceano dalla finestra della stanza che aveva scelto. Se ne stava in piedi a osservare l'acqua grigio-verde, il movimento delle onde che gli calmava i nervi. Gli scricchiolii estranei della vecchia casa e i pensieri incessanti su Urho avevano disturbato il suo sonno. Aveva dedicato un po' del suo rigirarsi nel letto anche a Janus, lasciando correre la mente alle implicazioni della presenza di suo cugino.

Sorseggiò il caffè ancora fumante che qualcuno gli aveva portato mentre dormiva. Con la tazza in mano, aprì la porta che conduceva a un passaggio privato per la stanza che Caleb si era scelto. La porta dal lato dell'Omega era aperta, e Xan scorse Ren ai piedi del suo letto, che trafficava con una pila di cuscini in stile barocco mentre Caleb impartiva ordini.

«Questa stanza è il mio incubo peggiore.» La voce di Caleb raggiunse Xan, tesa e stanca. «C'è così tanta *roba* qui dentro. Prendila tutta. Tutta quanta. Fuori, fuori, fuori. Cerca delle belle lenzuola bianche e tira fuori le mie cose bianche dagli scatoloni che ho spedito. Suppongo non si possa fare niente per tutte queste decorazioni dorate attorno al soffitto senza distruggere la storia della camera, ma chiama dei pittori per far cancellare queste strisce assurde dalle pareti. Voglio bianche anche quelle.»

«Certamente,» rispose Ren, ondeggiando sotto la pila di cuscini ornamentali rossi e dorati che teneva tra le braccia.

Xan entrò nel primo dei due bagni in corridoio, sul lato opposto del passaggio ricavato tra due ampi armadi, e si chiuse la porta alle spalle. Dopo aver urinato, aver fatto una doccia ed essersi rasato, si sentiva un uomo nuovo, e sfoderò un sorriso nel trovare Caleb in camera sua, arrossato e splendente dopo essersi lavato a sua volta.

L'Omega sedeva alla toletta barocca della sua stanza e si stava sistemando un fermaglio grigio e argento tra i capelli per tenere il viso libero dalle ciocche bionde.

«Ren dice che tuo cugino ha già mangiato ed è andato in paese,» mormorò Caleb quando lo scorse appoggiato allo stipite della porta. «Magari resterà fuori.»

«Mi dispiace per la maleducazione che ha mostrato ieri. Lo detesto anch'io così tanto che non c'è molto altro da dire.»

Caleb si strinse nelle spalle.

«Ha detto che vi eravate già conosciuti. Com'è successo?»

Caleb alzò gli occhi al cielo. «Ho incontrato parecchi Alpha ai miei tempi, Xan. È stato a una serata del Philia.»

«Ah, ma certo.»

Caleb odiava parlare della pressione a cui era stato sottoposto alle serate del Philia prima che arrivasse Xan, così lui lasciò cadere l'argomento. «Ti ho sentito parlare con Ren di come vorresti sistemare la stanza.»

Caleb si applicò un po' di porporina argentata sulle palpebre e la stese per attenuarne il bagliore. «Sì. Avrei preferito stare all'estremità sud dell'atrio, dove il vento soffia più forte, ma come abbiamo concordato ieri sera, è meglio che la mia stanza sia vicina alla tua, così Janus avrà meno stranezze da riferire.»

«Quando se ne andrà...» – e di *certo* se ne sarebbe andato! – «... potrai spostarti in qualunque stanza tu voglia.»

«Una volta che avrò sistemato questa camera in un modo che mi piaccia, suppongo che mi andrà bene.» Caleb sorrise. «Scusami se sono irritabile stamattina, tesoro. Ho avuto problemi a dormire, con tutto questo rosso e nero ovunque.» Indicò con un gesto il baldacchino che sovrastava il letto, la carta da parati color sangue e carbone e i cuscini rimasti. Xan non riusciva a immaginare quanti dovessero essercene stati prima, dato che sapeva che Ren ne aveva già portati via abbastanza da riempirsene le braccia.

La sua stanza era piacevolmente mascolina, con mobili di legno massiccio e coperte spesse e calde. Lo schema di colori variava tra il beige, il marrone e il crema, con un tocco di verde per richiamare il colore del mare fuori dalla finestra. Gli andava bene così com'era. Ma chiunque avesse arredato la stanza scelta da Caleb, aveva posseduto gusti molto diversi.

«Stasera possiamo scambiarci le camere,» azzardò Xan.

«No. Preferisco la vista che si gode da questa.» Caleb indicò il letto con un cenno del capo. «Stenditi e guarda tu stesso.»

Lasciandosi cadere sul letto, Xan sentì la mancanza del soffice nido che Caleb aveva nella vecchia casa, ma rimase a bocca aperta di fronte allo scenario che vide dalla finestra. Voltando appena la testa, poteva osservare le onde gigantesche dell'oceano che si infrangevano contro la base della scogliera all'estremità della spiaggia di loro proprietà.

«Suggestivo,» mormorò.

«Il movimento delle onde è un autentico spettacolo.» Caleb sorrise e si alzò dalla toletta. «A questo proposito, dovremmo metterci in movimento anche noi. C'è ancora così tanto da fare. E tu dovresti chiamare Ray, non credi? Scoprire cosa si aspettano che tu faccia e quando dovresti cominciare.»

I domestici che avevano portato con loro, insieme ai Beta che Ren o forse Janus aveva assunto in paese, correvano avanti e indietro per il piano terra, rimuovendo strati di polvere, lucidando legno e argenteria, spostando mobili e facendo tutto il necessario per risvegliare la casa dopo che aveva dormito per anni.

Xan si diresse verso la biblioteca, situata appena oltre l'enorme atrio, e proseguì per entrare in una stanzetta interna che avrebbe potuto usare come ufficio. Dava sui terreni a nord-est, e Xan vide fuori dalla finestra alcuni domestici, arrivati da chissà dove, che pacciamavano e preparavano le aiuole per i fiori all'interno di un piccolo giardino dai vialetti tortuosi.

Immaginò che fosse merito di Ren, che aveva previsto gli ordini suoi e di Caleb. Quell'uomo era bravo nel suo lavoro.

Il piccolo ufficio conteneva una pratica scrivania, meno elaborata di quella gigantesca che occupava la biblioteca, con un telefono privato e alcuni armadietti per archiviare i documenti. Un divano dall'aspetto comodo era accostato a una delle pareti e, su un tavolino vicino alla porta, c'era un piccolo giradischi. Xan aprì e richiuse gli armadietti, per assicurarsi che Janus non avesse già occupato la stanza; poi, accertatosi che fosse adatta alle sue esigenze, chiuse la porta a chiave.

Si sedette alla scrivania e sollevò il ricevitore. Gli prudettero le dita sui numeri, mentre il bisogno di sentire la voce di Urho lo afferrava. Avrebbe voluto sapere se il suo amante – avrebbe mai smesso di immaginare un punto esclamativo dopo quella parola? – avesse gradito le rose. Corteggiarlo aveva funzionato? Oppure Urho l'aveva detestato?

Xan deglutì con forza e posò il ricevitore. Fece lunghi respiri e guardò gli uomini fuori dalla finestra che trasportavano carriole colme di terriccio e tavole con sopra fiori invernali violetti, dorati e gialli. Decise di lasciare la telefonata a Urho per ultima. Prima le verdure e dopo il dolce.

Sollevò di nuovo il telefono e chiamò Ray, che gli chiese: «Come vanno le cose lì?» La sua voce calda e familiare riuscì a sciogliere i nodi che Xan sentiva tra le scapole.

Tenne la cornetta appoggiata all'orecchio e si attorcigliò il lungo filo tra le dita. «Bene, tranne per l'ospite a sorpresa che abbiamo trovato già qui al nostro arrivo.»

Ray emise un piccolo sbuffo. «Allora suppongo che Janus sia

stato incantevole come sempre, vero?»

«Ha subito offeso Caleb.»

«Oh beh, farebbe meglio a stare attento.» Ray sembrava distratto, Xan riusciva a sentire un fruscio di carte in sottofondo. «A Father non piacerebbe sapere che il tuo Omega non è contento, soprattutto con il suo calore in arrivo.»

«Non sia mai che facciamo qualcosa per irritare un Omega prima del calore.»

«So che comprendi l'importanza di mantenere Caleb allegro e pronto a concepire,» lo redarguì Ray. «Father non vorrebbe che né Janus *né tu* facciate nulla per offenderlo.»

«Ma a Father non dispiace se Janus offende *me*. Cosa che fa con la sua sola presenza.»

Ray sospirò. Xan udì il movimento della sedia di suo fratello che strusciava sul pavimento dell'ufficio e seppe che Ray si era alzato e aveva preso a camminare avanti e indietro. «Non tutto ruota intorno a te, Xan. Ti è venuto in mente che Father abbia avuto i suoi motivi per mandare Janus a Virona?»

Xan si alzò in piedi, premette la fronte contro il vetro freddo della finestra e fissò gli uomini che scavavano nel terreno. «Motivi di affari?»

«Perlopiù personali, se proprio vuoi saperlo. Ma, sì, anche inerenti agli affari.»

«Tipo?» Xan non avrebbe saputo dire con certezza se stesse chiedendo dei motivi personali o di quelli relativi agli affari, ma Ray continuò come se lo sapesse.

«Janus ha esperienza nella creazione di succursali, l'ha già fatto ad esempio quando è stato mandato a Grundytown dopo l'ultimo grosso scandalo sentimentale. E tu, fratellino, non ne hai nessuna.»

Xan si staccò dalla finestra, lasciando un alone opaco sul vetro. Si abbandonò sul divano e lo spesso cuscino frenò la sua caduta. Sembrava ingiusto che Janus potesse restare in buoni rapporti con suo padre nonostante le sue molte tresche clandestine, solo perché le aveva avute tutte con degli Omega. Su Xan, invece, girava solo qualche pettegolezzo che lo vedeva coinvolto con altri Alpha, e questo era bastato a fare di lui il reietto della famiglia. «E come farò a dimostrare a Father il mio valore, se Janus è qui a fare tutto il lavoro?»

Ray smosse alcune carte con un pesante sospiro. Xan si domandò quanto tempo suo fratello avesse già trascorso in ufficio quella mattina. Caleb aveva ragione a dire che Ray non aveva una vita privata.

I fogli si muovevano e frusciavano, e il rimbombo di un cassetto convinse Xan che sì, persino mentre parlavano al telefono, suo fratello continuava a sgobbare. «Prima di tutto, vai d'accordo con Janus. Questo farebbe un'ottima impressione su Father, dato che non ci sei mai riuscito fin dai tempi in cui eravate bambini.»

«Io ero un bambino. Lui era più grande di me e faceva il bullo.»

Ray sospirò ancora. «Secondo, non startene in disparte, non lasciare che Janus prenda in mano la situazione. Sforzati di farti avanti, offri la tua opinione, fai buoni affari e usa il tuo buon senso. Soprattutto riguardo a quando dovresti lasciare spazio al suo.»

Xan alzò gli occhi al cielo. «Perché Father lo rispetta così tanto?»

«Rispetto non è la parola giusta per ciò che Father nutre per Janus.»

«Ammirazione allora.» A Xan si seccò la gola. «Adorazione. Amore. Qualunque cosa sia, non la nutre per me.»

Ray fece schioccare la lingua. «Tu e Janus non siete poi tanto diversi.»

Xan sbuffò. «Se ti riferisci alle sue tresche amorose e ai suoi scandali, sappiamo entrambi che a Father non interessano perché coinvolgono degli Omega.»

Ray rimase in silenzio per un attimo, e Xan si rese conto di ciò che aveva appena ammesso. Trattenne il respiro, mentre il ricevitore gli scivolava contro il palmo, che all'improvviso era diventato umido.

Quando Ray riprese a parlare, la sua voce era gentile e comprensiva. «Xan, come ti ho detto nel mio ufficio, se dipendesse solo da me, non mi importerebbe di chi ami. Ma in quanto portavoce di Father, ho il dovere di dirti che sì, il nostro consiglio direttivo e Father stesso comprendono le pagliacciate di Janus molto più di quanto potrebbero o vorrebbero comprendere le tue azioni. Questo però non significa che Father abbia messo Janus su un piedistallo.»

«No, quello è il trattamento che riserva a te e a Pater.»

«Ti vuole bene, Xan, e vuole che tu impari a guidare l'azienda.» Xan riuscì a figurarsi Ray che si strofinava le dita in mezzo alle sopracciglia, frustrato, mentre tornava a sedersi alla scrivania. «Non discutiamo di nuovo di questo. Odio doverlo difendere con te e poi girarmi e dover difendere te con lui.»

Xan si alzò e si avvicinò di nuovo alla finestra per osservare gli operai. «Trovarsi nel mezzo fa schifo, lo so. Mi dispiace, Ray.»

Come sempre, suo fratello si mostrò disposto a mettere da parte i propri problemi e concentrarsi sui suoi. «Assicurati che la settimana a venire abbia un inizio positivo. Se Janus si comporta in modo inappropriato con Caleb, fammelo sapere e ci penserò io. Sembra quasi che non riesca a trattenersi quando è nei paraggi di un Omega impegnato. Deve per forza sondare i confini della proprietà.»

«Caleb è speciale,» dichiarò Xan con orgoglio. «Non permetterò che si senta molestato nella sua stessa casa.»

«Tutti gli Alpha pensano che i loro Omega siano speciali,» considerò Ray. «E suppongo che lo siano. Ma hai ragione. Nemmeno io voglio che mio cognato venga infastidito. Caleb piace a tutti noi. Ma Father insiste che Janus resti da voi, per il momento.»

«Quanta parte del suo incarico qui consiste nello spiarmi e assicurarsi che mi comporti bene?»

«Suppongo dipenda da te.» Ray sembrava così stanco. Xan

avrebbe voluto dirgli di andare a casa e prendersi un giorno per se stesso, ma sapeva che Ray l'avrebbe ignorato. «Non dare a Janus niente da vedere o riferire, apri la succursale il più in fretta possibile, e ci saranno meno motivi perché prolunghi la sua permanenza.»

Xan ripensò ai documenti che aveva letto durante il viaggio in treno il giorno prima, nei momenti in cui non stava pensando con ansia a Urho, non stava sognando il suo cazzo e non stava irritando Caleb con le sue insicurezze. «Secondo i piani e i resoconti che mi hai mandato, la succursale non sarà pronta e operativa per almeno un paio di mesi.»

Ray scoppiò a ridere. «Mi colpisce davvero che tu abbia letto quello che ti ho inviato. Questo esperimento di Virona sta già dando buoni risultati. Adesso devo lavorare, e tu devi andare in paese a vedere se l'allestimento dell'edificio procede come concordato.»

Xan deglutì con forza. Aveva già dimenticato che Ray gli aveva chiesto di farlo il giorno prima al telefono. Avrebbe dovuto recarsi sul posto di prima mattina, per incontrare gli appaltatori.

Ray tuttavia non lo rimproverò. «Fai il bravo, fratellino. Ci risentiamo presto.»

Xan riattaccò e si alzò velocemente. Avrebbe voluto chiamare Urho e sentire la sua voce rasserenante, ma era già in ritardo di ore per il primo compito che Ray gli aveva assegnato. Con la fortuna che aveva, Janus quella mattina era sparito e non era in casa a infastidire Caleb durante la colazione perché si era recato lì.

Xan uscì di fretta dalla biblioteca, oltrepassò i domestici intenti nel loro lavoro e tornò di sopra in camera sua, a mettersi qualcosa che lo facesse apparire più autorevole. Dato che si sarebbe presentato in ritardo, il minimo che poteva fare era dare l'impressione di fare sul serio.

QUELLA SERA, LE rose riempivano l'aria nella biblioteca di una dolcezza beffarda a cui Urho non poteva sottrarsi. Fissava il ritratto di Riki e, nel mentre, passava le dita sulla struttura liscia e fredda della cornetta del telefono.

La giornata era trascorsa grosso modo come ogni altra prima dell'inizio della follia con Xan, eppure Urho si era sentito fuori posto dall'istante in cui si era alzato dal letto. La distanza tra loro sembrava immensa, e una parte di lui cercava di continuo l'odore di Xan, come un Alpha che cercasse il suo Omega in mezzo a una folla. Non era riuscito a sentirlo.

Era persino passato con la macchina davanti alla casa di Xan, come un Alpha con il mal d'amore che fantasticava su un Omega reticente, e si era ritrovato a inspirare a fondo nel tentativo di captare un residuo del profumo di Xan nell'aria.

Si era quasi aspettato di ricevere una sua telefonata nel corso della giornata, ma non era successo e, dopo essere passato da Jason e Vale, era tornato a casa per starsene seduto in solitudine a rimuginare sui suoi sentimenti.

Si stava comportando in modo ridicolo e lo sapeva. Ma non riusciva a smettere.

Il ricevitore freddo sotto le dita era un richiamo. Rifletté su una cosa che Vale gli aveva detto quel pomeriggio, mentre lui gli misurava la circonferenza del ventre, una volta che era riuscito a controllare la gioia per la notizia che Urho aveva preso Xan come amante, gioia non intaccata dal suo rifiuto di fornirgli ulteriori dettagli. «Se non sei sicuro di questa faccenda, questo è il momento di abbandonare la nave.»

Avrebbe potuto. Poteva nuotare lontano dalla tentazione e mettersi in salvo sulle spiagge delle regole del Sacro Lupo e delle leggi del Paese. Avrebbe potuto guardare quella nave salpare verso l'orizzonte e scomparire. Doveva solo… non fare quella telefonata. Non rispondere se ne fosse arrivata una. Sarebbe stato molto più sicuro. Più sano. Più saggio.

Deglutì con forza e sentì che gli si annodavano le viscere.

Sollevò la cornetta e inoltrò la chiamata.

Quando un domestico rispose all'altro capo del filo, chiese di Xan e attese con gli occhi chiusi.

Si udì il rumore di un altro apparecchio che si connetteva, e subito dopo il primo venne disconnesso. E poi, Xan disse: «Pronto?» La sua voce provocò un senso di beatitudine alle sue orecchie e lo fece rabbrividire.

«Sono Urho. Volevo assicurarmi che foste arrivati senza problemi.»

«Oh! Sei tu!» La gioia di Xan attraversò la linea telefonica e lo raggiunse, dolce come un cucchiaio di oppio sulla lingua. Urho ingoiò quel sapore prezioso, che lo scaldò dentro e fuori.

«Sono io,» confermò.

«Ho passato tutto il giorno a fare riunioni infinite con gli appaltatori che stanno costruendo la sede della nostra succursale e credevo che questa telefonata fosse di mio fratello, per controllare come procede la situazione. Questa è una sorpresa molto più gradita!»

Xan parlava a raffica e la sua voce tradiva una punta di nervosismo. Gli fece desiderare di averlo davanti, mettergli le mani addosso, spingerlo in ginocchio e tappargli la bocca con il suo…

Sacro Lupo, era diventato un depravato.

«Non ero sicuro di quando ti avrei sentito. Sono contento di sentirti adesso. Stasera, insomma. Hai ricevuto le rose? Volevo sorprenderti, ma forse sono state un po' eccessive. Voglio dire, le hai ricevute, vero?»

«Le ho ricevute. Grazie.»

«Certo, figurati. Ne sono felice. Okay, cavolo. Non so bene cosa dire.» Xan sembrava senza fiato, attraverso la cornetta udiva l'eco dei tacchi delle sue scarpe che ticchettavano mentre camminava senza sosta. «Probabilmente dovrei iniziare con qualcosa di semplice, ma ho già fallito. Credo che proverò di nuovo. Tentare non costa nulla, giusto? Dunque, ciao! Com'è andata la giornata?»

Urho ridacchiò e si rilassò contro lo schienale. «Non piacevole come sarebbe stata se avessi potuto vedere te.»

Xan emise un delicato mormorio che risvegliò il cazzo di Urho. «Anche la mia.»

Urho avvertì un afflusso di sangue verso il basso e si premette la mano sullo scroto. «Il treno era comodo?»

«Sì. Ho preso uno scompartimento privato per poter dormire. Caleb ha letto un libro.»

Mentre Urho ascoltava, Xan gli descrisse il viaggio, la casa, che sembrava essa stessa un grande progetto da realizzare, e la sua frustrazione nello scoprire che un certo cugino, chiaramente una spina nel fianco per lui, sarebbe stato loro ospite su ordine del padre.

La voce di Xan si diffuse dentro di lui come filamenti di una gioia nitida, molto simile al piacere. Urho chiuse gli occhi e lasciò che quei fili lo avvolgessero sempre di più, stretti e pungenti. Rabbrividì.

«Non piace nemmeno a Caleb,» concluse Xan, irritato.

Urho si accarezzò la coscia con dita lente, sfiorandosi l'uccello teso. Si era gonfiato mentre ascoltava gli alti e bassi melodiosi della voce di Xan impegnata nelle sue descrizioni vivaci.

«Come mai?» chiese rauco, stuzzicando la punta voluminosa del membro premuto contro i pantaloni. Mosse i fianchi e immaginò Xan ai suoi piedi, a lamentarsi del cugino con la testa posata sul suo ginocchio. Se Xan si fosse *davvero* trovato ai suoi piedi, gli avrebbe accarezzato i capelli, lo avrebbe ascoltato e poi gli avrebbe scopato la bocca così forte che…

Si riscosse di nuovo dai suoi pensieri, i capezzoli induriti sotto la camicia e i testicoli tesi.

«Non lo so con certezza,» fu la risposta di Xan alla sua domanda su Caleb. «Qualcosa che risale ai tempi in cui Caleb è stato mandato per la prima volta alle serate del Philia. Immagino fosse l'anno prima che Janus venisse beccato a fare sesso con un Omega impegnato e Father lo mandasse lontano per "aprire una nuova succursale".» Xan sbuffò. «Che, per la cronaca, è la frase in codice usata in famiglia quando si devono smorzare i pettegolezzi.»

Urho non riusciva a spiegarsi la sua reazione alla voce di Xan. Per quanto potesse intuire, lui non condivideva la sua stessa nostalgia al momento, ma non c'era bisogno che lo facesse. Urho poteva godersi quel momento anche facendo tutto da solo. Si accarezzò piano, tirando il piacere per le lunghe e lasciando che la voce di Xan lo trafiggesse, ancora e ancora.

«A questo proposito, c'è una marea di cose da fare per la succursale. Sono rimasto scioccato dalle condizioni dell'edificio e dall'inettitudine degli appaltatori. Ed è un problema, se sembro saperne di più io sul loro lavoro di loro stessi.»

«La spia cosa ne pensava?» domandò Urho.

«Janus? Non c'era. Non so dove sia sparito, ma ho dovuto trattare con gli appaltatori da solo.»

«Non è quello che volevi?»

«Sì, ma… c'è così tanto da fare. Sembra una lista senza fine. Immagino che un aiuto mi avrebbe fatto comodo.» L'irritazione nella voce di Xan mentre lo ammetteva fece pulsare l'uccello di Urho. Sacro Lupo, quanto avrebbe voluto sentire quel tono di persona, rivolto a lui, sentire il suo Omega dal corpo di Alpha che ammetteva suo malgrado qualche misfatto, e allora Urho avrebbe potuto metterselo sulle ginocchia, come lui stesso gli aveva proposto, e…

«Urho?» lo chiamò Xan. «Va tutto bene? Sei molto silenzioso.»

«Stavo solo pensando a quanto mi piacerebbe essere insieme a te.»

«Sacro Lupo, anche a me.» Quelle parole erano intrise di un tale desiderio che il cazzo di Urho rilasciò un fiotto di liquido. Avrebbe voluto che Xan fosse lì per leccarlo.

Cercò di schiarirsi la mente e dire qualcosa di sensato. «Il risultato finale sembra sempre irraggiungibile, quando ci si trova all'inizio di una nuova impresa. Ma con la tua mente acuta sono sicuro che quella succursale sarà in piedi e operativa prima che tuo padre se l'aspetti.»

«La mia mente acuta? Ah-ah!» Il rumore delle scarpe instancabili di Xan riprese, creando un ritmo che Urho iniziò a seguire, accarezzandosi più velocemente l'uccello intrappolato. «Al massimo ho un'intelligenza nella media e, considerati alcuni miei comportamenti recenti, si potrebbe obiettare che "nella media" sia una stima generosa.»

«Comprendi le persone e hai un cuore audace.» Urho si sforzò di mantenere salda la voce. Il suo battito era ormai rapidissimo e l'uccello gli doleva. «So che porterai a termine con successo questo nuovo incarico che tuo padre ti ha affidato.»

«Lo pensi davvero?» mormorò Xan, e Urho riuscì a immaginare i suoi grandi occhi azzurri che lo guardavano, bisognosi e desiderosi di rassicurazione. Gli si contrassero i testicoli. «Vorrei non essere intrappolato qui. Voglio rivederti.»

«Anch'io.» Urho chiuse gli occhi e reclinò il capo all'indietro; era proprio sul punto di dire a Xan che si era eccitato parlando con lui, quando si udì bussare all'altro capo del filo.

Xan sospirò. «Aspetta un attimo in linea. Sì, Ren?»

Urho ascoltò i mormorii indistinti con frustrazione crescente, poi Xan tornò in linea con la delusione che gli strisciava nella voce. «Sono stato convocato per parlare dei progetti per la casa. Caleb ha parecchio lavoro da fare per renderla adatta ai suoi standard e sistemarla.»

«Allora ti lascio andare. Presto parleremo di nuovo.»

«Quando?»

«Domani.»

«Sì. Richiamami domani.» L'entusiasmo di Xan fece accelerare il battito di Urho. «Sarà la mia ricompensa per aver superato un'altra giornata senza uccidere Janus.»

Chiusero la chiamata senza alcuna dichiarazione o ulteriori promesse, ma Urho si appoggiò all'indietro, soddisfatto che avessero preso un appuntamento per parlare di nuovo.

Scacciato ogni dubbio, tirò fuori l'uccello e lo osservò, ammirandone la spessa lunghezza e la punta luccicante e dalla forma piacevole, che faceva capolino dal prepuzio umido. Poi appoggiò la testa contro lo schienale e chiuse gli occhi.

Con in mente l'immagine di Xan inginocchiato tra le sue gambe, le rosse labbra dischiuse, gli occhi azzurri ardenti e vogliosi, si masturbò in fretta, finché gemette e si bagnò il palmo della mano con un getto abbondante di liquido.

Quando si trattava di Xan, almeno una cosa era sicura: aveva risvegliato del tutto la sua libido. Restava da vedere se avrebbe risvegliato anche il suo cuore.

PARTE SECONDA

CAPITOLO TREDICI

URHO SI ACCIGLIÒ quando premette lo stetoscopio sul petto di Vale. Il battito era leggermente accelerato, ma poteva essere dovuto alla tensione. Sapeva che i parenti acquisiti di Vale gli avevano fatto spesso visita, di recente, e lui iniziava a sentirsi nervoso e sfinito dalle loro attenzioni.

«Va tutto bene?» chiese Jason, il braccio attorno alle spalle del suo Omega e gli occhi incollati al punto in cui lo stetoscopio toccava la pelle di Vale. Erano seduti sul divano nello studio di quest'ultimo, e Urho era inginocchiato davanti a loro.

«Sss, sto ascoltando.» Urho spostò lo stetoscopio sul ventre.

Jason irradiava impazienza.

Urho stesso aveva la pazienza ridotta al minimo, a due mesi e mezzo dal trasferimento di Xan a Virona. A volte, il sesso che aveva fatto con il suo Omega dal corpo di Alpha sembrava così lontano da somigliare a un sogno e, altre volte, soprattutto dopo una telefonata bollente di Xan o una delle sue lettere erotiche, sentiva che sarebbe morto, se non avesse toccato di nuovo la sua pelle o udito i piccoli suoni che emetteva quando veniva.

Jason sbuffò. «È da parecchio che ascolti. C'è un problema?»

Urho lo zittì. In effetti sì, c'era un problema. E quel problema era che la sua mente non faceva che vagare verso Xan.

Si costrinse quindi a concentrarsi a fondo e, dopo aver contato di nuovo i battiti del bambino, sollevò la testa e annuì una sola volta. «Il bambino se la sta cavando bene, ma la pressione sanguigna e il battito cardiaco di Vale sono elevati. È stressato.»

«*Vale* è proprio qui davanti,» disse il diretto interessato con stizza, agitandosi sul divano. Il suo ventre si era gonfiato bene, e bastava un semplice tocco per distinguere i movimenti del piccolo all'interno. Il piccolo sembrava seguire la tempistica che Vale e Jason avevano fornito riguardo al concepimento. «Non mi piace che si parli di me come se non fossi presente. Sono un cazzo di adulto maturo, Sacro Lupo.»

Jason ridacchiò con dolcezza, accarezzando il braccio di Vale in un gesto rassicurante. «Non agitarti. Non fa bene al bambino.»

Vale gli lanciò un'occhiataccia con un'intensità che Urho non aveva mai visto.

Jason deglutì con forza e abbassò lo sguardo. «Ma noi, ovviamente, smetteremo di farlo. Subito. Promesso,» sussurrò.

Vale gemette e si passò una mano sul ventre gonfio, che sembrava muoversi da solo. «È normale che faccia così?» chiese, riferendosi al piccolo. «Mi prende a testate sulle costole e poi preme con i piedi contro la bocca dell'utero.»

«Perfettamente normale.»

«Beh, vorrei che la piantasse!»

Jason gli massaggiò le spalle e gli sussurrò bassi suoni rassicuranti per calmarlo.

«È una preparazione per la vita che vi aspetta,» disse Urho. «Di rado i figli fanno quello che vorremmo. E, stando a quanto ho visto, il loro passaggio all'età adulta non avviene mai senza che i genitori soffrano.»

Vale tirò su con il naso e chiuse gli occhi. «Tutto giusto, ma sono stanco.»

«Posso prescriverti qualcosa di leggero che ti aiuti a riposare.»

«Sì, per favore,» intervenne Jason, ansioso. «Ieri notte è rimasto alzato a camminare avanti e indietro. Niente è riuscito a rilassarlo. Nemmeno il suo solito tè della sera, quello con le erbe che gli fanno venire sonno.»

«A proposito,» intervenne Vale mentre si abbottonava la camicia. «Voglio un po' di tè. Tè diurno. Qualcosa di forte e ben macerato. Jason, me lo porteresti, per favore?»

Jason si alzò, palesemente riluttante ad allontanarsi dal suo fianco ma, come ogni Alpha, disposto a fare qualunque cosa il suo Omega gravido gli chiedesse.

Il campanello suonò.

Vale emise un ringhio e quasi strappò via l'ultimo bottone in un gesto di stizza. «Se sono il tuo Pater e il tuo Father, li uccido entrambi. Mi hai sentito? *Li. Uccido. Entrambi.*»

Jason si chinò e passò le dita sulla barba scura di Vale. «Se sono i miei genitori, dirò loro di andarsene. Te lo prometto,» bisbigliò.

Urho guardò Jason correre via mentre il campanello suonava una seconda volta, poi iniziò a radunare le sue cose. «Mi tolgo dai piedi anch'io.»

«Ormai non passi più a trovarmi, tranne per visitarmi,» si lamentò Vale. Guardò Urho di traverso con i suoi occhi verde bosco, irritato.

«Vengo qui tutti i giorni.» Urho chiuse la borsa e si sedette sul divano accanto a Vale. «Ma posso fermarmi per un po', se vuoi.»

Vale si alzò e prese a camminare avanti e indietro. Sul suo ventre comparve una sporgenza e persino al di sotto della camicia larga Urho riuscì a distinguere il bambino che si girava e scalciava. «Si muove così tanto,» commentò Vale, passandosi una mano sull'addome. «È normale?»

«Meglio ancora: è un buon segno.»

«Non riesco a smettere di mangiare. A volte mangio troppo, non mi ci sta più niente, ma ho ancora fame.»

«Un altro segnale eccellente.»

«E tutti mi irritano a morte.»

«Abbastanza normale,» commentò Urho. «Sei in una situazione di disagio e il peso del bambino ora mette a dura prova il tessuto cicatriziale. Sarebbe sufficiente a rendere intrattabile chiunque.»

Cambiando di colpo argomento, Vale dichiarò: «Jason è adorabile.»

Urho si trattenne dall'alzare gli occhi al cielo. «Te l'ho già sentito dire, sì.»

«Ma mi sta facendo impazzire!» Mentre parlava, Vale gesticolava come un matto. «Mangia questo. Bevi quello. Dormi di più. Lascia che ti massaggi i piedi. Non ti affaticare. Mettiamoci a leggere insieme.» Sbuffò. «Leggere insieme. *Leggere* insieme!»

«Jason prima non leggeva?» chiese Urho, inarcando un sopracciglio.

«No! Ha una memoria fotografica, quindi si limita a sfogliare i libri. No, non legge. A meno che non sia io a leggergli qualcosa.»

«Capisco.»

Vale sembrò interpretare la sua voce come una sorta di giudizio, perché aggiunse, sulla difensiva: «Di solito si dà molto da fare. In giardino, soprattutto. O con il suo microscopio.» Gemette. «Ma adesso mi sta incollato. In più, ha un odore fantastico. L'odore del mio Alpha, sì, ma lo percepisco con forza ancora maggiore.»

«Questo è normale.»

«*Questo* mi rende perennemente eccitato. Perennemente, Urho!»

«Lo so, ma…»

«Niente ma! Essere eccitato di continuo è estenuante. Ora ti dico una cosa. Mi stai ascoltando?»

«Sì.»

«Per quanto possa essere *assurdo*, sono stufo che Jason usi la mano ogni giorno.»

A Urho fremettero le labbra. Vale era adorabile quando era arrabbiato: le guance arrossate al di sopra della barba, gli occhi scintillanti e il respiro accelerato. Urho quasi ricordò perché una volta era stato innamorato di lui. Ma non era stupendo neanche la metà di Xan negli spasimi dell'estasi. «Gli ho detto io di farlo.»

«Lo so. Digli di smetterla.»

Urho sospirò. «Tesoro, è importante che continui ad allungare quel tessuto cicatriziale. Passerai qualche mese faticoso ma, alla fine, avrai un bellissimo bambino e ne sarà valsa la pena.»

«Tutto questo lo so!» esclamò Vale, poi si bloccò nel suo andirivieni. Si girò verso Urho con aria interrogativa. «Aspetta un attimo, però. È il caso che mi chiami ancora così?»

«Come?»

«Tesoro? È il caso che mi chiami con un nomignolo simile?» Vale piegò la testa.

«Se ti dà fastidio, posso…»

«No. A me non importa, ma pensi che a Xan non dispiaccia?»

Urho si accigliò. «Ti chiamo "tesoro" da anni…»

«Non quando Jason è presente.»

Urho fece una risata beffarda. «Perché non nutro desideri di morte.»

«Quindi, quello che c'è fra te e Xan non…» Vale agitò la mano.

«Non comprende i nomignoli?» azzardò Urho.

«No! Non è serio, idiota? Quello che c'è tra voi non è una cosa seria?»

«Non ho idea di *cosa* sia.» Si passò una mano sul viso. «Non l'ho più visto da quando è partito per Virona. Tra i gemelli, te e questa tremenda stagione influenzale, ho avuto a malapena un attimo libero dalla clinica o dal lavoro, figuriamoci una giornata intera. E lui non può venire qui. È "bandito" dalla città, stando a quanto dice. Se non altro, il lavoro nel nuovo ufficio sembra dargli soddisfazione, altrimenti mi preoccuperei.»

«Jason ci parla.»

«Ci parlo anch'io,» ribatté Urho sulla difensiva.

Vale inarcò le sopracciglia e abbassò la voce con aria complice. «Quanto spesso?»

«Tutti i giorni,» ammise Urho. Sentì le guance arrossarsi.

«Capisco. Quindi non è una cosa seria, ma parlate tutti i giorni e ti manca. Chiaro.»

«Non ho detto che non è seria. Ho detto che è complicata.»

«Hai detto di non sapere cosa sia.»

«Oggi sei davvero esasperante!» Urho fece per alzarsi, ma Vale lo prese per le spalle e lo spinse di nuovo sul divano.

«Mi devi raccontare tutto. Adesso.»

«È una storia lunga, ed è stata una lunga giornata.»

Vale alzò gli occhi al cielo. «Sono un povero Omega gravido che è praticamente intrappolato in questa casa per colpa dell'epidemia di influenza e che viene torturato ogni giorno dalle attenzioni dei suoi amorevoli suoceri. *Ti prego*, parla con me.»

Urho gli rivolse un mezzo sorriso di breve durata, poi indicò con lo sguardo l'armadietto dei liquori dall'altra parte della stanza. La verità sarebbe uscita più facilmente con un goccio di bourbon.

«Ti verso un drink se mi racconti come tutto è cominciato.» Vale attraversò la stanza e sollevò la bottiglia in un gesto allettante.

«Ho scoperto che Xan era coinvolto…» Urho si interruppe. Non era compito suo divulgare quell'informazione. «Si trovava in una situazione pericolosa. Così mi sono offerto di scoparlo, come se facessi da surrogato per un Omega.»

Vale sbatté le palpebre e poi soffocò una risata. Dopo aver riempito un bicchiere, si lasciò cadere sul divano accanto a Urho e gli passò il bourbon con un sorrisetto sulle labbra. «Capisco.»

Urho si bagnò la gola con un sorso, prima di proseguire. «Non avevo previsto come sarebbe andata a finire.»

«Oh, lo immagino.» Vale sembrava deliziato.

Urho ruotò le spalle e bevve un altro sorso. «Non mi ero accorto che sarebbe diventato qualcosa…»

«Qualcosa di diverso?»

«Qualcosa di più.»

Il volto di Vale fu attraversato ancora una volta dallo stesso sorriso e l'Omega si appoggiò alla spalliera, una mano posata sul ventre sporgente. «Ah, allora sei ancora l'idiota che conosco e adoro da sempre.»

Urho cercò di spiegare la cosa in un modo che avesse senso per entrambi. «Ho voluto convincermi che ciò che stavo offrendo non fosse diverso dall'aiutare un Omega in calore, ma in realtà non era affatto la stessa cosa.»

«Era proibito,» intervenne Vale. «Il che è molto diverso.»

«Sì, ma...» Ma Urho, a quanto pareva, era arrivato chissà come a provare dei sentimenti per il moccioso. Quello che voleva da Xan non era solo sesso, come accadeva durante la normale attività da surrogato. Non voleva soddisfare le sue voglie animalesche e poi andarsene. Voleva costruire qualcosa di autentico.

«Ma?» lo spronò Vale.

«Mi ricorda Riki.»

«Pensavo che Riki fosse un modello di gentilezza e docilità. Qualcosa che Xan senza dubbio non è.»

«Lo era. No, Xan non è affatto come lui in quel senso.» Urho si grattò la testa e tentò di mettere insieme le parole nel modo giusto. «Intendevo che il modo in cui mi fa sentire mi ricorda Riki. Il modo in cui reagisco al suo odore e in cui voglio...»

Vale si raddrizzò di nuovo. «Sì?»

«Il modo in cui voglio che sia mio.»

«Oh, amico mio,» sussurrò l'Omega, con una mano sulla spalla di Urho. «Immagino che il tuo animo bacchettone e attaccato alle tradizioni sia rimasto scioccato quasi fino alla follia.»

«Continuo a dirti che non sono così bacchettone. E questa situazione dovrebbe dimostrarlo una volta per tutte.» Urho fece un sorriso ironico. L'aborto illegale che aveva praticato a Vale anni prima e la relazione poco tradizionale che avevano condiviso avrebbero dovuto mettere a tacere da tempo le chiacchiere sulla sua sensibilità retrograda. «Ammetto che all'inizio ho perso la testa, in effetti.»

«Dopo che avete…» Vale mimò un gesto indecente.

«No. Prima che gli facessi la mia offerta. Ero in un tale stato… sovraeccitato, spaventato, arrabbiato. Volevo proteggerlo e scuoterlo. Volevo…» Urho lasciò cadere la frase. «Una volta formulata l'idea di fargli da surrogato, tutto è sembrato tornare a posto. Sono riuscito ad accettare la cosa.»

«Beh, hai sempre avuto il complesso dell'eroe,» commentò Vale, in faccia il sorrisetto quasi fastidioso di chi la sapeva lunga. «Penso che metà della tua attrazione per me consistesse in quello.»

«No.» Urho aveva voluto bene a Vale, per ragioni che andavano ben oltre il suo stato di bisogno.

«Oh, forse alla fine il nostro rapporto è diventato più di una dimostrazione di eroismo per te, ma all'inizio mi facevi da surrogato durante i calori perché volevi salvarmi dal rischio di trovarmi di nuovo in pericolo. E poi siamo diventati amanti al di fuori dei calori… e sì, riconosco che quello era un rapporto basato più sull'amicizia e il divertimento che su un malinteso eroismo. Ma è da lì che è iniziata.»

Un rapporto basato su un amore che ormai si era spento.

Ma Urho non avrebbe tirato in ballo quell'aspetto. Si avventurò invece a discutere dell'argomento che lo aveva tormentato negli intervalli tra i sogni a occhi aperti, la nostalgia e le intense telefonate con Xan. «Però è sbagliato che due Alpha si uniscano. Va contro il Sacro Libro e contro la legge.» Prese la mano di Vale nella sua. «Come faccio a conciliare questo dato con il fatto che a me sembra così giusto?»

«Penso che tu sia abbastanza intelligente da conoscere la risposta.» Vale gli rivolse uno sguardo grave. «Le leggi e il Sacro Libro riguardano solo il controllo. Ma il cuore è qualcosa di selvaggio. Non può essere controllato, non importa quanto lo vogliano coloro che sono al potere.»

«È un ostacolo,» considerò Urho. «Non potremo mai stare davvero insieme.»

«In più, c'è Caleb.»

Urho ridacchiò. «Già, Caleb. Che è stranamente tollerante verso tutto questo.»

Vale annuì. «Le relazioni per contratto non sono come quelle tra *Érosgápe*. Sono sicuro che Caleb abbia le sue ragioni per farsi andar bene la situazione.»

Urho piegò la testa. «Tu lo sai.»

«So cosa?»

L'Alpha non disse nulla, e Vale lo guardò con aria innocente. Xan doveva aver confidato qualcosa a Jason, magari il calore fallito, e Jason aveva condiviso quell'informazione con Vale. «Caleb è speciale.»

«Lo ritengo un uomo meraviglioso e penso che Xan sia fortunato ad averlo,» dichiarò Vale, poi si dimenò, infastidito, e si passò una mano sul ventre. «Sacro Lupo, questo bambino! Non si ferma mai.»

«Quando sarà più grande, avrà meno spazio per muoversi. Quindi si calmerà.»

Vale si acciglò, guardandosi l'addome. «Allora andrò nel panico ed esulterò ogni volta che si farà sentire. Così dice Miner.»

Grato che avessero cambiato argomento, Urho chiese: «Miner ti sta stressando parecchio, vero?»

«Lo stanno facendo entrambi. Se potessero, mi metterebbero in una gabbia di vetro e mi darebbero da mangiare solo la frutta e la verdura più fresche, imboccandomi con pinze dorate.»

«Immagine interessante.»

Vale sospirò e si passò di nuovo la mano sul ventre gonfio. «Allora, adesso che hai scoperto le carte, assecondami ancora un po'. Qual è il piano? Come intendi procedere con questa relazione... è questo il termine adatto per quello che c'è tra voi? E come te la stai cavando con una separazione così lunga?»

Urho sospirò a sua volta. «Non ne sono sicuro. Fare progetti è difficile, perché suo cugino Janus, un Alpha che ha la reputazione di sedurre gli Omega impegnati, è stato mandato lì per spiarlo. O almeno così pensa Xan.»

«Oh, lo trovo credibile.» Vale alzò gli occhi al cielo. «Il Father di Xan è un uomo dispotico, da quello che ho visto e sentito.»

«Già. Beh, Xan vorrebbe potersi allontanare da Virona per incontrarci a metà strada, a Montrew, ma è molto impegnato con il lavoro. E lo sono anche io qui. In più, suo padre gli ha vietato di avvicinarsi alla città durante questa epidemia influenzale, e suo cugino è lì per fargli rispettare questo veto.»

«Jason non me l'ha detto. E se andassi tu a trovarlo per qualche giorno?»

«Lui dice che, anche se trovassi il tempo di andarci, non potremmo passare neanche un minuto da soli. Non con suo cugino che lo tiene d'occhio tanto da vicino.»

L'espressione di Vale rivelava quanto trovasse ridicola quell'argomentazione. «Potreste fare in modo di non dare nell'occhio.»

«Forse.» Urho si passò una mano sulla fronte, sforzandosi di riflettere.

«Non fare il codardo,» disse Vale, brusco.

«Cosa?»

«Di sicuro potresti trovare qualcun altro per occuparsi dell'Omega che aspetta i gemelli. E noi potremmo chiamare un altro dottore... solo per un giorno o poco più. Cosa ti frena davvero?»

Urho irrigidì le spalle. L'idea di Vale che veniva seguito da qualsiasi altro dottore... no. Non voleva. Ma la vibrazione del suo corpo, la sensazione di aver ricevuto un colpo allo stomaco, era innegabile. Forse era troppo vigliacco per guardare in faccia ciò che aveva fatto, per mettere alla prova la sua tempra e mantenere il suo impegno verso Xan e Caleb.

Si schiarì la gola. «Il contagio di questa influenza sta raggiungendo proporzioni che mi spaventano. L'Omega in attesa dei gemelli e il suo Alpha hanno deciso che restare in città è troppo rischioso. Si sposteranno verso ovest, a Elinton, per il resto della gravidanza.»

«Perfetto. Quando saranno partiti, potrai andare a nord e stare con Xan.»

«Potrei, ma…»

Jason entrò con un mucchio di lettere e un vassoio di tè. «Era solo il postino, alla porta. Tossiva come un matto, davvero una brutta tosse. Forse dovrebbe starsene a casa.» Fece un cenno del capo verso le buste. «Ad andare in giro con questo freddo, con una tosse come quella, gli verrà un accidente, come direbbe mio padre. E tutto per un mucchio di pubblicità e volantini.»

«Vai a lavarti le mani,» disse Urho, alzandosi in piedi. «E brucia quella posta.»

Jason impallidì e abbassò lo sguardo sulle buste incriminate come se tenesse in mano un'arma mortale. «L'influenza,» sussurrò.

«Fai come ti ho detto,» ordinò Urho.

Jason lasciò di corsa la stanza, e Vale iniziò a torturarsi il labbro inferiore. «Pensi che si ammalerà?»

«Spero di no. Per il tuo bene. Ma il vero pericolo sarebbe se ti ammalassi *tu*.»

Vale annuì. «Ho sentito dire che questa influenza è così brutta che stanno morendo anche persone giovani. La scorsa settimana è successo a un ragazzo più giovane di Jason; era sano e robusto, e di colpo non c'era più.»

«Credo che l'Omega con i gemelli abbia avuto l'idea giusta.» Urho sospirò. Se avesse lasciato la città con Vale e Jason, si sarebbe lasciato alle spalle i suoi doveri verso coloro che abitavano lì, ma avrebbe mantenuto la promessa fatta a Jason di seguire Vale fino alla fine di quella ardua prova. «Potrei ospitarvi nella mia casa di campagna.»

Altre due ore a sud. Ancora più lontano da Xan. Gli fece male il cuore.

Vale sgranò gli occhi e scosse la testa. «No, no.»

Urho sapeva bene perché Vale stesse rifiutando: aveva gestito molti dei suoi calori in quella casa di campagna, e sarebbe stato troppo imbarazzante trovarsi lì tutti insieme. «Che ne dici della casa di Seshwan-By-The-Sea? Quella dei genitori di Jason?»

«Ci andranno per il loro anniversario tra qualche settimana e, per dirla in modo drammatico, al momento preferirei morire che restare ingabbiato in una casa con loro due. Sono tremendi quanto Jason, solo che non li adoro come lui. Miner è iperprotettivo e Yule non fa che infilarmi cibo in bocca. Sai che cucina cose in più ogni sera e le porta qui? E io sono costretto a mangiarle, anche se Jason mi ha già rimpinzato.»

«Non so cosa dire.»

«Io sì! Non vedo l'ora che lascino la città, solo per tirare il fiato.»

Riflettendo tra sé e sé, Urho disse a voce alta: «Virona è a tre ore di treno da qui, verso nord.»

Vale inarcò un sopracciglio e si accarezzò il ventre. «E?»

«E Xan dice sempre che la casa è vuota e che Caleb si sente solo.»

«Non so se Jason sarà d'accordo. A malapena mi permette di lasciare la casa per arrivare a piedi al mercato o…»

«Con questa influenza che gira, voglio che tu smetta all'istante di farlo.»

«Non ci vado da più di una settimana. Sto dando i numeri qui dentro. Il giardino sta morendo, i fiori stanno andando a farsi benedire e io non ho scritto una poesia decente da quando sono in attesa. I bambini risucchiano tutta l'ispirazione? Esistono prove scientifiche? Perché potrei contribuire agli studi.»

Jason rientrò, l'aria stravolta. «Ho bruciato la posta nel camino dell'ingresso e mi sono lavato le mani con acqua bollente. Pensi che basti? Dovrei farmi una doccia?» Fece per voltarsi e andarsene di nuovo. «Mi faccio una doccia!»

«Va bene così,» disse Urho, indicando la poltrona di pelle che un tempo era la sua preferita, quando riusciva a strapparla a Vale. «Siediti. Dobbiamo parlare di questa epidemia influenzale e dei rischi per Vale e per la gravidanza.»

Jason si sedette immediatamente, le pupille dilatate, attento a qualunque suo suggerimento. Era una bella sensazione avere la sua obbedienza almeno per un momento, perché non sempre era stato disposto ad ascoltare Urho.

«Ho dimenticato di rifare il tè di Vale,» mormorò. «Possiamo aspettare finché non glielo porto?»

«Lascia stare, tesoro,» fece Vale con dolcezza. «Ora non mi va più.»

«Ultimamente è molto schizzinoso. È normale?» chiese Jason.

«Abbastanza normale. Adesso ascoltami, per favore. Stavo appunto parlando a Vale dell'influenza di questa stagione. Si sta diffondendo e sta diventando un'epidemia con grande rapidità. Di norma, vorrei trovarmi qui durante il picco, per aiutare chi l'ha contratta, ma il mio primo impegno è la salute di Vale e qualsiasi potenziale conseguenza di questa gravidanza. Non lo lascerò nelle mani di un altro medico.»

Jason annuì, grato.

«Il che mi porta a un suggerimento: credo che dovremmo lasciare la città tutti e tre.»

«E andare dove?» domandò Jason.

«In qualche luogo non ancora raggiunto dall'influenza. Sul mare, magari,» rispose Urho leccandosi le labbra. Sembrava troppo preso dai suoi interessi personali? I due avrebbero intuito quanto disperatamente volesse vedere Xan e mettersi alla prova contro la propria codardia, ora che l'aveva riconosciuta? Tuttavia, non importava. Il consiglio era ragionevole in ogni caso.

«Anche i miei genitori andranno al cottage,» disse Jason, ribadendo quanto detto da Vale. «Vale sopporta a malapena le loro visite serali. Non credo che vorrebbe restare bloccato con loro in…»

«Possiamo andare a casa di Xan, a Virona,» lo interruppe Vale. «Ci ha invitati, no?»

«Beh, sì, per le festività delle Notti d'Autunno, ma abbiamo rifiutato.»

«L'offerta sarà ancora valida, non credi?» insistette Vale. «Anche se le festività sono passate.»

«Sono sicuro di sì,» concordò Jason. «Si lamenta sempre che la casa è enorme, anche se suo cugino sembra lo stesso essere ovunque.»

«A proposito di questo cugino. Urho me ne stava parlando. Non mi hai mai accennato nulla su di lui,» commentò Vale, curioso. «Come mai?»

«È un po' più grande di noi, ma non mi è mai piaciuto.» Jason si strinse nelle spalle. «A parte questo, ho avuto altro per la testa.» Aggrottò le sopracciglia. «Vedere Janus sarebbe un aspetto negativo dell'andare lì ma, se le cose si mettessero male, potremmo sempre affittare un posticino per noi a Virona, per toglierci di torno.»

«Io voglio stare con Caleb,» annunciò Vale all'improvviso, stringendo la mano di Jason. «Quando arriverà il momento del parto, sarebbe bello averlo lì.»

«Non sapevo che fossi tanto legato a Caleb.» Jason gli baciò le nocche.

«Istinto di cova degli Omega,» mormorò Urho. «Traggono conforto dalla presenza di altri Omega, durante il parto. È naturale.»

Vale gli rivolse un'occhiata pungente. «O forse è dettato dalla società. E smettila di parlare di me come se non fossi qui. A ogni modo, se Xan e Caleb ci ospiteranno, allora sì, sono disposto ad andare.»

«Vieni anche tu?» chiese Jason a Urho.

«Ho promesso a entrambi che farò nascere questo bambino, e così sarà. Perciò, se Xan mi vorrà…»

Jason scoppiò a ridere. «Oh, ti vorrà. In tutti i sensi.»

Sentì una vampata risalirgli la gola e incendiargli le orecchie. «Sì, beh, allora vengo anch'io.»

«Credo che ci siamo appena assicurati il nostro invito,» sussurrò Jason all'orecchio di Vale, gli occhi scintillanti.

Urho si schiarì la gola e si guardò le mani. Il cuore gli batteva all'impazzata. Presto avrebbe rivisto Xan. Soffocò l'agitazione che sentiva. Era terrorizzato, ma allo stesso tempo non vedeva l'ora.

«CALEB!» GRIDÒ XAN, superando di corsa le dune mentre scendeva sulla spiaggia. Rischiò di prendere una storta alla caviglia destra sul terreno irregolare, ma si raddrizzò. Il vento freddo che soffiava dall'oceano gli pungeva gli occhi e le guance. «Caleb!»

L'Omega stava in piedi di fronte all'acqua con un cavalletto e una tela. Aveva ripreso a dipingere nell'attesa che l'attrezzatura per le sue stampe arrivasse dalla città. Xan non sapeva perché stessero impiegando così tanto ma, a quanto pareva, il meccanismo di stampa stesso era pesante e necessitava di uno speciale equipaggiamento per essere trasportato. In più, i domestici Beta avevano avuto problemi a imballarlo, perché era molto voluminoso.

Xan si era offerto di comprare a Caleb qualunque cosa gli servisse nel frattempo, ma la proposta era stata accantonata nel trambusto causato dal ridecorare la casa, preparare i festeggiamenti per le Notti d'Autunno, che avevano trascorso lontano dagli amici, ma in compagnia di uomini d'affari del posto con cui non si sentivano a proprio agio, e tenersi lontani da Janus.

«Caleb!» urlò di nuovo Xan, correndo.

Lo strato di pittura che raffigurava il cielo sulla tela era di un azzurro più acceso di quello del cielo sopra di loro, ma brillante nemmeno la metà dell'azzurro degli occhi di Caleb. Il suo Omega si voltò verso di lui, il pennello sollevato e le labbra rosse dischiuse in un'espressione sorpresa.

«Cosa c'è?» gridò, gettando il pennello sulla sabbia e precipitandosi verso Xan. «Che cosa è successo?»

Xan lo sollevò tra le braccia e lo strinse, senza fiato per la gioia. «Verranno qui!» Il cuore gli batteva all'impazzata, scuotendogli il petto, e si sentiva come se fosse in grado di saltare e iniziare a volare con Caleb attaccato a lui.

«Chi?» boccheggiò Caleb.

«Tutti!»

«La tua famiglia?»

«No! Grazie al Sacro Lupo!» rise Xan. «Urho! E anche Jason e Vale! Verranno qui, Caleb! *Lui* verrà qui!»

Si abbracciarono forte, mentre le onde dell'oceano lambivano la spiaggia e i gabbiani stridevano sopra di loro. «Ne sono così felice, mio Alpha,» disse infine Caleb. «Anch'io sono impaziente di vederlo. La tua gioia è anche la mia.»

Xan lo baciò sulla guancia. «Grazie.»

«Se avremo visite, allora ci sarà molto da fare. Dovrò dire a Ren e agli altri di preparare le camere degli ospiti,» rifletté Caleb, che doveva aver già iniziato a stilare nella sua mente una lunga lista di cosa, chi, quando e dove. Si era sentito solo da quando si era allontanato dalla città e dai suoi amici, e in parte Xan si sentiva felice anche per lui.

Caleb si avviò verso la casa, lasciandosi alle spalle tela e cavalletto, così come i colori e i pennelli. Xan pensò di tornare a recuperarli, ma cambiò idea quando Caleb gli gridò da sopra la spalla che avrebbe mandato qualcuno a prenderli più tardi. Era evidente che la mente dell'Omega fosse ormai concentrata su progetti ed eventi futuri, e Xan era pronto a unirsi a lui.

Un'ora e mezza dopo, i domestici Beta si affaccendavano al piano di sopra, aprendo finestre per arieggiare le stanze, mettendo lenzuola pulite sui letti e spolverando in punti che non vedevano un piumino da anni. Caleb era in piedi in mezzo alla sala da pranzo, a prendere le misure del lungo tavolo con la testa piegata e il collo esposto.

Si picchiettò la guancia, assorto. «Ora, come facciamo con i posti a sedere? Ci servono altre sedie. Non avrei dovuto mandarne così tante a rifoderare.» Serrò i denti. «E dovremo tenere il tuo Alpha lontano dal tuo orribile cugino.»

«Adoro quando dici cosacce su di me,» commentò Janus dalla soglia che portava in cucina. Venne avanti tenendo in mano un pezzo di torta di noci come un rozzo contadino di Leitel, le labbra che rilucevano di farcitura al burro. «Fallo ancora.»

Caleb irrigidì la mascella ma non rispose. Si limitò a voltarsi e a uscire dalla stanza.

«Ti ho avvertito,» esclamò Xan, puntando un dito verso Janus, che sollevò la torta come per fare un brindisi e scoppiò a ridere.

«È così sensibile. E di quale Alpha stava parlando, un attimo fa?» Il suo tono ostentava troppa noncuranza.

Con il battito che accelerava, Xan mantenne il discorso su Caleb. «Sai bene quanto me, che lui per te è off-limits. E in ogni caso, è immune al tuo cosiddetto fascino.»

«Davvero? Chissà.» Janus sfoderò un sorrisetto.

«Non penso che potrebbe essere più chiaro.»

«Credimi, non è sempre stato così.»

«Scusami?»

«Mi hai sentito.» Janus addentò un altro pezzo di dolce. «C'è stato un tempo in cui Caleb mi considerava un bocconcino prelibato.»

Xan lo fissò, cercando di interpretare le sue parole. «Vi conoscevate? Al di fuori dei ricevimenti del Philia?»

«Eravamo amici intimi,» dichiarò Janus con un'aria soddisfatta che Xan odiava. «Non te l'ha detto? In tutti questi mesi trascorsi qui insieme? Perché nascondertelo? Forse prova ancora qualcosa per me, dopo tutto questo tempo.»

«Stai mentendo.»

«Chiedi a lui.»

Xan serrò le mani a pugno e si avvicinò a Janus, una rabbia furiosa che gli accendeva le viscere come un vulcano.

«I duelli sono contro la legge,» disse Janus con una mezza risata. «Ma potremmo fare una scazzottata qui in sala da pranzo. A chi sanguina per primo o fino alla morte?»

«Morte,» mormorò Xan, il cuore che batteva in tonfi sordi. Arrivò abbastanza vicino da sentire il profumo di rosa annacquata che Janus si era applicato dietro le orecchie. Gli diede la nausea. «Avanti.»

Janus si limitò a restare fermo con la sua torta di noci, sorridendo come se avesse il coltello dalla parte del manico.

«Fermi!» intervenne di nuovo la voce di Caleb. «Niente zuffe e nemmeno duelli. Non ne vale la pena, Xan.»

«Chi dice che non vincerei?»

«Io,» rise Janus.

Caleb si fece bianco come un lenzuolo e avanzò verso di lui, gli prese il dolce di mano e glielo schiacciò in faccia, spalmandogli il miscuglio di burro e sciroppo sulle guance arrossate e fin sui capelli.

Janus sussultò a occhi sgranati. «Cosa... ma perché... e...»

Caleb gli diede un calcio sullo stinco. Forte. Poi una gomitata sulla nuca, che lo fece cadere a terra.

«Non insultare mai più il mio Alpha,» sibilò. «O ti ucciderò nel sonno, razza di pietoso, borioso, manipolatore, bugiardo, egocentrico *coglione*!»

Xan sbatté le palpebre, scioccato, alla vista del suo Omega che girava di nuovo sui tacchi e lasciava a grandi passi la stanza. Janus si alzò da terra a fatica, tenendosi lo stinco, la faccia imbrattata di torta. Si sedette sulle natiche, e osservò con espressione attonita Caleb che si allontanava, la poltiglia appiccicosa che gli colava sugli occhi. «Cavolo. Forse è davvero immune al mio fascino, dopotutto.»

«Tu credi?»

«Digli che mi dispiace.»

Xan fu sul punto di ordinare a Janus di andare a scusarsi con Caleb di persona e in ginocchio, ma si trattenne per evitare che il cugino irritasse ancora di più il suo Omega.

Janus sbuffò e disse con sorprendente sincerità: «Non volevo offenderlo, Xan, lo giuro. Credevo che, dati i nostri trascorsi, avrebbe preso i miei commenti per come li intendevo io, ma immagino che porti ancora rancore.» Si alzò lentamente in piedi e si passò la mano sul viso, raccogliendo un po' di torta ridotta in poltiglia, per poi infilarsi le dita in bocca. «Deliziosa.»

«Sparisci dalla mia vista.»

Janus alzò gli occhi al cielo, ma poi sembrò ricordarsi che stava parlando con l'Alpha, alquanto indispettito, dell'Omega che gli aveva appena fatto abbassare la cresta in modo brutale. Chinò la testa. «Non farne parola con tuo padre, va bene? Dammi la possibilità di rimediare con Caleb.»

«È l'unica cosa di cui ti importa? Mio padre?» Xan non sapeva nemmeno se suo padre gli avrebbe creduto, se avesse fatto la spia su Janus. Tuttavia, una chiamata di Caleb avrebbe risolto il problema. Si masticò l'interno della guancia, cercando di respirare e calmare l'impulso di dare un pugno in faccia al cugino.

«Non è l'unica cosa di cui mi importa, certo che no.» I grandi occhi di Janus offrirono una prova convincente del suo rimorso. «Davvero, mi dispiace. Per oggi e per qualsiasi cosa abbia detto, da quando è arrivato qui, che lo abbia ferito.» Janus esitò e abbassò lo sguardo sul tappeto. «E, soprattutto, per quello che è successo in passato. Riferiscigli che ho detto questo e che sono serio, va bene?»

Xan digrignò i denti e provò a immaginare cosa avrebbe detto suo padre, se gli avesse telefonato dicendogli: "Ho spaccato la testa a Janus con un candelabro in mezzo alla sala da pranzo perché ha flirtato con Caleb." Si schiarì la gola e puntò un dito verso il cugino. «Ti serva di lezione. Non infastidire più Caleb, non darmi alcuna ragione per fartela pagare. Non parlare di qualsiasi cosa sia successa in passato. Non metterlo mai di cattivo umore, nemmeno per un secondo. Hai capito?»

«Sì.»

«Bene.» Xan girò sui tacchi con il sangue che ribolliva e il desiderio rabbioso e scalpitante di spedire il cugino nell'oltretomba del Sacro Lupo che ancora gli stringeva le viscere. Si diresse invece al piano di sopra, in cerca di Caleb e di risposte.

Lo trovò in camera sua, con le finestre aperte che lasciavano entrare l'aria gelida dell'oceano. Se ne stava in piedi rivolto verso l'esterno, le spalle che tremavano e le mani che stringevano il davanzale.

«Avrei dovuto dirtelo il primo giorno,» mormorò, affranto.

Xan non disse nulla, preferendo tenere la bocca chiusa invece di cedere alla sua solita loquacità. Si sedette sul letto di Caleb, che sembrava molto più soffice dell'ultima volta, e la morbidezza dei cuscini e delle coperte lo cullò. Si tirò una coperta sulle spalle per tenere a bada i brividi.

Attese.

Fuori dalla finestra, il cielo era disseminato di nuvole, il sole al tramonto brillava sull'acqua e il dondolio delle onde si levava come un sussurro rassicurante. Xan sentì la rabbia scivolare via e continuò ad aspettare, pervaso da una pazienza quasi sovrumana. Attese tutto il tempo necessario perché Caleb gli parlasse.

Alla fine, Caleb voltò le spalle allo scenario esterno.

«Lo amavo,» disse mentre si muoveva piano verso Xan. Gli prese la mano. «Un amore platonico, ovvio. Come sempre. Un amore fraterno. Ma non profondo come quello che provo per te.»

«Va bene.»

«Ma, a quei tempi, pensavo di poter arrivare a provare qualcosa di altrettanto profondo per lui.»

Xan lo attirò sul materasso e lo strinse a sé, poi entrambi si distesero sotto le coperte. Caleb tremava contro di lui, infreddolito a causa delle finestre aperte e chiaramente scosso da emozioni passate.

«Fu umiliante,» sussurrò. «Visto che lui non ne ha fatto parola subito dopo il nostro arrivo, ho deciso di fingere che non fosse mai successo. Pensavo che magari Janus sarebbe stato disposto a reggermi il gioco. Ma poi ho capito che voleva solo usare il nostro passato per tormentarmi di continuo e mascherare le sue crudeltà da semplici civetterie.»

Xan pensò di riferirgli le scuse e le rassicurazioni di Janus, ma si trattenne, colto da un attimo di lucidità surreale: doveva prima dare a Caleb lo spazio per condividere il suo racconto e i suoi sentimenti.

«Non lo amavo nel modo in cui amo te,» ripeté Caleb.

«Va bene,» ripeté Xan in tono sommesso. L'Alpha dentro di lui avrebbe voluto avvolgere Caleb e ricoprirlo del suo odore, rivendicare la propria egemonia su di lui fino a far colare gocce di liquido lubrificante dalla sua fessura. Sapeva anche che non sarebbe mai successo. Caleb produceva liquido solo durante il calore, e mai in risposta a un'altra persona. Non provava attrazione.

E in ogni caso, Xan non era attratto da lui. Ma qualunque fosse l'istinto che avvertiva, a dispetto delle sue tante mancanze, gli faceva desiderare di confortare Caleb come avrebbe fatto un Alpha. Gli venne quasi da ridere di se stesso, ma avrebbe solo peggiorato di molto le cose. Inoltre, chi era lui per giudicare le passate relazioni di Caleb? Dopo le atrocità del suo rapporto con Monhundy?

«Sapevo che era tuo cugino, quando abbiamo siglato il contratto. Avevo intenzione di dirti di lui all'epoca, ma non partecipava mai alle cene di famiglia. La cosa mi rendeva felice e ho voluto convincermi che le vostre famiglie non fossero intime. Così, quando hai iniziato a tornare a casa dall'ufficio, lamentandoti che Janus sarebbe tornato da una sorta di esilio per leccare il sedere a tuo padre, mi sono sentito inorridito. E poi...» A Caleb si spezzò la voce. «È difficile.»

«Sono qui.»

«Mi dispiace tanto, Xan.»

«Va tutto bene.»

«Non è vero. Perché, quando tuo padre ha detto che non saremmo più andati a nessuna cena di famiglia, ero sollevato. Non volevo rivederlo.»

Mettendo da parte il senso di tradimento, Xan continuò il discorso. «Ti ha fatto del male? Janus?»

«Non fisicamente. E, a essere onesti, se sono rimasto ferito è stato per colpa mia. Lui non ha mai finto di essere niente di diverso da ciò che era, e che a quanto pare è ancora.» Caleb sospirò e si rannicchiò più vicino, annusando il collo di Xan in cerca di conforto.

Xan gli passò una mano su e giù lungo la schiena. «Puoi dirmelo. Non mi arrabbierò.» *Con te.* Riguardo a Janus, beh, non poteva prometterlo.

«L'ho conosciuto a una serata del Philia. Mi ha visto mentre mi nascondevo in un angolo, come ha detto lui. Era il secondo anno che partecipavo a quegli eventi, e i miei genitori erano decisi a trovarmi un Alpha. A Janus non sembrava importare della dipendenza di mio padre o della perdita del nostro patrimonio. Era divertente e chiacchierava tanto. Gli è bastato starmi intorno e rifiutarsi di andarsene, per attirarmi a sé.»

«Se ricordo bene, ho usato una tattica simile.»

«Sì. Ma, a differenza di Janus, tu hai un buon cuore.» Caleb baciò Xan sul petto e poi strofinò la guancia sulla sua camicia. «Ho lasciato che si avvicinasse a me. Ridevo alle sue battute. Gli permettevo di telefonarmi a casa e rispondevo alle sue chiamate. E sebbene non mi sentissi attratto da lui, come da nessuno, provavo calore e speranza. Provavo *qualcosa*. E quella sensazione mi ha spinto a pensare di potergli dire la verità.»

Xan raggelò. «Sa di te?»

«Un giorno ha accennato al fatto che avrebbe voluto stringere un contratto. Non era una vera proposta, ma era un altro passo in quella direzione. Quella sera sono andato a letto e ho provato a immaginare di lasciare che mi toccasse, che mi baciasse... che mi scopasse.»

Xan gli posò un bacio sui capelli. Sentiva una stretta al cuore.

«Non era una cosa che desideravo. Però volevo... Ricordati che non ti conoscevo, non sapevo che avrei incontrato te e che avremmo potuto avere una bella vita insieme.»

«Va tutto bene,» lo rassicurò Xan. «Sai che anch'io ho avuto esperienze con altri, in passato. Ho provato sentimenti per altri uomini, e li provo ancora.» In quel momento, Urho gli mancava in modo terribile. Avrebbe voluto potersi gettare tra le sue braccia e ricevere conforto. Ma no, Caleb era suo amico, la sua famiglia, e lui doveva essere forte.

«Ho immaginato un futuro con lui. Una casa, degli amici, una vita. Avevo già avuto un calore, a quel punto, quindi sapevo che avrei desiderato fare sesso in quei momenti. Ma l'idea di stare con lui al di fuori dei calori era orribile.» Caleb rabbrividì come ogni volta che pensava all'idea di avere rapporti sessuali con qualcuno. «Eppure, avevo una speranza.»

«La speranza che ti amasse per quello che sei. O che un giorno avrebbe potuto farlo.» Xan lo sapeva. Ci era passato lui stesso. Sacro Lupo, stava di nuovo provando quella sensazione con Urho.

Avrebbe potuto davvero amarlo? O il loro legame sarebbe stato solo fisico? Allontanò quelle domande dalla mente e tornò a concentrarsi su Caleb.

«Sì. Ero sicuro che sarei rimasto da solo per sempre. Ho voluto credere che tutte le cose che mi aveva detto fossero vere: che per lui ero l'Omega perfetto a cui legarsi, che ero l'uomo più bello che avesse mai visto e che mi adorava. Così, quando è tornato da me la settimana dopo, l'ho portato nel giardino di Pater e gli ho detto la verità.» La voce di Caleb si bloccò.

«Ti ha rifiutato.»

«Sul momento è stato abbastanza gentile. Ma, sì, ha detto che non era il tipo di vita che era disposto ad avere. Non mi ha mai più chiamato e non è più venuto a trovarmi. È stato umiliante. Lo vedevo ai ricevimenti del Philia e lui mi ignorava. Mi trattava come se non fossi nulla. Nessuno.»

«Mi dispiace tanto.»

«Poi ha lasciato la città per molto tempo, e ho pensato che non l'avrei più visto. Finché ho incontrato te. Sapevo che era tuo cugino, ma non veniva mai nominato durante le nostre conversazioni e, quando ho conosciuto la tua famiglia, non si è parlato di lui. Ho sperato che l'avrei visto solo una volta ogni tanto, agli eventi di famiglia più allargati, possibilmente dopo che io e te avessimo generato diversi splendidi bambini che avrei potuto sfoggiare davanti a lui. E ho sperato che avrebbe creduto che, almeno con te, non soffrissi di questo strano disturbo.»

«Non è un disturbo. È solo quello che sei, Caleb. Non siamo tutti uguali.»

«Sappiamo entrambi che, in questo mondo, non è così. Abbiamo entrambi un disturbo... tu hai desideri proibiti e io l'inaccettabile assenza di qualunque desiderio.»

Xan pensò al cugino con la torta spalmata in faccia, alla sua espressione confusa e inebetita mentre Caleb si allontanava. «Avresti dovuto vederlo,» disse, senza riuscire a trattenere una risatina. «Aveva un aspetto così ridicolo. E ha cercato di darsi un tono, ma era chiaro che l'avessi rimesso al suo posto.»

«Non gli avrei permesso di toccarti con un dito,» dichiarò Caleb con asprezza.

«Sarei stato capace di difendermi.»

Caleb rispose con un borbottio evasivo.

«Pensi che avrei perso?»

«Penso che tu sia coraggioso. E poco lungimirante, come la maggior parte degli Alpha. Janus ha diversi anni e parecchi chili più di te. Non ricordo l'ultima volta che hai fatto esercizio fisico, oltre a giocare a palla con Jason ogni tanto. È un mistero come tu riesca a mantenerti così in forma.»

«Sono stato addestrato al combattimento.»

«Tecniche arrugginite risalenti alla Mont Nessadare. Prova a metterle a confronto con tuo cugino, che corre sulla spiaggia ogni mattina, fa sollevamento pesi nella palestra locale e si cimenta in incontri di lotta nei fine settimana al circolo per gentiluomini. Avevo le mie ragioni per preoccuparmi. Ma sapevo anche che non avrebbe mai colpito un Omega e che avevo il vantaggio della sorpresa.»

«Come sai tutte queste cose su di lui?»

«Se ne vanta, tesoro. Non lo ascolti?»

«Quando non siamo al lavoro cerco di ignorarlo.» Xan non aggiunse che la sua mente, di solito, era occupata a pensare a Urho e a esaminare qualsiasi conversazione avessero avuto di recente.

Era in grado di mantenersi impegnato per ore in quell'attività: pensare alla risata di Urho, o alla piccola sfumatura roca che la sua voce assumeva quando era eccitato, o a quella volta in cui si era sentito abbastanza al sicuro da masturbarsi con lui al telefono, e Urho aveva pronunciato il suo nome con un gemito quando era venuto. Quella era stata una conversazione davvero meravigliosa, e

Xan ne aveva tratto una gran quantità di fantasie su cui aveva viaggiato per quasi una settimana e mezza.

«Giusto stamattina, a colazione, Janus ha suggerito che questo fine settimana potresti andare con lui al circolo, per conoscere gli Alpha più illustri e i loro Omega. Ha detto qualcosa su un nuovo membro del club e su un imminente incontro su cui vale la pena scommettere.»

Xan fece un verso di scherno.

«Non che non mi costi avvalorare un qualunque suggerimento di tuo cugino, ma forse dovresti considerare l'idea di andare al club con lui. È lì che conoscerai il genere di uomini che tuo padre ammira, e magari li trasformerai in futuri clienti per l'azienda.»

Xan arricciò il naso. «Stare in sua compagnia è una punizione di per sé, ma presto Urho sarà qui, e lasciarlo per andare con Janus in qualche circolo orrendo, soprattutto considerato che quello sarà l'unico momento in cui potrò essere sicuro che sarà fuori di casa e non a fare la spia per Father, mi sembra troppo crudele.»

Caleb si sollevò su un gomito, lo sguardo su di lui. «Urho si fermerà qui per un po', e non c'è ragione perché tu non possa portarlo con te. Il club non è lontano da casa e di certo lui non resterà prigioniero qui dentro, in attesa che nasca il bambino di Vale e Jason.»

Xan rise. «Suppongo che tu abbia ragione.»

«E non devi andarci per forza con Janus. Potresti andarci quando ti è comodo. Sto solo dicendo che Janus sta stringendo legami in paese, mentre tu passi le serate qui al telefono con Urho, oppure oziando in camera mia mentre pensi a Urho, o camminando sulla spiaggia mentre sogni Urho, o...»

«Va bene, va bene! Ho afferrato!» ridacchiò Xan. «Ovviamente hai ragione. Come sempre.»

«Ora, riguardo a Janus...» Caleb si sistemò i capelli dietro le orecchie e prese a tormentarsi il labbro inferiore.

«Chiamerò Father e gli dirò che Janus non può restare qui. Che hai dei trascorsi con lui e che per te è troppo doloroso…»

«No. Non voglio che lo sappia nessuno. Deve restare tra noi.»

«E sia. Ma renderà più difficile spiegare a Father il motivo per cui Janus ti disturba. Posso dirgli che flirta con te, ma poi lui si chiederà perché non sistemo la cosa di persona. Tirerà in ballo i miei fallimenti come Alpha e finiremmo con le solite, penose recriminazioni, io che sono un'orribile delusione e lui un incubo, e tu sarai ancora incastrato qui con Janus a ricordarti cose che preferiresti dimenticare.»

«Penso che la soluzione sia che io lasci da parte il mio ego ferito. Se Janus vuole flirtare con me, perché la cosa dovrebbe turbarmi? Non significa nulla nello schema delle nostre vite. Ormai sono passati anni da quando mi ha umiliato, sono felice con te, stiamo pianificando un futuro e sono prossimo a un calore che ha tutti i motivi per rivelarsi un successo. Sono impaziente di iniziare a creare la nostra famiglia. Perché le sue frecciate e le sue provocazioni dovrebbero colpirmi così tanto? Sono determinato a non lasciare più che lo facciano.»

«Forse tieni ancora a lui,» azzardò Xan con cautela, sia per il bene di Caleb, sia per essere certo che la sua reazione da Alpha possessivo non impedisse a una possibile verità di emergere.

«No. È bellissimo, e anni fa lo trovavo divertente, ma ora è rimasto solo il dolore. Mi ha visto in un momento in cui ero molto vulnerabile e, ogni volta che mi guarda, voglio mostrargli che adesso sono forte. Che non sono quel ragazzo che ha lasciato in lacrime in giardino.»

«Sei di certo un uomo migliore di lui. Stupendo, forte, determinato, leale e tanto altro. È stato lui a perderci. E io sono stato molto fortunato.»

Caleb si accoccolò di nuovo su di lui, lo baciò sul petto e gli annusò il collo. «Lo siamo stati entrambi. Tu mi ami per quello che sono, e anch'io amo te. Più di quanto immagini. L'amore non deve per forza essere romantico per avere valore. Noi siamo una famiglia e non importa cosa pensi chiunque altro. Perciò, mio Alpha, impegniamoci entrambi a non permettere più a Janus di irritarci.»

La luna nascente, che brillava attraverso le finestre, accarezzò la stanza con la sua luce. Per una volta, Xan si concesse di addormentarsi nel letto di Caleb, tenendo il suo Omega tra le braccia e traendo conforto dalla sua dolce presenza.

CAPITOLO QUATTORDICI

URHO SI GETTÒ un'occhiata alle spalle, verso il sedile posteriore dove si trovavano Jason e Vale. Le strade che partivano dalla stazione ferroviaria di Virona non erano asfaltate, e tutti gli occupanti del veicolo continuavano a sobbalzare a causa delle buche. Il loro autista, un anziano Beta, non sembrava disturbato dalla cosa, a cui era ovviamente abituato.

«Avremmo dovuto dirgli quando saremmo arrivati,» disse Vale. «Non sarà contento quando ci presenteremo lì all'improvviso.»

«A Xan non importerà,» dichiarò Urho. «Sarà solo felice di vederci.» *Soprattutto di vedere me. Spero.* Mentre si avvicinavano alla meta, insicurezze assurde avevano preso ad assillarlo.

«Non intendevo Xan. Parlavo di Caleb. In quanto Omega, supervisiona lui la casa. Si troverà in imbarazzo se non sarà tutto pronto per noi quando arriveremo.»

«Sanno che saremo lì in giornata,» lo rassicurò Jason. «E abbiamo provato a telefonare, ma le linee erano occupate.»

Vale si dimenò sul sedile, il ventre che deformava la linea dei suoi vestiti. Urho sorrise nel vedere Jason posargli una mano sul pancione che sussultava, le labbra sollevate in un sorriso felice. «Come è andato il viaggio per lui?» chiese. «Adesso si sta muovendo, ma mi è sembrato tremendamente calmo oggi.»

«Penso che il dondolio del treno l'abbia fatto addormentare,» rispose Vale, posando la mano su quella di Jason. «E adesso queste buche l'hanno svegliato.» Si agitò con un sibilo. «Non starmi sulla vescica,» borbottò in tono cupo, rivolto al suo ventre. «Sarà meglio che tu sia carino, quando uscirai da lì.»

Jason scoppiò a ridere nello stesso momento in cui Zephyr emise un verso acuto dal trasportino ai loro piedi. Vale aveva insistito per portarla con loro, anziché mandarla in un gattile. Urho tornò a voltarsi verso la strada, facendo un cenno all'autista e ripensando agli occhi verdi di Vale pieni di lacrime. "Non posso lasciarla per tre mesi!" aveva singhiozzato, e Jason aveva ceduto all'istante e aveva sistemato Zephyr in una borsa da viaggio, affronto per cui aveva subito solo una mezza dozzina di graffi e un singolo morso.

«Il posto è questo,» disse l'autista, superando i cancelli per risalire il viale che portava a una stupenda, immensa casa sulla cima della collina. La facciata era scolorita, ma fiori invernali appena piantati rallegravano la magione dall'aspetto altrimenti tetro.

«La tenuta Lofton,» annunciò l'uomo mentre fermava la macchina, per poi sputare un po' di tabacco in un bicchierino che teneva tra le cosce a quello scopo. «Hanno dei domestici che vi aiuteranno con i bagagli. Quindi, se volete pagare adesso…»

Urho prese la cifra corretta dal portafoglio e vi aggiunse una mancia generosa. Non sarebbe stato un male fare una buona impressione sulla gente del posto fin dall'inizio della sua permanenza. «Questo è per aver evitato le buche quando possibile.»

«Avevo un Omega in dolce attesa a bordo,» disse l'uomo con un sorrisetto. «Non potevo far succedere niente di male a quel piccoletto.»

Vale gemette mentre Jason lo aiutava a uscire dall'auto. Urho rimase indietro a fissare la casa e a cercare di collocarla nei racconti frammentari che Xan gli aveva fatto al telefono da quando era arrivato lì. Le dune digradanti sul retro, insieme al mare che spazzava la sabbia con onde grigio-verdi ornate di bianco, avevano giocato un ruolo in molte delle chiacchiere di Xan riguardo alle passeggiate con Caleb o al tempo trascorso in solitudine; ma le finestre sulla facciata dell'edificio non lasciavano intuire nulla di ciò che si celava dall'altra parte.

Urho e l'autista presero le valigie dal bagagliaio e le posarono accanto alla macchina. Urho strinse la mano all'uomo, che se ne andò proprio mentre la porta principale veniva aperta; un domestico Beta venne spinto di lato da Xan, che schizzò fuori con i riccioli scuri ben pettinati e un completo informale e alla moda che gli calzava a pennello.

«Siete arrivati!» esclamò, per poi gettarsi tra le braccia di Urho e stringerlo come se fossero fratelli perduti da tempo. Urho piegò la testa per inalare il suo odore unico. Fu avvolto da una sensazione di pace e calore, ma poi Xan si staccò da lui e si girò ad abbracciare Jason e, con molta attenzione, Vale. Urho dovette serrare i pugni per impedirsi di afferrarlo e riportarlo tra le sue braccia.

«Sei enorme!» disse Xan a Vale, con gli occhi sgranati. «C'è un solo bambino lì dentro, vero?»

Vale assottigliò lo sguardo e Xan scoppiò a ridere. «Scherzo. Hai un aspetto fantastico. Hai fame? Caleb ti ha messo da parte un pranzo abbondante, e un sacco di altre opzioni, come prodotti freschi delle regioni meridionali, se preferisci qualcosa di leggero.»

Si voltò verso la casa e sorrise in direzione della soglia dove si trovava Caleb, a piedi nudi eppure con un aspetto regale, la testa bionda tenuta alta e un sorriso di benvenuto sul volto. Incontrò lo sguardo di Urho con un calore che sciolse ogni dubbio e ogni residuo senso di colpa per la sua relazione con Xan.

Ren, il domestico che Xan aveva quasi buttato a terra, iniziò a portare dentro i bagagli, aiutato da un secondo Beta. Urho rispose con un distratto cenno del capo, quando Ren gli spiegò: «Porto le valigie di sopra, nelle vostre rispettive camere, signore. Se dovesse esserci qualche errore, potremo sistemarlo dopo. Le vostre stanze si trovano nella stessa ala.»

Jason scompigliò i capelli di Xan e i due presero a lottare giocosamente nel cortile anteriore, sollevando un mucchio di polvere e ridendo come cuccioli. Stavano quasi arrivando a una vera lotta, quando Vale mormorò: «Tesoro, sono stanco.» Jason scattò subito sull'attenti e anche Xan si dimostrò sollecito, come qualsiasi Alpha in presenza di un Omega gravido.

«Entriamo in casa.» Jason prese il trasportino di Zephyr e Xan esclamò ad alta voce: «Caleb, Vale è stanco.»

Caleb avvolse le spalle di Vale con un braccio nell'attimo stesso in cui raggiunsero la porta. «Oh, tesoro. Vieni a stenderti, ti porto un cuscino caldo per la schiena. Vuoi un po' di frutta e formaggio? O preferisci della zuppa e un sandwich? Abbiamo anche pollo, patate e...»

«Zuppa e sandwich, per favore.» Vale posò la testa scura contro quella bionda di Caleb. «Sono così felice che tu sia qui.»

«È lo stesso per me,» rispose Caleb. «Sono certo che avremo modo di approfondire la nostra amicizia.»

Urho sentì che Xan gli toccava timidamente la mano, e la sua attenzione tornò a rivolgersi al ragazzo accanto a lui. O al giovane uomo. C'era qualcosa nel suo viso che lo faceva apparire un po' più maturo rispetto all'ultima volta che si erano visti. Più deciso, forse. Urho non sapeva cosa significasse, ma gli avvolse le spalle con un braccio e mormorò: «Quanto dobbiamo stare attenti? Tuo cugino è in casa?»

Xan sorrise e gli scivolò più vicino. «Ora è al circolo. Ren e i suoi non parleranno. Siamo abbastanza al sicuro.»

Jason si chinò ad aprire il trasportino sulla soglia, e Zephyr schizzò fuori come un fulmine. «La lettiera è lì,» disse Jason a Ren, indicando il punto in cui si trovava, insieme al resto dei bagagli. «Dove dovremmo metterla? In camera nostra?»

Ren chiamò un giovane Beta. «Fai una corsa in paese a cercare qualche altra lettiera e un po' di sabbietta in più.» Poi si rivolse a Jason. «La casa è piuttosto grande, signor Sabel. È meglio offrire al gatto diverse opzioni.»

«Grazie mille. Lo apprezziamo molto. È una gatta tranquilla, ve lo assicuro.»

«Ma non cercate di accarezzarla,» gli fece eco Urho.

Jason fece una smorfia. «Ehm, già. Probabilmente è meglio che non ci proviate.»

Ren gli sorrise, e Jason gli mise in mano un po' di denaro per il disturbo extra.

Urho tenne il braccio attorno a Xan mentre oltrepassavano la soglia. Una volta che gli altri furono spariti nel tinello, Xan lo trascinò in biblioteca e poi ancora più all'interno, in un piccolo ufficio adiacente. Si chiuse la porta alle spalle.

«Ciao,» disse, con un sorriso che gli riempiva il volto. «Non riesco a credere che tu sia davvero qui.»

Urho gli toccò la guancia, ne accarezzò la curva morbida e la linea dove la pelle diventava più liscia sotto le sue dita per l'azione del rasoio. «Ammetto di non sapere bene cosa dire. Non ho pensato quasi ad altro che a quando sarei stato di nuovo con te, e ora…»

Xan si avvicinò. «Potresti baciarmi.»

Urho gli prese il mento e lo attirò a sé, gli avvolse la schiena in un gesto deciso e catturò la sua bocca con prepotenza. Xan si sciolse contro di lui, il corpo che si abbandonava, morbido, tra le sue braccia. «Oh,» gemette quando Urho lo lasciò andare, sbattendo le palpebre sugli occhi azzurri dall'espressione annebbiata. «Oh.»

Urho aveva il cazzo premuto sul suo addome e glielo strofinò contro, guardando Xan reagire alla sua durezza. Era bellissimo osservare il modo in cui le sue guance si accendevano, le pupille si dilatavano e il respiro accelerava, e l'odore di eccitazione che saturava i sensi di Alpha di Urho era paradisiaco. La sua bocca si riempì di saliva e un impulso irrefrenabile lo travolse.

«In ginocchio,» mormorò, aiutando Xan a sistemarsi quando le sue gambe si piegarono al suono di quelle parole. «Così.» Xan portò le mani sui suoi pantaloni, ma Urho le allontanò con un colpetto.

«Non ancora. Guardami.»

Xan lasciò andare le braccia lungo i fianchi e obbedì, il battito ben visibile sulla gola. Si leccò le labbra rosse e le dischiuse con una tale espressione affamata negli occhi, che gli fece contrarre l'uccello. Urho si aprì i pantaloni per evitare di imbrattarsi la biancheria, lasciando la propria intimità esposta all'aria fredda della stanzetta.

Xan gemette piano e strinse la mano sul proprio sesso con dita tremanti. Si tese in avanti, la bocca aperta e la lingua in fuori.

«Non ancora,» ripeté Urho, premendo l'erezione contro la sua guancia e bagnandogli la pelle con qualche goccia di seme. Sentiva il cuore sul punto di scoppiare alla vista che aveva davanti. «Hai mantenuto la tua promessa?»

«Sì!»

«La tua bocca, il tuo culo...?»

«Sono tuoi.»

Le palle di Urho si contrassero e lui si accarezzò, contemplando l'assoluta bellezza di Xan, in ginocchio, con gli occhi sgranati e pieni di bisogno. Lo faceva sentire come se fosse in grado di volare, di librarsi portando Xan con sé.

«Ti prego,» sussurrò Xan. «Ho atteso così a lungo. Permettimelo.»

«Bacialo,» disse Urho, afferrando la base del suo grosso cazzo da Alpha e posizionandone la punta di fronte alla bocca di Xan. «Bocca chiusa. Labbra morbide.»

Xan gemette, ma chiuse e arricciò le labbra, poi si chinò in avanti e vi posò un bacio gentile. Quando si staccò, leccò le gocce rimaste sulla sua bocca e roteò gli occhi all'indietro, attraversato da uno spasmo di piacere.

«Ti è piaciuto?» sussurrò Urho, i testicoli che pulsavano.

«Sì.»

«Fallo di nuovo.»

Xan baciò la punta sensibile del suo uccello e poi rabbrividì, mentre leccava avido altre gocce.

«Bravo, piccolo. Ecco il mio Omega dal corpo di Alpha.»

Xan gemette ancora, si buttò in avanti e affondò la testa nello scroto di Urho, annusò l'odore muschiato del suo pube e strofinò il viso lungo la linea dove la gamba incontrava l'inguine. Poi scivolò in basso e si strusciò sui testicoli. Urho posò la mano sui suoi capelli morbidi, giocando teneramente con i riccioli e tenendolo fermo mentre si crogiolava nel suo odore.

«Così,» ringhiò. «Voglio che tu abbia il mio odore addosso per tutta la giornata.»

Xan tremò, colto da un altro spasmo. Si aggrappò alle cosce di Urho, senza che il suo viso si staccasse per un solo momento dal suo scroto. Il suo respiro, bollente e stuzzicante, si riversava sulle palle di Urho, ma Xan era un cucciolo obbediente e non fece nulla di più che assorbire il suo odore.

Urho si accarezzò, fissandolo. Entrambi avevano addosso troppi indumenti... il che era così sbagliato, ma anche inevitabile, al momento. Adorava il modo in cui il suo ragazzo tremava. Inalò con un sussulto il dolce aroma del cazzo bagnato di Xan.

Gli afferrò i capelli e lo fece staccare, catturando di nuovo il suo sguardo. «Fuori la lingua,» ordinò.

Xan si affrettò a obbedire e tirò fuori la lingua rossa sotto gli occhi di Urho.

Lui vi fece scivolare sopra la punta del suo uccello e osservò il sapore raggiungere Xan, che roteò gli occhi all'indietro per il piacere. Ripeté l'azione, producendo un altro piccolo fiotto di liquido che strofinò contro la lingua di Xan, e si godette il modo in cui l'amante si dimenava sul pavimento davanti a lui, trattenendosi, lottando contro i suoi istinti per obbedire al suo Alpha.

Perfezione.

«Apri bene,» disse Urho a denti stretti.

Xan lo fissò, deglutì una sola volta e poi mostrò a Urho la profondità della sua bocca. Fissando i molari candidi e la bellissima lingua, Urho gemette e gli afferrò con cura la mascella, tenendolo fermo mentre posizionava l'uccello e poi lo infilava in quel calore bagnato.

Xan gemette e la vibrazione gli attraversò il cazzo e gli raggiunse le palle. Urho rabbrividì e lasciò la presa sul membro per spingerlo fino a toccare la gola di Xan. Rimase fermo lì, a rimirare la capacità di Xan di prenderlo fino in fondo. Poi, gli afferrò di nuovo i capelli.

Lo tenne sia per la mascella che per i ricci e gli scopò la bocca spalancata. L'odore dell'eccitazione di Xan gli riempiva le narici e intensificava l'ebbrezza che si stava impossessando del suo intero corpo. Si sforzò di tenere gli occhi incollati a quelli azzurri e lucidi di Xan ma, alla fine, reclinò il capo all'indietro e gemette rivolto al soffitto. I sussulti bagnati che uscivano dalla gola di Xan, avvolgendogli l'uccello, lo fecero sentire pervaso da una sensazione selvaggia. Il battito gli pulsava nelle membra fino a renderlo nient'altro che un cuore palpitante e reattivo, vibrante di sangue e amore e vita.

Quando abbassò di nuovo lo sguardo su Xan, lo vide con gli occhi rovesciati all'indietro e l'estasi sul volto. Il suo corpo si era abbandonato, arreso al suo dominio; la presa di Urho sul viso e sui capelli era la sola cosa che lo teneva dritto. Tremava dalla testa ai piedi e si stringeva il cazzo con una mano attraverso i pantaloni, mentre l'altra gli si contorceva lungo il fianco.

Urho si staccò dalla sua gola e zittì il suo grido di delusione tirandolo a sé per un bacio appassionato. Cercò con la lingua i residui del proprio sapore nella bocca di Xan, e trovarlo lì, mescolato alla sua saliva e al suo respiro, gli fece cantare il cuore. Strinse Xan a sé, gli aprì i pantaloni e si lasciò cadere in ginocchio.

Quando Urho prese in bocca il suo cazzo da Alpha, grosso e duro, Xan urlò. Quando gli sfiorò la gola, Urho ebbe un leggero conato, incapace di farlo arrivare tanto in profondità quanto Xan. Ciononostante, Xan si contorse e si dimenò per il piacere e alla fine crollò su di lui, aggrappandosi alla sua schiena e gemendo mentre veniva in fiotti brutali, incontrollati e saporiti.

Urho ingoiò lo sperma, se lo leccò dalle labbra e poi si tirò su per un altro bacio violento. Xan respirò con forza contro le sue labbra, senza fiato, tremando come una foglia. Incapace di aspettare un momento di più, Urho lo spinse di nuovo in ginocchio. Restò a fissare il suo ragazzo esausto, che ansimava con la bocca aperta e gli occhi lucidi. Prese la mira, si massaggiò il cazzo un paio di volte e poi schizzò sulla lingua di Xan.

Xan chiuse gli occhi e ingoiò avido, spalancando la bocca in una disperata richiesta di averne di più, mentre Urho emetteva un altro getto e un altro ancora. Il suo seme si sparse sul pavimento e il suo odore esplose nell'aria. I muscoli di Urho si contrassero e lui gemette con forza, lasciando scie bagnate sul volto e sui capelli di Xan come prova del suo piacere.

Xan gli si afflosciò addosso con il viso rivolto verso l'alto, gli occhi chiusi e le ciglia appiccicose del suo sperma, e si strofinò l'uccello che spuntava dai pantaloni aperti e che ancora vibrava e gocciolava.

Urho intrecciò le dita tra i suoi capelli, deglutì il sapore denso del seme di Xan rimasto nella sua bocca, e lo elogiò con dolcezza. «Bravo il mio dolce Omega. Bravo il mio ragazzo.»

Xan tremò quando Urho gli passò le dita sugli occhi per pulirli dallo sperma, che poi offrì alla sua bocca. Mentre Xan succhiava, l'uccello di Urho fremette e lui gemette. «Ti voglio ancora. Come fai a provocare in me un desiderio così feroce? Sento il tuo odore nell'aria e non voglio fare altro che rotolarmici fino a morire.»

Xan si limitò a mugolare, come se fosse rimasto senza parole. Urho tirò fuori dalla tasca un fazzoletto e gli ripulì il viso.

«Lascia che ti aiuti,» disse, tirandolo in piedi. Le gambe di Xan tremavano così forte che Urho temette che potesse cadere. Xan sbatté le palpebre, apparentemente scioccato, mentre Urho gli toccava la guancia ancora appiccicosa. «Dobbiamo darci una lavata.»

Xan annuì, poi gli si piegarono di nuovo le ginocchia, ma si aggrappò a Urho per sostenersi. «Da questa parte. Al piano di sopra.»

I domestici Beta stavano ancora portando i bagagli nelle stanze degli ospiti, così Xan trascinò Urho lungo un corridoio posteriore e su per una rampa di scale. Zephyr passò loro accanto nel tragitto, senza emettere un suono. Tennero la testa bassa e rimasero a una distanza rispettabile, ma Urho non si illudeva che i domestici non avrebbero avuto di che chiacchierare, se avessero voluto. Sperava che Janus, il cugino di Xan, non avesse nessuno di loro alle sue dipendenze. Più tardi avrebbero dovuto affrontare la questione.

«Questa è la tua stanza,» annunciò Xan, indicando una porta aperta che conduceva a una camera con una vista sulla città sotto di loro.

«La tua dov'è?»

Xan fece un cenno verso un'area arredata a salotto alla fine del corridoio. Diversi divani e poltrone erano raggruppati in quel punto, di fronte a una vetrata che dava sul cortile interno. «Da quella parte. Nell'ala opposta.»

Una folata di brezza entrò dalle finestre socchiuse lungo tutta la parete interna del corridoio che si affacciava sul cortile, scompigliando loro i capelli e portando nell'ambiente una freschezza che sapeva di oceano.

«Fammela vedere.» Urho avrebbe avuto bisogno di sapere come trovarla nel cuore della notte, quando tutti fossero stati immersi nel sonno. Si rifiutava anche solo di fingere il contrario con se stesso.

Xan si morse il labbro inferiore, mentre un sorrisetto malizioso sembrava sul punto esplodergli in viso. «D'accordo.»

Urho lo seguì, passando davanti alle altre camere degli ospiti, di cui solo una era aperta ed era chiaramente destinata a Jason e Vale; superarono la zona adibita a salotto e raggiunsero l'ala est della casa.

Da quella parte, le finestre si affacciavano su giardini che avevano visto tempi migliori, ma in quello stesso momento c'erano diversi domestici Beta che si adoperavano per riportarli in vita. Probabilmente anche Jason avrebbe avuto qualche idea in proposito.

Svoltarono poi a destra, in un'ala che somigliava molto a quella in cui si trovava la stanza di Urho, solo con meno camere. La parete interna aveva finestre che davano sul cortile; Urho diede un'occhiata fuori e vide che era ben tenuto. Era sicuro che Xan e Caleb non l'avessero trovato così, al loro arrivo. Alberi sempreverdi in vaso e fontane gorgoglianti creavano alcove tranquille e quasi intime, finché nessuno si fosse messo a guardare dall'alto.

Urho prese nota tra sé di non sedurre Xan lì fuori.

Xan si fermò davanti alla prima porta chiusa. «Questa è la mia stanza.» Indicò la porta successiva. «Quella è di Caleb.»

Urho annuì, cogliendo lo sguardo di un domestico Beta che si affrettò a oltrepassarli con un'occhiata curiosa.

«Le nostre sono le uniche camere aperte di quest'ala, per il momento. Ce ne sono diverse altre che speriamo avranno degli occupanti, un giorno. La stanza accanto a Caleb sarebbe molto adatta come cameretta. È parecchio grande e un bambinaio potrebbe stare lì con il piccolo, se necessario. Anche se penso che vorrà essere Caleb a fare tutto.» Xan deglutì convulsamente per frenare il flusso logorroico delle sue parole. «Vuoi entrare?»

Un altro domestico Beta passò con una pila di asciugamani.

«Presumo che ci sia un bagno nella mia ala, giusto?» chiese lui. Stavano attirando l'attenzione, e non c'era da stupirsi! Avevano entrambi un aspetto disastroso. Era un bene che i Beta non potessero sentire il loro odore, anche se la quantità di sperma era stata talmente tanta che forse ci riuscivano!

«Nella tua stanza, in realtà. Ce n'è uno nella tua stanza e uno in quella che abbiamo dato a Vale e Jason. Le altre camere su quel lato condividono il bagno in corridoio.» Fece un lungo respiro e si guardò attorno. «Ho una vasca molto grande.»

Urho fremette, la tentazione che si diffondeva in lui come un robusto vitigno rampicante, pronto a soffocare la sua razionalità. «Per quanto suoni meraviglioso, credo che dovremmo separarci qui.»

«Certo,» concordò Xan in tono sommesso, anche se i suoi occhi assunsero un'espressione cupa di dolore e delusione.

«Mi aspetto che mi mostri quella vasca più tardi. Magari stanotte, quando la casa sarà tranquilla.»

Lo sguardo di Xan tornò a illuminarsi. «La stanza di Janus è al piano terra. L'ha scelta prima che arrivassimo. Tecnicamente sarebbe l'area destinata al governante, ma Ren è soddisfatto di stare nell'ala separata dei domestici, dietro le cucine.»

Urho sorrise. «Mi chiedo perché abbia scelto quella stanza, se il suo compito è spiarti.»

«Ha problemi a dormire. Gli piace passeggiare per i giardini la notte e, a volte, scende in spiaggia. O così dice.»

«Ah.» A Urho quell'informazione sembrava pericolosa. «Lo noterà se io...»

Xan scosse la testa. «Non credo. Se siamo silenziosi e se te ne vai prima dell'alba.»

Urho sperò che Xan avesse ragione ma, se anche non fosse stato così, ci avrebbero pensato quando sarebbe stato il momento. «Ci vediamo di sotto,» disse.

«Sì,» confermò Xan.

Urho avrebbe voluto lasciargli aprire la porta della sua camera e mostrargli cosa avrebbero potuto fare in quella grande vasca da bagno. Ma avevano già dato spettacolo. Se non volevano attirare l'attenzione, dovevano essere più coscienziosi e meno impulsivi. Mettere un freno alla loro libido era indispensabile.

Xan lo fissò, gli occhi azzurri pieni di speranza. Urho avrebbe voluto baciargli le palpebre e poi di nuovo le labbra. Invece, disse solo: «A presto.»

«Sì. Se dovessi perderti, uno dei domestici potrà mostrarti la strada.»

Urho allungò la mano e poi la lasciò ricadere, quando un altro domestico attraversò di corsa il corridoio con una lettiera. Avrebbe voluto che Caleb e Xan non ne avessero assunti così tanti. «Grazie per aver mantenuto la tua promessa.»

Le guance di Xan si fecero rosso acceso e il suo sorriso divenne timido. «Sempre.»

Poi, si infilò in camera sua e chiuse la porta. Urho lottò contro l'impulso di aprirla e seguire l'amante all'interno.

Ripercorrendo furtivamente il corridoio, trattenne a stento un gemito di frustrazione. Evitare di mettere le mani addosso a Xan Heelies sarebbe stato più difficile di quanto avesse immaginato.

XAN STAVA ANCORA facendo scorrere l'acqua della vasca, quando la porta si aprì ed entrò Caleb.

«Vale sta riposando in camera sua e, come ovvio, Jason è con lui. Urho a quanto pare sta facendo una doccia,» riferì Caleb, annusando delicatamente l'aria per poi alzare gli occhi al cielo. «E da quello che sento, ne aveva un gran bisogno. Non potevate trattenervi almeno il tempo di dare una parvenza di decenza?»

Xan scivolò nell'acqua e gemette mentre l'odore dello sperma di Urho veniva lavato via dalla sua pelle. Si sciacquò il viso, strofinandolo con sapone all'incenso e lavanda, eliminando anche da lì i rimasugli lasciati da Urho.

Caleb prese la sedia dalla toletta e si sedette accanto alla vasca. «Aspetta, lascia fare a me.» Prese il sapone, una spugna e una ciotolina di legno, poi procedette a bagnare i capelli di Xan, finché i riccioli non gli si appiccicarono dritti su un lato del viso.

Xan si appoggiò all'indietro mentre Caleb gli insaponava la testa. Le sue mani erano gentili e trasmettevano sicurezza. Sospirò. «Mmh, è piacevole.»

«Perciò, deduco che sia valsa la pena di aspettare?»

«Urho è così dominante,» mormorò Xan. «Mi dice cosa fare e io semplicemente lo faccio.»

Caleb emise un mormorio e gli passò un panno sulla schiena.

A Xan dispiaceva che il profumo di Urho venisse lavato via, ma non poteva certo scendere a cena con Jason, Vale e, a quel punto, probabilmente anche Janus, emanando l'odore di Urho e dei loro fluidi sessuali. Non era neppure giusto sottoporvi Caleb, sebbene fosse stato lui a fare irruzione mentre Xan faceva il bagno e a volersene occupare, quindi non era davvero colpa sua.

Caleb sciacquò via con cura il sapone, assicurandosi di coprire gli occhi di Xan per proteggerli. «Hai dei capelli così setosi,» mormorò. «Mi piace il modo in cui mi si arrotolano attorno alle dita.»

«Sei talmente gentile con me,» disse Xan, con le vene che ribollivano di emozione e gioia selvagge, come se si stesse nutrendo di champagne ed eccitazione a malapena contenuta. Sentiva ancora l'odore di Urho nella casa, e avrebbe voluto andare a cercarlo, sebbene sapesse che dovevano comportarsi in modo assennato.

Caleb lo rassicurò: «Mi rende felice vederti così appagato da qualcuno che non ti fa del male.» Ridacchiò. «O che non te ne fa più di quanto tu voglia.»

Xan mosse le mani nell'acqua in un gesto pigro, mentre un sorriso gli nasceva spontaneo sul volto. «È stato bellissimo. Urho è fantastico. Ammetto che ero nervoso. Con tutto il tempo e la distanza, ho pensato che magari l'intensità della prima volta fosse stata un caso, invece no. È stato bello allo stesso modo.» Gemette e si lasciò andare nell'acqua, spruzzando senza volere la maglietta e i pantaloni bianchi di Caleb. «Voglio farmi scopare da lui.»

«Ho la sensazione che sia proprio quello che ha in programma di fare,» lo stuzzicò Caleb.

«Vorrei farmi scopare da lui per sempre,» aggiunse Xan con veemenza. «Vorrei essere davvero il suo Omega e bagnarmi e accendermi quando mi guarda. Vorrei aprirmi per lui come farebbe un Omega. Vorrei andare in calore e ricevere il suo nodo, e avere i suoi bambini che crescono dentro di me.»

Caleb si raddrizzò e si tirò i capelli biondi dietro le orecchie, rivolgendogli uno sguardo comprensivo. «Vorrei tanto che tu potessi avere tutto questo. Se potessi darti il mio utero e tutto ciò che porta con sé, lo farei in un attimo, amore mio.»

La tristezza nella voce di Caleb riscosse Xan dalle sue appassionate fantasticherie. Si accigliò. «Mi dispiace. Mi sto comportando da egoista.»

«Sei innamorato, e non voglio che tu ti senta in colpa per i desideri che provi. Vorrei solo poter risolvere il tuo problema. I problemi di entrambi.» Caleb sorrise con dolcezza e fece scorrere le dita sulla sua guancia.

«Cosa si prova a ricevere un nodo?» chiese Xan dopo un momento. Chiuse gli occhi e provò a immaginarlo. I cazzi degli Alpha erano già molto grossi e, dato che la sua apertura non era robusta come quella di un Omega e non si lubrificava nello stesso modo, la penetrazione poteva essere dolorosa per lui. Ma splendida. La sensazione di venire dilatato fino all'estremo, riempito completamente, non era paragonabile a nessun'altra.

Come sarebbe stato venire immobilizzato da qualcosa di ancora più grosso? Posseduto dal nodo del suo Alpha e costretto alla sottomissione per lunghi periodi di tempo. Rabbrividì. Sembrava delizioso.

Ma, sfortunatamente, i nodi sopraggiungevano solo in presenza dei feromoni di un Omega in calore, perciò era improbabile che avrebbe mai avuto la possibilità di sperimentarli di persona, anche se il suo corpo fosse stato capace di sopportarli.

«Vuoi saperlo davvero?»

«Sì. Ti prego, dimmelo.» Voleva essere in grado di immaginarlo alla perfezione, appena avesse avuto l'occasione di farsi penetrare da Urho.

Caleb immerse le dita nell'acqua calda e poi le tirò fuori e le osservò gocciolare e creare piccole increspature sulla superficie. «Sul momento, quando ricevo il nodo, lo adoro come nient'altro al mondo,» spiegò Caleb, con una strana nota nella voce. «Mi riempie finché non riesco più a pensare a nulla. Non resta niente tranne la sensazione di piacere. Mi sento… completo. E vengo. Più e più volte. È pura, intensa soddisfazione fisica.» Arricciò il naso e rabbrividì. «Ma quando quella è passata, lo odio. E mi irrita. Detesto il modo in cui mi trasformo in un animale in calore privo di razionalità, il modo in cui imploro di ricevere qualcosa di cui altrimenti non sopporterei neanche l'idea. La biologia è qualcosa di potente.»

Xan si accigliò e la sua crescente ondata di eccitazione svanì di fronte ai problemi di Caleb. «Non ho mai voluto che ti sentissi così nei miei riguardi.»

«Oh!» trasalì Caleb. «Io mi riferivo al passato. Con altri uomini.» Sorrise, ma i suoi occhi rimasero tristi. «Con te, il nodo è ancora più piacevole perché mi sento al sicuro. E quando è finito, mi sento più sereno che mai. E speranzoso, ovviamente.» Nel suo sguardo si accese un luccichio di gioia. «Voglio così tanto che arrivi un bambino. Per questo non vedo l'ora che giunga il mio prossimo calore, tesoro.» Sorrise, sprizzando amore ed emozione. «Voglio così tanto una famiglia, Xan. So che tu sarai un Father meraviglioso, e penso, o spero, che io sarò un buon Pater.»

«Sarai un Pater splendido,» lo rassicurò Xan. Si sedette dritto e prese la mano di Caleb, accarezzandogli teneramente le dita. «Aspetto con ansia di vederti con il nostro bambino tra le braccia, mentre lo allatti.»

«Anch'io non vedo l'ora.» Caleb fece un sorriso un po' malinconico. «Però, invidio il modo in cui desideri tutto il resto. E, anche se provo compassione per il fatto che non puoi averlo, ammetto che a volte ne provo di più per me che non lo desidero affatto.» Sospirò. «Quindi, forse, l'egoista sono io.»

«No. Tu sei perfetto.»

Caleb sorrise, divertito. «Oh, mio Alpha. È ovvio che pensi questo. E anche Urho pensa che tu sia perfetto.»

«Ne dubito. Sono sicuro che vorrebbe che potessi dargli ciò che poteva dargli Riki.»

Caleb aggrottò la fronte. «Sei geloso del suo Omega perduto?»

«No.» Xan si strinse nelle spalle. Non lo era, non davvero. «È morto. Questo non può cambiare. Io sono vivo e reale.» Lasciò andare la mano di Caleb e prese la spugna, sentendosi più energico. «Non devi trattarmi come un bambino. Posso finire da solo. Non so cosa mi sia preso.»

«Spossatezza dopo l'appagamento di un'estrema lussuria?» chiese Caleb, ridendo. «Non ti ho mai visto così... indebolito. Non oso pensare a come starai domattina. Incapace di alzarti dal letto, immagino.»

Xan gli schizzò di nuovo l'acqua in faccia e rise a sua volta. «E anche dolorante da morire.»

«Già. Piuttosto dolorante.» Caleb gli lanciò il sapone. «Ma promettimi una cosa: fate in modo di fare una pausa dal sesso, prima o dopo, per conoscervi l'un l'altro, va bene? Penso che, se esiste una possibilità di futuro, è lì che si trova.»

Gli posò un bacio sulla testa e uscì dal bagno. Il vapore dell'acqua aveva annebbiato lo specchio, quando Xan uscì dalla vasca per asciugarsi. Lo pulì con una mano e guardò il proprio riflesso.

Per la prima volta da molto tempo, pensò di poter arrivare ad apprezzare la persona che ricambiava il suo sguardo.

CAPITOLO QUINDICI

L A CENA FU tranquilla. La conversazione ruotò attorno alla gravidanza di Vale, ai restauri che Caleb e Xan avevano fatto in casa e ai progetti per i giorni seguenti. A Xan balzava il cuore in gola ogni volta che guardava dall'altra parte del tavolo e trovava Urho intento a fissarlo. Il calore tra i due riempiva l'aria e Xan poteva quasi sentirlo sulla pelle. Si chiese se anche gli altri lo percepissero e fossero solo troppo educati per farne parola.

Jason monitorò l'assunzione di cibo di Vale come un ossesso, e Vale sembrò più di una volta sul punto di dargli un pugno. «Un cordiale non farà male al bambino, chiedi a Urho,» sbuffò Vale, sorseggiando il vino da dessert da un bicchierino.

Urho distolse lo sguardo da Xan il tempo sufficiente per confermare che una quantità così minima non avrebbe disturbato affatto il piccolo, senza lasciare a Jason altra scelta se non accettare la sua risposta.

Caleb li invitò tutti a ritirarsi nella biblioteca di Xan per un po' di tranquilla lettura accompagnata dalla musica. Aveva fatto spostare il giradischi dall'ufficio di Xan, e si divertiva molto ad ascoltare i dischi trovati in biblioteca e a inventare nuovi balli ed era intento a insegnarne uno agli ospiti, quando Janus tornò dalla sua serata al circolo.

Suo cugino entrò con l'aria di chi si era appena rinfrescato sotto la doccia, indossando un completo alla moda ed emanando un odore di menta piperita. Tutto ciò non riusciva comunque a coprire il livido che gli si stava formando sulla mascella o il sentore di liquore che gli aleggiava intorno. Doveva essersi fermato al bar dopo aver perso uno dei suoi incontri di lotta.

«Cosa abbiamo qui?» chiese, prima che Xan potesse domandargli del volto tumefatto. «Una festa? In cui si balla? E io non sono stato invitato? Sai quanto adoro ballare, Caleb.» Gli rivolse un sorrisetto provocante.

Caleb si stampò in faccia un'espressione cordiale e disse: «Sfortunatamente, siamo a corto di compagni di ballo.»

Janus fece un sorriso più ampio, che sembrava in qualche modo molle, come se fosse troppo alticcio per controllare bene i muscoli del viso. Fece un cenno verso Vale, che era seduto a osservare la scena dalla sicurezza del divano. «Sarei felice di avere come compagno di ballo questo bellissimo Omega. Non credo che ci conosciamo.» Venne avanti, la mano tesa e lo sguardo malizioso, per poi fermarsi di colpo quando si accorse dell'evidente gravidanza di Vale.

Jason, che fino a quel momento aveva ballato con Caleb, ufficialmente perché potesse insegnargli i nuovi passi, ma in realtà per fare in modo che Xan e Urho avessero una scusa per ballare insieme, mollò la presa attorno alla sua vita e si frappose tra Janus e Vale.

«Janus,» lo salutò freddamente. «Non ci vediamo da parecchio. Questo è il mio *Érosgápe*, Vale Aman.» Prese Vale per mano e lo aiutò ad alzarsi. «Vale, lui è Janus Heelies, il cugino di Xan.»

«Jason, quanto tempo.» Janus deglutì e distolse lo sguardo da Vale, puntandolo verso Caleb che osservava preoccupato la scena. «Sì, avevo sentito che avevi trovato il tuo *Érosgápe*. Uomo fortunato.»

«A dir poco,» replicò Jason, ancora teso.

«Perdonatemi,» intervenne Caleb, schizzando verso di loro. «Avrei dovuto fare le presentazioni. Ero senza fiato dopo aver ballato.»

«E sperava che Janus se ne sarebbe andato,» aggiunse Xan sottovoce. La sua scortesia venne ignorata. Non sapeva se sentirsene grato o deluso.

«Vedo che devo congratularmi,» disse Janus, indicando il pancione gonfio e in movimento di Vale. Ogni traccia di seduzione era scomparsa dal suo tono e dal suo atteggiamento. Nessun Alpha era così stupido da flirtare con un Omega in attesa di un figlio, non importava quanto fosse ubriaco. Soprattutto se voleva dire mettersi in mezzo a una coppia di *Érosgápe*, a meno che non volesse davvero arrivare alla violenza con l'Alpha in questione. «Quando verrà alla luce il piccolo?» Dava l'idea di avere la lingua pesante e le parole sembravano strascicate.

«Il mese prossimo, se tutto va bene,» rispose Jason, ancora attaccato al fianco di Vale con fare protettivo. Xan notò che non c'era stata alcuna stretta di mano.

Janus annuì. «Che il Lupo vi benedica entrambi. E benedica il bambino, naturalmente.» Poi si voltò verso Xan e Urho. Passò lo sguardo su entrambi e inarcò le sopracciglia come se la sapesse lunga.

Xan rilasciò subito la presa che aveva mantenuto attorno alla vita di Urho dopo averlo guidato nei movimenti del nuovo ballo di Caleb. Si staccò da lui e rivolse a Janus un sorriso tirato. «Permettimi di presentarti il dottor Urho Chase, un amico di Vale e Jason. È qui per far nascere il bambino quando sarà il momento, e per assicurarsi che vada tutto bene nel frattempo.»

Janus inarcò ancora di più le sopracciglia, ma offrì la mano a Urho con quel suo sorriso subdolo e molle. «Benvenuto a Lofton. Sono certo che Caleb si sarà assicurato che abbia un soggiorno piacevole. Sta rendendo questa residenza una casa bellissima.»

Caleb si irrigidì, e Xan lo raggiunse e gli passò un braccio attorno alle spalle. «Caleb rende tutto migliore,» dichiarò, in tono provocatorio. Caleb sollevò il mento.

Janus fece un altro sorrisetto. «L'opinione di ogni Alpha! Magari un giorno troverò qualcuno con cui valga la pena di stipulare un contratto e potrò sperimentare in prima persona una devozione così pura. O magari, ancora meglio, troverò il mio *Érosgápe*. Ho sentito dire che il sesso è insuperabile.»

La mascella di Jason scattò come se avesse serrato i denti e Vale assunse un'espressione tesa.

Urho si schiarì la gola con un suono che voleva essere un rimprovero.

Janus, naturalmente, non diede segno di aver notato la tensione nella stanza, oppure, se l'aveva fatto, doveva averla trovata divertente. «Nel frattempo,» proseguì strascicando le parole, «credo di dovermela cavare da solo. A tal proposito…» Attraversò la stanza e si versò una generosa dose di bourbon dall'armadietto dei liquori.

A Caleb sfuggì un sibilo irritato. Xan intercettò il suo sguardo e sollevò un sopracciglio, chiedendogli silenziosamente se dovesse impedire al cugino di bere ancora. Caleb scosse la testa una sola volta. I suoi occhi azzurri scintillavano di frustrazione.

Janus si girò e sollevò il bicchiere in un brindisi. «All'amicizia.»

Tutti i presenti si limitarono a fissarlo mentre beveva. Nessuno di loro partecipò al brindisi.

A Xan venne in mente che non sapeva se Janus avesse qualche amico. Suo cugino era sempre in giro a socializzare, ma tutti sapevano che c'era differenza tra una persona con cui potevi bere un drink o parlare di affari e un amico. E in ogni caso, chi avrebbe voluto essere amico di qualcuno come Janus, arrogante, presuntuoso ed egocentrico?

Janus mandò giù l'intero contenuto del bicchiere e poi si pulì la bocca con la manica in modo piuttosto grottesco. «Ho una sorpresa per te, cugino.»

«Ah sì?» chiese Xan, un brivido che gli correva lungo la spina dorsale.

«Starò fuori dai piedi per qualche settimana.» Janus sembrò fare appello a un po' di lucidità mentale arrivata da chissà dove. I suoi occhi erano ancora annebbiati dall'alcol, ma parlò in modo più chiaro. «Mi hanno richiamato in città.»

Il cuore di Xan fece uno strano balzo e poi sprofondò. Janus che se ne andava era una cosa buona, fantastica, *meravigliosa*. Avrebbe potuto passare più tempo con Urho senza il timore che il cugino facesse la spia. Ma il fatto che Janus ritornasse in città significava che sarebbe tornato sotto l'ala di Father. E ciò voleva dire che Xan era ancora la seconda scelta di suo padre come erede.

Irrigidì la mascella. «Perché?»

«Mi aspetta una promozione. Mi verrà assegnato un nuovo progetto in un'altra città. Mi pare abbiano accennato alla Capitale,» disse Janus con un sorriso brillo e compiaciuto. «Tuo padre vuole anche mettere a punto i piani per il futuro della sede qui a Virona.»

«Dovrei partecipare anche io a una discussione su questo argomento.»

«Credi davvero?» Janus piegò la testa e sogghignò. «Tuo padre pensa di no. Ha detto che dovresti restare qui.» I suoi occhi si accesero di una luce meschina mentre si riempiva di nuovo il bicchiere. «Il che è positivo, non è vero? Dato che, a quanto pare, hai *ospiti*.» Xan dovette convincersi che in realtà Janus non poteva sapere le cose che l'enfasi su quella parola lasciava intendere, per quanto fossero vere.

Urho gli passò un braccio attorno alle spalle con fare rassicurante, ma Xan lo respinse: non voleva mostrare nulla che Janus potesse riferire a Father. «Quando partirai?»

«Domattina, appena sveglio. Ammetto che non vedo l'ora di fare il mio trionfale ritorno in città.» Con il sorriso molle di nuovo al suo posto, Janus guardò Caleb e proseguì: «C'è un Omega delizioso, laggiù, che avevo intenzione di tornare a trovare. Potrebbe essere quello giusto per me. Se solo non fosse già impegnato.»

Caleb gli scoccò un'occhiata ferita e arrabbiata, e Janus sogghignò come se quella reazione gli facesse piacere. Rovesciò il bicchiere e lo prosciugò.

Jason e Vale sedevano insieme, fermi come statue sul divano, osservando in un silenzio pieno di disagio la scena rovinosa che si svolgeva attorno a loro. Urho era rimasto alle spalle di Xan, per offrirgli rassicurazione con la sua presenza, ma il piacere che Xan traeva da quella gentilezza non rivaleggiava neanche lontanamente con l'imbarazzo per il comportamento del cugino.

«E con questo, me ne vado a letto.» Il sorriso di Janus si fece suadente. «È stato un grande piacere fare la tua conoscenza, Vale.» Si rivolse a Jason. «Mi ha fatto piacere anche rivedere te, naturalmente. In futuro ci troveremo a lavorare insieme, dati gli accordi tra le nostre aziende.»

«Eh?» fece Jason rigido. «Mio padre e io di solito lavoriamo direttamente con Xan o Ray.»

«Xan non rimarrà a lungo il tuo punto di riferimento,» disse Janus, vacillando. «Io prenderò il suo posto.» Poi incontrò lo sguardo di Caleb. «Sembra che tu abbia scelto l'Heelies sbagliato. Io mi sarei preso più cura di te.»

«A che prezzo?» sibilò Caleb, per poi dargli le spalle.

La stanza cadde nel silenzio e Xan udì il proprio battito pulsargli nelle orecchie, mentre serrava i pugni e gli occhi gli si velavano di rabbia.

«Ma aspetta,» aggiunse Janus, i bellissimi lineamenti del viso distorti da un'espressione sgradevole. «Sono stato *io* a non volere *te*, giusto? Com'è potuto succedere, quando sei così perfetto?» chiese, fingendosi confuso. «Per fortuna di entrambi, i miei ricordi su quei dettagli sono annebbiati.» I suoi occhi si fecero inspiegabilmente umidi di lacrime non versate, e Janus mormorò: «Sai, stasera ho bevuto troppo liquore.»

Solo la mano di Urho sulla spalla impedì a Xan di attaccare Janus in un impeto di furia. «Fuori da casa mia,» ringhiò.

«Suvvia. Lo sai che la casa è di tuo padre, e lui mi vuole qui.»

«È casa *mia*!» Xan scattò verso di lui, ma Urho lo trattenne.

«Non vuoi dare a tuo padre altri motivi per tagliarti fuori, vero?» La sua risata odiosa risuonò improvvisa e poi si spezzò in modo altrettanto brusco. Janus si fermò sulla soglia e rivolse uno sguardo struggente alla schiena di Caleb. «Se solo mi avessi permesso di…»

Caleb irrigidì le spalle.

Janus scosse la testa con forza e tornò a rivolgersi a Xan. «Porterò i tuoi saluti al tuo Pater, cugino. Sente la tua mancanza. Anche se è l'unico.»

Poi, barcollò fuori dalla stanza con passi malfermi.

Xan fece per seguirlo, ma Jason e Urho non glielo permisero. «Lo uccido,» ringhiò Xan, lottando contro la stretta robusta di Urho e la solida presenza di Jason di fronte a lui. «Lasciatemi andare. Gli faccio…»

«Basta!» intervenne Caleb con voce tremante. «Dimentica Janus. È ubriaco e orribile, ma non è degno di un altro momento di attenzione.» Aveva le guance arrossate come se lo avessero schiaffeggiato. Chiuse gli occhi e rabbrividì. «È spregevole. Come facevo a trovarlo affascinante?»

Caleb si avviò verso il divano e si lasciò cadere accanto a Vale, che gli prese la mano. Caleb gli sorrise con gentilezza ma interruppe il contatto e si strofinò la fronte con un leggero tremito. «Calmati, Xan,» sussurrò. «E non peggiorare le cose.»

Jason e Urho si scambiarono un'occhiata e Xan si mosse per andare a inginocchiarsi accanto a Caleb, ma si fermò quando l'Omega scosse la testa. «Lasciami un po' di spazio. Janus risucchia tutta l'aria dalla stanza.»

L'ambiente vibrava di un silenzio imbarazzato e carico di emozioni.

«Cavolo,» borbottò Jason alla fine. «È come se fosse entrato con la scarpa sporca di merda di cane. La puzza non se ne va.»

«È tanto sbagliato sperare che domani ci sia un incidente e che magari lui cada sui binari mentre arriva il treno?» chiese Xan, raggiungendo l'armadietto dei liquori per servirsi un bicchiere abbondante. «Rovina ogni cosa solo con la sua esistenza.»

Odiava la moltitudine di frecciate denigratorie che Janus aveva rivolto a lui e, ancora peggio, a Caleb nel giro di pochi orrendi minuti. Odiava ancora di più il fatto di non averlo messo fuori gioco con una gomitata alla gola. Se Urho e Jason non lo avessero trattenuto...

Il giorno dopo, con ogni probabilità, si sarebbe trovato in prigione per omicidio.

Quindi, le cose erano andate per il meglio. Eppure, non gli andava giù che Janus continuasse a respirare sotto il suo tetto. Anche una sola notte di ospitalità in più era troppo, dopo quello spettacolino.

«È tremendo,» sospirò Vale. «Non mi aspettavo che mi piacesse, ma questa scena è stata... Sacro Lupo.»

«A me non è mai piaciuto e l'ho sempre trovato arrogante. Ma che razza di problema *ha* esattamente, Xan? Non ricordavo fosse crudele solo per il gusto di esserlo,» disse Jason.

«Non lo era,» mormorò Caleb, il viso coperto per metà dalla mano elegante.

«Quindi è cambiato?» chiese Vale.

Urho sbottò: «Non importa come fosse prima, se adesso è così. Che stronzo.»

«Sì,» concordò Vale. «Però, magari questo stronzo ha un motivo...»

«Trovare scuse per i comportamenti offensivi è qualcosa che si fa con i bambini e con chi è sul letto di morte,» sentenziò Urho.

Vale alzò gli occhi al cielo e Jason sembrò sul punto di scoppiare a ridere. Xan non sapeva come sentirsi riguardo all'affermazione di Urho. Era troppo irritato per il modo in cui Janus aveva interrotto la loro bellissima serata. Avrebbe voluto che suo cugino non fosse mai arrivato e loro avessero continuato a ballare in allegria. Ma era evidente che la parte della serata dedicata al ballo fosse finita.

«Mi ha sempre dato sui nervi,» borbottò, nervoso. «Anche quando eravamo piccoli. Ma di sicuro da diversi anni a questa parte è peggiorato. Non importa. Smaltirà l'alcol con una dormita e domani mattina sarà fuori di qui. Non potrei chiedere di più.»

«Questa è una buona notizia.» Jason rivolse uno sguardo carico di significato a Urho e a Xan. «Ci rende tutti più liberi. Voi due avrete meno bisogno di sotterfugi.»

«Esatto.» Xan avrebbe dovuto essere felice della partenza di Janus, ma sentiva l'oscurità nuotargli nello stomaco insieme al liquore. Avrebbe voluto attraversare l'atrio, aprire la porta di Janus e prenderlo a calci in culo. E avrebbe voluto rannicchiarsi in braccio a Urho e piangere, perché era stanco e ferito e arrabbiato.

Perché suo padre amava di più quella schifosa carogna e avrebbe lasciato l'azienda a lui, se ne avesse avuto anche mezza possibilità.

Ingoiò i suoi sentimenti insieme a un altro abbondante sorso di liquore.

«Se non altro, gli verrà affidato un nuovo progetto, da qualche parte lontano da qui,» mormorò Caleb. «Non resterà nei paraggi ancora a lungo.»

«Ma *noi* sì,» disse Xan.

Caleb incontrò il suo sguardo. Sospirò e le sue spalle si afflosciarono. Il suo splendido viso si rabbuiò. «Suppongo tu abbia ragione.»

«Non è così male qui…» azzardò Jason.

«Già, lo state rendendo un posto più che vivibile,» concordò Vale.

Caleb sussurrò: «Virona mi piace. Ma non è questo il punto.»

Xan bevve un altro sorso dal suo bicchiere, chiudendo gli occhi alla sensazione di bruciore. Urho gli posò una mano sulla spalla e la strinse con delicatezza.

«È una bella casa,» disse, cauto. «Potresti avere una vita degna qui, lontano dall'interferenza della tua famiglia.»

Xan intercettò di nuovo lo sguardo di Caleb ed entrambi sospirarono. «Questo è vero. Ma, come ha detto Caleb, è più complicato di così.» Si strofinò la tempia. «Sono felice che Janus inizi un nuovo progetto in un'altra città, ma ha detto anche che si sta occupando degli ultimi dettagli della sede qui a Virona.»

«Il che significa che Xan non ha fatto la buona impressione che sperava di fare su suo padre,» mormorò Caleb. «Passami un drink, tesoro. Uno bello forte.»

«Lo prendo io,» intervenne Urho, indirizzando Xan verso la poltrona accanto al divano, quella più vicina a Caleb. Poi, cominciò a versare drink per tutti. Mentre la serata proseguiva fino alle ore piccole, rimasero seduti insieme sui divani e sulle poltrone della biblioteca ad ascoltare Xan che spiegava la sua situazione: le minacce di Father, l'allontanamento di Pater dalla sua vita, le rassicurazioni di Ray e le ambizioni di Janus.

«Capisco,» disse lentamente Urho, quando Xan ebbe finito. «Perciò, questo viaggio di Janus potrebbe danneggiarti molto.»

«Janus potrebbe presentare Xan nelle vesti peggiori,» spiegò Caleb, facendo roteare piano il suo drink e scalciando via le scarpe, le unghie glitterate ora in bella vista.

«Si prenderà tutto il merito per il successo della succursale di Virona,» mormorò Xan.

Non importava che Xan avesse fatto la maggior parte del lavoro, supervisionato le attività giorno per giorno, risolto problemi e dispute tra gli appaltatori e altro ancora, mentre Janus se l'era squagliata la maggior parte dei giorni per andare a "stabilire legami" al circolo, sostenendo che il suo scopo fosse "accattivarsi le simpatie" dei pezzi grossi della comunità.

Virona non era facoltosa come la loro città o come la Capitale, ma non era priva di aristocratici. Xan non aveva protestato, perché era stato felice di avere Janus fuori dai piedi, e la cosa gli aveva reso molto più facile seguire le istruzioni di Ray alla lettera, senza avere lì il cugino a mettere in discussione ogni sua mossa.

Aveva immaginato che suo padre avrebbe *apprezzato* la sua concentrazione e la sua diligenza, che avrebbe visto che non si era concesso distrazioni e aveva invece tenuto duro e portato a termine l'incarico. Ma, a quanto pareva, solo le relazioni sociali erano da premiare. «Per mio padre conta solo l'azienda,» disse Xan a denti stretti. «Felicità, gioia, amore… tutte queste cose sono ambizioni per uomini inferiori. Il genere di uomini che mio padre non rispetta.»

«Mi chiedo cosa ne pensi il suo *Érosgápe*,» mormorò Jason.

«Pater è…» Xan lasciò cadere la frase, sentendo la gola stringersi e gli occhi bruciare. Li chiuse con forza e li strofinò con le dita.

«Il Pater di Xan fa qualunque cosa dica il Father,» disse Caleb con dolcezza. «È fatto così.»

«Sì, mi ricordo,» rispose Jason.

Xan venne circondato da mormorii di solidarietà e si sentì giovane e stupido in tutti i modi che odiava di più. Ma quando incontrò di nuovo lo sguardo di Urho, che lo fissava dalla poltrona di fronte, vide solo una calda determinazione che gli diede speranza.

Urho si sfilò una scarpa e si grattò il piede. «Scusami se te lo chiedo, ma i domestici sono leali? Se qualcuno di loro fosse al soldo di tuo cugino, potrebbe riferire qualche comportamento inappropriato e…»

«Ren non lo permetterebbe mai,» dichiarò Xan. «È con me da quando ho lasciato la Mont Nessadare e assume solo domestici che stima e di cui può fidarsi.»

«Tuttavia,» intervenne Caleb, «c'è quel nuovo garzone. Ha nostalgia di casa e sta risparmiando per un biglietto del treno per andare a trovare il Pater. E sebbene la maggior parte dei Beta sia molto aperta verso qualsiasi espressione della sessualità, ce ne sono alcuni che si attengono in modo rigido al Sacro Libro del Lupo.»

«In altre parole?» chiese Xan.

«Penso che lo manderò via. Se al cuoco serve più aiuto, prenderemo qualcuno del paese. Qualcuno che la sera torni a casa, così ci saranno meno persone qui dentro.» Caleb sorrise, ma i suoi occhi sembravano tormentati. «Non è il caso di essere troppo rilassati, ma in casa nostra dovresti sentirti al sicuro. Non accetterò niente di diverso.»

«Questo sarebbe un buon inizio,» approvò Urho.

Caleb sospirò e il suo sguardo si fece distante. «Magari parlerò con Ren. Mi assicurerò che abbia informato gli altri che dovranno tenere per loro qualsiasi cosa accada nella tenuta, senza condividerla neanche con Janus.»

«Per fortuna, gli alloggi dei domestici sono isolati,» fece notare Jason. «Quindi, finché vi comporterete da gentiluomini durante le ore diurne, nessuno si accorgerà di niente.»

«È ingiusto e ridicolo chiedervi di nascondervi,» disse Vale, strofinando una mano sul pancione. Poi si lasciò sfuggire un gemito. «La schiena mi sta uccidendo. Urho, tu hai visto un sacco di bambini. Promettimi che sarà carino.»

«Penserai di non averne mai visto uno più carino,» rispose Urho. Si diede un colpetto con le mani sulle cosce e poi si alzò. «Lasciamoci alle spalle questo argomento stressante, per stanotte. Vale, penso che dovresti permettere a Jason di accompagnarti nella vostra stanza, ora.»

«Sì, è tardi.» Caleb lanciò un'occhiata all'orologio e sospirò. «Dovremmo tutti andare a letto. Domani ho in programma per noi una lunga e piacevole passeggiata sulla spiaggia, Vale, e avrai bisogno di essere bene in forze.»

Si scambiarono auguri di buonanotte e strette di mani.

Dopo che Vale e Jason ebbero lasciato la stanza, Caleb baciò sulla guancia Urho e poi Xan, guardando entrambi negli occhi con espressione seria. «La camera di Janus è lontana da entrambi, ma non mi fido di lui. Cercate di non fare rumore stanotte, non importa quanto vi perderete l'uno nell'altro. Se dovesse anche solo suggerire l'idea a tuo padre…»

Xan annuì e attirò Caleb in un abbraccio. «Staremo attenti. Grazie.»

«Ti amo, Xan,» gli sussurrò Caleb all'orecchio. «Goditi il momento, ma tienici al sicuro.»

Xan annuì ancora e Caleb si staccò da lui. Dopo aver dato un altro bacio sulla guancia a Urho, lasciò la stanza a piedi nudi, portando le scarpe in mano.

«Dovresti andare da lui? Ha bisogno di conforto?» chiese Urho, con la mano sulla sua spalla. Xan sentì il calore formicolargli lungo i muscoli del braccio e si appoggiò all'indietro, contro il petto massiccio di Urho.

«Me l'avrebbe chiesto. Caleb non è timido riguardo a ciò di cui ha bisogno da me.»

Urho lo fece voltare. «Che succede tra lui e tuo cugino? Cosa significa la scena di prima?»

Xan abbandonò la testa in avanti, appoggiandola al torace dell'altro, e fece qualche respiro profondo, godendo del forte odore virile di Urho. «Sta a lui raccontare questa storia. Ti basti sapere che erano amici un tempo, e avrebbero potuto diventare qualcosa di più. Caleb ha sofferto quando è finita, ma è andato avanti. Rivedere Janus, venire trattato in quel modo, credo riapra vecchie ferite.»

«Dovremmo andare entrambi da lui?»

Xan gli posò un bacio al di sotto del mento. «Sei un brav'uomo. Ma no. Vorrà stare da solo. È molto riservato.»

«Se ne sei sicuro.»

«Lo sono.»

«Allora verrò da te entro un'ora,» disse Urho serio. «Fatti trovare pronto.»

Xan deglutì e la sua gola sussultò. «Cosa intendi?»

«Fai in modo di essere pulito. Non voglio aspettare.»

I suoi testicoli si contrassero e lui si ritrovò subito duro. «Sì. Sarò pronto.»

Urho annuì e girò sui tacchi. Niente strette di mano, niente baci, nient'altro che il suo odore ancora nell'aria dopo che si era allontanato. Xan si leccò le labbra, contò fino a venti e poi lo seguì, spegnendo le luci della biblioteca mentre usciva.

«SONO NERVOSO,» DISSE Xan, ridendo.

Urho entrò nella sua stanza sfarzosa e chiuse la porta a chiave. Il suo respiro si fece affannato quando vide Xan con addosso un accappatoio cremisi che gli dava un aspetto decadente, lasciando esposto il torace pallido e sottolineando la sua bocca rossa.

«Perché?» chiese Urho, la voce che tradiva quanto fosse senza fiato. Tuttavia, anche il suo stomaco si stava contorcendo come un matto. Negli ultimi mesi non aveva fatto che pensare al giorno in cui avrebbe scopato Xan, l'aveva desiderato, temuto, messo in dubbio, per poi decidere che doveva assaporare l'amante ancora una volta; ne era stato così ossessionato, che l'approssimarsi di quel momento lo faceva sentire sopraffatto.

«Perché sono nervoso, vuoi dire?» domandò Xan, la voce più acuta del solito. «Suppongo sia perché è passato molto tempo dall'ultima volta che l'ho fatto con qualcuno che...» Lasciò cadere la frase. Il suo torace pallido assunse un colore rosato che gli raggiunse anche la gola e le guance. Provò di nuovo. «Con qualcuno che...»

«Qualcuno che non volesse farti del male?» suggerì Urho con dolcezza.

«Sì. Immagino di sì.» Xan aveva un tono così insicuro che a Urho fece male il cuore.

«Dovremmo parlarne, prima di spingerci oltre,» disse, sebbene il suo uccello fosse in feroce disaccordo con quell'intenzione. Guidò Xan fino al letto, ampio ed elaborato, su cui le coperte erano già state tirate indietro. «Cosa vorresti stanotte?»

«Voglio che mi scopi,» rispose Xan deciso, anche se subito dopo fece un sospiro frivolo che suonò come una risatina a malapena trattenuta. «Mi piace il sesso rude... credo.»

«Credi?»

«Non so se dovrei parlare delle cose che ho fatto in passato,» disse, leccandosi le labbra, ansioso. «O delle persone con cui sono stato.»

«Quante persone?»

«Solo due. Jason e... l'altro.»

«Il mostro.»

«Il cosiddetto mostro,» confermò Xan, la tensione che increspava l'aria in mezzo a loro.

«Non "cosiddetto". Non dimenticare che ho visto cosa ti faceva. Come ti lasciava dopo che...» Urho rabbrividì e gli toccò la guancia con gentilezza. «Non voglio vedere mai più quel genere di lividi su di te. Se vuoi che ti faccia del male in quel modo...» Scosse la testa.

«No!» Xan gli strinse il polso per trattenere la sua mano sulla guancia, come se temesse che Urho si allontanasse.

«Bene,» sospirò. «Posso perdere il controllo, come già mi è successo con te, ma non sarò mai violento al punto da farti sentire autentico dolore il giorno dopo. Non tratto così i miei Omega.»

Xan arrossì e abbassò lo sguardo.

«Cosa c'è? Parlami,» lo esortò Urho.

«Mi piace quando mi chiami Omega.»

Urho annuì. Se n'era già accorto.

«E credo che mi piacerebbe anche se mi chiamassi in modi volgari.»

Urho inarcò le sopracciglia con aria interrogativa.

Xan deglutì con forza. «Come puttana o troia o...» Aveva le orecchie così rosse che davano l'impressione di fare male. «O in modi peggiori.»

Urho gli sfiorò il mento. «Perché? Pensi di non meritare parole dolci?»

Lo sguardo di Xan cadde sul tappeto sotto i loro piedi.

«Allora? Rispondimi.»

Il suo ragazzo gli parve piccolo e spaventato quando sussurrò: «Non so cosa significhi. Con Jason era solo un gioco. Non...» Rabbrividì. «Non ne ho mai ricevute. Non volevo dare per scontato che tu me le rivolgessi. Nessuno ha mai voluto farlo prima.»

«Che mi dici di Caleb?» chiese Urho con delicatezza, il cuore che gli si stringeva per il suo povero cucciolo.

Xan gli spiegò timidamente come, durante il calore con Caleb, il sesso che erano riusciti a fare fosse stato disperato, terrificante e frustrante. «Non ci sono state "parole dolci" tra noi. Solo lacrime e dolore e paura.» Sollevò lo sguardo su di lui, la voce che tremava. «Quindi, non so se mi piacerebbe ascoltare parole dolci a letto oppure no. È una cosa che non ho mai provato.»

Urho lo attirò a sé e lo baciò sui capelli, sulle palpebre e sulle orecchie caldissime, ancora rosse di vergogna e imbarazzo. «Vediamo se ti piace. In caso contrario, potremo provare con qualcos'altro.»

«E se non piacesse a *te*?» domandò Xan con voce incerta, mentre Urho lo sospingeva all'indietro contro il letto e lo sovrastava, osservando le sue guance accese, gli occhi grandi e il torace accaldato che faceva capolino dall'accappatoio. «Scoparmi, voglio dire. Se non ti desse piacere? Non sarà come farlo con un Omega. Sono fatto in modo diverso e...»

«Mi piacerà,» lo interruppe Urho. Scivolò con la mano dentro l'accappatoio, accarezzò la pelle liscia e quasi glabra che trovò e poi gli fece scendere l'indumento lungo le spalle. «Mi è piaciuto tutto quello che abbiamo fatto finora. Non c'è motivo per cui questo debba essere diverso.»

«Sono comunque nervoso,» sussurrò Xan, mentre Urho scioglieva il nodo che teneva chiuso l'accappatoio. Lo allargò e scoprì il corpo di Xan, più minuto della media, il suo massiccio cazzo da Alpha e la sua pelle chiara, che continuava ad arrossarsi sempre di più a ogni respiro.

«Lo sono anch'io,» ammise. «Ma ti voglio, e ci siamo fatti delle promesse. Potranno non valere quanto un contratto, non essere altrettanto ufficiali, ma non le prendo alla leggera.»

«Nemmeno io.»

Ed era arrivato a volere molto di più che il corpo di Xan. Voleva farsi strada nella sua vita e guarire le sue ferite, essere suo amico, il suo compagno, e magari esserlo anche per Caleb, anche se in una maniera diversa. Non aveva idea di come tutto ciò avrebbe potuto funzionare, ma voleva iniziare da lì, da quel letto, facendo capire a Xan cosa volesse dire sentirsi amati.

«Mettiti comodo. Sdraiati sulla pancia per il momento.»

«Sulla pancia?» chiese Xan, pur facendo come gli era stato detto e tirando giù un cuscino per appoggiare il viso.

Urho gli si mise a cavalcioni sulle cosce e si tolse la vestaglia, la gettò da parte e lasciò scivolare le palle e l'uccello duro sulle natiche carnose del ragazzo. Xan gettò un'occhiata al di sopra della spalla. «Volevo guardarti...» I suoi occhi sembravano affamati mentre catturavano quanto potevano dell'immagine di Urho.

«Avrai molto tempo per farlo quando ti volterai. Adesso rilassati. Voglio controllare che tu sia guarito bene.»

Xan si lasciò sfuggire un mezzo singhiozzo e abbandonò la testa sul cuscino, i muscoli tremanti per l'emozione. Urho gli passò la mano su e giù lungo la schiena, carezzevole, gli massaggiò con gentilezza le spalle e scese fin sulle braccia.

«Rilassati,» gli mormorò. «Senti la mia presenza accanto a te.»

Premette l'uccello contro i suoi glutei e poi si abbassò a baciargli le scapole, una alla volta. Continuando a baciarlo, scese lungo la sua schiena, le ginocchia affondate nel materasso soffice.

Quando raggiunse la parte bassa in cui la schiena si incurvava, udì il suono lieve dei singhiozzi di Xan. «Stai bene?» sussurrò con le labbra sulla sua pelle calda, sull'ultimo punto che aveva inumidito con i baci.

«Ho paura,» bisbigliò Xan di rimando, le parole quasi impercettibili a causa del cuscino che stringeva.

«Non ti farò del male.»

«È di questo che ho paura,» disse, lasciandosi scappare un singulto. «Se non mi facessi male e io lo adorassi? E poi tu non volessi mai più darmi tutto questo?»

«Oh, mio dolce ragazzo,» sospirò Urho con voce carezzevole, accantonando il tentativo di dare un'occhiata all'apertura di Xan per risalire fino a lui e prenderlo tra le braccia. Lo fece voltare e accoccolare contro il suo petto, gli baciò i capelli e gli accarezzò la schiena e le braccia finché non si fu calmato. I loro cazzi duri strusciavano l'uno sull'altro mentre Urho lo cullava a un morbido ritmo. «Lascia che te lo mostri,» sussurrò. «Ti prometto che non te lo porterò mai via.»

«Come fai a saperlo?»

«Perché conosco il mio cuore.»

«Davvero?» rispose Xan meravigliato.

Urho lo strinse a sé, chiuse gli occhi e sentì come i loro corpi combaciassero nel modo più giusto. Gli posò un altro bacio sui capelli. «Sto imparando a conoscerlo sempre di più ogni giorno. Lascia che te lo dimostri.»

«Se ti permetto di rivolgermi parole dolci,» fece Xan con la voce di nuovo rotta, «non smetterai mai?»

Era una domanda importante, ma Urho conosceva già la risposta. «Non finché avrò vita. Ti darò questo e molto di più.»

«Non ti credo,» sussurrò Xan, e Urho non riuscì neppure a sentirsi offeso. Xan era stato ferito così tanto nella sua breve vita… dal punto di vista fisico, emotivo e spirituale.

«Allora dovrò provartelo.»

A quel punto, Urho lo baciò piano, con dolcezza, e Xan si sciolse contro di lui. Singhiozzò mentre Urho lo stringeva e lo toccava. Alla fine, si calmò abbastanza da voltarsi di nuovo a pancia in giù e sollevare i fianchi su un cuscino perché lui potesse avere una visuale chiara della sua apertura.

Urho sentì il battito aumentare di potenza quando allargò le natiche di Xan. Ecco l'inebriante ciuffo di peli ricci che circondava il tenero anello di muscoli. Il cuore gli accelerò a un ritmo allarmante, l'odore dell'eccitazione di Xan e del proprio stesso bisogno lo avvolse come una coperta di lussuria.

Si sporse in avanti per baciare quel punto che era stato trattato in modo tanto brutale l'ultima volta che l'aveva intravisto. Ormai era guarito, era tornato una fessura dolce e stretta che chiedeva a gran voce di essere accarezzata dalla sua lingua e dalle sue labbra.

Urho chiuse gli occhi e vi posò il tocco amorevole che aveva sempre meritato.

«Ti prego,» gemette Xan mentre la lingua di Urho lo penetrava. «Posso sopportarlo. Ti prego, fammi male e chiamami in modi volgari. Non farmi sentire così bene. *Ti prego.*»

«Oh, no.» Urho si staccò dal sedere umido di Xan il tempo sufficiente per rispondere. «Questa è la dolcezza che ti darò.»

Xan piangeva, e Urho gli baciò l'apertura con rinnovata adorazione. La leccò e la ricoprì d'amore fino a ridurre il suo Omega dal corpo di Alpha a un singhiozzante ammasso di frenesia e bisogno… la vergogna e la paura sembravano dimenticate nell'estasi del piacere. Xan si dimenò contro il cuscino che aveva sotto i fianchi, poi si spinse di nuovo contro il viso di Urho, gridando mentre si scioglieva di desiderio.

Urho avrebbe voluto scoparlo subito, ma non era pronto a finire così presto. Si dedicò ancora a Xan con la bocca, usò le dita per allargarlo con lentezza. Quando non poté più resistere, lo fece voltare e condivise con lui il suo sapore intimo in un bacio. Xan gemette e gli afferrò i capelli e il suo corpo tremava con tale forza che Urho lo coprì completamente con il proprio, spingendolo a fondo sul materasso per trasmettergli solidità e conforto.

«Dov'è l'olio?» chiese con voce roca, le labbra ancora su quelle di Xan, respirando l'aroma della sua saliva e della sua pelle. Xan non avrebbe prodotto liquido lubrificante, ai Beta e agli Alpha non succedeva. Urho ne aveva avuto un promemoria mentre leccava la sua apertura senza essere inondato dalla sostanza paradisiaca che gli Omega producevano in modo naturale. Ma il sapore di Xan era perfetto così: intenso e solo suo. Urho gli leccò ancora le labbra e apprezzò i residui del gusto deciso del suo punto più intimo.

«Nel cassetto,» riuscì a dire Xan, tra i sussulti di piacere e i mezzi singhiozzi provocati dall'emozione violenta.

Urho non attese che specificasse quale cassetto, immaginando che fosse quello più in basso nel comodino accanto al letto. Aveva ragione. Sollevò la bottiglietta per lubrificarsi il membro e versare un po' di olio sulla fessura di Xan, bagnata di saliva.

«Questo è il momento in cui dirmi di fermarmi, se è quello che vuoi,» disse, accarezzandosi il grosso uccello da Alpha.

«Non osare,» sibilò Xan. Sollevò le gambe per dargli libero accesso. Il suo cazzo duro giaceva, scintillante di liquido, contro il suo ventre, sopra un sentiero sottile di peli che dall'ombelico scendeva fino al cespuglio scuro del pube. Lo scroto roseo conduceva ai peli neri attorno all'apertura, che luccicava di olio e si contraeva per il bisogno, come a invitare Urho.

«Voglio che per te sia piacevole.»

«Scopami e basta,» ordinò Xan, le ciglia bagnate di lacrime, ma la voce colma di una determinazione che emergeva per la prima volta da quando Urho aveva messo piede in camera sua. «*Adesso.* Non farmi più aspettare. Provami che intendi farlo. Hai promesso.»

Urho afferrò le sue gambe e iniziò a spingersi dentro con lentezza. Xan gemette e mugolò, inarcandosi e spingendo a sua volta, il corpo che faticava ad allargarsi abbastanza per accogliere lo spessore del suo cazzo.

Il piacere di penetrare Xan superava tutte le sue aspettative. Urho aveva una delle sue gambe sulla spalla e teneva l'altra per la caviglia. La vista era incredibile: le forme sinuose e aitanti di Xan erano stese sotto di lui, i suoi muscoli sussultavano e tremavano di aspettativa e tensione. Un rossore intenso, più profondo di prima, si diffuse sul suo torace e gli raggiunse il collo, gli colorò le guance e conferì alla sua bocca una tinta ancora più brillante.

«Ti prego,» gemette Xan. «Di più.»

Le cosce di Urho fremettero e il suo respiro si trasformò in ansiti secchi, mentre si tratteneva dal penetrare il più a fondo possibile nel corpo dell'altro. La stretta attorno alla punta del membro, le pulsazioni sorde di Xan e la tensione dei suoi muscoli gli dicevano che il ragazzo faticava a adattarsi alle sue dimensioni.

Urho abbassò la mano e accarezzò lo stretto anello di carne che gli circondava l'uccello, mantenendo un fermo controllo su se stesso mentre Xan si dimenava, cercando di indurlo ad affondare di più. «Lo voglio tutto,» lo implorò, le tempie coperte di sudore mentre si spingeva contro di lui e lo faceva scivolare più all'interno. «Dammi il tuo nodo.»

Urho gemette. Avrebbe tanto voluto poter esaudire la preghiera di Xan. Il nodo si manifestava solo in presenza di un Omega in calore, grazie ai feromoni del suo piacere e del suo orgasmo che attivavano quella reazione nell'Alpha che lo stava possedendo. «Vuoi che ti ingravidi, piccolo Omega?»

Xan si lasciò sfuggire un lamento, voltando la testa da una parte e dell'altra mentre il suo bacino si contorceva e premeva con più intensità contro il massiccio cazzo di Urho. «Così,» cantilenò Urho. «Sei bellissimo mentre ti scopi sul mio uccello. Stupendo.»

Xan agitò i fianchi, facendosi penetrare sempre più a fondo a ogni sussulto e a ogni spinta, fino a ritrovarsi riempito del tutto. La soddisfazione si dipinse sul volto rivolto verso Urho e quell'espressione di sfida e di resa gli raggiunsero il cuore e l'anima, riducendolo a un mucchio di nervi scoperti ed emozioni.

Il suo cazzo pulsava nella profondità del calore setoso di Xan. L'interno del suo corpo era meno robusto di quello di un Omega e offriva una presa meno serrata, ma era ugualmente stretto e vivo. I muscoli interni si increspavano attorno a Urho, il corpo di Xan tremava per lo sforzo di allargarsi per lui, di tenerlo dentro di sé. Urho gemette e spinse i fianchi in avanti per raggiungere anche l'ultimo centimetro.

«Sì. Scopami,» invocò Xan, gli occhi accesi e selvaggi.

«Vuoi che ti faccia venire?» ringhiò Urho. Con una mano che ancora teneva la caviglia del suo amante, portò l'altra a stringere con delicatezza il suo collo teso. «Devi solo dirmi di sì, mio dolce Omega, e ti farò venire.»

«Sì!» Xan sgranò gli occhi e poi si abbandonò, arrendendosi. Il suo cazzo gocciolava contro il ventre. Quell'odore fece aumentare la salivazione di Urho, che gli strinse appena un poco di più il collo.

«Oh, cazzo, sì,» gemette Xan, rovesciando gli occhi all'indietro. «*Cazzo. Sì.*»

Urho lo tenne fermo con la presa sulla gola, troppo lieve per soffocarlo ma abbastanza solida da ricordargli chi fosse ad avere il controllo, chi fosse lì per adorarlo quella notte. Poi lo scopò con spinte intense e lunghe, mirando a colpirgli la prostata.

Rabbrividì di piacere mentre si dava da fare, prendendo nota delle differenze: l'assenza delle ghiandole soffici e gonfie degli Omega e della costante fuoriuscita di liquido attorno al suo cazzo per rendere il passaggio scorrevole. Ma essere dentro Xan, guardarlo andare in pezzi per il piacere, guardarlo offrirsi al suo corpo e allargarsi a causa del suo spessore, lo soddisfaceva con un'intensità che non aveva mai provato con nessun Omega dai tempi di Riki.

Xan sussultava ogni volta che Urho toccava il suo punto più intimo. L'uccello del ragazzo gocciolava di seme dall'odore intenso e Urho ne raccolse un po' sulle dita per aggiungerlo nel punto, già unto d'olio, in cui i loro corpi si congiungevano, come se fosse un lubrificante.

«Il mio piccolo Omega,» mormorò, spingendosi con forza in lui, serrando i denti per la furia degli affondi. «Ti inonderò con il mio seme e ti farò mio.»

«Tuo,» ripeté Xan, le pupille dilatate come se fosse sotto l'effetto di droghe. Il sudore gocciolava ai lati del suo viso accaldato.

«Promettilo,» ringhiò Urho.

«L'ho già promesso.»

Urho rabbrividì, le sue spinte persero per un istante il ritmo mentre sentiva una stretta al cuore. Sì, Xan gli aveva già promesso il suo culo, ma quell'atto andava oltre. *Quell'atto* era intimità e piacere selvaggio tutto in uno. Urho si abbassò e baciò Xan con passione. I loro denti si urtarono, poi le labbra si unirono in un dare e ricevere sensuale che faceva eco agli affondi dell'uccello di Urho nel corpo fremente di Xan.

«Vieni per me.» Urho gli strinse la gola con decisione. «Fatti schizzare addosso il tuo seme caldo mentre scopo il tuo dolce culo di Omega.»

Xan sembrava aver atteso solo il suo permesso, perché si contrasse, piegò le gambe e strinse la fessura attorno al cazzo di Urho in modo quasi doloroso.

Urho gli coprì la bocca mentre urlava di piacere e dal suo uccello esplodeva il seme. Gli schizzi finirono ovunque: sulle lenzuola, sui ricci scuri e spettinati di Xan, sulla testiera, persino sul pavimento oltre il letto.

Xan sbatté la testa contro il materasso, scosso dai sussulti. I suoi capezzoli rosei erano turgidi e imploravano attenzioni, mentre il suo cazzo si tendeva e si rilassava ancora e ancora e l'odore di sperma saliva attorno a loro come vapore.

«Bravo il mio ragazzo,» lo elogiò Urho. «Offrimelo tutto. Che Omega perfetto.»

«Ti prego,» gemette Xan, tremando con violenza a causa dei postumi del piacere. «Dammene ancora. *Prendine* ancora. Fammi venire ancora, ti prego.»

Urho si abbandonò sul suo corpo caldo e sudato, lasciandogli la caviglia per stringerlo forte tra le braccia. Il cazzo ancora duro di Xan gli sbatteva contro l'addome di continuo, e i muscoli della sua schiena e delle sue cosce si contraevano e tremavano mentre Urho lo scopava con spinte intense e profonde.

«Sì, sì,» cantilenò Xan. «Ti prego, Urho. Chiamami ancora il tuo Omega.»

«Mio Omega,» mormorò Urho, le parole che gli uscivano di bocca senza esitazione. Il cuore faceva eco a quel sentimento in modo irrazionale e devoto. «Mio.»

«Sì, oh cazzo, sì.» Il culo di Xan si strinse e si dimenò attorno al cazzo di Urho. «Lo adoro. Lo adoro davvero.»

Urho rabbrividì e dentro di lui qualcosa di rigido si sgretolò. Si chinò a baciare il collo di Xan, leccò il seme dalla sua guancia e poi gli succhiò i capezzoli appuntiti fino a farlo gemere tra gli spasmi.

Xan batteva con i talloni il ritmo del loro amplesso contro il sedere di Urho mentre lui lo penetrava. La voce di Xan cantava di piacere. Urho affondò il viso contro di lui, la tensione che si intensificava oltre la sopportazione, prima di abbandonarsi a una liberazione pulsante, estatica, un orgasmo accecante che lo consumò in sussulti frenetici, come se fosse in preda alle convulsioni.

Fiotti di seme di Alpha schizzarono in profondità nel corpo di Xan, in quantità tale da zampillare dalla fessura, lubrificando la struggente perfezione finale della loro unione.

«Sì,» gemette Xan, aggrappandosi forte a lui.

Urho sobbalzò e tremò sopra il corpo tanto più minuto dell'amante, sudato e indifeso davanti al piacere.

Il picco passò e si ritrovarono in un groviglio di membra bagnate, sudate e ricoperte di seme, a scambiarsi baci dolci e intimi per lunghi minuti ansimanti.

Alla fine, Xan sussurrò: «Mi è piaciuto. Nel caso te lo stessi chiedendo. Mi è piaciuto ricevere parole dolci.»

Urho sentì una stretta al cuore, ma era una stretta di gioia. «Allora lo faremo così ogni volta. Lo faremo così finché non te ne stancherai.»

Xan si strinse a lui, facendo combaciare i loro corpi in modo perfetto. «Non credo che succederà. Credo che, quando te ne andrai di nuovo, tutto questo mi mancherà... tu mi mancherai... più di qualsiasi altra cosa in vita mia.»

«Allora forse non dovrei andarmene.»

Quelle parole scesero tra loro come un oggetto solido che cadesse in un cumulo di gelatina, creando un pasticcio. Il pasticcio fu il silenzio imbarazzante che seguì. Urho tirò fuori l'uccello dal corpo di Xan e scese con una mano in basso, a premere due dita nella fessura fremente.

Xan si rilassò contro di lui, ed entrambi respirarono il silenzio profumato di sesso della stanza.

«Vorrei che non lo facessi. Andartene, intendo,» disse infine Xan. «Ma non mi aspetto che tu faccia promesse che non puoi mantenere.»

Urho gli accarezzò la nuca e chiuse gli occhi. Si assopirono insieme, senza più parlare della questione.

Durante la notte, si svegliarono diverse volte e Urho donò al corpo di Xan altre "parole dolci".

E quando giunse l'alba, era ancora affondato nel culo del suo amante e stava godendo dei sussulti convulsi dell'ultimo orgasmo di Xan attorno al suo sesso, ammirando il viso del suo Omega-Alpha che si abbandonava con fiducia al piacere.

CAPITOLO SEDICI

IL CLUB ERA situato in cima a un promontorio accanto all'oceano. Le sue torri sfioravano il cielo e l'edificio si estendeva fino alla base dell'altura, con diversi livelli che scendevano lungo la scarpata. Realizzato in mattoni rossi e pietra grigia, si fregiava di trasmettere un senso di rivisitazione del Vecchio Mondo e di offrire una splendida vista del mare e delle montagne a nord di Virona.

Scendendo dall'auto nuova che il padre di Jason aveva fatto recapitare a Xan e Caleb come regalo per l'inaugurazione della nuova casa, Xan guardò ammirato il completo di tweed color cachi indossato da Urho con una camicia gessata bianca e marrone sotto il panciotto abbottonato con cura. La cravatta rappresentava l'unica nota di colore, con un tocco di arancione nel motivo, e tutto l'insieme metteva in risalto la carnagione scura e quasi ruggine del suo amante, facendolo sembrare più giovane e rilassato.

O forse, era più rilassato a causa della settimana piacevole che avevano trascorso. Urho aveva ammaliato Xan, il suo corpo e la sua anima. Per quanto Xan riuscisse a intuire, anche Urho si sentiva nello stesso modo. Non si allontanava mai troppo da lui e lo trattava con il rispetto che avrebbe mostrato a un Omega, e non a un Omega qualsiasi, ma a uno a cui fosse legato da un contratto. Come Caleb gli aveva suggerito, avevano iniziato a "conoscersi a vicenda".

E non soltanto mentre erano nudi.

Avevano parlato, passeggiato ed esplorato insieme la tenuta. Xan aveva ascoltato storie sui giorni di Urho all'università, prima che aprisse la sua clinica, e gli aveva fatto domande su Riki. La cosa lo aveva fatto sorridere, e Xan si era accorto di voler davvero sapere di più riguardo all'uomo che Urho aveva amato e perso.

Gli si stringeva il cuore pensando al dolore che aveva provato quando Riki e il loro bambino erano morti, e nel chiedere di lui aveva notato che quel dolore si era alleggerito e che parlare del suo *Érosgápe* perduto rendeva Urho felice. Xan voleva che lo fosse. Voleva che fosse così felice da non andarsene mai più.

Le giornate si erano allungate in una meravigliosa nebbia di speranza, scintillante e dorata, qualcosa che Xan non aveva mai provato prima. Caleb sembrava molto compiaciuto e trattava Urho con una tale gentilezza che Xan si sentiva quasi in delirio mentre guardava il suo Omega interagire con il suo amante.

I solchi attorno agli occhi di Urho si erano alleggeriti, la tensione che di solito gli irrigidiva le spalle, probabilmente un'abitudine consolidata negli anni, era quasi del tutto scomparsa. Xan si sentiva gonfiare il petto d'orgoglio. Era stato lui a farlo. *Lui* aveva reso Urho appagato e soddisfatto.

Janus era partito da una settimana, e Caleb aveva incoraggiato Xan e Urho a uscire in paese. Jason si era unito con veemenza al suggerimento, dato che le scopate appassionate dei due stavano rendendo il povero Vale più eccitato che mai.

Urho allungò le mani e aggiustò il Borsalino di Xan, fatto di un nuovo feltro di lana grigia e cincillà con una fascia di seta di un grigio più scuro. L'aveva comprato lì per farsi amico il sarto, e Caleb aveva dichiarato che non aveva niente da invidiare a quelli realizzati in città.

«Stai benissimo,» disse Urho, spazzolando le spalline del completo preferito di Xan, un abito di lana cotta a quadri grigi e neri, con piccoli cuori rossi ricamati nel mezzo. Xan l'aveva impreziosito con una cravatta nera con un disegno di rose lussureggianti. Un abbigliamento romantico per una serata romantica.

Raddrizzò la schiena e guardò il suo amante con il cuore in gola, fremente di emozione. Non riusciva a credere che Urho fosse lì con lui in pubblico, che fossero insieme. Nessun altro avrebbe saputo la verità, ovviamente, ma a Xan bastava che fosse lui a conoscerla. Sapere che quello stupendo uomo maturo accanto a lui era suo e soltanto suo faceva cantare di gioia i suoi istinti possessivi da Alpha.

«È una bella serata,» disse Urho, sollevando lo sguardo verso il cielo stellato. «Ma il vento che arriva dall'oceano è gelido.» Rabbrividì appena. Avevano lasciato a casa i cappotti più pesanti, nella speranza che la temperatura gradevole di cui avevano goduto quel giorno in giardino si mantenesse.

«Entriamo,» convenne Xan, inspirando profondamente e ammirando il modo in cui l'odore della pelle di Urho si mescolava così bene all'aria di mare. Un afrodisiaco per il cuore. Lo fece sentire come se stesse entrando nell'edificio a cinque piani del Circolo per Gentiluomini di Virona con le ali ai piedi.

Xan ammirò l'arredamento e le decorazioni all'interno, così come gli abiti alla moda di tutti gli altri ospiti, e trattenne un sussulto. Era un ambiente decadente proprio come i club di quel tipo che si trovavano in città. «Janus viene qui quasi tutte le sere,» disse, guardando le pareti a motivi vivaci e i trofei di caccia che li circondavano.

Gli altri membri del club, sparsi qua e là, erano perlopiù Alpha senza legami, ma nel gruppo c'era anche qualche Omega silenzioso, con la consueta spilla rotonda che mostrava il suo stato di uomo impegnato. Escluso il personale, l'ingresso ai Beta era vietato, e Xan dovette ammettere che la disuguaglianza del sistema di caste in cui vivevano a volte passava inosservata alla sua consapevolezza di persona privilegiata.

Un inserviente Beta dal sorriso pronto li aiutò a togliere le giacche per rimanere in panciotto e camicia, come voleva la moda in voga nei club, e porse loro le ricevute per ritirare gli indumenti all'uscita.

Lui e Urho si fecero strada fino alla sala da gioco, dove molti uomini partecipavano a giochi di fortuna o di abilità, come il biliardo o le carte. Altri se ne stavano raggruppati in piedi, a parlare e bere. Xan si rilassò nel notare diversi sguardi di ammirazione rivolti verso di lui e altri rivolti a Urho. Formavano una bella coppia, se poteva permettersi di dirlo.

«Ti prendo da bere?» chiese Urho, con un cenno del capo verso il bar lungo la parete nera.

«Andiamoci insieme.»

Il barista aprì un conto per Xan appena lui gli mostrò la prova della sua recente ammissione a membro, e versò a entrambi un drink abbondante. Xan si sedette su uno sgabello e si diede una lunga occhiata intorno mentre sorseggiava il suo. Quella sera erano presenti uomini di ogni età. A Virona c'era più agiatezza di quanto avesse creduto. Immaginò che fosse di questo che suo padre e Ray avevano parlato tanto. Lì c'erano possibili clienti e lui avrebbe dovuto adescarli.

«Janus ha intrecciato un sacco di relazioni sociali in questo club,» mormorò, chiedendosi quali tra quegli uomini suo cugino avesse già accalappiato per l'azienda per prendersene il merito.

«Davvero?» chiese Urho, guardandosi attorno. Il modo educato e signorile di giocare e l'aria quasi vecchio stile del luogo gli si addicevano. «Non mi sembra un posto nelle sue corde.»

Xan fece un cenno del capo verso un Alpha che aveva riconosciuto come Jol Martinez, il proprietario dell'impresa edile che stavano usando per l'edificio della nuova sede. Ricevette un sorriso e alzò il bicchiere in risposta.

Visto? Le relazioni sociali erano facili. Anche lui poteva intrecciarne. Se solo ci avesse provato.

Ma quella serata era dedicata a passare del tempo insieme a Urho lontano dal letto, perciò Xan sorrise e poi si voltò educatamente verso Urho, per far capire a Jol che al momento era impegnato altrove.

«Beh, magari questo livello non è nel suo stile, ma Janus adora socializzare. So che si è fatto un nome ai piani inferiori, dove si trova la palestra e hanno luogo gli incontri di lotta.»

«Lotta?»

Xan alzò gli occhi al cielo. «Già. A quanto pare, è un gran combattente.»

Urho si accigliò, ma rimase in silenzio.

Il drink era buono, e Xan lo mandò giù più velocemente del dovuto, sentendo il piacere dell'alcol che si diffondeva nel suo corpo e lo accendeva di calore. Avrebbe voluto toccare il mento di Urho, far scivolare una mano attorno al suo collo e attirarlo verso il basso per un bacio. Sospirò e si accontentò di un sorriso.

«Quando ero giovane mi sono divertito a fare un po' di boxe,» disse Urho, leccandosi le labbra e staccando lo sguardo dalla bocca di Xan. Stava avendo lo stesso genere di pensieri? «Riki lo trovava elettrizzante, e a me piaceva elettrizzarlo.»

«Adesso non boxi più?» Urho aveva ancora l'aspetto di chi avrebbe potuto abbattere una montagna, se avesse voluto: muscoloso e forte, alto e robusto. Inoltre, si muoveva con una tale fermezza e determinazione che Xan riusciva a immaginarlo in un combattimento, ad assestare solidi pugni come una macchina.

«È una cosa per giovani teppisti. Come Janus, a quanto pare.»

«A giudicare dal tempo che passa qui, non solo è bravo nella lotta, la adora. Ma sospetto che adori anche allontanarsi da casa, quasi quanto a noi piace averlo a distanza.» Xan fece un sorrisetto. «Soprattutto da quando lui e Caleb sono venuti alle mani.»

Lo sguardo di Urho si indurì. «Questa dovrai spiegarmela un po' meglio. In particolare, dovrai spiegarmi come faccia Janus a respirare ancora. Ha colpito Caleb?»

«No! Caleb ha colpito lui!» Xan sorrise con orgoglio nel ripensare al modo in cui Caleb l'aveva messo al tappeto. «Gli ha dato un calcio nello stinco e poi una gomitata sulla nuca.»

«Sacro Lupo.»

Xan si strinse nelle spalle. «Quell'idiota se l'è cercata, ovviamente.»

«Caleb è indomito e bellissimo. Sei un uomo fortunato ad averlo.» Urho sorrise con affetto, gli occhi scintillanti di ammirazione.

«È vero,» confermò Xan. «È in grado di rendermi felice come ogni altro Omega con il proprio Alpha.»

«E *questo* rende felice me,» commentò Urho. Fece un cenno del capo verso un alto Beta ben vestito di mezza età, che si stava avvicinando nella loro direzione. «Quello sembra il *concierge* con cui hai appuntamento. Andiamo a vedere quali attività tengono Janus così occupato.»

Il *concierge* del club fece fare loro un tour completo, sebbene fosse sera. Esaltò i campi da golf del circolo, che si scorgevano alla luce della luna da una balconata sul retro dell'edificio. Indicò loro anche il porto turistico con trentacinque posti barca e le piscine esterne e interne.

«Quelle sono la nostra attrazione estiva più popolare,» spiegò, accentuando la esse mentre parlava, uno scintillio negli occhi grigi.

Si trovavano sulle scale che portavano dai piani superiori ai livelli inferiori della struttura, all'interno della parete rocciosa. Dal basso proveniva un odore intenso di sudore.

«Ma in inverno, signori, offriamo attività al chiuso. Bowling, naturalmente. E, come avete visto, biliardo e poker, per chi ama il gioco d'azzardo, e il *racquetball* per gli sportivi.» Inarcò le sopracciglia e il suo viso assunse un'espressione sorniona. Poi abbassò la voce, come se stesse rivelando un segreto. «Per coloro che gradiscono qualcosa di più brutale, tuttavia, offriamo anche una forma di intrattenimento al chiuso più aggressiva, da *Alpha*.»

Con quelle parole, aprì la porta alla base delle scale che conducevano a un'ampia palestra interna. L'aria era quasi fetida per l'odore di sudore e di feromoni Alpha. Quel sentore pungente colpì le narici di Xan e lui sbatté le palpebre, gli occhi che bruciavano fino alle lacrime per l'intensità di quell'assalto. Urho sembrò avere una reazione simile, si chiarì la gola e si asciugò gli occhi.

Il tanfo accese i nervi di Xan, i suoi istinti di Alpha si misero in allerta: lì dentro dovevano esserci stati pericolo, dolore, sofferenza... e sì, anche sesso. Lo sentiva nell'aria. Si guardò attorno nel vasto ambiente, diviso in diverse sezioni e stipato di uomini.

Doveva essere lì che tutti gli Alpha di Virona si riunivano, la notte. Tra la folla ai piani superiori e quella ai piani inferiori, come poteva essere rimasto qualche Alpha a casa con il suo Omega e la sua famiglia?

A proposito di Omega, non ce n'era nessuno nella sala. Soltanto Alpha. La cosa era evidente a una sola occhiata e assodata dal cartello sulla parete nera: *ACCESSO VIETATO AGLI OMEGA*. E in lettere più piccole: *a causa del pericolo che si scateni l'istinto degli Alpha in loro presenza.*

«Si batterebbero... e non secondo le regole degli scontri, signore,» spiegò sottovoce il *concierge*, notando la direzione dello sguardo di Xan. «Nessuno vuole perdere di fronte al proprio Omega.»

Urho annuì e si allentò la cravatta.

L'atmosfera era umida e pesante. Metà della sala era dedicata ai ring per la boxe e la lotta, l'altra metà alle sacche da allenamento e ai pesi. Di fronte a uno dei ring erano sistemate alcune sedie, come in attesa di un pubblico, ma al momento erano vuote.

Diversi Alpha si aggiravano per la sala in pantaloncini aderenti e magliette che lasciavano esposte le braccia allenate e muscolose e le spalle sudate. Tiravano pugni e calci ai sacchi di sabbia e, sui ring, se li tiravano a vicenda. Qualcuno lottava su una stuoia nell'angolo, e degli uomini si aiutavano l'un l'altro a sollevare barre con grossi pesi.

A Xan si seccò la bocca, le sue palle si fecero gonfie. L'odore di così tanti Alpha nell'ambiente era eccitante e pericoloso. Si schiarì la gola e guardò Urho, che lo stava osservando con un'espressione divertita.

Il *concierge* continuò con aria complice: «Naturalmente, *qui* si può anche scommettere, se questa è la vostra passione.» Indicò una larga lavagna con sopra dei nomi, ognuno affiancato dalle puntate. Xan individuò il nome di Janus nell'elenco, sebbene fosse contrassegnato come assente per l'evento della serata. Altri nomi erano elencati come appartenenti alla squadra di lotta del Circolo per Gentiluomini di Virona, e la maggior parte erano contrassegnati come presenti; diversi avevano quote piuttosto alte accanto ai loro nomi. C'era anche un'altra lavagna per una squadra ospite, e un ragazzo dalle braccia forti stava scrivendo con il gesso i nomi dei membri presenti.

«Intuisco che stasera ci sarà una serie di incontri, vero?» chiese Urho, con un cenno del capo verso le lavagne.

«Sì, infatti. Per il futuro, ci sono indumenti da palestra a noleggio qui negli spogliatoi, se voi signori aveste piacere di prendere parte a qualcuna delle attività.» Fece un cenno verso le porte sul lato sinistro della sala, contrassegnate da disegni del corpo maschile.

Xan avrebbe preferito morire che trovarsi lì in mezzo a tutti quegli Alpha muscolosi e togliersi i vestiti. Era minuto e asciutto, e di sicuro non si vergognava del suo corpo. Non ne aveva motivo, dato il modo in cui Urho sembrava desiderarlo, ma non voleva nemmeno correre il rischio di diventare duro in pubblico o di essere preso in giro per le sue dimensioni.

«Tuttavia, la palestra verrà chiusa a breve per lasciare spazio agli eventi principali,» disse il *concierge* in tono desolato. «Perciò, stasera non c'è tempo per questo. In ogni caso, vi consiglio davvero di restare ad assistere. È uno spettacolo notevole.»

Xan seguì l'esempio di Urho e si sciolse la cravatta a causa del calore della stanza, poi guardò l'amante negli occhi. Sembrava aperto all'idea. Xan deglutì con forza, la mente che già si riempiva di immagini di Alpha sudati che si avvinghiavano. «Quando inizia?»

«Oh, avete tutto il tempo di cenare prima, come avevate pianificato. La prima coppia inizierà tra un'ora.»

«È parecchio violento?» chiese Urho, la mano che si posava sulla spalla di Xan e la stringeva.

Xan si appoggiò all'indietro contro il suo palmo e faticò a riacquistare l'equilibrio, quando Urho la tolse di colpo. Era una mossa saggia, ovviamente. Non potevano dare l'impressione di essere nient'altro che amici in pubblico, e soprattutto lì. Cosa avrebbero fatto uomini come *quelli* se avessero saputo la verità?

«Oh, piuttosto violento, signore! Ma i tornei sono divertenti da guardare dalla sicurezza delle sedie attorno al ring,» rispose il *concierge*, sorridendo. «Mi compiaccio di dire che la nostra squadra di lotta è piuttosto valida. Anche se stasera manca un membro molto talentuoso, Janus Heelies. Non è soltanto un abile uomo d'affari, a quanto ho sentito, ma anche un eccellente lottatore.» Il *concierge* si sporse in avanti e bisbigliò: «Gioca sporco, ma non sono stato io a dirvelo.»

Urho ridacchiò e commentò: «Sei molto attento a ciò che si dice in giro, eh?» proprio mentre Xan borbottava malignamente: «Oh, non fatico a crederci.»

Il *concierge* ignorò il commento di Urho e si rivolse a Xan. «Conosce il giovanotto, allora?»

«Fin troppo bene.»

«Capisco.» Il Beta sorrise di nuovo, compiacente e un po' troppo ossequioso. «Beh, come ho detto, la nostra squadra è piuttosto talentuosa. Stasera, affrontiamo la formazione del Blue Vein. Sono venuti direttamente dalla *città*.»

«Caspita,» fece Urho, riuscendo a suonare colpito anziché divertito. Ma il luccichio nei suoi occhi lo tradiva.

«Già. Sono i nostri più grandi rivali e mi aspetto che stasera la sala sia strapiena. Posso riservare due posti per voi nelle prime file, che ne dite?»

Urho e Xan acconsentirono e il *concierge* li guidò di nuovo su per le scale. «Avete una prenotazione per cena nella sala Vista Mare?»

«Sì,» confermò Xan.

«Eccellente. È l'unica sala mista del club. Consentiamo a qualsiasi membro della comunità di cenare con noi, naturalmente. Basta che possano permettersi di pagare.»

Xan fece cenno a Urho di seguire per primo il *concierge* nella sala da pranzo, che offriva un'ampia vista dell'oceano. Solo metà dei tavoli era occupata. C'erano diversi Alpha, qualche coppia di Beta e un buon numero di coppie di Alpha e Omega, incluse alcune formate da *Érosgápe*, come era palese dal modo in cui erano persi l'uno nell'altro. Tuttavia, in confronto all'attività della sala da gioco e della palestra, quell'ambiente sembrava quasi vuoto. Era ovvio che la sala da pranzo non fosse l'attrazione principale del club, nonostante la reputazione eccellente della sua cucina.

«Che panorama,» mormorò Urho.

«Dovremmo invitare Rosen e Yosef,» disse Xan, una volta che si furono seduti accanto alla finestra che dava sul mare. «Dopo la nascita del bambino, certo. E poi potremmo venire tutti a cenare qui e rimanere a guardare un combattimento.»

«Se Vale lascerà quel bambino con un babysitter per più di cinque minuti durante il primo anno, ne resterò scioccato,» dichiarò Urho con una risata, mentre prendeva un menù dal cameriere che era venuto a servirli. «Ma, in caso contrario, penso che sia una bella idea.»

Si rilassarono sulle sedie e scelsero una bottiglia di vino. Dopo aver ordinato da mangiare, Xan sorrise e disse: «Caleb ha pensato che dovessimo cogliere questa opportunità per parlare.»

«Di qualcosa in particolare?»

«Di noi stessi, penso. Teme che non stiamo approfondendo la nostra conoscenza.»

Con un sorriso lascivo, Urho sussurrò: «Io sto imparando a conoscerti molto bene, in tutti i modi più interessanti e intimi.»

In quel momento tornò il cameriere con il vino, e Xan riuscì a prendersi un secondo per ricomporsi e nascondere l'eccitazione con il tovagliolo. Dopo che il cameriere si fu allontanato, disse: «Caleb dice che per conoscere davvero qualcuno serve più di quello.»

«Sono due anni che ti osservo, ormai, alle feste, durante le nostre gite in spiaggia, a cena da Vale e Jason, e adesso ti vedo qui, a casa tua. Ho osservato il modo in cui tratti gli amici, i domestici e il tuo Omega. Ti ho visto portare avanti una messinscena per nascondere i tuoi lati più teneri a un occhio distratto. E ora ti ho visto a letto… ho visto la tua vulnerabilità e la tua passione. Come dovrei fare a conoscerti meglio di così?»

Xan afferrò il suo bicchiere di vino e bevve un lungo sorso. Quasi non riusciva a inghiottire per la gratitudine che gli stava gonfiando il petto. «Non lo so,» mormorò infine. «Per me vale lo stesso. Ma Caleb dice che innanzitutto dovremmo essere amici.»

«Mi sembra un buon consiglio. Non siamo amici?»

«Sì.»

«E più che amici?»

«Sì,» rispose Xan, con l'uccello che si contraeva pericolosamente sotto il tovagliolo.

Urho si sporse verso di lui, i denti bianchi che costituivano un contrasto affascinante con la pelle scura. «C'è qualcosa su di me che senti il bisogno di sapere, prima di riporre fiducia in ciò che stiamo costruendo?»

Il fatto che stessero costruendo qualcosa lo faceva sentire in preda a un capogiro. Era troppo bello per essere vero. Tuttavia, a parte quel dettaglio…

Xan rifletté, sorseggiando il vino con lo sguardo rivolto alla finestra, verso il mare scuro e impetuoso. «Non ti ho mai visto arrabbiato. Turbato, sì. Forse quel giorno in cui sei venuto a casa mia dopo… beh, quando ero ferito. Eri stressato, confuso…»

«Spaventato. Ben più che spaventato.»

Xan deglutì con forza. «Per me?»

«Certo, avevo paura per te, ma ero anche terrorizzato dal significato della mia reazione. Da cosa volesse dire… su di me.» La voce di Urho era calma, aveva un tono basso e rassicurante che non mostrava segni dell'uomo un tempo tanto sconvolto.

«Non sembri più spaventato.»

«Dovrei esserlo,» mormorò Urho, lanciandosi uno sguardo alle spalle con il chiaro intento di accertarsi che il tavolo più vicino fosse a diversi metri di distanza. «Ma quando sono con te, dimentico tutto questo.»

«È pericoloso.»

«Solo in pubblico,» ribatté Urho, poi si rilassò contro lo schienale della sedia con una scrollata di spalle. «E ci comporteremo in modo intelligente. Terremo le mani a posto.»

«Ovviamente.»

Tuttavia, uno sguardo alla sala da pranzo riempì Xan di irritazione. Vedeva coppie di Omega e Alpha che si sbaciucchiavano in un angolo, o coppie di Beta tenersi per mano a tavola, e persino un gruppo di Omega che si abbracciavano l'un l'altro sul divano accanto alla parete opposta. Lui avrebbe sempre avuto paura di comportarsi in modo spontaneo con Urho in pubblico, per timore di ripercussioni devastanti, e quella era una terribile ingiustizia.

«Virona è un ambiente più sicuro rispetto alla città,» considerò Urho. «La cultura delle cittadine marittime del nord è più rilassata e la gente è abituata al viavai di turisti, che si portano dietro altri usi e credenze. Ma è chiaro che saremo il più possibile discreti. Non è il caso di esporci al rischio… né di esporvi Caleb.»

Xan annuì con un sorriso tirato, mentre il cameriere tornava con i loro piatti. Con il gusto del rimpianto ancora fresco in bocca, Xan trovò il sapore del cibo un po' scialbo. «Se fossi nato Omega...» iniziò, ma Urho posò una mano sulla sua e la strinse brevemente, prima di lasciarla.

«Ci sono cose che non possiamo cambiare. Riki non c'è più. Tu non sei un Omega. Il cielo è azzurro. L'acqua è bagnata.» Ridusse la voce a un sussurro. «Questo non cambia i miei sentimenti per te, né il mio desiderio, né il mio affetto. Ti voglio esattamente come sei.»

Xan non poté evitare di desiderare che le parole "desiderio e affetto" si trasformassero in *amore*, ma sapeva che quella era una parola che arrivava con il tempo. Persino molti *Érosgápe* non la usavano per diversi mesi o addirittura anni, all'inizio della loro relazione, nonostante fosse evidente che erano innamorati. Xan ricordava ancora la prima volta che Vale lo aveva detto a Jason, diverso tempo dopo che avevano firmato il contratto. Jason aveva camminato a un metro da terra per settimane.

Sì, era davvero troppo presto per pensare alle dichiarazioni d'amore.

«Vale anche per me,» disse, sorridendo con dolcezza e bevendo un altro sorso di vino.

Urho tornò al suo piatto di bistecca e aragosta. «C'è qualcosa che vuoi sapere su di me? Sarò felice di soddisfare le tue curiosità.»

Xan inclinò la testa. «So chi sei... che tipo di persona sei, intendo. Ma non so molto riguardo alla tua vita prima che ti conoscessi. Come mai ti sei unito all'esercito? Perché non sei diventato subito un medico?»

«Non sono nato nella ricchezza come te e Jason. L'ho ottenuta tramite Riki, quando abbiamo siglato il contratto. Prima di allora, dovevo risparmiare ogni centesimo. L'esercito fu l'opzione migliore per me, dopo aver finito la scuola e prima di incontrare Riki. Mi insegnò il valore dell'autodisciplina, cosa di cui ho un'estrema carenza quando si tratta di te, e pagò per la mia formazione di medico. La guerra in sé era orribile, e te ne risparmierò i dettagli, soprattutto per non rivangarli io stesso. Non conservo molti ricordi di quella parte della mia vita su cui mi piaccia tornare.»

Xan annuì, mangiando la sua bistecca e giocherellando con l'insalata che aveva ordinato.

«Ho incontrato Riki mentre ero ancora arruolato. Fu una sorpresa, come tendono a essere tutti i legami tra *Érosgápe*, e non posso dire che i suoi genitori fossero entusiasti di me. Alla fine, il suo Father non è vissuto abbastanza da veder morire Riki, e il Pater è stato vittima del cancro non molto tempo dopo.»

«Mi dispiace.»

Urho si accigliò. «È stato un periodo buio. Non so come sia riuscito a superarlo. Alla fine, ho imparato ad andare avanti. Ma non ho dimenticato.» Bevve un lungo sorso dal suo bicchiere, prima di incontrare gli occhi di Xan. «Ma forse è tempo di provarci.»

«Dimenticare Riki sarebbe impossibile, non credi? Lui ti completava come solo una persona al mondo avrebbe potuto fare. Io non prenderò il suo posto.»

«Vedo che comprendi,» mormorò Urho, stringendogli di nuovo la mano. «Non voglio che tu prenda il suo posto. Ma restare aggrappato al passato non mi porta da nessuna parte, giusto? Tu, invece… Con te, potrei andare in una nuova direzione. Un nuovo viaggio con cui concludere la mia vita.»

«Non sei così vecchio!»

«Sono molto più vecchio di te. È meglio accettarlo subito, così potrai prepararti per quando sarà il momento.»

«Pensi che staremo insieme così a lungo?» chiese Xan, il cuore che sussultava di speranza.

«Non vedo perché non dovrei, se impariamo come gestire la natura proibita della nostra relazione e siamo disposti ad accettarne i rischi sul lungo periodo.»

Xan deglutì con forza, mentre la speranza si trasformava in un sentimento svolazzante e cinguettante. «Io sì. Voglio farlo.»

Urho sorrise. «In questo momento lo vuoi, ma sei giovane. Man mano che invecchierò, le cose potrebbero cambiare. Potrei non essere in grado di soddisfare...»

«Fermati. Non ho mai avuto niente del genere. Non portarmelo via prima ancora che possa viverlo.»

«Allora godiamoci questa cena.»

Xan concordò con un sorriso. Era piuttosto soddisfatto della loro amicizia. Più tardi, avrebbe raccontato a Caleb che lui e Urho avevano in comune ben più di qualche grandiosa scopata, sebbene il sesso fosse davvero fantastico. Se quello fosse stato il principio e la fine della loro relazione, Xan se ne sarebbe accontentato. Si sentiva molto fortunato a non doverlo fare.

Non aveva mai immaginato di poter provare una felicità così genuina.

Dopo la cena, tornarono nella palestra.

«Quando ero nell'esercito, facevamo incontri di lotta per divertirci, ma è passato molto tempo dall'ultimo a cui ho assistito.»

I posti che avevano prenotato erano vuoti, nonostante la palestra si fosse riempita di gente. Sembrava che tutti coloro che prima si trovavano ai piani superiori fossero scesi per assistere agli incontri. Ai margini della sala era pieno di persone che andavano e venivano. Urho e Xan si sedettero ai loro posti, impazienti che il torneo iniziasse.

«Vuoi piazzare una scommessa?» chiese Urho, indicando con un cenno del capo la lavagna, ora coperta di numeri e nomi.

Xan scosse la testa. «L'opinione di Father su di me peggiorerebbe ancora, se iniziassi a giocare d'azzardo. Lo lascio a Janus. Lui è il pupillo della famiglia e sembra non fare mai niente di sbagliato agli occhi di Father, anche quando le sue azioni sono sbagliate agli occhi della società. Ma non importa, lasciamo da parte questo discorso, per ora. Facciamo finta che l'unica ragione per cui non scommetto sia che non saprei su chi puntare i miei soldi.»

Urho sorrise, divertito, e scrollò le spalle. «Nemmeno io sono un grande scommettitore. Riki però scommetteva sulle corse dei cavalli.»

«Vinceva?»

Urho rise di cuore. «No, perdeva di brutto, ma lo adorava al punto che non ho mai voluto dirgli di smettere. Era sempre speranzoso, e poi ogni volta restava deluso. L'opportunità di consolarlo valeva qualsiasi somma avesse perso. E comunque si trattava dei suoi soldi.»

«Sembra che fosse un tipo divertente.»

«In realtà era riservato,» rispose Urho, dandogli un colpetto sulla spalla. «Niente a che vedere con te. Ma il suo sorriso mi faceva cantare il cuore.» Guardò di nuovo Xan. «Perciò, forse un po' ti somigliava, dopotutto.»

A quel complimento, fu il cuore di Xan a riempirsi. Un qualunque paragone positivo con l'*Érosgápe* di Urho era la più alta forma di apprezzamento che potesse immaginare. Gli sorrise, mentre la gratificazione lo pervadeva dalla testa ai piedi.

«Sì,» mormorò Urho. «Proprio così.» Si indicò il torace e gli strizzò l'occhio. «Sta cantando.»

Un fischio richiamò l'attenzione del pubblico verso il ring, e Xan rise felice, con la gioia che risuonava in lui più forte della voce che annunciava i primi due contendenti. Il rappresentante di Virona era uno sconosciuto per Xan, che non lo aveva incontrato durante le trattative per l'avvio della nuova sede, così come lo sfidante del Blue Vein arrivato dalla città, ma Xan notò che la folla acclamava entrambi con entusiasmo.

«Dovrebbe essere un bell'incontro,» commentò Urho, sporgendosi in avanti sulla sedia per osservare il ring con interesse.

L'incontro fu rapido. Lo sfidante diede una batosta al lottatore di Virona. Ciononostante, i momenti tra il *gong* e la dichiarazione della vittoria erano stati elettrizzanti, con i due uomini l'uno sull'altro, che si afferravano con foga e si rotolavano sul tappeto rialzato, tra forti ansiti e muscoli che si flettevano.

L'uccello di Xan si era risvegliato. Non poteva fare a meno di immaginare Urho che lo immobilizzava in quel modo mentre lui cercava di liberarsi. Ma tra loro sarebbe finita in modo molto diverso, soprattutto se fossero stati nudi.

«Ti è piaciuto?» gli sussurrò Urho all'orecchio, e Xan ebbe un tremito di gioia.

«Sì.»

«Lo immaginavo.»

«Il tappeto in camera mia è piuttosto ampio,» mormorò Xan, girandosi verso di lui e premendosi d'impulso contro il suo fianco. «Potremmo provarci anche noi. Tu potresti insegnarmi una cosetta o due.»

«Potrei,» confermò Urho. «E potremmo fare anche un po' di boxe in giardino. Meno incentrata sulle prese e più sulla tattica.»

Xan annuì e si ricompose, spezzando il dolce contatto tra le loro braccia e i loro corpi. Fu allora che lo vide.

Il suo cuore inciampò e si fermò per un lungo, terribile attimo, poi prese a martellare con forza.

In piedi accanto al ring, con addosso l'uniforme del Club di Lotta del Blue Vein, c'era Wilbet Monhundy che guardava dritto verso di lui, con il sorriso di un predatore che ha individuato la preda. Le braccia muscolose e le gambe potenti erano in bella vista nell'uniforme aderente, e il suo sorriso crudele fece sussultare in modo orribile il corpo di Xan.

Monhundy lanciò a Urho uno sguardo carico di significato, sollevò un sopracciglio, poi si rivolse a Xan con un sogghigno e scosse la testa, disgustato. Xan si sentì gelare.

Urho si sporse di nuovo verso di lui per illustrargli alcuni aspetti riguardanti le esperienze dei due contendenti successivi, spiegate nell'opuscolo che avevano ricevuto all'entrata. Xan avrebbe voluto spingerlo via, tenerlo al riparo dallo sguardo sagace di Monhundy, ma allo stesso tempo voleva evitare qualsiasi reazione. Cercò di rimanere immobile, ma l'impulso di alzarsi e scappare e il bisogno soffocante di allontanarsi lo spingevano ad agitarsi sulla sedia.

«Tesoro, qualcosa non va?» chiese Urho.

«Niente,» rispose Xan a denti stretti. «Questa sedia è scomoda.»

Nello sguardo di Urho si accese un barlume di preoccupazione. «Ti fa male qualcosa? Ci siamo andati giù troppo pesante? Avresti dovuto dirmelo,» sussurrò.

Xan deglutì con forza, senza distogliere l'attenzione da Monhundy, che osservava le sue interazioni con Urho come un serpente avrebbe osservato un topo. «Sto bene. Non preoccuparti. Va tutto bene.» La sua voce tradiva il pallore che doveva avere in volto. Si dimenò ancora in modo convulso, inchiodato dalla crudeltà negli occhi di Monhundy.

Urho seguì la direzione del suo sguardo, verso il punto in cui Monhundy attendeva il suo turno di combattere. «Chi è quell'uomo? Lo conosci?»

Xan deglutì di nuovo a fatica e scosse la testa. «No.» Poi, dopo aver riflettuto, annuì una sola volta. «Sì. È, ehm, beh, la sua famiglia è in affari con mio padre. I Monhundy.»

Urho fece una smorfia. «Ah, sì. Ricordo di aver visto quel tipo quando lavoravo all'università… Come si chiamava, Wilbet? Un odioso pezzo di stronzo. Un bullo della peggior specie.» Urho si immobilizzò, mentre le sue parole risuonavano ancora taglienti nell'aria tra lui e Xan. Assottigliò lo sguardo verso Monhundy.

«Non farlo,» mormorò Xan.

Urho serrò i pugni. «È lui. È stato lui a farti del male. È lui l'uomo che…» Saltò su dalla sedia, con l'opuscolo stritolato in una mano e uno sguardo omicida.

Monhundy sorrise e inarcò un sopracciglio in un'espressione di sfida, quasi pregando Urho di fare qualcosa di sconsiderato.

Anche Xan si alzò di scatto e spinse Urho a sedere. Fu difficile, ma agì con determinazione e gli fece perdere l'equilibrio. «Non possiamo fare una scenata,» sibilò.

Il presentatore raggiunse il centro del ring con un microfono in mano. «Il nostro prossimo lottatore del Blue Vein è un osso duro!»

«Lo uccido,» sussurrò Urho, digrignando i denti mentre sosteneva lo sguardo di Monhundy. «Lo sventro. Ti ha stuprato.»

Xan gli strinse il braccio. «Sono andato io da lui!»

Il grido di rabbia di Urho fu coperto dalle urla eccitate della folla al suono del gong, che dava inizio a un altro incontro. I due uomini si afferravano e rotolavano, si separavano e tornavano ad attaccarsi. Era brutale e violento, e questa volta sembrò che le regole non venissero rispettate del tutto. Il contendente di Virona iniziò a sanguinare copiosamente dal naso, ma nessuno mise fine all'incontro.

Xan sedeva immobile, stretto al braccio di Urho; guardava l'incontro senza perdere di vista Monhundy, in preda alla paura e a una rabbia a stento trattenuta. Come osava Wilbet Monhundy presentarsi lì a Virona? Come osava mostrare la sua faccia nelle vicinanze della sua nuova vita quasi perfetta?

Stavolta fu il lottatore di Virona a essere dichiarato vincitore, ma Xan non riuscì neppure a godersi la sconfitta della squadra di Monhundy. Urho era di nuovo in piedi, l'espressione determinata, ma Xan si alzò a sua volta, riuscì ad afferrarlo per un braccio e lo tirò via dalla sala gremita e ora surriscaldata. Percepiva lo sguardo di Monhundy alle loro spalle. Il sudore gli colava ai lati del viso mentre lui e Urho si facevano strada con difficoltà verso l'uscita.

Urho sarebbe stato più che in grado di liberarsi dalla sua stretta, ma per fortuna non lo fece. Una volta fuori dalla palestra, però, fu lui a trascinare Xan su per le scale, lungo l'atrio e verso la porta principale del circolo, senza curarsi della possibilità di attirare l'attenzione o gli sguardi dei presenti.

Fortunatamente, sembrava che quasi tutti fossero in palestra ad assistere al torneo, tranne il personale Beta. Così, nessuno fece domande o fermò Urho o chiese a Xan se andasse tutto bene.

«Che stai facendo?» ansimò infine Xan, quando Urho lo trascinò all'esterno, nell'aria fredda della sera. L'oceano rumoreggiava sotto di loro, il rombo delle onde saliva in una nebbia umida.

I parcheggiatori smisero di chiacchierare e guardarono verso di loro.

Urho fece loro cenno di riportare la macchina nuova, consegnando il biglietto senza una parola. Aveva le labbra serrate in una linea dritta, lo sguardo duro; irradiava una tensione che Xan non aveva visto dal giorno in cui Urho era venuto a casa sua per verificare le sue condizioni e aveva infilato il dito dentro di lui durante la visita.

Il vento penetrava pungente attraverso la camicia del ragazzo. «Le nostre giacche...» disse Xan, girandosi a guardare l'ingresso del club. «Quella è la mia preferita.» I cuori che prima aveva considerato tanto graziosi ormai sembravano schernirlo, ricordandogli quanto fosse stato sciocco a pensare di poter avere una normale serata romantica. A pensare di meritarne una.

Con aria cupa, Urho tornò a grandi passi nel club e ne uscì con le giacche. Xan indossò la sua, ma Urho la tenne piegata su un braccio, respirando pesantemente mentre fissava le acque scure e agitate alla base dell'edificio. Xan si avvolse le braccia al corpo, il freddo dell'aria notturna che gli penetrava nelle membra, come un'umida tristezza.

Una volta che l'auto fu riconsegnata, Urho si mise alla guida e Xan salì sul sedile del passeggero, sebbene la macchina fosse sua. Diede la mancia al parcheggiatore e si allacciò la cintura di sicurezza.

«Dove andiamo?»

Silenzio.

Xan cercò di intuire dove Urho lo stesse portando in base a dove giravano, su e giù per le strade tortuose sul fianco della scogliera. Ma pensava che Urho non avesse una vera destinazione in mente.

Alla fine, raggiunsero la base della scogliera e proseguirono costeggiando la spiaggia per un po'. Urho accostò e parcheggiò davanti alle dune. Scese dall'auto e si avviò a grandi passi verso l'oceano, si sciolse la cravatta e la lanciò nel vento. Xan gli andò dietro, lo stomaco aggrovigliato e il sangue che ribolliva.

Più avanti, Urho gettò le scarpe sulle dune di sabbia, poi fece la stessa cosa con i calzini, prima di dirigersi verso l'acqua.

«Urho?» lo chiamò Xan, lottando prima di riuscire a slacciarsi la scarpa destra. Buttò scarpe e calzini tra l'erba e corse dietro all'amante, la sabbia fredda che affondava sotto i suoi piedi quando si mise a correre a tutta velocità.

Quando lo raggiunse, lo afferrò per un braccio e lo obbligò a voltarsi. Il suo cuore martellante ebbe un sussulto di fronte all'espressione cupa e glaciale sul volto di Urho, a malapena visibile alla luce della luna. «Parlami!»

Urho serrò le palpebre e si divincolò per girarsi verso l'oceano scuro e torbido. Il cielo si era rannuvolato, oscurando le stelle, e l'acqua era visibile solo grazie al riflesso della luna sulle onde. Il frastuono della furia del mare, tuttavia, non si poteva ignorare. Le onde si infrangevano sulla spiaggia e arrivavano a bagnare i loro piedi, gelide.

«Non sapevo che ci sarebbe stato lui.» Xan si aggrappò di nuovo al braccio di Urho. «Non l'ho più visto da quella sera. Lo giuro sul Sacro Lupo, Urho. Lo giuro su tutto quello che ho, su tutto quello che amo. Ti prego, credimi!»

«Ti credo,» rispose Urho a denti stretti.

«Allora perché sei così arrabbiato con me?»

«Non sono arrabbiato con te,» tuonò Urho, ma sembrava furioso, perciò Xan non sapeva a cosa credere.

«Senti, non so leggere nella mente!» esclamò il ragazzo, dispera-to. «Parlami. Per favore.»

Urho fissò l'oceano nero. «Andavi da lui. Per farti scopare.»

Xan deglutì con forza e si sentì invadere dalla vergogna. «Sì.»

«E lui ti faceva del male.»

«Sì.»

«E a te piaceva.» La voce di Urho sembrava spezzata.

Xan si passò una mano tra i capelli, tirandoli forte. «Non credo mi piacesse davvero... Non lo so!» singhiozzò.

«Tornavi da lui.»

«Ero confuso, Urho! Ero arrabbiato, odiavo me stesso. Ti pre-go.»

Urho si girò verso di lui e poi lo afferrò e lo attirò in un abbrac-cio appassionato. Affondò il viso contro il suo collo e ne inalò a fondo l'odore, tremando dalla testa ai piedi. Stretto dalla sua forza, Xan faticava a respirare, ma non si oppose né cercò di liberarsi. Ricambiò invece l'abbraccio e strinse Urho con tutte le sue forze, sussultando con il respiro spezzato, mentre il mondo gli vorticava attorno.

Poi, Urho lo lasciò andare e si abbandonò sulla sabbia, i piedi nudi e sporchi rivolti verso l'oceano. Le onde li sommersero, arrivando fino ai polpacci. L'abito di Urho si stava infradiciando e lui rabbrividì.

«Urho.» Xan gli si accovacciò accanto. «Non mi è mai importato di lui. Te l'ho già detto. E se serve, te lo dirò un altro milione di volte.»

«Per quanto tempo l'hai frequentato? Quanto è durata?»

«Circa un anno. Non lo vedrò mai più.»

«Lo so,» rispose Urho, la voce ruvida e tesa. «Ma non avrei mai dovuto permettere che succedesse.»

«Come avresti potuto impedirlo?» chiese Xan, accarezzandogli una guancia.

«Quando ti ho conosciuto meglio… alla spiaggia, l'estate dopo che Vale e Jason avevano firmato il contratto… ho sentito qualcosa per te, ma l'ho negato.»

Xan si scostò dagli occhi i capelli agitati dal vento e si fece più vicino, cercando di capire il significato della rabbia e della gelida furia di Urho. «Anch'io ho sentito qualcosa per te,» confessò.

«Cazzo. È vero. È colpa mia se ti è stato fatto del male.» Le spalle di Urho si afflosciarono e lui chiuse con forza gli occhi. «Avresti potuto essere al sicuro con me per tutto questo tempo.»

«È ridicolo,» farfugliò Xan. «All'epoca mi conoscevi a malapena.»

«Ma ho approfondito la conoscenza. Quel tanto che mi sono concesso. Ti ho tenuto a distanza perché in te c'era qualcosa che mi colpiva.» Rise amaramente. «Mi facevi desiderare cose che un Alpha non dovrebbe mai desiderare.»

Xan lo fissò, cercando di distinguere il suo viso alla luce argentea della luna. Il club sulla scogliera sopra di loro risplendeva. In qualche modo, guardarlo faceva male. Era un richiamo al fatto che lassù le persone erano felici, ridevano, scommettevano e combattevano… facevano tutto, tranne avere una conversazione che colpiva ferite ancora aperte a ogni parola pronunciata.

«Ti ho deluso prima ancora che tra noi cominciasse.»

«Beh, questa è proprio una scusa del cazzo!» esclamò Xan, alzandosi e dando un calcio alla sabbia ai piedi di Urho. «Fammi indovinare! Intendi finirla qui? Risparmiarmi altra sofferenza? Che merdata uscita direttamente dal culo del Sacro Lupo!»

Urho gli prese la mano e lo tirò sulla sabbia, tra le sue braccia. «No. Non ti lascerò mai di nuovo alla mercé di quel mostro,» dichiarò a denti stretti. «E lo manderò *sotto terra*, prima che possa toccarti ancora con un dito.»

«Urho,» lo rassicurò Xan, «lui non mi desidera in quel senso. Se io non vado da lui, e non lo farò, non mi toccherà più.»

«Pagherà lo stesso per ciò che ha fatto.»

«Lasciati il passato alle spalle.» Xan aveva il cuore che palpitava. La risacca gli risalì fino alla schiena, inzuppandolo. Il suo completo preferito era ridotto a un disastro. «Qualsiasi cosa tu gli faccia solleverà domande, e quelle domande ci si ritorceranno contro. Lascia stare. Ora sono qui con te, al sicuro.»

Urho lo attirò più vicino, gli tolse la cravatta e lo annusò lungo il collo e le clavicole. Dopo avergli aperto la camicia, lo baciò sul petto e gli succhiò i capezzoli, per poi risalire a prendere possesso della sua bocca.

Xan tremava di freddo e paura, perciò la lussuria che lo travolse fu una calda distrazione e un gradito conforto. Le onde ruggivano intorno a loro, si infrangevano sulle loro gambe e le bagnavano, ma Urho non si fermò, spinse Xan a terra e lo fece affondare nella sabbia. Lo baciò e si strofinò su di lui finché la tortura della sabbia ruvida non divenne troppo dolorosa.

Si staccarono per tornare verso la macchina mano nella mano, ansimanti e tremanti.

«Ren ce l'avrà con me per questo,» commentò Xan, sedendosi stavolta al posto di guida, con un cenno del capo verso l'acqua marina e la sabbia che infangavano l'interno dell'auto. «Mi rivolgerà il suo sguardo arrabbiato mentre fingerà di sorridere, e per il resto della settimana io dovrò chiedermi se il mio tè sarà avvelenato. Gli darò un bonus, il prossimo giorno di paga.» Quelle parole banali suonarono strane alle sue stesse orecchie, dopo quello che era successo.

Urho fu più silenzioso del solito, ma il viaggio di ritorno verso Lofton aveva perso la tensione della corsa verso il mare all'uscita dal club. Mentre Xan guidava, Urho fissava l'oceano fuori dal finestrino, finché non raggiunsero la curva che ne impediva la vista. Allora si mise a osservare le case del paese e i campi per il resto del tragitto.

«Non puoi prenderti la colpa delle mie decisioni,» disse infine

Xan, prendendogli per un attimo la mano mentre cambiava marcia.

«Com'è iniziata tra voi? La prima volta?» chiese Urho.

Xan quasi ingoiò la lingua. Non ce la faceva a confessare la verità su quanto era accaduto quella prima volta con Monhundy. In parte perché contraddiceva le sue dichiarazioni sul fatto che Monhundy lo scopasse solo perché lui lo implorava di farlo, ma anche perché avrebbe mostrato senza ombra di dubbio quanto Xan fosse deviato. Quanto fosse disturbato.

«Voglio la verità,» disse Urho, come se gli avesse letto nella mente.

Xan si morse il labbro e fissò la strada, oltrepassando con la macchina il cancello che portava alla tenuta Lofton. Era felice che fossero quasi a casa. Forse poteva ancora uscire da quella situazione.

«È stato l'impulso di affermazione dell'Alpha, la prima volta? Ti ha violentato?»

Xan rallentò e tirò il freno a metà del vialetto di accesso. Sedette in silenzio per un lungo momento, finché non ritenne di poter parlare senza piangere o andare in iperventilazione. «Ci trovavamo nello stesso bar e io lo insultai. Lui mi si avventò contro, ma i suoi amici lo trattennero. Disse che ero un nanerottolo invertito e che non meritavo i problemi che gli avrebbe causato una rissa con me in un locale gestito da Beta.»

Urho annuì.

«Però aspettò fuori dal bar. Non era la prima volta che ci scontravamo. Mi bullizzava alla Mont Nessadare ed eravamo venuti alle mani diverse volte. Vinceva sempre lui.» Xan fece un sorriso amaro. «Sono davvero un nanerottolo invertito.»

Urho non disse nulla, ma serrò i pugni.

«Devi capire quello che successe dopo… Non volevo che andasse così. Ma dopo che è finita, ho scelto io di tornare da lui perché succedesse di nuovo. Per portarlo a farmi la stessa cosa ancora, e ancora, e ancora.»

«Ora basta.»

«Non mi ha violentato,» mormorò Xan, per estirpare una volta per tutte quella piaga ripugnante. «Volevo che mi scopasse. Non aveva importanza come... lo volevo in qualsiasi maniera mi fosse concesso. Brutale, crudele... non importava. Non era peggio di ciò che pensavo di meritare.»

Accanto a lui, Urho si lasciò sfuggire un verso strozzato.

«Perciò, questa è la verità su di me. La cosa peggiore che sia mai stato o che abbia mai fatto. Non l'ho mai detto a nessuno, prima. Lo capirò, se adesso mi odi.»

«Io ti amo, maledizione,» gracchiò Urho.

Il cuore di Xan venne stretto da un'esplosione di gioia in mezzo al dolore. *Mi ama.*

«Ed è questo che ora mi sta uccidendo. Perché ti amo e odio me stesso. Perché non posso riportare indietro il tempo e far sparire tutto questo? Far sparire lui. Voglio fargli del male come non ne ho mai voluto fare a un altro uomo. Voglio mandarlo in un luogo da cui non tornerà mai.» L'oscurità nella voce di Urho era qualcosa che Xan non aveva mai sentito e che lo spaventava. «Lo voglio morto.»

«Urho...»

«Voglio vederlo infilzato su uno spiedo a bruciare vivo.»

«Ti prego...» Xan non sapeva cosa dire. Quell'oscurità era terrificante. Soprattutto perché non poteva dire che non ci fosse una parte di lui che voleva la stessa cosa. «Lasciati questa storia alle spalle. Un odio come questo potrà solo rovinare qualsiasi possibile futuro insieme. E dobbiamo pensare a Caleb.»

Urho sussultò a quelle parole, poi i suoi occhi cupi e intensi incontrarono quelli di Xan. «Sì, proteggerlo è nostra responsabilità.»

«Mia, in realtà,» lo corresse Xan. «È il mio Omega. Mi prenderò cura io di lui.»

«E tu sei il *mio* Omega,» sussurrò Urho. «Mi prenderò cura di te.»

Gli occhi di Xan si riempirono di lacrime, ma lui le ricacciò indietro. «Ci prenderemo cura l'uno dell'altro.»

«Mi dispiace di averti deluso.»

«Non l'hai fatto.» Xan si slacciò la cintura di sicurezza per allungarsi fino a toccare di nuovo la guancia di Urho. «Nessuno di noi avrebbe potuto sapere...» Lasciò cadere la frase, alzando lo sguardo verso le luci accese della casa. C'era un grande conforto nella consapevolezza che ci fossero delle persone ad aspettarli, uomini che amavano entrambi, anche se in modi diversi. «Ciò che abbiamo adesso è troppo bello per sprecarlo pensando a quello che avrebbe potuto essere. Perdona te stesso. Per favore.» Una lacrima cadde dai suoi occhi, e Urho l'asciugò con il polpastrello del pollice. «Perché se tu puoi perdonarti, allora anch'io posso perdonare me stesso.»

«Mio dolce Omega dal corpo di Alpha...»

«Possiamo tutti migliorare, nella vita. Io sto cercando di essere un Alpha migliore per il mio Omega e un buon amante per te. Voglio essere un figlio migliore per mio padre e un leader migliore per le Imprese Heelies. Perciò, immagino che tu possa lavorare su questo singolo aspetto per completare la tua perfezione. Sentiti libero di prenderti il tempo che ti serve.»

«Non sono perfetto.» Urho posò la mano sulla nuca di Xan, e strofinò le dita su e giù con smania di possesso.

«Lo so. Sei umano.» Xan sorrise. «Ti amo. Difetti compresi.»

Si baciarono al di sopra della leva del cambio, mentre la luce della luna si riversava sulla macchina. Il loro amore traboccò, puro, al cospetto dell'occhio del Lupo.

QUELLA NOTTE, URHO tenne stretto Xan a lungo, prima di fare l'amore con lui. Baciò ogni punto in cui ricordava di aver visto un livido dopo l'ultimo incontro di Xan con Monhundy, e anche ogni punto in cui era possibile che ci fosse *mai* stato un livido provocato dalle mani di quel demonio. Nella sua mente balenava l'immagine del viscido, arrogante, bellissimo volto dell'uomo che aveva fatto del male al suo amato.

Urho non si sarebbe lasciato quella storia alle spalle, non importava cosa volesse Xan. Ma l'avrebbe lasciata da parte. *Per ora.* Avrebbe atteso il momento. Avrebbe fatto le scelte giuste e valide per tutti loro. Perché era questo che un Alpha faceva quando doveva proteggere la famiglia.

Xan era diventato la sua famiglia. L'avrebbe protetto con tutto il cuore e tutta l'anima, dai pericoli passati e futuri. E ciò voleva dire proteggere anche Caleb.

Li avrebbe protetti entrambi per sempre.

CAPITOLO DICIASSETTE

NELL'ALA INDIPENDENTE LUNGO il lato ovest della casa, sotto le stanze dei domestici che erano situate al primo piano, Caleb aveva installato la sua macchina da stampa, che era stata consegnata ormai da diverse settimane. Era giunta dalla città tramite un camion a noleggio dei Sabel, insieme a scatoloni su scatoloni contenenti le sue opere e i suoi materiali.

Da quanto Urho poteva dedurre, la sala doveva essere stata pensata come spazio comune per i dipendenti. Tuttavia, dato che Caleb e Xan avevano destinato allo svago dei domestici Beta che vivevano con loro il salone da ballo e le stanze da gioco dell'edificio principale, ambienti fuori mano e mai usati, la grande stanza nell'ala indipendente era rimasta disponibile.

Parecchie pietre squadrate erano state scaricate e portate nello studio, e Urho ne era rimasto incuriosito. Con sorpresa e chiara invidia da parte di Xan, le domande che Urho aveva fatto a Caleb gli erano valse un invito esclusivo nello studio di stampa per vedere come funzionava il tutto.

«Quando riceverò un invito io?» chiese Xan a colazione. Era ancora accaldato per l'esercizio fatto quella mattina in giardino. Urho gli stava insegnando a boxare. Voleva che il suo Omega-Alpha non si trovasse mai nella situazione di non potersi difendere contro un bruto come Monhundy. Così, il mattino dopo la loro visita al circolo, erano iniziate le lezioni di boxe. Per il momento stavano andando bene. Xan era forte e vigoroso, nonostante fosse minuto.

Quella mattina, i tre stavano facendo colazione da soli, perché

Vale e Jason avevano preso ad alzarsi sempre più tardi man mano che la gravidanza procedeva. Accaldato e in forma, Xan era particolarmente bello con il completo che aveva scelto per andare nell'ufficio appena completato. Tuttavia, Urho aveva scoperto di non potersi più fidare del proprio giudizio a tale riguardo, perché la sua opinione sull'aspetto di Xan si faceva ogni giorno meno obiettiva.

Erano passate diverse settimane dalla serata al circolo, e Xan appariva di ora in ora più in forma e radioso. Splendeva davvero di bellezza, e il suo odore aumentava la salivazione di Urho e gli irrigidiva l'uccello persino nei momenti meno appropriati.

Forse era perché Janus non era ancora tornato dalla città. Forse perché suo fratello Ray stava riempiendo Xan di complimenti per il modo in cui stavano andando le cose a Virona. O forse perché era innamorato. Urho non lo sapeva e non gli interessava.

Voleva solo che il suo ragazzo splendesse in quel modo per sempre.

Alla domanda di Xan, Caleb alzò a malapena lo sguardo dalla marmellata che stava spalmando. «Quando mostrerai un genuino interesse per la procedura, potrai venire. Ma se vuoi solo vedere cosa faccio lì dentro, puoi aspettare come tutti gli altri.»

«Aspettare cosa?» chiese Xan, inclinando la testa.

«La mia mostra,» rispose Caleb, come se non si trattasse di una novità. Tuttavia, il suo petto, che si intravedeva dallo scollo a V della maglietta, raccontava un'altra storia. Una sfumatura rosata gli si diffuse fino al collo.

«Quale mostra?» Lo sguardo di Xan si illuminò. «Tu *fai* una mostra? E non me l'hai detto?»

Caleb si strinse nelle spalle. «Non ancora. Penso che ne farò una dopo il mio prossimo calore. Se resterò gravido, immagino che in futuro avrò un tema diverso su cui concentrare la mia arte.»

«Qual è il tuo tema, adesso?» domandò Urho.

Caleb gli strizzò l'occhio, spalmando altra marmellata sul pane tostato. «Questo è affar mio, voi dovrete scoprirlo da soli.»

Urho sbuffò. Ma ricordava che Vale era sempre riservato riguardo alle sue poesie prima che venissero pubblicate, perciò comprendeva la sensibilità di Caleb in quell'ambito. Era grato anche solo di venire ammesso nel nuovo studio.

«Ma dove terrai la mostra?» chiese Xan.

«Al circolo, ovvio. Ho sentito che a volte fanno mostre d'arte nelle sale ai piani più alti. C'è persino un largo corridoio all'ultimo piano che chiamano la "galleria".»

«Sentito da chi?»

Era una domanda legittima. Per essere un ragazzo dolce, amichevole e cordiale, Caleb era assai introverso, per quanto Urho potesse vedere. Passava molto tempo in camera sua, o a leggere tranquillo nel suo salottino, o nel suo studio con le stampe. Sembrava gradire la compagnia quando era con loro, ma era piuttosto lieto di ritirarsi in solitudine.

«Da Janus,» rispose Caleb con una smorfia. «Solo perché la fonte è indegna, non significa che l'informazione sia falsa. Comunque...» Agitò la mano, scacciando il fantasma di Janus dalla stanza. «Le persone verranno di sicuro alla mia mostra, perché sono curiose nei miei riguardi. E anche nei tuoi. Senza contare che saranno ansiosi di compiacere l'erede della fortuna degli Heelies. L'uomo che può portare lavoro e molto altro a questa cittadina.»

Urho sorrise dietro al tovagliolo, di fronte all'alterigia di Caleb. A modo suo, era affascinante. Avrebbe quasi voluto poterla imbottigliare e spargerla a piene mani su Xan quando si sentiva insicuro.

Caleb aggiunse: «Non ho dubbi che la mostra farà il tutto esaurito. Anche solo per la posizione che occupo. Ma credo che dovremmo invitare gente dalla città, così l'onere di renderla un successo non toccherà solo ai vironiani.»

Xan aprì e chiuse la bocca un paio di volte come se avesse altre domande ma, alla fine, si limitò ad alzarsi da tavola e annunciare che avrebbe fatto tardi se non si fosse deciso a uscire di casa. Poi baciò Caleb sulla fronte e si strofinò sul suo collo, prima di voltarsi verso Urho e baciargli le labbra.

Dopo pranzo, come gli era stato indicato, Urho percorse il sentiero tra la casa principale e l'ala indipendente, superando alcuni domestici Beta provenienti dai loro appartamenti al primo piano. La casa in sé era diventata molto più bella rispetto alla prima volta che vi aveva messo piede. Le stanze venivano man mano pulite e ridecorate, e i terreni circostanti stavano rinascendo mentre i mesi invernali più rigidi iniziavano ad allentare la loro morsa.

Non che la brezza che spirava dall'oceano non fosse fredda. Mentre costeggiava il fianco dell'ala indipendente, Urho rabbrividì e si trovò a pensare che forse, per tenersi caldo, avrebbe dovuto mettere un cappotto e non affidarsi solo al completo che indossava. Notò che le finestre della grande stanza dove Caleb lavorava erano aperte.

Gli arrivò alle narici un odore di sostanze chimiche e vernice, che gli era divenuto familiare a causa dei residui sulla pelle e sui capelli dell'Omega. Urho arricciò il naso e si chiese se quell'odore permeasse l'intera costruzione e cosa ne pensassero i domestici.

Si fermò alla fine del sentiero e vide che al piano terra c'erano altre finestre e un'enorme porta a vetri che dava verso l'oceano. Era possibile guardare dentro lo studio, eppure Urho non riusciva ancora a vedere granché. L'interno era un labirinto di carte, mucchi di pietre, cavalletti e attrezzi che non riconobbe. I raccoglitori erano già straripanti, e Urho si domandò quanto spesso Caleb ripulisse quello spazio. Le sue stanze nella casa principale erano impeccabili, ma quella...

Entrò, sorpreso di notare che nello studio si gelava. Tuttavia, non sapeva perché la cosa l'avesse stupito, dal momento che, secondo Xan, Caleb prediligeva stare al freddo e amava dormire con le finestre aperte. Ma Urho non era preparato alle correnti d'aria di quell'ambiente e agli odori intensi che si mescolavano al profumo del mare che giungeva attraverso le finestre aperte.

Tre delle quattro pareti della stanza erano costituite quasi interamente da finestre. Quella posteriore sfoggiava un enorme camino, che però non doveva essere più in uso, dato che altrimenti lo studio sarebbe stato a rischio di incendio. La corrente d'aria era fredda ma corroborante, e agitava i fogli nella stanza creando un fruscio costante, un po' come un topino o un uccellino che si costruissero un nido.

L'abbondanza di luce era perfetta, e Urho notò il modo in cui Caleb la sfruttava mentre si inoltrava tra i tavoli, l'ingombrante macchina da stampa che Caleb chiamava pressa, le lastre di pietra e i vari altri generi di equipaggiamento di cui lui non comprendeva l'uso e che riempivano lo spazio.

«Eccoti,» lo salutò Caleb, in piedi dietro un tavolo a spalmare qualche tipo di sostanza chimica puzzolente su una delle lastre di pietra. Aveva i capelli tirati indietro con vistosi fermagli ingioiellati e la sua pelle pallida era chiazzata qua e là di inchiostro blu e verde. Rivolse a Urho un sorriso raggiante che durò un attimo e poi tornò al suo lavoro. «Questa fase è un po' delicata. Non posso perdere tempo. Le sostanze chimiche iniziano a fare effetto una volta applicate, e non voglio che il risultato sia disomogeneo.»

«No, certo che no,» concordò Urho, sebbene non avesse idea di cosa intendesse. Lo osservò lavorare. La sua pelle candida brillava nella profusione di luce che arrivava dalle finestre e i suoi capelli risplendevano. Aveva un'espressione serena ma seria, ed era concentrato al massimo. Era vestito come al solito, con indumenti morbidi, bianchi e larghi, ma quelli che aveva addosso dovevano essere riservati al lavoro, perché erano coperti di macchie di inchiostro di tutti i colori dell'arcobaleno, a cui si aggiungeva parecchio nero. Indossava guanti da lavoro, abbastanza sottili da riuscire a controllare ciò che stava facendo sul blocco di pietra ma sufficienti a proteggere la pelle dalle sostanze corrosive.

Non era a piedi nudi, a differenza di quando girava per casa, con le dita coperte da nient'altro che smalto glitterato. Indossava invece pesanti scarponi da lavoro, più pesanti di qualsiasi cosa Urho gli avesse mai visto addosso, anch'essi oltremodo rovinati da macchie di inchiostro e da quelle che sembravano bruciature chimiche. Il Caleb della pressa da stampa era diverso dal Caleb di casa, e Urho si sentì di colpo triste al pensiero che Xan non avesse mai avuto la possibilità di vederlo in quella veste.

E si chiese perché.

«Avrei dovuto aspettarti,» disse Caleb, mentre continuava a lavorare. «Ma ero impaziente. Per settimane ho desiderato stampare questo pezzo. Non sono riuscito a resistere e ho cominciato.»

«Non mi sono accorto di essere in ritardo.»

«Non lo sei. Avrei dovuto dirti di venire prima.» Caleb sollevò lo sguardo dal suo lavoro e fece cenno a Urho di avvicinarsi. «Vieni qui. Da lì non puoi vedere nulla.»

Urho scivolò attorno a tavoli e armadietti, attento a non urtare niente. Ogni oggetto nella stanza sembrava fresco o fragile o entrambe le cose. Prese posto al fianco di Caleb e lo guardò lavorare.

Quasi distrattamente, Caleb spiegò cosa stava facendo. Parlò con calma del processo in cui prima cesellava la pietra con le sostanze chimiche, poi aggiungeva la cera per proteggerla dall'acqua e far sì che l'inchiostro restasse solo sulle zone in cui la macchina doveva stampare.

Alla fine, Caleb fu pronto a caricare la pietra sulla pressa, e sorprese Urho con la forza con cui posizionò la pesante lastra.

«Se c'è una minima imperfezione nella pietra, l'intenso carico della pressa la spezza.» Caleb collocò uno spesso pezzo di carta pulita sul blocco.

«Succede spesso?» chiese Urho.

«No. Ma quando succede, è una vera rottura,» rispose Caleb. Poi fece un passo indietro, girò una manopola e la macchina iniziò a muoversi. Girando di nuovo la manopola, Caleb domandò: «Quando lavoravi nei laboratori dell'università, hai mai pensato a quanto sia strano che alcune tecnologie siano sopravvissute all'epurazione della Sacra Chiesa, dopo la Grande Morte, come la pressa da stampa, ma altre tecnologie indubbiamente più importanti, come quella per la manipolazione dei geni, siano andate del tutto perdute?»

Mentre la macchina scendeva a schiacciare la pietra, Urho disse: «Suppongo che gli zeloti abbiano pensato che la stampa non fosse altrettanto pericolosa... e che magari fosse più utile.»

«Ma cosa potrebbe essere più pericoloso per noi come specie che eliminare la conoscenza che ha permesso la creazione degli Omega? E per di più, siamo stati creati così imperfetti! Ogni parto mette a rischio la nostra vita.»

«Adesso stai bestemmiando.» Urho osservò Caleb faticare per girare la manopola. Pensò di offrirsi di aiutarlo, ma sapeva che avrebbe rifiutato.

«Ah!» fece Caleb con un sorrisetto. «Suppongo di sì.»

«La cosa non mi crea problemi.»

Caleb allora sorrise, e fu il sorriso luminoso che sfoggiava in casa. Fu un piacere vederlo. «Immagino di no.»

«Gli zeloti volevano il potere e l'hanno ottenuto esigendo la devozione completa al Sacro Lupo. Hanno attribuito a Lui il merito per la comparsa degli Omega. Mettere in dubbio la cosa è stato per molto tempo un reato punibile con la morte. La stampa di sicuro ha migliorato la loro capacità di diffondere le direttive su quali pensieri fossero consentiti e quali dovessero essere sradicati.»

Caleb sospirò, fermandosi per un attimo. «Però è stato davvero poco lungimirante. Avrei creduto che ci tenessero a perfezionare lo strumento che ha salvato la razza umana. Cosa potrebbe essere più utile per tutti dell'ottenere Omega in grado di procreare con la facilità con cui lo facevano le donne, prima che scomparissero?»

«Non posso darti torto. Tutto quello che so è che il desiderio di restare aggrappati al controllo e al potere prevale troppo spesso sul buon senso.»

Caleb annuì e ruotò di nuovo la manopola per sollevare la pressa dalla lastra di pietra. Rimosse con attenzione la carta e mostrò il risultato a Urho, che sussultò, ammirato.

«È perfetto. Sembra proprio lui.»

«Tu credi?»

«Sì. È il suo viso. Quando è preoccupato.»

Caleb contemplò la stampa. «È basato su un disegno che ho fatto.» Studiò il volto di Xan, incorniciato da un nido di uccello che si diramava dai suoi riccioli scuri. «Suppongo che tu abbia ragione. Mi chiedo se sia il giusto stato d'animo per questo pezzo. Magari avrei dovuto mirare a qualcosa di più allegro per completare la mia collezione.»

«Io lo trovo bellissimo, ma se non era l'espressione che speravi di catturare... beh, non saprei dirlo. È il tuo lavoro. Tu sai meglio di me cosa volevi ottenere.»

«Ho iniziato quest'opera molto tempo fa. O almeno, il disegno su cui è basata.» Caleb inclinò la testa, continuando a osservarlo. «Mi piace ancora il modo in cui brillano i suoi ricci scuri, e il nido di uccello è perfetto. Ma lui non è più così. Non da quando sei arrivato tu.» Sorrise e sollevò lo sguardo su Urho con aria interrogativa. «Pensi di restare? Una volta nato il bambino di Vale e passato il mio calore...? O te ne andrai e lo lascerai di nuovo solo?»

«Non so come rispondere a questa domanda.» Non voleva essere invadente. Xan era l'Alpha di Caleb e Lofton era casa sua.

«Con onestà, se puoi.»

Urho deglutì con forza. «Non riesco a immaginare un futuro in cui lui non ci sia. Tornare nella casa che condividevo con Riki... il luogo dove i ricordi della sua perdita mi hanno intrappolato per anni? Non sembra più la cosa giusta da fare.» Un dolore bruciante gli si formò nello stomaco. «Ma capisco se tu non vuoi che resti. È casa tua e io sono un ospite.»

«Tu non *dovresti* essere un ospite,» dichiarò Caleb deciso, poi tornò a rivolgere la sua attenzione alla stampa e la esaminò con gli occhi assottigliati. Emise un basso mormorio insoddisfatto e poi si gettò il foglio alle spalle, lasciandolo fluttuare sul pavimento.

«Non dovrei?»

«No. Questa dovrebbe essere anche casa tua.»

A Urho andò di traverso la saliva, la sorpresa lo travolse come un pugno in pancia. «Perché dici questo?»

«Perché non voglio più fare disegni o stampe di Xan con questa espressione sul viso. Voglio catturare l'espressione che *tu* gli provochi: serenità, fiducia, speranza.» Annuì, assorto, poi si voltò verso un altro tavolo per afferrare una matita e un largo foglio di carta. «Voglio catturare il cambiamento avvenuto in lui dal tuo arrivo, da quando hai alleviato la sua sofferenza e il suo disprezzo di sé.»

Urho sentì la gola stringersi. Lanciò un'occhiata alla stampa caduta sul pavimento. «Ma che ne sarà della pietra che hai preparato oggi?»

Caleb scrollò le spalle. «La darò ai giardinieri. Troveranno il modo di usarla, lo fanno sempre.»

Il duro lavoro culminato nella stampa fallita lasciò Urho con un senso di vuoto nel cuore, ma Caleb liquidò la questione come se non valesse la pena di sprecare tempo a preoccuparsene.

«E la stampa?» chiese Urho, con un cenno del capo verso l'opera abbandonata per terra.

«Spazzatura,» rispose Caleb.

«In tal caso, potrei averla?»

«Vuoi un promemoria di quanto fosse triste in passato?» domandò Caleb, sorpreso.

Urho raccolse il foglio dal pavimento e osservò con attenzione il ritratto. Era ancora bellissimo, nonostante le macchie e le pieghe dovute al trattamento poco accorto di Caleb. «Voglio un promemoria di ciò che ho da perdere.»

Caleb annuì. «Prendila. E rimani, Urho. Costruisci una nuova vita con lui.» Alzò lo sguardo dal foglio su cui stava facendo svolazzare la matita. «Una nuova vita con *noi*.»

Urho gli si avvicinò, scrutando il suo volto sincero, e chiese: «Tu lo vorresti? Per te stesso? Per qualcosa di più che la sola felicità di Xan?»

«Per quanto la felicità del mio Alpha sia una ragione più che sufficiente per volerti qui, la verità è che mi piaci. Mi fido di te. Ti ho permesso di entrare nel mio studio, dopotutto. Nemmeno Xan è mai stato qui dentro.» Caleb gli toccò il braccio e gli sorrise, un nuovo tipo di sorriso: vulnerabile e onesto. «Perciò sì, Urho, mi piacerebbe che facessi di Lofton casa tua.»

«ALLORA, COM'È LÌ dentro?» chiese Xan. Per tutto il giorno era stato preda della curiosità e di più di un pizzico di gelosia.

Aveva la testa posata sul petto nudo di Urho e passava le dita su e giù sul suo avambraccio, godendosi il leggero solletico dei peli scuri sotto i polpastrelli.

«Caotico,» rispose Urho, la voce ancora stanca per la lunga sessione di sesso.

«È bravo almeno un po'? O sto solo alimentando le sue illusioni, comprandogli tutti quei materiali?»

«È straordinario,» affermò Urho, sollevandosi a sedere e spostando Xan dalla comoda posizione in cui si stava rilassando. «Ecco, ti faccio vedere.»

Si alzò dal letto e raggiunse il piano del tavolo. La vista non era bella quanto quella che si godeva dalla stanza del ragazzo ma, quando Xan era tornato a casa ed erano saliti di sopra, avevano trovato i domestici Beta intenti a cambiare le lenzuola, così avevano optato per la camera di Urho. Il paese costituiva comunque un bellissimo scenario, allungandosi verso l'orizzonte con gli edifici colorati che splendevano nel sole calante del tardo pomeriggio.

Urho tornò con un foglio di carta piuttosto grande e glielo passò. A fissarlo c'era il suo stesso volto, e aveva una tale espressione di tristezza che Xan si sentì messo a nudo. La somiglianza però era buona, non poteva negarlo. A parte per i capelli che si attorcigliavano in un nido di uccello. Lui teneva i suoi capelli molto ordinati, grazie mille, Caleb.

«L'ha fatto lui?»

«Ha talento,» commentò Urho. «Rosen probabilmente sosterrebbe che è un lavoro troppo figurativo. Ma è uno snob, quindi è ovvio che la penserebbe così.»

Xan continuò a fissare l'immagine. «Anche Caleb è un po' snob.»

«A modo suo,» concordò Urho. Attirò di nuovo Xan a sé e si distesero insieme, nudi e caldi nel suo letto morbido. Xan si accoccolò contro di lui, inalando il suo odore e quello combinato dei loro corpi.

Fissarono insieme la stampa. «Ti piace?» chiese Urho.

«Non è quello che mi aspettavo.» Xan inclinò la testa e si accigliò. «Pensi che sia così che Caleb mi vede? Triste e con un nido di uccello dove dovrebbe esserci il mio cervello?»

«Penso che Caleb ti ami,» mormorò Urho. «Mi ha detto che non era soddisfatto di questo lavoro. Ne farà un altro che ti catturi meglio.»

«Oh.» Xan aggrottò la fronte. «Cos'ha questo che non va?»

«Dovresti chiederlo a lui,» disse Urho, ma dal suo tono si capiva che conosceva il motivo. «Forse, dopo averlo finito, gli mancava il tuo sorriso. Di certo è la mia preferita tra le tue espressioni.»

Xan mise la stampa da parte, sul comodino accanto al letto, per poi rannicchiarsi di nuovo sul petto di Urho. «Lo terrai?»

«Sì, penso che lo incornicerò.» Urho fece scivolare dolcemente le dita fra i suoi capelli. «Lo appenderò da qualche parte come promemoria di ciò che non voglio più vedere sul tuo viso.»

Xan si dimenò e si accigliò.

Le dita di Urho si fermarono. «Cosa c'è che non va?»

«Non lo so. Qualcosa in quell'immagine, nel mio viso, mi ricorda la mia vita prima che tu mi facessi la tua offerta.»

«Prima che ti amassi.»

Xan si irrigidì, mezzo incredulo ma disperato nel suo desiderio che fosse vero. Si aggrappò con ansia a quelle parole. «Sì, prima che mi amassi. Non voglio tornare a quella vita. E non parlo solo di Monhundy e di tutti i suoi orribili abusi. Parlo della mia vita quotidiana. Era molto più vuota senza di te.» Sospirò, strofinando il viso contro i peli sul petto di Urho e desiderando un mondo diverso. Desiderando di *essere* diverso. «Però, tu ti starai annoiando a morte a stare qui ad aspettare che Vale partorisca, passando le giornate a leggere, o qualsiasi cosa tu faccia. Cosa fai mentre non ci sono, Urho?»

«Sto in compagnia di Vale, Jason e Caleb. Passeggio sulla spiaggia e leggo in giardino, se non fa troppo freddo. Passo un po' di tempo al telefono a fare consulenze per i casi in città. Ho fatto una passeggiata in paese e l'ho esplorato. Non mi sono annoiato.»

«Ma dev'essere solo questione di tempo, non credi? Prima che tu finisca per annoiarti.» Xan sentiva gli occhi bruciare, ma non aveva intenzione di mostrarlo. Ricacciò indietro le lacrime. «E una volta che il bambino di Vale sarà nato, non avrai alcun vero motivo per restare qui. La tua clinica in città sarà in difficoltà, senza di te.»

«Anche Caleb mi ha fatto un discorso simile, oggi,» disse Urho, esitante.

Xan sbuffò, frustrato. Era da un po' che si preparava ad affrontare le spaventose domande che aveva evitato fino a quel momento. Era scontato che Caleb lo avrebbe battuto sul tempo. «Ovvero?»

«Mi ha suggerito di restare qui, dopo la nascita del bambino di Vale.»

«Per il calore, certo. Ma passato quello, se il bambino sarà in salute, non ce ne sarà bisogno, giusto? Voglio dire, immagino che Jason e Vale vorranno restare finché il rischio dell'influenza non sarà passato. Ma non ci sarà bisogno che rimanga anche tu.»

«Beh...»

«Oppure sospetti che il bambino non stia bene?» chiese Xan, sollevandosi per scrutare i suoi occhi scuri. Il suo cuore prese a martellare per l'improvvisa preoccupazione. In passato ce l'aveva avuta con Vale ma, ora che c'era Urho nella sua vita, vedeva solo le sue buone qualità e gli augurava il meglio. «Ultimamente Vale si è lamentato molto del dolore. Pensi... che ci sia qualche tipo di problema?»

«Sss.» Urho lo attirò di nuovo sul suo petto e gli baciò la testa. Xan chiuse gli occhi e si lasciò calmare dal battito regolare del suo cuore e dal sussurro dei suoi polmoni. «Per quanto posso dire, la gravidanza sta procedendo a meraviglia. Anche se partorisse a breve, il bambino ce la farebbe. Però i polmoni sono gli ultimi a formarsi, e dobbiamo sperare che siano in buone condizioni quando arriverà il momento. Per questo sto ritardando ancora un po' l'induzione del parto. Ma non ho motivo di pensare che ci siano problemi. Il piccolo dovrebbe stare bene.»

«Allora di cosa parlava Caleb?» L'irritazione tornò a farsi strada in lui. Voleva solo che Urho restasse con lui a Virona, ma non era uno sciocco. Urho aveva una casa a cui tornare, una clinica, una vita. Non aveva motivo di restare, non importava quanto sostenesse di tenere a lui. E forse Caleb era stanco che il suo amante Alpha vivesse in casa loro. Ne avrebbe avuto tutto il diritto.

«Oggi Caleb mi ha detto che gli piacerebbe che restassi qui. Che diventasse casa mia.»

Xan si sollevò di nuovo e fissò Urho a occhi sgranati. «Perché? Voglio dire… come potrebbe funzionare?»

«Non abbiamo parlato dei dettagli, ma l'idea di tornare in città non mi attrae molto. Volevo conoscere la tua opinione al riguardo, prima di iniziare a considerare davvero la cosa.» Urho gli scostò qualche ricciolo sudato dagli occhi e poi posò il pollice sul piccolo incavo del suo mento. «Saresti felice, Xan? Se restassi?»

Il suo cuore prese a svolazzare, e Xan gettò le braccia al collo di Urho e si arrampicò a cavalcioni su di lui. Lo tenne stretto, gli baciò il collo e inspirò il suo odore lungo le spalle.

«Come potrebbe funzionare?» chiese. «Cosa penserebbe la gente?»

«Questa è una cosa con cui dovremmo fare i conti, un rischio che dovremmo correre,» mormorò Urho.

Xan deglutì con forza. Sapeva che non avrebbe mai potuto sperare nella benedizione della sua famiglia o del resto del mondo per ciò che provava per Urho, ma una parte di lui la desiderava. Si sentiva vincolato dalle regole della legge e della religione, dal rischio di perdere la sua famiglia, la sua posizione, il suo retaggio e il suo posto nel mondo, se avesse acconsentito a ciò che Caleb e Urho stavano proponendo.

Caleb aveva considerato la possibilità di perdere tutto? Che le inclinazioni di Xan, così come la dipendenza del padre di Caleb, potessero condurli alla rovina finanziaria e sociale? Sicuramente sì. Eppure, quella era un'idea di Caleb. Com'era possibile?

«Allora?» lo esortò Urho. «Saresti felice, se restassi?»

A Xan si strinse la gola. Tornò a guardare Urho negli occhi. «Ti amo.»

«È un sì? Ne saresti felice?»

«Se tu potessi restare qui e fare di questa la tua casa, se potessi vivere qui con me come mio amante per sempre, non so nemmeno quale parola usare per descrivere quanto sarei felice,» affermò Xan con voce rauca. «Sarei in estasi. Sarei oltre l'estasi.»

«Ma?»

«Cosa penserà la gente? Father non capirà mai. La mia posizione come erede è già incerta. Pater... non lo vedo ormai da così tanto tempo.»

Urho lo baciò sui capelli. «C'è molto da considerare. Se restassi, dovremmo decidere come procedere. Magari mi prenderei una casa mia. In paese. Vicino alla clinica che aprirei.»

Xan si dimenò. Non voleva che Urho stesse in paese. Lo voleva lì, nel suo letto, a tavola a colazione, a ridere con Caleb, parte della loro famiglia. Non voleva vivere fingendo che Urho fosse solo un amico o che non fosse innamorato pazzo di lui. Voleva che tutti sapessero che l'Alpha con le mani grandi e con un cuore ancora più grande era suo, soltanto suo.

Ma avrebbe osato una simile trasparenza? Poteva rischiare la sua eredità? Poteva aspettarsi che Caleb lo accettasse? Rabbrividì e si strinse più forte a Urho, lo stomaco annodato e le dita che affondavano nei suoi bicipiti.

«Ora non pensare a nient'altro,» mormorò Urho. «Dimmi solo se vuoi che rimanga. Possiamo decidere il resto dopo.»

Xan lo baciò sul petto e sussurrò: «Per favore, non mi lasciare.»

Urho lo strinse di più. «Questo non posso prometterlo. La vita mi ha insegnato che non c'è modo di esserne sicuri. Ma ti prometto che non me ne andrò mai di proposito e che, se lo farò, tornerò sempre a casa da te.»

Xan sentì le lacrime pungergli gli occhi. Non avrebbe mai immaginato di ricevere una dichiarazione del genere da un Alpha come Urho. Non sapeva cosa avesse fatto per guadagnarsela o meritarla, ma giurò di essere il tipo di uomo degno di riceverla.

Avrebbe imparato a essere coraggioso e determinato. Sarebbe stato risoluto e audace. Sarebbe migliorato in ogni aspetto della sua vita: come Alpha di Caleb, come amico di Jason, come cittadino di Virona e, se non avesse perso il suo retaggio a causa delle sue scelte, anche come futuro capo dell'azienda di suo padre.

Il suo sguardo vagò fino alla stampa fatta da Caleb, e Xan chiuse con forza gli occhi a quella vista. Caleb era un uomo intelligente, molto più intelligente di lui e, se aveva suggerito di abitare insieme a Urho, voleva dire che ne conosceva i rischi. Xan poteva solo sperare che fosse pronto ad accettare le possibili conseguenze.

Perché, se Urho era disposto a essere il suo Alpha per sempre e Caleb era d'accordo, allora lui era deciso a diventare il tipo d'uomo che avrebbe meritato la loro coraggiosa devozione.

Anche se avesse significato perdere tutto ciò che aveva sempre considerato suo di diritto. Come la sua famiglia. La sua eredità. La sua casa.

«Sss,» sussurrò Urho. «Riposa. Non c'è bisogno di decidere nulla adesso. Abbiamo tempo.»

Xan si rilassò tra le sue braccia. Avevano tempo, sì. Ma quanto? Xan avrebbe voluto poter vedere il futuro e sapere in quello stesso momento che, alla fine, ogni cosa si sarebbe risolta per il meglio, ma tutto ciò che sapeva con certezza era che Urho lo amava abbastanza da cambiare la propria vita e rischiare la prigione per trasferirsi a Virona. E Caleb lo amava abbastanza da volere che Urho vivesse lì.

Era un regalo.

Un'enorme responsabilità e un bellissimo, meraviglioso, terrificante dono.

PARTE TERZA

CAPITOLO DICIOTTO

«CUGINO, HAI UN aspetto terribile!» esclamò Xan, saltando su dal tavolo da pranzo.

Janus era stato via per più di un mese, e Xan aveva sentito che non sarebbe tornato affatto a Virona, avendo ricevuto un nuovo incarico altrove. Era uno shock su più livelli vederlo lì, sulla soglia della sala da pranzo, grigiastro in volto e madido di sudore. I suoi occhi erano lucidi di malattia e il suo corpo tremava come se faticasse a sostenersi.

Sulla tavola scese il silenzio e tutti assunsero un'espressione stupefatta. Vale e Jason si ritrassero e Caleb rimase immobile a bocca aperta, mentre Xan si precipitava al fianco di Janus. Gli prese una mano e sussultò al calore che emanava. «Sacro Lupo, scotti da morire.»

Janus fece un grasso colpo di tosse, per poi crollare tra le braccia del cugino.

«Maledizione!» imprecò Urho dietro di loro.

Un Ren confuso e spaventato entrò di corsa, ansimante e con le guance accaldate. «Signore, suo cugino è appena arrivato. Ho cercato di convincerlo ad andare nella sua stanza, ma ha insistito per vederla. Gli ho detto che l'avrei chiamata, ma...» Ren gesticolò, impotente, tenendosi a distanza dall'uomo fradicio di sudore tra le braccia di Xan. «Mi dispiace.»

«Non è colpa tua,» lo rassicurò Xan, mentre sosteneva a fatica la mole del cugino, più grosso di lui. Janus gli gravava addosso con tutto il peso del suo corpo bollente e appiccicoso e Xan emise un grugnito, cercando di tenerlo in piedi. «Corri a prendergli un po' di tè.»

Urho gli fu subito accanto per aiutarlo con il corpo abbandonato di Janus, e Xan sospirò di sollievo.

«Jason, porta Vale di sopra passando per la cucina,» ordinò Urho. «Tienilo a grande distanza da Janus. Non tornare di sotto finché non ti darò il via libera.»

I tre rimasti al tavolo, bloccati dallo shock, si rianimarono. Jason e Vale si allontanarono in fretta dalla porta della cucina e Caleb corse al fianco di Xan.

Insieme, aiutarono suo cugino a raggiungere la sedia vuota di Urho. Il braccio di Janus cadde nel suo piatto, si trascinò nel sugo e urtò il bicchiere del vino. Janus abbandonò la testa in avanti, gli occhi rovesciati all'indietro.

Urho gli diede uno schiaffetto sulla guancia. «Janus!» lo chiamò. Janus gemette, ma non riprese conoscenza. «Voi due state indietro! Devo portarlo in un letto.»

«Sì. In una stanza lontana dal resto della casa,» disse Xan, con il cuore che martellava e i palmi sudati.

«E lontano dai domestici,» aggiunse Caleb.

«Per il Sacro Lupo, dove?» chiese Urho, mentre il respiro di Janus si faceva sempre più affaticato.

«Non nella casa principale!» esclamò Xan con angoscia. «Contagerà Vale!» Non avrebbe mai più potuto guardare Jason negli occhi, se avesse perso il suo bambino a causa delle loro decisioni in quel frangente.

«Nella mia stanza,» propose Caleb. «È dall'altro lato della casa rispetto a Vale e Jason.»

«No,» disse Urho. «Nell'ala indipendente.»

Janus si accasciò ancora di più. Urho lo sollevò in una posizione dritta, ma vide che continuava a inclinarsi pericolosamente.

«Dove vivono i domestici?» Caleb scosse la testa. «No. Non

possiamo chiedere loro di...»

«Ci sono un sacco di camere di sopra,» intervenne Xan. «I domestici possono stare qui con noi nella casa principale. In questo modo potremo tenere Janus isolato. Solo finché non sapremo se è contagioso o finché non sarà guarito.»

Caleb annuì e Urho sollevò Janus dalla sedia e se lo caricò in spalla. Percorsero velocemente l'atrio, ignorando le grida dei domestici, e portarono Janus fuori dalla casa principale e lungo il sentiero che conduceva all'ala indipendente.

«Da questa parte,» disse Caleb, e li guidò verso il lato opposto rispetto al suo studio. «Al piano terra c'è una stanza vuota. Tutti i domestici hanno preferito il piano superiore e la vista che c'è lassù.»

Urho posò Janus sul letto polveroso. Suo cugino rabbrividiva per la febbre, e Caleb gli premette le dita sulla fronte. Lo stomaco di Xan si annodò.

«Non avvicinarti troppo,» gli disse. «Ti ammalerai.»

«Qualcuno deve prendersi cura di lui.»

«Urho è un medico.»

«Urho è il tuo amante. Vuoi che sia lui a contagiarsi?» ribatté Caleb, secco.

Xan si sentì afferrare dal panico. «Certo che no!» Il pensiero che accadesse qualcosa a Urho era intollerabile.

«Sistemiamo Janus a letto, Sacro Lupo,» disse Urho. «Poi potremo discutere di chi sarà a esporsi a questo virus e di come ci prenderemo cura di lui senza contagiare Vale.» Tastò la gola di Janus e gli sollevò le palpebre tremanti per esaminargli gli occhi.

«Che cos'ha?» domandò Xan. «È l'influenza?»

«Credo di sì,» rispose Urho, teso. Si strinse la base del naso. «Maledizione. Questo è esattamente ciò che stavamo cercando di evitare quando abbiamo portato qui Vale.»

«Beh, sono sicuro che non l'abbia messo a rischio di proposito,» ribatté Caleb, spingendo Urho da parte e tornando a toccare il viso di Janus. «Janus, sono io, Caleb. Riesci a sentirmi?» Sussultò quando Janus lo guardò confuso.

«Caleb?»

«Sei malato. Ti faremo guarire.»

«Devo dirlo a Xan.»

«Xan è qui,» disse Caleb, accarezzandogli la guancia.

Xan si sentì stringere lo stomaco da un senso di disagio, e non sapeva se fosse dovuto al tocco gentile del suo Omega sul viso del cugino o all'espressione funesta negli occhi di Janus mentre cercava il suo sguardo.

«Il tuo Pater...» Le parole si trasformarono in colpi di tosse rantolanti.

«Sì?» Al cuore di Xan mancò un battito.

«È malato.» Gli occhi febbricitanti di Janus fissavano i suoi. «Anche Ray. Entrambi malati.»

Xan deglutì con forza, le pulsazioni che gli rimbombavano nelle orecchie. «Hanno l'influenza?»

Janus annuì. «Ray è grave. Potrebbe morire.»

«Devo andare a casa.» Lo stomaco di Xan si afflosciò come un palloncino sgonfio.

«No!» esclamò Janus, allungando una mano verso di lui. «Il tuo Father... Devi restare. Non può rischiare...» Janus tossì così forte che gli si gonfiarono le vene sulla gola. «Non può rischiare gli eredi.» Abbandonandosi sul letto, fece una risata amara, mentre dai suoi occhi sgorgavano le lacrime. «Ma sembra che uno di loro l'abbia comunque presa.»

«E adesso sei qui a tossire in faccia all'altro erede,» sbraitò Urho, spingendo Xan lontano dal cugino.

«Basta,» disse Caleb brusco. «Ha la febbre e non è lucido. Tu questo lo sai, sei un medico.»

Janus fece un altro colpo di tosse rantolante, prima di rovesciare gli occhi all'indietro e cadere nell'incoscienza.

«Maledizione.» Urho si voltò verso Xan. «Vai. Vattene da qui. Lavati. Cambiati i vestiti. E poi fatti portare dal cuoco un tè allo zenzero con il limone. Molto limone. Bevilo tutto e dopo fattene portare altro.» Si rivolse a Caleb. «Anche tu.»

«Io non lo lascio finché non saprò che si riprenderà.» Caleb si tirò i capelli dietro le orecchie e fissò Urho con aria spavalda.

Urho catturò lo sguardo di Xan, ma lui non era in grado di spiegare la determinazione di Caleb solo con un cenno delle sopracciglia o con l'espressione del viso. Così, si limitò a stringersi nelle spalle. «Urho, non avrai bisogno della tua borsa medica?»

Urho gli scoccò un'occhiata. «Sì. Sii gentile e vai a prendermela.»

«Perché non vai tu stesso? Caleb e io abbiamo bisogno di un momento da soli.»

«E dovrei lasciarvi entrambi qui? Esposti al contagio?»

«Come hai detto tu, possiamo discutere di questo dopo aver sistemato Janus a letto. La borsa è in camera tua, giusto?»

Urho digrignò i denti, ma un'occhiata a Caleb lo ridusse alla sconfitta. Uscì a grandi passi dalla stanza, borbottando sottovoce qualcosa sugli Omega testardi.

Xan osservò per qualche altro secondo Caleb, chinato con preoccupazione su Janus, poi prese la mano del suo Omega. «Si riprenderà.»

«Come lo sai?» Caleb ritrasse la mano con uno scatto. «Dal suo aspetto, sembra che l'apprendista del Sacro Lupo sia venuto a portare via la sua anima.»

«Urho è un bravo medico e…»

«Urho è spaventato, non te ne accorgi?» Caleb chiuse con forza gli occhi, da cui scivolò una lacrima. «Inoltre, ha altre priorità.»

«E questo cosa dovrebbe significare?» chiese Xan, asciugandogli la lacrima.

«Significa che gli importa di più di te e Vale di quanto gli importi di cosa succederà a Janus.»

Xan rispose con un dolce mormorio. «E di te. Gli importa di te.»

«Lo so. Ma…» Caleb scosse la testa.

«Sei spaventato anche tu, ed è per questo che stai parlando così. Urho è un medico. Gli importa di chiunque abbia bisogno di lui.»

Caleb gli rivolse uno sguardo acceso e penetrante. «Urho deve stare bene per far nascere il bambino di Vale. Lo sai. Perciò, mi occuperò io di Janus.»

«E se ti ammalassi?»

«Allora mi ammalerò.» Scrollò le spalle. «Sono in salute. Sopravvivrò.»

«Anche Janus era in salute… e anche Ray. Questa influenza è incredibilmente pericolosa. Non ti metterò a rischio.» Xan raddrizzò le spalle. «Sarò io a occuparmi di lui.»

«Non puoi,» ribatté Caleb. «A tuo padre serve un erede per la sua fortuna e la sua azienda. I Beta non possono ereditare. Lo sai questo. Se vi ammalaste sia tu che Janus e se tutti e due…» Caleb rabbrividì. «No. Non puoi.»

«Come hai detto tu, sono in salute. Me la caverò.»

Urho doveva aver corso fino alla sua camera e ritorno, perché rientrò correndo ancora, senza fiato, sudato e con la borsa medica in mano. «I domestici prepareranno il tè. Presto lo porteranno, insieme a un po' di acqua fresca per lui.» Aprì la borsa e si mise a frugare all'interno.

Xan catturò lo sguardo di Caleb e seppe che nessuna ulteriore argomentazione gli avrebbe fatto cambiare idea. Mentre Urho tirava fuori stetoscopio e termometro, Ren entrò con una mascherina sul viso e le braccia piene di panni. Lo seguivano altri domestici dotati di mascherine, che portavano contenitori di acqua, sia bollente che fredda, e l'intero contenuto degli armadietti dei medicinali che tenevano in casa. «Magari alcune di queste cose potranno essere utili,» disse Ren, speranzoso.

«Sì,» concordò Urho. Infilò il termometro nella bocca di Janus e tutti osservarono ansiosi il mercurio che saliva.

«Sacro Lupo,» sussurrò uno degli inservienti.

«Ghiaccio,» disse Urho. «Ci serve molto ghiaccio per far scendere la febbre.»

«Sì, signore. Qualcos'altro?» chiese Ren, e con un cenno della mano mandò un sottoposto a prendere di corsa il ghiaccio richiesto.

Il cuore di Xan palpitava così forte che gli sembrava potesse uscire dal petto. Non aveva mai visto una febbre così alta.

«Sì, Ren. Di' agli altri domestici di raccogliere le loro cose dalle stanze al piano di sopra,» disse Caleb, poi prese un panno da uno dei Beta e lo bagnò. Lo premette sulla fronte di Janus mentre Urho faceva la stessa cosa sul collo. «Dormiranno nelle camere in più al primo piano dell'ala principale, finché non avremo superato il pericolo. Fai in modo che le preparino per essere usate.»

«E scopri il nome del dottore del paese,» aggiunse Urho. «Digli di tenersi a disposizione. Le cose qui possono prendere una brutta piega molto in fretta e dobbiamo essere preparati.»

Ren si allontanò per eseguire gli ordini e, mentre aspettavano che arrivasse il ghiaccio, Urho iniziò a recitare preghiere al Sacro Lupo: preghiere di altri tempi, del genere che Xan non aveva più sentito da quando era molto piccolo. Non lo rincuorarono.

Alla fine di una di esse, Urho si voltò verso Xan e lo implorò: «Ora vai. Fai quello che ti ho chiesto. Non c'è niente che tu possa fare qui.»

Xan annuì, poi tornò con lo sguardo sul volto madido e pallido di Janus. «Vieni con me, Caleb.»

«Lui ha bisogno di me,» disse Caleb, passando un altro panno freddo e umido sulla fronte febbricitante di Janus. «Non posso lasciarlo solo.»

«Ci sarà Urho con lui.»

Caleb lo ignorò.

Xan baciò il suo Omega sulla fronte e lo lasciò piegato su Janus insieme a Urho. Non poteva aiutarli mettendosi a fare la stessa cosa. Tornò alla casa principale e seguì gli ordini di Urho alla lettera, poi andò a controllare Jason e Vale nella loro stanza.

Il resto della serata trascorse in un turbinio di confusione. Liddy Bainson, un dottore locale, acconsentì a mettersi a disposizione sia per Vale che per Janus, se Urho si fosse ammalato o se Vale fosse andato in travaglio mentre Janus stava ancora male.

Jason e Vale erano sulle spine ma, dopo che i domestici Beta ebbero pulito tutte le superfici in sala da pranzo e nell'atrio, si rilassarono abbastanza da scendere al piano di sotto a fare uno spuntino per compensare la cena interrotta.

Urho raggiunse Xan a letto quella notte, dopo aver fatto una doccia ed essersi passato una lozione disinfettante sul corpo. Sembrava esausto. Strinse Xan a sé e lo annusò lungo il collo e le spalle. «Hai un odore sano,» disse. «Rimani così.»

«Ci proverò.»

«Hai chiamato il tuo Father?»

«Non sono riuscito a parlare con nessuno. A casa non hanno risposto.» Xan cercò di non mostrare quanto la cosa lo terrorizzasse.

«Dovresti andare in città. Domani.»

«Forse.» Voleva andare, ma non voleva commettere un errore. Con così tante cose che stavano accadendo tutte insieme, non sapeva quale fosse la cosa giusta da fare. Sperava che una buona notte di sonno gli avrebbe chiarito le idee. «Dov'è Caleb?» Non lo aveva sentito rientrare nella sua stanza o usare il bagno nel corridoio comunicante.

«È testardo,» disse Urho.

«Sì,» concordò Xan, intrecciando le dita alle sue. Gli faceva male il cuore e aveva i nervi tesi per l'ansia. «Credo che lo ami.»

«Penso che sia possibile,» convenne Urho, e gli posò un bacio sui capelli. «La cosa ti ferisce?»

«No.»

«Temi che ti lascerà per lui?»

«Non lo so.»

Urho sospirò. «Janus sta molto male.»

Xan rafforzò la stretta sulle sue dita. «Spero non muoia.»

«Buffo, l'ultima volta che l'hai visto speravi che venisse investito da un treno.»

«Sì,» sussurrò Xan, ingoiando un nodo in gola. «Ma non volevo che *morisse*.»

«Lo so,» rispose Urho con dolcezza. «Questa cosa tra lui e Caleb…»

«Non lo so,» mormorò Xan. «Dovremo aspettare e vedere.»

«Caleb ti ama.»

«Sì.» Xan sospirò e si rannicchiò contro di lui. «Ma entrambi sappiamo che esistono diverse forme di amore… *philia*, *agapē*, *erōs*. Non so quale forma abbia il suo amore per Janus.»

«Non l'eros.»

«No.» Xan sospirò. «Ma tutti quei tipi di amore hanno diversi livelli. Prendi la *philia*, l'amore fraterno. Non amo il mio vicino quanto amo il mio migliore amico. Forse Caleb potrebbe amare Janus più profondamente di quanto ama me.»

Urho lo strinse di più. «Caleb ama *te*,» gli ripeté. «Non importa cosa sta provando adesso, Janus non potrebbe mai competere con te.»

Xan era dell'idea che l'affetto di Urho nei suoi confronti gli impedisse di essere obiettivo, ma non protestò. Si limitò a chiudere gli occhi e a lasciare che la spossatezza trascinasse entrambi in un sonno angosciato e agitato come il mare.

CAPITOLO DICIANNOVE

«COSA SAPPIAMO DELL'OSPEDALE locale?» chiese Vale il mattino dopo, a colazione, le braccia strette nervosamente attorno all'addome. Per l'orgoglio di Jason e la soddisfazione di Urho, era cresciuto parecchio nell'ultimo paio di settimane. Ormai era chiaro anche a una prima occhiata che aspettava un figlio.

«Per te o per lui?» domandò Urho, strofinandosi gli occhi ancora annebbiati.

Era stata una lunga notte. Dopo che Xan si era addormentato, Urho era scivolato fuori dal letto, si era vestito e aveva lasciato la casa principale per percorrere il sentiero fino all'ala separata. Aveva ascoltato la tosse di Janus e l'aveva monitorata nel timore che peggiorasse, e si era sforzato molto di non captare i sussurri che lui e Caleb si erano rivolti.

Ma non era riuscito a evitarli tutti.

Uno scambio in particolare lo aveva turbato per tutta la mattina.

«Promettimi che mi perdonerai,» aveva implorato Janus durante un breve momento in cui aveva ripreso i sensi. «Promettilo, Caleb.»

«Ti perdono, Janus. Te l'assicuro. Adesso stai tranquillo e riposa.»

«Ti amo. Sei sempre stato tu.»

Caleb aveva emesso un suono strozzato.

«Tutti gli altri erano…» Janus aveva tossito con violenza.

«Sss. Riposa. Dormi. Pensa a guarire.»

«Non erano te. Nessuno di loro era te, Caleb.»

«Janus…»

340

«Dimmi che mi ami anche tu.»

«Tenevo a te, un tempo...»

«Non riesci neanche a mentire a un uomo sul letto di morte?» aveva implorato Janus, gemendo.

«Non stai morendo,» gli aveva sussurrato Caleb con ardore. «Adesso chiudi la bocca e dormi.»

Di primo mattino, erano state consegnate loro alcune medicine inviate dalla farmacia, e ora Janus stava riposando ed era più tranquillo. Abbastanza tranquillo che a Urho non era dispiaciuto allontanarsi per farsi un'altra doccia, ricoprirsi di lozione disinfettante e fare colazione con il suo Omega dal corpo di Alpha, roso dalla preoccupazione, e i loro amici che erano altrettanto nervosi.

Caleb si era rifiutato di lasciare Janus. Aveva ordinato a Ren di portargli un piatto di cibo insieme al brodo allo zenzero che Urho aveva prescritto per Janus. Urho aveva acconsentito solo a patto che Caleb promettesse di bere anche il tè allo zenzero, limone e pepe e di lavarsi con regolarità, ricoprendosi poi le mani di lozione disinfettante.

Xan giocherellava con il cibo, trascinandolo in giro per il piatto, ed era chiaro che aveva la mente altrove. Urho si chiese se, quella mattina, fosse riuscito a parlare con i suoi genitori. Xan era rimasto rintanato nel suo ufficio fino a colazione, per quanto ne sapeva Urho, mentre lui era stato molto impegnato a occuparsi del paziente e a definire le direttive igieniche da impartire ai domestici.

«Ci stai ascoltando?» chiese Jason con gentilezza.

Urho lo guardò, sbattendo le palpebre. «Scusami?»

«Non importa. Sembri esausto.» Jason tornò alla colazione, sempre in grado di mandare giù più cibo di quanto Urho riuscisse a mangiare in un'intera giornata.

Xan si raddrizzò sulla sedia, teso, emanando un'ansia silenziosa. Non incontrò il suo sguardo, ma rimase concentrato sul trascinare le uova per il piatto. Urho bevve un lungo sorso di caffè, sorrise a

Jason e disse: «Perdonami. Sono stanco. Ma per favore, ripetimi la domanda.»

«Mi chiedevo se avessi parlato con l'ospedale locale e se avessero un posto per Janus. Ovviamente, vogliamo che sia tu a far nascere il bambino, non un estraneo in ospedale.»

«Jason perderebbe la testa,» sussurrò Vale, sorseggiando il tè che gli era stato prescritto, lo stesso che Urho stava obbligando ogni singola persona della casa a bere. Sembrava pallido per la preoccupazione.

«Non temere,» lo incoraggiò Urho. «Andrà tutto bene.»

La forchetta di Xan sbatté contro il piatto, ma lui non disse nulla.

«Allora, l'ospedale lo accetterà?» chiese Jason.

«No.» Urho sospirò. Per lui sarebbe stato molto più facile se l'avessero fatto, ma non poteva biasimare le loro ragioni. «Ci hanno chiesto di tenerlo qui. È contagioso, e l'ospedale è piccolo. Metterebbero in pericolo i pazienti che sono già deboli, portandolo lì. Ma, con lui nell'ala separata e tutti voi che bevete il tè fortificante e praticate una buona igiene, dovremmo cavarcela lo stesso.» Sperava che fosse la verità.

«Soprattutto dato che tu sei un medico,» aggiunse Xan con un sospiro pesante. Allontanò la sedia dal tavolo e vi si abbandonò, sconfortato, fissando il soffitto con la fronte aggrottata.

«Cosa intendi fare riguardo alla tua famiglia?» chiese Urho con gentilezza.

Jason smise di mangiare e Vale si immobilizzò, entrambi con un'espressione preoccupata sul viso.

«Ho parlato con l'assistente di mio padre,» sbottò Xan, chiaramente ferito dal fatto che suo padre non fosse venuto al telefono a parlare con lui di persona. Ma, se davvero il suo Pater era malato, era improbabile che Doxan Heelies si allontanasse dal suo *Érosgápe*, per qualunque motivo. Nemmeno per parlare con il suo unico figlio

Alpha. «Dice che Ray si è aggravato e Pater è...» Gli mancò la voce e si spostò in avanti sulla sedia, abbastanza da bere un goccio d'acqua. Poi si limitò a scuotere la testa e non aggiunse altro.

«Dovresti andare da loro,» lo esortò Jason, i grandi occhi azzurri pieni di ardore. «Sei sempre stato il preferito del tuo Pater. Se sta così male, non dovresti rischiare di restare lontano da lui.»

Xan deglutì convulsamente e la sua voce suonò tesa. «Father mi ha ordinato di stare lontano.»

«Il tuo Father è uno stronzo, e per di più è in torto,» scoppiò Jason. «Ti ha tenuto lontano dal tuo Pater per tutto l'anno, e per cosa? Perché è sempre stato geloso di te, ecco cosa.»

«No...» Xan avvampò, e Urho avrebbe voluto allungarsi fino all'altro lato del tavolo per proteggerlo da qualsiasi cosa stesse per confessare. «È per i pettegolezzi.»

«I pettegolezzi ci sono sempre stati,» ribatté Jason, liquidando quell'argomentazione con un gesto della mano. «È geloso di quanto il tuo Pater ti adori. Gli *Érosgápe* possono essere possessivi fino al punto di diventare irragionevoli anche nei confronti dei loro stessi figli, a volte.»

Vale tornò ad accarezzarsi il ventre con aria assorta e un cipiglio che gli deformava la fronte.

«Tranquillo,» disse Jason, posando a sua volta la mano sul pancione. «Io non sarò così.»

«Spero di no.»

Xan alzò gli occhi al cielo e sbottò: «Va bene. Magari mio padre è uno stronzo. Non tutti hanno genitori perfetti come i tuoi o un Pater così tollerante verso le perversioni.»

Negli occhi di Jason si accese un luccichio di furbizia. «Al tuo Pater non è mai importato un cazzo di cosa fai a letto e lo sai.» Puntò la forchetta verso Xan. «Ci ha beccati quella volta che ho dormito a casa tua mentre i miei genitori erano andati al mare da soli. Ha finto di non aver visto niente.»

343

Xan si dimenò sulla sedia, le guance che si accendevano ancora di più. «Non parlare di quella storia!»

«Sappiamo tutti di te e Jason,» disse Vale con calma. «Non dovete fingere che non sia mai successo. Anche Urho e io scopavamo. Come tutti qui dentro sanno già.»

Urho scoccò a Vale un'occhiataccia per intimargli di tacere, mentre Xan si strofinava il viso. Vale alzò gli occhi al cielo.

«Già, smettiamola tutti di fingere,» concordò Jason, con la mascella serrata in quel modo testardo che Urho aveva conosciuto bene nel periodo in cui Jason stava corteggiando Vale. «E smettiamo di far finta che il motivo per cui non hai preso il primo treno stamattina è che vuoi rispettare il volere di tuo padre. La verità è che hai paura di affrontarlo.»

Xan rivolse a Jason un'occhiata ardente e rabbiosa, i pugni serrati. Aprì e chiuse la bocca, come se stesse cercando il modo giusto di rispondergli per le rime, ma la sua espressione arrabbiata si sgretolò. Nascose il viso dietro i pugni ancora stretti. «Forse è così. Tu quante volte hai affrontato la possibilità di perdere tutto?»

«Xan...» disse Jason con dolcezza. «Non intendevo... Senti, sai che quello che ho detto è sostanzialmente vero.»

Urho sospettava che fosse *completamente* vero. Dopotutto, Jason conosceva bene la famiglia di Xan e aveva interagito con i suoi genitori anche più di quanto non stesse facendo Xan stesso, al momento. C'erano tutti i presupposti perché avesse una visione chiara delle loro dinamiche familiari.

In quel momento, Zephyr si infilò in sala da pranzo, annusò l'aria con grazia e poi si girò per fare subito marcia indietro. Urho si rese conto di non averla vista per giorni. Xan probabilmente invidiava la capacità della gatta di sparire appena non si sentiva a suo agio. Senza dubbio, gli sarebbe piaciuto rannicchiarsi in un nascondiglio da qualche parte in quello stesso momento.

Ma Jason aveva ragione, almeno riguardo al fatto che dovesse andare a trovare suo fratello e il suo Pater. Le fantasie di fuga dovevano venire messe da parte. Il mondo, fin troppo reale, richiedeva di essere affrontato.

«Pater ha sempre detto che, se Father avesse scoperto o sospettato la verità su di me, l'avremmo pagata cara tutti e due,» sussurrò Xan da dietro i pugni serrati. «E aveva ragione. Ce l'ha fatta pagare cara, tenendoci separati durante quest'anno.»

«E allora? Sei un Alpha adulto, adesso,» disse Jason. Era facile vedere nel suo volto determinato il futuro padre dentro di lui. «Credimi... i nostri genitori pensano di sapere cosa è meglio per noi anche molto tempo dopo che hanno smesso di saperlo davvero.»

Xan smise di nascondersi. «Allora cosa mi suggerisci, oh Potente Detentore della Grande Sapienza? Di presentarmi alla porta e sperare che Joon mi lasci entrare?»

«Sì! Prendi il controllo di questa situazione e della tua vita.» Jason, che si stava infervorando, si chinò in avanti sopra il suo piatto, gli occhi accesi e la voce che vibrava di determinazione. «Presentati alla loro porta ed esigi di entrare. Sei Xan Heelies, l'erede e unico figlio Alpha di Doxan. Hai dei diritti. Sacro Lupo, rivendicali!»

Xan deglutì di nuovo, ma stavolta sollevò il mento. Incontrò lo sguardo di Urho, e lui gli fece un cenno affermativo con il capo. Jason aveva ragione: Xan aveva dei diritti.

«Vai a trovare il tuo Pater,» aggiunse Jason con più gentilezza. «Se guarisce, non ci sarà stato nessun danno a parte aver fatto infuriare il tuo Father. E questo lo fai abbastanza facilmente anche senza provarci.» La sua voce si fece ancora più morbida, eppure l'amara possibilità evocata dalle sue parole trafisse ogni cuore attorno al tavolo. «Se il tuo Pater non guarisce, non avrai perso la tua possibilità.»

Vale si accarezzò il ventre e lo osservò, accigliato. Urho conosceva quell'espressione, dopo anni in cui si era occupato di Omega gravidi. Vale si stava senza dubbio chiedendo chi stesse crescendo nel suo corpo, e quali dolori quel figlio avrebbe potuto causargli in futuro. Urho odiava doverglielo dire, ma non c'era modo di sapere una cosa simile. Faceva parte del mistero sempre mutevole della vita.

I suoi stessi genitori, entrambi religiosi e devoti, sarebbero inorriditi di fronte a ciò che faceva con Xan e a quello che provava per lui. Era di sicuro molto lontano dalla progenie che avevano sperato di avere, mentre Urho cresceva nel ventre del suo Pater. La vita funzionava così.

«Lo fai sembrare facile,» disse Xan, spingendo via il piatto. «Rischierei l'ira di Father, che non è una cosa semplice da affrontare. Non solo, rischierei anche di perdere la mia eredità. Ha già minacciato di destinarla a Janus. Guarda, mi è stato vietato di andare in città e ho il divieto specifico di andare a trovare Pater e Ray.»

«Ah sì? Te l'ha detto lui stesso oggi al telefono?» chiese Vale in tono sommesso. «Che ti è vietato andare in questi luoghi e da queste persone?»

«No. Me l'ha fatto riferire dal suo assistente.»

Le labbra di Vale si incurvarono in un sorrisetto subdolo. «Ovviamente dev'esserci stato un fraintendimento. L'unica cosa che hai sentito dall'assistente è che il tuo Pater e Ray stanno molto male. Hai pensato che fosse richiesta la tua *immediata* presenza in città.»

Xan abbozzò un sorriso. «Forse, ma poi il suo assistente subirebbe conseguenze a non finire. Avrei un'opinione migliore di me stesso se facessi come ha suggerito Jason. A testa alta. Rivendicando i miei diritti.» Poi fece una risata amara. «Ma siamo onesti. Io sono Xan Heelies, codardo invertito, quindi è probabile che farò come dice Vale.»

«Tu sei coraggioso,» disse Urho in tono burbero. «Il più coraggioso a questo tavolo.»

«Te l'avevo detto,» bisbigliò Vale all'amico, le sopracciglia scure inarcate.

«È vero,» concesse Urho.

«Senti,» sospirò Jason. «So che sei spaventato, ma alla fine tuo padre non ti farà arrestare per inclinazioni contronatura. Potrebbe trovare un modo per diseredarti senza portare la questione di fronte alla Chiesa o alla giustizia, ma ne dubito. Quelle leggi sono piuttosto rigide. Anche se si spingesse fino a questo punto, senza prove o testimoni non verresti arrestato.»

«Solo emarginato,» disse Xan.

«Beh, la tua vita apparterrebbe a te, no? Io sono molto felice di vivere nella casa di Vale a Oak Avenue, e porteremo lì il nostro bambino. Voglio crescerlo nella casa dove è cresciuto Vale.»

Vale emise un sottile mormorio di sorpresa. «Davvero?»

Jason annuì. «È importante per me.» Tornò a guardare Xan. «Tu hai questa casa intestata a te, nel fondo fiduciario del Father del tuo Pater. Potresti vivere qui. O, se non riuscirai a permetterti di mantenerla, potrai venderla e tu e Caleb potrete vivere piuttosto bene con il ricavato. Mio padre ti darebbe un lavoro. Sei stato così bravo a gestire l'ufficio qui a Virona. Potresti aiutare ad aprire una succursale anche per le Industrie Sabel.»

«Tuo padre mi assumerebbe? Se si venisse a sapere che sono un invertito?»

«Mio padre ignora i pettegolezzi di quel tipo, finché il lavoro viene svolto.» Jason inclinò la testa con ardente sincerità. «Quello che dico è che non sei senza risorse e senza amici. Potresti sopravvivere alla perdita dei soldi della tua famiglia. E magari saresti persino più felice, Xan. Se potessi vivere onestamente.»

«Ed essere sincero su chi ami e su come lo ami,» mormorò Vale, rivolgendo a Urho uno sguardo pieno di significato.

Urho si sentì di colpo senza parole. «E... Beh, ovviamente, qualsiasi cosa accada con tuo padre, io non ti abbandonerei mai. Mai.»

Xan deglutì con la gola stretta. I suoi occhi brillavano d'amore, e anche Urho si sentì riempire di emozione.

Si schiarì la gola. «È deciso. Fine della discussione. Xan deve partire. Avanti. Devi preparare i bagagli e prendere il prossimo treno.»

Xan lo fissò, sorpreso. «Vuoi che me ne vada?»

«No.» Urho odiava l'idea di stare lontano da Xan anche solo per una notte, e odiava ancora di più l'idea che si recasse in un ambiente contaminato dalla malattia, ma Xan doveva farlo. Doveva vedere il suo Pater e Ray, e doveva farsi valere di fronte alla famiglia. Era l'unico modo in cui sarebbe mai stato libero. «Ma *devi* andare.»

Xan annuì e si alzò. Le mani gli tremavano ancora in modo evidente e si leccava le labbra per l'ansia. «Però c'è così tanto da fare qui. Devo chiamare Edes e avvisarlo che starò via. Dovrà prendere il comando dell'ufficio qui in paese, in mia assenza.»

«Puoi farlo mentre io inizio a preparare le tue cose,» disse Urho. Xan si guardò attorno con la preoccupazione sul viso. «Non temere per la casa,» aggiunse Urho. «Ci sarò io qui a guardia del forte. Io e Caleb.»

«E noi saremo felici di occuparci di qualsiasi problema che non comporti un contatto diretto con Janus,» gli fece eco Jason. «O almeno io. Vale probabilmente si limiterà a fissarsi la pancia e a mormorare per tutto il tempo in cui non ci sarai. Ma posso aiutare io a mandare avanti la casa, se Caleb è occupato in altro.»

Urho lanciò un'occhiata a Vale, che annuì distrattamente. In effetti si stava fissando il ventre. Urho scoppiò quasi a ridere. Sì, le giornate di Vale sarebbero proseguite pressoché uguali fino all'arrivo del bambino: una passeggiata sulla spiaggia, un pisolino mattutino, un pranzo in veranda se fosse stata una bella giornata, un'altra passeggiata sulla spiaggia, un altro pisolino. Urho non gliene faceva una colpa. Ogni Omega meritava di sentirsi al sicuro e coccolato durante la gravidanza. Lui avrebbe voluto la stessa cosa per Caleb, quando sarebbe stato il momento. Era impaziente di vederlo con il pancione, in attesa del figlio di Xan.

Sacro Lupo, Caleb…

Urho non sapeva come comportarsi riguardo alla devozione dell'Omega di Xan verso la salute di Janus o alla conversazione che aveva udito. Aveva sospettato che Caleb nutrisse ancora qualche sentimento per Janus, ma trovarsi davanti all'evidenza della cosa gli bruciava, considerando quanto Janus fosse stato orribile con Xan, e anche Xan doveva soffrirne.

Certo, Xan e Caleb non erano amanti come le altre coppie di Alpha e Omega, ma erano una famiglia, e Xan amava profondamente Caleb. E, sebbene una simile gelosia fosse meschina, visto che Caleb era stato così generoso rispetto ai sentimenti di Xan per Urho, era naturale che un Alpha provasse un istinto di possesso verso l'Omega con cui aveva un contratto.

Forse, se a Urho fosse stata data l'opportunità di conoscere meglio Janus, o se il suo comportamento al loro primo incontro fosse stato più gradevole, o se Janus non avesse mai ferito Caleb e Xan in passato, Urho avrebbe potuto considerarlo degno della devozione dell'Omega bellissimo e gentile di Xan. Per come stavano le cose, era infastidito da qualsiasi sentimento Caleb provasse per lui. Forse addirittura più di quanto lo fosse Xan.

Era comunque determinato ad accantonare quello stato d'animo. Una volta che Janus fosse guarito, avrebbero potuto affrontare quella situazione. Se Caleb avesse voluto lasciare Xan per andarsene con Janus… Beh, Xan avrebbe dovuto accettarlo, e Urho sarebbe stato lì a sostenerlo durante il crollo che ne sarebbe seguito.

Fino a quel momento, Urho non avrebbe più pensato a quella faccenda, se non per sentirsi orgoglioso di quanto Caleb fosse una persona amorevole e pronta a perdonare, e generosa nel prendersi cura di un uomo malato.

«Vado a fare qualche telefonata,» disse Xan. «Poi partirò con il treno pomeridiano.»

Deciso il da farsi, ripresero tutti a fare colazione. Con la mente di ognuno ancora chiaramente concentrata su preoccupazioni e problemi vari, non fu un pasto allegro. Dopo che Jason ebbe pulito il piatto e incitato Vale a mangiare qualche altro boccone, i due annunciarono che si sarebbero ritirati in camera da letto.

«Anche tu dovresti fare un pisolino prima di partire,» disse Urho. «Io vado a controllare Janus. Se potrò, più tardi ti raggiungerò.»

Xan annuì, con aria stanca. «Vado a fare quelle telefonate.» Esitò sulla soglia, guardando tutti quanti da sopra la spalla. Urho sentì il cuore che gli si stringeva nel petto. «Grazie,» sussurrò Xan. «Per avermi costretto a fare la cosa giusta.»

«Siamo tuoi amici. Vogliamo che tu sia felice,» mormorò Vale.

«Vai a fare le tue telefonate,» disse Urho. «Ci vediamo di sopra in camera tua.»

XAN FECE UNA doccia veloce, troppo preoccupato per restare a lungo sotto il getto dell'acqua e godorselo. Dopo aver indossato il pigiama di seta blu elettrico per il pisolino che aveva promesso di fare, si sedette sul letto a spazzolarsi i capelli bagnati.

Il bussare improvviso gli fece sussultare il cuore. Disse a Urho di entrare, ma la testa che spuntò dalla porta era quella di Caleb.

Terribile. Non c'era altro modo di descrivere il suo aspetto. Sembrava tremendamente pallido nei suoi indumenti bianchi. Occhiaie grigie dovute alla preoccupazione scurivano la pelle delicata sotto gli occhi azzurri. I lunghi capelli biondi erano arruffati e gli ricadevano in disordine attorno alle mascelle.

«Ehi,» mormorò Xan. «Vieni qui.»

Caleb si chiuse la porta alle spalle e sgattaiolò nella stanza come se si vergognasse e non fosse certo di essere il benvenuto.

Quando Xan si alzò e allargò le braccia, Caleb vi si tuffò con un sottile singhiozzo. Xan lo baciò sui capelli e gli mormorò bassi suoni rassicuranti. Si tennero stretti a lungo, finché alla fine Caleb si staccò e si asciugò gli occhi. Le occhiaie apparivano ancora più scure.

«Mi dispiace,» sussurrò.

«Per cosa, tesoro?» chiese Xan, sebbene ovviamente lo sapesse.

«Per averti mentito sui miei sentimenti per Janus,» sussurrò Caleb con il mento che tremava. «È vero che lo amo. Ma non nel modo profondo in cui amo te, e non in un modo romantico. Non l'ho mai amato in quel senso. Ma tengo a lui più di quanto volessi ammettere. C'è stato un tempo in cui avrei accettato un contratto con lui, se solo mi avesse voluto abbastanza. Se avesse voluto il vero me.»

«Lo so. Me l'hai già detto.»

«Ma ho detto anche che non mi importava più di lui.»

«No, se ricordo bene, mi hai detto che non volevi essere il suo Omega.» A Xan si seccò la bocca. «Era una bugia?»

Caleb scosse la testa, le lacrime che gli rigavano le guance. Gli rivolse uno sguardo implorante. «No, io voglio essere il *tuo* Omega.»

Xan lo guidò fino al letto, dove si sedettero l'uno accanto all'altro. «Questo è un bene, allora, perché lo sei.»

«Voglio creare una famiglia con *te*.»

«Puoi farlo. Lo farai.» Xan gli prese le mani. «Non è un problema tenere a più di un solo uomo. Per me è lo stesso.» Non era innamorato di Caleb e non avrebbe mai potuto esserlo. Ormai lo sapeva con certezza, da quando si era innamorato di Urho e aveva iniziato ad amarlo con tutto il cuore, l'anima *e* il corpo. Ma lui e Caleb condividevano comunque un legame profondo.

«Lo so.» Caleb tirò via una mano per asciugarsi le lacrime. «Non mi ero reso conto di quanto ancora tenessi a quel verme bastardo fino a ieri notte. Vedendolo stare così male... mi si è spezzato di nuovo il cuore. E quest'ultima giornata avrebbe potuto essere più dolorosa solo se ci fossi stato *tu* in quarantena, a soffrire in quel modo. Percepisco la morte in quella stanza, Xan. La sento.»

«Urho dice che ci sono buone possibilità che si riprenda.»

Caleb annuì. «Lo so. Me l'ha detto. Ma il mio cuore non pensa che ce la farà, Xan. Nel mio cuore...» Rabbrividì.

«Non essere superstizioso.»

Un lampo ferito attraversò gli occhi di Caleb. «Sono solo onesto. Una parte di me sa, nel profondo, che non sopravvivrà.»

«Janus è forte. Giovane, come noi. Ce la farà.»

«Vorrei esserne sicuro quanto te.»

Xan non disse nulla, perché Caleb *era* sicuro quanto lui. Solo che credeva che Janus non sarebbe sopravvissuto. «Se sopravvivrà, cosa farai?»

Caleb scosse la testa. «Niente. Questo non cambia niente.»

«Come puoi dirlo? Tu tieni a lui.»

«Non nel modo che vuole lui,» rispose Caleb con un sorriso triste. «O meglio, nel modo che *voleva* molto tempo fa. Non ho idea di cosa voglia ora.»

Xan gli toccò la guancia bagnata. «Ma hai detto che ti si è spezzato il cuore per lui.»

«Anche gli amici possono spezzarti il cuore, Xan,» sussurrò Caleb, mentre altre lacrime si affacciavano ai suoi occhi. «Con lo stesso dolore, forse a volte in modo anche peggiore di un amante. Perché con un amante, da ciò che posso capire, sei consapevole dall'inizio che potrebbe non funzionare, giusto? A meno che non siate *Érosgápe*. Però, con un amico non alzi la guardia attorno al tuo cuore.»

Xan gli scostò i capelli dalla guancia. «Mi sembra che per te lui fosse più di un amico.»

«Quasi lo è stato. È stato la mia prima speranza. E la mia prima perdita. L'unica volta in cui mi si è spezzato il cuore.» Caleb scrollò le spalle. «Tutti passano quell'esperienza dolorosa almeno una volta, in una forma o nell'altra. Solo perché il mio cuore infranto non provava sentimenti romantici, non vuol dire che il dolore non sia stato reale.»

«Non arrenderti. Janus sopravvivrà, e allora potrai scoprire se anche lui tiene a te.»

Caleb fece un rapido sospiro e scosse la testa, mentre nei suoi occhi si formavano altre lacrime. «Non mi stai ascoltando.» Si morse il labbro. «Non provo attrazione verso di lui, né amore romantico. So che per te è difficile da capire, perché sei molto diverso da me sotto questo aspetto. Il mio cuore spezzato non dipende dal fatto che voglio stare con lui.»

«Lo so.» O almeno, stava provando a comprendere. Razionalmente capiva, ma una parte di lui non sarebbe mai riuscita ad afferrare del tutto le verità che Caleb gli descriveva.

«Voglio te come mio Alpha, mio migliore amico, mia famiglia.»

«Lo so,» ripeté Xan.

«Quindi, ti prego, non dire più quelle cose riguardo a Janus.»

Xan annuì.

«Non voglio stare con lui. Ma non voglio che muoia.» Poi, Caleb si strofinò sul collo di Xan e sussurrò: «Mio Alpha, io amo te. Sei tu il mio futuro, il padre dei figli che avrò e la mia scelta.»

Xan lo baciò di nuovo sui capelli. «Ti amo anch'io. E va bene essere triste se qualcuno a cui tenevi, un amico, un'antica speranza, sta così male. Lo capisco. Lasciati stringere.»

Caleb si abbandonò tra le sue braccia, respirò il suo odore e lasciò che Xan gli accarezzasse la schiena. Rimasero abbracciati sul letto, traendo conforto dall'odore e dal suono familiare dell'altro, dalla cadenza del loro respiro, dalla reciproca, incrollabile fedeltà.

Alla fine, Xan gli mormorò all'orecchio: «Hai bisogno di riposare. Prenditi una pausa dall'assistenza a Janus.»

«Ren ha preso il mio posto per questo pomeriggio. Tornerò da lui stasera.» Caleb gli si strusciò ancora addosso, annusandolo a lungo. «Nessuno mi fa sentire al sicuro come te, Xan.»

Xan sentì le lacrime che gli facevano pizzicare gli occhi e lo strinse forte. «Sei il mio Omega. Io sono il tuo Alpha. È ovvio che ti faccia sentire al sicuro.»

Anche Caleb faceva sentire Xan al sicuro. Il tipo di amore e amicizia che condividevano era proprio come Caleb aveva sostenuto: senza confini.

Caleb si girò per andarsene, ma si fermò con la mano pallida sulla maniglia della porta. «Ren dice che partirai per la città oggi pomeriggio.»

«Devo partire. Pater e Ray stanno molto male.»

«Sì, dovresti andare.» Caleb annuì, con aria un po' smarrita.

«Urho sarà qui con te. Ma se non vuoi che me ne vada mentre Janus sta così male, posso restare.»

Caleb scosse la testa. «Vai. Io starò bene qui.» Uscì con passo solenne.

Xan stava ancora fissando le venature di legno della porta quando, diversi minuti dopo, Urho l'aprì. Attirò Xan tra le sue braccia forti, e lui con un sospiro si lasciò andare alla sua solida presenza. Il dovere di Xan verso Caleb, in quanto suo Alpha e amico, era di sostenerlo, ma non poteva non assaporare quanto la sensazione di venire stretto dal *suo* Alpha fosse confortante e *giusta*.

«Vorrei poter venire con te,» disse Urho con foga. «Non mi piace l'idea di saperti in città da solo, con il tuo Pater malato e il tuo Father...» Lasciò cadere la frase. «Te la caverai?»

Xan gli sbottonò la camicia e strusciò la guancia contro il suo petto. «Non lo so. Ho paura. Non voglio perdere Pater o mio fratello. O mio cugino.» Si staccò e guardò Urho negli occhi. «Quanto è grave Janus? Caleb poco fa ha detto cose piuttosto macabre.»

«Ha ragione a essere terrorizzato per Janus. Non sembra rispondere alle medicine. La maggior parte delle volte, la dose iniziale porta un grande sollievo nel giro di appena qualche ora. Questo non è successo. È peggiorato ancora di più.»

Xan prese a tormentarsi il labbro inferiore. «Caleb tiene a lui. Deve farcela.»

«Caleb prova qualcosa per lui? Qualcosa di sessuale?»

Se non si stava sbagliando, Xan pensò di udire una strana nota di gelosia nella voce di Urho. «Non qualcosa di sessuale, non attrazione... no. Sentimenti di profonda amicizia. Sentimenti antichi che pensava si fossero cicatrizzati da tempo, ma ora quella ferita è di nuovo aperta.»

«Che il Sacro Lupo benedica il nostro Caleb,» mormorò Urho, e lo avvolse tra le braccia. «Ha un cuore così grande, non merita di affrontare questa sofferenza.»

«Quindi sei d'accordo con lui?»

«I medici hanno un istinto.» Urho baciò Xan sulla tempia con tenerezza. «E sfortunatamente, il mio istinto e quello di Caleb combaciano. Farò ciò che posso per Janus, e l'ospedale locale ha acconsentito a continuare a fornirci flebo e farmaci. Solo il tempo ci dirà come andranno le cose.»

«Spero che vi stiate sbagliando entrambi.»

«Lo spero anch'io.» Urho fece scorrere le dita tra i suoi riccioli umidi e flosci. «Promettimi una cosa.»

Xan sollevò lo sguardo verso di lui. «Quello che vuoi.»

«Quando sarai in città, qualunque cosa accada, non andare da lui.»

«Andare da chi?» La mente di Xan turbinò, in preda alla confusione. Pater? Ray? Father? Non sapeva a chi si stesse riferendo Urho con quella strana richiesta.

«Quel mostro di Monhundy.»

Xan sussultò, inorridito. «No. Non lo farei mai. Non adesso.

Non da quando noi due… no.» Gli si chiuse la gola a causa delle lacrime inaspettate. Lo feriva il pensiero che Urho lo credesse capace di tradirlo in quel modo.

«Voglio essere sicuro che non andrai da lui.»

«Pensi che lo farei? Dopo tutto quello che mi hai fatto scoprire?»

Urho osservò il suo viso con attenzione. Qualunque cosa vide, dovette rassicurarlo, perché strinse di più Xan a sé, gli baciò le palpebre e il naso, gli baciò la bocca e le tempie, per poi annusarlo lungo il collo e strofinarsi con dolcezza su di lui. «Scusa. Perdonami. Ti considero un tesoro, e il pensiero che tu abbia sofferto, il pensiero di ciò che ti ha fatto in passato… mi terrorizza.»

«Quella è una cosa che non voglio più. Non la vorrò mai più. Voglio te. Voglio essere il tuo Omega. Anche se…» Sospirò.

Urho lo guardò, accigliato. «Cosa?»

«Anche se questo mi rende debole. Mio padre…»

«Che vada all'inferno del Lupo tuo padre e quello che pensa. Tu sei il mio Omega, e questo ti rende forte.»

Xan sentì la bocca seccarsi. «Mostrami quanto posso essere forte. Fammi prendere il tuo cazzo. Adesso.» Si leccò le labbra, fissando la bocca di Urho. «Fammi tuo, Urho.»

«Cucciolo esigente,» mormorò lui. Spogliò velocemente Xan della camicia del pigiama, per poi infilare le mani nei pantaloni di seta e afferrargli le natiche in una presa salda. «Via questi,» decretò, spingendogli i pantaloni lungo le gambe.

Il cazzo di Xan si gonfiò in fretta, la sua apertura prese a contrarsi e rilassarsi mentre immaginava la bruciante frenesia della penetrazione e la dolcezza di una scopata sfiancante. «Prendimi in modo brutale. Fammi sentire il tuo uccello. Sul treno, voglio stringere il culo e sentire ancora la tua presenza.»

Urho ringhiò, i suoi capezzoli esposti si indurirono. «Finisci quello che hai iniziato.» Si indicò la fibbia della cintura e poi si tolse la camicia, gettandola su una sedia vicina.

Xan si mise all'opera, il cuore che accelerava per l'eccitazione e le dita che prendevano a tremare. Sganciò la fibbia della cintura di Urho, rabbrividendo quando, nel toglierla, la sentì scivolare con un suono raschiante attraverso i passanti. La posò con attenzione sul letto, con un'idea che prendeva vita nella sua mente in tumulto. Tornò a girarsi verso Urho, gli aprì i pantaloni e li tirò giù fino alle ginocchia.

Urho scalciò via le scarpe, si tolse i calzoni e indicò a Xan con uno scatto del mento di mettere anche quelli sulla sedia. Xan lo fece, senza mai spostarsi dalla sua posizione sulle ginocchia. L'uccello gli premeva contro l'addome, gocce di seme scivolavano già lungo i bordi, le sue palle erano alte e contratte. Premette avidamente il viso contro l'inguine di Urho per annusare il suo odore intenso. Il suo cazzo era spesso e ingrossato e svettava lungo la guancia di Xan mentre lui si strofinava contro i peli ispidi alla base.

Urho gli afferrò i capelli e lo allontanò, poi lo lasciò andare e si sedette sul letto, allargò le gambe e ordinò: «Vieni qui, Omega. Bocca aperta. Lingua in fuori.»

Xan fece come gli era stato detto, muovendosi sulle ginocchia tra le cosce di Urho, la bocca aperta e la lingua assetata spinta in fuori, pronta a catturare le gocce che brillavano sulla fenditura della punta.

«Non succhiare,» disse Urho. «Leccami.» Gli afferrò di nuovo i capelli e lo attirò in avanti. Il dolore brusco dello strattone arrivò dritto al cazzo di Xan, una scarica di eccitazione che lo lasciò ansimante mentre affondava il viso nello scroto del suo Alpha e leccava avidamente i testicoli, scivolando con la lingua su e giù lungo l'asta, bramoso delle gocce che colavano in sussulti regolari.

L'uccello di Xan implorava attenzione, e lui vi posò una mano, senza muoverla, mentre continuava a darsi da fare. Urho gli accarezzava la testa, alternando tocchi gentili a strattoni rudi ai capelli, che lo facevano sibilare.

«Bravo il mio dolce Omega, ansioso di compiacermi.»

Xan gemette. Amava sentirsi chiamare Omega. Lo completava, come se colmasse una voragine dentro di lui, era soddisfacente quasi quanto sentirsi riempire il culo dal cazzo di Urho. Eppure, voleva di più, qualcosa di più erotico… qualcosa che gli avrebbe lasciato dei segni da custodire con amore mentre era in città.

Si staccò, si sedette sui talloni e si pulì la bocca con il dorso della mano. Incontrò lo sguardo di Urho con aria provocatoria, con un accenno di sfida, e poi si allungò a prendere la cintura che aveva posato sul letto. «Credo che dovresti ricordare al tuo Omega chi comanda,» sussurrò, lasciando che la striscia di cuoio gli scivolasse attorno all'avambraccio, fredda e ruvida sulla pelle. «Potrei dimenticarlo, in città.» I suoi respiri si tramutarono in brevi ansiti. «Tutti quei magnifici Alpha. Tutte quelle tentazioni.»

Urho allargò le narici. «A chi appartiene il tuo culo?»

Xan gemette e gli porse la cintura. «Ricordamelo.»

Urho gli prese il mento. «È quello che vuoi?»

Xan annuì e sussultò.

«Se mi dici di fermarmi, lo farò.»

Xan rabbrividì. Non gli avrebbe chiesto di lasciar perdere. Lo desiderava come l'aria. Segni sul suo sedere. La prova del possesso. Il marchio di Urho. La sua appartenenza incisa sul corpo e nell'anima. Al diavolo suo padre e l'eredità. Era quello il suo posto: ai piedi di Urho, a leccargli le palle e a implorare di essere scopato.

«Vieni qui.» Urho lo afferrò per la nuca e lo tirò di nuovo in avanti.

Racchiuso tra le sue gambe, con il suo cazzo duro premuto contro la guancia, Xan respirò l'odore del suo corpo. Urho si piegò verso il basso, lo baciò sui capelli, mormorandogli il suo amore, e poi lo tirò su con uno strattone. Avvolse una gamba a quelle di Xan per tenerlo fermo e lo spinse ad allungarsi sopra la sua coscia, con il torso sul materasso e il viso affondato tra le lenzuola.

«Ricorda: se mi dici di fermarmi, mi fermerò.»

«Fallo e basta!» lo esortò Xan, il sudore che gli si formava addosso mentre si opponeva appena alla stretta di Urho. «Forse non sai con sicurezza a chi appartengo.» Le sue parole avevano una sfumatura impertinente. «Forse non sei sicuro che io...» Il suono della cintura che sferzava l'aria lo ridusse al silenzio in un attimo. Xan trattenne il respiro e poi gemette di dolore, mordendo le lenzuola mentre un fendente di fuoco gli attraversava il sedere. «Cazzo!» gridò, quando riuscì a respirare di nuovo.

Urho non scherzava. Lo aveva colpito *forte*. Xan ansimava, e tutto il suo corpo si ricoprì di sudore. Qualsiasi pensiero sulla città, su qualsiasi cosa al di fuori di quel momento, venne scacciato dalla sua mente.

«A chi appartiene il tuo culo?» mormorò Urho.

Con la coda dell'occhio, Xan lo vide alzare di nuovo il braccio. Emise un lamento, le parole "a te" bloccate in gola. «Mostramelo,» gemette.

Urho fece volare la cintura e Xan rabbrividì e spinse le gambe contro quelle di Urho, mentre il dolore lo pervadeva, così intenso da scuoterlo dalla testa i piedi. Arrivò un altro colpo, e poi un altro. Xan sudava e implorava e non era più sicuro di cosa volesse.

«A chi appartiene il tuo culo?» chiese di nuovo Urho, il tono cupo e deciso.

Xan gracchiò con voce tremante: «Mostramelo.»

Il dolore fu crudo, ma era intrecciato al piacere. Xan vi si lasciò cadere, aprendosi a un luogo libero e luminoso che sembrava più abbagliante del sole e infinito. Vi bruciò, felice, arrendendosi al rumore sordo, acuto e fremente della cintura che si abbatteva su di lui ancora e ancora. Si sciolse in una calda pozza di lacrime, sudore e saliva, mentre il suo controllo svaniva e lui prendeva fiato tra i colpi.

«A chi appartiene il tuo culo?» La domanda squarciò il luogo scintillante e bollente dove Xan singhiozzava e ansimava in sussulti irregolari e violenti.

«A te,» gemette, il cuore che gli si gonfiava di orgoglio. «Appartengo a te. Sono il tuo Omega.»

«Il *mio* Omega,» disse Urho, lasciando cadere la cintura e strofinando le mani sui fianchi tremanti di Xan e sui suoi glutei in fiamme. «Quando ti siederai sul tuo delizioso culetto, ti ricorderai a chi appartieni... ti ricorderai chi sei. Non importa cosa dica il mondo, non importa cosa sostenga tuo padre, tu non sei debole. Sei forte. Il mio Omega è forte come l'amore del Sacro Lupo e più coraggioso del suo stesso apprendista.»

Xan piangeva sommessamente con il viso tra le lenzuola, il corpo dolorante. Lasciò che Urho si prendesse cura del suo sedere, spalmandovi una lozione e altre creme. E poi, strisciò sul letto, crollò a pancia in sotto e allargò le gambe in un invito. «Scopami,» gemette. «Usami. Fai di me il tuo buco.»

«Deciderò *io* cosa fare con il culo del mio Omega,» mormorò Urho, poi allargò con gentilezza le natiche infuocate di Xan e si sporse a baciare e leccare il suo punto più intimo.

Xan gemette, il corpo che tremava mentre la lingua di Urho lo penetrava. A ogni guizzo bagnato sul bordo dell'apertura, seguito da una profonda spinta all'interno, le sue gambe sussultavano e il suo cazzo si contraeva. Era ogni attimo più consapevole, in modo insopportabile, di come il suo uccello pulsasse, sempre più rigido, palpitando al ritmo del suo cuore.

Urho si ritrasse, poi tornò con le dita ricoperte di olio e ne usò due per penetrarlo. Xan sibilò a quel leggero bruciore, ma poi si sollevò sulle ginocchia per spingersi all'indietro e avere di più. «Sbrigati,» gemette. «Ne ho bisogno.»

Con un mormorio, Urho gli riempì il sedere dolorante, facendolo scattare e gridare. «Cucciolo insolente. Hai bisogno di sentire la mia mano?»

Xan gemette e annuì selvaggiamente. «Sì. Fallo. Sculacciami.»

Urho gli diede due schiaffi sulle natiche e nel frattempo continuò a scoparlo con le dita, e Xan rabbrividì dalla testa ai piedi, scosso dal dolore e dal piacere. Arrivò quasi a venire quando Urho gli colpì di nuovo il sedere, proprio mentre le dita premevano contro la prostata.

Si afferrò i capezzoli e li pizzicò forte nel tentativo di trattenersi, vacillando sull'orlo dell'orgasmo. Non voleva venire senza l'uccello di Urho dentro di lui.

«Per favore, Urho,» implorò. «Per favore.»

Dovevano essere parole magiche, proprio come aveva creduto da bambino, perché Urho si ricoprì il membro di olio e ne spinse la punta massiccia nel suo corpo, tenendolo fermo per i fianchi mentre si faceva strada con forza dentro di lui.

«Cazzo!» gridò Xan, piegando il capo all'indietro, perso nel piacere misto a dolore, e sussultando dalla testa ai piedi. La pressione sulla prostata aumentò mentre Urho si spingeva inesorabilmente più a fondo, la punta del cazzo che lo stimolava, e poi l'asta massiccia che lo strofinava a ogni centimetro che guadagnava.

«Mmh,» mugolò Urho compiaciuto. «Allargati. Sei così stretto attorno a me. Guarda come mi risucchia il tuo buco. Che bravo Omega. Il *mio* Omega.»

Xan strinse le dita sulle coperte e si spinse all'indietro, facendosi penetrare il più a fondo possibile, finché i ricci ruvidi dei peli pubici di Urho non arrivarono a premere sulle sue natiche doloranti.

«Ti ricorderai a chi appartieni,» disse Urho, scivolando verso l'esterno e poi affondando di nuovo brutalmente. Xan sobbalzò e schizzò gocce di seme sul letto, l'uccello scosso da una scarica di piacere. «Conserverai questo culo solo per me.»

Xan gemette. «Sempre.»

«Ti ricorderai di cosa è importante, di *chi* è importante.»

«Sì.»

«Questo è importante, Xan. Questo. Noi.» Urho lo scopò con

forza e a un ritmo serrato, il bacino che gli spingeva addosso ondate di dolore a ogni colpo. «'Fanculo tutto il resto,» ringhiò. «Tu sei mio.»

Xan si crogiolò in quelle parole, in quella scopata possessiva e nel modo in cui Urho lo teneva stretto per affondare ogni singolo centimetro disponibile a ogni spinta. Le gambe di Xan si contorsero e scalciarono in preda agli spasmi, mentre si faceva montare con quei colpi deliziosi e rudi, e la sua apertura pulsava di un piacere che faceva eco a quello di tutto il suo corpo, in ondate di beatitudine così intensa da farlo urlare. Il suo cazzo sussultava e schizzava gocce di seme, e il suo cuore palpitava sempre più veloce, finché Xan avvertì il pressante incalzare del culmine imminente.

Si portò una mano sull'uccello e lo afferrò, mentre Urho continuava a scoparlo con furia. Gli si annebbiò la vista, gli pizzicarono i capezzoli, gli si irrigidirono le palle. L'orgasmo lo lacerò e copiosi fiotti di seme di Alpha schizzarono sul letto, imbrattandogli le cosce e l'addome.

Dietro di lui, Urho lanciò un grido di gioia. Spinse a fondo, il cazzo che si gonfiava e spruzzava fiumi di seme dentro il culo dolorante di Xan. Urho prese a baciargli le spalle con frenesia e i suoi gemiti di piacere erano come piccoli frammenti di anima che Xan poteva assorbire, inghiottire. L'uccello di Urho vibrò nelle profondità del suo corpo, e quella sensazione raddoppiò l'intensità del suo orgasmo. Xan tremò e venne di nuovo.

«Fammi vedere,» mormorò Urho quando si furono calmati. Uscì con attenzione dal suo corpo e poi, come ormai faceva sempre, gli allargò i glutei, in cerca della dolce prova del suo piacere che gocciolava dalla fessura di Xan. «Bravo il mio Omega.» Raccolse i rivoli di seme e glielo strofinò sulla pelle dolorante delle natiche. «Ha proprietà antinfiammatorie,» mormorò. «Ti aiuterà.»

Con un lamento, Xan lasciò che Urho lo facesse voltare. «Cavolo,» sussurrò. «Sei bravo a usare quella cintura.»

Urho sorrise, amorevole. «Hai la pelle delicata. Non ho colpito forte quanto avrei potuto. Direi che per domani non avrai più neanche i segni. Forse ti resterà solo un po' di ipersensibilità.»

«I colpi sembravano forti,» disse Xan, arrossendo con un po' di imbarazzo per aver gridato tanto per quelli che si erano rivelati essere colpi leggeri.

«Lo so.» Urho lo baciò sulla bocca e si distese accanto a lui per tenerlo tra le braccia. «E sei abbastanza forte da sopportare di più, ma non volevo lasciarti dolorante durante il viaggio. Non vorrei mai farti del male, Xan. Non come…»

«Non sarebbe mai così.» Xan si girò verso di lui, fremente. «Perché io ti amo. E…» Deglutì. Non aveva mai detto quelle parole ad alta voce, sebbene Urho avesse ammesso i suoi sentimenti; eppure, in qualche modo, farli propri sembrava qualcosa di più grande. «E tu ami me.»

«Sì.» Urho gli annusò i capelli e il collo. «Sai di felicità… di orgasmo e beatitudine. Come se un pizzico di dolore aumentasse il tuo piacere.»

«Sì.» Xan gli prese il volto tra le mani. «Lo fa davvero.»

«Perché sei coraggioso e forte e *mio*,» disse Urho, come se l'amore di Xan per le sensazioni intense e la sua volontà di sperimentarle fossero qualcosa di cui poteva reclamare il possesso.

«Non lo dimenticherò.» Xan contrasse il culo, sollevato di sentire il sottile dolore che sapeva l'avrebbe accompagnato almeno fino al giorno seguente, se anche le sculacciate non l'avessero fatto.

«Adesso riposa un po'.»

«Oppure potrei cavalcarti,» suggerì, l'uccello che sussultava all'idea, senza però essere ancora in grado di riprendere davvero vita. Inoltre, Urho era tornato gentile, e una parte di Xan ne era rattristata, ma anche sollevata.

Urho portò Xan sotto le coperte accanto a lui e lo avvolse con un braccio. «Dormi. Arriverà l'ora di andare a prendere il treno e ti avrò lasciato più sfinito che mai.»

«Lasciami pieno di te.» Xan strinse la fessura sul rivolo di liquido che ancora gocciolava da essa. «Pieno nel cuore e nel corpo. Forte nell'anima.»

Urho lo baciò sui capelli. «Ti amo, mio uomo forte e coraggioso. Ora dormi.»

CAPITOLO VENTI

L A CASA IN cui Xan era cresciuto incombeva su di lui, imponente. Era un edificio di tre piani, suddiviso in due ali di solidi
mattoni, ed era piena di un miscuglio di ricordi. Xan era arrivato
troppo tardi la sera prima per azzardarsi ad andare dritto dalla
stazione alla dimora dei suoi genitori. Così, aveva passato la notte a
casa sua, e dopo aver tolto gli strati di polvere dal suo letto, si era
rassegnato a ignorare la solitudine piena di spifferi e scricchiolii
dell'abitazione vuota. Tuttavia, il sedere ancora un po' dolorante gli
aveva fornito una buona distrazione, e se l'era massaggiato fino ad
addormentarsi.

Quel mattino aveva chiamato diverse volte e alla fine aveva
parlato con il governante, un uomo di nome Berst, che lavorava per
la famiglia Heelies fin da quando Xan era piccolo.

Dopo essersi accertato che Ray e Pater fossero entrambi in quarantena a casa e non ricoverati nell'ospedale locale, apparentemente
per motivi di privacy, si era diretto lì, con il sole del mattino che
brillava, pallido, sulle strade cittadine insolitamente silenziose.

Durante il tragitto era riuscito a non pensarci troppo, ma ora,
con il peso della preoccupazione, della vergogna e di un brutto
presentimento a gravargli sulle spalle, non sapeva se avrebbe avuto il
coraggio di suonare il campanello.

C'era stato un tempo in cui aveva avuto le sue chiavi e aveva
chiamato quel luogo casa. Poi aveva firmato il contratto con Caleb e
si era sistemato con lui nella nuova abitazione dall'altra parte della
città. Ma, di sicuro, non c'era casa paragonabile a quella che

conservava tutti i ricordi della sua infanzia. Quanto gli era mancata! Una volta che i pettegolezzi sulle sue perversioni avevano raggiunto le orecchie di Father, però, gli era stato vietato di frequentare casa Heelies o di vedersi con Pater al di fuori di essa.

Tuttavia, non aveva fatto tanta strada per restare fuori a guardare. Sollevò la mano e suonò il campanello. Emetteva la stessa combinazione di note che Xan ricordava.

«Giovane signor Heelies!» Joon, il maggiordomo vecchio e calvo, si guardò rapidamente alle spalle dopo aver aperto la porta. Uscì sul portico anteriore e chiuse la porta dietro di sé. «Signor Xan, non può entrare.»

«Voglio vedere il mio Pater e Ray.»

Joon deglutì, nervoso, in evidente conflitto interiore. «Suo padre ha espressamente decretato che non le è permesso entrare in casa. È così da mesi, ormai, signore. E, beh, gli ordini non sono cambiati.»

«Stanno molto male,» disse Xan. Sembrava logico che questo dovesse cambiare le cose.

«Sì.» Joon abbassò lo sguardo e il suo volto rubicondo impallidì.

«Voglio vederli.»

Joon si passò una mano sulla fronte, sbattendo rapidamente le palpebre. «Il suo Father è con il suo Pater in ogni momento della giornata.»

«Non ho paura di mio padre.» La voce di Xan venne attraversata da un tremolio, e l'espressione scettica di Joon lo rese consapevole di non essere stato abbastanza convincente.

«Signore, verrei licenziato se la lasciassi entrare in casa.»

«Quindi non mi permetterai di vederlo? O di vedere Ray?»

«Anche suo fratello è in condizioni molto brutte.» Joon si accigliò. «Ma suo padre gli fa visita solo al mattino.» Si grattò nervosamente dietro l'orecchio. «Potrei farla entrare di soppiatto per vedere Ray senza che nessuno se ne accorga. Ma è un'impresa pericolosa, signore. Il contagio è grave e non è detto che l'affetto per suo fratello la protegga dal contrarre il virus.»

Xan lo scrutò, colse la preoccupazione familiare e affettuosa impressa negli occhi dell'anziano domestico Beta, e annuì. «Vorrei vederlo, per favore.» Si sarebbe assicurato che si stessero prendendo cura di lui, e poi avrebbe visto Pater, fosse pure cascato il mondo.

Seguendo Joon attraverso l'ingresso con il pavimento di marmo e su per la grande scalinata, Xan notò il silenzio sepolcrale della magione, di solito brulicante di servitù. «Dove sono gli altri?» sussurrò.

Joon lo guardò da sopra la spalla. «Quelli che non stanno troppo male per venire al lavoro devono stare a casa, per prendersi cura dei loro familiari che si sono ammalati di questa violenta, orribile influenza. Solo io e il cuoco siamo rimasti abbastanza in salute per occuparci della casa e della sua famiglia.»

«Non sei preoccupato di ammalarti anche tu?»

«Non ho mai avuto un'influenza in vita mia,» disse Joon, come se l'insinuazione che potesse ammalarsi fosse un insulto. «E sembra che anche Cook ne sia immune. Ha aiutato a portare da mangiare a tutte le famiglie malate del vicinato, ma è ancora sano come un pesce.»

«Allora la situazione qui in città è così grave?»

«È un'ondata di morte, signor Heelies.» Joon gli rivolse uno sguardo incuriosito. «Il contagio non ha raggiunto Virona?»

«Ora sì. Janus ha portato il virus con sé. Ci hanno consigliato di tenerlo in isolamento, in modo che non si diffonda per il paese.»

«Se i treni continuano a viaggiare, sarà solo questione di tempo prima che anche Virona venga contagiata. I medici qui sono esausti. Ne hanno fatti venire alcuni dalle campagne per aiutarli, ma questo ceppo è troppo forte e si muove troppo rapidamente perché riescano a stargli dietro.»

Xan pensò a Urho, rimasto a Virona: riusciva a immaginare i sentimenti contrastanti che la consapevolezza della situazione gli avrebbe provocato. Avrebbe voluto essere lì in città a dare una mano, ma avrebbe anche voluto garantire prima la salute di Vale e del bambino.

Però, una volta sistemata quella faccenda, Xan non aveva dubbi che Urho avrebbe messo da parte le sue promesse di restare a Virona con lui e Caleb. Sarebbe voluto partire all'istante per la città, per fare il suo dovere di medico. E sarebbe stata la cosa giusta. Ma Xan odiava l'idea di Urho che si addentrava nel cuore del contagio come un guerriero senza armatura che entrava nella tana di un leone.

Eppure, non era ciò che aveva fatto anche lui? Si chiese se Urho fosse preoccupato per lui. Quel pensiero lo riempì di un luminoso tepore. Era così strano pensare che qualcuno tenesse a lui anche in sua assenza, e così dolce provare la certezza che per Urho fosse così.

«Suo fratello è stato portato qui la scorsa settimana da un Omega suo amico, che lo aveva trovato svenuto sul pavimento del suo appartamento. Aveva già provato negli ospedali, ma erano al completo, e non c'era modo di rintracciare un medico.»

«Chi è questo amico?»

«Non ha lasciato detto il suo nome, signore.» Joon si schiarì la gola, imbarazzato.

Xan sospettava che ci fosse dietro dell'altro, ma Joon si mise il dito sulle labbra mentre oltrepassavano l'ala che portava alle stanze dei suoi genitori. Xan trattenne il respiro finché non furono dietro la porta dell'ala "dei bambini", come chiamavano tuttora il corridoio su cui si affacciavano le camere che erano appartenute ai piccoli Heelies.

Lo percorsero in silenzio, superarono la vecchia stanza di Xan, poi quella ancora intatta del fratello da tempo perduto, Jordan, e si fermarono alla fine del lungo tappeto azzurro, di fronte alla camera di Ray, che ormai veniva usata solo durante le settimane di festeggiamenti per le Notti d'Autunno.

Joon indicò la porta con un cenno del capo. «Probabilmente

starà dormendo, signore. La lascio solo, e non si trattenga troppo a lungo. Non vorrei mai che la sua presenza contrariasse il signor Heelies. È già piuttosto sconvolto a causa delle gravi condizioni del suo Pater e di suo fratello.»

«Grazie per avermi fatto entrare, Joon.»

Il vecchietto lo abbracciò e gli diede qualche pacca sulla schiena, che scatenò un'ondata di cari ricordi d'infanzia. «Lei è un bravo ragazzo. Mi dispiace per tutto questo... questo...» Si strinse nelle spalle, chiaramente insicuro su che parole usare per racchiudere tutto ciò che nella famiglia Heelies gli arrecava dispiacere. Poi si affrettò lungo il corridoio e si chiuse la porta alle spalle.

Dalla stanza di Ray arrivarono dei colpi di tosse, e Xan aprì la porta ed entrò con cautela. Dentro era buio e l'aria sapeva di chiuso, e l'odore di sudore e malattia lo avvolse. Gli riempì le narici, e Xan ebbe un leggero conato e dovette trattenere lo sgomento nel trovare il fratello in condizioni così terribili. Si chiese quando fosse stata l'ultima volta che gli avevano cambiato le lenzuola, sebbene odiasse dubitare della dedizione di Joon nell'occuparsi di lui.

Raggiunse le finestre e aprì leggermente le tende, lasciando entrare la luce chiara del mattino. Ray si mosse nel letto, tossì e gemette piano.

«Ray?» lo chiamò Xan, raggiungendo il suo fianco.

Sotto strati di lenzuola e coperte, Ray tremava con violenza. Xan sussultò. Suo fratello era sudato e sofferente, con aloni scuri sotto gli occhi. Aveva il naso rosso e all'apparenza dolorante, e le labbra secche e spaccate. «Sacro Lupo,» imprecò sottovoce Xan.

Le guance di Ray ardevano di febbre, e quando socchiuse gli occhi, Xan li trovò lucidi e vitrei. «Xan?» La sua voce suonò così incerta che Xan si domandò se avesse sofferto di allucinazioni a causa della febbre.

«Sono io. Sono qui. Lascia che ti aiuti a bere un po' d'acqua.» Si girò verso la brocca e il bicchiere accanto al letto.

«Non puoi...» Ray scosse la testa e tossì violentemente. «Non puoi stare qui. Devi andartene.»

«Father non può tenermi lontano da te e Pater. Non quando avete bisogno del mio aiuto.»

«Joon si prende cura di me,» disse Ray. Quella voce era una versione rauca del suo solito tenore caldo e deciso. «Gli eredi devono restare in salute. Non è una normale influenza, Xan. La gente sta morendo.»

«Ma non tu,» ribatté Xan, toccandogli la guancia e lasciandosi quasi scappare un sibilo nel sentire il calore che emanava. «Tu te la caverai.»

Ray rabbrividì e tossì di nuovo. Xan corse in bagno e fece scorrere l'acqua. Una volta procuratosi un panno freddo e bagnato, tornò velocemente dal fratello. «Cosa ti stanno dando per la febbre?»

«Infuso ai fiori di sambuco e pastiglie.»

«Ti porterò qualcosa di più.»

Ray non protestò, evidentemente troppo malato e debole per discutere. Xan si sentì stringere il cuore e gli tremarono le dita, mentre scostava i capelli dalla fronte del fratello con il panno freddo. «Torno subito. Faremo scendere questa febbre. Niente discussioni.»

Ray non disse nulla, gli occhi talmente vitrei e distanti che Xan tremò fino alle viscere.

La casa era ancora silenziosa quando imboccò le scale posteriori per scendere nell'atrio dove si trovavano lo studio e il telefono di suo padre. Si fermò fuori dalla porta, in ascolto di ogni possibile rumore, ma non udì nulla. Prevedibile, dato che, secondo Joon, Father passava ogni momento accanto a Pater.

In piedi accanto all'enorme scrivania di quercia, Xan compose il numero della sua casa di Virona. Il telefono squillò cinque volte, prima che Ren rispondesse e Xan lo mandasse a chiamare Urho.

Mentre aspettava, Xan si guardò attorno, soffermandosi sul

ritratto di famiglia appeso alla parete. Father era in piedi, dritto e fiero, con la grande mano posata sulla spalla di Pater che stava seduto, mentre Xan e Ray si trovavano di lato, in disparte. Era stato realizzato quando Xan si era diplomato al liceo, prima che i suoi fallimenti diventassero troppo noti perché suo padre potesse ignorarli.

Xan fissò il dipinto. I capelli scuri e ricci di Father, così simili ai suoi, e gli occhi azzurri erano appariscenti. Suo padre era più grosso di quanto Xan avrebbe mai potuto sperare di diventare, muscoloso e bellissimo, con la mascella robusta e una ferocia virile nei lineamenti. L'aspetto di Pater, invece, era praticamente l'opposto: esile e basso, con capelli castano chiaro e occhi castani. Quasi scialbo e insignificante nel modo in cui si presentava. Attraente, sì, ma in una maniera ordinaria che poteva passare inosservata. Ovviamente, ormai erano entrambi invecchiati, avevano superato i sessant'anni, ma non erano cambiati molto.

Lo sguardo di Xan si spostò sul ritratto di Pater quando era giovane e sulla fotografia di Jordan, un Alpha, che aveva un posto d'onore sopra il camino.

A volte Xan si interrogava su di lui. Era ancora così piccolo, quando Jordan era morto, che non se lo ricordava. E Pater non parlava mai di lui, neppure quando faceva le sue visite annuali alla tomba del figlio, per lasciare fiori sulla lapide. Father, al contrario, parlava con affetto del figlio venuto a mancare: ricordi di quando nuotavano insieme al mare a casa Lofton, e di Ray che insegnava a Jordan ad andare in bicicletta, mentre Father correva inutilmente dietro di loro dicendo: "Pedala! Pedala!"

Xan si chiese se suo padre avrebbe parlato con altrettanto affetto anche di lui, se fosse morto. Immaginava di no.

Fu sollevato di mettere da parte quei pensieri macabri, quando udì la voce di Urho in linea. «Xan, va tutto bene?» Urho sembrava agitato.

Il suono rauco della sua voce fu sufficiente perché Xan si rilas-
sasse e sospirasse confortato. Quello era un uomo che lo amava.
Quello era un Alpha che avrebbe preso davvero a cuore la sua
scomparsa. «No,» mormorò Xan, crollando sull'enorme sedia dietro
alla scrivania del padre e strofinandosi la fronte. Era così dannatamente felice di avere Urho nella sua vita. «Qui non stanno curando
mio fratello a dovere. Non è colpa del personale. Non c'è più
nessuno tranne il vecchio Joon e il cuoco. Stanno cercando di
mandare avanti la casa da soli.»

«Sacro Lupo. Hai bisogno che io...» Urho lasciò cadere la frase,
e Xan fu certo che si fosse trattenuto dall'offrirsi di raggiungerlo in
città. Il suo impegno verso Vale e il bambino gliel'aveva impedito.
E, per quanto Xan lo volesse al suo fianco, per sentire la sua
presenza salda e ricevere il suo supporto, senza contare il suo aiuto
per prendersi cura di Ray, comprendeva le promesse che Urho
doveva mantenere.

«Ray ha la febbre molto alta,» continuò. «Gli hanno dato infuso
di fiori di sambuco e pastiglie, ma dev'esserci qualcos'altro che posso
fare per aiutarlo. Penso che la febbre sia arrivata a provocargli
allucinazioni.»

«Non c'è un dottore che...»

«No. Nessuno. L'epidemia qui è più grave di quanto ci fossimo
resi conto a Virona. Ogni medico è impegnato.»

Urho rimase in silenzio per un lungo momento, ma alla fine
parlò con un tono pragmatico che gli trasmise forza. «Vai a casa
mia. Di sopra, nella mia camera da letto, c'è un armadietto con le
medicine. Il barattolo con un salice sull'etichetta contiene pasticche
a uso esclusivo dei medici, che vengono date solo per le febbri
peggiori. Prendi tutto il barattolo, ma danne solo due al giorno a
Ray e al tuo Pater. C'è anche una bottiglia con sopra un sambuco
nero e una stella scura sull'etichetta della marca. È un farmaco su
prescrizione per potenziare la resistenza dell'intero organismo.

Allevia anche la congestione e la sovrapproduzione di muco. Daglielo tre volte al giorno, non importa se vicino o lontano dai pasti.»

«I tuoi domestici mi faranno entrare?» Xan dubitava che gli uomini che aveva intravisto a casa di Urho si sarebbero fidati solo della sua parola, ed era giusto così. Di certo avrebbero protetto la casa, con la città messa sottosopra dalla malattia.

«Li avvertirò.» Poi, con una nota di preoccupazione nella voce, Urho aggiunse: «Spero stiano bene.»

«Di sicuro ti avrebbero chiamato, se non fosse così, giusto?»

«Voglio pensare di sì,» rispose Urho, ma non sembrava convinto. «Ma tu sei al sicuro?»

«Finora,» replicò Xan, sbuffando. Non sapeva quanto sarebbe stato al sicuro, se suo padre lo avesse scoperto in casa.

«Lavati le mani con acqua bollente, la più bollente che riesci a sopportare, dopo essere entrato nelle stanze dei malati e ogni volta che puoi. Ti prego Xan, per l'amore del Sacro Lupo, non ammalarti.»

«Ci proverò.» Sentì le farfalle nello stomaco e fu inondato da un tenero affetto, in cui avrebbe voluto avvolgersi come in una coperta. «Non ammalarti nemmeno tu.»

«Non sono preoccupato per me.»

Xan sorrise. «Lo so. Quello è compito mio.»

Urho sospirò con dolcezza. «Dovresti andare. Prima somministri loro le medicine, più velocemente la febbre calerà.»

Xan esitò un altro istante e poi confessò: «Non sono certo che riuscirò ad avere di nuovo accesso alla casa, se me ne vado. Mio padre non sa che sono qui. Il nostro domestico Beta più anziano mi ha fatto entrare di soppiatto per vedere Ray.»

«Io credo in te. Se vuoi tornare in quella casa, troverai un modo.»

Xan rifletté su quel problema dopo aver riattaccato: non voleva coinvolgere ulteriormente Joon nella sua missione. Chiuse gli occhi e rimuginò. La risposta si presentò da sola quasi subito. Jason l'aveva sempre definito scaltro e più intelligente di quanto i suoi voti dessero a vedere.

Al momento, Xan era disposto a credere che avesse avuto ragione.

A CASA DI Urho, la porta si aprì prima ancora che Xan suonasse il campanello.

«Signor Heelies, io sono Mako,» disse l'alto domestico Beta di mezza età in abiti informali, con un sorriso gentile e accogliente. «Sono il cuoco del dottor Chase e, sfortunatamente,» aggiunse facendo schioccare i denti, «l'unico domestico che non è malato.»

Xan scosse la testa, stupefatto. Più cose sentiva su quell'influenza, più si meravigliava della sua intensità. Forse *avrebbe* dovuto essere più spaventato. «Mi dispiace molto di sentire che si sono ammalati tutti. C'è qualcosa che posso fare?»

«No,» rispose Mako, facendogli cenno di entrare. «Mi sto prendendo cura degli altri, e il dottor Chase mi ha autorizzato a usare alcuni dei suoi farmaci. Tutto sommato, siamo stati fortunati.»

Mako lo scortò nell'ingresso signorile. Xan alzò lo sguardo verso il soffitto a volta come aveva fatto alla sua prima visita, e lasciò che Mako gli prendesse il cappotto. Dopo averlo appeso con cura nel guardaroba, Mako indicò le scale.

«La stanza del dottor Chase è lassù, sul retro della casa. La lascio salire da solo, signore. Il dottore è riservato e io, di solito, non entro lì. Sarebbe compito del governante, e dato che è malato…» Mako si strinse nelle spalle con aria impotente. «Però, a dire il vero, ci sono andato per le medicine che il dottore mi ha dato il permesso di prendere.»

«Sono sicuro che non è un problema. E non preoccuparti, posso trovare la stanza da solo.»

«È l'ultima camera, signore. Faccia come se fosse a casa sua. Il dottor Chase ha detto di lasciarle completa libertà, qui dentro.»

Xan sorrise a Mako. «Grazie.»

La balaustra era fredda sotto le sue dita. L'intera casa era piena dell'odore che avevano di solito gli abiti di Urho, o almeno l'odore che avevano prima che venisse a Virona. Era caldo, leggermente speziato, con una qualche traccia di vecchio tabacco da pipa. Eppure, per quanto ne sapesse lui, Urho non fumava.

Seguì la curva delle scale e poi svoltò al piano di sopra. Il corridoio era buio e freddo, e Xan vide sul fondo la porta che doveva condurre alla camera da letto di Urho.

Giunto a quel punto, esitò. Fino a quel momento, non si era reso conto di aver sperato in qualcosa di molto diverso, quando gli sarebbe stato dato accesso per la prima volta alla camera di Urho… qualcosa di più intimo ed erotico. Ma ora che aveva la mano sulla maniglia della porta, quel santuario interno, che persino Mako aveva ammesso essere speciale per Urho, gli sembrava un luogo venerato.

Desiderò che Urho fosse lì con lui e che, invece di essere venuto a procurarsi le medicine per Ray e Pater, fosse stato l'amante a portarlo nella sua camera, per condividerla con lui.

Si scrollò di dosso l'amarezza, aprì la porta, entrò e si fermò. La stanza era bellissima, ma non gli ricordava affatto i gusti di Urho. Su una parete c'era un grande dipinto dell'oceano, con onde gonfie che si riversavano sulla sabbia bianca e un cielo azzurro che incontrava l'acqua dello stesso colore.

Urho amava l'oceano, di sicuro. Xan aveva passeggiato con lui lungo la spiaggia ogni giorno, da quando era arrivato a Virona. Ma non sembrava il tipo di uomo che avrebbe voluto l'oceano in camera da letto, soprattutto in quella versione allegra e vivace.

L'altra parete era uno specchio che rifletteva il letto e le finestre. Morbide tende blu fluttuavano sopra i pannelli di vetro pulito e brillante, leggere e vaporose. Era una stanza delicata, giovanile, piena di aria e acqua e, nell'atmosfera che lo circondava, sembrava aleggiare il ricordo di risate che risuonavano incessantemente. Quel luogo non assomigliava per niente all'uomo posato, serio e intenso che Xan era arrivato ad amare.

Per un attimo, si chiese se si fosse sbagliato del tutto a inquadrare Urho, se quella era la sua camera. Come era possibile che avesse capito così poco del suo amante, al punto che il suo spazio più personale gli sembrava estraneo e bizzarro?

E poi lo capì.

Era stato Riki a decorare quella stanza.

Trattenne il respiro, scioccato dal dolore acuto che provò. No, non voleva avere quella reazione. Non era altruista. Non era amorevole e neppure gentile.

Si accigliò, si riscosse e si diresse verso l'armadietto dei medicinali di cui Urho gli aveva parlato. Ray e Pater stavano male e non c'era davvero tempo da perdere in sgradita autocommiserazione e stupida gelosia. Aprì con attenzione la cassetta di legno e guardò all'interno, in cerca del barattolo con l'etichetta del salice. Lo trovò subito e lo mise in tasca. Poi prese la bottiglia con il sambuco nero e la stella scura.

Nel voltarsi di nuovo verso la porta, i suoi occhi indugiarono sul letto e, contro la sua volontà, il suo naso si arricciò. Non riusciva a immaginare che Urho lo portasse lì, che lo scopasse su quel letto che apparteneva ancora così chiaramente a Riki. Il cuore gli si annodò, intrappolato tra le emozioni, sterile ed estraneo.

Xan posò gli occhi su un'altra porta, mezza aperta e curiosamente già illuminata dall'interno dal lieve bagliore di una lampada elettrica. Esitò, mentre qualcosa dentro di lui gli diceva che gli era stato dato il permesso di guardare solo in un armadietto.

Eppure...

Aveva aperto la porta della stanzetta prima ancora di prendere del tutto la decisione di invadere così la privacy di Urho.

Il ritratto di un Riki gravido al di sopra del tavolo fu tutto ciò che vide all'inizio. Non riusciva a staccare lo sguardo dal bellissimo uomo biondo e felice, con le mani sul pancione gonfio. In attesa del figlio di Urho... qualcosa che Xan non avrebbe mai potuto essere. La bocca gli si riempì di amaro risentimento.

Gli tremarono le mani quando avanzò e riconobbe quella stanza per ciò che era: un sacrario. Era il luogo dove l'*Érosgápe* di Urho sarebbe stato per sempre venerato come la sua metà, la sua anima gemella, il completamento che ogni cellula di Urho avrebbe continuato a bramare, giorno dopo giorno, per tutta la vita.

Le foto di loro due da ragazzi gli fecero male agli occhi. Ce n'erano diverse di un giovane Riki con la faccia da ragazzino e una pipa in bocca. Xan ne toccò una con l'indice, smuovendo un sottile strato di polvere.

«Allora è questo il motivo di quel persistente sentore di tabacco,» mormorò tra sé.

Anche dopo tutti quegli anni? Era davvero rimasto così a lungo, oppure in quella casa era presente il fantasma di Riki, accanto a Urho nella morte come lo era stato in vita?

Xan rabbrividì. Era fuori posto in quella stanza. Non era sua. Quella era una parte di Urho che non aveva il permesso di conoscere e che non avrebbero mai potuto condividere del tutto. Fece marcia indietro e uscì dalla stanza del lutto, il santuario di due vite stroncate, di una gioia che non sarebbe più esistita. Tornò nella camera di Riki.

Non riusciva assolutamente a considerarla la camera da letto di Urho.

Si guardò intorno, osservando la prova che Urho non aveva mai voltato pagina, e si preparò a contrastare l'ondata delle sue emozioni. Non aveva tempo per quelle sensazioni, non le voleva. Erano inutili e meschine, e lui non aveva intenzione di abbandonarvisi.

Si allontanò in fretta dalla camera, scese le scale di corsa e chiamò Mako da sopra la spalla, mentre afferrava il cappotto dal guardaroba. «Ti ringrazio, Mako. Devo andare. Ho quello che mi occorre.» Poi, aggiunse tardivamente: «Contattami pure a...» Non sapeva dove indirizzarlo. «Contatta la mia casa a Virona, se hai bisogno di qualsiasi cosa. Urho si assicurerà che ti venga procurata.»

Mako uscì dalla penombra dietro le scale e gli sorrise. «La ringrazio, signor Heelies. È sempre il benvenuto qui.» Poi gli mise un sacchetto in mano. «Cibo, signore. Sembra affamato.»

«Grazie. Lo sono.»

«Qualsiasi cosa per gli amici del dottor Chase.»

Xan sorrise, ma non aspettò che Mako gli aprisse la porta principale. Con il sacchetto in mano, schizzò all'esterno, nel vento invernale gelido e persistente che gli pungeva gli occhi, e salì sulla nuova macchina argentata a marchio Sabel di suo padre. Mise in bocca un po' del sandwich che Mako gli aveva dato e accese il motore.

Tornò verso la casa dei suoi genitori con le chiavi del garage, e quindi dell'edificio, che penzolavano dal portachiavi. Che a Father piacesse o no, l'accesso non gli sarebbe stato precluso.

CAPITOLO VENTUNO

QUANDO XAN TORNÒ con cautela in camera sua, Ray dormiva. Nessuno l'aveva visto entrare dal garage, e quando aveva oltrepassato di soppiatto l'ala dei suoi genitori, non aveva udito altro che colpi di tosse e il suono leggero della musica preferita di Pater che si diffondeva lungo il corridoio. Pensare a Father che portava di sopra il giradischi e metteva le canzoni dolci e poetiche che il suo *Érosgápe* amava di più l'aveva commosso.

Ma poi, in piedi accanto al letto di Ray con un bicchiere di acqua fresca in una mano e la pillola presa dal barattolo di Urho nell'altra, si acciglió di fronte alla paura che gli aveva impedito di percorrere quel corridoio e pretendere di vedere subito Pater.

Fece un respiro profondo, si fece coraggio e decise che quella sera sarebbe andato a trovarlo. Era solo questione di quando e di quanto sarebbe stata dura. Nel frattempo, doveva aiutare Ray.

«Ray,» sussurrò, cercando di non svegliarlo di soprassalto. «Svegliati. Ho una medicina per te.»

Ray si mosse e lo fissò con la fronte aggrottata. Il suo sguardo solitamente acuto era segnato dalla confusione. «Credevo di averti sognato.»

«No. Sono solo dovuto andare a procurarmi i farmaci da darti.» Attingendo alle scorte private di Urho, ma quel dettaglio sembrava troppo complicato da spiegare. «Una medicina nuova. Per la febbre.»

Ray era troppo debole per sollevarsi a sedere da solo, così Xan lo aiutò. La pillola andò giù facilmente, e Ray bevve quasi tutta l'acqua, spinto dagli incoraggiamenti di Xan. «Così. Bravissimo.»

«Mi manca Vince,» mormorò Ray quando ebbe finito, crollando di nuovo sul cuscino e fissando il soffitto.

«Chi?» chiese Xan.

Ray scosse la testa. «Nessuno. Non importa.»

Xan rimase seduto accanto al fratello, lo rinfrescò con un panno e una bacinella di acqua fredda, gli somministrò di nuovo la medicina e attese per tutta la mattina e tutto il pomeriggio che il farmaco facesse effetto. Si accorse di quando iniziò davvero a funzionare dal fatto che gli occhi di Ray si fecero più vigili. Suo fratello assottigliò lo sguardo e lo fissò con curiosità.

«Allora Father ti ha lasciato venire a casa? Pater è...?» Deglutì con forza e distolse il viso, ma poi tornò a guardare Xan, cercando la verità nella sua espressione prima ancora che potesse pronunciarla.

«Pater sta molto male,» ammise Xan. «Ma non l'ho ancora visto. Joon mi ha detto che Father è con lui giorno e notte, ogni secondo, anche se al mattino viene a trovarti.»

Ray guardò verso le tende aperte, osservando il sole al tramonto. «Father non sa che sei qui.»

«No,» confermò Xan, alzandosi per portare la bacinella d'acqua e il panno in bagno. «Ma lo saprà. Presto. Dovevo solo accertarmi che tu iniziassi a migliorare. Questa medicina che Urho...» Si bloccò appena in tempo. «Questa medicina che il mio amico, il dottor Chase, mi ha inviato sembra fare effetto.»

Ray tossì mentre Xan rientrava. «Stai correndo un rischio. Potresti ammalarti e allora tutto resterebbe a Janus.» Piegò stancamente le labbra in un debole sorriso. «Non vorrai lasciare me e l'azienda nelle sue mani non proprio gentili, vero?»

Xan sorrise, sollevato di sentire che Ray tornava a stuzzicarlo. Lasciò da parte la questione di Janus, preferendo non dire troppo finché non avesse avuto più informazioni sulla salute del cugino. «Ti aiuto a fare una doccia. Puzzi terribilmente, e dopo ti sentirai molto meglio.»

«Beh, basta che abbia un odore abbastanza sopportabile da non disturbarti, fratellino,» disse Ray con un sorriso ironico.

Ma era troppo debole per alzarsi dal letto da solo. Xan lo aiutò a raggiungere il bagno e lo mise sotto il getto d'acqua. Lo sostenne e lo lavò, con il cuore stretto nel vedere che il fratello maggiore che aveva sempre ammirato era debole come un neonato.

Mentre lo asciugava, lo sguardo di Ray si fece di nuovo distante. «Xan, ho bisogno che tu faccia una cosa per me.»

«Certo. Qualunque cosa.»

«Ho un amico, un Omega…» Ray si accigliò appena, poi si schiarì la gola. «Un amante. So che non è un gran problema che un Omega senza contratto abbia una relazione con un Beta, ma lui si vergogna. Non siamo…» Ray agitò la mano magra. «Io tengo a lui. Ma lui…» Sospirò e sembrò perdere il filo, per poi proseguire. «Devo sapere se sta bene. Era con me quando mi sono ammalato.»

«È lui Vince?»

Ray annuì. «Vince Ross. Vive nel quartiere Calitan.»

Nonostante la spossatezza e la preoccupazione, dovette cogliere l'espressione sorpresa di Xan, perché aggiunse: «Sì, è un prostituto.»

«A Calitan vive molta gente che non si prostituisce.»

«Beh, Vince lo fa.» Ray sembrava esausto quando Xan lo aiutò a tornare in camera da letto.

Lo fece sedere su una poltrona accanto alla finestra aperta. «Cambio le lenzuola e le coperte.»

«Se ne occupa Joon.»

«Oggi me ne occupo io.»

Si allontanò da Ray, che tossiva con forza sul pugno, e ritrovò l'armadio della biancheria proprio dov'era l'ultima volta che aveva dovuto cambiarsi da solo le lenzuola dopo aver fatto sogni inappropriati su Jason, quando ancora viveva lì.

«Ti assicurerai che Vince stia bene?» chiese di nuovo Ray quando rientrò.

Xan tolse le lenzuola sporche dal letto. «Hai il suo numero di telefono?»

Ray scosse la testa. «Non ha un telefono. Non vive come noi.»

«No, certo che no.» Xan spinse con il piede la pila di biancheria sporca nel corridoio fuori dalla porta, per poi tornare dentro e sistemare le lenzuola fresche.

«Lavora all'angolo del Lincoln Deli. Se sta bene, sarà lì,» disse Ray, quasi implorante. Era un tono che Xan non gli aveva mai sentito usare prima. «Puoi andare a controllare?»

Xan finì di infilare le federe e sprimacciò la trapunta pulita. «E se non sta bene, cosa faccio?»

«Chiedi in giro. Il proprietario dell'alimentari gli permette di dormire nell'appartamento sopra il negozio, a volte, se non ha clienti. Se Vince è malato, lui lo saprà...» Ray tossì con violenza ed espettorò un grande ammasso di muco.

Xan rabbrividì, ma gli prese un fazzoletto in cui sputarlo. Poi gli somministrò una dose dello sciroppo di sambuco nero che Urho aveva detto avrebbe alleviato la congestione e rafforzato l'organismo.

«Se non sta bene, puoi fare in modo che riceva aiuto?» Ray tossì di nuovo, ma non profondamente come prima. Si asciugò gli occhi e sospirò. «Mi sento molto meglio, dopo aver preso quella pillola. Cos'era?»

«Non lo so con certezza. Il mio amico, il dottor Chase, mi ha detto di dartela. Ha detto che era un nuovo farmaco usato solo per le febbri peggiori.»

«Il tuo *amico*, eh?» mormorò Ray, gli occhi stanchi che si andavano ingrigendo nella luce calante del crepuscolo proveniente dalla finestra.

«Ti rimetto a letto.»

«Ma Vince...» fece Ray, interrompendosi con un'implorazione pressante scritta sul volto.

«Controllerò al più presto come sta.»

«Lincoln Deli,» ripeté Ray.

«Giusto. Me lo ricorderò.»

Xan trascorse il resto della sera camminando avanti e indietro accanto al letto di Ray, l'ansia che lo coglieva mentre la sua febbre saliva e la tosse peggiorava. Gli somministrò di nuovo i farmaci di Urho appena ritenne sicuro farlo, e fu disperatamente sollevato quando la febbre iniziò a calare. Dopo un forte attacco di tosse, Ray cadde in un sonno profondo.

Una volta che suo fratello fu crollato, Xan strinse il barattolo in una mano e la bottiglia di sciroppo di sambuco nero nell'altra, come talismani contro la sua stessa paura. Quando Joon era venuto a vedere come stesse Ray, Xan gli aveva dato delle pasticche da far prendere a Pater. Non voleva che aspettasse a ricevere le medicine che potevano aiutarlo, mentre lui raccoglieva il suo cosiddetto coraggio per percorrere quel corridoio e affrontare Father.

In piedi davanti alla finestra di Ray, guardò verso la strada solitamente caotica. Era ridotta al silenzio, e non solo perché era notte. La città era in balia di quella malattia che non accennava ad allentare la sua morsa. Xan lo aveva notato sia nel tragitto verso casa sua in taxi dalla stazione che quando era andato a casa di Urho. La città, che era sempre stata molto vivace, assomigliava ormai a un luogo di villeggiatura in bassa stagione.

Xan si tolse la giacca e la ripiegò sulla poltrona lì accanto, poi si sciolse la cravatta e si arrotolò le maniche della camicia. Tornato alla finestra, inspirò profondamente e buttò fuori il respiro. Non avrebbe più accettato di essere tenuto lontano da Pater. Non importava che gli si rivoltassero le viscere al pensiero di affrontare Father... di fissare i suoi occhi azzurri e gelidi e dirgli come sarebbero andate le cose. Di pretenderlo. Perché lui era l'erede e aveva dei diritti.

Si passò la mano sul labbro superiore per tamponare il sudore causato dall'ansia. Chiuse gli occhi, determinato a essere forte. Fece un respiro lento e profondo e guardò fuori dalla finestra, cercando le stelle in cielo. Erano le stesse che brillavano su Virona, le stesse, dopotutto, che brillavano sull'intero mondo benedetto dal Lupo. Xan concentrò i pensieri su Urho, aspettandosi di trovare in lui conforto e coraggio.

Invece, la sua mente gli presentò le immagini del santuario in casa dell'amante, dedicato al suo *Érosgápe* perduto. Xan non sapeva perché fosse rimasto sorpreso di scoprire che Riki dominava ancora le stanze più private e intime di Urho, ma era successo. In verità, nelle ultime settimane, si era quasi concesso di dimenticare che non era l'uomo più amato nel mondo di Urho. Che non avrebbe mai potuto esserlo.

Ray tirò su con il naso, e Xan lo guardò da sopra la spalla per assicurarsi che non si fosse svegliato. Vedendo suo fratello con gli occhi ancora chiusi e il respiro profondo e regolare, Xan tornò a osservare la sera fuori dalla finestra, con il desiderio di vedere il cielo notturno senza tutto l'inquinamento luminoso della città. Allora si sarebbe trovato a casa, a Virona.

A casa. A Virona.

Che strano che fosse arrivato a considerarla casa sua, ma era così. Gli mancava il suono delle onde che entrava dalle finestre aperte, la pungente aria invernale, l'odore del mare che aleggiava per la tenuta o si insinuava attraverso le lenzuola o i vestiti; più di ogni altra cosa, gli mancava il suono delle voci di Urho e Caleb. Gli uomini che gli avevano fatto comprendere davvero, per la prima volta nella sua vita adulta, il concetto di casa e di famiglia. Sospirò.

Per un breve momento, si permise di cullarsi nella fantasia che potessero vivere insieme e non separarsi mai. Anche Urho doveva essersi cullato in quella fantasia, ma era assurda. Appena Vale avrebbe dato alla luce il bambino, e una volta che Urho fosse venuto a conoscenza dello stato dell'epidemia in città, si sarebbe messo sulla via del ritorno.

E non solo per senso del dovere.

Perché, per quanto potesse amarlo e anche tenere profondamente a lui, non avrebbe mai avuto abbastanza spazio nel cuore per considerare Xan la sua casa. Non nello stesso modo in cui Xan stava arrivando a considerare lui. Non veramente. Tutto quel prezioso spazio era già stato occupato da Riki, così come era giusto che fosse tra *Érosgápe*.

Xan era stato uno sciocco a pensare di poter significare per Urho qualcosa di anche solo lontanamente paragonabile a ciò che Urho significava per lui, a prescindere da tutto ciò che avevano condiviso. A prescindere dalle sue promesse. Se Urho stava considerando l'idea di restare, era solo per sfuggire al dolore della perdita del suo *Érosgápe* ma, alla fine, il ricordo di Riki avrebbe avuto la meglio.

Non era forse vero?

Stanco di quella serie di pensieri colmi di autocommiserazione, Xan rivolse la mente a un'altra questione. Il suo desiderio di vedere Pater era così forte da farlo stare male, eppure eccolo lì, nella stessa casa, a nascondersi. Basta così. Sarebbe andato da Pater e lo avrebbe fatto subito.

Prima che potesse fare un passo, dall'ingresso provennero delle urla che lo fecero sussultare. Esitò per un attimo, trafitto dall'ansia, e si sforzò di distinguere le parole, ma riusciva solo a sentire le grida.

Uscì in fretta dalla stanza di Ray e percorse il corridoio verso il pianerottolo in cima alle scale, cercando di ingoiare il terrore. Le urla si intensificarono quando attraversò l'ala opposta, diretto alla camera dei suoi genitori.

Quando irruppe in quella stanza familiare, con il cuore martellante e il battito che gli rimbombava così forte nelle orecchie da coprire le grida, si bloccò di fronte all'alto letto a baldacchino. L'ambiente era invaso da luci abbaglianti che si riversavano sulla carta da parati a strisce marroni e sul consueto caos della camera di un malato.

La fonte del frastuono era Father. Era seduto sul letto accanto a Pater con addosso un paio di pantaloni sgualciti e una camicia e gridava, piangeva e implorava. E Pater giaceva lì, più magro di quanto Xan l'avesse mai visto, chiaramente privo di sensi, bianco come un lenzuolo, e lottava per respirare. Father lo stringeva al petto e, tra le urla, gridava di chiamare aiuto e di far venire un medico. Sgranò gli occhi quando vide Xan e un veloce lampo di confusione e rabbia balenò al di sotto del terrore assoluto, ma si limitò a urlargli di chiamare aiuto e di sbrigarsi.

Xan salì sul grande letto e si avvicinò a Pater. Father cercò di allontanarlo. «Chiama aiuto!» gridò.

Ma Xan sollevò le medicine che aveva in mano. Father, con uno sguardo folle, serrò il pugno e ritrasse il braccio come per colpirlo. «Ti ho detto di chiamare aiuto!»

«Posso aiutarlo io!» ribatté Xan, attraversato da una scarica bollente di rabbia, pura e potente. «Gli ho portato delle medicine! Togliti di mezzo!»

Usò tutta la sua forza per spingere Father di lato e strappare il corpo inerte di Pater dalle sue braccia. Poi lo appoggiò in modo che i cuscini lo sostenessero, mentre Father cercava di mettersi di nuovo tra loro. L'ultima volta che Xan l'aveva visto, Pater era un uomo felice e robusto. Ma adesso era terribilmente magro e stava molto male.

Tuttavia, non aveva tempo per pensarci. Spinse di nuovo via Father e, aperta la bottiglia di sciroppo di sambuco, riuscì a versare un po' del liquido violaceo tra le labbra di Pater. Father cercò di frapporsi tra loro con un ringhio.

Ma Xan era diventato più forte. Aveva preso lezioni di boxe da Urho ed era di oltre trent'anni più giovane di quell'uomo esausto, terrorizzato e nel panico, che temeva per la vita del suo *Érosgápe*. Xan massaggiò la gola di Pater per aiutarlo a deglutire lo sciroppo, mentre Father implorava Pater di respirare.

«Ti prego, George.» Gli si spezzò la voce. «Ti prego, respira, piccolo. Respira, tesoro mio, mio unico amore. Respira. Respira.»

Xan versò altro sciroppo nella bocca di Pater e sperò di non soffocarlo. Non poteva sapere con certezza quanto liquido stesse raggiungendo lo stomaco.

«Chiama un medico,» disse Father, disperato. «Che cosa gli stai dando? Gli serve un medico!»

Joon apparve in quel momento sulla soglia, in pigiama e con l'espressione resa confusa dal sonno. Sussultò nell'avvicinarsi al letto. «Cerco un medico, signore. Vedo se riesco a trovarne uno.»

«Chiama un'ambulanza, se necessario,» gli disse Xan da sopra la spalla, domandandosi se fosse rimasto qualche ospedale che accettasse ancora pazienti.

«No!» gridò Father. «Gli ospedali sono pieni di malati. Dobbiamo tenerlo qui, lontano da un'ulteriore esposizione al virus.»

Xan lo ignorò, pronto a cogliere un altro momento in cui poter versare ancora un po' di sciroppo di sambuco nero tra le labbra di Pater. Approfittò dell'occasione appena si presentò, e fu sollevato quando Pater finalmente tossì e fece un lungo respiro tremante. Xan gli somministrò lo sciroppo ancora due volte, nella speranza di fargli bere la quantità di una dose completa.

Poi si sedette e rimase a guardare, pregando il Sacro Lupo lassù di risparmiare la vita di Pater. Father sembrò fare lo stesso. Non si scambiarono nessuna parola, ma entrambi rilasciarono un sospiro quando, dopo aver tossito una grande quantità di catarro, Pater riprese a respirare con più facilità.

Joon riapparve, ormai del tutto sveglio. «Ho chiamato tutti i medici sul nostro elenco, signore, ma ognuno di loro si trova con altri pazienti. Ho lasciato detto a tre di loro di venire il più presto possibile.»

Father annuì, scostando i morbidi capelli castani dal viso di

Pater, che aveva ripreso un po' di colore. «Abbiamo di nuovo superato il pericolo, se tutto va bene,» disse, incontrando lo sguardo del figlio. «Grazie a Xan.»

Xan scosse la testa. «Grazie a questo.» Sollevò la bottiglia di medicinale.

«Sambuco nero?» sussurrò suo padre. «È esaurito da più di una settimana. Persino gli ospedali stanno finendo le scorte.»

Xan si rivolse a Joon. «Sei riuscito a dargli la pasticca di salice?» chiese.

Joon scosse la testa, imbarazzato. «Non sono riuscito a trovare un momento per proporlo. Mi dispiace, signor Xan, so che gliel'avevo promesso. Ma prima stava dormendo così bene. Non volevo svegliarlo, e il suo Father ha detto che, secondo lui, il signor Lofton si stava riprendendo da solo.»

Xan premette una mano sulla fronte di Pater e poi guardò Father negli occhi. «Se mi aiuti a svegliarlo, ho un'altra medicina per la febbre. L'ho data a Ray, e ora sta molto meglio.»

Father lo fissò per un lungo momento, per poi annuire. Sollevò Pater e gli diede qualche dolce colpetto sulle guance. «Tesoro, svegliati. Mi senti, George? Devi svegliarti.»

Le sue ciglia vibrarono e, con uno sforzo evidente, Pater socchiuse le palpebre. Cercò il viso del suo Alpha e, quando lo vide, fece un debole sorriso. «Doxan?»

«Sss. Non cercare di parlare, adesso. Xan è qui.»

Pater aprì di più gli occhi, e in essi si accese una scintilla. Lo cercò con lo sguardo e sul suo volto si allargò un sorriso affaticato. Xan gli prese una mano e la strinse.

«Sono qui.»

Pater si leccò le labbra, ma aveva la bocca troppo secca per parlare.

«Un po' d'acqua,» ordinò Father. Joon arrivò all'istante con un bicchiere.

Father e Xan sostennero Pater perché potesse bere e, quando ebbe finito, lo fecero di nuovo distendere sui cuscini. Sebbene esausto, Pater continuava a fissare Xan con desiderio.

«Non dovresti essere qui,» gracchiò infine. «Ti ammalerai anche tu.»

«Sono sano come un pesce. Non preoccuparti per me.»

Gli occhi di Pater scattarono su Father e un'espressione angustiata, a cui però non diede voce, gli attraversò il viso. Riportò invece l'attenzione su Xan e disse: «Sono così felice di vederti. Mi sei mancato moltissimo.»

Xan sentì una stretta acuta al cuore e gli tremarono le labbra. Si chinò in avanti e posò un bacio sulla fronte di Pater. «Mi sei mancato anche tu. Ti voglio bene.»

Accanto a loro, Father non disse nulla.

Gli occhi di Pater si riempirono di lacrime. «Temevo che...»

«Sss. Ora sono qui.»

Pater annuì debolmente. «Grazie al Sacro Lupo. Allora le mie preghiere sono state esaudite.»

Xan sentì un dolore nel petto. Pater gli era mancato profondamente e, chissà come, sentire che lui aveva provato lo stesso non alleviava la sofferenza. «Pater, ho una medicina che devi prendere,» disse infine, quando il nodo in gola si allentò abbastanza da non fargli pensare che sarebbe scoppiato in lacrime. «Vero, Father?»

«Sì, George,» sussurrò Father. «Prendi questa pillola. Xan l'ha portata apposta per te. Ti farà sentire molto meglio, mio unico amore.»

A fatica, Pater si sollevò abbastanza da mandare giù la piccola pillola con un altro sorso d'acqua. Sorrise a Xan mentre tornava a distendersi. «I tuoi capelli sono diversi. E sembri cresciuto.»

Xan lo baciò di nuovo sulla fronte. «Il barbiere di Caleb a Virona ha detto che questa pettinatura mi sarebbe stata bene.»

«Ti fa sembrare un uomo.»

Father sbuffò, ma rimase in silenzio.

Xan strinse la mano di Pater.

«Volevo tanto vederti,» sussurrò Pater, gli occhi pieni di lacrime. «Credevo che non avrei più potuto farlo.»

Father si lasciò sfuggire un breve verso di dolore ma, quando Xan guardò nella sua direzione, stava fissando la carta da parati di fronte al letto, l'espressione cupa.

«Adesso guarirai, e ci vedremo sempre,» mormorò Xan.

«Lo spero.»

Nel tentativo di dare a Pater ulteriori motivi per riprendersi, Xan aggiunse: «Caleb presto sarà in calore. Se abbiamo fortuna, entro le festività d'Autunno del prossimo anno, conoscerai il tuo nipotino.»

Il sorriso dolce di Pater gli scaldò il cuore. Rimasero a guardarsi, esprimendo in quel modo la reciproca devozione. Xan si rannicchiò e posò la testa sul petto di Pater per ascoltare il battito del suo cuore e gioire del tocco rassicurante delle sue dita tra i capelli, finché Father disse: «Si è addormentato.»

Sollevandosi, Xan vide che Pater aveva chiuso gli occhi. Father gli toccò la fronte e si accigliò. «È ancora febbricitante, ma sta molto meglio di prima.» Si voltò verso Joon, in piedi accanto alla porta, spettatore degli eventi. «Resta qui con lui. Se la febbre scende, cambiagli il pigiama e le lenzuola. Xan e io dobbiamo parlare di alcune cose in biblioteca.»

Joon deglutì con forza e incontrò lo sguardo di Xan con un'espressione ansiosa, ma si limitò a dire: «Certo, signore. Sarò lieto di occuparmi del signor Lofton.»

Mentre Xan seguiva il padre verso le scale, con le viscere che facevano le capriole e le ginocchia che sembravano fatte d'acqua, Father lanciò un'occhiata verso l'ala dei bambini e chiese: «Ray si sente meglio?»

«Sta dormendo tranquillo. La febbre è scesa e la tosse sembra sotto controllo, con lo sciroppo di sambuco.»

Father annuì in modo brusco e si avviò giù per le scale a passo rapido. Xan, più basso di lui di parecchi centimetri, dovette faticare per stargli dietro. Nel bel mezzo della notte, la biblioteca era buia ma aveva esattamente lo stesso odore di sempre, un sentore di vecchi libri e di pelletteria.

Father accese la luce, che si irradiò sui divani di pelle posizionati l'uno di fronte all'altro davanti al camino e sulla grande scrivania di legno su cui Xan si era piegato da bambino in più di un'occasione, per ricevere la cintura di suo padre dopo essersi comportato male; quella vista riportò a galla ricordi che abbracciavano il corso della sua intera vita.

La finestra con accanto il vaso con la palma era quella che aveva rotto con una palla, quando aveva sette anni e Ray gli stava insegnando a colpire con la mazza. Le sedie a misura di bambino nell'angolo, raccolte attorno a un basso tavolino e circondate da una piccola biblioteca di libri per l'infanzia, erano quelle su cui Pater gli aveva insegnato a leggere.

Xan deglutì con forza per opporsi a un'improvvisa ondata di emozioni, mentre la nostalgia lo schiacciava come un peso sul petto.

«Siediti,» disse Father, indicando i divani. Si raddrizzò il colletto della camicia sgualcita. Dava l'idea di non cambiarsi da giorni. Andò all'armadietto dei liquori e versò un solo drink.

Xan si irrigidì a quella mancanza di buone maniere, il disprezzo insito in essa ormai familiare. Suo padre non mancava mai di offrire un drink a Ray o a Janus o a qualsiasi altro uomo per cui nutrisse ammirazione o, quantomeno, rispetto. Rimase in piedi con aria di sfida.

«Non saresti dovuto venire,» disse Father, tornando a voltarsi verso di lui con sguardo severo. Bevve un sorso del suo drink e si mosse fino alla parete su cui erano ancora appese le cinture, quelle che usava per le punizioni, le cinture tra cui Xan doveva scegliere lo strumento del proprio castigo. Fece scorrere le dita su di esse, una per una, e poi sospirò. «Sei troppo adulto per ricevere la cintura, ormai, e di parecchio. È un peccato. È l'unica cosa che ti abbia mai spinto a comportarti bene.»

Xan digrignò i denti, attraversato da un'ondata di paura e di rabbia. Se si era "comportato male" era stato solo perché era un bambino con troppa energia e nessun modo per sfogarla, e troppe aspettative sulle spalle fin quasi dalla nascita.

Suo padre si girò di nuovo verso di lui. «Sei sconsiderato ed egoista e prendi decisioni dettate dalle tue emozioni. Patetico. Inutile. A questo punto, sarei felice di lasciare l'azienda a Janus.»

Xan allargò le narici.

Father inclinò la testa e inarcò un sopracciglio. «Sai di cosa abbiamo parlato Janus e io mentre era qui?»

«No.»

«Non te l'ha detto?»

Xan fissò il padre, mentre la paura che aveva sempre accompagnato le sue interazioni con lui si inaspriva in qualcosa di più simile all'avversione. Aprì la bocca per dirgli che Janus era malato e aveva portato l'influenza a Virona, ma serrò di nuovo le labbra e conservò quell'informazione per un momento successivo.

«Sono sorpreso che non abbia deciso di vantarsi. Magari sta crescendo, dopotutto.»

Xan sollevò un sopracciglio.

«Abbiamo parlato di molte cose. Ma lui ha avuto il dispiacere di dovermi riferire la qualità del lavoro che stai facendo, o meglio, non facendo, nella succursale di Virona.»

L'animo di Xan si indurì ancora di più. Sapeva che non sarebbe servito ribattere dicendo che era lui, in realtà, quello che faceva il grosso del lavoro, mentre Janus si divertiva al circolo, leccando il sedere a persone che avrebbero potuto, un giorno, diventare o non diventare loro clienti e lottando con altri Alpha per soldi.

Magari suo padre lo sapeva già e considerava *quello* il lavoro che contava di più. Non aveva importanza. Xan non gli avrebbe dato la soddisfazione di discutere con lui. Non ancora.

«Abbiamo parlato anche dell'arrivo di Jason Sabel e del suo Omega gravido. Direi che le amicizie sono l'unico campo in cui tu abbia mai fatto un buon lavoro in vita tua.»

Xan lo schernì dentro di sé. Se Father avesse saputo che una volta Jason era stato il suo amante, avrebbe probabilmente cambiato opinione al riguardo. O forse no. Magari suo padre pensava che valesse la pena di sopportare una piccola devianza sessuale per mantenere i rapporti con la famiglia Sabel e la loro azienda.

«Ma, a quanto pare, non erano da soli,» aggiunse Father in tono aspro. «Insieme a loro c'era un Alpha. Un medico.» Fulminò Xan con lo sguardo. «Un certo Urho Chase, che senza dubbio è la fonte delle medicine che hai dato al tuo Pater, stanotte.»

Xan non sapeva come suo padre riuscisse a far suonare un'azione come *quella* qualcosa di aberrante. Fece un respiro profondo, raddrizzò le spalle e mantenne la testa alta. Se c'era una cosa che sapeva con certezza, era che non poteva più vivere così. Neanche per un altro minuto.

«Non ho paura di te,» disse con calma. «So che questa "chiacchierata" si basa solo su questo. Vuoi che indietreggi intimorito come facevo prima, che prometta di stare lontano da Pater o che giuri di essere un figlio migliore e un erede migliore per te. Beh, non lo farò. Ho ricevuto colpi peggiori di quelli che potresti mai darmi tu, e l'ho fatto di mia volontà.»

Suo padre lo fissò, le labbra strette in una linea piatta e una luce di disgusto che gli brillava negli occhi.

Se non altro, le torture che Xan aveva subito per mano di Monhundy erano servite a qualcosa: gli avevano mostrato quanto dolore potesse sopportare e quanto poco gli importasse di vivere una vita alle condizioni di Father. Così poco che avrebbe lasciato che

Monhundy lo uccidesse.

Ma non più.

Ormai Xan aveva qualcosa per cui vivere. Un futuro che gli era stato promesso da Urho e da Caleb. E non avrebbe lasciato che nulla lo ostacolasse, né suo padre, né le sue insicurezze, né il defunto *Érosgápe* di Urho. Avrebbe vissuto a Virona con Urho, l'uomo che amava con tutto il cuore. Avrebbe avuto il suo Omega e i suoi amici, e avrebbe avuto i suoi figli, il suo Pater e suo fratello. E non c'era niente che Father potesse fare per impedirlo.

Lui era l'erede. Aveva dei diritti. Ma che importanza aveva? Forse, neppure li voleva.

Xan tenne lo sguardo fisso su suo padre. «Se vuoi che sia Janus a ereditare, lascia tutto a lui. Ma sai cosa devi fare per ottenere questo. Dovrai dichiararne i motivi di fronte a un giudice e ottenere il permesso dalla Chiesa. Dovrai dire ad alta voce, di fronte a tutti, quello che per tutti questi anni hai finto di non sapere, che hai finto di poter *risolvere*.» Gli schizzò la saliva dalle labbra su quell'ultima parola, e Xan si pulì la bocca con il dorso della mano. Avanzò di qualche passo verso il padre. «Quindi, se vuoi farlo, se vuoi dichiarare che sono un invertito, o che sono un erede inadeguato per qualche altro motivo, di fronte al Sacro Lupo e a tutti i tuoi soci in affari e ai tuoi amici, fallo pure.» Sogghignò. «Ti sfido a farlo.»

«Lo farò,» sibilò Father. «Non credo tu voglia provocarmi fino a quel punto.»

«Davvero? Non credi che voglia provocarti e provocarti e *provocarti*?» Fece un passo in avanti, le braccia tese e un impulso quasi incontrollabile di spingere suo padre ad arretrare solo con la forza di volontà.

Father sussultò e fece un passo indietro, quasi inciampando sul camino.

«Perché non ho paura di te, Father. Neanche un po'. Se mi diseredi, chi sarà a perdere di più? Tu. Perderai la faccia e la reputazione con tutti quelli che conosci. E la cosa peggiore è che perderai il rispetto di Pater.» Inarcò un sopracciglio. «L'hai sentito stanotte. Lui mi ama, anche se tu non mi ami. Qualsiasi cosa tu faccia per colpire me, colpirà lui. E a quel punto…» Scosse la testa e sussurrò: «Che il Sacro Lupo ti aiuti.»

Suo padre tirò su con il naso e bevve un altro sorso di liquore, ma sembrava un po' scosso. Si passò una mano tra i capelli sale e pepe. «Sei disturbato,» disse in tono sommesso.

«Sai cosa penso?» Xan avanzò ancora. «Penso che tu voglia ancora che sia io a ereditare. Vuoi solo che sia una persona del tutto diversa, quando lo farò. Pensi di potermi costringere a diventare quella persona. E questo non succederà.»

Suo padre lo fissò.

«Janus è la spada che fai penzolare sulla mia testa, nella speranza che la minaccia di farla cadere cambi l'essenza della mia natura, rendendomi più simile a Ray. Più simile a Jordan, il figlio che ti sei creato nella mente perché puoi, perché è morto, e non potrai mai sapere come sarebbe stato davvero.»

Father alzò una mano per colpirlo, ma Xan la schivò e si spostò dall'altra parte del divano, per impedirsi di dargli un pugno tanto quanto per impedire a lui di raggiungerlo.

«Non sopporti l'amore che Pater nutre per me. Sei un Alpha egoista che non riesce nemmeno a lasciare che il suo Omega ami il suo stesso figlio. Mi vedi come una minaccia al vostro rapporto.»

«Il tuo Pater è indulgente quando si tratta di te.»

«È solo un uomo buono che ama suo figlio incondizionatamente.» Xan sogghignò. «Qualcosa che tu non capisci.»

«Cos'hai mai fatto per guadagnarti il mio affetto?»

«È proprio questo il punto. Non dovrei dovermelo guadagnare. Tu dovresti darmelo e basta.»

Le narici di suo padre fremettero. «Sei un invertito e rovinerai la nostra famiglia.»

«Sono un invertito,» confermò lui. «Niente potrà cambiare questo fatto. Non cambierà, se mi odierai. Non cambierà, se mi picchierai con una cintura. Non cambierà, se mi terrai lontano da Pater. E neanche se vorrai diseredarmi e proclamare a tutto il mondo le mie inclinazioni. Niente mi renderà diverso dalla persona che sono.» Xan fece un respiro profondo, con il cuore che martellava così forte da fargli male. «Se è qualcosa che non puoi sopportare, allora vai di fronte a un giudice e alla Chiesa. Rivela la verità su di me e tieni la tua azienda lontano dalle mie mani perverse. Lascia tutto a Janus. Sopravvivrò. Sono un tipo grintoso e sono più resistente di quanto sembri.»

Negli occhi di Father divamparono le fiamme. Buttò giù ciò che restava del liquore e sbatté il bicchiere su un tavolo vicino con un tonfo. Guardò Xan e gli rivolse un sorriso inquietante. «Verifichiamolo.»

E poi, si gettò sul figlio con tutta la forza del suo corpo alto e potente. Lo afferrò in una stretta micidiale e gli serrò dolorosamente le mani attorno alla gola. «Non sei poi così resistente!»

Xan gli sferrò una forte gomitata e ruotò su se stesso, sollevando le mani a proteggersi il viso come gli aveva insegnato Urho. «Non voglio farti male, Father.»

«Sono io che farò male a te,» sibilò lui, avventandosi di nuovo su Xan.

Diversi pugni andarono a segno, e Xan grugnì, respirando in brevi ansiti. Gli argini della loro aggressività crollarono e si scagliarono l'uno contro l'altro, a pugni e calci, usando persino i denti mentre si accapigliavano.

Alla fine, Xan spinse suo padre sul tappeto e gli premette un piede sulla gola. Ansimava, ma ce l'aveva fatta. Guardando suo padre negli occhi azzurri carichi di indignazione, sussurrò: «Fai quello che devi fare, Father. Perché non importa cosa deciderai, io sono comunque il figlio che ti ha sconfitto. Quello che ha voluto vivere nella verità. Sono un invertito e sono innamorato, e ne sono orgoglioso. Ma non sono orgoglioso di te.»

Afferrò suo padre per il colletto e lo tirò su dal pavimento. Fu bizzarro, perché Xan era molto più basso, ma Father sembrava aver perso le forze per lo shock. «Assicurati che Pater e Ray continuino a prendere quei farmaci.»

Barcollando, suo padre si divincolò da lui e lo fissò. «Tu sei pazzo. Violento. Inavvicinabile.»

«È vero,» concordò Xan. «Fai quello che devi fare, Father.»

Gli voltò le spalle e camminò spedito dalla biblioteca alla porta principale. L'aprì e si fermò al suono dei passi di suo padre dietro di lui. Si voltò, scioccato di vedere il Father di cui aveva avuto tanta paura per tutta la vita ridotto a un vecchio guscio vuoto e sconfitto.

«Grazie per le medicine. Mi assicurerò che il tuo Pater e Ray ne prendano tutte le dosi necessarie,» disse Father in tono burbero. Zoppicava leggermente, e Xan sentì una fitta di rimorso per avergli fatto male. «Quanto a te, non tornare. Non sei il benvenuto in questa casa. Il tuo Pater può venire a trovarti, se vorrà passare del tempo con quello squilibrato invertito di suo figlio.»

Xan digrignò i denti ma non disse nulla.

«E non pensare che Joon non affronterà le conseguenze di averti fatto entrare.»

«Non è stato lui. Mi sono introdotto dal garage. Ma Joon può venire a stare con me. E tu rimarrai da solo a prenderti cura di Ray e Pater.»

L'espressione altera di suo padre sembrò sfaldarsi, mentre si guardava attorno nella casa vuota in cui risuonava il silenzio, troppo enorme persino per trattenere i rumori del loro litigio.

«Addio, Father,» disse Xan. «Porta i miei saluti a Ray e a Pater.»

Poi, chiuse di scatto la porta e si avviò per strada, rifiutandosi di guardare indietro, verso l'edificio che un tempo aveva chiamato casa. Ormai ne aveva una nuova. E un Alpha che, per qualche motivo, era innamorato di lui. Ciò che era successo quella notte con Father era un bene. Doloroso. Terribilmente doloroso. Ma necessario e positivo.

Strofinandosi gli occhi umidi, Xan raddrizzò le spalle e si incamminò verso il quartiere Calitan. Era sofferente nei punti in cui suo padre gli aveva assestato qualche duro colpo, ma c'era ancora una cosa che doveva fare per Ray, prima di poter tornare alla sua abitazione in città.

E poi sarebbe tornato a casa e avrebbe pregato Urho di restare. Magari non era corretto e magari non era giusto, ma gli avrebbe chiesto di allontanarsi dall'oceano azzurro della sua stanza e della sua gioventù con Riki e rimanere per sempre sull'oceano grigio-verde di Virona, insieme a lui.

CAPITOLO VENTIDUE

«ROSEN STA PEGGIO di me,» disse Yosef a Urho, la voce stanca che al telefono suonava quasi sibilante a causa della congestione. «Ma finora nessuno dei due è messo troppo male. E anche se la sua febbre è più alta, non credo che peggiorerà.»

«È stato visitato da un medico?» chiese Urho, strofinandosi gli occhi e cercando di pensare a un modo per fare un viaggio di un solo giorno in città per controllarlo di persona.

«Sì, ma solo il primo giorno, per confermare la diagnosi di influenza. Ci ha lasciato delle medicine... non il sambuco di cui parlavi, ma uno sciroppo di achillea e alcune pastiglie.»

«Se sta combattendo l'infezione da solo, quella roba dovrebbe bastare. Avete una buona quantità di frutta?»

«Non ce l'ho fatta ad arrivare al mercato.»

«Ti manderò qualcosa da qui con il treno. Verdure fresche e agrumi.»

Yosef sembrava esausto mentre ammetteva che le provviste gli avrebbero fatto comodo ed elencava le cose che sarebbero potute servire a lui e a Rosen.

A Urho non piaceva l'idea di non poter fare di più o di lasciare che i suoi amici se la cavassero da soli, ma sapeva di non potersi allontanare. «Vorrei poter venire a visitare Rosen di persona, ma abbiamo un uomo che sta molto male per l'influenza qui a casa. Lo teniamo in isolamento e il dottore del paese viene una volta al giorno, ma non mi sento sicuro a lasciare Caleb da solo proprio adesso che Xan è andato in città. È in una posizione vulnerabile, al momento. E poi c'è Vale. Potrebbe entrare in travaglio in qualsiasi momento, ormai.»

«Non c'è problema. Ti prometto che ci riprenderemo entrambi. Prenditi cura di Vale e avvisaci quando avrà partorito.»

«Assolutamente.»

Conclusero la conversazione telefonica scambiandosi l'un l'altro i migliori auguri, e prima di riattaccare Urho mormorò la benedizione del Sacro Lupo per i malati. Si appoggiò all'indietro, seduto alla scrivania di Xan, nell'ufficio che si era creato a Virona, e fece un respiro lento e profondo. La stanza stava già perdendo il suo odore, e Urho si domandò per quanti altri giorni il suo amante sarebbe stato lontano.

L'orologio sulla mensola segnava l'ora giusta per andare a letto, ma Urho era agitato. Afferrò il cappotto e uscì, diretto verso l'oceano, anche se la passeggiata serale lungo la spiaggia gli sembrò meno piacevole senza Xan lì a rubargli baci e a stringersi a lui quando l'acqua fredda lambiva loro i piedi.

La luna splendeva fulgida e indifferente. L'inverno a Virona era più mite rispetto a quello in città, ma era comunque freddo. Urho si avvolse il cappotto più stretto e fissò l'astro, l'occhio del Lupo, chiedendosi se fosse stato prudente lasciar andare Xan in città con il contagio che imperversava così furiosamente. Gli mancava in modo terribile, come se avvertisse un grumo di agitazione nello stomaco, dove avrebbe dovuto esserci solo calma.

Non l'aveva sentito fin da quando gli aveva dato le indicazioni per i farmaci, e non sapeva se ciò costituisse una buona o una cattiva notizia. Non era neppure sicuro di come contattarlo, o se stesse pernottando dai suoi genitori o a casa sua. La loro conversazione era stata breve ed era andata dritta al sodo.

Urho percorse la spiaggia, sentendosi intrappolato tra l'oceano davanti a lui e la casa alle sue spalle. Odiava sentirsi così intralciato dagli impegni che aveva preso. Avrebbe voluto seguire l'uomo che, un centimetro dopo l'altro, si stava impossessando in modo tanto assoluto del suo cuore.

Quando raggiunse l'abitazione, decise che avrebbe chiamato a casa di Xan, se non l'avesse sentito entro mezzanotte, e a casa dei suoi genitori, se non l'avesse sentito entro il mattino dopo.

Giusto per accertarsi che stesse bene.

Perché aveva nelle ossa la sensazione che qualcosa non andasse.

Non sapeva come né perché, ma era sicuro che Xan avesse bisogno di lui. E la cosa lo rendeva nervoso. L'aveva conosciuto meglio durante le ultime settimane, ma restavano ancora molte cose di lui che rimanevano un mistero.

Per esempio, cosa potesse spingerlo a farsi del male con una visita al mostro.

E quel pensiero da solo bastava a fargli torcere lo stomaco per la preoccupazione e il dolore. Invece di andare di sopra a dormire, Urho tornò nell'ufficio di Xan, in fondo alla biblioteca, e si sedette accanto al telefono a sfogliare svogliatamente le pagine di un libro e ad aspettare un motivo per considerare infondata la sua preoccupazione.

XAN TENEVA GLI occhi aperti, nel caso passasse un taxi, ma le strade del quartiere Calitan erano deserte. Con le mani infilate nelle tasche del cappotto, rabbrividì nell'oscurità. Il tragitto a piedi per tornare a casa era lungo, ma non gli dispiaceva. Gli avrebbe dato il tempo di pensare a tutto quello che era successo da quando era arrivato da Virona.

I prostituti puntellavano la strada davanti al Lincoln Deli. Xan aveva ponderato l'idea di prendere un altro percorso, ma le altre strade sembravano oscure e malfamate, e la presenza umana lì spariva di colpo. Sembrava più sicuro aggirarsi in mezzo ai "tuti", come li aveva chiamati Vince, che camminare in completa solitudine.

L'amante di Ray era diverso da ogni altro Omega che Xan avesse mai incontrato. Grosso e muscoloso, con una fitta barba, sembrava molto più simile a un Beta. Aveva pianto di gioia quando Xan gli aveva detto che Ray era sopravvissuto, e aveva diviso con lui una bottiglia di brandy, senza accettare il suo denaro.

Mentre camminava, a Xan girava la testa per il troppo alcol. Aveva così tante domande sulla relazione tra suo fratello e Vince, ma immaginava che toccasse a Ray risolvere quella complicata situazione. In ogni caso, sperava che Ray gli avrebbe permesso di aiutarlo, una volta che si fosse ripreso dall'influenza. Perché si sarebbe ripreso, non c'era alcun dubbio.

Xan era arrivato nei pressi del quartiere portuale, e i prostituti che gli avevano fatto compagnia fino a quel momento si stavano diradando. Diede un'occhiata alla via che conduceva alle altre strade che, alla fine, l'avrebbero portato a casa. Era buia e silenziosa in modo sinistro. Xan si tirò su il bavero del cappotto e contemplò l'idea di chiedere a uno dei passeggiatori dove avrebbe potuto trovare un posto in cui passare la notte. Da solo.

Una macchina nuova, un top di gamma della Sabel, gli si accostò con il motore che ronzava nel silenzio. Xan si accigliò, stringendosi addosso il cappotto mentre il guidatore abbassava il finestrino.

«Adesso ti metti in vendita? Hai toccato il fondo.»

Xan si bloccò e si girò a guardare la faccia bellissima e sogghignante, incorniciata dal buio all'interno dell'auto. L'uomo indossava un completo costoso, ma stropicciato, e aveva un'aria di spietata crudeltà. «Adesso vai con i prostituti, Monhundy? Cosa ne penserebbe il tuo Omega?»

«Quello che penso io è che il mio Omega può anche marcire,» abbaiò Monhundy, gli occhi che si accendevano dell'antico odio che

Xan conosceva così bene.

«Problemi in paradiso?»

Monhundy scoppiò a ridere. «Tu ne sai qualcosa, vero? L'Alpha invertito con il suo Omega frigido.»

Xan digrignò i denti.

«Salta su,» disse Monhundy. «Sei parecchio lontano da casa.»

Xan deglutì con forza e serrò i pugni nelle tasche. «Perché dovrei?»

«Perché io ti ho detto di farlo, e tu sei un bravo bambino che fa ciò che gli dico, non è così?»

«Non più.»

«Sali in macchina, Xan,» ripeté Monhundy, alzando gli occhi al cielo e facendo rombare il motore. «Sbrigati. Non ho tutta la notte.»

In quel momento, iniziò a piovere. Xan alzò lo sguardo verso le nuvole, l'acqua fredda che gli scrosciava sul viso, e rise. Forse era il brandy di Vince che gli scorreva nel sangue, ma l'ironia della situazione lo travolse, e lui si trastullò con il pensiero di quanto fosse incredibile e terribile, quanto fosse *perfetto*, che in quel posto buio, in quella notte assurda, dopo tutto quello che aveva detto a suo padre e quello che aveva scoperto sulla triste relazione di Ray, il fottuto Wilbet Monhundy accostasse accanto a lui in una strada cupa e deserta e gli ordinasse di salire in macchina con lui.

«Non te lo ripeterò,» sbottò Monhundy.

Sotto la pioggia, i riccioli si appiccicarono a un lato della testa di Xan. Gli facevano male il petto e i piedi. Mentre girava attorno all'auto, apriva lo sportello del sedile del passeggero e montava in macchina, era ancora abbastanza brillo da sentire la lingua un po' intorpidita.

«Hai in mente di scoparmi, Monhundy?» chiese, chiudendo con uno scatto la portiera. Era fradicio, e la pioggia continuava a cadere. I tergicristalli sul parabrezza si agitavano frenetici contro il vetro, come un avvertimento, come se stessero implorando Xan di scendere.

Monhundy lo squadrò dalla testa ai piedi, poi gli rivolse un sorriso ripugnante e violento. «I Beta si lamentano quando li ferisco. Ma tu no.»

Il cuore di Xan partì al galoppo. «Ti piace come sopporto il dolore, vero?»

«Mi piace quando piangi.»

«Portami a casa, allora. Fammi piangere.»

Monhundy lo fissò. «A casa c'è il mio Omega.»

Xan scrollò le spalle. «Andiamo da me. Il mio non c'è.»

«Sei malato, vero, Xan? E hai bisogno del mio cazzo.»

Xan si sentì soffocare, ma rispose: «Fai solo in modo che faccia male.»

«Oh, ti farò male,» ringhiò Monhundy. «Te ne farò tanto.» Gli mise una mano sulla coscia e strinse abbastanza forte da lasciargli un livido.

La macchina si allontanò dal marciapiede. La pioggia scrosciava ancora più forte.

Quando raggiunsero la casa buia e silenziosa di Xan, Monhundy aveva il respiro corto e i pantaloni deformati da una grossa erezione.

Xan sedeva immobile sul sedile del passeggero; il sangue gli pulsava selvaggiamente e fu inondato da una sorta di frastornante terrore. L'avrebbe fatto davvero? Era fuori di senno?

Era piena notte. La pioggia non era diminuita, era ancora lo stesso torrente che gli si era riversato addosso nel quartiere Calitan. Il picchiettare delle gocce sul tettuccio e sul cofano della macchina gli scuoteva i nervi, e Xan serrò i pugni nel tentativo di calmarsi.

«Mi sorprende ammetterlo, ma mi è mancato il tuo culo stretto,» disse Monhundy a denti serrati, come se odiasse quelle parole e se stesso per averle pronunciate. «Ti ho visto quella sera a Virona. Mi sei andato dritto all'uccello. È diventato duro come una roccia.»

«Sono sicuro che sia stato imbarazzante per il tuo avversario, durante l'incontro,» ribatté Xan, teso, un filo sottile che lo teneva aggrappato alla sua sanità mentale. Tremava dalla testa ai piedi per la pioggia gelida e per la scarica di adrenalina.

«Vaffanculo.» Monhundy sollevò la mano dalla sua coscia, che aveva continuato a stringere, lasciando la presa solo quando doveva cambiare marcia. «Vai. A. Fanculo.» Colpì il petto di Xan con un pugno, strappandogli un sussulto e lasciandogli un nuovo punto dolorante sul corpo, che si unì a quelli che aveva accumulato durante lo scontro con suo padre.

Niente da perdere. Neanche una maledetta cosa da perdere.

Tranne la vita. E dovette ammettere che non voleva perderla. Non più.

La macchina si spense accanto al marciapiede. Monhundy soffiò e si aprì i pantaloni. «Succhiami.»

Xan fissò il suo cazzo gigantesco, la punta umida di seme e il prepuzio tirato all'indietro che la lasciava esposta. C'era stato un tempo in cui non se lo sarebbe fatto ripetere due volte. Un tempo in cui avrebbe succhiato Monhundy e sarebbe stato grato di poterlo fare.

«Dentro,» disse, scuotendo la testa. «I vicini ci vedranno.»

Monhundy fece una smorfia. «Lascia che vedano.» Lo afferrò per la guancia. «Apri la bocca, troia.»

Xan scosse la testa. «Dentro.»

Monhundy ruggì, lo prese per i ricci e lo tirò verso il suo inguine.

«Vuoi che te lo morda?» ringhiò Xan.

L'altro lo lasciò andare, assottigliando lo sguardo con occhi crudeli. «Dentro, dici? Bene. Andiamo dentro. Dove pagherai per questa minaccia.»

Xan annuì e scesero entrambi dalla macchina. Monhundy non si disturbò a riabbottonarsi i pantaloni. Il suo cazzo ballonzolò all'aria aperta e lui se lo strofinò, lanciando a Xan uno sguardo minaccioso nella strada vuota e buia davanti a casa sua.

Le ginocchia di Xan tremavano così forte che temette di cadere, ma salì i gradini e cercò di obbligare la sua mano instabile a prendere le chiavi nella tasca.

Monhundy era proprio dietro di lui e strusciava l'uccello contro il retro dei suoi pantaloni. Il vicinato era immerso nel sonno. La pioggia cadeva ancora, colando lungo il viso di Xan mentre lui frugava nella tasca; le chiavi in qualche modo gli sfuggivano, mentre il cuore gli martellava e la sua pelle bagnata si ricopriva di sudore.

«Apri la porta, o ti scopo direttamente qui,» gli sussurrò Monhundy all'orecchio, la voce distorta dall'odio e il grosso cazzo duro che si strusciava in modo spasmodico sul suo fondoschiena, increspando il retro del cappotto di Xan. «Vuoi che i vicini ti sentano strillare come un maiale infilzato? Vuoi che sentano come vieni per me, pezzo di merda di un invertito?»

Xan trovò la chiave. La infilò nella serratura. La girò.

«*Avanti*,» lo esortò Monhundy. «Ti farò piangere. Ti farò davvero male. Lo adorerai. Apri quella maledetta porta.»

Xan tremava dalla testa ai piedi. Chiuse gli occhi, fece un respiro profondo e serrò i pugni. Lasciò che la sua mente ricordasse tutto: ogni momento passato nelle grinfie di Monhundy, tutte le volte in cui aveva creduto che sarebbe morto, gli orgasmi orribili e l'amaro disprezzo per se stesso che lo aveva riempito ogni volta. Pensò al bagliore sagace e crudele negli occhi di Monhundy quando incontravano i suoi dall'altra parte del tavolo, durante le riunioni nell'ufficio di suo padre.

Le minacce. Il dolore. L'umiliazione.

Richiamando alla mente tutte le lezioni di Urho, ruotò verso Monhundy e gli diede un pugno in bocca, che lo fece barcollare all'indietro. L'orgoglio gli gonfiò il cuore, di fronte all'espressione scioccata sul viso dell'altro mentre si toccava il labbro sanguinante. E poi il cuore gli si fermò nel vedere Monhundy abbassare le sopracciglia, incurvare le labbra sanguinanti e sollevare i pugni.

Xan non indietreggiò. Gli si scagliò contro, urlando: «Stupratore! *Stupratore!*»

Monhundy cercò di coprirgli la bocca, ma Xan gli morse la mano e gli diede calci sugli stinchi, lottando con ogni singola goccia dell'odio che aveva sempre diretto verso se stesso. Sputò, colpì, morse e *gridò*.

Monhundy lo attaccava, ma ogni volta che cercava di afferrarlo, doveva balzare indietro per evitare i denti, o le unghie, o i gomiti appuntiti di Xan. Non era ciò che Urho gli aveva insegnato. Non c'era niente di signorile nella maniera in cui Xan stava lottando. Si trattava solo di pura rabbia e dolore, che lui convogliò su Monhundy nel modo più fragoroso e scioccante che poté.

«Mai più!» gridò. «Non mi toccherai più!»

L'altro Alpha sussultò quando Xan gli morse la mano. Il sangue sgorgò nella sua bocca e lui sputò il liquido metallico sul suolo bagnato di pioggia.

Monhundy si afferrò la mano ferita, il viso una maschera di terrore nella fioca luce lunare che penetrava tra le nuvole. Aveva i capelli appiccicati alla testa sotto la pioggia che scrosciava ancora più forte. Xan scoppiò a ridere. La prodigiosa scarica d'acqua lavò via da lui le ultime tracce di paura.

«Sono un invertito, ma non sono il tuo cazzo di giocattolo da picchiare e maltrattare.»

Monhundy indietreggiò, con l'uccello ancora penzolante e gli occhi sgranati e scuri.

Xan avanzò verso di lui. «Sei un codardo. Combatti!»

Rabbrividendo, Monhundy scosse la testa. «Tu sei uno squilibrato. Sei pazzo.»

«Pazzo? No. Ho solo qualcosa da perdere, Wilbet,» sibilò Xan, avvicinandosi ancora di più. «Qualcosa. Di. Grande. Da. Perdere.» Aveva la sua vita e il suo amore, e non vi avrebbe rinunciato per nessun motivo. Né per Wilbet Monhundy, né per suo padre, né per i soldi. Non era una puttana. Sorrise, mentre un folle senso di invincibilità lo trafiggeva come un dolore. «Prova ad amare qualcun altro oltre a te stesso, qualche volta. È liberatorio.» Caricò il pugno e mirò.

Monhundy si abbassò e si fece scudo con le mani davanti al viso. «Fermati,» gemette.

«E sai cosa fanno le persone quando hanno qualcosa da perdere?» sogghignò Xan. «Diventano dannatamente sincere, Wilbet. Totalmente, dannatamente sincere.»

Monhundy sbatté furiosamente le palpebre. «Mi stai minacciando?»

«Non lo so, ti sto minacciando?» gridò Xan, mentre una follia crepitante gli risaliva la spina dorsale. «I tuoi genitori sanno che sei andato a Calitan in cerca di prostituti? Kerry lo sa? Sa di come mi hai scopato e picchiato? Sa quanto sei brutale?»

Il bianco degli occhi di Monhundy brillava alla luce della luna, mentre la pioggia si abbatteva sul marciapiede attorno a loro. Nelle case che circondavano la strada e nell'abitazione accanto si accesero le luci. Alcune finestre si spalancarono. Si sentì il rumore di una porta che si apriva e si chiudeva, e un vicino gridò: «Ehi, che sta succedendo lì?»

Monhundy arretrò ancora, l'uccello raggrinzito ma ancora in vista. La pioggia gli cadeva addosso come sputi, come se persino il Sacro Lupo disprezzasse quel mostro. No, non un mostro. Un bullo spaventato e ripugnante. Un disgustoso, ma umano, pezzo di merda.

«Lascia Kerry fuori da questa storia,» ringhiò Monhundy. «O ti spacco il culo.»

«Giusto, giusto,» fece Xan. «Perché chi mi crederebbe, vero? Per qualche motivo, penso che Kerry lo farebbe. C'è quella voglia, proprio alla base del tuo uccello.»

Monhundy si leccò le labbra. La pioggia che gli bagnava il viso sembrava sudore.

Xan rise, in bocca ancora il sapore pungente del sangue di Monhundy, il corpo che cantava di dolore e potere. «Pensavi che mi avresti fatto del male?» urlò. «Che mi avresti fatto piangere?» Rise ancora e sollevò il volto verso la pioggia.

Monhundy gridò: «Tu sei pazzo!»

«Avvicinati di nuovo a me e sarò io a far piangere *te*. Te la farò *pagare*.»

Monhundy non attese un attimo di più. Si guardò intorno nervoso, il corpo tremante. Corse alla macchina e la mise in moto. Ridendo, Xan sollevò le mani in aria e si lasciò cadere la pioggia addosso. Raggiunse il centro della strada, ignorando le domande dei vicini e il dolore dei pugni che aveva preso quella notte. Continuò a ridere. L'acqua gli pungeva il viso e la pelle scoperta.

Rise fino a piangere, e pianse finché la pioggia non lavò via ogni cosa.

CAPITOLO VENTITRÉ

URHO ERA ANCORA assopito nel letto, gli occhi chiusi contro il sole del mattino, e stava facendo un sogno evanescente su Xan. Aveva cercato di chiamarlo, la sera prima, ma non aveva risposto nessuno né a casa sua né in quella dei suoi genitori, e lui non sapeva dove altro cercarlo. Quel pensiero gli aveva tenuto annodato lo stomaco per tutta la notte, e stava cercando disperatamente di riposare quando qualcuno bussò alla porta della sua stanza.

Prima che potesse dire a chiunque fosse di entrare, Jason fece irruzione.

«Urho, abbiamo un problema.» Era senza fiato ed emanava un odore pungente e irritante.

Urho si sollevò a sedere. «Qualcosa non va con Vale?»

«No, qualcosa non va con Caleb.» Jason prese a camminare avanti e indietro con un'espressione cupa. Un'altra zaffata di quell'odore strano e intenso raggiunse Urho.

«Puzzi,» mormorò.

Jason si avvicinò al suo letto. «Lo so. Perché Caleb è passato davanti alla nostra stanza mentre andava verso la sua.»

Confuso, Urho si massaggiò la fronte. «Non è con Janus?»

«*No*. E grazie al Sacro Lupo.»

«Esattamente quello che penso io. Gli serve una pausa.»

«Non stai capendo!» Jason si passò una mano tra i capelli e sbuffò.

«È malato?» Il cuore di Urho saltò un battito. Si era assicurato che Caleb si lavasse le mani con acqua bollente quanto più spesso poteva, e aveva sperato che non avrebbe contratto l'influenza, nonostante le cure dedite e costanti che aveva prestato a Janus.

«No, ma...» Jason si avvicinò ancora di più, emanando quello strano odore disturbante, e sussurrò: «Caleb ha un odore diverso.»

«*Tu* hai un odore diverso.»

«A causa di Caleb!»

Urho si strofinò gli occhi annebbiati, sollevato che Caleb non fosse malato, e spostò la sua preoccupazione su Jason, che diceva cose senza alcun senso. Sprimacciò il cuscino e tornò a sdraiarsi, appoggiando la guancia contro il lato fresco. «È stressato. Questo ha modificato il suo odore.»

«No, maledizione!» Jason lo scosse bruscamente. «Ha un odore davvero diverso. Diverso nel senso del *calore*.»

Urho spalancò gli occhi e si raddrizzò di scatto. Fece un respiro profondo per classificare gli odori nell'aria, eliminando il nuovo odore pungente di Jason e cercando i feromoni che parlavano a tutti gli Alpha. Attraverso la porta aperta entrò un flusso d'aria proveniente dalle finestre che davano sul cortile, e portò un sentore di oceano insieme all'odore delle camere sul lato opposto dell'edificio.

L'odore della camera di Caleb. L'odore di Caleb stesso.

Cazzo.

L'uccello di Urho si fece duro. Diede un'occhiata ai pantaloni di Jason e vide la stessa reazione.

«Sarà meglio che Vale non lo veda,» mormorò con voce tetra.

«Non è colpa mia!» Jason si strinse le mani davanti all'erezione per coprirla. «È una reazione istintiva vicino a un Omega che sta andando in calore. Lo sai. Deve essere isolato... per il suo bene, e per il nostro. E dobbiamo far tornare a casa Xan. Adesso.»

«Porca puttana,» imprecò Urho sottovoce. Le membra gli dolevano per la stanchezza. Aveva dormito pochissimo tra la preoccupazione per Janus, i nuovi dolori che affliggevano Vale, la nostalgia per Xan e anche un po' di ansia aggiuntiva per Caleb. «Un calore da gestire è l'ultima cosa di cui abbiamo bisogno in questo momento!»

«Dillo al Sacro Lupo che, nella sua infinita gloria, ha scelto proprio questo momento per scatenare Caleb.» Jason rabbrividì. «Ha un odore fantastico.»

«*Cazzo*,» fece Urho ad alta voce. «È vero. Ce l'hanno sempre.»

Jason sbuffò e scosse la testa, come per schiarirsi la mente. «Anche Vale riesce a sentirlo. Lo rende nervoso. E agitato. Sente l'odore della mia reazione e questo... peggiora le cose.»

Urho gemette. Si alzò dal letto, usò il bagno e si vestì in fretta.

Proprio quando finì di abbottonarsi la camicia, un grido di dolore arrivò dal corridoio. Jason sussultò, preoccupato, e serrò i pugni. Era lo stesso suono sofferente che dal giorno prima Vale emetteva di tanto in tanto. Non significava nulla di buono.

«Per quanto ancora Vale dovrà sopportare tutto questo?» domandò Jason. «Sta soffrendo, Urho.»

«Lo so,» sbottò lui. «E gli sto dando il rilassante muscolare più forte che ho, tra quelli che non nuocerebbero al bambino.» Rifletté in cerca di un'altra soluzione, a parte indurre il parto, senza trovarne nessuna.

«Non riesce a dormire. Sente continuamente dolore. Il bambino si è posizionato a testa in giù. Questa novità dell'odore di Caleb lo fa scattare. Quanto dobbiamo aspettare ancora prima di poter indurre il parto?»

«Jason, abbiamo un virus influenzale pericoloso a piede libero in casa. Abbiamo fatto del nostro meglio per contenerlo, ma il bambino è più al sicuro nel corpo di Vale che fuori. Almeno finché Janus non si riprende o... non ce la fa.»

Jason riprese a camminare avanti e indietro. «Vale potrebbe morire, se non partorisce al momento giusto.»

Urho fece un respiro per calmarsi, ma un'ansia trepidante gli percorreva i nervi. «Stai tranquillo. Vale sta affrontando piuttosto bene la gravidanza.»

«Tu non lo senti piangere di notte!»

Urho rabbrividì, mentre una scheggia di disperazione gli colpiva il cuore. L'idea di Vale che piangeva dal dolore lo devastava. «Va così male?»

«Va male. E adesso, quando lo penetro con la mano, singhiozza. Non vuole. Il bambino è diventato abbastanza grosso da rendermi difficile entrare. Non so se possiamo aspettare finché Janus non decide se restare su questa terra o andare tra le braccia del Sacro Lupo.» Un lampo attraversò gli occhi di Jason. «Mi dispiace se ti sembro insensibile, ma Vale è la mia priorità numero uno.»

«È in cima anche alla mia lista.»

«Allora aiutalo!»

«Lo sto facendo, maledizione!»

Dalla stanza di Jason e Vale giunse un altro lamento.

«Vado da lui,» disse Jason, scoccando a Urho un'occhiataccia. «Fai qualcosa riguardo a Caleb e a quell'odore. Non so quanto tempo gli rimanga, ma non può essere molto. Fai chiamare Xan.» Poi, il ragazzo si ammorbidì, si scostò i capelli dal viso e disse: «Ascolta, devi portarlo in un posto sicuro. Cosa succederebbe se scappasse…?» Scosse la testa. «Xan conta su di noi per prenderci cura di lui. Se hai bisogno di aiuto per portarlo nei suoi alloggi o per contattare Xan, fammelo sapere. Sarò felice di dare una mano, ma adesso devo andare a vedere come sta Vale.»

Urho si strofinò il viso e aspettò che Jason avesse lasciato la stanza prima di alzarsi. La spossatezza e la preoccupazione lo invasero. Non sapeva cosa fare. Non era riuscito a contattare Xan in città, ed era lì con un Omega testardo, spaventato e sofferente che era prossimo al calore, un altro Omega sul punto di andare in travaglio, un Alpha malato che rischiava di morire e un altro Alpha teso, preoccupato e terrorizzato per la vita del suo *Érosgápe* e del suo bambino non ancora nato.

Urho si sistemò l'uccello gonfio e andò a chiudere tutte le fine-stre che davano sul cortile della loro ala della casa. Se non altro, quello avrebbe impedito a Jason di annusare il calore imminente di Caleb e ciò gli avrebbe evitato di emanare l'odore che causava a Vale, in quanto suo *Érosgápe*, un impulso irrazionale di gelosia.

Poi chiamò Ren, gli diede alcuni ordini e recuperò un po' di alpha-tranquillanti dalla sua borsa delle medicine. Ne prese uno e ne fece scivolare una manciata nella tasca di Jason, quando andò nella loro camera per controllare Vale. «Prendilo al bisogno,» gli bisbigliò, prima di avvicinarsi con cautela a un Vale esasperato, che se ne stava in piedi a guardare fuori dalla finestra verso il paese sottostante.

Jason aveva ragione. Il bambino era a testa in giù, pronto nella posizione corretta, e Vale era più irrequieto di quanto a Urho piacesse. Era agitato e camminava avanti e indietro, gemendo di tanto in tanto. Se fosse andato avanti così, senza dubbio a breve Urho avrebbe dovuto somministrargli le pillole che avrebbero dato inizio al travaglio. Già in quel momento Jason doveva sopportare a malapena di vederlo soffrire, e il bambino sembrava determinato.

Ciononostante, indurre subito il parto non era sicuro. C'erano buone speranze che i polmoni del piccolo si fossero sviluppati del tutto, ma esisteva ancora la possibilità che non fosse così. E Urho non aveva esagerato riguardo al rischio di contagio, con Janus che si trovava così vicino alla casa, soprattutto dato l'andirivieni dei domestici che si occupavano di lui.

Ponderò l'idea di isolarli nell'ala separata, ma poi ci sarebbe stato il problema del cibo e del bucato. L'unica cucina e l'unica lavanderia si trovavano nella casa principale. Tuttavia, lavavano tutto con acqua bollente. Se fossero stati attenti, magari avrebbe potuto procedere a indurre il parto...

Urho si torturò il labbro mentre si dirigeva verso la stanza di Caleb, sollevato di essere sfuggito alla morsa della lussuria che aveva iniziato a provare, grazie all'effetto calmante e rinfrescante dell'alpha-tranquillante nelle sue vene. Zephyr lo oltrepassò con un topo tra i denti. Balzò su un tavolo nel corridoio, ribaltando un vaso di vetro con dei fiori invernali, e lo fissò con occhi scuri e provocatori.

«Non causare problemi anche tu,» la implorò Urho, mentre lei iniziava a squartare il suo stuzzichino. Urho gemette, dispiaciuto per Ren che avrebbe dovuto fare i conti con quel macabro disastro.

Caleb rispose al primo colpo sulla porta. Era agitato, si grattava le braccia e il petto con addosso una maglietta bianca a maniche corte e lo scollo a V. Andava avanti e indietro per la camera, le finestre spalancate sull'oceano. L'aria che entrava era così gelida da provocare i brividi a Urho, ma sembrava lasciare Caleb indifferente.

L'Omega aveva le guance arrossate, e il nuovo, delizioso profumo del calore si mescolava ai consueti odori della sua stanza. Ma un altro aroma si era aggiunto a essi, una fragranza invitante che Urho non aveva ancora avuto occasione di sentire: l'odore intenso del liquido lubrificante prodotto dal corpo di Caleb.

Urho gemette. Caleb aveva gli odori di un Omega pronto al punto giusto, e nonostante l'alpha-tranquillante lui non poteva nascondere la reazione pulsante del suo uccello. Sì, era piuttosto eccitato. Si passò la lingua sul labbro inferiore, mentre se ne stava in piedi sulla soglia a guardare Caleb camminare avanti e indietro. Un istinto di possesso gli si abbatté addosso, familiare e bollente. Un Alpha sentiva il bisogno di bloccare un Omega in calore, portarlo in un luogo sicuro, da dove non sarebbe potuto scappare e...

Urho scosse la testa, tentando di riordinare i pensieri. Cercò nella tasca un altro alpha-tranquillante e lo mandò giù.

«Caleb?»

Caleb si fermò e si appoggiò contro la parete opposta, chiudendo gli occhi mentre rabbrividiva e tremava. L'odore del suo fluido si fece più forte, il viso che si contorceva senza sosta mentre lui si grattava le braccia. Dal modo in cui si muoveva, Urho capì che il calore doveva procurargli un formicolio crudele sotto la pelle. Si stava approssimando velocemente.

«È in anticipo?» chiese in tono burbero, percorrendo con cautela la stanza per non spaventare Caleb.

«No,» sussurrò l'Omega, tendendosi e strofinandosi contro la parete. «È perfettamente puntuale.» Poi gemette e scivolò a terra. «Inizierà presto. Mi serve… Oh no, mi serve un Alpha che mi aiuti. Xan non c'è.» Digrignò i denti e guardò Urho negli occhi con disperazione. «Puoi…? Hai promesso.»

Urho emise un gemito, l'uccello che reagiva agli abbondanti feromoni che Caleb stava emanando ora che lui gli si era avvicinato: era la risposta fisiologica del suo corpo di Omega, che cercava di raggiungere lo scopo. «Tesoro, Xan arriverà molto presto. Cerca di aspettarlo.»

Caleb sbuffò. «Sai bene che non posso,» disse, tremando e affondandosi le dita nella pelle. «Non c'è modo di frenare il calore. E lui non è qui. Ho bisogno di lui, e lui se n'è andato.»

«Sss,» fece Urho. «Ti aiuto a metterti a letto. Puoi fare un sonnellino e…»

«No!» Caleb si scostò da lui con violenza. «Xan dovrebbe essere qui,» gridò. «Ma non c'è, e tu hai promesso.»

Urho gemette ancora. Prendere Caleb senza la presenza di Xan, senza nemmeno ricevere il suo permesso per telefono, gli sembrava sbagliato. Come se non stesse rispettando il suo impegno con lui. Allo stesso tempo, se non avesse preso Caleb, si sarebbe sentito come se stesse violando quell'impegno perché stava lasciando soffrire il suo Omega.

«Ci sono altre opzioni. Il paese… probabilmente c'è un Alpha…»

«Hai promesso!» urlò Caleb, il corpo che si irrigidiva. «Odio tutto questo. Lo odio. Lo odio da morire e non voglio che un estraneo mi tocchi. Non voglio!» Sussultò di nuovo, come in preda a lievi convulsioni. Rovesciò gli occhi all'indietro. Gemette e rotolò lontano da Urho, strisciando sul tappeto, strofinandovi la pelle lattea. «Fallo smettere. Fallo sparire.»

«Tesoro, non posso. Sai che non posso.» Urho si strofinò il viso. Gli serviva aiuto. Gli serviva Xan. «Sacro Lupo! Ho bisogno di aiuto!» gridò, nella speranza che un domestico Beta, possibilmente Ren, lo sentisse.

«Mi rinchiuderai,» urlò Caleb con il panico nella voce. «Mi lascerai qui.» Prese a singhiozzare, strofinandosi contro il tappeto. «No, no. Non voglio. Non voglio!»

«Caleb, per favore, ascoltami.»

«No, devo tornare da Janus. Si chiederà dove sono finito. Ha bisogno di me.»

«Janus è privo di sensi, e il tuo odore non farà che stressare di più il suo organismo. Come Alpha, reagirà a te anche mentre è malato. Ha bisogno di tutte le sue energie per combattere l'influenza. Avanti. Lascia che ti tolga i vestiti e ti metta a letto. Starai più comodo.»

«Mi rinchiuderai!» gridò ancora Caleb, lottando contro la sua presa quando Urho si abbassò per cercare di tirarlo su. «Aiutami. Ti prego, aiutami. Non voglio tutto questo… non lo voglio. Non voglio che sia con un estraneo.»

«Sss. Ti sto ascoltando, ho capito. Te lo prometto, non chiamerò un estraneo.»

Caleb si accasciò su di lui. «Grazie, Urho. Grazie.»

Urho lo cullò, sorpreso da quanto fosse sottile tra le sue braccia, così fragile in confronto a Xan, che era più robusto di quanto sembrasse. Gli accarezzò i capelli e mugolò quando Caleb produsse altro liquido, profumando l'aria attorno a loro e facendogli aumentare la salivazione.

In quel momento, Ren oltrepassò la porta aperta della camera con un cestino dei rifiuti e una smorfia sul viso.

«Ren,» gridò Urho. Ren si bloccò oltre la porta e fissò la scena a occhi sgranati. Urho sostenne il suo sguardo con fermezza. «Telefona in città finché non riesci a parlare con Xan. A casa sua, al suo ufficio, a casa della sua famiglia. Da amici o parenti. Da suo fratello.» Deglutì con forza, ma si costrinse ad aggiungere: «Chiama anche a casa di Wilbet Monhundy, se non riesci a contattarlo da nessun'altra parte.»

«Sì, certo, dottor Chase. Lo faccio subito.» Ren spalancò ancora di più gli occhi alla vista delle guance arrossate e delle pupille dilatate di Caleb. «Influenza?» chiese, preoccupato.

«Calore,» rispose Urho, il cazzo che si contraeva mentre altro fluido colava dalla fessura di Caleb. L'Omega si contorceva senza sosta tra le sue braccia, le guance in fiamme e gli occhi lucidi.

«Oh, Sacro Lupo,» fece Ren con il panico nella voce. «Telefono subito. Immediatamente.» Corse via, mormorando: «Oh, porca di quella puttana.» La serie di imprecazioni non si fermò, riecheggiando per il corridoio mentre Ren lo attraversava di corsa.

«Caleb? Devi lasciarmi. Vado a prendere l'alpha-dildo che Xan tiene nell'armadio.»

Caleb rabbrividì contro di lui. «Dammi il tuo nodo. Ne ho bisogno.»

«Non ancora, tesoro. Diamo a Xan una chance di arrivare.» Urho chiuse con forza gli occhi, la gola secca. Xan si trovava a tre ore di distanza e nessuno sapeva dove fosse con esattezza in città. La prima ondata potente avrebbe colpito Caleb di lì a poco. Molto poco. Questione di secondi. E a quel punto…

Si chiese dove fossero finiti tutti i domestici Beta, proprio quando gli servivano. Non avevano fatto che brulicare per tutta la casa, da quando Janus si era ammalato e l'ala indipendente era stata evacuata. Ma, di colpo, erano spariti. Urho aveva altri incarichi da assegnare, altri messaggi da trasmettere, ed era bloccato sul pavimento di Caleb con il suo corpo bollente tra le braccia, a pregare per un miracolo.

Con cautela, sciolse la stretta di Caleb e si alzò. «Aspetta qui. Torno subito.»

Caleb gemette e riprese a strofinarsi contro il tappeto. Urho tentò di rivolgergli un sorriso rassicurante, ma aveva le viscere in subbuglio quando imboccò il corridoio comunicante, oltrepassando i bagni e gli armadi, per entrare in camera di Xan.

«Sono troppo vecchio per tutto questo,» borbottò tra sé. «Riki, tu e io avremmo dovuto starcene in pensione sulla spiaggia, a quest'ora. Invece guardami.» Si mise quasi a ridere, ma l'impulso passò quando si rese conto che era la prima volta che si rivolgeva a Riki da quando era venuto a Virona.

Mise da parte quei pensieri e rovistò nell'armadio di Xan, dove infine trovò l'alpha-dildo. L'aveva visto per la prima volta una notte, dopo che avevano fatto l'amore. Xan aveva avuto la brillante idea di farsi legare da Urho con una delle sue cravatte durante il round successivo, e il dildo era caduto fuori dall'armadio quando lui era andato in cerca di una scelta sartoriale che Xan approvasse. A quanto pareva, non era sufficiente una cravatta qualsiasi. Aveva chiesto a Xan del dildo dopo un'ulteriore serie di orgasmi, e gli era stato detto che, sebbene fosse un giocattolo invitante, il suo uso era riservato ai calori di Caleb.

In quel momento, Urho era sollevato che lo avessero. Forse sarebbe riuscito a guadagnare tempo per tre o quattro ore, finché Xan non avesse avuto una chance di arrivare. Sperava che Ren stesse avendo più fortuna di lui, nel contattarlo.

«Signore! Sta scappando, signore!» Un domestico Beta, che Urho riconobbe come uno dei governanti, irruppe nella stanza. «Ren ci ha detto di tenere d'occhio il signor Riggs e, *signore*, sta scappando.»

«Porca puttana,» sbottò Urho, lanciando al volo il dildo al domestico. «Mettilo in camera sua.» Poi, si gettò lungo il corridoio a tutta velocità.

Agguantò Caleb nel grande atrio. Era quasi arrivato alla porta.

«No, no, no,» urlò Caleb mentre Urho gli stringeva le braccia attorno alla vita e lo sollevava in aria. «Non voglio. Non voglio.» Tremava, scosso dai brividi, il cuore che martellava rapido come quello di un coniglio sotto le mani di Urho.

«Lo so, tesoro, ma ormai non c'è modo di fermarlo, e non saresti al sicuro là fuori. Per favore, fidati di me. Voglio prendermi cura di te.»

Caleb prese a singhiozzare, ma crollò contro il suo petto. «Non mi rinchiuderai con un estraneo?»

«No, te lo prometto. Te lo prometto, tesoro.»

«Voglio Xan,» gemette Caleb, mentre le sue lacrime inumidivano la camicia di Urho.

«Lo stiamo cercando.»

«Lo voglio qui con me.»

«Lo so.»

«È il mio Alpha.»

«Lui vorrebbe essere qui, Caleb. Non sapeva che sarebbe successo.» Più che altro, l'aveva dimenticato tra la malattia di Janus e quella del suo Pater.

Caleb annuì e tirò su con il naso. «Non gliel'ho ricordato. Ho voluto credere che non sarebbe successo.»

Urho sospirò, portando l'Omega del suo amante su per le scale con attenzione, un peso terribile che gli schiacciava il petto. Quell'uomo era diventato una sua responsabilità. Aveva fatto una promessa e doveva mantenerla.

Caleb si rilassò tra le sue braccia. «Mi fido di te,» sussurrò.

«Grazie,» rispose Urho, e lo baciò sulla tempia. «Cercherò di rendertelo piacevole.»

«Voglio solo che un nodo metta fine a questa agonia. Del resto non mi importa.»

Urho lo strinse più forte.

Mentre svoltava a destra anziché a sinistra in cima alle scale, gli sembrò di sentire strani suoni provenire dall'ala degli ospiti. La voce di Jason che si alzava di tono, preoccupata, e poi un grido acuto di Vale. Caleb gemette contro di lui. La fronte e l'incavo della schiena di Urho si imperlarono di sudore.

Un altro grido di dolore, differente dai versi che Vale aveva emesso fino a quel momento, più pressante e spaventato, giunse mentre Urho armeggiava per aprire la porta della stanza di Caleb. Lo aiutò a raggiungere il bagno, con la testa che pulsava violentemente.

«Ascoltami,» gli disse con la maggior calma possibile. «Voglio che tu faccia un bagno con l'acqua più fredda che riesci a sopportare, per aiutarti a tenere a bada il calore.» Un altro urlo dal lato opposto della casa. E un grido preoccupato di Jason. «Sta succedendo qualcosa a Vale e al bambino. Ma torno subito.»

Caleb annuì e permise a Urho di lasciarlo a reggersi in piedi da solo sul pavimento di mattonelle del bagno. Aprì l'acqua fredda, con il sudore che gli colava sul viso, carico di feromoni che Urho riusciva a ignorare a fatica, persino con l'alpha-tranquillante.

Si girò per andarsene, ma Caleb lo afferrò per un braccio.

«L'alpha-dildo,» mugugnò, mentre si liberava dei vestiti come se andassero a fuoco. La sua pelle candida risplendeva nel sole che entrava dalle finestre del bagno. L'astro brillava come un diavolo sorridente di fronte alla sciagura che Urho sentiva arrivare.

«Certo.» Urho corse in camera di Caleb in cerca del dildo grosso e massiccio, dotato di un enorme nodo alla base, e lo trovò al centro del letto, dove il domestico lo aveva lasciato. Sia il cazzo che il nodo erano ancora più grandi dei suoi, ma non sarebbero serviti a lungo.

Caleb aveva bisogno del nodo di un vero Alpha.

Le grida di dolore pressanti e soffocate che provenivano dalla camera di Vale si fecero più intense. Il cuore di Urho batteva forte e gli si seccò la bocca, la mente che cercava freneticamente una soluzione per l'ovvia crisi che stava per arrivargli dritta addosso, a tutta velocità.

Tornò in bagno. Nel frattempo, Caleb si era infilato nella vasca e batteva i denti, il suo corpo pallido quasi blu. Urho gli porse il dildo.

«Usalo, se ti aiuta,» gli disse. «Devo andare a controllare Vale.»

«Lo so. Lo sento.» Caleb rabbrividì nell'acqua fredda. Aveva gli occhi più calmi e meno lucidi di prima, e Urho sospirò di sollievo nel vedere che l'acqua fredda stava aiutando.

Jason irruppe nel bagno con un asciugamano premuto su bocca e naso, per proteggersi dai feromoni di Caleb. Anche così, aveva i pantaloni tesi da un'erezione. «Urho! Qualcosa non va. Vale ha dolori lancinanti. Credo che il bambino stia arrivando!»

«Lo so,» sbottò Urho. Sollevò il dildo. «Fammi sistemare Caleb e verrò subito a controllare Vale. Esci.»

Jason sgranò gli occhi e uscì di corsa dal bagno per tornare verso il corridoio. «Urho! Sbrigati! La situazione è grave,» gli gridò da sopra la spalla.

«Arrivo!» urlò Urho. Fece un respiro profondo per cercare di calmarsi ed essere il bravo Alpha rassicurante di cui un Omega aveva bisogno all'inizio del calore. «Usa il dildo, se serve,» disse con il tono più tranquillo possibile, ma la sua voce tremava. «Se tutto va bene, non ci vorrà molto.»

Alle parole "se tutto va bene", la calma che Caleb aveva riacquistato a fatica svanì in un'ondata di puro panico. «Non lasciarmi soffrire,» lo implorò di colpo, gli occhi lucidi e la voce attanagliata dall'ansia. Batteva i denti per l'acqua gelida con cui aveva riempito la vasca. «Ti prego. Non lasciarmi da solo a soffrire.»

Urho gemette. L'odore del calore imminente di Caleb lo stava facendo impazzire, il cazzo gli premeva contro i pantaloni. Fece un respiro lungo e profondo, determinato a restare lucido. «Ti aiuterò, Caleb. Te lo prometto. Ma prima devo risolvere questa emergenza con Vale. Usa il dildo.»

Caleb fissò il grosso dildo che aveva in mano e rabbrividì con violenza. «Ho freddo. Ma mi sento bruciare. Voglio uscire da qui. Devo mettermi a letto. Voglio stare a letto.» Si agitò, schizzando acqua ovunque e bagnando il pavimento e i pantaloni di Urho.

Lui gli accarezzò i capelli morbidi con un tocco rassicurante. «Calmati,» disse con fermezza, infondendo nella voce un tono di comando e tutta la sicurezza che in realtà non sentiva. «Fai come ti ho detto. Usa il dildo.»

Un urlo echeggiò dalla stanza di Vale lungo i corridoi che li separavano, e il cuore di Urho martellò con forza. Doveva andare. Non avrebbe voluto lasciare Caleb lì a soffrire, ma che scelta aveva? Dovevano trovare un altro medico il più presto possibile. E c'era anche Janus da considerare.

«Tornerò.» Urho posò un bacio rassicurante sui capelli di Caleb e uscì di corsa dal bagno prima di cambiare idea.

Vale era appoggiato alla pediera del letto con il respiro affannoso. Aveva gli occhi chiusi e un'espressione intensa, completamente concentrato su se stesso. Ignorò persino Urho e le domande di Jason, e continuò a spostare il peso da un piede all'altro, gemendo e lamentandosi.

A Urho non occorse una completa valutazione fisica per essere sicuro che indurre il travaglio non sarebbe più stato necessario: era già iniziato, forse addirittura da diverse ore. L'avvio del travaglio poteva essere improvviso negli Omega, e forse i dolori che Vale aveva sentito erano stati contrazioni nascoste.

Urho si rimproverò silenziosamente per non aver colto i segnali. Era stato così concentrato nel tenere il bambino nella pancia di

Vale, da non aver considerato l'opinione del piccolo al riguardo.

«È il momento, non è vero?» disse Jason, il volto pallido e lo sguardo sconvolto. Stava in piedi accanto a Vale, con una mano sulla sua schiena e l'intero corpo che tremava di paura.

«Sì. Il bambino è in arrivo.»

«Cosa facciamo adesso?» chiese Jason.

Urho si passò una mano sul viso e lasciò la stanza. Di nuovo in corridoio, si precipitò sulla cima delle scale e chiamò aiuto a gran voce, finché alcuni domestici Beta non accorsero nel grande atrio, un'espressione di terrore sul viso.

«Chiamate un dottore dal paese,» disse Urho. «Ditegli che deve venire qui immediatamente. Abbiamo un uomo molto malato in preda all'influenza, un Omega in travaglio e un altro Omega che sta andando in calore.»

I Beta sussultarono. Uno di loro corse via per eseguire gli ordini.

«Qualcuno ha avuto notizie del signor Heelies? Sta arrivando?»

I domestici scossero la testa.

«Avrò bisogno di acqua bollente, asciugamani e preservativi per Alpha. Qualcuno sa se ci sono preservativi per Alpha in casa?» Lui ne aveva tre nella sua borsa medica, ma nel pieno del calore, non sarebbero bastati a lungo.

I domestici si consultarono tra loro. «Non lo sappiamo, signore. Faremo una corsa in paese a prenderne un po'.»

Urho annuì, cercando di pensare a cos'altro gli servisse. L'idea di occuparsi di Caleb senza che Xan fosse lì gli sembrava sbagliata a un livello intollerabile, eppure non poteva lasciarlo agonizzare. Né Caleb né Xan gliel'avrebbero perdonato. Provò a immaginarsi a dare il nodo a Caleb e poi precipitarsi per i corridoi per andare a far nascere il bambino di Vale, ma sarebbe stato troppo assurdo. Sì, chiamare un medico era la cosa giusta da fare.

«Beh, andate!» intimò ai Beta rimasti di sotto. «Chiamate il dottore! Bollite l'acqua! Comprate i preservativi! Ci servirà tutto subito!»

I Beta corsero via, scambiandosi ordini su chi dovesse procurarsi cosa. In quel momento, nel grande atrio al piano terra apparve Ren, un'espressione preoccupata sul viso.

«Non sei riuscito a trovare Xan,» intuì Urho.

Ren scosse la testa. «Ha lasciato la casa del suo Father ieri sera tardi e nessuno l'ha più visto o sentito da allora.»

«Hai provato a casa di Wilbet Monhundy?» sbottò Urho, stringendo le mani sulla balaustra per controllare il nodo in gola. Il pensiero di Xan che andava da quell'uomo o che gli chiedeva di fargli ancora del male... Urho si scrollò dalla mente quell'immagine. Non poteva sostenerla in quel momento, non con tutto ciò che stava succedendo.

«Sì, ma non ha risposto nessuno.»

«Riprova.»

«Dottor Chase, la situazione è anche peggiore. L'epidemia in città si è aggravata al punto che hanno interrotto il servizio ferroviario, nel tentativo di contenere l'infezione. Anche se riuscissi a contattare il signor Heelies, dovrebbe arrivare qui in auto e ci vorrebbero quasi sei ore.»

Urho imprecò sommessamente. «Continua lo stesso a telefonare. Dopo che avrai organizzato i compiti di quei Beta. Mi servono acqua bollente, preservativi e almeno un medico. Magari due, se il paese può farne a meno.»

«Due?»

«Uno per Janus e uno per Vale. Io dovrò occuparmi di Caleb, quindi...»

«Il signor Aman è in travaglio?»

«Sì.» Urho scosse con forza la testa. Si premette le dita sugli occhi e cercò di pensare a come risolvere tutte le nuove emergenze, a un modo per essere ovunque allo stesso tempo.

«Sacro Lupo,» sospirò bruscamente Ren. «Che disastro.»

Quella definizione sembrava parecchio riduttiva.

«A proposito di Vale, ora devo tornare da lui.» Da entrambe le ali della casa provenivano grida di dolore che riecheggiavano per l'edificio. Urho si passò una mano sulla fronte sudata. «Poi devo tornare da Caleb.» Inchiodò Ren con lo sguardo. «Mi fido di te, fai del tuo meglio per far venire qui almeno un medico al più presto, e *per favore* continua a cercare Xan. Incarica uno degli altri domestici di farlo, se necessario. Chiama qualsiasi posto in città che ti venga in mente... locali dove potrebbe andare, case di amici. Prova da Yosef e Rosen. Prova di nuovo da Monhundy.»

«Sì, dottor Chase,» rispose Ren, sebbene sembrasse pallido come uno straccio per il terrore. «Farò tutto quello che posso. Ma riguardo al signor Riggs, signore? Se non riusciamo a far arrivare un medico in tempo, devo cercare un Alpha surrogato in paese?»

Urho digrignò i denti e serrò i pugni. Aveva promesso a Caleb di non rinchiuderlo con un estraneo. E non aveva intenzione di infrangere quella promessa. Ma che il Sacro Lupo lo aiutasse, se ciò avesse significato che Caleb avrebbe finito per soffrire.

«No. Il signor Riggs ha specificatamente chiesto di non farlo.»

Ren impallidì ancora, ma annuì. «Mi occuperò del resto.»

Grato per l'affidabilità di Ren, Urho riattraversò di corsa il corridoio fino alla sua stanza, dove afferrò la borsa medica mentre rivolgeva preghiere frenetiche al Sacro Lupo. Fece qualche respiro profondo per allontanare ogni ricordo del parto di Riki. Quel trauma non si sarebbe ripetuto, né per Vale né per Jason. E neanche per lui. Il bambino sarebbe nato sano e forte, e Vale ne sarebbe uscito benissimo.

Più calmo dopo le veloci preghiere, Urho tornò nella camera di Vale. Fu lieto di vedere che l'amico indossava solo una vestaglia: ciò gli avrebbe reso più facile esaminarlo. Era ancora in piedi, stavolta vicino alla finestra, e ansimava con gli occhi chiusi per superare una contrazione. Jason era accanto a lui, gli occhi azzurri spalancati per la preoccupazione, ma teneva una mano sul braccio di Vale con una presa salda, assicurandosi che non crollasse.

«Sta procedendo più in fretta di quanto mi aspettassi,» disse, quando Urho entrò. «Vale sente molto dolore.»

Urho annuì, aprì la borsa e tirò fuori una siringa. La riempì con un calmante simile all'alpha-tranquillante e la mise da parte. Era per Jason, nel caso qualcosa fosse andato male. «Il tessuto cicatriziale non è flessibile come dovrebbe,» mormorò Urho. «È probabile che il parto sia più doloroso del normale.» E i parti erano già dolorosi a sufficienza.

Jason impallidì e Vale si limitò a imprecare, prima di stringere il davanzale ancora più forte e gemere. Le contrazioni arrivavano a ondate ravvicinate, a quanto pareva. Urho batté le palpebre sorpreso. Di solito, al primo parto le cose erano più lente.

«Te la caverai?» sussurrò a Jason. «Devi restare saldo per lui.»

«Sto bene,» mentì il ragazzo. Era pallido e chiaramente terrorizzato, ma accarezzò il braccio di Vale. «Sto alla grande. E poi, ci sarai tu qui con noi. Tu lo aiuterai.»

Urho ignorò l'ultima frase e indicò il letto. «Vedi se riesci a farlo sdraiare sul fianco sinistro. Devo dare un'occhiata al canale per vedere a che velocità si sta aprendo l'utero.» Se non si fosse dilatato in modo abbastanza veloce per stare al passo con le contrazioni, sarebbe stato un problema. La testa del bambino sarebbe stata spinta contro la bocca dell'utero dalla forza delle contrazioni, e ciò avrebbe potuto provocare lesioni, contusioni al viso, o peggio.

Urho si diresse nel bagno attiguo alla stanza e si lavò le mani con acqua bollente, mentre Jason cercava di portare Vale sul letto.

«Non voglio,» disse Vale, testardo. «Mi sento meglio stando in piedi.»

«Ma Urho deve esaminarti, amore. Per favore. Solo qualche minuto. Sarò qui con te per tutto il tempo.»

Vale gli scoccò un'occhiataccia che non ammetteva repliche.

«*Non* lo farò. Voglio stare in piedi. *Resterò* in piedi.»

Urho li interruppe. «Va bene così. Ho una torcia nella mia borsa. Posso controllarlo anche in piedi, se lo aiuti a sollevare la gamba su una sedia.» Sarebbe stato più difficile, ma quel giorno sembrava che niente sarebbe stato semplice.

Un grido di dolore li raggiunse, proveniente dall'altro lato della casa. Poi uno schianto poderoso, così forte da scuotere l'intero piano superiore. Vale sibilò e poi urlò, mentre un'altra contrazione lo straziava.

Le voci di Vale e Caleb si levarono alte in un'armonia agonizzante.

«Cazzo!» imprecò Urho. Rivolse a Jason uno sguardo disperato. «Fagli sollevare la gamba su questa sedia. Io torno subito.» Si lanciò lungo il corridoio, lasciando aperta la porta della camera.

Quando aprì quella della stanza di Caleb, barcollò a causa dell'odore pungente di calore e fluido che gli arrivò in faccia. Sussultò, e il suo uccello reagì, indurendosi, mentre tutte le sue cellule ruggivano a causa dell'improvvisa eccitazione. Urho notò un tavolo con il piano di marmo bianco rovesciato accanto alla porta che conduceva al corridoio comunicante. L'Omega di Xan era più forte di quanto sembrasse.

All'improvviso un Caleb nudo sfrecciò dal punto in cui se ne stava rannicchiato accanto al letto e tentò la fuga verso il corridoio. Era ancora bagnato e quasi scivolò tra le mani di Urho.

«Tesoro, devi restare qui,» gli disse Urho con la voce più rassicurante che poté; ma, quando Caleb cercò di divincolarsi, il suo tono assunse la fermezza di un Alpha. «Ti ho detto che resterai qui.»

Caleb squittì e scoppiò a piangere. «Mi serve aiuto,» gemette. «Aiutami. Ti prego. È troppo. È troppo!»

Urho lo attirò a sé e lo strinse in un abbraccio che lo avvolse completamente. Aveva l'uccello che palpitava nei pantaloni, gocce di seme sgorgavano dalla punta e gli inumidivano la biancheria. La sua mano scivolò sul fondoschiena di Caleb, e l'enorme quantità di fluido che colava tra le sue natiche lo fece gemere.

Caleb si dimenò contro di lui. «Penetrami con le dita. Scopami. Fai *qualcosa*.»

«Oh, Sacro Lupo,» mugugnò Urho. «Ci sei quasi.»

«Ne ho bisogno,» singhiozzò Caleb, agitandosi tra le sue braccia e strofinandosi contro la sua camicia e i suoi pantaloni.

Urho si diede un'occhiata alle spalle, desiderando con disperazione che giungesse un qualche tipo di aiuto. Spinse Caleb all'indietro fino a farlo mettere sul letto.

Lui non si oppose e divaricò le gambe. Il suo cazzo duro e delizioso era di un colore rosa acceso contro l'addome teso e pallido, e lui ansimava pesantemente, sopraffatto dal bisogno. Il suo dolce fluido profumato riluceva sulle cosce e sull'apertura, e Urho sentì la bocca riempirsi di saliva mentre il desiderio di assaggiarlo lo afferrava.

Scosse la testa, cercando di ricomporsi. Un altro grido acuto e sofferente arrivò dal lato della casa in cui si trovava Vale e lo riscosse. Guardò Caleb e si leccò le labbra al vederlo sdraiato sulla schiena, aperto e voglioso, che supplicava di essere preso. Urho gemette. «Caleb, il bambino di Vale sta per nascere. Non è ancora arrivato nessun altro medico. Devo aiutare prima lui, adesso. È questione di vita o di morte.»

Non era neppure certo che Caleb avesse compreso le sue parole, perché proprio in quel momento venne scosso dai brividi dalla testa ai piedi, rovesciò gli occhi all'indietro e il suo corpo prese a tremare, in preda alle convulsioni dell'ondata di calore che lo stava travolgendo. Gridò e si inarcò, si mise a quattro zampe e spinse il sedere verso l'esterno, in una posizione lordotica bellissima e perfetta.

L'inguine di Urho si infiammò, il suo corpo prese a bruciare dal desiderio di riempire la fessura tremante e bagnata di Caleb. Dovette chiudere gli occhi, digrignare i denti e concentrarsi sui latrati di dolore provenienti da Vale, per impedirsi di aprire i pantaloni e penetrarlo, proprio come avevano voluto i loro antenati quando avevano progettato la biologia degli Alpha e degli Omega.

Urho tornò di corsa nel bagno di Caleb e afferrò l'alpha-dildo ancora inutilizzato. Mettendolo in mano a Caleb, gli ordinò: «Usa questo.» Poi gli scostò i capelli chiari e sudati dal volto affaticato e arrossato, e gli baciò la fronte. Era tutto ciò che poteva fare per ignorare i suoi gemiti di dolore. «Tornerò. Te lo giuro, tornerò appena posso.»

Caleb si contorse e urlò, scalciando in preda al bisogno divorante e atroce che caratterizzava il calore. Rotolò di nuovo sulla schiena, sollevò le gambe e si riempì la fessura bagnata con quattro delle sue stesse dita. Poi si girò a pancia in giù e riprese la posizione lordotica per scoparsi febbrilmente da solo. L'alpha-dildo giaceva abbandonato sulla trapunta.

L'istinto di montare Caleb e dargli il suo nodo riempì Urho dalla testa ai piedi. Fece un passo in avanti, la mano sulla fibbia della cintura. L'urlo straziante di Vale dall'altra parte della casa lo immobilizzò. Riscuotendosi prima di cedere al soverchiante impulso e alle implorazioni agonizzanti di Caleb, lasciò la stanza.

Fermò un domestico che passava per il corridoio e gli ordinò di chiudere Caleb in camera a chiave. «Chiudi a chiave anche la porta di Xan. E resta qui. Non lasciarlo uscire, qualsiasi cosa faccia o dica.»

«Sì, signore.»

«Non muoverti da qui, dico sul serio. Dovrò tornare presto in camera sua.»

Il domestico, un adolescente allampanato, fissò Urho con occhi grandi e spaventati, ma fece come gli era stato detto, girando la chiave della stanza di Caleb con mano tremante.

CAPITOLO VENTIQUATTRO

«A LLORA?» CHIESE JASON, disperato, quando Urho riuscì a tornare da Vale.

«Caleb è chiuso dentro. Non so dove siano gli altri medici che ho mandato a chiamare. Fammi dare un'occhiata a Vale,» disse Urho, tremante di autocontrollo e paura. Aprì di nuovo la borsa medica e recuperò la torcia.

Jason aveva assolto al suo compito e ora Vale era nudo dalla vita in giù, con una gamba sollevata sulla sedia in modo che Urho potesse esaminargli l'ano.

Urho si mise in ginocchio con la torcia tra i denti e allargò le natiche umide di fluidi di Vale con entrambe le mani. Il liquido prodotto durante il parto aveva una consistenza simile a quello che gli Omega producevano quando erano eccitati o durante il calore, ma non possedeva lo stesso odore potente ed eccitante. L'ultima cosa di cui un Omega aveva bisogno durante il travaglio era avere a che fare con un Alpha voglioso.

Sfortunatamente, Urho era ben più che voglioso, dopo essere stato in camera di Caleb. Fece un respiro profondo nel tentativo di liberare le narici dai feromoni di Caleb, e si concentrò sul paziente.

Lì accanto, Jason camminava avanti e indietro senza sosta.

Quando Urho allargò il sedere di Vale e lo penetrò con le dita, Jason gli rivolse un ringhio. «Stai indietro,» gli ordinò. «Lo sto esaminando in veste di medico, Sacro Lupo.»

Jason gli stette comunque addosso mentre infilava tutta la mano all'interno. Vale si lamentava e si agitava disperatamente, il suo canale troppo teso, tra il bambino e quella grossa mano, perché non provasse fastidio. Urho tastò il tessuto cicatriziale per valutarne l'elasticità. Quando vi premette le dita, lo sentì cedere come non aveva mai fatto prima. Sentì il bambino muoversi contro la sua mano e controllò l'apertura dell'utero con i polpastrelli. Era già piuttosto allargato.

«Bene,» disse, annuendo e ritirando la mano. «Il tessuto è cedevole. Le sue ghiandole Omega stanno…»

Un altro colpo violento dall'ala in cui si trovava Caleb lo interruppe, insieme a un grido di dolore e un guaito. Poi un altro schianto, un altro colpo, urla di dolore e un disperato grido d'aiuto. Urho aveva il cuore in frantumi.

Jason incontrò il suo sguardo e deglutì con forza. «Dov'è il medico del paese?»

«Non lo so.» Urho si ripulì la mano tremante con un asciugamano e chiuse gli occhi, cercando di respirare per calmarsi. «Spero arrivi presto.»

Jason lo fissava, pallido e spaventato.

«Vale sta andando bene,» lo rassicurò Urho.

«Ma che mi dici di Caleb?» sussurrò Jason.

Urho gemette, proprio mentre Vale strillava e si incurvava. Il suo corpo si irrigidì, in balia di qualche intensa sensazione interna. Quando la contrazione fu passata, Urho si inginocchiò di nuovo per controllare i progressi.

Il domestico Beta che aveva lasciato nel corridoio fuori dalla stanza di Caleb apparve sulla soglia della porta aperta di Vale. «Sta cercando di uscire! Credo che finirà per farsi del male!»

Urho prese in considerazione la siringa che aveva preparato per Jason. Tutte le prove mostravano che il calmante aveva poco effetto nel bloccare il dolore del calore, ma riusciva a rilassare un Omega nel panico tanto da poter sopportare l'uccello di un Alpha o, in una dose maggiore, da impedirgli di scappare. Tuttavia, il pensiero di

432

drogare Caleb, di lasciarlo a soffrire in un silenzio impotente indotto dai farmaci, era aberrante.

«Aiutatemi!» gridava Caleb, le parole che echeggiavano per l'enorme casa. «Aiuto!»

A Urho si spezzò ancora di più il cuore, ascoltando la sofferenza nella voce dell'Omega del suo amante.

«Per il Sacro Lupo, aiutalo!» gridò all'improvviso Vale, quasi colpendo Urho con un calcio in faccia, mentre se ne stava inginocchiato con le dita nel suo sedere. Urho le ritirò velocemente quando Vale si girò e gli puntò gli occhi addosso. «Sta male. Sta *soffrendo*. Vai là dentro e aiutalo.»

«No!» esclamò Jason, afferrando Vale per le spalle. Aveva il viso arrossato quasi quanto lo era quello di Vale. «Lui ci serve qui. Se qualcosa va stor...» Si impedì di finire la frase e aggiunse: «Vale, non posso essere io a far nascere questo bambino. È troppo rischioso. Urho resterà con noi finché non arriverà un medico o il nostro bambino non sarà nato.»

«Un medico sta arrivando,» disse Urho a Vale, alzandosi per non vedersi arrivare un altro calcio in faccia. Cercò di mostrarsi il più sicuro possibile. «Presto dovrebbe essere qui.»

Vale sembrò voler ribattere, ma poi gemette e si tenne l'addome. Si contrasse per lo sforzo, gli occhi che gli uscivano dalle orbite mentre un'altra contrazione assaliva il suo corpo. Il viso gli si fece viola per la fatica e lui si aggrappò allo schienale della sedia fino a farsi sbiancare le nocche.

«Così,» lo incoraggiò Urho. «Respira.»

Vale inspirò e il suo corpo si irrigidì. Gridò.

Un altro urlo, ugualmente straziante, gli fece eco attraverso i corridoi e la porta ancora aperta. Le grida di Caleb si facevano più forti, mentre il travaglio di Vale si intensificava. La mente di Urho prese a vorticare. Se si fosse allontanato in quel momento per aiutare Caleb e qualcosa fosse andato storto con il parto per un errore dell'altro medico, ammesso che l'altro medico si facesse vivo, non se lo sarebbe mai perdonato.

Ma se Caleb fosse rimasto a soffrire, non si sarebbe mai perdonato neanche per quello. E non l'avrebbe fatto nemmeno Xan, tantomeno lo stesso Caleb.

«Dottor Chase,» lo chiamò Ren dalla soglia, con un'espressione colma di terrore che non diede a Urho speranza di ricevere buone notizie. Ren si coprì gli occhi con una mano, come per schermarsi dalla vista della nudità di Vale.

Jason ringhiò, con fare protettivo, ma Urho gli mise una mano sul petto e lui si calmò, riportando l'attenzione su Vale, che si contorceva in preda a un'altra contrazione.

«Ho rintracciato il dottor Bainson in paese e non può venire. Sta assistendo il parto di un altro Omega proprio in questo momento. Mi ha suggerito di chiamare il dottor Snid, un medico Alpha che abita alla periferia di Virona, ma stando a quanto mi ha detto il suo Omega, è andato in città per aiutare con l'epidemia di influenza.»

«Cazzo,» mormorò Urho.

«Signore, il signor Janus è in preda alle convulsioni. La febbre è salita troppo e il suo corpo non riesce a sostenerla. Il cuoco sta cercando di rinfrescarlo con l'acqua fredda, ma non sta reagendo.»

Urho frugò nella borsa medica, prese una bottiglia di medicinale che teneva a portata di mano per situazioni così catastrofiche e la passò a Ren insieme a una siringa e a un altro ago ipodermico vuoto. «Un'iniezione adesso. Se non si calma, un'altra dopo otto minuti.» Scosse la testa. «Mi dispiace. So che non è il tuo lavoro, ma...»

Un altro urlo proveniente dalla stanza di Caleb li fece sussultare tutti, e poi anche Vale gridò. Il suo corpo si contrasse, mentre si piegava sulla sedia su cui aveva appoggiato il piede. Gemette, digrignò i denti e iniziò a spingere. La sua fessura si gonfiò e Urho fu sicuro di vedere spuntare la testa del bambino.

«Sacro Lupo!» esclamò Ren, inorridito. Afferrò il medicinale dalla mano di Urho e corse via per somministrarlo a Janus.

L'adrenalina inondò il corpo di Urho, provocandogli una scarica di concentrazione vertiginosa e affilata, mentre si inginocchiava di nuovo a terra per allargare i glutei di Vale.

«Il bambino sta nascendo?» chiese Jason, massaggiando la schiena tesa di Vale e piegandosi verso il basso per guardare. «Oh Sacro Lupo, è la sua testa?»

«Togliti di mezzo.» Urho lo spinse da parte.

Jason gli diede uno spintone a sua volta, con un ringhio rabbioso. Vale gemette e poi gracchiò: «Vi uccido tutti e due se vi mettete a litigare proprio adesso. C'è un bambino che sta uscendo dal mio corpo e... aaahhh!» Urlò, incurvandosi di nuovo, l'intero corpo che si irrigidiva e diventava violaceo mentre spingeva più forte.

«Sì, è la testa,» disse Urho, mentre il liquido colava dall'apertura di Vale.

Giunse un altro grido dall'ala di Caleb, insieme al suono di legno che si spaccava. Poi un violento tonfo. E un altro. La fronte e la schiena di Urho erano coperti di sudore, le sue mani tremavano e il cuore martellava, mentre fissava l'apertura di Vale in attesa.

«Cosa *cazzo* sta succedendo?» sbottò una voce dalla soglia.

Urho girò la testa di scatto e vide Xan in piedi fuori dalla porta aperta di Vale, gli occhi azzurri pericolosamente assottigliati, i capelli ricci in uno stato pietoso, un grosso livido sullo zigomo e un altro sulla mascella. Aveva sul volto un miscuglio di confusione e rabbia. «Che cazzo sta succedendo qui?»

Vale strinse forte la sedia e spinse ancora. Le grida dalla stanza di Caleb giunsero ancora più alte, e Urho si rivolse a Jason. «Spiegagli la situazione! Io devo...» Fece scivolare un dito tra il bordo della fessura e la testa del bambino, e Vale urlò.

Jason gli diede un calcio sulla gamba. «Fagli di nuovo male e ti uccido.»

«Basta!» gemette Vale. «Non ce la faccio... Lasciami... Oh Sacro Lupo, *cazzo*!» Fece una smorfia e spinse ancora, l'apertura che si allargava abbastanza da lasciar intravedere una larga porzione della testa marroncina del bambino.

«Il signor Riggs è rinchiuso, signor Heelies, signore,» spiegò un domestico Beta a Xan nel corridoio. «È in calore.»

«Beh, non startene lì impalato... portami da lui!» abbaiò Xan.

Urho avrebbe tanto voluto andare da Xan e stringerlo, spiegargli quello che stava succedendo, ma le cose con il bambino di Vale stavano procedendo troppo in fretta. Un fiotto di sangue sgorgò tra le gambe di Vale, Jason urlò in preda al panico e Urho lo spinse via prima che potesse mettersi tra lui e il premio finale.

Il bambino scivolò fuori e arrivò tra le mani di Urho. Perfetto, integro, coperto di fluido, mucosa e sangue. Emise un vagito vigoroso. Vale crollò sulla sedia, l'apertura che ancora sanguinava; lui però non se ne curò e allungò le braccia verso il neonato. Il cordone ombelicale pulsava in mezzo a loro.

Jason cadde in ginocchio accanto a Vale, e Urho consegnò ai suoi amici il loro bimbo paffuto, insanguinato e perfetto. La coppia prese quel dolce tesoro tra le braccia, e Jason scoppiò in lacrime. Vale lo baciò sui capelli, poi baciò il bambino sulla testa, e i tre si rannicchiarono vicini.

Urho approfittò di quel momento di distrazione per tirare Vale in avanti, in modo che il suo sedere fosse accessibile, e gli allargò le gambe. Gli infilò dentro la mano e cercò la placenta rimasta all'interno, la fonte di tutto quel sangue. Quando ne toccò il bordo con un dito, respirò di sollievo. Mentre la placenta veniva fatta scivolare fuori dal corpo di Vale, il getto di sangue si arrestò, e Urho poté finalmente dedicarsi a tagliare il cordone.

Sfinito, ricadde seduto all'indietro, bagnato di sangue e fluido e ricoperto del sudore provocato dalla fatica e dallo sforzo.

Vale e Jason risplendevano, bellissimi e perfetti, mentre guardavano il loro bambino urlante e arrossato. «Dovrei allattarlo,» sussurrò Vale. Si aprì la vestaglia e posizionò il piccolo sul suo petto, facendogli dolci moine mentre il neonato si attaccava e iniziava a succhiare.

Jason si asciugò le lacrime e baciò Vale sulla fronte. Era un momento dolce e intimo, ma Urho aveva del lavoro da fare all'interno del corpo di Vale. Il tessuto cicatriziale si era lacerato, e doveva ricucirlo e ricoprirlo con la tintura di iodio, per evitare setticemia o infezioni.

Non ci volle molto per convincere Vale a mettersi a letto insieme a Jason e al loro bambino, e allora Urho iniziò a fare il necessario per assicurarsi che guarisse nel modo migliore. Jason e Vale se ne stavano accoccolati con il piccolo e gli sussurravano dolci appellativi, mentre Urho lavorava in silenzio.

Ma tra il bambino, Vale che si sentiva pizzicare dagli strumenti di Urho e i suoni provenienti dalla stanza di Caleb, urla e grida non erano affatto cessate.

La crisi non era ancora finita.

APPENA LA PORTA venne aperta, Caleb si lanciò fuori, ma Xan lo afferrò e lo riportò nella stanza, le dita che scivolavano sulla pelle nuda e umida di sudore. La camera era un disastro, costellata di mobilia rotta. Xan sentì il cuore tuonargli nel petto.

«Ora sono qui, tesoro. Sono qui.» Lo tenne stretto e premette quattro dita nella sua fessura bagnata. Gli baciò i capelli sudati, continuando a stringerlo forte. «Mi dispiace di essere così in ritardo.»

Caleb scoppiò in lacrime e si aggrappò a lui, tremando e sussultando tra le sue braccia. «Mi serve aiuto,» gemette a denti stretti.

«Ti aiuterò e sarò bravissimo. Te lo prometto.»

Caleb singhiozzò mentre Xan lo guidava di nuovo verso il letto. L'ondata intensa sembrava essere passata, ma Caleb era chiaramente a pezzi e dolorante. Un alpha-dildo giaceva sul pavimento accanto al letto, apparentemente inutilizzato, e Xan lo raccolse, un'idea che gli balenava nella mente.

Caleb rabbrividiva e si dimenava, accaldato e coperto di graffi dovuti ai tentativi di strapparsi il calore di dosso. Xan gli accarezzò i capelli, sistemandoglieli all'indietro, lo baciò sulla fronte e lo aiutò a bere da un bicchiere d'acqua.

Poi, lo portò via dalla sua stanza disastrata e lo guidò fino alla propria, sollevato di trovarla ancora tutta intera.

«Sei arrivato,» sussurrò Caleb mentre Xan lo tranquillizzava, lo metteva sotto le coperte e si rannicchiava alle sue spalle.

«Sono venuto il prima possibile.» Non fece parola del fatto che aveva scoperto del calore di Caleb solo una volta arrivato a casa.

Caleb annuì e venne percorso da un tremito. «Lui mi avrebbe aiutato, ma il bambino stava nascendo.»

«Lo so.»

«Gliel'ho fatto promettere. Niente estranei.»

Xan sentì un nodo in gola. «Ma hai sofferto.»

Caleb aprì la bocca e buttò fuori le parole successive, che suonarono come ghiaia sotto una ruota. «Preferisco soffrire che accettare un altro estraneo. Odio il modo in cui mi sento dopo.» Tirò su con il naso e si strinse più forte a Xan. «Ho provato a scappare,» sussurrò, come se si vergognasse.

«È l'istinto,» lo rassicurò Xan.

«Lo so, ma non stavo andando in cerca di un Alpha.»

Xan gli accarezzò la schiena e lo tenne stretto. Aveva i vestiti sporchi dopo aver guidato per metà della notte in uno stato di stordimento adrenalinico, e si sentiva ricoperto di sudiciume e di sudore, ma tutto ciò avrebbe dovuto aspettare. «No?»

«È stupido. Volevo sfuggire a *questo*. Al calore. Volevo scappare dal calore, da me stesso.»

Xan serrò le palpebre e strinse Caleb ancora più forte. L'odore del fluido in aumento e il sentore di una nuova ondata in arrivo gli raggiunsero le narici. Sapeva come si era sentito il suo dolce Omega. Anche lui aveva voluto scappare da se stesso. Era questo che aveva tentato di fare, ogni volta che era andato da Monhundy. Ma aveva smesso di scappare.

«Non possiamo sfuggire al calore, ma possiamo affrontarlo insieme.»

Si liberò dei vestiti, senza smettere di sussurrare a Caleb parole dolci e rassicuranti, poi prese l'alpha-dildo. Una volta che lo ebbe in mano, frugò nel cassetto del comodino in cerca delle pillole che Urho gli aveva dato tante settimane prima. Gli stimolanti.

Ne prese due.

CAPITOLO VENTICINQUE

DIVERSE ORE DOPO, mentre Caleb finalmente riposava, Xan si ripulì e indossò la vestaglia. Grazie alle pillole, era riuscito a farsi venire il nodo e ad alleviare la sofferenza di Caleb, e non poteva fare a meno di sentirsi orgoglioso. Avrebbe desiderato per sempre di essere un Omega e di poter provare lui stesso il calore, ma non lo era, e non avrebbe mai potuto esserlo. Ma, almeno, aveva soddisfatto Caleb e poteva andare a cercare Urho, per essere il suo Omega dal corpo di Alpha.

Prima, però, andò nel suo ufficio e telefonò a casa dei suoi genitori. Joon rispose con voce stanca, tuttavia era ovvio che aveva ancora un lavoro. Xan ricevette le informazioni di cui aveva bisogno per mettere da parte alcune delle sue preoccupazioni: sia Pater che Ray erano migliorati molto e continuavano a migliorare grazie alle medicine che Xan aveva lasciato loro.

«E Father?» chiese.

«Molto arrabbiato.»

«Mi dispiace.»

«Non sia dispiaciuto,» disse Joon in tono sommesso. «Anche il suo Pater è molto arrabbiato, da quello che ho sentito riecheggiare nei corridoi del piano di sopra. Sospetto che il suo Father le telefonerà per scusarsi entro breve tempo.»

Xan non si scomodò a dire all'anziano domestico che ne dubitava fortemente, e che dubitava ancora di più che si sarebbe mai degnato di accettare quelle eventuali scuse. Gli chiese invece di tenerlo informato sulla salute di Ray e di Pater, poi lo salutò.

In cucina, il cuoco sembrò sorpreso di vedere Xan con addosso nient'altro che la vestaglia e le pantofole. «Signore, dovrebbe essere a letto con il signor Riggs!»

Xan sorrise, stanco. «L'ondata è passata, e Caleb ha appetito.»

La parte sull'appetito di Caleb non era vera, ma Xan stava morendo di fame dopo la sua serata folle in città e dopo aver guidato per sei ore durante la notte, impaziente di tornare a casa tra le braccia confortanti del suo amante, solo per ritrovarsi nel caos più completo. E *poi* si era occupato di tenere a bada il calore di Caleb da solo. Gli serviva un rifornimento per continuare.

«Come sta il bambino?» chiese. Aveva notato che la porta della stanza di Vale era chiusa, quando era passato dal corridoio per fare le congratulazioni ai neogenitori. Aveva sentito suoni gioiosi provenire dall'interno, ma solo le voci di Jason e Vale, e aveva deciso di non disturbarli. Quanto a Urho, non sapeva dove fosse e fremeva per vederlo.

«È un urlatore! Polmoni forti! È un segno di buona salute!»

«Buone notizie, allora,» sorrise Xan.

Stava per chiedere al cuoco dove fosse Urho e come stesse suo cugino, quando Ren apparve dalla porta che conduceva all'ala separata, dove si trovava Janus. Aveva in mano un vassoio con una scodella colma di brodo e sembrava emaciato e pallido, ma quando incontrò lo sguardo di Xan, cercò chiaramente di tirarsi su.

«Signore, quando ho sentito del suo arrivo, non riuscivo a credere alla nostra fortuna. Avevo iniziato a disperarmi.»

«È *stata* fortuna,» concordò Xan. Per poco non iniziò a raccontare di aver lasciato la città nel bel mezzo della notte, ma poi si rese conto che avrebbe dovuto spiegare *perché*, e il suo scontro con Father e poi con Monhundy non erano affari della servitù. «Sarei venuto prima, se avessi saputo,» concluse in modo maldestro.

«Sono certo che l'avrebbe fatto, signore. Ma adesso è qui. Questo è l'importante.»

«Come sta Janus?» chiese Xan, avvicinando uno sgabello al bancone del cuoco. Questi lo guardò, accigliato, ma non smise di preparare un piatto colmo di cibo per Caleb. Lo stomaco di Xan brontolò, e il cuoco tirò fuori un altro piatto e iniziò a riempire anche quello. «Urho è con lui, adesso?»

«C'è stato qui il dottor Bainson nell'ultima ora. Il dottor Chase ha dovuto fare una doccia dopo il parto, ma adesso si sta consultando con l'altro medico. Il signor Janus...» Ren sospirò, posò il vassoio nel lavandino perché venisse lavato e versò il contenuto della scodella nello scarico. «Non sta mangiando,» terminò, ma le sue spalle incurvate e il suo tono sconfortato dicevano molto di più.

«Allora è peggiorato?»

«Sta davvero molto male, signor Heelies.»

Xan deglutì con forza e guardò oltre il cuoco, fuori dalla finestra della cucina, verso le piante aggiunte di recente in giardino. Il sole del pomeriggio – aveva passato tutta la giornata con Caleb? Non c'era da stupirsi che fosse così stanco! – brillava sulla nuova vegetazione. Xan non sapeva cosa fare riguardo a quelle novità. E conosceva così poco suo cugino da non sapere neppure cosa avrebbe *voluto*. Avrebbe desiderato un prete del Sacro Ordine del Lupo, oppure avrebbe preferito morire senza benedizione? Ed era già il momento di pensare a cose del genere?

Strappò di mano una carota al cuoco e diede un morso, pensieroso. «Dovrei andare a trovarlo.»

«Non adesso!» esclamò Ren. «Non può rischiare di portare nessun tipo di virus al signor Riggs. Dovrebbe aspettare la fine del calore.»

Xan aprì la bocca per chiedere quante possibilità ci fossero che Janus sopravvivesse fino a dopo il calore, quando venne interrotto.

«Cosa ti è successo alla faccia?» La voce secca di Urho provenne dalla soglia della porta aperta. Xan trattenne il respiro mentre il suo amante entrava in cucina, le spalle forti e dritte, un completo pulito e la pelle scura resa dorata dalla luce rosata del pomeriggio, che penetrava dalle finestre. I capelli sale e pepe brillavano nel sole, e la manciata di rughe ai lati dei suoi occhi si arricciò in modo rassicurante.

Il cuore di Xan sprizzò gioia. Urho sembrava tutto quello di cui aveva bisogno per superare quella giornata, e tutto ciò di cui avrebbe avuto bisogno per il resto della vita. Ecco l'uomo per cui Xan aveva probabilmente gettato via la sua eredità, e ne valeva la pena fino all'ultimo centesimo.

Xan sentì le farfalle nello stomaco e sollevò lo sguardo sotto le ciglia. La risposta gli si annodò sulla lingua. Non sapeva cosa fosse successo lì in casa, in sua assenza, e non sapeva come spiegare quello che era accaduto in città. Soprattutto nel ristretto spazio di tempo concesso loro, prima che la successiva ondata di calore di Caleb sopraggiungesse.

Urho lo fissò con attenzione. «Dovresti essere a letto.»

«È solo un livido. Sto bene.»

«Volevo dire che dovresti essere a letto con Caleb.»

Xan avvampò. Lanciò un'occhiata ai domestici, e Ren si congedò. Il cuoco si tenne impegnato nel finire di preparare il vassoio, facendo mostra di canticchiare sommessamente.

«Caleb aveva bisogno di mangiare qualcosa,» disse Xan, lo stomaco stretto sia dalla fame che dalla preoccupazione. Indicò il cibo dal profumo delizioso che il cuoco stava accatastando, consapevole che sarebbe stato fortunato se fosse riuscito a farne mangiare anche solo due bocconi a Caleb. In ogni caso, sarebbe stato in grado di ripulire entrambi i piatti da solo.

«Capisco.» Urho si mantenne rigido, il volto cautamente inespressivo e gli occhi assottigliati.

Xan si rivolse al cuoco che stava riempiendo due scodelle di macedonia, e gli disse: «Così è sufficiente. Grazie.»

Quando fece per prendere il vassoio, Urho avanzò e lo tolse

dalle mani del cuoco. Seguendo Urho fuori dalla cucina, in una saletta attigua riservata alla servitù, Xan si sentì contorcere le viscere. Durante il lungo viaggio in macchina, non si era lasciato andare a molti pensieri su cosa sarebbe successo una volta arrivato a casa, ma aveva immaginato il ricongiungimento con il suo amante in modo piuttosto diverso.

Urho posò il vassoio sulla credenza nella saletta e afferrò Xan con un gesto brusco. Il suo bacio fu imperioso, e Xan si lasciò sfuggire un gemito stupito. Le mani di Urho esplorarono il suo corpo, scivolando sotto la vestaglia e accendendo la sua pelle e la sua lussuria. Bastò che gli sfiorassero i capezzoli perché Xan si sentisse riempire di un desiderio più grande di quello che il sesso con Caleb gli aveva provocato o avrebbe mai potuto provocargli.

Quando lo lasciò andare, Urho gli prese il volto tra le mani e lo guardò negli occhi. «Scusami,» disse con voce burbera. «Avevo bisogno di toccarti. In cucina, quasi non riuscivo a trattenermi.»

«Ai domestici non importa.»

«E ai pettegolezzi non importa chi li fa nascere.»

Xan non gli fece notare che, al momento, li separavano dal cuoco solo una porta e pochi passi, e che qualsiasi altro domestico sarebbe potuto spuntare da dietro l'angolo e coglierli l'uno tra le braccia dell'altro. A dire la verità, non gliene importava un bel niente.

Non più.

Non voleva passare la vita a nascondersi, comunque non dentro casa sua. Non era forse ciò che aveva dichiarato di fronte a suo padre? E a Wilbet Monhundy? E aveva intenzione di restare fedele a quella dichiarazione.

«Mi dispiace di aver rinchiuso Caleb.» Urho si strusciò sulla sua tempia per inalare l'odore dei suoi capelli. «Ho fatto del mio meglio, ma farlo mi ha fatto male fin dentro l'anima.»

«Lo so. Lo sa anche lui.»

«Non credo che riuscirò mai più a guardarlo negli occhi.»

«Spero di sì, perché ha chiesto che ti unisca a noi per aiutarlo durante il resto del calore. Se Janus non ha bisogno di te. O Vale.»

Urho lo baciò sulla gola e sussurrò: «Vale sta meglio di quanto avrei mai potuto immaginare qualche anno fa. Sta allattando il bambino in modo naturale e produce una gran quantità di latte. Il suo ano e il suo canale stanno già reagendo agli ormoni del dopo parto e si stanno riassestando bene. È fuori pericolo, ed è praticamente un miracolo.»

«È meraviglioso. E il bambino? È un Omega?»

«No. Dai suoi genitali, potrebbe anche essere un Alpha.»

«Sarebbe perfetto per loro.» Xan si morse il labbro inferiore, ancora gravato dalla preoccupazione per il cugino. «E Janus? Ha bisogno di te?»

«Il medico del paese è con lui, adesso. Non vuole che il contagio raggiunga Virona.» Urho sospirò, tracciando il contorno della mascella contusa di Xan con il pollice. «Per quanto mi riguarda, beh, ho già fatto tutto quello che potevo per Janus. Se sopravvivrà oppure no, dipenderà dalla sua capacità di combattere. I domestici stanno facendo tutto il possibile per farlo stare comodo e contenere la malattia. Dobbiamo tenere quelli che si occupano di lui lontani da qualsiasi cibo o bevanda che entri in camera di Vale. Ren ne è già stato informato. Adesso che Vale ha dato alla luce il bambino, abbiamo anche una piccola anima a cui pensare.»

«Ren si assicurerà che venga presa ogni precauzione.» Cercando tracce di speranza negli occhi di Urho, Xan chiese: «Però, sul serio, è probabile che Janus non ce la faccia?»

Urho esitò per un attimo, poi lasciò cadere la mano dal volto di Xan e abbassò lo sguardo. «Il dottor Bainson pensa che abbia ancora una piccola chance, ma la situazione è critica.» Tornò a incontrare i suoi occhi. «Io tendo a concordare con lui, però ho evitato il contatto diretto, per paura di contrarre la malattia e trasmetterla a

Vale e al bambino. Se Janus supererà i prossimi giorni, potrebbe riprendersi. Anche se la sua febbre è salita così tanto che il dottor Bainson teme che possano esserci complicazioni in corso. Non possiamo saperlo con certezza.»

«Oh, Sacro Lupo,» sospirò Xan, strofinandosi gli occhi. Era così stanco. Le ultime ventiquattro ore erano state estenuanti, e dovevano ancora superare il calore di Caleb, prima di poter riposare. Xan si schiarì la gola, mentre il suo pensiero tornava a Janus. «Ammetto che non mi è mai piaciuto e spesso ce l'ho avuta con lui, ma non volevo che gli accadesse questo. Caleb sarà devastato, se non sopravvivrà.»

«C'è dietro una storia che non mi hai ancora raccontato.»

«Sì, ed è una storia lunga.»

«Xan?»

Xan alzò lo sguardo verso di lui ad ammirare i suoi occhi scuri e gentili e l'espressione tenera del suo viso. Sentì di nuovo le farfalle nello stomaco. Amava quell'uomo, e magari lui non l'avrebbe mai amato come aveva amato il suo Riki, ma Xan si sarebbe accontentato di ciò che avrebbe potuto avere. E se lo sarebbe tenuto stretto per sempre. Avrebbe lottato per lui. Avrebbe mandato al diavolo il mondo intero, per lui. Se solo non fosse stato così stanco, gli avrebbe detto tutte quelle cose.

Urho toccò il livido sul suo volto, percorrendolo dolcemente con le dita. «Te l'ha fatto Caleb durante il calore?»

«No.» Xan fremette al suo tocco.

«Allora chi?»

«Mio padre,» rispose Xan, e poi aggiunse, schioccando la lingua: «O forse Monhundy.»

«Tuo padre o…?» Lo sguardo di Urho si fece di ghiaccio e la sua mano carezzevole si immobilizzò. «Sei andato da lui?» Nei suoi occhi vide brillare il tradimento.

«No. Non l'avrei mai fatto. Ti prego, credimi. Non è come

pensi.»

Xan si sentì toccato nel vivo dall'espressione di dubbio e paura di Urho.

Gli si attorcigliò lo stomaco. Afflitto, mormorò: «Dovrei tornare da Caleb e assicurarmi che mangi.»

Lo sguardo di Urho si infiammò e lui afferrò Xan con fare possessivo, stringendolo tra le braccia. «Lo uccido.»

Xan si lasciò stringere, sopraffatto dalla gioia di quell'adorazione. Non aveva mai conosciuto il tipo di amore che Urho gli offriva. Faticava a conciliarlo con l'immagine della stanza di Urho e del sacrario dedicato a Riki. Non voleva essere geloso di un morto, ma avrebbe mai potuto competere con lui? Non sarebbe sempre stato un amante di seconda scelta? Non un vero Omega, e di certo non l'*Érosgápe* di Urho.

Soffocò quei pensieri, assaporando l'abbraccio possessivo del compagno. Non aveva importanza. Si rifiutava di lasciare che quelle paure lo mandassero fuori strada. Quella era la sua vita, era la sua scelta. Urho adesso era suo.

«Monhundy non è niente per me,» dichiarò con fermezza. «E poi, me ne sono occupato. Non mi toccherà più.»

«Su questo hai assolutamente ragione,» ringhiò Urho. «Lo ucciderò prima che possa farlo.»

Xan si affrettò a distrarlo dalla sua rabbia. «Ciò che conta in questo momento è Caleb, e Vale, il suo bambino, e Janus. Monhundy è spazzatura e lo è anche il suo futuro.» Xan gli accarezzò le braccia in un gesto rassicurante. «Io ti amo.»

Ma Urho non aveva intenzione di lasciarsi distrarre. «Se tu non sei andato da lui, dev'essere venuto lui da te.»

«Non importa. È un uomo miserabile con una vita miserabile.» In più, Wilbet Monhundy era un codardo. Xan provava un brivido di eccitazione nel profondo delle viscere al ricordo del terrore con cui l'aveva guardato, la notte prima. «Lascialo perdere.»

Urho abbassò lo sguardo su di lui e toccò di nuovo il livido con le dita gentili. «Hai detto che potrebbe avertelo fatto tuo padre. Ti ha picchiato?»

«È una lunga storia. Ma mio padre e io…» Xan scosse la testa. «Credo che presto potrei ritrovarmi povero. Spero che Caleb mi perdonerà.»

Urho lo fissò. «Beh, allora è una fortuna per te e Caleb che io abbia parecchio denaro.»

«Parliamone in un altro momento.»

Urho sfiorò di nuovo il livido. Poi lo baciò con dolcezza e si spostò sulla bocca di Xan. Il bacio si fece più profondo, e le mani di Urho scivolarono sotto la sua vestaglia per strofinargli i capezzoli, facendolo andare a fuoco.

«Caleb ha bisogno di noi,» sussurrò Urho contro le sue labbra. «Prendiamo il vassoio e vediamo cosa riusciamo a fargli mangiare, prima che arrivi la prossima ondata.»

Xan ansimava quando Urho si allontanò, ma lo seguì su per le scale. L'ala che portava alla camera di Vale e Jason era silenziosa. Senza dubbio, la famigliola stava facendo un pisolino più che meritato.

Urho fermò Xan davanti alla porta della stanza di Caleb. «Sei sicuro che voglia vedermi?»

«Ha chiesto di te.»

Urho annuì, ma aveva gli occhi pieni di vergogna. «Non volevo lasciarlo in quel modo.»

«È Caleb. Lo capisce.»

«Forse non dovrebbe.» Urho sbuffò. «Non merita di essere al primo posto nella vita di qualcuno? Come lo sei tu nella mia?»

Xan sgranò gli occhi e il vassoio che teneva in mano gli sembrò improvvisamente pesante. «Cosa vuoi dire?»

«Voglio dire che ti amo e che, quando penso al futuro, tu sei l'unica cosa importante per me.»

Le stanze a casa di Urho in città sembravano ormai lontanissime. «Vorrei baciarti, ma...» fece Xan, accennando al vassoio tra le sue mani.

Urho si sporse su di lui e gli posò un morbido bacio sulle labbra. «Non possiamo condividere con Caleb il modo in cui ci amiamo, ma possiamo condividere con lui la nostra devozione e amicizia. Rendiamo Caleb la nostra priorità, oggi. Concentriamoci su di lui.»

Xan accettò con il cuore pieno di rispetto e affetto per Urho, e di amore sia per il suo Omega che per il suo amante.

Caleb era seduto sul letto con un'espressione frastornata ed esausta sul viso, ma i suoi occhi si illuminarono quando vide Urho insieme a Xan. «Quel cibo ha un odore terribile,» mormorò, la voce flebile e distrutta. «Ma sono felice di vedervi.» Sorrise, lo sguardo colmo di sollievo e tenero affetto.

«Abbiamo portato la marmellata,» annunciò Urho, abbassando la testa.

«E i preservativi per Alpha?» chiese Caleb. «Per te?»

Urho annuì, si schiarì la gola e disse: «Mi dispiace tanto per...»

«Basta così.» Caleb alzò una mano. «Come punizione spalma un po' di marmellata su una fetta di pane tostato e imboccami. Così sarà tutto perdonato.»

Urho ridacchiò e Xan si tolse la vestaglia.

«Oh, e spogliati,» aggiunse Caleb. «Perché, a giudicare dal prurito, perderò tutta questa piacevole lucidità molto, molto presto.»

URHO FATICAVA A ricordare l'ultima volta che si era sentito così sollevato e allo stesso tempo così preoccupato come nel momento in cui aveva visto in cucina la zazzera riccia di Xan sopra le sue guance arrossate. I lividi sul suo volto gli avevano fatto stringere le viscere, e gli occhi stanchi e stremati non avevano aiutato. Ma non poteva negare la gioia pura che aveva provato nel rivederlo, il sollievo nel petto e la scarica che gli aveva attraversato le vene.

Sapere che quei lividi erano il risultato di due scontri fisici con due diversi uomini parecchio più grossi di Xan lo tormentava. Senza dubbio, presto avrebbe preteso altre informazioni su entrambi gli alterchi ma, per il momento, Xan era al sicuro, e quello era ciò che contava di più. Avevano un Omega in calore di cui occuparsi, e Caleb meritava ogni briciola della loro attenzione, del loro affetto e della loro concentrazione.

Una volta soli e nudi nella stanza di Caleb, iniziarono le negoziazioni. Urho era abituato a prestare servizio agli Omega in calore, ma di solito seguiva l'istinto e agli Omega andava bene così. Caleb, invece, aveva delle regole.

«Primo,» disse, masticando lo spicchio d'arancia che Xan l'aveva obbligato a mangiare. «Non voglio che si tratti di "fare l'amore".»

Urho inarcò le sopracciglia. «Puoi ripetere?»

«Beh, può esserlo per voi due, e in realtà sarebbe bello. Ma per quanto riguarda me, no. Io voglio solo essere scopato e ricevere nodi per alleviare il dolore. Non voglio un mucchio di carezze ed effusioni, e assolutamente non voglio sesso orale o anche solo baci. Per me non si tratta di questo.»

Urho annuì con una lieve confusione che gli aleggiava in testa, ma non la espresse. Era il calore di Caleb e toccava a lui condurre il gioco.

«Però posso annusarti le spalle? E il collo?» chiese Xan.

Caleb rifletté. «Sì. Lo fai spesso, comunque. Mi è sempre piaciuto. Quindi, sì.»

«E io posso baciarti la fronte o passarti le dita tra i capelli?» chiese Urho.

Caleb annuì. «Puoi continuare a fare tutto quello che fai con me di solito. A meno che io non ti dica di smettere, ovviamente.» Gli sorrise, la pelle che si arricciava con dolcezza ai lati degli occhi azzurri, e quello sguardo ebbe il sapore del perdono per averlo dovuto rinchiudere. Urho sospirò di sollievo. Caleb aggiunse: «Entrambe le cose mi sembrano piacevoli. Non voglio che tu sia brutale. Non intendo assolutamente dire questo! Ma preferisco che il sesso sia affrontato come qualcosa di rapido e superficiale.»

«Credevo non ti piacesse farlo con gli estranei,» mormorò Urho, lasciando infine trasparire un po' della sua confusione.

«Infatti,» confermò Caleb. «Ma questo non significa che mi senta attratto da te o che voglia che questa interazione abbia a che fare con il "rapporto" che c'è tra di noi.»

«Capisco.» E Urho pensò di aver capito davvero. In gran parte.

«Sono stato abbastanza fortunato da aver dovuto affrontare il calore con un estraneo solo due volte in vita mia, finora. Quasi sempre, conoscevo già gli uomini che la mia famiglia assumeva, e loro capivano cosa volessi. O quantomeno lo accettavano, quando dicevo loro come volevo essere trattato.»

«D'accordo,» disse Urho.

«Ma voi potete fare l'amore l'uno con l'altro,» aggiunse Caleb con gentilezza, come se stesse concedendo loro un favore. «In realtà, non mi dispiacerebbe guardare. Sembra persino piacevole l'idea...» Gli si accesero le guance di rosso. «Potrei addirittura toccarmi.»

«Tutto quello che vuoi,» rispose Urho con calma, sebbene ogni aspetto di quelle richieste fosse davvero molto insolito.

«Posso usare il dildo su di te, giusto? Per aiutarti?» chiese Xan.

«Sì. Hai imparato durante il primo calore come mi piace che sia usato. Però, quando sarò preso dalla frenesia, vorrei che tu mi scopassi. Forte.»

«E Urho?» domandò Xan.

«Lui dovrebbe scopare *te*, suppongo. Ma, se tu dovessi avere problemi, allora sì, può scoparmi. Tuttavia, io voglio restare gravido, Xan. Perciò, preferirei che lo facessi tu per la maggior parte del tempo. Soprattutto per quanto riguarda i nodi.»

Annuirono entrambi, e Xan si allungò a prendere le pillole dal comodino. «Manderò giù qualcuna di queste.»

Caleb sorrise. «Sei stato davvero meraviglioso prima. Perfetto, in realtà.»

Xan esibì un sorriso spavaldo. «Ho fatto un buon lavoro, vero? Sono felice che lo pensi anche tu.»

Caleb scoppiò a ridere e lasciò che Urho lo imboccasse con un altro pezzo di pane tostato e marmellata e un altro spicchio d'arancia. «Mi piace essere viziato,» ammise timidamente. «Dopo, mi spiego? Mi piacciono le coccole durante il nodo, e ancora di più una volta che si è sgonfiato. Mi piacciono le attenzioni. Mi fanno sentire molto lusingato.»

«Non c'è problema,» acconsentì Urho. «Anche a me piacciono le coccole dopo il nodo.»

Xan sorrise a Urho e poi si leccò le labbra. «Tutto questo è un po' imbarazzante, vero?»

«A me il sesso sembra sempre così,» disse Caleb, scrollando le spalle. «Mi imbarazza e mi mette a disagio, come se non sapessi bene da dove cominciare.»

«Quando tornerà l'ondata di calore, ti aiuteremo a superare l'imbarazzo,» lo rassicurò Xan.

L'odore dei feromoni del calore di Caleb e il delizioso aroma del suo fluido si intensificarono, mentre Xan e Urho continuavano a costringerlo a mangiare e a bere. Quando Caleb spinse via il cibo con un gesto deciso, seppero che era il momento di passare a qualcosa di più. L'ondata stava prendendo forza, e il petto di Caleb avvampò per il calore che gli montava sotto la pelle.

Urho si aspettava di vedere di nuovo l'Omega fuori di sé, di vederlo lottare come aveva fatto prima, ma non accadde. Caleb era molto più calmo, adesso che c'era Xan con lui. Urho notò immediatamente il modo in cui Caleb dipendeva da Xan per essere rassicurato che sarebbe andato tutto bene, anche mentre il suo corpo prendeva il controllo e lo trascinava nell'eccitazione delirante del calore.

La fiducia che dimostrava verso Xan riempì di affetto il cuore di Urho e i suoi occhi si fecero umidi più di una volta mentre assisteva a quei momenti così da vicino.

Xan stringeva le mani di Caleb e gli sussurrava parole di conforto, mentre Urho passava le dita tra i capelli dell'Omega in un gesto rilassante. Quando il calore si fece più intenso, Xan penetrò Caleb con l'alpha-dildo e lo aiutò a raggiungere diversi orgasmi, finché Caleb non iniziò a implorare di essere scopato. Anche nel delirio, sapeva cosa voleva.

«Voglio restare gravido,» ricordò loro in tono pressante. Afferrò l'avambraccio di Urho, mentre Xan si posizionava tra le sue gambe divaricate. «Tu scopa Xan, e questo aiuterà Xan a scopare me.»

Urho si chiese per un attimo se quello fosse il momento giusto perché Caleb restasse gravido, dato che Xan stava per essere diseredato, ma liquidò subito quella preoccupazione. Se Caleb e Xan avessero avuto bisogno del suo aiuto, lo avrebbero ricevuto. Qualsiasi tipo di aiuto, finanziario, fisico o sessuale, e Urho l'avrebbe offerto con gioia. Xan e Caleb se la sarebbero cavata bene, la situazione con la famiglia di Xan non aveva importanza. Ci avrebbe pensato Urho. Avrebbe mosso ogni filo, assunto ogni avvocato, detto ogni bugia e protetto quei due uomini fino alla fine dei suoi giorni.

Sentiva nel profondo che era quello il suo compito. *Quella* era la ragione per cui era sopravvissuto al dolore della perdita di Riki. Quella era la sua nuova missione nella vita: proteggere e amare Xan e il suo Omega, per sempre.

Il sole era tramontato da parecchio, quando Xan si abbassò con cautela sopra il corpo di Caleb e lo penetrò a fondo, sospirando. Caleb chiuse gli occhi e si aggrappò alla schiena di Xan, accettando che gli annusasse il collo e facendo un piccolo sorriso quando Xan iniziò a muoversi. «È piacevole,» mormorò. «Grazie.»

Xan emise una dolce risata ironica. «No, grazie a *te*, Caleb, per essere il migliore Omega che avrei potuto desiderare.»

«Mmh, lo pensi solo perché sono tuo.» Caleb sospirò e si inarcò.

«Perché sei perfetto per me.»

L'Omega ridacchiò e poi sussultò. «Un po' più forte adesso. E più veloce. Fammelo sentire.»

Xan obbedì e il suono del suo bacino e delle sue palle che sbattevano contro il corpo di Caleb si levò nell'aria insieme al profumo dolce e delizioso di fluido lubrificante e feromoni. L'uccello duro di Urho si irrigidì ancora di più, pulsò e lasciò colare alcune gocce di seme, mentre guardava Xan e Caleb muoversi insieme. I lividi sulla schiena e sul fianco di Xan lo preoccupavano, ma presto li dimenticò del tutto, affascinato dagli aromi sensuali e dai suoni e dalle immagini che aveva davanti.

Aveva già condiviso un Omega in passato, soprattutto quando aveva avuto a che fare con calori interminabili, ma stavolta era diverso. Stava condividendo il suo Omega-Alpha con Caleb, e non riuscì a trattenere il senso di orgoglio possessivo che gli crebbe dentro, la sensazione che quei due uomini fossero suoi e che lui fosse lì per guidarli.

Si inginocchiò alle spalle di Xan, tra le sue gambe, e fece scivolare le mani lungo la sua schiena inarcata e flessa mentre scopava Caleb. Lo toccò facendo attenzione a non premere sui lividi. Poi, Caleb aprì gli occhi, il suo sguardo azzurro si specchiò dritto in quello di Urho, e l'Omega sussurrò: «Avanti. Penetralo. Condividilo con me.»

Urho non sapeva quanto di ciò che provava per Xan potesse giungere fino a Caleb, o anche solo quanto Caleb ne volesse davvero percepire, ma poteva aiutare Xan a scopare il suo Omega e assolvere al suo compito. Era una cosa che lui e il suo cazzo dolorosamente duro erano ben pronti e disposti a fare.

Xan affondò nel corpo di Caleb e nascose il viso nell'incavo del suo collo, la schiena arrossata per lo sforzo. Il solco tra le sue natiche lasciava intravedere il ricciolo di peli che nascondeva la sua bellissima fessura. Urho annusò Xan sulla nuca e inalò l'odore di sudore ed eccitazione. Gemette e osservò, da sopra la sua spalla, Caleb che rovesciava gli occhi all'indietro e si lasciava andare alla lussuria indotta dal calore.

«Così,» sussurrò Urho all'orecchio di Xan. «Scopalo più forte. Fallo venire. Stai facendo un ottimo lavoro... guarda come sta tremando ora.»

Xan gemette, il suo bacino scattò in avanti e lui si girò a baciarlo. Le loro lingue si strofinarono l'una sull'altra e Xan emise un lamento quando Urho si staccò. «Concentrati,» lo esortò lui. «Fallo venire di nuovo. Puoi farcela.»

Xan tenne fermi i fianchi di Caleb e lo scopò selvaggiamente.

«Così,» lo incoraggiò Urho, premendo l'uccello contro il suo sedere, accompagnandone le spinte. «Sei bravissimo. Siete tutti e due così bravi.»

I muscoli di Caleb si tesero, le cosce e l'addome si contrassero. Gridò e venne con intensità, la fessura che pulsava convulsamente attorno al cazzo di Xan affondato in essa e l'uccello che esplodeva di delizioso, meraviglioso seme di Omega. Urho vi immerse le mani, raccolse il liquido bianco e scivoloso e se lo strofinò subito sull'erezione.

«Perfetto, amore mio,» mormorò nell'orecchio di Xan. «Adesso non ti muovere per un attimo. E poi lo faremo venire ancora. Insieme.»

Xan mugolò quando Urho lo penetrò, dimenandosi mentre il suo membro lo riempiva. «Cazzo,» sussurrò, e chinò la testa. «Oh Sacro Lupo, è... cazzo.»

«Ti piace?» chiese Urho. Spinse con dolcezza, la stretta calda del corpo di Xan che lo accoglieva e gli permetteva di assaporare il pulsare del suo battito contro l'uccello, un battito vivo e pieno d'amore che legava insieme le loro vite.

«Sì,» sussurrò Xan, scosso dai brividi.

«Bene. Ora faremo venire il tuo Omega. Lo faremo volare.»

Caleb ormai era perso nel delirio, il suo corpo tremava in preda all'ondata di calore, e Xan si unì alla sua estasi mentre Urho si faceva strada dentro di lui, potente e veloce, guidando le spinte di Xan nell'apertura stretta di Caleb.

Urho riconobbe il momento in cui l'utero di Caleb finalmente scese e si aprì, il momento in cui Xan si immerse in quel calore. Non c'era nulla di paragonabile al piacere di entrare nel dolce utero di un Omega, al modo in cui la bocca dell'utero afferrava la punta del cazzo di un Alpha, al modo in cui sembrava baciarla e aprirsi per lei a ogni affondo.

«Cazzo!» gridò Xan, la testa che ricadeva all'indietro. «Oh, Sacro Lupo!»

«Sì,» ansimò Urho. «Vieni dentro di lui. Riempilo. Dagli un figlio.»

Caleb sussultava e tremava, la sua fessura pulsava in modo convulso e disperato attorno al grosso cazzo di Xan, persa in un lungo e brutale orgasmo che lasciò Caleb fuori di sé e con la bava alla bocca. Xan continuava ad affondare nel suo Omega, i suoi fianchi sbattevano contro il sedere di Caleb e la sua testa era appoggiata all'indietro sulla spalla di Urho.

L'odore del piacere di Xan, l'ondata crescente dei feromoni del calore di Caleb e la calda, scivolosa delizia dell'apertura di Xan attorno al suo uccello portarono al massimo l'eccitazione di Urho. Morse Xan sulla spalla, spingendo avanti e indietro più forte e più veloce che poteva, e poi affondò completamente, ruggendo di soddisfazione. Il suo corpo sussultò con vigore, premendo Xan ancora più in profondità dentro Caleb. Urho fu colto da un brivido violento e venne, schizzando un fiotto dopo l'altro nel corpo di Xan.

Urlando in risposta all'orgasmo di Urho, Xan crollò su Caleb e Urho si accasciò con lui. Il piacere devastante si prolungò all'infinito. Urho afferrò i fianchi di Xan, si spinse ancora dentro di lui e gemette quando fu colto da una nuova ondata di lussuria e un'altra scarica di godimento.

«Il mio Omega,» sussurrò Urho all'orecchio di Xan. «Fatto apposta per il mio cazzo.»

Xan si dimenò convulsamente attorno a lui, urlando di passione mentre Urho gli mordeva di nuovo la spalla e rilasciava dentro di lui un altro sconvolgente fiotto di seme.

Quando il piacere violento infine si placò, Urho rabbrividì e cercò di uscire, ma il suo tentativo incontrò una resistenza inattesa e provocò un grido di dolore da parte di Xan. Urho sussultò e abbassò sguardo sul punto in cui era unito a lui. Riconobbe in ritardo la sensazione di qualcosa di duro che andava ingrossandosi alla base dell'uccello, il formicolio pulsante del nodo che si gonfiava e si ispessiva dentro il corpo dell'amante.

«Cazzo,» sussurrò contro la pelle umida di sudore di Xan. Gli leccò il collo e la spalla, posandovi baci a labbra dischiuse. «Oh, Sacro Lupo, cazzo,» mormorò. Strinse i fianchi di Xan, si spinse il più in profondità possibile e avvertì il contatto con la sua prostata gonfia contro la parte inferiore dell'uccello palpitante. «Mi si sta ingrossando il nodo. Resisti. Respira. Bravo il mio piccolo. Bravo il mio Omega.»

Xan si immobilizzò tra le sue braccia, gemendo. Quando il nodo di Urho finì di gonfiarsi, premendo forte contro le pareti del suo corpo e riempiendogli il culo in un modo in cui non era mai stato riempito prima, Xan si aggrappò a Caleb, soffocò un singhiozzo e si dimenò come un forsennato sul nodo di Urho. L'odore del seme di Xan e l'esplosione dei feromoni riproduttivi dell'Alpha riempì di colpo l'aria che li circondava, facendo ruggire e venire di nuovo Urho. Xan allora si inarcò con un sussulto selvaggio e schizzò con vigore dentro l'utero di Caleb, gridando di piacere e dandogli a sua volta il proprio nodo.

Sotto di loro, Caleb gemette e si abbandonò agli spasmi. Tutto il suo corpo avvampò, gli occhi rovesciati all'indietro e i capezzoli duri mentre riceveva il nodo di Xan. Anche il suo uccello spruzzò, e il suo corpo sussultò in preda agli orgasmi, sopraffatto dalla pressione contro le ghiandole Omega e contro la prostata. Il fluido lubrificante colò dalla fessura e permise a Xan di scendere ancora più in profondità. Tutti e tre gemevano, tremanti, ogni movimento che li trascinava di nuovo nell'estasi.

Alla fine, Urho si riprese a sufficienza da quella caduta libera nel piacere da riuscire a guidarli, tra le urla di dolore e godimento, fino a una posizione più comoda, così da non schiacciare Caleb con il loro peso combinato. Con cautela e con la massima gentilezza e l'amore più profondo che gli pulsava nelle vene, li fece spostare sul fianco. Strinse a sé uno Xan accaldato e ancora affondato nel corpo di Caleb, che cinse i fianchi di Xan e Urho con una gamba.

Rimasero stretti gli uni agli altri e lasciarono che i nodi consumassero ogni residuo di piacere nei loro corpi, fino ad agitarsi e gemere e venire ancora.

Xan e Caleb unirono le fronti, emettendo piccoli mugolii e sussurrandosi rassicurazioni a vicenda. Si scambiarono frasi come: "È stato bello, Caleb?" e "Sì, Xan, grazie". Urho si strofinò sul collo di Xan e respirò il suo odore, e strinse forte entrambi mentre tutti e tre rabbrividivano e tremavano a causa dei postumi degli orgasmi.

«Ti amo,» mormorò Urho all'orecchio di Xan, mentre lui si contraeva sul suo nodo. «Il mio Omega.»

Xan allungò la mano all'indietro, affondò le dita tra i suoi capelli e si aggrappò a essi mentre tutti e tre si abbandonavano insieme alla beatitudine, carne incastrata nella carne.

XAN TREMAVA, PERSO nel piacere, davanti a lui il proprio nodo immerso nel corpo di Caleb e dietro il nodo di Urho dentro di lui. Il suo sedere si era allargato più di quanto avrebbe mai creduto possibile e la prostata era accesa di piacere. I continui orgasmi di Caleb gli spremevano costantemente l'uccello, e l'abbraccio caldo e dolce del suo amante che li circondava entrambi con le sue braccia grandi e forti era il paradiso.

Quell'unione andava oltre la sua precedente comprensione dell'amore. Era meravigliosa, erotica e così piena di struggenti e tenere emozioni che il suo intero corpo si sentiva come un cuore esposto, fatto solo di scintillanti terminazioni nervose e pura adorazione. Era quella la sua vera casa. Loro tre erano il principio e la fine. Per una volta, sia l'Alpha che l'Omega dentro di lui erano del tutto appagati.

Limpidi e perfetti e completi.

CAPITOLO VENTISEI

I GIORNI SCIVOLARONO via in una nebbia di piacere fisico e appagamento emotivo di cui Xan non aveva mai conosciuto eguali.

Quando tutti e tre si furono abituati di più gli uni agli altri, le regole che circondavano i loro rapporti intimi si allentarono, con nuove negoziazioni che partivano sempre da Caleb durante i momenti di riposo tra le ondate di calore.

A patto che né Urho né Xan si comportassero con lui troppo "da amanti", Caleb divenne più spensierato, e si concesse di godere dei suoi bisogni di Omega con un abbandono vivo e intento che Urho ammirava apertamente, lodandolo e usando il piacere di Caleb per spingere Xan a raggiungere nuove vette.

E, sebbene alla fine avessero imparato a cambiare diverse posizioni con facilità, finiva sempre con Xan che dava il nodo a Caleb e Urho che lo dava a Xan, tutti e tre deliranti di beatitudine, proprio nel modo che Xan preferiva.

Tuttavia, quando il calore di Caleb iniziò a scemare, Urho smise di scopare Xan e iniziò invece a prendersi cura del suo sedere. Xan se ne lamentò, rammaricandosi di non ricevere più il nodo, consapevole che non avrebbe più potuto provare quella sensazione fino al successivo calore di Caleb. E se Caleb fosse rimasto gravido, ci sarebbe voluto più di un anno!

Ma Urho aveva ragione a negarglielo. Non essendo un Omega, il corpo di Xan non era fatto per sostenere i nodi né era abituato a riceverli e, sebbene l'avesse adorato con tutto il cuore, spesso implorando il nodo tanto quanto Caleb, la realtà era che l'interno del suo corpo era gonfio e contuso. Anche inserirvi un solo dito gli procurava dolore.

Non era stato molto piacevole neanche quando Urho aveva premuto ghiaccio e unguento dentro di lui, nelle pause tra i picchi finali del calore di Caleb. I due rimedi alternavano una sensazione di gelo a una di bruciore, e la promessa di ridurre il gonfiore non sembrava sufficiente per sopportare quel disagio. Però, Xan amava che Urho lo facesse rannicchiare accanto a lui mentre si contorceva e si lamentava per il ghiaccio e il medicinale.

«Sss, non discutere,» mormorò Urho, e lo baciò sulla fronte. «Mi ringrazierai quando sarai guarito e potrò penetrarti di nuovo.»

«Non discutere con il tuo Alpha,» mugugnò Caleb con voce impastata, accoccolato con il viso contro il collo di Xan, il lungo corpo rannicchiato e tremante di spossatezza. Era appiccicoso e bollente, ma Xan non era ancora pronto a separarsi da lui. «Sa cosa è meglio per te.»

«Non diresti così, se infilasse ghiaccio su per il tuo...»

Caleb gli mise una mano sulla bocca. «Non discutere con il tuo Alpha.»

Xan alzò gli occhi al cielo, ma smise di protestare. E, anche se all'inizio era stata una sensazione fastidiosa, arrivati all'ultimo giorno, non c'erano dubbi che l'interno del suo passaggio si fosse sgonfiato. Xan riteneva che, con un po' di fortuna, sarebbe stato in grado di farsi di nuovo penetrare da Urho entro una settimana.

Il calore infine ebbe termine, e Xan e Urho si svegliarono da una dormita lunga e profonda con il suono dell'acqua che scorreva nel bagno di Caleb e l'Omega che aveva abbandonato il letto. Xan sbadigliò e si stiracchiò, Urho gli baciò il petto e l'addome, e lui ridacchiò quando scese più in basso e diede un colpetto con le labbra al suo uccello.

«Sono distrutto,» mormorò Xan. «Non si rialzerà per oggi.»

Urho leccò la punta e sorrise quando ne uscì un piccolo rivolo di liquido nonostante si trovasse in uno stato di rilassamento. Risalì lungo il corpo di Xan e lo baciò sulla bocca. «Ti amo, mio Omega dal corpo di Alpha.»

«Ti amo anch'io,» sussurrò Xan contro le sue labbra. «Grazie per essere stato qui con noi.»

«È stato un onore.»

«Voi due siete disgustosamente innamorati,» commentò Caleb dal vano della porta che conduceva ai bagni e agli armadi, avvolto in un accappatoio e fresco di doccia. Tuttavia, sorrideva di gioia. «Ma ne sono piuttosto felice, perché ritengo che insieme siamo riusciti a fare qualcosa di davvero meraviglioso.»

Xan si sollevò a sedere, lo stomaco che faceva una capriola. «Davvero?»

Caleb si strofinò il ventre piatto. «Non posso promettere nulla, e chissà se attecchirà davvero, ma mi sento diverso. Penso che ce l'abbiamo fatta.» Fece un largo sorriso. «Lo spero. È così tanto tempo che desidero un bambino. Spero che somigli a te.»

Xan rise e Urho gli baciò la spalla, provocandogli un brivido. «Beh, io spero che somigli a te. Sei bellissimo.»

Caleb alzò gli occhi al cielo, ma sembrava compiaciuto. «Speriamo solo che non somigli a Urho. O avremo qualche spiegazione da dare.»

Tutti e tre si concessero una tenera risata, ma era impossibile che accadesse. Urho aveva dato il suo nodo solo a Xan. Nella stanza cadde un silenzio improvviso, mentre i tre uomini si guardavano l'un l'altro e la possibilità futura aleggiava nell'aria.

«Però, magari, un giorno...» disse Caleb, scrollando le spalle. «Una volta che ci saremo assicurati un erede. E una volta che avremo stabilito che la società e il resto del mondo possono andare a farsi fottere.»

Urho rise ironicamente all'idea, ma le sue guance si colorarono un po' di più e nei suoi occhi apparve un luccichio umido. Xan si domandò se un figlio fosse qualcosa che Urho avrebbe voluto avere con loro due. Un suo figlio biologico. O se fosse qualcosa che aveva desiderato solo con Riki.

«Cominceremo da questo qui,» disse Caleb con un altro ampio sorriso, avviandosi verso le tende per spalancarle. Un nuovo sole luminoso stava sorgendo su un giorno limpido, e Caleb brillava in quella luce come un angelo. «Penso che lui sarà un ottimo punto di partenza.»

Urho attirò Xan tra le sue braccia e rimasero insieme a rimirare Caleb, mentre la speranza del futuro bambino si faceva tangibile in mezzo a loro e riempiva la stanza di promesse.

«NON SI È ancora ripreso del tutto, signor Heelies,» disse Ren, gli occhi dall'espressione stremata e la pelle grigiastra per la spossatezza. «Ma sembra che suo cugino ce la farà. Però, se posso dirlo, è molto cambiato.» Ren strinse le labbra e poi sussurrò, afflitto: «La febbre ha provocato qualche danno.»

Xan, Caleb e Urho sedevano in biblioteca ad ascoltare il suo resoconto. Il dottor Bainson era tornato in paese la mattina precedente e aveva lasciato Ren a occuparsi di Janus per il resto della convalescenza.

«Che tipo di danno?» chiese Caleb, tenendosi una mano sul ventre in un gesto protettivo come aveva fatto per tutta la mattina, durante la colazione con Jason, Vale e il loro bimbo appena nato, che avevano deciso di chiamare Virona Sabel.

Xan aveva messo in dubbio la scelta di quel nome, che riteneva un po' troppo banale, e aveva messo in discussione le capacità poetiche di Vale, per non essersene reso conto. Ma quel piccolo cosino roseo e urlante non era suo figlio e non spettava a lui scegliere il suo nome; alla fine, avevano concordato di chiamare il piccolo con il diminutivo Viro. Quello, secondo il giudizio di Xan, era molto più accettabile.

«Gli ha provocato danni al cervello?» chiese Urho, quando Ren fece una lunga pausa dopo la domanda di Caleb.

«In un certo senso,» concesse Ren. «È letargico e malinconico. Credo che gli farebbe bene un po' di sostegno. Sembra essere in preda a profondi rimorsi.» Lanciò un'occhiata a Caleb e poi abbassò gli occhi a terra.

«Non è più contagioso?» domandò Urho, posando la mano sul ginocchio di Caleb come per impedirgli di alzarsi e andare subito da Janus. Xan si chiese come avesse saputo di doverlo fare.

«No. Il dottore ha detto che, una volta bruciate le lenzuola e ripulita la stanza, avrebbe potuto ricevere visite in sicurezza, e dopo che lo abbiamo fatto il signor Sabel è andato a trovarlo più di una volta, ma il signor Janus con lui non parla. E si rifiuta di lasciare l'ala separata. Se posso essere franco, signori, i domestici vorrebbero spostarsi di nuovo lì, ma nessuno di loro osa farlo con lui ancora là dentro. Gira per l'edificio come un fantasma.»

«Capisco,» disse Caleb, scostando la mano di Urho e alzandosi. «Ora vado da lui.»

Xan si sentì stringere il cuore e balzò in piedi, con il desiderio di afferrare Caleb e impedirgli di andare dal suo primo... Non *amore*. Quella definizione era sbagliata. La sua prima speranza. Ma si limitò ad abbracciare Caleb e mormorare: «Vieni da me quando hai finito?»

«Certo,» rispose Caleb, baciandolo sulla guancia come se avvertisse la sua angoscia. «Non preoccuparti. Il mio cuore è devoto alla nostra vita insieme. Voglio solo aiutarlo.»

Xan annuì e lo guardò seguire Ren fuori dalla biblioteca e nel grande atrio, con un'ansia che mal sopportava.

«Tornerà da noi,» disse Urho con calma. «Siediti. Lo aspetteremo qui insieme.»

«Ma se lo amasse?»

«Non lo ama. Ma anche se fosse così, ha in grembo tuo figlio.»

«Davvero?»

«Sento un odore diverso in lui, tu no? La traccia di qualcosa di differente e nuovo.»

«Sì.» Il cuore di Xan venne attraversato da un brivido di emozione. «È il nostro bambino?»

«Sì.» Urho se lo attirò contro il fianco e si strusciò sui suoi capelli. «È il vostro bambino.»

«Nostro,» insistette Xan, e sul viso di Urho nacque un bellissimo sorriso.

Xan cercò di rilassarsi insieme a lui, ma non riusciva a smettere di pensare a cosa stesse succedendo tra Caleb e Janus. Passò un'ora, durante la quale Urho lesse ad alta voce per lui dal libricino che gli aveva dato tanti mesi prima. Gli aveva fatto piacere trovarlo nella camera da letto di Xan, impacchettato insieme ad altri ricordi che si era portato dalla città. Era una collezione di fumetti con protagonista un giovane Alpha e il suo animale da compagnia, una lumaca; sciocco, ma in genere abbastanza divertente. Non quel giorno, però.

Il telefono nell'ufficio di Xan prese a squillare. Il ragazzo scattò in piedi, entusiasta di avere una scusa per muoversi, ma poi il suo stomaco si attorcigliò in uno stretto nodo. L'unica persona che avrebbe chiamato direttamente l'apparecchio nella sua biblioteca era Joon. Xan quel giorno aveva lasciato un messaggio per lui, chiedendogli di richiamarlo e informarlo dei progressi di Ray e Pater, dato che era stato del tutto disconnesso dal mondo, dopo essersi chiuso in camera di Caleb per la durata del calore. Stava ancora aspettando la sua chiamata.

«Tenuta Lofton a Virona, parla Xan Heelies,» rispose senza fiato, lasciandosi cadere sulla sedia dietro alla sua scrivania. Si passò una mano sulla bocca, il cuore che martellava. «Pronto?»

«Tesoro, è così bello sentire la tua voce.»

Gli occhi di Xan si riempirono di lacrime. «Pater?»

«Ho chiamato ogni giorno, e ogni giorno mi dicevano che il tuo Omega era ancora in calore. È andata bene, amore? Avete speranze?»

«Sì,» rispose Xan con la gola stretta.

Urho si appoggiò allo stipite della porta e lo guardò incuriosito.

«Ne sono felice. E tu stai bene?»

«Sto bene. E tu?»

«Sono guarito quasi del tutto.»

«E Ray?»

«Si è ripreso benissimo. E tutto grazie a te e alle medicine che ci hai portato. Il tuo Father ha molto di cui esserti grato.»

«Pater...» Xan chiuse gli occhi con forza. Sospirò mentre Urho gli si avvicinava e gli passava la mano tra i capelli in un gesto rassicurante. «Father e io...»

«Lo so, amore. E il tuo Father ha torto, *aveva* torto ed è stato nel torto per molto tempo. Al momento sta patendo tutto il peso della mia disapprovazione. È disperato.»

Xan soffocò una risata spezzata e si asciugò le guance bagnate. «Non credo che Father e io saremo in grado di superare ciò che è successo.»

«Forse no.» Pater sembrava calmo, come se si fosse aspettato che Xan dicesse quelle parole esatte, come se non gliene facesse una colpa. «Ma spero che tu e io riusciremo a voltare pagina. Credo che tu mi abbia assicurato che potrò conoscere un nipotino il prossimo autunno, giusto?»

«Pater, devi sapere... prima che tu punisca Father ulteriormente... devi sapere la verità su di me.»

Pater parlò con voce tranquilla. «Sei un invertito. Lo so fin da quando eri un bambino con le fossette sulle ginocchia, tesoro. Lo so da quando ti sei girato verso di me con gli occhi spalancati e hai proclamato il signor Roling l'uomo più bello che avessi mai visto. Ti ricordi del signor Roling, caro? Un Alpha con il torace largo, piuttosto irsuto, ma dal cuore buono, che dirigeva l'orchestra sinfonica?» Pater rise piano. «L'abbiamo avuto ospite a cena una volta al mese per un intero anno quando tu avevi cinque anni.»

«Davvero?»

«Oh, sì. Il tuo Father stava cercando di fare colpo su di me con il suo amore profondo e duraturo per la musica, o una sciocchezza simile. È difficile ricordarselo. Cerca di continuo di fare colpo su di me con *qualcosa*.»

«*Érosgápe*,» mormorò Xan.

«È una delizia e una follia, amore. In un certo senso, penso che dovresti essere grato di non averne uno.»

«Ho un amante,» confessò Xan in tono sommesso.

«Davvero? Ne sono felice. Lo meriti, Xan. Caleb lo sa?»

«Sì. Piace anche a lui.»

«È meraviglioso, tesoro. Davvero.»

«Pater, perché…» Xan deglutì con forza, la gola così stretta che riusciva a malapena a respirare. «Perché hai lasciato che Father mi trattasse così male per così tanto tempo? Se è questo quello che provi? Se sapevi di me e non ti importava? Non capisco come tu abbia potuto permettergli di…»

Pater fece un sospiro profondo. «Il tuo Father è un uomo difficile con cui vivere, Xan. È geloso e meschino. Ha sempre avuto paura che ti amassi più di quanto amavo lui. Perché tu e non Ray, o anche il piccolo Jordan, non lo so. Ma ha concentrato tutta quella possessività da Alpha su di te. Ho pensato che, se avessi seguito le sue regole, se gli avessi lasciato gestire le cose come voleva, allora forse avrebbe capito che lo amo con devozione, come solo un *Érosgápe* può amare… e forse ti avrebbe lasciato in pace.»

Xan si strofinò il viso, mentre calde lacrime gli scivolavano lungo le guance.

«Mi sbagliavo. Non ha mai funzionato. Ha visto solo quello che temeva di vedere. Ha sentito solo quello che temeva di sentire.» Pater rimase in silenzio per un attimo. «Mi dispiace, Xan. Avrei dovuto prendere le tue parti già da tempo. Ti voglio bene. Sei il mio ragazzo adorato e ti ho deluso in modo orribile.»

Xan non poteva dire a Pater che si sbagliava. Sedette in silenzio, le mani di Urho sulle spalle, ad ascoltare il respiro di Pater.

Alla fine, Pater chiese con umiltà: «Potrò venire a conoscere il mio nipotino il prossimo autunno?»

«Sì,» sussurrò Xan.

«Lascerò il tuo Father a casa.»

«Sì,» approvò di nuovo.

«Posso portare Ray?»

«Fallo, per favore.»

Pater fece un sospiro di sollievo. «Bene. Ci risentiamo presto?»

«Sì.» Xan si sentiva un idiota a ripetere sempre la stessa risposta, ma la conversazione sembrava troppo carica di emozioni e surreale per dire qualsiasi altra cosa.

«Oh, e un'altra cosa, Xan. *Non* verrai diseredato. Il tuo Father dovrà passare sul mio cadavere. Aspettati a breve una chiamata da Ray per parlare degli incarichi futuri e dei progetti in merito all'azienda. Tu sei Xan Heelies, il legittimo erede di Doxan Heelies e il mio unico figlio Alpha in vita. Avrai ciò che ti spetta.» Nella voce di Pater risuonava la determinazione.

«Grazie,» disse Xan.

Quando il ricevitore del telefono fu di nuovo nel suo alloggiamento, Xan affondò il viso tra le braccia e ricacciò indietro le lacrime. Urho gli accarezzò con dolcezza le spalle e poi, alla fine, lo attirò nel suo abbraccio e lo tenne stretto mentre piangeva.

URHO GUARDÒ XAN avviarsi lungo la spiaggia, dove Caleb se ne stava in piedi a fissare l'orizzonte. Rimase indietro, non volendo presumere più del dovuto o fare pressione a Caleb in alcun modo. Sapeva che un solo Alpha preoccupato con cui avere a che fare era sufficiente per qualsiasi Omega, trovarsene due sarebbe stato ingiusto.

Eppure, quando Caleb si voltò e vide Urho indugiare presso le dune, alzò gli occhi al cielo e gli fece un cenno con la mano. «Unisciti a noi. Dovresti ascoltare anche tu,» lo chiamò. Poi prese Xan per il polso e lo attirò in un abbraccio gigantesco.

Quando Urho li raggiunse, Caleb stava dicendo: «Come se potessi mai lasciarti! Perché sei un tale idiota, Xan Heelies?»

Xan lo strinse più forte, e Caleb allungò la mano perché anche Urho si unisse a loro. Il mare rumoreggiava alle loro spalle, le onde battevano sulla sabbia mentre il sole si abbassava nel cielo. Era stato un lungo primo giorno dopo un intenso calore, ed erano tutti e tre stanchi ed emotivi. O almeno, fu quello che si disse Urho quando sentì il petto che gli si stringeva.

Aveva *così tanto* tra le braccia... due uomini meravigliosi e un futuro che, per la prima volta dalla morte di Riki, conteneva una vera promessa di felicità. Urho sperò con tutto il cuore di poterlo tenere con sé per sempre.

Quando infine sciolsero l'abbraccio, Caleb li tirò giù sulla sabbia, dove si sedettero lasciando che il vento scompigliasse loro i capelli e soffiasse sui loro abiti. Alla fine, Caleb parlò. «Dice che è innamorato di me e che prova rimorso per il suo comportamento passato.» Sembrava stanco, forse deluso, o qualcosa di molto simile. «Quando mi ha rifiutato, dopo avergli detto che sono asessuale.»

«Fa bene a provare rimorso,» commentò Xan fieramente. «Tu sei meraviglioso.»

Il sorriso di Caleb fu sottile, ma l'Omega annuì. «Lo sono. E fa bene. Ma vuole anche che scappi con lui.» Scoppiò a ridere, una grassa risata priva dell'amarezza che Urho si sarebbe aspettato. Poi, scosse la testa e cercò di calmarsi e tornare serio. «Gli ho detto di no, ovviamente. Ha pianto. L'ho tenuto stretto. È un bambino viziato, davvero. Non è abituato a non ottenere ciò che vuole.»

«E tu sei ciò che vuole?» chiese Xan, nervoso. «Sa che…» Toccò il ventre di Caleb. «Sa di questo?»

«Non gliel'ho detto. Non so se sia riuscito a sentirne l'odore. In realtà non mi interessa.» Caleb agitò la mano affusolata e bellissima in un gesto sprezzante. «Non vuole me, non veramente. Pensa di volermi giusto perché è tanto solo e triste. La vita che si è costruito, incentrata sul sedurre Omega sposati e sul cercare di prendersi l'eredità di Xan, è patetica. Non sceglie mai qualcosa perché davvero lo vuole, non cerca mai di ottenere qualcosa che potrebbe davvero essere suo, desidera di continuo una cosa solo perché appartiene a qualcun altro. È un gioco infantile.» Caleb sospirò. «Speravo che questa malattia gli avrebbe aperto gli occhi. Ma credo che sia ancora bloccato sullo stesso percorso. Non ha idea di cosa vuole per se stesso. Non veramente.»

«E se davvero volesse te?»

Caleb sbuffò. «Non è così. Ma se anche lo fosse? Se è vero, beh, è troppo tardi.» Si girò verso Xan e gli prese entrambe le mani. «Dubiti davvero che io voglia essere il tuo Omega? Dopo tutto quello che c'è stato?» Si premette la mano di Xan sul ventre. «Dopo quello che stiamo creando insieme? Noi tre?»

Xan scosse la testa. «Non dubito che mi ami.» Guardò verso Urho, e il suo cuore saltò un battito. «Che ci ami.»

«Allora non dubitare del fatto che voglia questa vita con voi. L'ho scelta. Io ho scelto *voi*, ricordi? Non il contrario. Ci costruiremo qualcosa di unico e perfetto. I nostri figli cresceranno sapendo che il vero amore può avere ogni forma. Che ci sono diversi tipi di amore e di amicizia. In silenzio, un po' alla volta, noi inizieremo a cambiare il mondo.»

«Sei piuttosto ottimista,» commentò Xan, ridendo mentre il

vento dell'oceano gli scompigliava i capelli. Il cuore di Urho si strinse per la tenerezza. Avrebbe voluto baciare ogni singolo ricciolo.

«Immagino di sì. Urho può essere il nostro elemento pragmatico.»

«Io? Io sono il più ridicolo di tutti e tre,» mormorò Urho. «Sono quello che intende lasciare una vita molto posata, noiosa e sicura per diventare un peccatore felice che vive nell'aberrazione della legge del Sacro Lupo.»

«Oh, il Sacro Lupo,» fece Caleb a cuor leggero. «Come se a lui importasse quale uccello si infila dove. Non ha questioni più importanti di cui preoccuparsi? Per esempio, quanto profondamente ci amiamo l'un l'altro?»

«Se quella è la sua più grande preoccupazione, allora penso che ce la stiamo cavando bene,» disse Urho.

Xan passò lo sguardo dall'uno all'altro. «Mi dispiace per Janus. Si perde molte cose. Non ultima delle quali, la mia eredità.»

«Eh?» mormorò Caleb, con un sorriso che gli si allargava sul volto. «Davvero?»

«Stando a quanto dice Pater,» aggiunse Xan. «Oggi ho parlato con lui al telefono. Lui e Ray sono fuori pericolo. E dice che lo è anche la mia posizione di erede.»

«Sapevo che sarebbe rinsavito quando fosse stato davvero necessario,» disse Caleb con un cenno di assenso. «Ti ama e, soprattutto, sa cosa è giusto e cosa è sbagliato. Non preoccuparti. Raddrizzerà il tuo Father in men che non si dica. Un *Érosgápe* può riuscirci.»

Urho aveva pensato la stessa cosa, da quanto era riuscito a sentire della conversazione di Xan. Ma era comunque un sollievo sapere che Xan non avrebbe dovuto affrontare l'umiliazione pubblica di essere diseredato, né le potenziali conseguenze legali che sarebbero sopraggiunte se suo padre avesse dichiarato di fronte alla Sacra Chiesa che Xan era un invertito.

«Come pensate che dovremmo chiamarlo?» chiese Caleb, riportando lo sguardo sul tramonto e posandosi di nuovo la mano sul ventre.

«È un po' presto per parlarne, non credi?» disse Urho. «Abbiamo un sacco di mesi davanti.»

«Non è mai troppo presto per sognare,» rispose Caleb. «Sto pensando a qualcosa di luminoso. Qualcosa di pulito. Blanco, magari. Che significa bianco.»

«Il tuo colore preferito,» commentò Urho, annuendo.

«O mancanza di colore,» lo corresse Caleb.

«A me piace Riki,» dichiarò Xan, di colpo.

Urho avvertì un nodo in gola, ma rimase in silenzio.

Il sorriso di Caleb si allargò. «Oh, sì. Riki. È un bel nome. Riki Heelies. Penso che sarebbe perfetto.»

«Tu che ne pensi, Urho?» chiese Xan con cautela, mentre la luce del crepuscolo risplendeva nei suoi occhi.

Urho li avvolse entrambi e li strinse con tutte le sue forze, il cuore che palpitava con una potenza terrificante e gli occhi sul punto di traboccare.

«Credo che piaccia anche a lui,» disse Xan, ridendo.

«Io direi che lo ama,» fece Urho a denti stretti. «Quasi quanto amo te, Xan.»

I tre si staccarono, e Urho prese il volto di Xan tra le mani per baciarlo con passione.

«Ah,» sospirò Caleb. Si alzò in piedi e si avvicinò alla risacca, la voce portata dal vento, lasciandoli alle loro effusioni. «Un lieto fine. Li adoro sempre.»

Urho, tenendo l'Omega del suo cuore al sicuro tra le braccia, dovette concordare.

EPILOGO

RIKI HEELIES NACQUE dopo una notte di grida e sofferenza. Venne alla luce in grande stile con un parto podalico, spaventando a morte Xan e Urho, che lo aveva fatto nascere. Sano e robusto, il bambino si scatenò in un vagito.

«Cosa faccio?» chiese Caleb, tenendo la creaturina urlante. «So fare una stampa, usare una pressa da stampa, mettere su una mostra nella galleria d'arte di Virona senza problemi, ma sto già fallendo nell'essere un Pater. Non dovrebbe venire naturale?» La sua voce aveva un tono acuto ed era intrisa di ansia.

«Sss,» lo tranquillizzò Xan. Non era abituato a vedere il suo Omega così agitato. Caleb era sempre padrone di sé: persino nel corso della gravidanza, era rimasto calmo. Durante il travaglio non molto, ma quella parte era dolorosa e spaventosa per tutti gli Omega.

Urho si sedette sul letto accanto a loro, prese il bambino tra le sue mani grandi e lo esaminò. «Ha solo bisogno di essere allattato.»

«Solo questo?» chiese Caleb. «Non c'è niente che non va in lui? E se ci fosse qualcosa che non va?»

«Sta bene, mio Omega, e anche tu.» Xan sedette accanto a Caleb dall'altro lato e osservò Urho ripulire con cura il bambino e ripiegargli addosso un piccolo pezzo di stoffa per coprirgli i genitali. Poi lo prese di nuovo in braccio e lo passò a Caleb.

«Ecco,» sussurrò. «Tienilo su di te. Così.»

Caleb osservò con meraviglia il bambino che si attaccava al suo capezzolo e smetteva di piangere.

473

«Quanto sono fortunato?» mormorò Urho. «Seduto qui con i miei tre bellissimi Omega.»

Caleb sollevò lo sguardo. «È un Omega?»

«Sì,» rispose Urho. «Come il suo omonimo. E il suo Pater. E il suo Father.»

Xan rise dolcemente. «Non sono davvero un Omega, sai.»

«Sei il mio Omega,» mormorò Urho. Il battito di Xan accelerò e lui non poté evitare di sorridere.

Caleb baciò il neonato sulla testa. «Immagino che dovremo farne un altro, se vogliamo un erede.»

«Oppure possiamo mandare le regole a farsi fottere,» disse Xan. «Proseguire nella nostra abitudine di fare il dito medio al modo prestabilito di fare le cose e lasciare tutto al piccolo Riki, qui.»

«Oppure possiamo avere altri bambini,» insistette Caleb. «Io ne voglio almeno un altro, lo sai.»

«Qualche ora fa non la pensavi così!» esclamò Xan, ridendo. «Eri molto arrabbiato al riguardo!»

Caleb abbassò lo sguardo sul bimbo tra le sue braccia. «Per lui ne è valsa la pena.»

«È vero,» concordò Urho.

«Sì,» sorrise Xan, accoccolandosi più vicino a Caleb. «Benvenuto al mondo, Riki Heelies. I tuoi tre genitori ti amano già tantissimo.»

MENTRE CALEB E il loro bellissimo bambino dormivano profondamente, Xan e Urho andarono a passeggiare lungo la spiaggia. La risacca calda vorticava attorno ai loro piedi nudi alla luce della luna. Si tenevano per mano e si scambiavano baci.

Xan riusciva a credere a fatica di essere davvero diventato padre. Ce l'aveva fatta. Sembrava tutto un sogno, e strinse la mano di Urho, lasciando che la sua presenza forte e salda lo ancorasse alla realtà, come sempre.

Lo stress della giornata era svanito, così iniziarono a parlare di altre cose.

«Come sta venendo la nuova clinica?» chiese Xan, riferendosi all'ambulatorio che Urho stava aprendo a Virona. Non solo era tempo per lui di tornare alla sua vocazione, ma la struttura avrebbe anche generato benevolenza in paese e limitato i potenziali pettegolezzi. Avrebbe portato nuovi posti di lavoro sia per la costruzione della clinica che per la sua gestione, oltre al beneficio di avere un altro medico esperto nella zona.

L'epidemia influenzale dell'anno precedente aveva mancato Virona di poco e si era lasciata dietro migliaia di vittime in città. Anche la sensazione che un altro episodio come quello avrebbe potuto non lasciare il paese illeso aveva contribuito all'accoglienza di Urho nell'area. Un medico in più faceva sentire tutti più al sicuro.

Fino a quel momento, avevano gestito qualsiasi domanda riguardante la scelta di Urho di vivere a Lofton dicendo che aveva passato molti anni da solo nella sua casa in città, dopo la perdita del suo *Érosgápe*, e che non riusciva più a sopportare tanta solitudine. Menzionare Riki bastava a frenare ulteriori quesiti, mettendo fine alla maggior parte delle congetture. Tutti provavano pena per un Alpha che aveva sofferto la perdita subita da Urho, e nessuno lo biasimava per aver cercato sollievo nell'affetto e nel conforto degli amici intimi.

«Gli appaltatori che mi hai consigliato stanno facendo un ottimo lavoro. Credo che presto potrò iniziare a fare colloqui per le posizioni dello staff.»

«Questa è una buona notizia.» Mentre Urho continuava a parlare della clinica e dei passi successivi da fare, la mente di Xan tornò all'interessante telefonata avuta con Pater per annunciargli la nascita di Riki.

Dopo qualche minuto, interruppe il discorso di Urho sui nuovi strumenti ostetrici che intendeva comprare, dicendo: «Pater era molto emozionato per Riki.»

«Ne sono sicuro. Ha in programma di venire a trovarci presto?»

«Sì, anche se l'ho convinto a dare a Caleb un paio di settimane di respiro, prima.»

«Buona idea.»

«Ha detto che Janus sta ancora facendo l'eremita a Montrew e, cosa ancora più sorprendente, si sta comportando bene. Niente tresche o atteggiamenti disdicevoli, da mesi.»

«Tuo padre dev'essere devastato dalla sua improvvisa perdita di ambizione.»

«Credo sia più che altro sconcertato. Pater aveva anche un'altra novità interessante.» Xan si morse il labbro inferiore. L'argomento successivo era sempre motivo di tensione, sebbene avesse condiviso tutti i dettagli cruenti del suo ultimo incontro con Monhundy già da tempo. «Wilbet Monhundy è stato arrestato il mese scorso.»

Urho irrigidì i pugni e per un lungo momento rimase in silenzio, prima di pronunciare a denti stretti una singola parola. «Bene.»

«È stato riconosciuto colpevole di aver stuprato dei prostituti nel quartiere Calitan.»

Urho annuì bruscamente.

«Non è previsto che venga rilasciato per molto tempo. Se mai lo sarà.»

«Eccellente.»

Xan si schiarì la gola. «Già. Sono felice che abbia fatto una fine così misera, ma mi dispiace per il suo Omega. Kerry non ha mai avuto neanche un grammo di cattiveria.»

«Con tutta probabilità, anche lui subiva abusi.» Urho fece scrocchiare le nocche. «Gli uomini come Monhundy si divertono a infliggere dolore.»

«Sì.»

Camminarono in silenzio per diversi minuti, mentre la luna

splendeva sull'acqua e le onde lambivano la spiaggia, lavando via ciò che restava della giornata.

«Comunque, ho pensato che volessi saperlo.» Xan prese le dita serrate di Urho e le distese. «Quella parte della mia vita è stata archiviata. Per sempre.»

Urho si portò la mano di Xan alle labbra e ne baciò le nocche. «Ti amo e sono felice che tu sia al sicuro da lui. Mi sentirò meglio quando andrai in città, sapendo che non sarà lì a molestarti.»

Xan si strofinò contro il suo collo, poi si strinse a lui mentre l'acqua turbinava ai loro piedi. Alla fine, chiese sommessamente: «A proposito, devi proprio andare in città, domani?»

«Devo vedere Yosef per preparare alcuni documenti legali per te e Caleb, nel caso dovesse succedermi qualcosa.»

«Non dire queste cose.»

«Sono cose che bisogna considerare, amore. E devo incontrare un agente immobiliare per la casa. L'ho promesso a Mako. È tempo di decidere cosa farne.»

«Non voglio che tu la venda,» esclamò Xan. «Voglio che la tenga. La casa e, beh, anche la stanza. Quella con tutti i ricordi del tuo Riki.»

Urho deglutì con forza. «Sai di quella stanza?»

«L'ho vista quando…» Xan agitò la mano. «Non ha importanza. Ciò che importa è che per te conta molto.»

«Quella era la casa che condividevo con Riki. Non è il luogo giusto dove iniziare un futuro con te, Caleb e il piccolo.»

«Ti sbagli. È il luogo perfetto. Non possiamo dimenticare che Riki sia esistito, o ciò che avete condiviso come *Érosgápe* o… il figlio che hai avuto con lui.»

«L'avremmo chiamato Tarin.»

«È un bel nome.»

Urho scrollò le spalle. «L'aveva scelto Riki. Io volevo usare il nome di un mio amico morto in guerra. Evan.»

«Anche questo è un bel nome.» Xan strinse le mani sui bicipiti di Urho. Doveva fare la cosa giusta. «Se vendi la casa, che ne sarà di tutte quelle cose? O della camera che condividevi con lui?»

Urho si accigliò. «Non posso semplicemente lasciarla lì ad ammuffire.»

«Non dobbiamo farlo. Venderò la nostra casa in città. Quando andremo lì per affari o per le cene di famiglia, staremo a casa tua.» Xan, di recente, aveva raggiunto un accordo freddo ma ragionevole con Father per tornare a partecipare alle festività in famiglia, per amore di Pater. A condizione che anche Urho fosse invitato. «Staremo in una delle stanze degli ospiti.»

«Possiamo modificare la camera,» disse Urho.

«Forse. Ma, se facciamo in questo modo, potremo tutti sapere qualcosa di più su Riki e Tarin. Il nostro nuovo Riki dovrebbe conoscere l'origine del suo nome. Tutti dovremmo.»

Urho tenne lo sguardo su di lui. La luna brillava nei suoi occhi. «Sei un uomo buono.»

«Davvero?» rise Xan. «Insomma, cerco di esserlo, ma…»

Urho gli prese il viso tra le mani e lo baciò con ardore. «Lo sei.»

Il desiderio si accese, e Xan implorò contro le labbra di Urho: «Dimostramelo.»

Fecero praticamente una corsa fino alla loro camera da letto, tutte le emozioni della giornata che si condensavano nella passione. Si strapparono i vestiti di dosso, Xan si allungò sul materasso e Urho affondò il viso tra le sue gambe.

«Oh sì,» gemette Xan, allargando ancora di più le gambe e lasciando che la lingua di Urho gli penetrasse a fondo nella fessura. «Così. Lì, *lì*!» Quei tocchi dolci e scivolosi non mancavano mai di dargli i brividi e portare ogni cellula del suo essere verso un'eccitazione selvaggia.

Urho si sollevò sopra di lui, strofinandosi l'uccello, e il cuore di Xan prese a galoppare per la frenesia. «Cosa vuoi che faccia?» chiese

Urho, la voce profonda e graffiante di bisogno.

«Scopami,» rispose Xan. «Forte.»

«Verrai per me?»

«Sì.»

«Mi strizzerai il cazzo con la tua piccola fessura stretta?»

«Sì,» gemette Xan. Divaricò ancora di più le gambe. «Fallo. Scopami.»

Urho sorrise, uno squarcio bianco sul suo volto scuro, e recuperò il lubrificante dal cassetto del comodino. Se lo spalmò sull'uccello e quasi piegò Xan in due, prima di ficcarglielo dritto dentro senza altra preparazione.

«Sì!» gridò Xan, inarcandosi per spingersi verso di lui. «Forte.»

«Sembri in calore,» mugugnò Urho, scopandolo con aggressività.

«Più forte,» implorò Xan con il desiderio di continuare a sentire la presenza del suo amante fino al giorno dopo, con la voglia di sentir volare via dal suo corpo tutta l'ansia e la paura che lo avevano attanagliato quel giorno, grazie all'impeto degli affondi di Urho.

«Ti piace?» fece Urho, spingendo dentro di lui. «O preferisci questo?» Avvolse con dolcezza la gola di Xan con entrambe le mani e gli rivolse un sorrisetto mentre il suo cazzo lo penetrava con forza. Non c'era pressione, nessuna minaccia, solo puro possesso, e Xan divenne un ammasso di carne frenetico, gemente e voglioso. Dal suo uccello gocciolava il seme, il suo corpo sussultava convulsamente e il suo culo si lavorava il cazzo di Urho a ogni affondo.

«Così,» mormorò Urho. «Bravo il mio dolce Omega.»

Xan emise un lamento e abbassò la mano per afferrarsi l'erezione, ma Urho scosse la testa. «Non è così che vengono gli Omega,» lo provocò. «Fammi vedere come vengono gli Omega, Xan.»

«Oh cazzo,» gemette Xan, lo sguardo che vagava verso l'alto e i fianchi che si dimenavano. «Non so se ci riesco.» Era così ubriaco di adrenalina, così strafatto. Aveva bisogno del sollievo dell'orgasmo, ma non era sicuro di poterlo raggiungere.

«Puoi. E lo farai.»

Le palle di Urho colpivano il sedere di Xan a ogni spinta, e lui sollevò le gambe nel tentativo di strofinare l'uccello contro il suo addome. «No, mio Omega,» sussurrò Urho. «Vieni sul mio cazzo. Strizza fuori l'orgasmo dal mio corpo.»

Xan gemette. Chiuse gli occhi e si concentrò sul piacere che il membro di Urho gli procurava mentre gli si strofinava sulla prostata, sulla dolce frizione dei suoi movimenti, sui contorni tesi della sua fessura attorno alla circonferenza di quel grosso cazzo e sulla bruciante, deliziosa sensazione del proprio corpo che si allargava per riceverlo, ancora e ancora.

«Così,» mormorò Urho. «Mmh, fammi vedere.»

Il culmine aleggiava appena fuori dalla portata di Xan, il piacere era così vicino, eppure gli sfuggiva. I testicoli gli facevano male mentre l'orgasmo montava dentro di lui. E poi l'apice lo travolse, potente ed esplosivo, dirompendo dall'inguine e percorrendo tutto il suo corpo in pulsazioni intense e palpitanti. Xan sentì Urho urlare e le sue membra irrigidirsi e, quando aprì gli occhi, ancora sotto l'effetto del piacere, vide la sua smorfia sorridente. Urho venne con violenza, schizzando il seme nell'apertura fremente di Xan.

I momenti successivi furono dolci, l'ansia della nottata e l'intensità del piacere consumato rapidamente li lasciarono ridotti a un mucchio di membra intrecciate e sudate. Xan gemette tristemente quando Urho, alla fine, uscì da lui. «Vorrei che tu potessi restare sempre dentro di me.»

Il vuoto che Urho si lasciava dietro era ogni volta un po' destabilizzante, ma Xan sapeva che era solo questione di ore, qualche giorno al massimo, e poi l'avrebbe sentito di nuovo completamente affondato dentro di sé.

«Io sono sempre dentro di te, ricordi?» sussurrò Urho, facendolo accoccolare tra le sue braccia. «Tu sei pieno di me... nel tuo cuore.»

«Nella mia anima.»

«Noi siamo l'inizio e la fine.»

«L'Alpha e l'Omega,» disse Xan, con un brivido violento e perfetto. Quelle erano parole sacre, un voto, un giuramento. «Per sempre.»

Urho si specchiò nei suoi occhi. «Sì, mio Omega. Per sempre.»

FINE

Una lettera da parte di Leta

Caro Lettore,

Ti ringrazio molto per aver letto *Calore proibito*, il secondo libro della serie Calore d'amore! Se ti è piaciuto questo volume, la saga continua con il terzo libro. Inoltre, nel caso ti fossi perso il primo volume, puoi recuperare *Calore inatteso*, e puoi seguire Jason e Vale nella novella a loro dedicata, *Slow Birth*.

Se sei interessato ad essere informato dalla newsletter delle future versioni in lingua italiana, iscriviti alla mia newsletter di Italian Reader qui.
eepurl.com/hX5fPj

Assicurati di seguirmi su BookBub per ricevere notifiche sulle nuove uscite di questa serie e delle altre. E cercami su Facebook per uno scorcio della vita quotidiana di una scrittrice. Per scoprire alcune delle fonti della mia ispirazione, segui la mia bacheca su Pinterest. Sono anche su Instagram, perciò aggiungimi anche lì!
bookbub.com/profile/leta-blake
facebook.com/letablake
pinterest.com/letablake
instagram.com/letablake

Se ti è piaciuto questo libro, per favore, prenditi un momento per lasciare una recensione! Le recensioni non solo aiutano i lettori a capire se un libro fa per loro, ma aiutano anche il libro a essere più visibile nelle ricerche.

Inoltre, per gli appassionati di audiolibri, i primi due volumi della serie, *Slow Heat* e *Alpha Heat*, sono disponibili in inglese sulla maggior parte dei siti, narrati dal bravissimo Michael Ferraiuolo.

Grazie per la lettura!

Leta

Libro 1 della serie Calore d'amore

CALORE INATTESO

di Leta Blake

Un giovane Alpha pieno di passione incontra il suo destino in un Omega molto più grande di lui. Un Omega con un passato.

Il professore universitario Vale Aman si è costruito una vita soddisfacente: ha una carriera di successo, il talento per la poesia, il suo gatto e gli amici. A trentacinque anni, è un Omega senza un legame ufficiale, che da molto tempo ha abbandonato la speranza di incontrare un Alpha adatto a lui, per non parlare del suo compagno predestinato.

Vale non si aspetta certo che Jason Sabel, un Alpha di soli diciannove anni, riceva da lui l'imprinting nel bel mezzo della biblioteca dell'università, accendendo all'improvviso la fiamma di un desiderio che non può essere ignorato. I due uomini si trovano così a lottare contro un travolgente richiamo sessuale, ma prima di poter consumare la loro passione, devono trovare un accordo che sancisca per sempre la loro unione.

Per Vale, ciò significa non solo rinunciare alla propria indipendenza e consegnare il proprio futuro nelle mani di un Alpha di cui non sa nulla, ma anche dover affrontare le cicatrici del suo difficile passato, e non è sicuro che ne valga la pena. Jason, tuttavia, non ha intenzione di rinunciare alla sua anima gemella senza lottare.

Libro 2.5 della serie Calore d'amore

CALORE PERICOLOSO
di Leta Blake

Jason e Vale tornano in questa novella ambientata nell'universo di Calore d'amore!

Una gita romantica prende una piega drammatica quando Vale viene colto da un calore inatteso, costringendo Jason ad agire. La conseguente gravidanza mette Vale in pericolo e terrorizza Jason, ma con l'aiuto degli amici e della famiglia, i due scelgono di affrontare il loro futuro incerto. Insieme troveranno tutto l'amore, la gioia e il calore di cui hanno bisogno per superare le avversità!

Sebbene questa storia sia incentrata sui protagonisti di *Calore inatteso*, può essere meglio apprezzata se letta subito dopo *Calore proibito*, poiché si svolge in contemporanea alle vicende in esso narrate.

CALORE AMARO

di Leta Blake

Un Omega gravido, intrappolato in una situazione disperata. Un Alpha senza legami e con tanto da dimostrare. E un amore inaspettato che potrebbe salvare entrambi.

Kerry Monkburn è vincolato da un contratto a un Alpha violento, in prigione per aver commesso crimini brutali. In attesa di un figlio, Kerry si è rifugiato sulle montagne, ben lontano dalla città che un tempo lo ha sedotto con la promessa di una vita migliore. Schiacciato dalla paura e dall'amarezza, accarezza l'idea di porre fine a una vita di disperazione, ma il destino si mette in mezzo.

Janus Heelies ha commesso molti errori in passato. Per cercare di redimersi, ha fatto dell'integrità morale la parola d'ordine per il suo futuro. Mentre affronta un tirocinio da infermiere con l'unico dottore disposto ad assumerlo, Janus è deciso nel suo proposito: vivere in sobrietà sulle montagne ed evitare qualsiasi relazione inappropriata. Ma non ha previsto l'attrazione che Kerry esercita sul suo cuore e sulla sua mente.

Quando l'incertezza sulla salute e sulla sicurezza future di Kerry giungerà a un culmine esplosivo, solo l'intervento del fato potrà guidare questi due uomini disperati verso un lieto fine.

CALORE IN VENDITA

Il calore può essere venduto, ma l'amore va guadagnato.

In un mondo in cui gli Omega vendono i loro calori per profitto, Adrien è uno studente universitario che ha bisogno di fondi. Senza una famiglia a cui appoggiarsi, permette con riluttanza all'organizzatore di incontri dell'università di mettere all'asta il suo calore vergine online. In ansia, ma consapevole che quella è la realtà della vita di ogni Omega, Adrien spera che chiunque si aggiudichi il suo calore si dimostri gentile.

Heath, un Alpha ricco e maturo, è scosso dalla somiglianza del giovane con il suo defunto amante, Nathan. Quando Heath scopre che Adrien è il figlio perduto di Nathan, nato dopo il suo primo calore anni prima che si conoscessero, diventa ossessionato dall'idea di rivendicare un pezzo di Nathan.

Heath compra il calore di Adrien con un solo scopo: ingravidarlo, reclamare il bambino e andarsene. Ma la loro innegabile passione lo sconvolge. Adrien non sa cosa pensare del bellissimo, misterioso estraneo a cui ha promesso il suo corpo, ma ben presto viene travolto dal calore del momento e si arrende completamente a Heath.

Una volta ingravidato Adrien, Heath lo nasconde nella sua immensa e isolata dimora. Mentre il parto si avvicina, l'uomo arriva ad amare Adrien per la persona che è, non soltanto per la sua parentela con Nathan. Ignaro del passato di Heath con l'Omega che era suo padre, e arrivato a dipendere da lui cuore e anima, anche

Adrien inizia a innamorarsi.

Ma mentre il loro sentimento sboccia, l'ombra di Nathan incombe. Riuscirà Heath a non perdere il suo nuovo amore e il bambino che hanno concepito insieme, una volta che Adrien avrà scoperto i suoi segreti?

Calore in vendita è un romanzo omoerotico autoconclusivo di Leta Blake, scritto con lo pseudonimo di Blake Moreno. Arricchita da un segreto che ricorda *Rebecca, la prima moglie* di du Maurier, questa storia contiene un'accurata ambientazione Omegaverse, un rapporto con una grande differenza di età, dominazione e sottomissione, calori, nodi e infuocate scene sexy.

Gay Romance Newsletter

La newsletter di Leta ti permetterà di essere aggiornato sulle sue ultime pubblicazioni e sulle novità dal mondo del romance M/M. Iscriviti oggi e sarai automaticamente incluso nelle future estrazioni per ricevere gli omaggi messi in palio.

letablake.com

Bollettino in lingua italiana

La newsletter di Leta ti terrà aggiornato sulle sue ultime pubblicazioni in lingua italiana.

http://eepurl.com/hX5fPj

Leta Blake su Patreon

Unisciti alla community Patreon di Leta Blake per accedere a contenuti esclusivi, scene eliminate, scene extra, storie bonus, ricompense, premi, interviste e molto altro.

www.patreon.com/letablake

Altri libri di Leta Blake

In ogni singola vita
Cuore di ghiaccio
Un fiume in piena
Smoky Mountain Dreams
Angelo imperfetto
Un uomo fortunato
Le differenze

The Training Season Series
Training Season. La stagione dell'allenamento
Training Complex. Il complesso dell'allenatore

Home for the Holidays
Cuore di ghiaccio
La lista dei cattivi

Serie Calore d'amore
Calore inatteso
Calore proibito
Calore amaro

'90s Coming of Age Series
Ritratti di te
Tu non sei me

Leta Blake e Indra Vaughn
Vespertine
Cowboy cerca marito

The Wake Up Married serial
Leta Blake e Alice Griffiths
Svegliarsi sposati
2 & 3
4 & 5
6 & 7

Gay Fairy Tales
Leta Blake e Keira Andrews
Flight
La leggerezza del principe
Rise – Una favola gay

Calore in vendita
Calore in vendita

Scopri di più sull'autrice online:
Leta Blake
letablake.com

A proposito di Leta

Autrice del bestseller *Smoky Mountain Dreams* e del tanto amato *Training Season. La stagione dell'allenamento*, Leta Blake ha una formazione nel campo della psicologia e dell'economia. Tuttavia, la scrittura è sempre stata la sua passione. Adora intrecciare storie d'amore ed esplorare la psiche delle persone nate dalla sua fantasia. Leta vive nel sud degli Stati Uniti e combatte per mantenere l'equilibrio tra il lavoro che svolge durante il giorno, la scrittura e la famiglia.

www.ingramcontent.com/pod-product-compliance
Lightning Source LLC
Chambersburg PA
CBHW020514110726
47899CB00004B/1116